Le rêve d'une mariée

———

Séduction secrète

———

Si longtemps loin de toi

STELLA BAGWELL

Le rêve d'une mariée

éditions HARLEQUIN

Collection : PASSIONS

Titre original : HIS TEXAS BABY

Traduction française de ROSELYNE AULIAC

HARLEQUIN®
est une marque déposée par le Groupe Harlequin
PASSIONS®
est une marque déposée par Harlequin S.A.

Photos de couverture
Paysage : © GEORG KNOLL / LOOK / GETTY IMAGES
Femme : © HEIDE BENSER / CORBIS

© 2012, Stella Bagwell. © 2013, Harlequin S.A.
83-85, boulevard Vincent-Auriol, 75646 PARIS CEDEX 13.
Service Lectrices — Tél. : 01 45 82 47 47
www.harlequin.fr
ISBN 978-2-2802-8260-4 — ISSN 1950-2761

1

Elle était enceinte !

Sous le coup de la surprise, Liam Donovan s'arrêta net et contempla la longue rangée de box qui le séparait de Kitty Cartwright et où régnait une certaine animation. Un lad conduisait en main un pur-sang noir en sueur vers la porte ouverte d'un box tandis qu'un apprenti jockey suivait avec le harnachement. Un cheval passait sa tête par-dessus la grille inférieure de sa stalle tout en hennissant. Un groom chantonnait tout en changeant une litière. Mais rien de tout cela ne pouvait détourner son attention de Kitty. Même à cette distance, la silhouette de son ventre rond se distinguait nettement, et cette vision le stupéfiait.

Depuis quand était-elle enceinte ? La question tournait en boucle dans sa tête, telle une tornade balayant les hautes plaines. Trois mois auparavant, lors des funérailles du père de Kitty à El Paso, Texas, elle lui était apparue aussi mince que d'habitude. Et, bien qu'ils n'aient échangé que quelques mots quand il lui avait présenté ses condoléances, elle n'avait fait aucune allusion à son état.

Mais pourquoi l'aurait-elle fait ? Qu'elle soit enceinte ne le concernait pas. Quoique… Il avait couché avec elle une seule fois, cinq ou six mois auparavant. Toutefois, la rondeur de son ventre ne lui semblait pas coïncider avec une grossesse aussi avancée que cela. Et puis, s'il était le père de cet enfant, ne l'en aurait-elle pas informé ?

Il n'empêche. Il ne parvenait pas à détacher son regard de Kitty tandis qu'elle discutait avec un jeune homme qu'il savait être entraîneur adjoint au Desert End. Comme il n'était à Los Angeles que depuis la veille, il n'avait pas eu le temps de s'informer si elle participerait au grand meeting hippique qui avait lieu chaque printemps et chaque été à Hollywood Park Racetrack. Certes, il avait entendu dire qu'elle viendrait en tant qu'entraîneur en chef de l'écurie du Desert End, une position qui avait été tenue par son père, feu Willard Cartwright, pendant quarante ans. Mais il avait tenté de se persuader qu'il lui serait indifférent de revoir Kitty. Toutefois, l'accélération des battements de son cœur lui prouvait à quel point il s'était menti à lui-même.

Les poings serrés dans les poches de son jean, il contemplait avidement l'ovale parfait de son visage bronzé, sa longue chevelure blonde retombant souplement sur son pull noir, son jean en denim usé moulant ses hanches et ses cuisses. Quand il l'avait rencontrée pour la première fois, sept ans auparavant, elle n'était encore qu'une adolescente gauche, passionnée par les chevaux. Mais entre-temps elle était devenue une femme superbe. Et maintenant elle attendait un bébé. Qui en était le père ? Etait-il possible que ce soit lui ? Cette question lancinante le déstabilisait au plus haut point.

— Liam, le jarret de Reckless Rendez-vous m'inquiète. J'aimerais que vous y jetiez un coup d'œil.

Il sursauta en entendant la voix de Clint, un des grooms du Diamond D, qui avait accompagné ses chevaux en Californie. Bien que le jeune homme ait une vingtaine d'années, et donc quinze de moins que Liam, il travaillait pour les Donovan depuis l'âge de douze ans et était devenu un employé compétent et fiable. S'il s'inquiétait pour la santé d'un cheval, alors Liam s'en inquiétait aussi.

Se forçant à détourner le regard de Kitty, il ouvrit la grille et pénétra dans le box en parpaing où se tenait Clint à côté d'un superbe pur-sang à la robe alezane cuivrée.

En temps normal, rien ne distrayait Liam de son travail. Mais le fait de revoir Kitty — enceinte de surcroît — annihilait ses facultés de concentration. Tout en tâchant de rassembler ses esprits, il s'agenouilla près de l'antérieur droit du cheval et fit courir délicatement ses mains depuis le genou jusqu'au paturon en s'attardant sur le canon et le boulet.

— Il n'est ni chaud ni enflé, indiqua-t-il. As-tu remarqué un changement dans sa démarche ?

— Hier, quand nous l'avons sorti de l'avion, j'ai trouvé qu'il boitait un peu. Peut-être était-il simplement ankylosé par le voyage. A moins que ce ne soit mon imagination. Mais, comme deux avis valent mieux qu'un, je préfère que vous y jetiez un coup d'œil.

Liam se releva et donna une tape sur l'épaule de Clint.

— A première vue, il n'y a rien qui cloche. Mais pour plus de sûreté je vais lui faire passer une radio.

— Il doit s'entraîner demain matin à 7 heures.

— Je passe tout de suite à la clinique vétérinaire pour obtenir un rendez-vous, promit Liam. Au fait, toi et Andy êtes-vous bien installés ? Avez-vous besoin de quelque chose ?

Clint et Andy, l'autre groom qui accompagnait les chevaux durant ce séjour de trois mois et demi en Californie, allaient vivre dans des logements exigus dotés du strict nécessaire près des box des chevaux. Liam était conscient du sacrifice que cela représentait pour ces deux hommes, et aussi pour les deux jeunes femmes chargées de promener en main les chevaux et logées dans une autre partie de l'écurie. C'est pourquoi il leur versait un salaire plus que correct et il s'assurait qu'ils bénéficiaient de tous les avantages possibles.

— Tout va bien, Liam. Ne vous inquiétez pas pour nous. Nous sommes tous ravis et excités d'être ici.

Durant plusieurs années, Liam avait pris l'habitude d'expédier cinq ou six de ses meilleurs pur-sang pour participer au grand meeting de Hollywood Park Racetrack. Il faisait les allers-retours entre son ranch au Nouveau-Mexique et Los Angeles pour assister aux courses auxquelles ses chevaux prenaient part, tandis que Clete, son fidèle adjoint et ami, restait en Californie pour s'occuper des entraînements quotidiens. Mais Clete était décédé il y avait un peu plus de trois ans, et Liam ne s'était pas résolu à le remplacer. Cette perte l'avait forcé à assumer un surcroît de travail et à modifier son emploi du temps.

Cette année, il avait décidé de s'installer sur la côte Ouest pour toute la durée du meeting. Mais, maintenant qu'il avait vu Kitty enceinte, il se demandait s'il n'avait pas commis une énorme erreur. Non pas qu'il soit venu ici avec l'intention d'avoir une relation suivie avec elle. Ils étaient amis, pas amants. Ils avaient couché ensemble une seule fois, par le plus grand des hasards. Ce jour-là, il avait croisé Kitty et son père sur l'hippodrome de Lone Star Park, dans le nord du Texas. Ils avaient dîné tous les trois au restaurant, mais Will avait été appelé pour affaires et avait dû s'éclipser avant la fin du repas. Liam était resté avec Kitty, et ils s'étaient attardés autour d'une bouteille de vin. Sans doute avaient-ils un peu trop bu. Finalement, il avait raccompagné Kitty jusqu'à sa chambre d'hôtel à Dallas, et, une fois sur le seuil, une chose en avait entraîné une autre.

Plus tard cette nuit-là, avant qu'il quitte sa chambre, elle lui avait expliqué qu'elle n'était pas prête à avoir une relation sérieuse avec lui. Elle espérait qu'ils continueraient à être amis et non amants. Bien qu'il n'ait pas envisagé d'entretenir une liaison avec elle, il avait été piqué au vif par son attitude désinvolte. Et le fait qu'elle n'ait pas suffisamment apprécié leur union torride pour vouloir la réitérer lui avait fait l'effet d'une douche froide et lui avait remis les idées en place. Il lui avait alors assuré que cet interlude ne changerait rien à leur relation, et qu'en ce qui le concernait ils resteraient amis et rien de plus.

Le lendemain, il s'était envolé pour Oklahoma City pour s'occuper d'un de ses pur-sang engagé dans un derby à Remington Park, puis il était retourné au Nouveau-Mexique, faisant de son mieux pour chasser Kitty de son esprit. Deux mois s'étaient écoulés sans qu'il la voie ou lui parle. C'est alors que la nouvelle de la mort de Willard était tombée, frappant de stupeur le milieu hippique, et il s'était rendu à El Paso pour assister aux funérailles et présenter ses condoléances à Kitty.

Depuis, il avait continué de lutter contre le souvenir brûlant de cette fameuse nuit. Il s'était adjuré de tout oublier et d'aller de l'avant : ils avaient chacun leur vie ; il n'était pas homme à entretenir une liaison ni à se marier ; elle-même n'était pas intéressée par ce genre de choses.

Rien n'y faisait. Ce souvenir restait gravé dans son cerveau et revenait le hanter aux moments les plus inattendus. Il s'était demandé si elle songeait parfois à cette nuit torride et si elle se languissait de lui. Mais maintenant, en voyant son ventre arrondi, il était curieux de savoir qui avait pris sa place dans son lit. Etait-elle tombée amoureuse ? Comptait-elle se marier ?

Et si cet enfant était de lui ? Après tout, il avait fait l'amour à cette femme. Certes, elle lui avait dit qu'elle prenait la pilule, mais il était suffisamment intelligent pour savoir qu'aucune méthode n'est fiable à cent pour cent.

Troublé, il s'efforça de reporter son attention sur Reckless. Il refusait d'envisager que l'enfant soit de lui. Cette idée était trop terrifiante. La chassant résolument de son esprit, il s'adressa à Clint.

— Si la radio ne révèle rien d'anormal, je veux que Liv fasse marcher Reckless aux abords de l'écurie pendant une trentaine de minutes.

— Entendu. J'y veillerai, assura Clint.

Après lui avoir donné des instructions concernant les autres chevaux, il sortit du box d'un pas décidé.

Un rapide coup d'œil sur sa droite lui révéla que Kitty se tenait toujours au même endroit. Cette fois, elle parlait à une femme qui devait être une de ses employées. Les chevaux de Kitty étaient-ils eux aussi hébergés dans l'écurie 59 ? Dans d'autres circonstances, il aurait été heureux de partager les locaux avec elle. Après tout, ils étaient amis. Mais la voir enceinte l'avait bouleversé, et il ne savait plus où il en était.

Alors qu'il hésitait sur la conduite à tenir, elle croisa son regard. Elle le reconnut aussitôt et le dévisagea durant quelques brèves secondes avant de reporter son attention sur son interlocutrice.

Si elle lui avait adressé un sourire ou un bref geste de reconnaissance, il se serait rendu dans son bureau et aurait attendu un moment plus propice pour aller lui dire bonjour.

Mais, piqué au vif par sa façon flagrante de l'ignorer, il s'avança à sa rencontre.

— Je m'en occupe, miss Kitty, déclara la femme au moment où il parvenait à leur hauteur. N'hésitez pas à me faire savoir si vous avez besoin de quelque chose.

— Merci, Gina. J'apprécie beaucoup votre aide.

Quand Gina se fut éloignée, non sans avoir salué Liam d'un signe de tête, Kitty se tourna vers lui.

— Bonjour, Liam.

Malgré le léger sourire qui étirait ses lèvres soyeuses, son regard bleu était teinté de tristesse. Etait-ce le chagrin causé par la perte de son père qui l'affectait, ou autre chose ? Quoi qu'il en soit, elle était toujours aussi belle — d'une beauté si frappante qu'elle le ramena à cette fameuse nuit où ils s'étaient aimés passionnément.

— Bonjour, Kitty, répondit-il en essayant de chasser ces souvenirs érotiques. Comment vas-tu ?

Son sourire chavira, mais elle se reprit aussitôt.

— Bien, merci. Je suis très excitée d'être de retour à Hollywood Park. Et toi, comment vas-tu ?

Elle s'efforçait d'être cordiale, mais le ton de sa voix était impersonnel. Il n'avait pas vraiment pensé à la façon dont ils se comporteraient tous les deux quand ils se reverraient, dans des circonstances moins tristes que les funérailles de son père. Mais il n'avait jamais envisagé les choses de cette façon. Kitty était une femme douce, prévenante et d'humeur égale. Avec lui, elle s'était toujours montrée chaleureuse et franche. Toutefois, en ce moment, il avait la nette impression qu'elle se tenait sur la réserve, et son attitude le blessait.

— Je suis arrivé hier avec mon équipe. Nous venons juste de finir d'installer les chevaux et de prendre nos quartiers.

— Jusqu'à ce matin, j'ignorais que nous partagions la même écurie, dit-elle avec une certaine raideur. Combien as-tu amené de chevaux, cette fois-ci ?

— Vingt, répondit-il.

Ce vaste hippodrome comportait dix-huit centres d'entraînement et suffisamment de box pour héberger près de deux mille chevaux. Et pourtant lui et Kitty se retrouvaient dans les mêmes installations ! Etait-ce de la chance ou de la malchance ? Pour le moment, il était incapable de le dire.

Elle détourna les yeux, visiblement mal à l'aise, et il en profita pour promener son regard sur son ventre. La légère protubérance qui déformait son pull noir la rendait plus féminine et plus vulnérable, et il eut soudain envie de la prendre dans ses bras. Allons, ce n'était pas le moment ! songea-t-il, furieux contre lui-même.

— Oh ! je n'en ai amené que dix. Avec la mort de papa, nous avons dû suspendre une partie des entraînements, notamment l'apprentissage des stalles de départ pour les poulains de trois ans appartenant au Desert End. Je les ferai peut-être venir pour participer à la deuxième partie du meeting.

Par le passé, Liam s'était rendu à quelques reprises dans le ranch des Cartwright, au nord d'El Paso — un magnifique domaine s'étendant sur des kilomètres à la lisière du désert texan. Willard avait été un entraîneur et un éleveur très renommé dans le milieu hippique. Il avait un fils d'un précédent mariage, mais d'après la rumeur publique Desert End Stables, qui représentait une vaste fortune, revenait en totalité à Kitty. Le vieil homme avait sans doute pris cette décision parce que Owen, shérif adjoint du comté de Hudspeth, Texas, ne s'était jamais intéressé aux chevaux. Toutefois, Liam n'en doutait pas, Willard avait sûrement fait en sorte que son fils reçoive sa part d'héritage sous une forme pécuniaire ou autre. A sa connaissance, le père et le fils s'entendaient bien.

— Il me manque terriblement, déclara soudain Liam, la gorge nouée par l'émotion. Je n'ose pas imaginer ce que tu ressens.

Elle reporta son attention sur lui, et il remarqua son regard embué de larmes. Peut-être n'aurait-il pas dû faire allusion à son père, mais Willard avait tellement compté dans leurs vies à tous deux qu'il était impossible d'ignorer son souvenir.

— Rien n'a été facile depuis l'enterrement de papa, admit-elle d'une voix tendue. Mais tout le monde perd un être cher un jour ou l'autre. Cette fois, c'est à moi que c'est arrivé.

Oh oui, il savait trop bien ce que cela signifiait de perdre un être cher ! Sept ans auparavant, il avait eu une femme et un bébé à naître, et en l'espace d'une minute ils s'étaient effacés de sa vie quand la voiture que Felicia conduisait avait percuté une barrière de sécurité sur une route de montagne par temps d'épais brouillard et avait fini sa course dans un ravin. Depuis ce tragique accident, aucune femme n'avait réussi à capter son intérêt. Jusqu'à Kitty. Quelque chose en elle avait réveillé ses sens endormis depuis si longtemps et lui avait donné envie de renaître à la vie. Et maintenant, tandis qu'elle se tenait à quelques centimètres de lui, elle lui rappelait de nouveau qu'il était un homme de chair et de sang, avec des besoins et des désirs.

— Je suis vraiment désolé, Kitty, dit-il.

Sous le coup de l'émotion, elle cligna des paupières et reporta son regard sur le box à sa gauche, où un cheval à la robe noire mangeait du foin. En voyant le nom de M. Marvel figurant sur la plaque à l'entrée du box, Liam se rappela qu'il s'agissait d'un des poulains préférés de Willard. Nul doute que, partout où elle regardait, Kitty était entourée de souvenirs doux-amers de son père.

Mais elle avait aussi d'autres sujets de réflexion. Comme ce bébé qu'elle portait et l'homme qui l'avait conçu. Se pouvait-il qu'il soit le père de cet enfant ? Non ! Si c'était le cas, elle ne resterait pas plantée à ses côtés, faisant comme si de rien n'était. Elle lui aurait annoncé la nouvelle depuis plusieurs mois. Du moins, c'est ce qu'il espérait.

La voix de Kitty interrompt le cours de ses pensées.

— Je survivrai, Liam. Papa attendait le meilleur de moi. Je n'ai pas le droit de craquer maintenant au risque de détruire l'œuvre de sa vie.

— Kitty…

Elle semblait si abattue et si lasse qu'il en fut bouleversé. Et sans même réfléchir il posa une main sur son bras, dans un geste de réconfort.

— Puis-je faire quelque chose pour toi ?

Comme elle tardait à répondre, il sentit l'embarras le gagner. Qu'est-ce qu'il se figurait ? Elle n'avait pas besoin de lui. Curieusement, cette idée le frustra.

— Je ne sais pas, dit-elle en reportant son regard sur lui. Pourrais-tu venir dîner avec moi ce soir ?

Un tremblement de terre ne lui aurait pas causé un plus grand choc ! Jamais elle ne l'avait invité à la rejoindre quelque part, et de son côté il ne lui avait jamais proposé de sortir avec lui. S'ils s'étaient côtoyés, c'était à cause de Willard. En fait, le père de Kitty lui avait demandé une fois de sortir avec elle. Le vieil homme était persuadé que Liam et sa fille formeraient un couple assorti puisqu'ils partageaient la passion des chevaux et exerçaient le même métier. Mais Liam avait repoussé la suggestion. A l'époque, le décès tragique de sa femme était encore très présent dans son esprit, et il n'avait eu aucune envie de sortir avec qui que ce soit. Et aujourd'hui…, il n'en avait toujours pas envie, car la perte de Felicia continuait de le hanter.

Il s'efforçait de recouvrer ses esprits quand Kitty ajouta :

— Si tu as d'autres engagements, ce n'est pas grave. Ce sera pour une autre fois.

Il passa mentalement en revue son emploi du temps.

— Non. J'ai un rendez-vous à 19 heures. Mais il ne durera pas plus d'un quart d'heure. Est-ce que 19 h 30 te conviendrait ?

Elle parut étrangement soulagée, une réaction qui accrut sa perplexité. Si elle avait eu besoin de le voir ou de lui parler, il lui suffisait de décrocher son téléphone et de l'appeler. Il trouvait bizarre qu'elle veuille dîner avec lui ce soir. Toutefois, la perspective de passer du temps avec elle l'excitait malgré lui.

— Ce serait parfait. Passe me chercher à mon bureau. Il est à l'autre extrémité de l'écurie. J'ai déjà apposé mon nom sur la porte. Tu n'auras donc aucune difficulté à me trouver.

— Très bien.

Constatant soudain qu'il lui tenait toujours le bras, il laissa retomber sa main.

— Au fait, as-tu une préférence pour un restaurant ? Je vais réserver.

— Choisis plutôt un endroit simple et tranquille.

— Entendu.

Un léger sourire éclaira le visage de Kitty, et cette vue lui réchauffa le cœur. Quelle que soit la situation personnelle de cette femme, il voulait qu'elle soit heureuse. Surtout avec lui.

— Et maintenant, si tu veux bien m'excuser, j'ai une pouliche capricieuse qui attend que je lui mette ses œillères.

— Bien sûr. Moi aussi, j'ai du travail. A ce soir.

Kitty s'abstint de regarder Liam pendant qu'il s'éloignait. Elle n'en avait pas besoin. Ses traits ciselés, ses yeux noisette émaillés de vert et ses cheveux bruns étaient gravés dans sa mémoire, tout comme sa haute silhouette athlétique. Il n'était peut-être pas le plus bel homme qu'elle ait jamais croisé, mais il était à coup sûr le plus sexy. Et, six mois plus tôt, son charme fatal avait causé sa perte.

Par la suite, elle avait mis sa conduite imprudente sur le compte du vin qu'elle avait bu au dîner ce soir-là. Mais au fond de son cœur elle savait pertinemment que ce n'était pas ces deux verres d'alcool qui l'avaient fait tomber dans les bras de Liam Donovan.

Elle l'avait rencontré pour la première fois sept ans auparavant, alors qu'elle avait dix-neuf ans et qu'elle commençait à suivre son père sur les hippodromes du pays. Elle avait aussitôt été subjuguée par son charme viril et sexy, et par ses qualités d'entraîneur.

Et, petit à petit, elle avait appris à mieux le connaître.

Dans le milieu hippique, il avait la réputation d'être loyal, intransigeant et travailleur. Selon elle, il était tout cela et plus encore. Un homme secret qui se livrait peu — un trait de caractère qui le rendait encore plus mystérieux et intéressant.

Elle avait appris par son père qu'il avait perdu sa femme et son bébé à naître dans un accident de voiture il y avait un peu plus de six ans, mais Liam lui-même ne lui en avait jamais parlé. Avec elle, il discutait uniquement de méthodes d'entraînement, de ventes aux enchères, de pedigrees, des avantages et des inconvénients des différents hippodromes… Cependant, toutes ces discussions lui avaient permis d'entrevoir d'autres traits de sa personnalité qui le rendaient attachant.

Elle l'admirait, elle était follement attirée par lui… et elle redoutait d'être amoureuse de lui. Redouter était le mot juste. Car Liam Donovan était un homme exigeant et perfectionniste, et il ne serait jamais un père de famille accommodant. Par ailleurs, longtemps avant sa mort, son père lui avait confié qu'il avait suggéré à Liam de sortir avec elle, et qu'il avait refusé. Dans ces conditions, il n'y avait aucune chance qu'il tombe amoureux d'elle.

Pourquoi n'était-elle pas restée à Desert End, laissant à Clayton le soin de s'occuper de tout ici ? Il y avait beaucoup de travail au haras avec le débourrage des poulains de deux ans et l'entraînement des chevaux plus âgés en vue des courses prévues cet été.

Au lieu de ça, il avait fallu qu'elle vienne. Parce qu'elle savait que Liam serait là, qu'elle voulait le voir et être de nouveau près de lui. Et maintenant elle devait trouver le courage de lui annoncer qu'il allait être père.

Ravalant la boule d'émotion qui lui obstruait la gorge, elle pénétra dans le box numéro trente qui abritait Blue Snow, une des pouliches primées.

Clayton était en train de s'occuper de l'animal.

— Désolé, Kitty, dit-il, l'air dépité. Je croyais qu'avec le temps elle accepterait que je lui mette ses œillères. Mais plus j'essaie, plus elle devient nerveuse.

— Il ne faut surtout pas la perturber. Quand elle se comporte ainsi, contente-toi de la laisser tranquille. Il sera temps de s'inquiéter le jour où elle refusera que je lui mette ses œillères.

Elle les lui prit des mains, mais avant de s'en servir elle commença par flatter l'encolure de la jument en lui murmurant des paroles apaisantes.

— Quelque chose ne va pas, Kitty ?

— Blue Snow est très nerveuse dès qu'on lui touche la tête. Et je n'ai pas besoin de te dire combien cette pouliche est importante à mes yeux — et pour Desert End.

— Je sais tout cela. En fait, je ne parlais pas de Snow mais de toi. On dirait que tu viens de voir un fantôme.

Liam était loin d'être un fantôme, même s'il hantait ses pensées depuis six mois... depuis qu'elle avait fait l'amour avec lui et qu'un bébé allait naître de cette union.

— Je vais bien, Clayton. Je me suis dépêchée et je suis un peu essoufflée, c'est tout.

Le jeune homme, qui travaillait comme entraîneur adjoint au Desert End depuis l'an dernier, s'éclaircit la gorge.

— J'ai remarqué que tu parlais à Liam Donovan. Est-ce qu'il te cause des ennuis ?

Kitty se mordit la lèvre. Certes, Liam lui avait causé un problème, mais pas de ceux que pouvait imaginer Clayton. Et elle n'avait pas l'intention de lui fournir des explications. Du moins, pas encore.

Jusqu'à présent, personne ne savait qui était le père de son enfant, et son entourage avait respecté sa vie privée. Toutefois, il faudrait bien qu'elle se décide à satisfaire la curiosité que son état ne manquait pas de susciter, surtout auprès des quelques membres restants de sa famille. Mais elle devait d'abord parler à Liam, même si elle ignorait comment il allait réagir. Rien qu'à l'idée de l'affronter elle en était malade.

— Non. Qu'est-ce qui te fait dire ça ? Ses chevaux sont logés dans le même bâtiment. Il vaquera à ses occupations ici et au centre d'entraînement, tout comme nous.

Le visage de Clayton s'assombrit un peu plus.

— C'est bien là le problème. Il est très difficile à contenter et il crie après ses employés comme s'ils étaient des esclaves.

Elle réprima un soupir.

— Il exige d'eux qu'ils procurent les meilleurs soins à ses chevaux, c'est tout. Il n'oblige personne à travailler pour lui.

Clayton ricana.

— Il est d'une arrogance ! Il se comporte comme si ses pur-sang étaient des cracks et les autres, des tocards.

Ces propos la contrarièrent. Elle appréciait Clayton sur le plan tant personnel que professionnel. Elle pouvait compter sur lui chaque fois qu'elle n'était pas en mesure de veiller à la bonne marche du haras. Néanmoins, il était hors de question de le laisser calomnier Liam.

— C'est faux, riposta-t-elle. Je suis bien placée pour le savoir. Liam est un vieil ami de la famille. Tu l'ignorais ?

Clayton s'empourpra, visiblement gêné.

— Euh, oui.

— Lui et mon père étaient très proches.

Elle s'abstint d'ajouter qu'elle et Liam l'avaient été plus encore. Clayton et les autres l'apprendraient bien assez tôt.

— Hum, c'est plutôt surprenant, reprit-il. J'ai entendu dire que Donovan pouvait se conduire en véritable salaud à l'occasion.

— On entend toutes sortes de choses dans ce milieu. Il faut en prendre et en laisser. Le succès fait souvent des envieux.

Reportant toute son attention sur la pouliche, elle lui passa les œillères. Par chance, l'animal resta tranquille pendant qu'elle lui fixait la plaque de cuir.

— C'est vrai, admit Clayton. Mais, franchement, je suis surpris que Willard ait eu autant d'estime pour lui. Ils sont tellement différents l'un de l'autre !

Non, songea Kitty, Liam ressemblait à son père par bien des côtés. C'était sans doute ce qui l'avait attirée chez lui en premier lieu. Mais, aujourd'hui, le fait qu'il soit aussi opiniâtre et déterminé que son père la remplissait d'angoisse.

Quand ses parents avaient divorcé, alors qu'elle n'avait que six ans, son père s'était battu bec et ongles pour obtenir sa garde, et il avait gagné. Elle refusait de penser que Liam pourrait faire la même chose avec son enfant. Elle voulait croire qu'il était un homme loyal et compatissant. Cela dit, la situation était très différente. Elle n'était pas l'épouse de Liam. Et contrairement à sa mère elle désirait de tout cœur être présente et dévouée pour son bébé.

Jugeant qu'elle avait suffisamment discuté de Liam avec son adjoint, elle changea de sujet.

— Qui doit entraîner Snow ce matin ? Abby ou Rodrigo ?

— Abby.

— Dis-lui de la faire galoper sur huit cents mètres, pas plus. Et ce n'est pas parce qu'elle porte des œillères qu'il faut la pousser à son maximum. Je veux seulement vérifier si elles l'aident à mieux se concentrer.

— Tu l'observeras depuis les tribunes ?

Elle regarda sa montre. Elle était arrivée à l'écurie un peu avant 5 heures du matin, et il était près de 8 heures. Quand elle retrouverait Liam ce soir, elle serait épuisée. Mais ce serait peut-être une bonne chose, songea-t-elle sombrement. S'il se mettait à hurler et à tempêter, sa fatigue l'aiderait peut-être à gérer la situation calmement.

— J'y vais de ce pas, dit-elle à Clayton en sortant du box.

Ce soir-là, Liam ne prit pas le temps de se rendre dans sa maison de location pour se doucher et se changer avant de passer prendre Kitty. Dans son petit bureau, situé non loin des box qui abritaient ses chevaux, il conservait des vêtements de rechange. Par chance, la salle de bains était équipée d'une douche minuscule. Il en fit un usage rapide et longea l'immense allée bordée de box pour retrouver Kitty.

Malgré un emploi du temps chargé, elle avait monopolisé toutes ses pensées. Son invitation à dîner était si inattendue ! Certes, il lui avait proposé son aide, mais il ne s'était pas attendu à ce qu'elle le prenne au mot.

A l'évidence, elle voulait lui parler de quelque chose, mais de quoi ? De la mort de son père et des responsabilités qui pesaient désormais sur ses épaules ? De ses chevaux ? De son bébé ?

Le bébé ! Il y avait aussi songé toute la journée, se demandant qui en était le père et ce que Kitty comptait faire quand il serait né. Si c'était lui le père, qu'attendait-elle de lui ? Une aide pécuniaire ? Le mariage ? Rien ? Et s'il n'était pas le père ? A dire vrai, cette idée l'ennuyait terriblement. Bien sûr, le fait d'avoir couché une fois avec Kitty ne lui donnait pas le droit de se montrer possessif envers elle ou le bébé. Pourtant, il ne pouvait s'en empêcher. Et, avec un pareil état d'esprit, il risquait d'aller au-devant d'une immense déconvenue.

La porte du bureau de Kitty était grande ouverte, et Liam l'aperçut, assise à une table, son téléphone à l'oreille.

Il frappa à la porte et pénétra dans la pièce qui portait déjà sa touche personnelle, avec les photos de parents et d'amis, mais aussi de chevaux du Desert End ayant remporté divers trophées.

Dès qu'elle l'aperçut, elle abrégea la conversation.

— J'espère que je n'ai pas interrompu quelque chose d'important, dit-il.

Un mince sourire éclaira son visage, et il fut frappé par les cernes de fatigue sous ses yeux et le léger tassement de ses épaules. Un entraîneur devait travailler de longues heures. C'était un métier éreintant même pour un homme costaud et en bonne santé comme lui. Il avait du mal à imaginer ce que cela devait être pour Kitty, surtout dans son état. A l'idée qu'il pouvait lui arriver quelque chose, à elle ou à son enfant, il sentit sa gorge se nouer. Et il s'aperçut soudain à quel point il tenait à les protéger tous les deux.

— C'était un propriétaire, expliqua-t-elle en se levant. Tu sais ce que c'est. Parfois, ils s'inquiètent pour un rien et ils appellent cinq ou six fois par jour. En l'occurrence, c'était son troisième coup de fil.

Elle avait troqué son pantalon pour une robe gris perle qui drapait pudiquement son ventre arrondi, et dont l'ourlet effleurait le bord de ses bottes élégantes. Ses cheveux blonds étaient noués en chignon et maintenus par un petit peigne en écaille. Malgré sa fatigue, elle était encore plus belle que dans son souvenir.

— Dorloter et rassurer les propriétaires, cela fait partie du métier, approuva-t-il.

Elle récupéra un sac à main noir et le rejoignit sur le seuil.

— Voilà. Je suis prête.

— Tu devrais prendre une veste, suggéra-t-il. Bien qu'on soit au début avril, on se croirait en février dehors. Le temps s'est nettement rafraîchi, ce soir.

Elle jeta un coup d'œil à la chemise molletonnée qu'il portait, puis se dirigea vers une armoire exiguë d'où elle retira une pèlerine en lainage rouge. Il s'avança aussitôt pour la lui draper autour des épaules. Tandis qu'il lissait le tissu sur le dos de Kitty, son délicat parfum floral et la proximité de son corps voluptueux mirent tous ses sens en émoi.

— J'ai réservé dans un restaurant de fruits de mer, dit-il d'une voix un peu trop rauque, en lui boutonnant la pèlerine au niveau du col.

Ses doigts effleurèrent son menton par inadvertance, et la douceur de sa peau lui donna envie de lui prodiguer d'autres caresses.

— Je me suis souvenu que tu aimais les langoustines frites.

Elle leva son regard vers lui, les lèvres tremblantes et les yeux embués de larmes.

— La dernière fois que nous avons dîné ensemble, papa était avec nous. Et maintenant… Oh ! Liam, aide-moi, murmura-t-elle d'une voix brisée.

Un flot d'émotions lui étreignit le cœur et, incapable de parler, il la serra dans ses bras.

Pendant un long moment, elle demeura immobile, puis elle rejeta la tête en arrière et le regarda droit dans les yeux.

— Je suis désolée, Liam. Je…

Laissant échapper un gémissement sourd, elle lui tourna le dos.

— Je suis désolée de t'avoir mêlé à mon chagrin. Et je…

Il était sur le point de la prendre de nouveau dans ses bras quand elle fit volte-face. Cette fois, ses traits étaient déformés par la souffrance.

— Et je suis désolée de devoir te dire que tu vas être père.

2

Le cœur de Liam manqua un battement.

— Moi ? Je suis le père de ce bébé ?

— Je n'aurais pas dû te dire ça de façon aussi abrupte, fit Kitty en baissant les paupières. Ce n'était pas mon intention. Je voulais attendre la fin du dîner…

Elle ouvrit les yeux et l'observa avec circonspection.

— Qu'en penses-tu ?

Déglutissant avec peine, il s'efforça de recouvrer ses esprits. Toute la journée, il s'était répété qu'il n'y avait quasiment aucune chance pour que ce bébé soit de lui. Il avait essayé de se persuader qu'après leur aventure d'une nuit Kitty avait rencontré un autre homme avec qui elle entretenait une relation durable. Pourtant, tout au fond de son cœur, il était convaincu qu'elle portait son enfant. Et, maintenant qu'elle lui avait officiellement annoncé la nouvelle, il ressentait un étrange cocktail d'émotions, mélange de peur et d'euphorie.

— Je pense…

Il s'interrompit en entendant un bruit de pas derrière lui, puis un coup frappé à la porte.

— Kitty, vous aurez besoin de moi, demain matin ?

Regardant par-dessus son épaule, Liam reconnut Rodrigo, un des cavaliers d'entraînement, qui travaillait déjà au Desert End du temps de Willard. Le jeune homme arborait un grand sourire. En le voyant aussi heureux et insouciant, Liam se demanda soudain quel aurait été son quotidien, sans le poids des responsabilités pesant sur ses épaules. Mais depuis son adolescence son père avait placé de grands espoirs en lui. Et il s'efforçait encore aujourd'hui de ne pas le décevoir.

Kitty s'éclaircit la gorge.

— Oui, pour plusieurs galops d'essai, dit-elle. Va voir Clayton. Il doit être encore dans les parages. Si tu ne le trouves pas… (Elle gribouilla un numéro sur un bout de papier et le tendit au jockey.) Appelle-le sur son portable. Il te donnera les instructions nécessaires.

Rodrigo prit le papier sans se départir de son sourire.

— Merci, Kitty. Et à demain matin.

Quand il se fut éclipsé, elle se tourna lentement vers Liam.

— Je crois que nous devrions…

Elle s'interrompit en entendant la sonnerie de son portable. Lui jetant un regard d'excuse, elle récupéra l'appareil dans son sac à main.

— Désolée, Liam, je vais l'éteindre.

Dès qu'elle eut fini sa manipulation, il l'attrapa par le bras.

— Allons-y avant que quelqu'un d'autre n'arrive, maugréa-t-il.

Ils sortirent du bureau et se dirigèrent vers le parking réservé au personnel de l'hippodrome, aux entraîneurs et à leurs employés. Sans mot dire, il l'aida à s'installer dans son luxueux SUV.

Ce ne fut qu'une fois sur l'autoroute qu'il se sentit en état de parler.

— Je ne comprends pas, Kitty. Notre aventure remonte à six mois. Pourquoi ne m'as-tu…

— Ne discutons pas de ça pendant que tu conduis, Liam, l'interrompit-elle, le regard implorant. Le sujet mérite davantage d'attention.

Il se rendit soudain compte qu'il était crispé sur le volant et que sa respiration était saccadée. Il devait à tout prix se ressaisir et affronter la situation de manière rationnelle. Il ne gagnerait rien en perdant son sang-froid, sauf à se ridiculiser devant Kitty. Elle avait raison sur un point : ce bébé méritait toute son attention.

— Entendu. Nous en parlerons au cours du dîner.

Par chance, le restaurant qu'il avait choisi se trouvait non loin du champ de courses. Ils y arrivèrent en moins de quinze minutes et s'assirent près d'une fenêtre donnant sur un jardin. La nuit était tombée, mais des réverbères éclairaient les bosquets fleuris et les palmiers.

Après que le serveur eut pris leurs commandes, Kitty regarda par la fenêtre en silence. Le temps maussade qui s'était installé en début d'après-midi était assorti à la tristesse qui émanait d'elle, songea Liam en examinant les traits délicats de son visage.

Cette tristesse était-elle due à la perte de son père ou au fait qu'elle allait avoir un bébé ? Son bébé ! Cette nouvelle était tellement extraordinaire qu'il n'était pas sûr de l'avoir totalement assimilée. Dire qu'hier il était un veuf n'ayant en tête que ses chevaux, et aujourd'hui il allait être père !

A l'évocation de son veuvage, ses émotions prirent un autre tour. Et si un accident tragique arrivait à Kitty, le privant de ce bébé avant qu'il ait eu la chance d'être un père pour lui, comme cela s'était produit sept ans auparavant avec Felicia ? Paradoxalement, alors même que cette question effrayante lui traversait l'esprit, il brûlait d'envie de laisser éclater sa joie.

— Je conçois que tu aies du mal à comprendre pourquoi je ne t'ai pas parlé du bébé auparavant, dit-elle soudain. Mais je ne vais pas m'en excuser. C'est seulement après la mort de papa que j'ai appris avec certitude que j'étais enceinte. Et à ce moment-là j'avais d'autres affaires plus urgentes à régler.

Devenir un parent, n'était-ce pas une affaire urgente ? faillit-il lui rétorquer, mais il se retint à temps. Après tout, la perte de son père l'avait anéantie, et maintenant Kitty devait assumer sa grossesse. Elle méritait de la compréhension de sa part, et non des reproches.

Jetant un coup d'œil autour de lui, il s'aperçut qu'ils étaient les deux seuls clients installés dans la petite salle. La quiétude des lieux lui rappela qu'à l'exception de la fameuse nuit où ils avaient couché ensemble ils ne s'étaient quasiment jamais retrouvés en tête à tête. Et pourtant ils allaient avoir un bébé. La vie vous réserve de ces surprises !

— Tu as dû encaisser deux chocs successifs, concéda-t-il.

Les prunelles bleues de Kitty étaient empreintes de regret tandis qu'elle le dévisageait.

— Oui. Et maintenant c'est moi qui viens de te causer un choc, soupira-t-elle. Papa a été terrassé par une crise cardiaque foudroyante. Qui l'aurait cru ? Il était tellement costaud et débordant de vie ! Le coup a été d'autant plus rude que mon frère était en déplacement quand c'est arrivé. J'ai dû m'occuper seule des funérailles, et puis, il y avait le haras. Sans papa, j'étais perdue, et je ne savais pas si je serais capable de prendre la relève. Là-dessus, j'ai appris que j'étais enceinte, et je n'étais même pas sûre de pouvoir assumer ma maternité.

A l'idée qu'elle ait envisagé de mettre un terme à sa grossesse, Liam sentit son sang se glacer dans ses veines. Il avait déjà perdu un bébé à naître, et la perspective d'en perdre un second lui était insupportable. Il n'avait pas besoin d'y réfléchir à deux fois ; il savait d'ores et déjà qu'il voulait cet enfant. Il le désirait de tout son être.

— Tu veux dire… que tu as envisagé de ne pas avoir ce bébé ? demanda-t-il, incrédule.

Elle dut deviner le cheminement douloureux de ses pensées, car elle secoua vivement la tête.

— Non ! J'ai toujours su que je mènerais ma grossesse à son terme, dit-elle en reportant son regard sur son ventre. Mais… tout m'est tombé dessus d'un seul coup. Il m'a fallu un moment pour me reprendre en main et planifier mon avenir — un avenir sans mon père à mes côtés.

— Je suis heureux que tu aies gardé le bébé, Kitty, dit-il, ému.

Contre toute attente, elle parut soulagée. Avait-elle redouté qu'il soit furieux à l'annonce de sa grossesse ? Ou, pire encore, qu'il ne veuille pas de cet enfant ? Soit, il lui arrivait d'être impitoyable avec des employés incompétents ou insoucieux du bien-être de ses chevaux. Mais jamais avec les gens qu'il aimait.

Pourtant, il n'aimait pas Kitty. Non. Il ne la connaissait pas assez pour l'aimer. Il l'appréciait et l'admirait, certes. Et il était très attiré par elle. Mais l'amour, c'était autre chose. Qui plus est, son cœur et tout l'amour qu'il avait eu en lui avaient été enterrés avec sa femme et son bébé. Il n'avait plus rien à offrir à Kitty.

— Tu n'es donc pas furieux contre moi ? demanda-t-elle.

Cette nouvelle le faisait passer par toute la gamme des émotions — la stupéfaction, la peur, la joie —, à l'exception de la colère. Comment pourrait-il en vouloir à Kitty alors qu'il avait toujours rêvé d'avoir un enfant ?

Il prit sa main dans la sienne.

— Pourquoi le serais-je ?

Elle s'empourpra, visiblement gênée.

— Parce que cette nuit-là je t'ai assuré que nous étions protégés. Et je le croyais. J'étais sous contraceptif. D'après le médecin, il y avait une chance infime pour que je tombe enceinte. Il faut croire que la chance a travaillé contre nous.

— Ou pour nous, répliqua-t-il. Tout dépend de la façon dont on voit les choses.

Il allait être père ! A chaque minute qui passait, l'idée s'ancrait lentement mais sûrement dans son esprit. Et il était étonné de voir à quel point il se sentait à l'aise avec cette pensée. Surtout après avoir passé les six dernières années à se convaincre que son destin n'était pas de fonder une famille.

Un pâle sourire étira les lèvres de Kitty.

— Je suis heureuse que tu réagisses ainsi. Certains hommes ne seraient pas aussi compréhensifs.

— Je ne fais pas partie de cette catégorie, assura-t-il. Cela dit, quand je me suis rendu compte ce matin que tu étais enceinte, j'ai cru que tu avais rencontré un homme et que tu vivais en couple avec lui.

Elle ouvrait la bouche pour répondre quand le serveur leur apporta leurs boissons — un cocktail pour lui et un *ginger ale* pour Kitty. Après son départ, elle lui adressa un sourire contraint.

— Je n'avais pas de temps à consacrer à un homme.

Il haussa les sourcils, sceptique. Certes, ils n'avaient été intimes qu'une seule nuit, mais quelle nuit !

— Tu as eu du temps pour moi.

Son sourire chavira, et elle contempla le liquide gazeux, les mains crispées sur son verre.

— Tu sais aussi bien que moi que nous n'étions pas dans notre état normal, ce soir-là. Nous allons avoir un enfant ensemble, mais cela ne fait pas de nous un couple. Et nous ne le serons jamais.

Même si chaque mot qu'elle prononçait était vrai, il n'aimait pas la façon dont elle s'exprimait. Elle se montrait tellement détachée, indifférente, voire insensible ! Sans être amoureux de Kitty, il éprouvait de l'affection pour elle. Mais à l'évidence ce sentiment n'était pas réciproque. Et il en était mortifié. Bien sûr, il s'en remettrait. L'essentiel, après tout, c'était cet enfant qui allait naître.

— Sans doute, admit-il. Mais ce bébé va créer un lien entre nous pour le restant de notre vie.

Elle sirota une gorgée puis détourna le regard, visiblement mal à l'aise.

— Oui, je suppose que tu as raison.

Avec nervosité, il se passa une main dans les cheveux.

— Dire que j'avais renoncé à l'idée d'avoir un enfant dans ma vie, et maintenant je vais être père ! s'exclama-t-il, bouleversé.

Elle le contempla pensivement.

— Tu es encore jeune, Liam. J'ai peine à croire que tu aies pu tirer un trait sur cet aspect de ta vie.

Il poussa un profond soupir.

— Vraiment ? Je suis pourtant sûr que Will t'a dit à propos de... ma famille et... ce qui est arrivé.

Même maintenant, malgré ses efforts pour aller de l'avant, il avait du mal à parler de Felicia et du bébé. C'était comme s'il contemplait un trou noir béant. Son entourage lui avait souvent reproché de se raccrocher inutilement au passé, ce qui n'était pas tout à fait vrai. Il avait essayé d'oublier et de se tourner vers l'avenir. Il s'était jeté dans le travail à corps perdu. Il s'était même forcé à sortir avec d'autres femmes. Mais il n'avait jamais éprouvé le moindre intérêt pour l'une d'elles. Jusqu'à Kitty. Et encore, son attirance pour elle s'était imposée peu à peu à lui. Et maintenant elle se concrétisait par un bébé !

— Oui, papa m'a parlé de l'accident, il y a quelques années, admit-elle. Je n'y ai jamais fait allusion devant toi parce que… c'était une affaire privée. Je préférais que tu en parles le premier.

— C'est un sujet que j'aborde rarement.

Elle le considéra avec attention.

— Ainsi, c'est cet accident qui t'a fait renoncer à l'idée de fonder de nouveau une famille ?

— Oui. Il m'a toujours semblé impossible de remplacer la famille qui m'a été enlevée. Felicia était une femme merveilleuse. Nous nous comprenions et nous entendions parfaitement. Et ce bébé était un rêve devenu réalité pour nous deux. Leur départ a laissé un grand vide dans ma vie. Et je n'ai jamais réussi à le combler.

— Je vois, murmura-t-elle avec raideur.

Vraiment ? La plupart du temps, il avait du mal à comprendre ses propres sentiments, et il doutait que Kitty puisse lire dans son cœur. Quoi qu'il en soit, avec ce nouveau bébé, sa vie allait changer.

— J'espère que mes propos ne t'ont pas blessée, dit-il, soudain conscient du désarroi de Kitty. Si c'est le cas, je m'en excuse. Je ne suis pas quelqu'un de méchant, tu sais.

Un léger sourire étira les lèvres pulpeuses de Kitty, et il fut surpris de constater à quel point il avait envie de l'embrasser, de sentir de nouveau toute cette douceur contre sa bouche et la caresse de son souffle chaud sur sa joue.

— Je n'ai jamais pensé cela de toi, Liam. Tu es déterminé et exigeant, oui, mais pas méchant.

Il sirota une autre gorgée, regrettant que le cocktail ne soit pas assez fort pour freiner le tourbillon de ses pensées. En temps normal, il était un homme posé et réfléchi. Mais la nouvelle que Kitty venait de lui assener avait mis son cerveau en ébullition et son cœur en émoi.

— Si je tiens bon, c'est grâce au travail, admit-il. Depuis

la mort de Felicia et du bébé, les chevaux et les courses sont toute ma vie.

— Tu as réussi à te faire un nom dans ce métier. Les propriétaires et les autres entraîneurs ont beaucoup de respect pour toi.

Il se mit à rire, amusé par cet éloge dithyrambique.

— Vraiment ? Dommage que j'ai laissé ma couronne dans mon coffre-fort au Diamond D !

Le sourire qui illumina le visage de Kitty lui réchauffa le cœur.

— Tu n'as pas besoin de porter de couronne, Liam. Tout le monde sur la côte Ouest sait que tu es le roi des hippodromes.

— Uniquement sur la côte Ouest ?

Sa remarque la fit rire. Comme elle était belle, quand elle riait ainsi !

— Je ne vois pas pourquoi les professionnels auraient une aussi haute opinion de moi, dit-il en reprenant son sérieux. Je n'ai jamais décroché le moindre trophée en tant qu'entraîneur en Californie. Peut-être parce que, jusqu'à présent, je ne faisais pas venir suffisamment de chevaux.

— Mais cette saison tu as toutes tes chances.

Le serveur arriva avec leurs salades. Kitty devait être affamée car elle concentra toute son attention sur son assiette et attaqua sans tarder une feuille de laitue.

Suivant son exemple, il avala quelques bouchées avant de reprendre le fil de la conversation.

— En faisant venir certains de mes meilleurs pur-sang, j'espère prouver aux gros propriétaires que le Diamond D est capable de rivaliser avec les meilleurs haras.

Elle soupira.

— Pour ma part, j'espère seulement me montrer digne de mon père. Et ce ne sera pas facile.

— Rien n'est facile dans ce métier. Mais tu n'as pas à t'inquiéter, Kitty. Là où il est, Willard est fier de toi.

A sa grande consternation, Kitty sentit les larmes lui monter aux yeux. Toute la journée, elle s'était promis de ne pas laisser l'émotion la gagner en présence de Liam. Peine perdue. Quand il avait évoqué son père, elle avait senti son cœur se déchirer. Et, quand il lui avait parlé de la perte de sa femme et de leur bébé, elle avait éprouvé une profonde tristesse. Pour lui et pour elle. A l'évidence, il n'avait toujours pas surmonté son chagrin et n'était donc pas prêt à aimer de nouveau. Ni elle ni une autre femme. Oh ! mon Dieu, comme tout cela était désespérant ! Elle avait tellement envie de voir autre chose que de l'affection dans ses yeux !

— Je ferai tout mon possible pour être à la hauteur de l'héritage qu'il m'a laissé, dit-elle d'une voix étranglée.

Et pour conserver ce qui lui appartenait en toute légitimité, aurait-elle pu ajouter. Mais le moment était mal choisi pour parler à Liam de la stipulation que son père avait mise dans son testament. Cette soirée était entièrement consacrée au bébé et à la façon dont ils pouvaient envisager leur avenir en tant que futurs parents.

Un sourire éclaira le visage de Liam, et elle sentit son cœur s'affoler, comme une jeune fille en proie aux affres du premier amour. C'était à la fois ridicule et grisant de réagir ainsi face à cet homme. Et elle s'aperçut soudain qu'il venait de faire quelque chose qu'elle croyait impossible : il l'avait sortie de la léthargie où l'avait plongée la mort de son père et il lui avait redonné goût à la vie.

— Je n'en doute pas, assura-t-il. La première fois que je t'ai vue, tu ne lâchais pas Willard d'une semelle et tu buvais ses paroles. Je suis certain que durant toutes ces années tu as acquis la somme de connaissances nécessaires pour réussir.

Du moins, son père lui avait appris à se faire respecter des hommes et à maîtriser les chevaux ombrageux. Deux techniques qu'elle devait encore perfectionner.

— Je ferai de mon mieux, répéta-t-elle, baissant les yeux sur son assiette.

Ils mangèrent un moment en silence, puis il demanda :

— Parle-moi de ta santé. Tu te sens bien ? Et le bébé ?

Ravie qu'il change de sujet, elle se détendit un peu.

— J'ai eu des nausées durant les deuxième et troisième mois, mais c'est du passé. A présent, je vais bien. Quant au bébé, il est en bonne santé et se développe normalement.

Il parut soulagé, et elle se demanda comment il vivait l'annonce de sa paternité. Lui avait-elle rappelé des souvenirs trop douloureux à supporter ? Ou la considérait-il comme une seconde chance ? S'ils avaient formé un vrai couple, elle n'aurait pas eu à se poser ce genre de questions. Elle connaîtrait déjà les réponses. Mais elle doutait qu'ils soient un jour suffisamment proches l'un de l'autre pour qu'elle puisse lire dans son cœur. Cette idée la remplit de tristesse. Elle avait toujours rêvé d'être importante aux yeux de cet homme, et maintenant qu'elle allait avoir son enfant elle le désirait plus que jamais.

— J'en suis heureux. Espérons que tout continue ainsi.

Nul doute qu'il l'espérait de toute son âme. A l'évidence, il voulait cet enfant, et la perte de son premier bébé l'inciterait peut-être à se raccrocher davantage encore à celui-ci.

Et s'il essayait de lui arracher leur enfant pour l'emmener dans son ranch au Nouveau-Mexique ? Comme Clayton l'avait suggéré, Liam pouvait se montrer impitoyable à l'occasion. Et elle redoutait que cette intransigeance ne soit dirigée contre elle ou son enfant. Mais jusqu'à présent elle n'avait décelé aucun signe inquiétant de sa part. Et c'était une bonne chose, car elle n'avait pas l'intention de renoncer à ses droits sur son bébé.

— Quand dois-tu accoucher ?

— La première semaine de juillet, répondit-elle en poussant un soupir de résignation.

L'*American Oaks* aurait lieu presque en même temps. Or, c'était cette course qui déterminerait sa carrière d'entraîneur. Sa pouliche devait gagner, ou à la rigueur se placer dans les trois premières. Sinon, elle risquait de tout perdre.

— C'est en plein cœur de la saison des courses.

— Inutile de me le rappeler. J'ai déjà payé les frais d'inscription de Black Dahlia à l'*American Oaks*. Je serai probablement en salle d'accouchement quand la cloche sonnera le début de l'épreuve, ironisa-t-elle. Mais d'ici là nous verrons bien. Quoi qu'il arrive, Clayton est un excellent adjoint. Je lui fais toute confiance pour diriger les opérations pendant que je serai à l'hôpital.

Le regard pénétrant qu'il fixait sur elle la mit mal à l'aise.

— Et ensuite ? insista-t-il. Que comptes-tu faire ?

Elle essaya de manger une autre bouchée de salade, mais elle eut du mal à l'avaler tant elle avait la gorge nouée.

— Je rentrerai à Desert End pour une quinzaine de jours, le temps de récupérer, et je retournerai sur le champ de courses avec le bébé et sa nourrice.

Il continuait de la dévisager, l'air impassible.

— Tu ne songes donc pas à arrêter ton métier d'entraîneur.

Sa remarque plutôt sexiste l'irrita, mais elle se força à rester calme.

— Non. Et toi ?

Une rougeur envahit le cou de Liam, et il parut embarrassé.

— Désolé, j'aurais mieux fait de me taire.

— Vois-tu, Liam, je peux être en même temps maman et entraîneur. Tout comme toi, tu seras, je l'espère, papa et entraîneur.

Elle se pencha vers lui et ajouta avec conviction :

— Je n'ai pas l'intention de délaisser mon bébé et de le confier aux bons soins de quelqu'un d'autre. Je veux l'aimer et m'occuper de lui comme une mère dévouée le ferait. Mais, même si nous nous en occupons à tour de rôle, nous aurons besoin de l'aide d'une nourrice.

— Je comprends. Je suis un peu déboussolé. Je ne m'attendais pas à ce qu'un enfant fasse irruption dans ma vie. Toi non plus, d'ailleurs. Mais cela ne nous empêche pas de vouloir déjà le meilleur pour lui.

— Je suis entièrement d'accord.

— Will a-t-il su que tu étais enceinte avant de mourir ?

Un profond sentiment de regret s'empara d'elle, et elle baissa les yeux sur sa salade, peu désireuse de croiser son regard inquisiteur.

— Non. Quelques semaines avant sa mort, je ne me sentais pas très bien. Mais il ne m'est pas venu à l'esprit que j'étais enceinte. Je croyais que mes nausées étaient dues au stress. Le jour où je suis allée voir le médecin, papa a eu son attaque, et il était trop tard pour le lui dire.

— Hum, je me demande ce qu'il aurait pensé de tout cela.

Le sang se mit à battre dans ses tempes, et elle les massa du bout des doigts. Son père avait adoré Liam. Nul doute qu'il aurait été ravi de la venue de ce bébé.

— J'aurais tant aimé lui apprendre la nouvelle ! Bien sûr, il aurait été déçu que je sois enceinte sans être mariée, mais la perspective d'être grand-père aurait eu raison de sa déconvenue. Il aurait été tellement heureux que la relève soit assurée ! Il avait plus ou moins renoncé à l'idée qu'Owen lui donne un jour un petit-fils ou une petite-fille. Et il disait volontiers que, si j'avais à choisir entre un homme et un cheval, j'opterais pour ce dernier !

Comme Liam faisait la grimace, elle l'étudia plus attentivement, le souffle court. Il avait toujours été d'une beauté saisissante, mais depuis leur dernière rencontre, six mois auparavant, elle avait l'impression qu'il était devenu encore plus séduisant. Peut-être parce qu'il s'était laissé un peu pousser les cheveux, ou parce qu'il lui arrivait de ne pas se raser, et que cette barbe naissante ajoutait à son charme viril. Sa tenue au centre d'entraînement était aussi plus décontractée — jean, veste Levi's et bottes —, car il était très présent sur le terrain et n'hésitait pas à se salir les mains, contrairement à certains entraîneurs qui circulaient sur les hippodromes en costume-cravate et faisaient tout le travail par téléphone.

— Je ne pense pas qu'il aurait été très fier de moi, avoua-t-il, confus. Il était un véritable mentor pour moi, et j'ai le sentiment d'avoir trahi sa confiance.

Elle le contempla, abasourdie.

— Et moi, que crois-tu que je ressente ? C'était *mon* père. Si quelqu'un a trahi sa confiance, c'est moi. Et de plus d'une façon.

Il ne la pressa pas de questions sur ce dernier point, et elle lui en sut gré. Elle ne tenait pas à lui expliquer qu'elle avait déçu son père en refusant d'épouser Steve Bowers ou qu'elle l'avait mis dans l'embarras le jour où elle avait jeté à la figure de Roger Grove la bague de fiançailles qu'il voulait lui offrir. Son père avait toujours eu des idées bien arrêtées sur l'homme qu'elle devait épouser. Pour lui faire plaisir, elle avait accepté de sortir avec Steve puis avec Roger, mais ils n'étaient pas le genre d'hommes auprès de qui elle rêvait de passer le reste de sa vie, et chaque fois elle avait mis un terme à leur relation, au grand dam de son père.

Comble de l'ironie, la seule fois où il avait fait le bon choix pour elle, c'était Liam qui avait décliné sa proposition.

Elle n'avait jamais révélé à Liam qu'elle était au courant de son refus de sortir avec elle, et elle ne risquait pas de lui en parler aujourd'hui. C'était trop humiliant.

Elle aperçut avec soulagement le serveur qui apportait leur plat principal. Elle avait besoin de manger et de regagner au plus vite sa chambre d'hôtel en espérant que sa lassitude physique et morale disparaîtrait, du moins temporairement.

Après que le serveur eut déposé une assiette de langoustines frites pour elle et une de crabe farci pour Liam, celui-ci reprit la conversation.

— Ton père comprenait la nature humaine. Il n'exigeait pas la perfection de la part des hommes et des chevaux.

— Il l'exigeait de moi.

— Je n'ai pourtant rien remarqué de semblable quand je me trouvais en votre compagnie, s'étonna-t-il.

Elle soupira avec lassitude. Willard Cartwright avait été un homme sympathique, affable et qui se liait facilement. Elle doutait qu'il ait eu un seul ennemi à sa mort, à l'exception de Francine, son ex-épouse, laquelle avait refusé de le laisser régenter chaque aspect de sa vie, d'où un divorce difficile et une âpre bataille juridique pour la garde de Kitty. De fait, son père, bien que débordant d'amour envers sa famille, avait cherché à avoir la haute main sur chacun de ses membres. Et, maintenant encore, Kitty avait l'impression qu'il contrôlait son existence depuis la tombe.

— Les gens se comportent différemment quand ils sont dans l'intimité familiale et en public.

— C'est vrai, admit-il. Pourtant, tu m'as toujours donné l'impression d'adorer ton père.

— C'était le cas. Il a été un père merveilleux pour moi et Owen. Mais il était aussi exigeant et dominateur. C'est pour cette raison que j'ai souvent été en conflit ouvert avec lui.

Elle sourit, amère.

— Cela ne m'empêchait pas de l'adorer et de vouloir lui ressembler, du moins par ses meilleurs côtés. Et maintenant…, il me manque terriblement.

— Si je perdais mon père, je serais anéanti, avoua Liam.

Elle avait rencontré ses parents, Doyle et Fiona, deux ans auparavant, sur l'hippodrome de Sunland Park, près d'El Paso. Un de leurs poulains était alors engagé dans le *Sunland Derby*, et presque toute la tribu Donovan avait fait le déplacement pour assister à l'événement. Fiona était une femme très belle, élégante et d'un abord facile. Physiquement, Doyle était une version plus âgée de Liam, mais il lui avait donné l'impression d'être un homme aimable et jovial, alors que Liam était toujours sérieux et plongé dans le travail. Elle avait aimé ses parents et sa famille. En fait, elle avait envié les liens solides qui les unissaient.

— Comment vont tes parents ? Comptent-ils venir à Hollywood Park durant le meeting ?

— Ils vont bien. Ils ont prévu de venir assister à la *Big Cap* et peut-être, plus tard, à la *Gold Cup*. Tout dépendra de leur programme. Ils disent qu'ils sont à la retraite, mais ils sont plus occupés que jamais !

Soudain nerveuse, elle repoussa la nourriture sur le bord de son assiette.

— Tu te demandais ce que mon père aurait pensé de notre situation. Et maintenant c'est à mon tour de me demander ce que ta famille va en penser.

— Cela a-t-il de l'importance ?

Elle leva les yeux vers lui.

— Je suppose que ça ne devrait pas être le cas. Nous ne sommes plus des adolescents, mais des adultes ayant une bonne situation professionnelle et à l'aise sur le plan financier. Si nous ne sommes pas capables d'élever un enfant, je ne sais pas qui le sera. Il n'empêche…

Détournant le regard, elle poussa un soupir de regret.

— Leur opinion m'importe beaucoup. Après tout, ce bébé sera leur petit-enfant.

Il lui tapota gentiment la main. Ce simple geste de réconfort l'émut tellement qu'elle en eut les larmes aux yeux.

— Crois-moi, Kitty, mes parents t'accueilleront à bras ouverts.

— Dis plutôt qu'ils accueilleront le bébé à bras ouverts, fit-elle, sceptique. Il fera partie intégrante de la famille Donovan. Mais pas moi.

Un léger sourire retroussa les lèvres de Liam.

— Le bébé est déjà un Donovan. Et toi aussi tu le seras — en devenant ma femme.

3

Sous le coup de la surprise, elle en lâcha sa fourchette qui retomba avec fracas sur l'assiette.

— Ta femme ! s'exclama-t-elle. Tu parles sérieusement ?

Il fronça les sourcils, visiblement perplexe.

— Bien sûr ! Tu n'en attendais pas moins de moi, n'est-ce pas ?

Choquée qu'il puisse suggérer le mariage alors qu'il ne l'aimait pas, elle ne put s'empêcher de riposter :

— J'espérais que tu envisagerais la situation d'une manière raisonnable. Mais je ne pensais pas que tu serais assez vieux jeu pour croire que tout ce qu'une femme attend du père de son enfant, c'est qu'il l'épouse !

Il se renversa contre le dossier de sa chaise et lui lança un regard lourd de reproches.

— Et moi, j'espérais que tu voudrais faire le meilleur choix pour le bébé.

Elle déglutit avec peine tandis que les pensées se bousculaient dans son esprit.

— Et tu penses qu'un mariage entre nous serait la meilleure solution ? demanda-t-elle, incrédule.

— Allons, Kitty, tu t'es bien doutée que je te proposerais le mariage.

— Cette idée m'a traversé l'esprit si vite que je n'ai pas eu le temps de m'y attarder. Pour la simple raison que tu es un célibataire endurci.

— Faux. Je suis un veuf qui n'avait pas prévu de se remarier.

Elle détourna le regard et tâcha d'endiguer le profond sentiment de désarroi qui venait de s'emparer d'elle. Etait-il à ce point inconscient de la cruauté de ses propos ? Il ne l'aurait pas blessée davantage en lui disant carrément que, la nuit où ils avaient couché ensemble, il n'avait jamais envisagé d'avoir un avenir avec elle. Certes, elle s'en était doutée, mais sans jamais vouloir l'admettre. Et maintenant il était temps pour elle de regarder la réalité en face.

— Et moi, je suis une femme célibataire qui compte le rester — du moins, jusqu'à ce que le bébé soit plus grand.

— Pourquoi ?

Reportant son regard sur lui, elle contempla cet homme si beau et si insaisissable.

— Parce que je…

Elle hésita, cherchant les mots justes sans trop révéler d'elle-même.

— La plupart des femmes qui, comme moi, envisagent de se marier rêvent d'amour et de prince charmant. Les considérations pratiques et les convenances n'entrent pas en ligne de compte. Et si je ne peux pas avoir le mariage de mes rêves je préfère rester célibataire.

Il exhala un profond soupir et reposa sa fourchette à côté de son assiette. Lui aussi avait perdu son bel appétit.

— J'aimerais que les choses soient différentes entre nous, Kitty. Mais je suis certain que tu n'es pas une femme égoïste. Et quand tu auras mûrement réfléchi à ma proposition tu comprendras que ce bébé a la priorité sur nos désirs et nos besoins.

Elle sentit les larmes lui brûler les paupières. Il avait raison sur tant de points ! Mais cela ne compensait pas, loin s'en fallait, la perte de ses rêves et de ses espoirs. Il était un homme pragmatique. Pas un romantique, comme elle. Il envisageait la situation avec sa tête, alors qu'elle la voyait avec son cœur.

— Je comprends que nous devons faire passer le bien-être du bébé avant tout, Liam. Mais je doute qu'un mariage entre nous favorise son épanouissement.

L'air contrarié, il s'empara de son verre et lampa le reste de son cocktail d'un trait.

— Un enfant a besoin de ses deux parents, dit-il en reposant le verre vide. Des parents vivant ensemble.

Pas comme les Cartwright, qui avaient divorcé et s'étaient battus pour la garde de leur enfant, songea-t-elle amèrement. A l'évidence, Liam était au courant du divorce de ses parents. Mais savait-il qu'elle avait été élevée uniquement par son père durant ses jeunes années ?

— Tu en sais plus long que moi sur la question, admit-elle. Vous formez une grande famille très unie. En revanche, mes parents ont divorcé quand j'avais six ans. Par la suite, ma mère n'a plus jamais fait partie de ma vie.

Il la contempla, l'air confus.

— Je suis désolé, Kitty. Will m'a dit un jour que son ex-femme était loin d'être une bonne mère. Mais je ne lui ai pas demandé de s'expliquer. Je n'aime pas que les gens s'ingèrent dans ma vie privée, c'est pourquoi je respectais celle de ton père et je gardais mes questions pour moi.

Elle secoua la tête.

— Il n'y a pas grand-chose à expliquer. Après le divorce de mes parents, c'est papa qui a obtenu ma garde. Francine est retournée dans sa Géorgie natale où elle a débuté une nouvelle vie — sans sa fille.

Sous le regard attentif de Liam, elle s'efforça de ravaler ses larmes. En temps normal, elle arrivait à maîtriser ses émotions quand elle parlait de sa mère. Elle avait même fini par se convaincre que cela n'avait pas d'importance qu'elle se soit désintéressée d'elle. Mais sa grossesse la rendait plus vulnérable, et elle se demandait avec horreur comment une mère pouvait aussi facilement tirer un trait sur son enfant.

— Tu as dû en souffrir, finit-il par dire. Et cette expérience personnelle devrait te convaincre qu'un enfant a besoin de ses deux parents — ensemble.

A ces mots, elle sentit son cœur se serrer.

— Je reconnais qu'un foyer où les deux parents s'aiment constitue une structure idéale pour élever un enfant. Mais ce n'est pas notre cas. Nous sommes amis. Nous… n'avons eu des relations sexuelles qu'une seule fois.

Elle espérait paraître aussi pragmatique et aussi détachée que lui quand il avait déclaré ne pas avoir eu l'intention de se remarier. Pour rien au monde elle ne voulait qu'il sache à quel point elle était éprise de lui.

Il exhala un long soupir.

— Tu as raison. Et maintenant nous devons faire face à une situation imprévue — et la gérer de notre mieux.

Et, pour ce faire, elle devait épouser un homme qui ne l'aimait pas ? Qui lui proposait le mariage parce qu'il se sentait obligé de le faire ? Cette idée déprimante lui coupa pour de bon l'appétit, et elle se tamponna les lèvres avec sa serviette.

— Je suis désolée, Liam. Je n'ai plus faim. Voudrais-tu me ramener à l'hôtel ?

Il la considéra, l'air soucieux.

— Tu ne te sens pas bien ?

— Je suis fatiguée, c'est tout. La journée a été longue, et tu viens de me donner matière à réflexion.

Bien que déçu, il n'insista pas.

— Entendu. Je vais demander l'addition.

Cinq minutes plus tard, ils étaient installés à bord du SUV de Liam et s'engageaient sur l'autoroute, direction l'hôtel où elle avait élu domicile pour la durée du meeting.

Tandis qu'il manœuvrait habilement dans le flot de circulation, ils gardèrent le silence — un silence tellement chargé de tension qu'il accrut le malaise de Kitty.

— Je suis désolée, Liam, dit-elle à la fin. J'ai gâché ton repas.

— Détrompe-toi. J'ai mangé à ma faim.

— Ce n'est pas à ton ventre que je pensais.

Le grognement qu'il émit l'incita à tourner la tête vers lui, et elle constata avec soulagement qu'un sourire amusé creusait une fossette dans sa joue. Au moins, il ne pensait pas qu'elle avait besoin de consulter un psychanalyste pour soigner ses sautes d'humeur !

— Ces dernières années, en voyant mes sœurs et belles-sœurs avoir des bébés, je me suis rendu compte que la grossesse n'était pas chose facile pour vous, mesdames, et pour nous, les hommes.

A coup sûr, il devait le savoir, songea-t-elle tristement. Son épouse avait été enceinte, elle aussi. Et maintenant il n'avait plus ni femme ni enfant. Soudain, elle se demanda si la grossesse de Felicia était très avancée quand elle était morte. Aussi avancée que la sienne ?

Troublée, elle porta la main à son ventre et pria le ciel pour que tout se passe bien. Elle aimait tant ce bébé !

— Je sais que tu as raison quand tu dis que notre bébé a besoin de ses deux parents, admit-elle. Je suis sûre que j'aurais été une meilleure personne si j'avais eu une mère auprès de moi pour donner plus d'équilibre à ma vie.

— Il n'y a rien qui cloche avec la personne que tu es aujourd'hui, protesta-t-il, les yeux rivés sur la route.

Elle soupira et lissa le tissu de sa robe sur ses genoux.

— Les choses auraient été différentes si ma mère était restée avec nous. Je doute que je serais devenue entraîneur de chevaux de course, passant toutes mes journées à l'écurie ou sur les pistes. Je travaillerais plutôt dans un bureau et j'aurais un petit ami ayant une belle situation et jouant au golf les week-ends en pantalon chino et baskets.

— Ça ne te ressemble pas du tout !

— Je m'ennuierais sûrement à mourir, reconnut-elle.

Elle lui jeta un regard furtif avant d'ajouter :

— Quand j'ai eu quatorze ans, mon père m'a proposé d'aller vivre avec ma mère à Atlanta. Il estimait que j'étais en âge de décider si je voulais vivre autrement.

— Tu y es allée ?

— Seulement pour de courtes visites, admit-elle. Entre-temps, le lien qui me reliait à ma mère s'était distendu. Et j'avais déjà les chevaux dans le sang. Je savais que, plus tard, je voulais devenir un entraîneur renommé, comme mon père.

Un sourire releva le coin des lèvres de Liam.

— Et tu l'es devenue. En plus jolie que ton père.

Un sentiment de tristesse et de vide la submergea, et elle tenta désespérément de le refouler. Elle devait mettre le passé de côté, aller de l'avant et se concentrer sur les immenses tâches qui l'attendaient.

— Merci du compliment, mais je dois encore faire mes preuves. Pour en revenir à ma mère, j'ai essayé de nouer des liens avec elle. Hélas, nous n'avions rien en commun. Et quand j'ai eu dix-huit ans nos routes se sont définitivement écartées.

— Et maintenant ?

— Elle me donne rarement de ses nouvelles. Elle a épousé un homme, père de deux enfants. Ils sont grands maintenant. Elle et son mari voyagent beaucoup. Chaque fois que je lui parle, c'est comme si j'avais affaire à une lointaine cousine longtemps perdue de vue. Comme elle est ma mère, je me dis qu'il doit forcément y avoir un lien affectif entre nous, et je culpabilise en découvrant qu'il n'y en a aucun.

— Je comprends. Et je ne veux surtout pas qu'une telle situation se produise avec notre enfant. Il sera amené à nous connaître tous les deux. Chaque fois qu'il pensera à ses parents, il pensera à nous en tant que couple — une unité familiale unie.

Si seulement cela pouvait être vrai dans tous les sens du terme ! Mais leur relation n'était pas bâtie sur l'amour et le dévouement, et ne le serait jamais. Dans ces conditions, le souhait de Liam n'était qu'un vœu pieux.

— Tu viens de peindre un tableau idyllique. Mais, si tu prends le temps de la réflexion, tu te rendras compte que tu ne peux pas forcer les choses et les gens à être comme tu voudrais qu'ils soient.

Il lui lança un regard narquois.

— Kitty, je n'ai pas l'intention de te forcer à m'épouser. Soit tu acceptes de devenir ma femme, soit tu refuses. C'est aussi simple que ça.

Encore son côté pragmatique ! Avec lui, tout était noir ou blanc. Il n'y avait pas de demi-mesure ! Rien que d'y penser, elle en avait l'estomac noué. Mais ce n'était plus ses seuls désirs qui étaient en jeu. Et l'intérêt du bébé passait en premier.

A sa grande surprise, quand Liam s'engagea dans le parking de l'hôtel, au lieu de s'arrêter devant l'entrée, il se gara sur un emplacement et coupa le moteur.

— Je t'accompagne jusqu'à ta chambre, annonça-t-il.

Elle faillit lui rappeler ce qui était arrivé la dernière fois où il l'avait raccompagnée. Mais elle s'abstint de tout commentaire quand il vint l'aider à mettre pied à terre.

Le temps s'était considérablement refroidi depuis leur départ du centre d'entraînement. Mais elle accueillit avec gratitude la brise nocturne qui lui ébouriffait les cheveux. La présence de Liam à ses côtés et le contact de sa main sur son bras mettaient tous ses sens en émoi. Seigneur, elle devait avoir les joues en feu en franchissant la porte vitrée que leur tenait le portier !

Une fois dans l'ascenseur, elle communiqua à Liam le numéro de l'étage. Il appuya sur le bouton, puis se tourna vers elle et scruta son visage. Sous la faible lumière du plafonnier, ses traits ciselés étaient légèrement ombrés et ô combien sexy.

— Tu vas bien ? s'enquit-il.

Son regard se posa sur les lèvres sensuelles de Liam, et elle ressentit un besoin si impérieux de l'embrasser qu'elle dut avaler sa salive avant de parler.

— Oui. Pourquoi cette question ?

A sa grande surprise, il lui effleura le front du bout des doigts. Cette caresse légère la fit chavirer, et elle se demanda comment il réagirait si elle comblait l'espace entre eux et pressait ses lèvres sur les siennes.

— Tu as l'air épuisée.

Elle s'efforça de se ressaisir, mais la proximité de ce grand corps viril la troublait. Elle avait toujours été très attirée par cet homme, et maintenant qu'elle savait à quel point c'était merveilleux d'être dans ses bras elle ne parvenait pas à l'oublier. Elle voulait davantage de sa part. Bien plus que ce qu'il était disposé à lui donner.

— Je n'ai pas l'habitude d'être demandée en mariage.

Surtout par un homme qui faisait se retourner toutes les têtes féminines quand il pénétrait dans une pièce.

Une lueur espiègle pétilla dans le regard de Liam.

— Je ne pensais pas que l'idée de m'avoir pour mari puisse être aussi perturbante. J'aurais peut-être dû te prévenir que je ne ronfle pas, que je ramasse mes chaussettes et que je ne cherchais pas à accaparer la télécommande.

Levant les yeux au ciel, elle s'efforça de s'adapter à son mode badin.

— Comme si tu avais le temps de regarder la télé ! Je suis sûre que, les seules fois où tu l'allumes, c'est pour revoir une course ou un entraînement.

Le sourire de Liam s'élargit, creusant un peu plus ses fossettes.

— Tu vois ? Tu n'auras aucun souci avec la télécommande.

Ce qui l'inquiétait, c'était ce que cet homme risquait de faire à son pauvre cœur si elle lui en donnait l'occasion.

L'ascenseur s'arrêta brutalement, et elle se raccrocha d'instinct à Liam pour garder l'équilibre. Aussitôt, il glissa un bras autour de sa taille, et tandis qu'ils sortaient de l'ascenseur elle constata que son étreinte, bien que troublante, lui donnait un agréable sentiment de sécurité.

Au ranch, malgré la sollicitude de sa famille et de ses amis, elle se sentait seule et désemparée. Mais quand Liam était auprès d'elle ce sentiment de vide disparaissait en partie. Si elle se décidait à l'épouser, il ne l'aimerait pas d'amour, mais il prendrait soin d'elle. Saurait-elle s'en contenter ? Sa vie durant ?

Cette question la taraudait tandis qu'ils longeaient le couloir jusqu'à sa suite. Après avoir récupéré sa carte magnétique, elle se tourna vers lui.

— Merci pour ce dîner, Liam. J'aurais préféré… que ce soit dans d'autres circonstances.

— Dans d'autres circonstances, nous n'aurions peut-être pas eu l'occasion de dîner ensemble.

Hélas, il avait raison. Sans son père agissant comme un trait d'union entre eux et sans le bébé, Liam ne lui aurait sans doute pas consacré sa soirée.

Elle réprima un soupir.

— Bon. Je suis très fatiguée. Si tu n'y vois pas d'inconvénient, je vais te dire bonsoir et te laisser.

Baissant la tête, il déposa un baiser chaste sur son front.

— Tu réfléchiras à tout ce que je t'ai dit ?

Même s'il lui parlait gentiment, il avait plus l'air d'un homme essayant de conclure un marché que de convaincre une femme de l'épouser. Mais à quoi s'attendait-elle ? Il n'était pas question d'amour, de romance ou de bonheur éternel, mais de responsabilités et de considérations pratiques.

Incapable de soutenir son regard, elle détourna les yeux vers la baie vitrée où se reflétaient les lumières de la ville.

— Oui, j'y réfléchirai, murmura-t-elle. Et je promets de ne pas trop te faire attendre.

Contre toute attente, il enserra son visage dans ses paumes, et elle reporta son regard sur lui, le cœur battant.

— Bonne nuit, Kitty.

Elle s'efforça de sourire, sans grand succès. Dire que l'espace d'une seconde elle avait cru et espéré qu'il l'attirerait dans ses bras et lui dirait qu'il avait besoin d'elle, qu'il la désirait ! Seigneur, qu'elle était naïve !

— Bonne nuit, répondit-elle d'une voix blanche en se hâtant de pénétrer dans sa chambre.

Liam était trop surexcité pour rentrer directement dans la maison qu'il avait louée pour la durée de son séjour en Californie. Il ne ferait que se tourner et se retourner dans son lit sans trouver le sommeil. Il prit donc le chemin de l'hippodrome.

Comme on était mardi et que les courses débutaient seulement jeudi après-midi, le lieu était désert. A l'exception des lumières de sécurité, la tribune, la piste de forme ovale entourant les deux lacs et les pelouses fleuries étaient plongées dans l'obscurité et le silence. En revanche, le centre d'entraînement, largement éclairé, bourdonnait d'activité, et cette vue familière le raséréna.

Les « coulisses », comme on appelait le centre d'entraînement dans le jargon hippique, représentaient toute sa vie. C'était là qu'il se sentait le plus à l'aise. Peu importait sur quel hippodrome ou même dans quel Etat il se trouvait, c'était son chez-soi, plus encore que le Diamond D, dans la Hondo Valley, au Nouveau-Mexique, où résidait sa famille.

Ce constat le remplissait souvent d'un sentiment de culpabilité. Ses parents et ses frères et sœurs étaient des gens merveilleux. Ils l'aimaient, le soutenaient et l'encourageaient dans tous ses efforts. Et il n'avait pas la moindre critique à formuler à leur encontre.

Mais il n'était pas comme eux. Durant les trois ou quatre années écoulées, en voyant ses sœurs et ses frères épouser l'homme ou la femme de leurs rêves et fonder leurs propres familles, cette réalité lui était apparue encore plus nettement. Et à chaque mariage, à chaque naissance, il s'était senti un peu plus à l'écart du cercle familial.

Sa famille avait beau lui conseiller de refaire sa vie, c'était impossible. Selon lui, un homme n'avait qu'une seule chance de rencontrer le véritable amour. Il avait eu cette chance et l'avait perdue. Voyager avec ses chevaux était un exutoire qui lui permettait d'oublier que le bonheur l'avait fui à jamais.

Felicia et lui avaient quasiment grandi ensemble. Sans être une femme superbe, elle était belle à sa façon, facile à vivre et compréhensive. Elle avait été au centre de tous ses rêves et de tous ses espoirs, mais ils avaient été brisés le jour où elle avait décidé d'aller faire du shopping avec sa mère par un matin brumeux. Elle avait manqué un virage sur une route de montagne, et toutes deux et le bébé étaient morts sur le coup quand la voiture avait plongé dans un profond ravin.

Et voilà que le destin, sous la forme d'un bébé, l'obligeait à envisager un avenir différent et à se remettre en question. Peut-être lui offrait-il une seconde chance de fonder une famille. A condition qu'il ait le courage de la saisir.

Parvenu à l'entrée de l'écurie, il montra son badge au vigile et se dirigea vers la section du bâtiment où étaient hébergés ses chevaux. Il avait vérifié les trois premiers box et s'apprêtait à pénétrer dans le quatrième quand il s'arrêta net en apercevant l'un de ses grooms.

— Andy, que fais-tu là ? Il y a un problème avec Kate's Kitten ?

La pouliche de trois ans, qui portait le prénom de la grand-mère de Liam, était un des meilleurs éléments de l'écurie Donovan. Il la préparait en vue du *Vanity Handicap* qui aurait lieu en juin, avec une course préparatoire avant cette date. Si quelque chose arrivait à KK, comme on la surnommait affectueusement, il aurait du mal à s'en remettre. Surtout après la nouvelle que Kitty venait de lui assener !

Le jeune groom, à la tignasse auburn et au visage tanné par la vie au grand air, eut un large sourire.

— Aucun problème. Elle est parfaite, Liam. Je pense qu'elle préfère cette écurie à toutes les autres. Sans doute à cause de la douceur du climat.

Le groom caressa l'encolure de la pouliche.

— Je suis venu lui faire un brin de causette, ajouta-t-il. Lui dire combien elle est belle et à quel point je l'aime.

S'avançant vers la pouliche à la robe brune et lustrée, Liam la gratta entre les oreilles, puis se baissa et fit courir ses mains le long de ses antérieurs — une inspection de routine que les entraîneurs faisaient à longueur de journée pour s'assurer que leurs précieux prodiges étaient en parfaite condition physique et prêts à battre des records.

La remarque d'Andy le fit rire.

— Tu es censé débiter ce genre de compliments à une jolie fille.

— Mais KK *est* une jolie fille.

— Je parlais de la gent féminine !

Le groom alla s'adosser au mur de parpaing, les bras croisés, et prit un air dégoûté.

— Ah ! Je ne risque pas de conter fleurette à une femme ! Elles ne sont qu'une source d'ennuis pour nous, les hommes. Elles ne pensent qu'à elles, ne parlent que d'elles et ne s'occupent que d'elles !

Soulagé de ne rien trouver d'anormal, Liam se redressa et contempla son groom avec un mélange d'amusement et de perplexité. Il travaillait pour les Donovan depuis sept ou huit ans, et durant ce laps de temps Liam avait vu l'adolescent dégingandé et brouillon se transformer en un jeune homme sérieux et travailleur.

— Quel âge as-tu, Andy ?

— Vingt-six ans. Je suis assez âgé pour tout connaître des femmes et assez intelligent pour fuir leur compagnie.

— Tu es bien trop jeune pour être aussi blasé !

— Puisque vous n'avez ni femme ni petite amie, vous devez penser comme moi, riposta Andy, sur la défensive.

Felicia et le bébé étaient morts sept ans auparavant, peu avant qu'Andy vienne travailler pour les Donovan. Et à en juger par son commentaire personne ne lui avait dit que Liam avait déjà été marié. Cela ne le surprenait pas. Sa famille, ses amis et même les employés qui travaillaient depuis longtemps au ranch se gardaient d'évoquer son veuvage. Et soudain, pour la première fois, il se demanda s'il n'avait pas commis une erreur en faisant l'impasse sur cette tragédie. Peut-être que, si lui et sa famille en avaient parlé davantage, il aurait réussi à mettre le passé derrière lui et à aller de l'avant.

Il s'efforça de reporter son attention sur Andy. En vain. Pourquoi fallait-il que Kitty occupe toutes ses pensées, boule-versant les projets qu'il avait conçus pour l'avenir ? Pourtant, elle n'était pas si spéciale que ça. Et si elle refusait de l'épouser le monde ne s'écroulerait pas pour autant… Ce serait juste une impression.

Bon sang, que lui arrivait-il ? Il redoutait tellement d'avoir de nouveau le cœur brisé qu'il s'était promis de ne jamais se remarier. Mais ce soir, quand Kitty lui avait annoncé qu'il allait être père, un déclic s'était produit en lui. Il s'était fait l'effet d'un lion prêt à se battre, toutes griffes dehors, pour protéger sa progéniture.

— Non, Andy. Je ne suis pas de ton avis. Toutes les femmes ne sont pas égoïstes et insupportables.

En revanche, elles étaient source de chagrin, mais Andy n'avait pas besoin de le savoir. Il caressa une dernière fois l'encolure de la pouliche et se disposa à partir.

— A-t-elle mangé sa ration d'avoine ?

— Jusqu'au dernier grain.

— A-t-elle bu toute son eau ?

— Presque toute.

— Bon.

Il posa au groom plusieurs questions à propos des autres chevaux sous sa responsabilité, et après qu'Andy lui eut assuré que tout allait pour le mieux Liam sortit du box.

— Si tu as besoin de moi, je passerai la nuit à mon bureau, lança-t-il par-dessus son épaule.

— Vous ne rentrez pas dormir chez vous ? Soyez sans crainte, Clint et moi veillons sur les chevaux, argua Andy en le suivant hors du box.

— Je sais, mais ce soir j'ai envie de rester ici.

Sans laisser à Andy le temps d'ajouter autre chose, Liam s'éloigna à grandes enjambées jusqu'à son bureau.

Une fois installé, il sortit son téléphone portable. Depuis son départ pour le restaurant, il avait reçu onze messages et trois SMS. Il en prit connaissance et répondit aux plus urgents. Les autres attendraient demain.

Cela fait, il alluma son ordinateur et étudia le programme que Viveca, sa directrice de courses au Diamond D, lui avait préparé. Un an auparavant, Liam en était arrivé au point où, malgré l'aide de sa secrétaire, il ne parvenait plus à gérer les tâches administratives. Qui plus est, compte tenu du nombre sans cesse croissant de chevaux dans son écurie, il avait eu besoin de quelqu'un pour l'aider à prendre les meilleures décisions concernant l'inscription de chaque cheval dans la bonne course au bon moment, ce qui était l'une des missions d'un directeur de courses.

Il n'avait pas nécessairement prévu d'engager une femme pour ce travail, mais Viveca était dans le métier depuis longtemps et elle connaissait son affaire. Elle venait de divorcer de son mari, un entraîneur de la côte Est, elle était à la recherche d'un emploi. Liam l'avait embauchée et ne l'avait jamais regretté.

Cela dit, il y avait peu de choses qu'il regrettait d'avoir fait dans sa vie. La plupart de ses choix reposaient sur des raisons basiques et solides. Il n'avait jamais été du genre impulsif. Ainsi, il avait mûrement réfléchi avant de faire la cour à Felicia et de la demander en mariage. Ils avaient commencé par sortir ensemble au lycée et s'étaient mariés après avoir obtenu leur diplôme universitaire. Leur vie conjugale avait été prévisible et tranquille, sans surprise et sans heurt.

Et voilà que six mois auparavant il s'était retrouvé au lit avec une femme qu'il n'avait jamais embrassée auparavant ! Cette fois-là, contrairement à ses habitudes, il s'était conduit de façon impulsive et imprudente. Qu'il connaisse Kitty depuis des années, et qu'il soit attiré par elle, n'était pas une excuse. Il n'aurait pas dû perdre la tête. Mais pour des raisons qu'il avait du mal à s'expliquer il l'avait fait.

Et bientôt un bébé allait naître, fruit de leur unique nuit d'amour ! Malgré tout, il ne regrettait pas la venue de cet enfant. Bien au contraire. Quelques années auparavant, quand ses frères Brady et Conall s'étaient mariés et avaient fondé leurs propres familles, il en avait été ravi pour eux. Mais il avait aussi ressenti un immense vide en lui. En avait-il rêvé de devenir père ! Et maintenant son rêve allait se réaliser.

Mais serait-il un père dans tous les sens du terme ? C'était la question qui le taraudait. Cette demande en mariage avait été un autre acte impulsif de sa part, mais de son point de vue c'était le seul choix possible.

Désormais, son avenir était entre les mains de Kitty, et il ne pouvait rien faire d'autre que d'attendre sa décision. Pour quelqu'un qui aimait avoir la maîtrise de la situation — et a fortiori celle de son destin —, cette idée le mettait au supplice, et il doutait de pouvoir fermer l'œil de la nuit.

Il songeait à aller faire une autre ronde à l'écurie quand on frappa à sa porte.

Craignant que ce ne soit Andy ou Clint venu l'avertir qu'un

des chevaux était souffrant, il se précipita pour aller ouvrir. Quelle ne fut pas sa surprise en apercevant Kitty sur le seuil, l'air solennel.

Emmitouflée dans une veste noire, ses cheveux blonds noués en queue-de-cheval, son visage dépourvu de maquillage, elle semblait incroyablement jeune et vulnérable.

Soudain, il s'aperçut qu'elle avait les yeux rouges, comme si elle avait pleuré. Son cœur fit un bond dans sa poitrine.

— Kitty ! s'exclama-t-il, affolé. Quelque chose ne va pas ? Elle secoua la tête.

— Je voulais te parler. Comme j'ignorais dans quel hôtel tu étais descendu, je suis venue ici à tout hasard.

— Tu avais mon numéro de téléphone, dit-il, encore sous le choc. Tu aurais pu m'appeler.

— Non. Ce n'est pas le genre de nouvelle qu'on annonce par téléphone.

Lui prenant le bras, il l'entraîna à l'intérieur et referma la porte derrière eux.

— De quoi s'agit-il ? demanda-t-il, le cœur battant.

Elle inspira profondément avant de dire :

— J'ai pris ma décision à propos de ta demande en mariage.

Pris de court, il resserra machinalement sa prise autour du bras de Kitty. Jamais il n'aurait cru qu'elle lui donnerait une réponse ce soir ! Certes, il était sur des charbons ardents, mais il aurait préféré qu'elle prenne son temps pour examiner la situation et s'assurer de ses sentiments.

S'armant de courage, il scruta son visage pour tâcher de deviner sa réponse.

— Tu es sûre de toi, Kitty ?

Elle hocha la tête, l'air grave, et le fixa droit dans les yeux.

— Oui. Je suis certaine de vouloir t'épouser.

4

— Kitty !

Tandis qu'il la contemplait, abasourdi, elle détourna le regard et déglutit avec peine. A l'évidence, elle ne sautait pas de joie à l'idée de devenir sa femme. Et il se sentit blessé par son manque d'enthousiasme. Certes, il ne s'attendait pas à ce qu'elle tombe soudainement amoureuse de lui, mais il aurait aimé qu'elle éprouve le besoin et l'envie d'être avec lui.

Sans lui laisser le temps d'en dire plus, il la conduisit vers un petit canapé en velours bordeaux, adossé au mur du fond.

— J'en suis très heureux même si ta réponse me paraît un peu précipitée, dit-il en s'installant auprès d'elle.

— Non, répliqua-t-elle. En fait, après ton départ de l'hôtel, je me suis rendu compte qu'il n'y avait pas vraiment matière à réflexion.

— Que veux-tu dire ?

Kitty posa une main sur son ventre.

— Ce bébé est ici sans qu'on lui en ait laissé le choix, expliqua-t-elle. Mais une fois qu'il sera né, le moins que nous puissions faire, c'est de lui donner un foyer avec deux parents. Il le mérite.

Un curieux mélange de soulagement et de joie l'inonda. Bien sûr, Kitty n'était pas la femme de ses rêves, elle ne lui jurait pas un amour éternel, et le destin pouvait de nouveau lui jouer un vilain tour, mais toutes ces pensées ne parvenaient pas à gâcher le bonheur intense qui lui emplissait le cœur. Il allait se marier et devenir père ! Demain, il serait temps de s'inquiéter. Mais ce soir il s'autorisait à être heureux.

Tandis que son regard s'attardait sur les lèvres veloutées de Kitty, il brûlait d'envie de l'embrasser et de la serrer dans ses bras, comme s'ils formaient un vrai couple amoureux. Décidément, ce trop-plein d'émotions lui montait à la tête !

— Pourtant, tout à l'heure, tu n'étais pas de cet avis, reprit-il en tâchant de redescendre sur terre. Tu disais que nous ne pouvions pas nous forcer à être un vrai couple.

— Je continue à le croire, mais rien ne nous empêche d'essayer, dit-elle en baissant la tête.

— Oui, tu as raison. Nous le ferons, pour nous — et le bébé.

Et le bébé… Décidément, Liam ne manquait pas une occasion de lui rappeler qu'il l'épousait à cause du bébé ! se dit Kitty avec amertume. Après tout, c'était peut-être mieux ainsi. Cela lui éviterait de se faire trop d'illusions.

Elle reporta son regard sur lui.

— Voilà ce que j'étais venue te dire. Je ferais mieux de retourner à l'hôtel. Demain, j'ai une matinée chargée.

Il l'observa un long moment, et elle eut l'impression qu'il avait encore d'autres choses à dire, mais il dut décider que cela pouvait attendre. Il se mit debout et lui tendit une main pour l'aider à se lever.

— Tu as l'air exténuée. Veux-tu que je te reconduise à ton hôtel ? Les routes sont dangereuses, et je ne veux surtout pas que tu aies un accident.

Elle lui adressa un faible sourire.

— Merci, mais je serai vigilante. La circulation est plus fluide à cette heure-ci.

Il lui prit la main et la pressa entre les siennes. Au contact de ses doigts chauds, elle réprima un soupir de frustration. Que ne donnerait-elle pas pour se lover contre lui, appuyer sa joue contre son torse et croire, pendant quelques merveilleuses minutes, qu'il l'aimait et qu'il voulait faire d'elle sa femme au vrai sens du terme !

— Nous avons encore beaucoup de choses à discuter, Kitty. Que dirais-tu de dîner de nouveau avec moi demain soir ? A moins que tu ne préfères aller à la plage demain après-midi ?

Oui, quelques heures de détente au soleil l'aideraient à adopter une attitude positive à propos de l'avenir — leur avenir.

— La plage me paraît une excellente idée. Je vais revoir mon emploi du temps pour essayer de libérer mon après-midi de demain.

— Parfait, dit-il en souriant. Je vais faire de même.

Elle esquissa un pas pour partir, mais il garda sa main dans la sienne et la raccompagna jusqu'à la porte. Sur le seuil, elle se tourna vers lui.

— Bonne nuit, Liam.

Ses lèvres s'incurvèrent en un sourire taquin.

— En voilà une façon de se séparer pour des fiancés ! Un baiser me semblerait plus approprié.

Un baiser ? Cette idée fit battre son cœur à coups redoublés. Bien sûr, elle en rêvait, mais elle n'aurait jamais cru qu'il ait en tête ce genre de choses.

— Hum, nous n'avons pas bu, ne put-elle s'empêcher de lui rappeler.

— Ce n'en sera que plus agréable, tu ne crois pas ?

Déconcertée par son humeur badine, elle secoua la tête.

— Oh ! Liam ! murmura-t-elle, vaincue.

Elle riva son regard sur ses lèvres sensuelles tandis qu'il se penchait vers elle. Et quand sa bouche se posa sur la sienne elle ferma les paupières, délicieusement troublée.

Certes, elle ne voyait plus rien, mais tous ses autres sens étaient en éveil, et elle put se délecter à loisir de la saveur et de la fermeté de ses lèvres. Oh ! oui, tout était pareil que dans son souvenir ! C'était tellement grisant qu'en l'espace de quelques secondes elle perdit tout sens commun et lui rendit pleinement son baiser.

Liam releva vivement la tête, peut-être intrigué par la fougue qu'elle mit dans sa réponse. A moins que, dans son esprit, ce baiser ne soit qu'une simple formalité. Seigneur, que pense-rait-il s'il savait à quel point elle le désirait ? Combien de fois s'était-elle imaginée faisant l'amour avec lui dans la lumière du jour, leurs esprits clairs et leurs cœurs vibrant à l'unisson ?

— Voilà une bien meilleure façon de se souhaiter une bonne nuit, assura-t-il, malicieux.

— Si tu le dis, murmura-t-elle.

Il la contempla, visiblement déconcerté, puis lui ouvrit la porte. Elle se faufila à l'extérieur avant qu'il puisse lire sur son visage le désir lancinant qu'elle avait de lui.

— A demain matin, lança-t-elle, avant de s'éloigner en hâte.

Le lendemain matin à l'aube, Liam était assis à son bureau, engloutissant des viennoiseries et du café chaud tout en étudiant les programmes des courses et les récents entraînements. Mais les données se brouillaient dans sa tête tandis que le visage de Kitty s'imposait insidieusement à lui.

Incapable de se concentrer, il décida de mettre le travail de côté et d'appeler le Diamond D pour informer sa famille de son prochain mariage.

Ce fut Fiona, sa mère, qui décrocha le téléphone. A peine lui avait-il fait part de son projet qu'elle s'exclamait :

— Tu vas faire quoi ?

Se renversant contre le dossier de sa chaise, il ferma les yeux et réprima un soupir.

— J'ai dit que j'allais me marier, maman.

— Y a-t-il un problème sur la ligne ? C'est la deuxième fois que je crois t'avoir entendu prononcer les mots « me marier ».

— La ligne est bonne. Tu as bien entendu.

Le silence qui s'ensuivit fut si long qu'il crut que sa mère s'était évanouie sous le coup de la surprise. Cette nouvelle avait dû lui causer un choc, et pour cause. Cela faisait presque sept ans qu'il avait perdu Felicia et le bébé, et durant ce laps de temps aucune femme n'avait partagé son existence. Depuis longtemps déjà, sa famille le poussait à refaire sa vie, mais il s'y était toujours refusé. Et maintenant il imaginait facilement l'onde de choc que cette nouvelle allait provoquer au sein du clan Donovan.

— Maman ? Tu es toujours là ? s'enquit-il.

— Oui. Je… J'avoue que je tombe des nues. Et j'ai un peu de mal à m'en remettre.

Lui aussi aurait pu en dire autant. En l'espace d'une seule journée, il avait appris qu'il allait être un père et un mari ! Il en avait la tête qui tournait rien que de penser à tous les changements qui allaient survenir dans sa vie.

— J'espère que c'est une bonne surprise pour toi, dit-il.

Elle laissa échapper un petit rire nerveux.

— Bien sûr, mon chéri ! Si tu es heureux, je le suis aussi.

L'image du visage de Kitty s'imposa à lui, tout comme la saveur de ses lèvres pulpeuses.

— Je le suis, assura-t-il.

Il y eut une autre pause, puis elle lui demanda d'une voix perplexe.

— Est-ce que je connais ta fiancée ? Tu ne m'as rien dit sur elle et…

— Tu l'as déjà rencontrée, maman. Il s'agit de Kitty Cartwright, la fille de Will.

Il perçut son halètement de surprise et comprit qu'il venait de lui causer un nouveau choc. Toutefois, il ne voyait pas pourquoi elle trouvait cette révélation aussi surprenante. Occupé comme il l'était, où voulait-elle qu'il rencontre une femme si ce n'est sur un hippodrome ? Qui plus est, le choix de Kitty, entraîneur de chevaux comme lui, paraissait très logique.

— Oh ! oui. Je me souviens de l'avoir rencontrée à Sunland Park il y a deux ans.

Sa réponse le déconcerta. Cela faisait des années qu'elle le pressait de se remarier, et maintenant que c'était le cas elle semblait sceptique à propos du choix de sa fiancée !

— C'est tout ce que tu as à dire ?

— Eh bien…, que puis-je ajouter d'autre ? Je ne la connais pas vraiment.

— Tu pourrais commencer par me féliciter.

— Oh ! je suis désolée, mon chéri, s'empressa-t-elle de dire. Naturellement, je te présente toutes mes félicitations. C'est juste que… Kitty est très jeune.

— N'exagérons rien.

— Et elle exerce le même métier que toi. Comment cela pourrait-il marcher entre vous ?

— Le mieux du monde, riposta-t-il. Elle sait combien mon travail est important pour moi, et je suis pleinement conscient des responsabilités qui pèsent sur elle depuis que la mort de Will l'a propulsée au rang d'entraîneur en chef pour le compte du Desert End.

— Bien sûr, répondit sa mère d'un ton apaisant. Le décès de M. Cartwright a été un choc pour la profession et tous ceux qui le connaissaient. Si ma mémoire est bonne, tu as assisté aux funérailles.

— En effet. J'aimais beaucoup Will. Et je tenais à être présent pour Kitty.

Même si elle n'avait pas semblé avoir besoin de son aide à ce moment-là. Elle savait qu'elle était enceinte de lui mais n'avait pas jugé bon de le lui faire savoir. Cette pensée le remplissait d'amertume, mais comment en vouloir à Kitty ? La mort de son père l'avait anéantie, et tout le reste était passé au second plan. Dieu merci, cette « omission » était réparée, et ils allaient se marier.

— Ça fait longtemps que vous vous fréquentez ? demanda Fiona.

Contre toute attente, l'image de Kitty nue, gémissant de plaisir dans ses bras, s'imposa à lui, l'empêchant de se concentrer sur la question de sa mère.

— Hum, nous nous connaissons depuis six ou sept ans. Mais nous… sommes devenus plus proches depuis quelques mois seulement.

— Je vois. En tout cas, tu es un petit cachottier. Jamais je n'aurais deviné que tu avais en tête de te marier !

Puis elle se mit à rire, et dit d'une voix joyeuse :

— Alors, où et quand aura lieu ce mariage ? Raconte-moi tout. Le reste de la famille va m'assaillir de questions.

Un signal d'appel bipa à son oreille, et ce son insistant

lui rappela que le moment était mal choisi pour de longues conversations personnelles.

— Nous n'avons pas encore réglé tous les détails. Je te rappellerai plus tard, maman, s'empressa-t-il de dire. D'ailleurs, j'entends papa crier après toi. Tu ferais mieux de lui préparer son petit déjeuner !

Fiona acquiesça et mit fin à leur entretien non sans lui avoir fait promettre de la rappeler très vite. Soulagé, il posa son téléphone sur le bureau où il se mit à sonner aussitôt. Mais il ne fit pas un geste pour décrocher. Il devait d'abord maîtriser le tourbillon de ses pensées avant d'affronter une nouvelle journée de travail.

Il n'avait pas eu le courage de parler du bébé à sa mère. Mais il en avait suffisamment dit pour mettre le Diamond D en ébullition. Il serait toujours temps d'annoncer la grossesse de Kitty à sa famille.

Au fait, que penseraient-ils de ce mariage précipité ? Qu'il épousait la jeune femme pour régulariser la situation ? Que, sans ce bébé à naître, jamais il ne se serait marié ? Sans trop comprendre pourquoi, cette idée l'ennuyait. Une chose était sûre, il ne voulait pas qu'ils croient qu'il se mariait sous la contrainte. Il était heureux et fier de devenir le mari de Kitty. C'était ainsi qu'ils devaient voir les choses.

Mais, si lui et Kitty ne donnaient pas l'impression d'être follement amoureux l'un de l'autre, sa famille ne risquait-elle pas de croire qu'il s'agissait d'un mariage de convenance ? Ils devraient faire semblant d'être amoureux, voilà la solution. Toutefois, Kitty accepterait-elle de jouer le jeu ? Rien n'était moins sûr. Déjà qu'elle semblait peu enthousiaste à l'idée de l'épouser !

Exhalant un soupir de lassitude, il se leva. Pour le moment, il avait d'autres problèmes à régler. Reckless Rendez-vous et cinq autres chevaux devaient s'entraîner ce matin, et les jockeys attendaient ses instructions.

Après avoir mis son portable dans sa poche, il récupéra son

chronomètre et ses jumelles. Le soleil se levait, et il était temps de se mettre au travail.

Un peu plus tard dans la journée, à l'ombre d'un arbre derrière l'écurie, Kitty, Clayton et le maréchal-ferrant entouraient une pouliche alezane nommée Pink Sky. En examinant le cheval en début de matinée, Kitty avait remarqué une petite fente à l'extrémité du sabot de l'animal. Et maintenant le maréchal-ferrant tentait de la rassurer en lui disant qu'un nouveau fer empêcherait la fissure de s'étendre.

Restait à espérer qu'il avait raison. Elle avait tant besoin de se raccrocher à quelque chose de positif !

— Entendu, monsieur Johnson. Faites ce que vous estimez nécessaire, dit-elle. Mais l'état de la piste est très sec, et je crains qu'avec le martèlement des sabots la fissure ne s'étende jusqu'à la couronne. Et si ça se produisait Pink Sky ne serait plus en mesure de participer à ce meeting.

— Ne t'inquiète pas, Kitty. Shep est le meilleur dans sa partie. Tu peux être sûre qu'il saura réparer le sabot de ta pouliche.

Au son de la voix de Liam, tous trois tournèrent la tête vers lui. Et comme toujours le cœur de Kitty se mit à battre la chamade. Il portait un jean et une chemise jaune pâle dont il avait roulé les manches sur ses avant-bras hâlés. Ce n'était pas exactement le genre de tenue appropriée pour aller à la plage, mais il avait fait une petite concession en troquant ses habituelles bottes en cuir d'alligator pour des bottes en cuir de taureau, plus souples.

— Bonjour, Liam, dit-elle.

Au lieu de se contenter d'un simple salut, il s'avança vers elle et lui planta un baiser sur la joue.

Prise de court, elle lui sourit en s'efforçant de masquer son trouble.

— Bonjour, lui murmura-t-il à l'oreille.

Comme Shep Johnson ne connaissait pas Kitty, le baiser

de Liam ne devait guère le surprendre. En revanche, Clayton avait du mal à cacher sa surprise.

Si Liam voulait montrer à tous qu'il avait des droits sur elle, il avait réussi son coup ! songea-t-elle, confuse.

S'éclaircissant la gorge, elle le présenta aux deux autres hommes.

— Inutile, déclara Shep en serrant la main de Liam. Je le connais depuis des années. Comment vas-tu, mon vieux ? J'espère que tu nous as amené de nombreux compétiteurs. La Californie manque cruellement de chevaux.

— J'en ai fait venir vingt. Il se peut que j'en amène d'autres en cours de meeting.

— Parfait, déclara Shep en souriant.

Puis il adressa un clin d'œil à Kitty avant d'ajouter :

— Vous feriez bien de vous méfier de lui, mademoiselle Cartwright. Il risque de vous battre à plate couture si vous n'y prenez pas garde !

— Oh ! je connais les succès de Liam.

Celui-ci donna une poignée de main polie à Clayton puis plongea un peu plus Kitty dans l'embarras en passant un bras autour de sa taille.

— Elle n'a pas à craindre que je la distance, déclara-t-il à Shep. Bientôt, les deux écuries feront partie de la famille. Kitty et moi allons nous marier.

Shep Johnson leur présenta aussitôt ses félicitations tandis que Clayton les dévisageait, l'air incrédule. Il avait de quoi être surpris. Il venait tout juste d'apprendre que Liam était un ami de la famille. Et maintenant il apprenait qu'elle allait l'épouser ! Il devait sûrement se demander ce qu'elle lui cachait encore. Par exemple, le nom du père du bébé.

— Vous allez vous marier ? demanda-t-il à Kitty.

Elle ignorait ce que Liam avait en tête, mais une chose était sûre, elle n'appréciait pas qu'il ait annoncé leur projet de mariage aussi vite. Clayton était son bras droit. Elle avait eu l'intention de lui apprendre la nouvelle en privé tout en lui assurant qu'il conserverait son poste au Desert End.

— Oui. Mais nous n'avons pas encore fixé de date.

— En tout cas, ce sera pour bientôt, insista Liam.

Clayton continuait de la dévisager, visiblement offensé qu'elle lui ait dissimulé une nouvelle de cette importance. Puis son regard s'attarda sur son ventre, et elle sentit ses joues s'empourprer.

— Les félicitations semblent de mise, dit-il avec un sourire forcé.

A son grand soulagement, quelqu'un héla le maréchal-ferrant, et il s'éloigna du groupe en s'excusant. Clayton en profita pour s'éclipser à son tour, expliquant qu'il devait ramener Pink Sky à son box.

— Dès que Shep sera disponible, je fixerai un rendez-vous avec lui pour le ferrage de la pouliche, indiqua-t-il.

— Merci, Clayton. A propos, je vais m'absenter presque tout l'après-midi. Si tu as besoin de moi, tu peux m'appeler ou m'envoyer un SMS.

— Entendu, dit-il en tournant les talons, Pink Sky à sa suite.

Réprimant un soupir agacé, elle se tourna vers Liam.

— Cette annonce précipitée était-elle nécessaire ? Je n'ai pas eu le temps d'en parler à Clayton ni à mes autres employés.

— Quelle différence cela fait-il ? Ils l'auraient appris tôt ou tard.

— J'ai bien envie d'annoncer tout de suite la nouvelle à ton personnel et, mieux encore, à ta famille, lança-t-elle. Et j'ai hâte de voir la tête que tu feras !

— Ils sont déjà au courant, rétorqua-t-il avec un faible sourire. Apparemment, je suis plus fier de cette nouvelle que tu ne l'es.

Il était fier ? Vraiment ? Cette pensée lui mit un peu de baume au cœur.

— Occupé comme tu l'es, tu as trouvé le temps de le faire ? Je parie que tu as rédigé la nouvelle en style télégraphique et que tu as appuyé sur le bouton « envoyer à tous les destinataires » ! ironisa-t-elle.

Il se mit à rire de bon cœur.

— Je fais partie des rares personnes qui trouvent les e-mails et les SMS trop impersonnels. (Il désigna l'écurie du menton.) As-tu besoin de prendre quelque chose à ton bureau avant qu'on ne parte ?

— Oui. Accorde-moi cinq minutes, et je serai prête.

En chemin, elle fit un détour par le box de Pink Sky où s'activait Clayton. En la voyant, il leva vers elle un regard interrogateur.

— Je croyais que tu partais !

— En effet, mais auparavant… je veux te dire que je regrette la façon dont tu as appris la nouvelle de mon mariage. Je comptais t'en parler ce matin, mais nous avons été interrompus sans arrêt et…

— Oublie ça, Kitty, dit-il sèchement. Ce ne sont pas mes affaires.

— Je suis désolée que tu le prennes ainsi.

Lui tournant le dos, il se mit à peigner le toupet de la pouliche avec ses doigts.

— Je veux dire par là que tu n'as pas à me fournir d'explications d'ordre personnel. Ça ne me regarde pas de savoir qui tu vas épouser.

Le dépit perçait dans sa voix. Se pouvait-il qu'il soit jaloux ? se demanda Kitty, perplexe, en contemplant le dos de Clayton. Allons, elle se faisait des idées. A aucun moment il ne lui avait fait comprendre qu'il était amoureux d'elle.

— Bien sûr que si ! Tu es mon adjoint et mon ami. Tu comptes beaucoup pour moi. Et je peux t'assurer que mon mariage avec Liam Donovan n'entraînera aucun changement dans l'organisation du travail à Desert End.

Il lui lança un coup d'œil par-dessus son épaule.

— Vous n'allez pas fusionner les deux écuries ?

— Non, pas du tout.

Il parut se détendre un peu.

— Oh ! Alors, tu auras encore besoin de moi ?

Elle tapota son ventre.

— Oui, plus que jamais.

Un pâle sourire aux lèvres, il s'écarta de la pouliche et passa un bras autour des épaules de Kitty.

— Bon. Si ce mariage te rend heureuse, je le suis aussi.

Soulagée, elle lui rendit son sourire. La dernière chose dont elle avait besoin, c'était d'avoir des rapports tendus avec son adjoint. Sans lui, elle serait incapable de maintenir son écurie en activité et de faire courir ses chevaux.

— Merci, Clayton. Les choses changent vite pour moi. Et ça me réconforte de savoir qu'entre toi et moi tout restera comme avant.

— Tu pourras toujours compter sur moi, Kitty, insista-t-il.

Ce problème réglé, elle prit congé de lui et se hâta vers son bureau. Après avoir récupéré son sac et un pull, elle alla rejoindre Liam qui l'accueillit par un haussement de sourcils interrogateur.

— J'ai cru que tu m'avais posé un lapin. Quelque chose ne va pas ?

— Désolée, Liam. Je suis allée parler à Clayton.

La prenant par le bras, il l'entraîna vers le parking.

— A quel propos ? De tes chevaux ? Ou de nous deux ?

— De nous. L'annonce de notre mariage ne semble pas l'enchanter.

— Ça ne m'étonne pas. Ce garçon a un faible pour toi.

— Que vas-tu chercher là ? Lui et moi sommes des collègues de travail. Il craignait sans doute que tu ne prennes la haute main sur Desert End. Mais il a paru rassuré quand je lui ai dit que nos écuries resteraient séparées.

Liam fit la grimace.

— A l'heure qu'il est, il a dû comprendre que c'était moi qui t'avais mise enceinte — sans que nous soyons mariés. Je ne peux guère m'attendre à ce qu'il ait de l'estime ou du respect pour moi. Ni lui ni les autres.

Elle le contempla avec étonnement.

— Je ne te croyais pas aussi vieux jeu.

— C'est la deuxième fois que tu me traites de vieux jeu ! protesta-t-il, vexé.

— Bon, j'aurais dû dire… conventionnel, admit-elle.

— Eh bien, oui, je suis quelqu'un de conventionnel ! J'ai été élevé pour devenir un homme responsable, et non un play-boy. Mais je suppose qu'en te voyant enceinte et célibataire les gens doivent penser les pires horreurs de moi.

— Je doute fort qu'ils te prennent pour un play-boy ou quoi que ce soit d'approchant. D'ailleurs, il n'y a pas que les apparences qui comptent.

Il attendit qu'ils soient installés dans son SUV pour reprendre la conversation.

— Ça tombe bien que tu parles d'apparences. C'est un sujet que je voulais aborder avec toi.

— Pourquoi ? Je ne vois pas le rapport.

Au lieu de mettre le moteur en marche, il se renversa contre le dossier de son siège, l'air visiblement embarrassé.

— Comme je te l'ai dit, j'ai annoncé la nouvelle de notre mariage à ma mère ce matin. Ça fait longtemps que ma famille m'encourage à me remarier. Mes parents, mes frères et mes sœurs sont tous très heureux et amoureux de leurs conjoints respectifs. Ils souhaitent la même chose pour moi. Et à l'heure qu'il est ma mère a dû raconter à tout le monde que j'avais enfin trouvé le bonheur.

Il soupira et détourna le regard avant d'ajouter :

— Ce que j'essaie de t'expliquer, c'est que je ne veux pas les décevoir. J'aimerais qu'ils croient que nous formons un vrai couple.

Mais ce ne serait jamais le cas, songea-t-elle tristement. Il le savait, et elle aussi.

— Ah, je comprends. Quand nous serons en présence de ta famille, tu veux que nous fassions semblant d'être follement épris l'un de l'autre.

— En fait, je souhaiterais que nous ne limitions pas ce… simulacre à ma famille. Si les gens croient que nous sommes amoureux, ils ne penseront pas que nous faisons un mariage de convenance.

Ainsi, c'était pour cette raison qu'il l'avait embrassée sur la joue tout à l'heure ! Pour jeter de la poudre aux yeux des gens.

Elle eut une moue dédaigneuse.

— Mais *rien* ne nous oblige à nous marier. C'était ton idée.

La mâchoire de Liam se crispa.

— Tu as accepté de m'épouser, lui rappela-t-il. A moins que tu ne veuilles revenir sur ta promesse ?

Elle reporta son regard sur son ventre proéminent.

— Non. Quoi que tu penses de moi, je ne suis pas du genre à renoncer. Ni à jouer la comédie, d'ailleurs.

Comme si elle avait besoin de faire semblant d'aimer Liam ! Elle l'aimait déjà. Et c'était bien là tout le problème. Sa « prestation » serait si juste qu'il risquait d'y croire. Et, ensuite, qu'adviendrait-il d'elle ?

— Mais si c'est tellement important pour toi je peux essayer.

Levant les yeux vers lui, elle perçut le soulagement sur son visage.

— Oui, ça l'est. Et par la suite ce sera aussi une bonne chose pour notre enfant.

Une bonne chose ? Comment un simulacre de mariage pouvait-il être une bonne chose pour qui que ce soit ? Surtout pour leur enfant ? faillit-elle répliquer. Mais elle se retint de justesse. Elle ne devait pas se laisser dominer par ses émotions au risque de tout gâcher. C'était son avenir qui était en jeu.

Un avenir sans amour.

Elle chassa bien vite cette pensée déprimante.

— J'espère que tu as raison, Liam. Et j'espère aussi que notre enfant n'apprendra jamais que ses parents sont des faux jetons.

Il mit le moteur en marche et s'engagea dans l'allée.

— Parfois, la vérité fait beaucoup plus mal qu'un mensonge, marmonna-t-il.

Le cœur plein d'amertume, elle regarda par la vitre de sa portière en essayant de refouler ses larmes.

5

Quand Kitty aperçut au loin le miroitement du Pacifique, elle s'était ressaisie et avait la ferme intention de savourer cet après-midi de détente. Avant d'aller à la plage, ils achetèrent des hot dogs et des boissons à un marchand ambulant et ils s'installèrent sur un banc dans un parc pour déjeuner.

Malgré un soleil éclatant, la brise marine était fraîche, et elle passa son pull bleu clair par-dessus sa chemise blanche. Tandis qu'ils se promenaient sur la plage déserte, elle suivait des yeux le ballet des mouettes survolant les vagues ourlées d'écume, mais son esprit était concentré sur l'homme marchant à ses côtés. L'homme qui serait bientôt son mari.

— As-tu réfléchi au genre de mariage que tu souhaitais ? demanda-t-il au bout d'un moment.

Surprise, elle tourna la tête vers lui. Le vent ébouriffait ses cheveux bruns, et le soleil faisait paraître ses traits encore plus hâlés. Il était tellement sexy ! Rien que de penser qu'elle allait devenir sa femme, elle en fut tout émoustillée.

— Le mariage ? Oh ! je pensais que tu voulais une simple cérémonie civile ici, au tribunal de Los Angeles.

Il baissa les yeux sur le sable.

— Du point de vue juridique, ça ferait l'affaire. Mais j'aimerais que ma famille soit présente et qu'un pasteur nous unisse. Pour le reste, je te laisse décider.

Puisqu'il avait insisté pour qu'ils présentent l'image d'un couple amoureux, elle aurait dû se douter qu'il voudrait que ce mariage ait l'apparence d'une union sanctifiée.

— Ça me convient, murmura-t-elle.

Sans faire partie de ces jeunes filles qui rêvent d'un grand mariage avec tout le tralala qui va avec, elle avait souvent rêvé de ce jour spécial. Elle imaginait alors que son père la conduisait à l'autel, son visage buriné reflétant la fierté et l'émotion. Il avait toujours voulu la voir mariée à quelqu'un d'honorable. Et, bien que Liam ne soit pas amoureux d'elle, elle savait au fond de son cœur qu'il était un homme estimable et estimé.

Elle eut subitement la nostalgie de sa maison, de la limpidité du ciel texan, de l'immensité des paysages, de l'odeur du désert après la pluie, des cactus et de la sauge, et des chevaux faisant la sieste à l'ombre d'un *prosopis glandulosa*. Son père avait fait bâtir cette belle propriété pour elle. La moindre des choses, c'était qu'elle se marie là-bas.

— J'aimerais que la cérémonie ait lieu au Desert End, dit-elle soudain. Je crois que papa l'aurait voulu.

Contre toute attente, Liam s'arrêta et passa un bras autour de ses épaules. Comme elle se tournait vers lui, il l'attira plus près et frotta ses lèvres contre son front. A son contact, elle retint son souffle, traversée par une sensation délicieuse.

— Tu as raison, murmura-t-il, en glissant ses doigts dans sa longue chevelure balayée par le vent.

S'efforçant de ne pas lui laisser voir à quel point il la troublait, elle le rabroua gentiment.

— Liam, il n'y a personne ici qui nous connaisse. Tu n'es pas obligé de jouer les amoureux.

— Qui dit que je joue un rôle, en ce moment ?

Elle tressaillit, surprise et pleine d'espoir.

— Qu'est-ce que ça signifie ?

Il fixa son regard sur ses lèvres entrouvertes.

— Tu es très belle, Kitty, et nous avons fait un bébé ensemble.

Son pouls se mit à battre à un rythme frénétique.

— Tu avais bu et tu n'avais pas les idées claires, argua-t-elle d'une voix tremblante. Aujourd'hui…

— J'ai bu un soda avec mon hot dog, l'interrompit-il avec un sourire malicieux. Je suis donc en pleine possession de mes facultés mentales. Et je n'ai pas besoin de feindre pour embrasser ma fiancée. Avec une femme comme toi, l'envie me vient tout naturellement.

Les lèvres de Liam glissèrent de son front à sa joue, et elle s'agrippa à sa chemise, tous ses sens en émoi.

— Liam, tu te conduis de façon irréfléchie.

— Et toi, tu réfléchis trop, Kitty !

Sans lui laisser le temps de répliquer, il posa ses lèvres sur les siennes. C'était si bon qu'elle en perdit tout sens commun.

Les mouettes poussaient des cris stridents, le vent sifflait à ses oreilles et, plus loin, les cris joyeux d'un enfant se mêlaient aux aboiements d'un chien. Mais aucun de ces sons ne l'empêchait de se concentrer sur le baiser de Liam.

Elle aurait dû avoir honte de désirer cet homme à ce point et de laisser éclater la passion qu'il faisait naître en elle. Mais la tentation était trop forte, et au lieu de repousser Liam elle lui rendit son baiser et noua ses bras autour de sa taille.

Elle aurait pu continuer à l'embrasser indéfiniment. Lovée contre son torse, sa bouche contre la sienne, il lui était tellement facile de croire qu'il l'embrassait par amour !

Mais soudain quelque chose heurta ses jambes, et des voix résonnèrent à proximité.

Surprise par cette intrusion, elle s'écarta légèrement de Liam et aperçut une jeune femme courant après une fillette âgée d'environ cinq ans postée à quelques pas d'eux. Visiblement, elle cherchait à récupérer le ballon jaune ayant roulé à leurs pieds.

— Je suis désolée, leur cria la jeune femme. Ma fille ne vise pas très bien, surtout avec ce vent.

— Ça ne fait rien, assura Liam en souriant.

Il se baissa pour récupérer le ballon et le lança à la fillette.

Elle réussit à le rattraper au vol et, le serrant contre elle, reprit sa course en riant. Un labrador marron s'élança aussitôt à sa suite, aboyant joyeusement.

Un peu plus loin, la fillette s'arrêta, le temps de leur crier :

— Merci !

— Oui, merci, ajouta la maman en passant devant eux, toujours à la poursuite de l'enfant.

Tandis que Liam posait sa main au creux de ses reins, Kitty regarda le trio s'éloigner avec un peu de nostalgie.

— Cette petite est adorable, fit Liam. Au fait, tu préférerais avoir une fille ou un garçon ?

— Peu importe, répondit-elle, le regard toujours fixé sur le trio. A vrai dire, je songeais au père de la fillette.

— Nous ne savons même pas si elle en a un. Du moins, s'il partage leur vie.

Elle leva les yeux vers lui.

— C'est ce que je voulais dire. Est-il présent auprès d'elle pour l'aimer et la choyer — comme mon père l'a été pour moi ?

— Espérons que oui, dit-il en posant sa main sur son ventre arrondi. Une chose est sûre, je serai toujours présent pour notre enfant.

Emue, elle contempla le beau visage de Liam, et comme attiré par un aimant son regard se fixa sur ses lèvres sensuelles. L'espace d'un bref instant, son baiser lui avait semblé si profond, si ardent. A moins que ce ne soit sa propre passion qui lui ait fait prendre ses désirs pour des réalités. Oh ! Seigneur, pourquoi fallait-il qu'elle analyse chacun de ses mots et chacun de ses gestes ? Si elle continuait ainsi, elle risquait de faire une dépression nerveuse avant d'avoir prononcé le « oui » fatidique !

Ravalant la boule qui lui obstruait la gorge, elle demanda :

— Quand veux-tu que ce mariage ait lieu ? J'aurai besoin d'un peu de temps pour organiser l'hébergement des invités et la réception au ranch. Natalie se chargera de presque tout, mais auparavant il faudra que j'aille au Desert End pour la prévenir et régler les détails avec elle.

— Qui est Natalie ? Une parente ?

— Non. Hormis ma tante Renee, je n'ai pas de parente près d'El Paso. Natalie est ma directrice de courses. Mais elle gère aussi toutes sortes d'événements qui se produisent au ranch. Je suis certaine que la nouvelle de mon mariage va lui causer une belle surprise !

Une moue ironique aux lèvres, il l'entraîna vers une petite dune.

— Surprise est un faible mot pour décrire la réaction de ma mère ce matin. Elle était en état de choc !

— Et les autres membres de ta famille ? Je sais que tu as cinq frères et sœurs. Tu leur as parlé ?

— Non, pas encore. Mais ma mère a dû s'empresser de diffuser la nouvelle. Et ton frère ? Tu l'as prévenu ?

A la mention de son frère, Owen, elle se raidit intérieurement. Malgré toute l'affection qu'elle lui portait, elle entretenait une relation plutôt difficile avec lui. Surtout depuis la mort de leur père et la lecture du testament.

Oh ! mon Dieu, le testament ! Depuis ses retrouvailles avec Liam, elle n'avait pas eu le temps de se demander comment il réagirait en apprenant les problèmes auxquels elle était confrontée, ou même si elle devait lui en faire part. Pour l'instant, le bébé était sa principale préoccupation — et l'unique préoccupation de Liam. Il valait mieux que ses problèmes personnels ne viennent pas interférer dans la relation fragile qu'elle entretenait avec lui.

Elle s'efforça de prendre un ton détaché.

— En ce moment, il travaille de nuit. Je n'aime pas le réveiller, sauf en cas d'urgence. Je le préviendrai plus tard.

En fait, elle redoutait la réaction d'Owen. Il lui avait déjà dit qu'il n'était pas ravi de la savoir enceinte. Non qu'il ait quoi que ce soit contre les mères célibataires ou qu'il lui reproche son imprudence. Non. Il s'était d'ores et déjà mis en tête que le père était un salaud de la pire espèce puisqu'il refusait d'assumer ses responsabilités. Que penserait-il quand il apprendrait que le père en question était Liam Donovan ?

Bien qu'Owen ne l'ait jamais rencontré, il avait beaucoup entendu parler de lui par Willard, lequel le tenait en haute estime. Mais Owen avait des idées bien arrêtées sur les gens. Restait à espérer qu'il se rendrait vite compte de son erreur de jugement et qu'il accueillerait Liam à bras ouverts au sein de leur petite famille. Toutefois, elle en doutait. Liam était entraîneur de chevaux, et il n'en fallait pas plus pour qu'Owen le prenne en grippe.

— J'ignore comment se présente ton programme de courses pour le mois d'avril, mais le mien ne tournera pas à plein régime avant la troisième semaine. Je peux m'arranger pour m'absenter du centre d'entraînement à ce moment-là.

— Je reverrai mon programme dès ce soir et j'appellerai Natalie pour savoir si tout peut être prêt dans deux semaines. Cela te convient-il ?

Il fit la grimace.

— On dirait que tu prépares un rendez-vous d'affaires et non un mariage.

Un peu vexée par sa remarque, elle répliqua vivement :

— Dans le cas présent, il s'agit d'affaires. Une affaire de bébé.

Il lui effleura la joue du revers du doigt. Ce simple contact diffusa une douce chaleur dans ses veines, et elle ne put s'empêcher de rougir. Seigneur, pourquoi fallait-il que cet homme lui fasse un tel effet ?

— D'une certaine façon, reconnut-il. Et, pour notre lune de miel, que décidons-nous ?

Les lunes de miel étaient faites pour les amoureux, faillit-elle riposter. La seule idée de passer plusieurs jours dans un endroit romantique pendant que son mari ferait semblant d'être follement épris d'elle lui était insupportable.

Elle eut un petit rire désenchanté.

— Dans notre cas, une lune de miel ne me semble pas justifiée. Et aucun de nous ne peut se permettre de s'éloigner du centre d'entraînement plusieurs jours d'affilée.

Il exhala un profond soupir, et elle se demanda, l'espace d'un instant, si c'était du soulagement ou de la déception.

— Tu as raison. Ça nous obligerait à modifier nos programmes. Tout de même, chaque mariée a droit à sa lune de miel. Et je ne veux pas te priver de cette expérience.

Une mariée. Il lui semblait étrange d'entendre Liam utiliser ce terme. Elle-même avait du mal à se faire à cette idée. Elle troquerait son nom pour celui de Donovan, et il y aurait un document officiel les déclarant mari et femme. Mais à part ça qu'est-ce qui changerait ?

Repoussant ses cheveux de son visage, elle contempla les vagues venant s'échouer sur le rivage.

— Tu n'as pas à te sentir obligé de me traiter comme une nouvelle mariée, Liam. Par ailleurs, qui dit lune de miel dit voyage, et je me déplace suffisamment avec mon travail. Et puis… en ce moment, je ne suis guère en état de partir pour une destination paradisiaque.

— Bon. Si c'est comme ça que tu vois les choses… Nous expliquerons à nos familles que nous partirons en lune de miel après la naissance du bébé — quand tu te sentiras d'attaque.

Elle ne put retenir le sarcasme qui lui brûlait la langue.

— C'est ça. Un simulacre de lune de miel s'accordera très bien avec ce mariage de pure forme.

— Kitty !

Le reproche et la déception qu'elle perçut dans la voix de Liam la remplirent de confusion. Un mariage, même dénué d'amour, n'était pas un sujet de moquerie.

— Excuse-moi, Liam, soupira-t-elle. Je n'aurais pas dû dire ça. Je ne suis pas dans mon état normal ces temps-ci. Et tous ces projets…, c'est trop pour moi.

Il lui frotta doucement le bras.

— C'est à moi de m'excuser, Kitty. J'aurais dû comprendre que c'était beaucoup te demander. (Son expression se radoucit.) Et je me doute que ce n'est pas le mariage dont tu rêvais. Mais je suis persuadé que plus tard tu ne regretteras aucune des décisions que nous prenons maintenant.

Si une femme avait de la chance, elle se mariait une fois dans sa vie avec l'homme qu'elle aimait de tout son cœur. Pour elle, Liam était cet homme-là. Mais dans plusieurs années, quand leur bébé aurait grandi, seraient-ils toujours mari et femme ? Mieux valait ne pas y penser.

— Je l'espère sincèrement, Liam.

En cette belle journée de la fin avril, Kitty comprenait pourquoi il était si important de faire croire à la famille de

Liam qu'ils étaient épris l'un de l'autre et qu'ils se mariaient pour les bonnes raisons. Jamais elle n'avait vu des gens aussi heureux. La tribu Donovan au grand complet était venue au Texas pour assister au mariage de Liam : ses parents, Doyle et Fiona, sa grand-mère Kate, ses deux frères, Conall et Brady, et ses trois sœurs, Maura, Dallas et Bridget, sans compter une ribambelle d'enfants dont les âges s'échelonnaient de quelques mois à quatre ans.

La belle demeure du Desert End avait déjà été le théâtre de nombreuses réceptions. Mais cette fois-ci tout semblait très différent pour Kitty. Les Donovan formaient une grande famille, quelque chose qu'elle et Owen ne connaissaient pas. Et elle se sentait un peu effrayée à l'idée d'en faire bientôt partie. Serait-elle à la hauteur des attentes de tous ces gens ? Et saurait-elle rendre Liam heureux ? Elle avait tellement envie d'être une véritable épouse pour lui et d'occuper la première place dans son cœur ! Toutes ces pensées tournaient dans sa tête tandis qu'elle se tenait dans sa chambre devant le miroir en pied.

— Le décolleté de ma robe n'est-il pas trop révélateur ? demanda-t-elle en examinant son reflet d'un œil critique.

La robe de mariée qu'elle avait choisie était de soie champagne, agrémentée de motifs en dentelle blanche et rose. Le décolleté en V se prolongeait dans le sillon entre ses seins, les manches longues et ajustées recouvraient le haut de ses mains, et la taille Empire dotée de fronces discrètes camouflait sa taille épaisse. Bien que tout le monde ne cesse de lui répéter qu'elle était superbe, elle s'inquiétait de savoir ce que Liam penserait de son apparence. Deux semaines plus tôt, sur la plage, il lui avait dit qu'elle était belle, et elle s'était raccrochée à ces mots, le cœur plein d'espoir. Mais maintenant, en proie au doute et à la nervosité, elle avait l'horrible impression qu'elle allait pénétrer dans l'antre du lion.

— Pas du tout, lui assura Fiona. Vous êtes très féminine et splendide. Liam va être subjugué en vous voyant.

Tandis que Fiona lui attachait un collier de perles autour

du cou, elle sentit la joie de sa future belle-mère se diffuser en elle, et sa nervosité se dissipa un peu.

— Elle l'a déjà subjugué, lança Kate, assise près d'elles. Je n'ai pas vu mon petit-fils aussi heureux depuis une éternité.

— C'est vrai, renchérit Fiona en riant et en pressant affectueusement les épaules de Kitty. Nous avions tous cru que Liam avait renoncé à l'amour et au mariage. Et durant tout ce temps il vous avait ! Mais il a toujours été très réservé, même quand il était enfant.

Kitty rendit leurs sourires aux deux femmes. Comment aurait-il pu en être autrement ? Elles se montraient si chaleureuses et bienveillantes, et si ravies de la venue de ce bébé. Elles auraient pu l'accuser d'avoir piégé Liam, d'être une croqueuse de diamants ou pire encore. Or, ce n'était pas le cas. Néanmoins, pour éviter tout malentendu et pour protéger les intérêts de Liam dans le Diamond D, elle lui avait proposé de faire établir un contrat de mariage, mais il avait repoussé sa suggestion en disant qu'il lui faisait confiance pour se montrer toujours loyale envers lui. Apparemment, le reste de la famille lui faisait aussi confiance et lui était reconnaissant de rendre Liam heureux.

Mais était-il heureux ? Puisqu'il jouait le rôle d'amoureux transi vis-à-vis de sa famille, elle ignorait ce qu'il éprouvait au fond de son cœur. Mais tôt ou tard il lui montrerait ses véritables sentiments, et cette perspective la terrifiait.

Allons, aujourd'hui, ce n'était pas le moment de penser à l'avenir. C'était le jour de son mariage, et Liam était le seul mari qu'elle aurait sa vie durant.

— Je n'ai pas eu le temps de me faire faire une robe sur mesure, dit-elle avec un petit rire nerveux. En fait, je n'ai pas eu le temps de faire grand-chose. Liam était si pressé !

Se levant de son fauteuil capitonné, Kate lissa sa jupe droite. Elle paraissait beaucoup plus jeune que ses quatre-vingts ans. Kitty était en admiration devant elle, surtout depuis qu'elle savait que la vieille dame montait à cheval tous les matins.

— Comme tous les hommes, déclara-t-elle en riant. J'espère qu'il ne vous bouscule pas pour partir en lune de miel !

Détournant le regard, elle porta la main à son chignon tressé pour se donner une contenance.

— Non. Il n'y a pas d'urgence, dit-elle, en espérant ne pas paraître trop évasive. Nous avons décidé qu'il valait mieux la reporter après la naissance du bébé et l'allègement de nos programmes de courses.

— Oh ! oui. C'est plus sage. Je…

Un coup sonore fut frappé à la porte, et Kate s'interrompit pour aller ouvrir. Après un court instant, alors que Fiona piquait un camélia blanc dans son chignon, Kate revint vers elle.

— C'est votre frère, Kitty. Il dit que tout est prêt.

En proie à la nervosité, elle s'efforça de sourire.

— Dans ce cas, il est temps d'y aller.

— Vous êtes superbe, Kitty, assura Fiona.

— Vous avez l'air toute tremblante. Tenez, prenez mon bras, mon petit, lui enjoignit Kate.

Flanquée des deux femmes, elle sortit de la chambre et aperçut Owen, debout dans le couloir, l'attendant pour l'escorter dans l'arrière-cour de la maison, où la cérémonie devait avoir lieu.

Après l'avoir confiée à Owen, Kate et Fiona s'éclipsèrent en s'excusant. Une fois seule avec son frère, elle se raccrocha à son bras.

— Kitty ! s'exclama-t-il, admiratif. Tu es éblouissante !

Brun, grand et musclé, il ressemblait beaucoup à sa défunte mère. En tant qu'homme de loi, il exsudait la force et l'autorité, et aujourd'hui elle était heureuse de pouvoir s'appuyer sur lui.

— Merci, grand frère.

— Si papa était là, il serait aux anges, dit-il.

— Tu crois ? demanda-t-elle, émue.

Elle avait toujours cherché à plaire à son père et à le rendre fier d'elle, même s'il leur était arrivé de se disputer à propos de certains aspects de sa vie privée. Et aujourd'hui elle espérait de tout cœur qu'il souriait là où il était.

— Oui. Tu avais le don de le rendre heureux.

— En revanche, ce mariage ne semble pas t'enchanter, ne put-elle s'empêcher de dire.

Il fit la grimace et regarda par la porte-fenêtre. Voyant que le pasteur n'était pas à sa place, il prit le temps de répondre.

— Comment pourrait-il en être autrement ? Ta décision a été si soudaine ! Tu es enceinte de près de sept mois et tu n'as pas jugé bon de m'informer que Liam Donovan était le père de ton enfant. J'en déduis que tu n'étais pas sûre de lui, ou de toi-même. Puis, à peine arrivée en Californie, tu m'annonces que tu vas te marier !

— Je reconnais que ça peut paraître précipité, mais…

— C'est le moins qu'on puisse dire ! Kitty, tu n'es pas une personne impulsive. Et, puisque tu avais déjà attendu plusieurs mois, tu aurais pu réfléchir plus longuement à la question.

Elle le fusilla du regard.

— J'ai souhaité que tu me conduises à l'autel parce que tu es mon frère et le seul parent proche qui me reste. Et j'espérais qu'en cette journée spéciale tu me montrerais un peu d'amour. Mais tu ne peux pas t'empêcher de me dire des paroles blessantes.

— C'est justement parce que je t'aime que je cherche à te mettre en garde, Kitty.

— C'est ce que papa disait toujours !

Il pinça les lèvres, mécontent.

— Ce n'est pas le moment de nous disputer. Hier soir, je t'ai dit ma façon de penser. Il est donc inutile de remettre ce sujet sur le tapis.

— J'essaie juste de comprendre pourquoi tu critiques tout ce que je fais. Tu ne peux donc pas te contenter d'être heureux pour moi ?

— Je serais heureux pour toi si j'étais sûr que tu fasses un mariage d'amour. Mais la seule raison qui te pousse à te marier, c'est ton besoin désespéré de te raccrocher à ce ranch et à ces chevaux. Je le sais, et tu le sais. Et tôt ou tard Liam l'apprendra. Mais ne t'inquiète pas, petite sœur, je n'ai pas l'intention de vendre la mèche. Je te laisse le soin de lui annoncer la nouvelle.

Soudain très lasse, elle ferma les yeux.

— Oh ! s'il te plaît, Owen, arrête !

En sentant la main de son frère sur la sienne, elle rouvrit les yeux et vit que son expression s'était radoucie.

— Ecoute, Kitty, tu n'as pas besoin de Liam Donovan, ni de Black Dahlia ni d'aucun autre de ces maudits chevaux.

— Je sais ce dont j'ai besoin, Owen, riposta-t-elle. Et, si je me marie, c'est parce que j'aime Liam. De tout mon cœur.

Elle fixa Owen droit dans les yeux avant d'ajouter :

— Ça ne veut peut-être rien dire pour toi, mais j'espère sincèrement qu'un jour tu le sauras.

Il l'examina pendant un long moment puis, avec un soupir de résignation, il se pencha et déposa un baiser sur son front.

— Entendu, petite sœur. Mais si jamais Liam Donovan se conduit mal envers toi je lui briserai la nuque !

Avec cette menace résonnant à ses oreilles, elle franchit au bras d'Owen les portes vitrées donnant sur une grande cour où Liam et le pasteur l'attendaient avec, pour toile de fond, un ciel d'azur, une profusion de fleurs et une fontaine en bronze ayant la forme d'un cheval de course.

Tandis qu'ils s'avançaient le long d'une étroite allée bordée de sièges où se tenaient les invités, au son de la marche nuptiale jouée par un violon, elle avait vaguement conscience de la douceur de la brise sur ses joues, du solide soutien du bras d'Owen et des regards braqués sur elle. Mais rien de tout cela ne parvenait à détourner son attention de Liam.

Un costume à la coupe western épousait son grand corps svelte et musclé, et la couleur chocolat du tissu soulignait les riches nuances de doré et de châtain dans sa chevelure sombre. Mais, tandis qu'il la regardait s'approcher, ce fut l'expression de son visage, émue et grave, qui fit battre son cœur à coups redoublés. Au même moment, le bébé se mit à bouger dans son ventre. Le bébé qu'ils avaient conçu ensemble.

Quand elle arriva à la hauteur de Liam et qu'Owen l'eut

confiée à ses bons soins, elle se mit à trembler. Et quand il lui prit la main dans la sienne des larmes perlèrent à ses paupières. Il ne l'aimait peut-être pas, mais il avait de l'affection pour elle. Et en ce jour si spécial cela lui suffisait.

6

Cinq heures plus tard, après un vol court et sans incident, ils quittaient l'aéroport de Los Angeles et roulaient en direction de l'hippodrome à bord du SUV de Liam. Kitty était restée silencieuse durant presque tout le trajet en avion, et Liam était bien en peine de dire si elle était simplement fatiguée par tous ces allers-retours et les préparatifs de la cérémonie ou si elle regrettait de s'être engagée dans la voie du mariage.

Tout en pilotant son véhicule dans le flot de la circulation, il jeta un coup d'œil à Kitty. Elle semblait détendue, la nuque reposant contre l'appuie-tête en cuir.

Vêtue d'une jupe longue et d'un pull assorti, elle était très belle. Mais c'était l'image de Kitty dans sa robe de mariée, avec des fleurs dans les cheveux, qu'il garderait gravée à jamais dans sa mémoire. Tandis qu'elle se tenait debout à ses côtés, répétant les vœux que le pasteur venait de lire, elle était tellement éblouissante qu'il en avait eu le souffle coupé. Il s'était senti à la fois honoré qu'elle devienne sa femme, reconnaissant qu'elle porte son enfant et terrifié par l'intensité de ses émotions.

Encore maintenant, il avait la gorge nouée au souvenir du baiser qu'ils avaient échangé juste après la bénédiction du pasteur. Quel idiot sentimental il faisait ! Comme l'avait dit Kitty, ils n'avaient jamais formé un couple auparavant, et leur union n'était pas basée sur l'amour. Pourtant, il ne pouvait s'empêcher de songer à leur mariage en ces termes.

— Tu te sens bien ? demanda-t-il, inquiet de son silence.

Elle lui adressa un pâle sourire.

— Juste un peu fatiguée.

— Nous arriverons à la maison dans quelques minutes.

Et après ? Elle était sa femme, et bien qu'ils aient décidé de ne pas partir en lune de miel ils étaient quand même des nouveaux mariés. Comment voyait-elle leur relation ? Platonique ? Elle et lui partageant la même maison, tels deux colocataires se tolérant mutuellement ?

Bon sang, Liam, qu'attends-tu de Kitty ? Tu as couché avec elle une seule fois et, depuis, tu l'as juste embrassée à quelques reprises. Crois-tu que ce soit suffisant pour lui donner l'envie de tomber dans tes bras ?

Non, il devait lui laisser du temps pour qu'elle s'habitue à l'idée de vivre avec lui comme mari et femme, partageant le même nom, le même toit et le même lit.

Mais comme ce serait dur de ne pas la toucher ! Depuis le jour où il l'avait embrassée sur la plage, il la désirait de tout son être. Et plus le temps passait, plus son désir s'intensifiait.

— J'espère que tes filles auront rempli le frigo, dit-elle. La pièce montée était délicieuse, mais je n'ai pu avaler que quelques bouchées.

Les « filles » désignaient Liv et Edie, ses deux employées chargées de promener les chevaux. Quand elles n'étaient pas surchargées de travail, il leur demandait parfois des petits services personnels. Ainsi, avant que lui et Kitty s'envolent pour El Paso, il leur avait donné une liste de courses, une carte de crédit et la clé de sa maison de Westchester, dans la banlieue ouest de Los Angeles.

— Tu n'as guère eu l'occasion de manger, dit-il. Les gens arrivaient de tous côtés pour t'embrasser et te féliciter.

Jetant un nouveau coup d'œil dans sa direction, il la vit se rembrunir.

— Je regrette que nous n'ayons pas eu une véritable réception, lâcha-t-elle tristement. Ta famille a dû être déçue. Ils sont venus de loin et auraient sans doute aimé s'amuser, danser et faire un bon repas. Au lieu de quoi, ils ont eu droit à une part de gâteau, à un verre de punch et à un rapide au revoir de notre part.

— Ne t'inquiète pas pour ça. Il y aura d'autres occasions de faire la fête. Notamment à Noël. Et d'ici là le bébé sera né.

— Je n'ai jamais vécu un Noël sans papa, soupira-t-elle. Ce ne sera pas facile. J'espère que le bébé m'aidera à combler ce vide.

Désireux de la rassurer, il lui pressa la main.

— Tu verras, l'avenir nous réservera de belles surprises.

— Puisses-tu dire vrai !

Du coin de l'œil, il vit qu'elle baissait la tête et faisait tourner d'un air absent l'épais anneau d'or qui ornait son annulaire. Son attitude pensive le mit mal à l'aise, mais que pouvait-il y faire ? Avec le temps, elle finirait par accepter l'idée d'être sa femme… Du moins, il l'espérait.

— Nous n'avons guère eu l'occasion de parler de ton frère. Il a l'air de beaucoup t'aimer.

— Trop, parfois.

— Que veux-tu dire ?

— Comme papa, il se figure qu'il sait ce qui est le mieux pour moi et il se fâche quand je suis mon idée et non la sienne.

— Hum. Et que pense-t-il de notre mariage ?

Tandis qu'il s'engageait dans l'allée menant à la maison, il sentit le regard de Kitty peser sur lui.

— Pourquoi cette question ? Tu lui as parlé. Tu es donc en mesure de dire s'il t'apprécie ou non.

Un sourire narquois aux lèvres, il coupa le moteur.

— « Apprécier » est un bien grand mot. Mais je me moque de ce que pense Owen.

— Ne le prends pas mal, Liam, soupira-t-elle. Il ne t'en veut pas personnellement. Il pense que je suis incapable de prendre les bonnes décisions, c'est tout.

— Comme celle de m'épouser ?

Elle fit la moue, l'air confus.

— Il dit qu'il te brisera la nuque si tu te conduis mal envers moi.

Il se mit à rire tout bas.

— Tout compte fait, je le trouve plutôt sympathique.

Elle le considéra avec surprise.

— Tu n'es pas furieux qu'il te menace ?

— Non. Même si j'apprécie mes trois beaux-frères, je n'hésiterais pas à leur donner une bonne correction s'ils se comportaient mal envers mes sœurs.

Il fit le tour du SUV pour l'aider à mettre pied à terre. En la voyant si près de lui, il eut une envie folle de l'attirer dans ses bras et de l'embrasser. Mais déjà elle reportait son regard sur la maison. Dommage, il attendrait une occasion plus propice pour l'embrasser, quand elle serait en mesure de lui consacrer *toute* son attention.

Passant un bras autour de sa taille, il lui fit traverser une petite pelouse bordée de plates-bandes fleuries et agrémentée de palmiers. Une bougainvillée luxuriante grimpait jusqu'au toit de la maison de style ranch, bâtie de plain-pied, et ensevelissait une partie du porche. Hormis les aboiements lointains d'un chien, le quartier était tranquille et plongé dans l'obscurité, trouée par la lumière de quelques réverbères.

Ce n'était pas une île paradisiaque, songea-t-il en déverrouillant la porte, mais ici ils seraient seuls pour la toute première fois. Qu'attendait-elle de lui ? Lors du mariage et en présence de leurs familles, ils avaient fait semblant d'être amoureux l'un de l'autre. Mais une fois dans l'avion qui les ramenait en Californie elle s'était repliée sur elle-même. Essayait-elle de lui dire par là qu'il devait garder ses distances ? Ou se demandait-elle simplement ce qui les attendait ensuite ?

— C'est bon d'être chez soi, murmura-t-elle quand il ouvrit la porte de chêne ouvragée.

Il tressaillit en l'entendant qualifier cette maison de chez-soi, et quelque chose dans sa façon de prononcer ce mot lui donna le courage de la soulever dans ses bras.

Elle poussa un petit cri.

— Liam ! Que fais-tu ?

La contemplant en souriant, il pénétra dans la maison et referma la porte derrière eux d'un coup de talon.

— Je fais franchir le seuil à ma nouvelle épousée.

Un rai de lumière provenant d'un réverbère et filtrant à travers les persiennes lui permit de distinguer l'expression de surprise qui se peignait sur le visage de Kitty. Brûlant de nouveau du désir de l'embrasser, il inclina la tête vers elle.

— Oh ! Liam, murmura-t-elle. Je n'ai rien d'une vraie mariée !

— Pour moi, tu l'es bel et bien.

Tandis qu'il posait ses lèvres sur les siennes, elle émit un petit gémissement de plaisir et noua ses bras autour de son cou. Cette invitation, aussi explicite que des mots, le ravit et, incapable de contenir son désir, il s'empara avidement de sa bouche et resserra son étreinte.

Il mourait d'envie d'absorber sa saveur et de fixer ce plaisir intense dans ses sens pour le conserver à jamais en lui. Mais au bout d'un moment la pression du poids de Kitty dans ses bras devint trop forte et ses poumons se mirent à le brûler par manque d'oxygène.

Se forçant à interrompre leur baiser, il la transporta à travers la maison jusqu'à la chambre principale. A l'intérieur, la lueur d'une veilleuse traçait un chemin vers le lit *king-size*. Arrivé au pied du lit, il aida Kitty à se remettre debout et la retint par les épaules.

— Voici venue l'heure de notre nuit de noces, murmura-t-il d'une voix rauque. Qu'en penses-tu, Kitty ?

Elle enserra son visage entre ses paumes douces, et l'espace d'un instant il perçut une émotion si intense dans son regard qu'il en fut bouleversé.

— Oui, approuva-t-elle doucement. C'est notre nuit de noces.

Inclinant la tête, il effleura son front de ses lèvres. Elle fleurait bon les senteurs printanières, et la chaleur de sa chair se diffusait dans ses paumes à travers l'étoffe de son pull. Ce simple contact le laissait tremblant de désir et brûlant d'envie de la posséder tout entière

— Je veux te faire l'amour, Kitty. M'allonger près de toi tous les soirs et dormir à tes côtés. Jusqu'à ce que je te fasse franchir le seuil de cette maison, je ne m'étais pas rendu compte à quel point je désirais tout cela, admit-il.

— Moi aussi, je le désire de tout mon cœur, Liam. Et maintenant nous sommes mari et femme, ajouta-t-elle, comme si elle éprouvait le besoin de justifier son envie de faire l'amour avec lui.

Posant ses doigts sur la peau délicate de ses tempes, il écarta les longues mèches soyeuses encadrant son visage.

— Nous allons faire en sorte que ça marche entre nous, Kitty, murmura-t-il. Nous allons être heureux. Ensemble.

Elle poussa un petit soupir, il se pencha vers elle pour le cueillir entre ses lèvres. Tandis qu'elle se raccrochait à lui, il se demanda si c'était par désir ou désespoir. Mais qu'importait ? Pour l'heure, il brûlait d'envie de faire l'amour à sa femme.

— Kitty, chuchota-t-il, tandis que leurs bouches s'écartaient l'une de l'autre. Tu vas bien ? Je veux dire… y a-t-il une contre-indication pour toi et le bébé ?

— Ne t'inquiète pas, dit-elle en commençant à déboutonner les boutons de sa chemise. Le médecin m'a assuré qu'il n'y avait aucun risque.

Soulagé, il la déposa délicatement sur le matelas et s'allongea près d'elle.

Après s'être de nouveau emparé de sa bouche, il glissa ses mains sous son pull. La douceur et la chaleur de sa chair au-dessus de la ceinture de sa jupe enivrèrent ses sens, et tandis que ses mains avides remontaient vers ses seins il eut un mal fou à contenir le désir qui le consumait tout entier.

Mais que lui arrivait-il, lui qui était toujours maître de ses émotions ? Pourquoi fallait-il qu'il désire cette femme — sa femme — à ce point ? Tandis que ces pensées désespérées lui traversaient l'esprit, son besoin impérieux de la déshabiller et de la tenir nue dans ses bras l'obligea à mettre momentanément un terme à leur baiser.

Il s'apprêtait à lui ôter son pull en cachemire quand elle murmura d'un air d'excuse :

— Ne t'attends pas à ce que je ressemble à ce que j'étais quand…, je veux dire, il y a quelques mois.

Jetant le pull de côté, il s'écarta un peu pour la contempler et, quand leurs regards se croisèrent, un flot d'émotions lui étreignit le cœur, menaçant de l'étouffer.

— Kitty, tu es si belle ! murmura-t-il d'une voix rauque en promenant délicatement ses mains sur son ventre arrondi. Si tu savais comme ton aspect actuel me remplit de bonheur !

— Liam, se contenta-t-elle de dire, visiblement très émue.

Après lui avoir ôté sa jupe, il s'inclina pour déposer des baisers sur le précieux renflement abritant le bébé. Jusqu'à présent, il n'avait pas cherché à avoir un contact plus intime avec son futur enfant, même s'il en avait eu très envie. Mais, maintenant que sa joue était pressée contre le ventre de Kitty et que ses lèvres lui caressaient la peau, il lui paraissait très réel. Ce n'était plus juste une image de leur avenir ou un précieux espoir dans son cœur. C'était un être minuscule vivant et respirant dans cette bulle protectrice. Et comme il l'aimait !

Dès l'instant où Liam avait pris Kitty dans ses bras, elle avait perdu le contrôle de ses émotions, et la barrière qu'elle avait tenté d'ériger autour de son cœur s'était écroulée comme un château de sable à marée haute. Ses baisers et ses caresses avaient le don de la bouleverser et de mettre tous ses sens en émoi, et tout ce qu'elle pouvait faire, c'était savourer le plaisir d'être aussi proche de lui.

Et maintenant, tandis qu'il égrenait des baisers sur son ventre, des larmes de bonheur lui brûlaient les paupières. Il n'était peut-être pas amoureux d'elle, mais il aimait leur bébé, et c'était suffisant pour faire fondre son cœur.

S'agrippant à ses cheveux, elle l'obligea à revenir vers elle et l'embrassa avec passion, le lourd anneau d'or à son doigt lui rappelant qu'elle appartenait à cet homme. Bien plus qu'elle ne voulait l'admettre.

Quand il détacha sa bouche de la sienne pour fourrager dans son cou, elle murmura :

— Liam, je dois t'avouer quelque chose. Le fameux soir où

nous nous sommes retrouvés au lit ensemble, ce n'était pas la faute du vin. Du moins, pas en ce qui me concerne.

Il releva la tête et la dévisagea, l'air surpris.

— Qu'essaies-tu de me dire ?

Un sourire malicieux aux lèvres, elle finit de lui déboutonner sa chemise.

— Que je n'étais pas éméchée. Je savais exactement ce que je faisais.

Elle écarta les pans de sa chemise, et il haleta quand elle plaqua ses mains contre son ventre.

— J'ai du mal à le croire, dit-il d'une voix rauque.

Elle promena ses paumes le long de son torse sculpté comme une œuvre d'art.

— Tu es un homme très sexy, Liam. Et je le pense depuis très longtemps.

Un sourire coquin étira ses lèvres sensuelles.

— Pourquoi ne m'as-tu pas fait partager ton secret ?

Parce qu'il était le genre d'homme qu'elle avait cherché à éviter. Une espèce dangereuse. Le genre d'homme qui gardait son cœur sous clé.

— Cela n'aurait fait aucune différence. Tu ne m'as jamais regardée avec la moindre lueur de désir dans les yeux.

Inclinant la tête, il lui effleura les joues de ses lèvres.

— J'ai toujours pensé que tu étais une jeune femme très belle, Kitty. Mais c'est en te raccompagnant à ta chambre ce fameux soir que j'ai compris à quel point je te désirais. Et mon désir pour toi n'avait rien à voir avec le vin. J'aurais pu réciter l'alphabet à l'envers, compter jusqu'à cent en espagnol et marcher sans dévier d'un pouce le long d'une ligne tracée à la craie.

Elle interrompit ses caresses et le contempla pensivement.

— Sans doute trouvions-nous plus commode de mettre notre conduite sur le compte du vin.

— Et maintenant nous n'avons plus besoin de fausses excuses pour dissimuler nos sentiments, n'est-ce pas ?

Il parlait de sexe, bien entendu. Et elle était incapable de lui dissimuler le désir qu'il faisait naître en elle. Pas quand le simple contact de sa main sur sa peau faisait fondre chaque cellule de son corps.

— Non, en effet, murmura-t-elle.

Pour sa plus grande joie, il se pencha vers elle et l'embrassa avec une passion qui l'électrisa. Sans même interrompre son baiser, il entreprit de lui enlever ses sous-vêtements, et elle se tortilla d'un côté et de l'autre pour l'aider dans sa tâche.

Puis il se déshabilla à son tour. Elle frissonna d'anticipation en voyant son long corps svelte émerger peu à peu dans la faible lumière de la veilleuse. Et, quand il se rallongea à ses côtés, elle enroula sans hésiter ses doigts autour de son sexe dur et palpitant. Il poussa un halètement de surprise et déclara d'une voix rauque de désir :

— Et moi qui croyais que tu voulais dormir seule, ce soir !

En disant cela, il cueillit ses seins dans la paume de ses mains et inclina la tête jusqu'à ce que sa bouche se referme sur un de ses mamelons durcis, faisant naître en elle des sensations délicieuses.

— Tu avais tout faux, répliqua-t-elle, les bras noués autour de lui et ses jambes mêlées aux siennes. Je suis si heureuse que tu m'accordes une nuit de noces, Liam !

— Tout le plaisir est pour moi, Kit.

Après quoi, il n'éprouva plus le besoin de parler. Ni elle non plus. Elle était trop occupée à promener ses mains et ses lèvres sur le corps sculptural de son mari et trop consumée de désir pour être capable d'émettre autre chose que des soupirs extasiés.

Et, quand il la pénétra enfin, elle en fut si émue que les larmes lui montèrent aux yeux et que le cri de pur plaisir se coinça dans sa gorge et se transforma en un faible gémissement.

Il s'arrêta aussitôt et la contempla, l'air inquiet.

— Kitty ? Je te fais mal ?

— Pas du tout ! Je t'en prie, Liam, fais-moi l'amour !

Sa supplique dut le combler d'aise car il émit un grognement guttural, et tandis qu'elle se haussait à sa rencontre il se mit à chalouper au-dessus d'elle, d'abord doucement, avant d'accélérer ses va-et-vient sensuels, l'embrasant tout entière. C'était si bon qu'elle l'accompagna bientôt de mouvements frénétiques du bassin, à la recherche d'un plaisir toujours plus intense.

Quelque part, dans un coin de son esprit enfiévré, elle avait conscience des mains habiles de Liam courant sur sa peau brûlante et du goût salé des gouttes de sueur perlant sur son visage. Dans le silence de la chambre, elle percevait le son de leurs respirations saccadées. Et, dans ses oreilles, les battements de son cœur formaient comme une basse résonnant au rythme endiablé de leurs corps enlacés.

Elle ignorait combien de temps s'était écoulé ou ce qui l'avait poussée au bord du précipice. Elle savait seulement qu'elle s'envolait soudain très haut parmi les étoiles avant de retomber tout en douceur dans le cercle accueillant des bras de son mari.

Le lendemain matin, quand la sonnerie du réveil résonna aux oreilles de Liam, il tendit le bras en maugréant pour appuyer sur le bouton d'arrêt, puis se tourna vers Kitty. Mais la place à côté de lui était vide.

Curieusement, cette vue lui glaça le sang. Il ne savait pas au juste ce qu'il avait espéré de la part de sa femme ce matin. Peut-être un baiser ou un sourire. En tout cas, il s'était attendu à ce qu'elle soit allongée à ses côtés.

Quel idiot tu fais, Liam ! Kitty t'a accordé une nuit de sexe torride, et c'est tout ce que tu lui as donné en retour. Si tu t'attends à ce qu'elle soit aux petits soins pour toi et qu'elle t'apporte le café au lit, tu risques d'être déçu !

Dépité, il repoussa les couvertures et alla prendre une douche. Une fois habillé, il se dirigea vers la cuisine où il découvrit Kitty installée au comptoir, en train de tremper un toast dans une tasse de café décaféiné.

Voyant qu'elle était déjà en tenue de travail, il jeta un coup d'œil à sa montre. Elle indiquait 5 h 15, une heure tardive pour un entraîneur.

— Bonjour, dit-il.

Reposant sa tasse sur sa soucoupe, elle tourna la tête vers lui.

— Bonjour, répondit-elle.

Malgré son absence de sourire, il y avait une telle douceur sur ses traits qu'il en oublia presque sa déception de ne pas la trouver à ses côtés, dans le lit.

— Tu es bien matinale. Tu comptes aller travailler ?

— Oui. Je dois assister à l'entraînement de deux pouliches, programmé tôt ce matin. Clayton commence à avoir l'œil d'un professionnel, mais il ne saisit pas toujours les petites nuances.

Elle se tamponna les lèvres avec une serviette en papier, et tandis qu'elle pivotait sur son siège pour la jeter à la poubelle il ne put s'empêcher de remarquer à quel point elle était belle, vêtue d'un jean et d'un pull jaune pâle, sa chevelure couleur de miel retenue par un foulard bleu dont la teinte indigo mettait en valeur le bleu azur de ses yeux.

Il prit une tasse dans le placard et la remplit de café.

— As-tu trouvé tout ce que tu voulais dans la cuisine ? S'il te manque quelque chose, je dirai aux filles d'aller l'acheter.

— Comme je me suis réveillée un peu plus tard que d'habitude, je n'ai pas eu le temps de faire l'inventaire. Je me suis contentée de prendre du déca et un toast.

Elle le contempla avec curiosité avant d'ajouter :

— J'ai oublié de te demander si tu as l'habitude de prendre un petit déjeuner complet. Si tu veux, je peux te le préparer.

Il se mit à rire tout bas.

— Kitty, je n'attends pas de toi que tu te conduises comme une épouse modèle, avec un tablier noué autour de la taille, une cuiller et une spatule dans chaque main !

Elle détourna vivement la tête, mais il eut quand même le temps de la voir froncer légèrement les sourcils. A quoi pensait-elle en ce moment ? se demanda-t-il, perplexe. La nuit dernière, elle s'était montrée si généreuse, si aimante. Et maintenant elle lui donnait plus l'impression d'être une simple connaissance qu'une épouse.

— Je n'avais pas l'intention de jouer à l'épouse modèle en t'offrant mes services, dit-elle froidement. J'essayais simplement d'être aimable.

A l'évidence, il avait gaffé. Quelle poisse ! Tout ce qu'il voulait, c'était lui faire comprendre qu'elle n'était pas devenue son esclave parce qu'ils avaient apposé leurs signatures au bas d'un certificat de mariage.

Réprimant un soupir, il s'avança vers elle.

— Désolé, Kitty. Je voulais dire par là que j'étais habitué à me débrouiller par moi-même. Mais je te remercie de ton offre. C'était gentil de ta part.

En d'autres termes, il ne voulait pas d'une épouse qui s'occupe de ses besoins personnels, songea amèrement Kitty. Elle aurait dû en être soulagée, car elle n'avait pas le temps de choyer un mari exigeant. Il n'empêche, elle aurait aimé se dire qu'elle représentait autre chose à ses yeux qu'une partenaire au lit ou qu'une mère porteuse.

Avant qu'il puisse s'apercevoir de sa détresse, elle se leva et attrapa son sac à bandoulière posé sur la table.

— Il faut que j'y aille.

Elle s'apprêtait à sortir de la cuisine quand il la retint par le bras. Elle se tourna vers lui, le regard interrogateur.

— Accorde-moi cinq minutes, et nous prendrons mon SUV pour nous rendre au centre d'entraînement.

— Ce n'est pas nécessaire. J'ai l'habitude de me débrouiller par moi-même, riposta-t-elle du tac au tac.

Il secoua la tête, l'air penaud.

— Et si nous recommencions tout depuis le début, Kit ?

Sa voix rauque et sensuelle la troubla délicieusement, et avant qu'elle puisse les arrêter les souvenirs torrides de la nuit précédente affluèrent à sa mémoire. Le contact de ses mains rugueuses et la douceur de ses lèvres avaient opéré des merveilles sur ses sens en émoi. Son corps viril l'avait transportée au septième ciel. Et à chaque minute passée dans ses bras elle était devenue encore plus amoureuse de lui.

Mais, une fois que leurs corps comblés s'étaient détachés l'un de l'autre, elle avait senti une sorte de barrière invisible se dresser entre eux. Au lieu de la prendre dans ses bras et de lui dire à quel point cet acte d'amour avait compté pour lui, il lui avait conseillé de dormir et s'était aussitôt écarté d'elle.

— Pourquoi ferions-nous cela ? demanda-t-elle.

Un sourire malicieux aux lèvres, il l'attira tout contre lui.

— C'est notre premier jour en tant que mari et femme. Nous ne pouvons pas le débuter par une dispute !

— Nous ne nous disputons pas, argua-t-elle, le souffle court et le cœur battant. Nous apprenons à nous connaître.

— Hum. Il existe une façon plus agréable de faire connaissance, tu ne crois pas ?

Fascinée, elle contemplait son visage qui se rapprochait d'elle. Puis ses lèvres se posèrent sur les siennes, et elle s'abandonna à la sensation exquise qu'il faisait naître en elle.

Pourquoi fallait-il qu'elle soit si faible ? Si désespérément amoureuse de lui ? Mais à quoi bon se lamenter ? Elle n'était pas plus capable d'endiguer la vague de désir qui montait en elle que de faire taire l'amour qu'il instillait dans son cœur.

— Tu pourrais appeler Clayton et lui dire que tu seras un peu en retard.

Si elle faisait une chose pareille, tout son programme de la matinée s'en trouverait chamboulé. Mais, si elle éconduisait son mari, ce serait bien pire.

Elle finit par s'écarter de lui et sortit son portable de son sac. Après avoir échangé quelques mots avec son adjoint, elle revint vers Liam, et tandis qu'il l'entraînait vers leur chambre elle ne put s'empêcher de pester contre elle-même. Seigneur, quand parviendrait-elle à sortir de cette brume de désir qui lui obscurcissait le jugement ? Quand comprendrait-elle enfin qu'aimer cet homme était suicidaire et qu'elle risquait de rater tous les objectifs qu'elle s'était fixés dans la vie ?

7

Un peu plus tard ce matin-là, derrière le centre d'entraînement, Kitty surveillait de loin le groom qui douchait Black Dahlia, une pouliche de trois ans qu'elle et son père choyaient depuis sa naissance. Will lui avait prédit un bel avenir, et Kitty s'était juré de la voir évoluer sur le « Winner's Circle », le rond de parade où le vainqueur d'une course se faisait photographier avec son jockey et son entraîneur. C'était d'autant plus impératif que l'avenir professionnel de Kitty dépendait du succès de cette pouliche lors de l'*American Oaks*.

Mais, pour l'instant, la vue des flancs fumants de Dahlia alimentait la fureur qu'elle déversait sur son adjoint.

— Bonté divine, Clayton, qu'est-ce qui t'a pris ? Je t'ai demandé d'entraîner cette pouliche sur huit cents mètres, pas davantage ! Je ne voulais surtout pas qu'on la pousse à son maximum à ce stade du jeu ! Elle court dans sept jours ! L'aurais-tu oublié, ça aussi ?

Clayton la dévisageait, l'air mortifié.

— Je ne comprends pas pourquoi tu t'énerves contre moi. C'est Rodrigo qui l'a entraînée. Je suppose que tu lui avais donné tes instructions pour ce matin.

Kitty exhala un profond soupir et s'efforça de se calmer. Cela ne lui ressemblait pas de perdre son sang-froid. En fait, elle n'avait jamais élevé la voix contre Clayton ou un autre de ses employés. Mais l'erreur qui venait d'être commise risquait de leur coûter très cher.

— En effet. Mais l'anglais de Rodrigo est approximatif.

C'est pourquoi je voulais que ce matin tu mettes les choses au point avec lui en espagnol.

Un muscle tressauta sur la mâchoire crispée de Clayton.

— C'est ce que j'ai fait ! Je lui ai demandé de suivre tes instructions. Par ailleurs, j'avais d'autres choses à faire. Ce n'est pas comme si j'étais resté assis là à me tourner les pouces en attendant que tu arrives !

Sa remarque fit mouche, et elle détourna le regard, rouge de confusion. Au lieu de vaquer à ses occupations, elle avait fait l'amour avec Liam. Clayton l'ignorait, mais il devait s'en douter, et ce n'était guère mieux. Peu importait qu'elle se soit mariée hier. Son retard de ce matin la faisait paraître d'autant plus irresponsable qu'une lourde faute d'entraînement venait d'être commise.

— N'aie crainte, ça ne se reproduira pas, répliqua-t-elle d'une voix tendue.

Marmonnant un juron entre ses dents, Clayton souleva son chapeau de cow-boy et fourragea dans son épaisse chevelure.

— Bon sang, Kitty, je ne vois pas pourquoi tu te mets dans tous tes états. Dahlia a filé comme une flèche ! Tu devrais être contente d'apprendre qu'elle court aussi vite !

Filer comme une flèche signifiait être le cheval le plus rapide à l'entraînement sur une même distance. C'était impressionnant, et aussi inquiétant.

— Ecoute, Clayton, je n'ai peut-être pas l'expérience qu'avait mon père, mais tu as encore plus à apprendre que moi, riposta-t-elle sèchement. Chaque cheval est différent, et l'entraînement doit se faire au cas par cas.

— Je sais tout ça ! protesta-t-il. Ce n'est pas la première fois que je mets les pieds sur un hippodrome ! Alors, arrête de me traiter comme un débutant.

— Dahlia est fine et délicate. Dieu seul sait quelles conséquences cet entraînement intensif va avoir sur elle. Il ne me reste plus qu'à espérer qu'elle récupère vite avant sa course de la semaine prochaine.

Pivotant sur ses talons, elle se dirigea vers l'écurie, puis elle s'arrêta pour lui lancer un dernier avertissement.

— Ne rentre pas cette pouliche dans son box tant qu'elle ne sera pas complètement sèche et refroidie au toucher ! Tu penses que c'est dans tes cordes ?

— Oui, m'dame ! fit-il en lui adressant un salut moqueur.

Elle tourna les talons et pénétra dans l'écurie. Elle longeait d'un pas rapide l'enfilade des box en direction de son bureau quand la sonnerie de son portable retentit. Depuis son arrivée au centre d'entraînement ce matin, les appels s'étaient succédé presque sans discontinuer. Elle avait répondu uniquement aux plus urgents et laissé les autres atterrir dans sa boîte vocale. Pour l'instant, elle n'était pas d'humeur à parler à qui que ce soit, et elle ne se donna pas la peine de vérifier le nom de son interlocuteur.

Une fois installée à son bureau, elle entendit la sonnerie retentir de nouveau, et elle se décida à écouter la voix à l'autre bout du fil. Malgré sa mauvaise humeur, elle ne voulait pas froisser un propriétaire et courir le risque qu'il lui retire ses chevaux.

Mais, à sa grande surprise, il s'agissait d'un journaliste sportif du *Daily Racing Form*, désireux d'écrire un article sur elle. Il s'intéressait à son parcours d'entraîneur et voulait savoir comment elle s'en sortait après la disparition de Will.

Après avoir écouté le message, elle mit le téléphone de côté en soupirant et se prit la tête entre les mains. Qu'est-ce que son père penserait d'elle ? se demanda-t-elle, honteuse. C'était un homme exigeant, qui voulait que ses ordres soient suivis à la lettre. Mais si quelqu'un commettait une erreur il ne perdait pas son sang-froid comme elle l'avait fait.

Cela dit, son père n'avait jamais été une femme enceinte de près de sept mois ! Bon. Ce n'était pas une excuse. Lui aussi avait eu sa part de problèmes et, la plupart du temps, il les avait résolus dignement. Elle devait donc prendre exemple sur lui.

Elle s'empara d'un feuillet sur son bureau et tâcha de se concentrer sur les vitesses et les qualités du terrain. Mais son esprit partait dans toutes les directions. Ce fut presque un soulagement quand on frappa à la porte et que Clayton passa la tête par l'entrebâillement.

— Je peux entrer ?

Se renversant contre le dossier de sa chaise, elle lui fit signe d'avancer.

— Je suis contente de te voir, dit-elle d'une voix lasse. Je voulais m'excuser auprès de toi.

Il referma la porte derrière lui.

— Je t'en prie. C'est moi qui suis dans mon tort. J'aurais dû m'assurer que Rodrigo avait compris ce que tu attendais de lui à propos de Dahlia. Quand tu es absente, c'est moi qui te remplace. J'ai donc failli à mes obligations.

Elle secoua la tête en signe de dénégation.

— Oublie ça.

Elle exhala un profond soupir et ajouta, mal à l'aise :

— J'aurais dû être là.

L'air soucieux, Clayton s'avança vers elle.

— Non. Tu n'avais pas à être là, Kitty. Tu t'es mariée hier. Et franchement, quand tu m'as annoncé que tu viendrais au centre ce matin, je suis tombé des nues. Si j'avais une épouse telle que toi, je m'assurerais qu'elle reste à la maison le lendemain de mon mariage.

Evidemment, Clayton serait sans doute aux petits soins pour sa jeune épousée. Car il aurait fait un mariage d'amour. Il était du genre romantique, contrairement à Liam.

— Je ne suis pas très sexy dans mon état, argua-t-elle avec un petit sourire de dérision.

— La grossesse te va très bien, répliqua-t-il.

— Hum, fit-elle, soudain mal à l'aise. Les choses ne sont pas aussi simples. Liam et moi partirons en lune de miel quand les circonstances le permettront.

Fourrant les mains dans les poches de son jean, Clayton fixa le plancher.

— Tu sais, quand j'ai appris que tu allais avoir un bébé,

je me suis demandé qui était le père. Mais il ne m'est jamais venu à l'esprit qu'il pouvait s'agir de Liam Donovan.

Ce garçon a un faible pour toi. Quand Liam lui avait fait cette remarque, elle n'y avait pas attaché d'importance. Mais, maintenant, elle se demandait s'il n'avait pas été amoureux d'elle à un moment ou à un autre. Seigneur, elle espérait que non ! Elle savait trop bien à quel point c'est douloureux d'aimer quelqu'un qui ne vous aime pas.

Elle s'éclaircit la gorge avant de dire :

— Je suppose que tu n'es pas le seul à avoir été surpris. Liam est veuf depuis longtemps.

Il releva la tête et, l'espace d'un instant, elle crut qu'il allait faire une remarque à ce sujet, mais il se contenta d'annoncer :

— Bon. Je ferais mieux de retourner travailler. Le maréchal-ferrant doit arriver d'ici peu pour mettre un nouveau fer à M. Marvel, et je préfère être présent.

Elle hocha la tête, et il se dirigea vers la porte. Il était sur le point de sortir quand il la regarda par-dessus son épaule.

— Je suis désolé pour Dahlia.

Elle réprima un soupir.

— Et moi je suis désolée d'avoir perdu mon sang-froid. Alors, nous sommes quittes, d'accord ?

— D'accord.

A peine avait-il refermé la porte qu'elle sentit les larmes lui monter aux yeux.

Faire semblant. Faire croire. Voilà à quoi sa vie ressemblait dorénavant ! Elle avait joué sa partition auprès de leurs familles et amis, et maintenant elle la jouait auprès de son personnel. Pour que tous croient qu'elle était heureuse et que son mariage était une réussite.

La première fois, quand Liam avait suggéré qu'ils se prêtent à cette comédie, elle avait su d'instinct que ce serait une erreur ; que les problèmes ne tarderaient pas à surgir s'ils essayaient de créer une fausse illusion de bonheur. Mais elle avait fini par accepter, parce qu'il était un homme très persuasif et parce qu'elle trouvait beaucoup moins humiliant de laisser les gens croire que Liam l'aimait et qu'ils avaient conçu ce bébé par passion.

Il n'empêche, cette comédie lui laissait un sentiment d'amertume et de vide. Elle se faisait l'effet d'une menteuse, et elle n'était pas sûre de pouvoir continuer encore longtemps à tenir son rôle de façon convaincante.

Après un déjeuner consistant en une salade de poulet et une brique de lait, Kitty sortit de son bureau, emportant une enveloppe contenant des documents officiels qu'elle devait déposer au secrétariat du bureau des courses situé dans un bâtiment séparé, à l'autre extrémité de l'écurie.

Depuis qu'ils étaient partis ensemble tôt ce matin, elle n'avait pas vu Liam. Mais il l'avait informée qu'il aurait une journée très chargée. Tandis qu'elle passait devant les box hébergeant les chevaux de son mari, elle aperçut ses employés occupés à les panser et les nourrir.

— Oh ! tu aimes ça, ma jolie ? J'en suis heureux, mais je ne peux pas passer ma journée à te chouchouter ainsi.

La voix de Liam attira son attention, et elle tourna la tête vers le box de gauche. De l'endroit où elle se tenait, un ballot de foin suspendu à côté de la porte l'empêchait de distinguer quoi que ce soit. Curieuse, elle s'avança jusqu'à la grille.

Le tableau qui s'offrit à elle la fit aussitôt sourire. Liam s'adressait à une pouliche alezane tout en lui massant les gencives.

— Si mes dents étaient aussi belles que les tiennes, je serais tout le temps en train de rire, disait-il en prenant entre ses doigts les lèvres de la pouliche et en les faisant monter et descendre dans un simulacre de rire.

— Elle dit qu'elle rit souvent, lança Kitty en pouffant. Mais tu ne peux pas t'en rendre compte.

Au son de sa voix, il tourna la tête et l'aperçut.

— Kitty ! J'ignorais que tu étais là.

Sans se départir de son sourire, elle pénétra dans le box.

— Et moi, j'ignorais que j'avais une rivale. Qui est donc cette jeune et belle demoiselle ?

— Je te présente Royal Daisy, déclara-t-il fièrement. Elle a deux ans, et j'envisage de la faire concourir au meeting de Del Mar Futurity, un peu plus tard dans l'année.

— Oh ! avec un nom pareil, tu dois avoir de grandes ambitions pour cette princesse, dit-elle en caressant les flancs de la pouliche.

Sous sa robe alezane luisante, on distinguait de légères taches arrondies, signe de bonne santé. Liam avait la réputation de bâtir des champions, et elle l'admirait non seulement parce qu'il gagnait des courses, mais aussi parce qu'il prenait le plus grand soin de chaque compétiteur.

— Ainsi, tu participeras au meeting de Del Mar ? demanda-t-elle d'un ton détaché, même si elle était anxieuse de connaître ses intentions.

Ce meeting débuterait peu après la date théorique de son accouchement. A cette époque, elle voulait être de retour au Texas où Coral, sa fidèle gouvernante au Desert End, serait en mesure de l'aider. Elle avait élevé sept enfants, et si quelqu'un s'y connaissait en bébés c'était elle.

Il lui jeta un regard surpris.

— En effet. Pourquoi ? Tu comptes aussi y emmener tes chevaux ?

A quoi pensait-il, en dehors de la prochaine course à laquelle il allait participer ? se demanda-t-elle, dépitée.

— Je n'ai encore rien prévu à une date aussi lointaine, répondit-elle en s'efforçant de garder son calme. Et, si j'inscrivais des chevaux pour ce meeting, ce serait Clayton qui s'occuperait de tout durant les premières semaines puisque je serais indisponible.

Il la contempla, l'air perplexe.

— Indisponible ? Comment… (Son regard se posa sur son ventre.) Oh ! bien sûr, le bébé. Il devrait naître durant la première semaine de juillet. Evidemment, ça risque de compliquer un peu les choses.

— Juste un peu, riposta-t-elle sèchement en pivotant sur ses talons.

Il s'élança à sa suite.

— Kitty, attends ! Tu pars parce que tu es furieuse contre moi ?

Furieuse ? Après l'altercation qu'elle avait eue avec Clayton, elle allait essayer de laisser la colère en dehors du champ de ses émotions. Cela ne l'empêchait pas de se sentir déçue.

— Non, fit-elle en affichant son plus beau sourire et en tenant son enveloppe à bout de bras. Je dois apporter ces papiers au bureau des courses.

Il posa une main sur son épaule. Et soudain lui revint à la mémoire le souvenir de ce matin, quand il l'avait entraînée dans leur chambre. Il l'avait déshabillée avec une infinie douceur, puis il avait fermé les yeux en s'emparant avidement de ses lèvres et il avait fait courir ses doigts sur sa peau brûlante, lui tirant des gémissements de plaisir…

— Je vois bien que tu me considères comme un sale égoïste.

— Non. Je n'irai pas jusque-là.

Les narines de Liam frémirent tandis que sa main remontait et allait se nicher au creux de son cou, faisant naître en elle de délicieux frissons.

— Si je me conduis comme un idiot, c'est parce que je vis seul depuis de longues années. Donne-moi une chance, Kit, et je te promets de faire des progrès.

Bien sûr, ces années de veuvage avaient fait de lui un homme solitaire, et il avait oublié comment on partageait les choses de la vie avec une femme. Elle lui pardonnait bien volontiers, d'autant qu'il l'avait appelée Kit, avec une voix si douce et si rauque de désir qu'elle se sentait fondre de l'intérieur.

— C'est entendu. Oublions ça, dit-elle.

Il se détendit, visiblement soulagé.

— Merci. Je veux que tu saches que quoi qu'il arrive — course ou pas course —, quand le bébé décidera de naître, je serai à tes côtés.

Oui, physiquement parlant, il serait avec elle. De cela, elle n'en doutait pas. Mais, sur le plan émotionnel, lui tiendrait-il la main en regrettant qu'elle ne soit pas la femme qu'il avait perdue ? Celle qu'il avait aimée de toute son âme ?

Quand elle avait fait la connaissance de Liam, il était encore marié, mais elle n'avait jamais rencontré son épouse. Et elle ne l'avait jamais aperçue sur aucun des champs de courses que fréquentaient les Donovan et les Cartwright. Elle en déduisait que Felicia ne s'était pas vraiment impliquée dans le travail de son mari. Cela n'avait pas empêché Liam de l'adorer. Durant les années qui avaient suivi sa mort, il ne s'était jamais intéressé à une autre femme. Et, Kitty le savait, l'intérêt qu'il lui manifestait était purement physique. Parce que son cœur appartenait toujours à sa défunte épouse.

Allons, elle ne devait pas voir les choses en noir. Quelques semaines auparavant, elle n'aurait jamais cru avoir d'autres contacts avec Liam que des rapports purement formels, dans le cadre de la garde alternée de leur enfant. Et pourtant il l'avait épousée ! Pour l'instant, elle devait se contenter de ce qu'il voulait bien lui donner. Et, avec un peu de chance, peut-être finirait-il par lui offrir son cœur.

Quand le week-end arriva, avril avait cédé la place au mois de mai. Et Liam s'habituait de plus en plus à l'idée d'avoir de nouveau une épouse auprès de lui, même si cela l'obligeait à modifier radicalement son mode de pensée. Ainsi, chaque fois qu'il faisait des projets, il devait désormais y inclure Kitty, tenir compte de son état, de ses souhaits et de ses préférences. Ses habitudes quotidiennes s'en trouvaient bouleversées, et pourtant il ne s'était jamais senti aussi revigoré et aussi dynamique. Etait-ce Kitty qui lui faisait cet effet ? Ou le bébé à naître ?

Quatre semaines auparavant, il aurait répondu à cette question sans aucune hésitation. C'était le bébé qui avait été au centre de ses préoccupations et qui avait motivé toutes ses décisions. Mais les choses commençaient à changer. Kitty prenait de plus en plus de place dans sa vie, et cela l'effrayait. Quoi de plus naturel que d'aimer ce bébé ? C'était son enfant, la chair de sa chair, une part de lui-même.

Mais tomber amoureux de Kitty ? Non ! Il refusait de penser que cela pouvait lui arriver. Les souvenirs de Felicia étaient encore trop présents dans son esprit, lui rappelant sans cesse à quel point c'était douloureux de perdre un être cher. Pendant toutes ces années, sa mort et celle du bébé l'avaient plongé dans la solitude, le chagrin et le remords. Et durant tout ce temps il s'était efforcé de garder ses émotions sous clé, faisant croire à sa famille qu'il avait tourné la page et recommencé à vivre.

Non, songea-t-il de nouveau, tandis que lui parvenait le brouhaha de la foule massée dans les tribunes surplombant la piste principale. Il respectait Kitty et appréciait sa compagnie ; ils s'entendaient merveilleusement bien au lit. Mais il était hors de question qu'il tombe amoureux d'elle. C'était bien trop risqué.

Chassant cette pensée dérangeante de son esprit, il reporta son attention sur le cheval qu'Andy promenait sur le rond de présentation. Le poulain à la robe brune, nommé Awesome Joe, était déjà sellé, les sangles bien serrées autour de son ventre, le bandeau cylindrique parfaitement positionné entre son museau et ses yeux, et son tapis de selle bleu indiquant bien en évidence le numéro 3.

Alors que Liam passait mentalement en revue sa check-list, le jockey s'avança vers lui, la main tendue.

— Bonjour, monsieur Donovan. Je vous remercie de me donner l'occasion de monter Joe pour vous et ses propriétaires, J & M Stables.

Liam lui serra la main en souriant. Il connaissait Michael O'Day depuis plusieurs années et lui avait déjà confié plusieurs de ses chevaux. Il l'appelait toujours Mike, même si le jockey insistait pour l'appeler par son nom de famille.

— Je suis heureux de collaborer de nouveau avec vous. Comment va votre femme ? Et vos enfants ?

Après les civilités d'usage, Mike revint au sujet qui les intéressait au premier chef.

— Avez-vous des instructions spéciales à me donner ?

— Non. Joe est en grande forme, répondit Liam. Et vous l'avez déjà monté. Vous savez qu'il donne le meilleur de lui-même dans la dernière ligne droite. Faites votre travail, et avec un peu de chance il fera le sien.

Le jockey hocha la tête.

— Le tirage au sort ne l'avantage pas. La stalle numéro neuf à l'extérieur allonge un peu la distance.

— En effet, admit Liam. Mais je suis sûr qu'il mettra les bouchées doubles le moment venu.

La voix du juge des paddocks retentit dans le haut-parleur :

— Tous en selle !

Liam aida le jockey à se hisser sur Awesome Joe, et le poulain se mit à danser sur place, impatient de galoper sur la piste. Le tenant fermement par le licol, Andy conduisit le poulain et le jockey en direction du tunnel qui passait sous le stade et débouchait sur la piste principale où les attendait le poney chargé de mener la parade des chevaux jusqu'aux stalles de départ.

Quand ils se furent éloignés, Liam se dirigea à grands pas vers les tribunes où des places lui avaient été réservées. Kitty était déjà installée, et sa vue lui coupa le souffle.

Une robe bain de soleil au tissu soyeux imprimé de fleurs exotiques sur fond blanc drapait sa silhouette en formant un joli plissé sur sa poitrine. Un petit bibi agrémenté de plumes soyeuses était planté crânement sur sa longue chevelure blonde et des pendants en diamants ornaient ses oreilles.

Devant son air stupéfait, un sourire malicieux étira ses lèvres roses, pulpeuses à souhait.

— Qu'y a-t-il ? Tu as failli ne pas me reconnaître en robe et sans l'odeur du liniment ?

Durant toute la semaine, il l'avait vue en tenue de travail à l'écurie ou bien nue dans son lit. Et maintenant quel change-ment ! Il n'en revenait pas de la voir aussi élégante.

Riant tout bas, il se pencha vers elle et déposa un baiser sur sa tempe. Des effluves de fleurs, d'herbe et d'océan montèrent à ses narines.

— Tu es superbe. Et tu sens délicieusement bon !

— C'est seulement mercredi que j'ai pris conscience que l'ouverture des courses avait lieu ce samedi. Et je voulais te faire honneur. Si Awesome Joe est aussi performant que tu le dis, je serai ravie de poser avec toi pour la photo de la victoire.

— Croisons les doigts.

Il y avait une foule de choses qui risquaient de perturber une course. Mais pour l'instant il ne voulait pas y penser. Il était toujours très nerveux juste avant que ses chevaux prennent le départ. Et, puisque sa superbe épouse assistait à la course, il voulait que tout se déroule pour le mieux.

Allons donc, Liam ! Tu veux plus que cela. Tu veux gagner ! Impressionner Kitty ! Qu'elle soit fière de toi !

Bon sang, quel idiot il faisait ! Il n'était plus un adolescent cherchant à épater sa première conquête, mais un homme raisonnable et responsable.

Kitty se tourna vers lui et, comme si elle comprenait quel était son état d'esprit, elle lui prit la main et l'emprisonna dans les siennes.

— Cesse de t'inquiéter. Tu as fait ton travail. Tu n'y peux plus rien, maintenant.

Oui, elle le comprenait vraiment. Quoi d'étonnant ? Elle avait grandi dans ce milieu. Elle connaissait les hauts et les bas inhérents à ce métier. Mais Felicia avait, elle aussi, possédé une bonne connaissance du monde des courses hippiques. Après tout, ils avaient été mariés pendant près de cinq ans. Et, bien qu'elle n'ait pas partagé sa passion pour les chevaux, elle l'avait soutenu dans ses efforts. Néanmoins, elle n'avait jamais vraiment compris à quel point tout, dans son métier, le passionnait, depuis les premiers pas hésitants des foals jusqu'à leurs premiers succès, une fois devenus poulains. Le fait que Kitty le comprenne aussi bien le rassurait tout en lui donnant un sentiment de culpabilité. Felicia avait été une épouse merveilleuse. Son premier et unique amour. Et il trahirait sa mémoire en laissant Kitty prendre sa place dans son cœur. Seigneur, quel dilemme !

Alors que la parade arrivait à la hauteur des tribunes, il s'efforça de se concentrer sur les autres concurrents, mais il était distrait par le contact des petites mains de Kitty enveloppant la sienne.

S'il n'y prenait pas garde, il risquait de tomber amoureux !

Furieux contre lui-même, il retira précipitamment sa main et porta ses jumelles à ses yeux.

L'amour ! Comme si c'était le moment d'y penser ! Il se tenait dans une tribune remplie de spectateurs. Il avait un poulain très prometteur qui participait pour la première fois à une course réservée aux trois ans. Les propriétaires dudit poulain comptaient sur lui pour en faire un futur crack. Lui-même était mort de trac.

Et pourtant il ne parvenait pas à faire abstraction de la présence de Kitty à ses côtés. Alors qu'il observait la progression des chevaux vers les stalles de départ, c'était l'image de son beau visage qui dansait devant ses yeux.

— L'état de la piste est parfait aujourd'hui, déclara-t-elle. Bien que Joe soit placé à l'extérieur, Mike peut le faire progresser le long de la corde, et il gagnera ainsi du terrain.

— Ou il se retrouvera coincé par le peloton, maugréa-t-il.

— Perdre fait partie du jeu, Liam.

Perdre faisait aussi partie de la vie, avait-il envie de dire. Et il ne voulait plus jamais avoir une part de ce gâteau-là.

Abaissant ses jumelles, il s'aperçut qu'elle le contemplait, l'air perplexe.

Il déglutit avec peine. Sa femme. Son bébé. Si jamais il les perdait, c'en serait fini de lui. C'était aussi simple que cela… et aussi terrifiant.

— Non, Kitty, pas cette fois.

8

Parlait-il du bébé ? D'elle ? Ou de la course ? Elle n'eut pas l'occasion de le lui demander, car les stalles de départ s'ouvrirent, et les douze chevaux s'élancèrent sur la piste.

Tout en observant Awesome Joe qui galopait à longues foulées au milieu du peloton, elle envoya au ciel une prière muette pour le cheval et son jockey. Aussi absurde que cela soit, elle désirait cette victoire pour Liam comme jamais elle n'en avait désiré une pour elle. Et, tandis que les chevaux dépassaient l'indicateur de mi-parcours, elle retint son souffle en voyant que Joe prenait une légère avance.

— Il se détache du peloton ! s'exclama Liam, les jumelles toujours vissées aux yeux.

Préférant observer la course à l'œil nu, elle sourit.

— En effet. Il semble à l'aise et heureux.

— Oui, il a les oreilles dressées.

Il ne restait plus que quatre cents mètres avant la ligne d'arrivée. Soudain, le jockey secoua les rênes pour stimuler Joe et, à ce signal, le poulain bondit en avant comme s'il avait des fusées sous ses sabots. Hélas, le cheval numéro huit, à l'extérieur, lui emboîta aussitôt le pas, refusant de se laisser distancer.

— Vas-y, Joe ! Tu vas gagner ! hurla Kitty en sautant sur ses pieds.

Côte à côte, crinières au vent, les deux concurrents galopaient vers la ligne d'arrivée. Quand ils la franchirent au milieu des cris enthousiastes de la foule, Kitty et Liam échangèrent un regard interrogateur.

— Qu'en penses-tu ? demanda-t-elle, pleine d'espoir.

Il eut un petit rire nerveux.

— Vu d'ici, c'est difficile à dire. L'arrivée s'est faite dans un mouchoir de poche. Allons voir de plus près.

Il lui prit la main, et tandis qu'ils se frayaient un chemin parmi la foule le sigle indiquant qu'il y avait photo apparut sur l'écran du totaliseur. Dans le même temps, le speaker demandait à chacun de conserver les tickets de paris. Sur la piste, dans l'attente des résultats, Andy promenait Awesome Joe toujours monté par Mike, imité en cela par le groom du cheval numéro huit.

Trois, huit, cinq, dix. Quand les chiffres s'affichèrent enfin sur l'écran, une clameur s'éleva de la foule, et Liam prit Kitty par les épaules et l'embrassa avec ferveur.

— Allons poser pour la photo, madame Donovan, dit-il, tout joyeux.

Quand Kitty et Liam rentrèrent chez eux, tard ce soir-là, elle était épuisée mais plus heureuse qu'elle ne l'avait été depuis leur mariage.

Elle n'aurait su dire ce qui se passait dans la tête de Liam. Etait-ce la victoire de Joe à la photo-finish qui l'avait mis d'excellente humeur ? Ou bien son attitude envers elle était-elle en train de changer ? Quoi qu'il en soit, elle avait vécu une journée digne d'un conte de fées.

Sur l'hippodrome, ils ne s'étaient pas quittés, et même s'il ne l'avait pas enlacée il l'avait tenue par le bras, la main ou l'épaule, comme si la toucher et l'avoir à ses côtés lui étaient aussi indispensables que de respirer. Et une fois les courses finies il l'avait emmenée dans une élégante boîte de nuit où ils avaient dîné et, pour la première fois, dansé ensemble.

Et maintenant, tandis qu'ils pénétraient dans la maison, elle n'avait aucune envie que la nuit s'arrête. Liam dut se méprendre sur son soupir car il se tourna vers elle, plein de sollicitude.

— Tu es fatiguée ?

— Un peu, admit-elle en s'étirant. Mais cette journée a été si agréable que ça en valait la peine.

Après avoir verrouillé la porte, il l'enlaça et l'entraîna vers le salon.

— Tu devrais aller dans la chambre, suggéra-t-il. Je t'apporterai un verre de lait ou de jus de fruits, au choix.

— Je préférerai un vrai café avec une bonne dose de crème et de sucre, ironisa-t-elle. Mais je me contenterai de lait.

Il s'écarta d'elle en riant et se dirigea vers une ouverture voûtée menant dans la cuisine.

— Notre enfant t'en sera reconnaissant chaque fois qu'il ira faire une visite de contrôle chez le dentiste.

Jusqu'à aujourd'hui, presque toutes les pensées et les actions de Liam la concernant se rapportaient au bébé et à son bien-être. Elle le comprenait jusqu'à un certain point et ne voulait surtout pas être jalouse de son propre enfant. Mais ce soir, quand il l'avait invitée à dîner et à danser, elle avait eu envie de croire que toutes ses attentions lui étaient destinées, à elle et à personne d'autre. Elle s'était alors sentie femme jusqu'au bout des ongles ; une femme désirable et désirée. Un sentiment merveilleux !

Parvenue dans la chambre, elle se déshabilla et enfila un peignoir court en satin bleu. Le vêtement était censé se nouer à la taille, mais vu les circonstances elle glissa la ceinture sous ses seins, lesquels avaient pris de l'ampleur, comme son ventre, depuis son arrivée en Californie, un peu plus d'un mois auparavant.

Elle avait toujours été mince, et même maintenant elle arrivait à maintenir sa prise de poids dans les limites prescrites par le médecin. Mais en contemplant son reflet dans le miroir de l'armoire elle se dit que, bientôt, son tour de taille deviendrait imposant et rendrait plus difficile son travail au centre d'entraînement.

Allons, ce soir, elle voulait rester positive. Elle allait avoir l'enfant de Liam, et cela valait bien quelques désagréments.

— Le bébé se développe.

Elle se retourna et vit Liam qui s'avançait vers elle, un verre de lait à la main. Elle l'accepta en souriant.

— Et moi aussi. Je vais entrer dans mon huitième mois.

Tout en sirotant son lait, elle le contempla pendant qu'il ôtait sa cravate et sa chemise de soirée et qu'il les posait sur le dossier d'une chaise.

— A ce propos, j'ai une visite de contrôle avec mon médecin jeudi prochain. Il me dira si je grossis trop.

Il lui lança un regard interrogateur.

— Tu conserves ton médecin d'El Paso ?

Elle hocha la tête, un peu confuse qu'ils n'aient pas encore abordé ce sujet. Mais, la journée, ils étaient pris par leur travail, et quand ils étaient seuls ils trouvaient mieux à faire que de parler.

— Oui. A ce stade de ma grossesse, je n'ai aucune envie d'en changer.

— Je comprends. Mais ça risque de poser problème puisque nous serons encore en Californie quand le bébé arrivera.

Haussant les épaules, elle posa le verre vide sur sa table de nuit.

— Le trajet en avion est court. Et quand ma date théorique d'accouchement se rapprochera je resterai au ranch.

Les sourcils froncés, il s'avança vers elle.

— Mais nous vivons ici pour le moment !

— Certes, mais Desert End est mon foyer.

Un silence suivit sa déclaration. Il le rompit en disant :

— Dans ce cas, que représente cette maison pour toi ?

— C'est l'endroit où nous vivons en ce moment, mais ce n'est pas mon foyer. Mon foyer, c'est Desert End. Comme le Diamond D est le tien.

— Je suis surpris de t'entendre parler ainsi. Le soir de notre mariage, tu as qualifié cette maison de notre « chez-soi ».

Curieusement, il semblait blessé, presque contrarié.

— C'était une façon de parler. Mais où est le problème ?

Il se détourna d'elle, et elle le suivit des yeux pendant qu'il s'asseyait au bord du lit et qu'il ôtait ses bottes.

— Il n'y en a pas. Je suis simplement dérouté par ta façon de voir les choses. Au risque de te paraître de nouveau vieux jeu, je pense que là où un homme et une femme vivent ensemble, c'est leur foyer.

A ces mots, un sentiment de vide s'empara d'elle. Encore fallait-il que cet homme et cette femme s'aiment, avait-elle envie de répliquer. Or, il ne l'aimait pas d'amour. Felicia était encore et toujours omniprésente dans son cœur.

Mais peut-être cela changerait-il un jour. Aujourd'hui, elle l'avait senti si proche d'elle qu'elle s'était prise à espérer.

Elle vint se poster à ses côtés.

— Liam, nous vivons dans cette maison depuis moins d'un mois, dit-elle avec douceur. Ce n'est pas suffisant pour que je la considère comme mon foyer. (Elle posa une main sur son épaule nue.) Et je ne te trouve pas vieux jeu.

Il leva la tête vers elle, et l'émotion qu'elle lut dans son regard fit battre son cœur plus vite. Comme elle aimait cet homme !

— Kit, murmura-t-il.

Sa voix chaude résonna dans tout son corps, et elle se pencha vers lui pour presser ses lèvres sur son front, puis sur ses joues et sur sa bouche.

Tout en capturant ses lèvres avec passion, il la fit basculer sur le matelas. Tous ses sens en émoi, elle noua ses bras autour de lui et l'attira contre elle, les lèvres entrouvertes pour lui permettre de plonger sa langue dans sa bouche.

Aussitôt, une cascade de sensations exquises la submergea, et elle laissa échapper un gémissement de pur plaisir. Quel étrange pouvoir cet homme avait sur elle ? Sans lui, elle se sentait comme une coquille vide. Lui seul était capable de lui insuffler vie grâce à ses baisers et ses caresses.

Quand il détacha ses lèvres des siennes, elle était consumée de désir et avide d'aller au bout de son plaisir.

— Tu dois te reposer, murmura-t-il.

— Je me repose en étant dans tes bras, répliqua-t-elle, mutine.

— La journée a été longue et fatigante, objecta-t-il.

Nouant ses bras autour de son cou, elle le retint prisonnier.

— Mais tellement agréable ! Il faut la terminer en beauté, suggéra-t-elle, un sourire coquin aux lèvres.

Plongeant son regard dans le sien, il écarta doucement une mèche de son visage.

— Je vais finir par croire que tu as des pouvoirs magiques, Kit. Ce n'est pas normal qu'un homme désire une femme autant que je te désire.

Le désir. Ce n'était pas la même chose que l'amour. Mais pour le moment elle s'en contenterait.

— Ne dirait-on pas que je t'ai jeté un sort ? lança-t-elle.

Avec un grognement sourd, il posa ses lèvres au coin de sa bouche.

— Je suis sûr que c'est le cas. Peux-tu apaiser ce désir qui me consume, Kit ?

— A tes ordres, mon amour, dit-elle en joignant ses lèvres aux siennes.

Deux jours plus tard, le mardi soir, elle pénétrait dans le box de M. Marvel quand Clayton vint la rejoindre.

— Kitty, tu as une minute ? Il faut que je te parle.

— Bien sûr, je t'écoute, répondit-elle en l'invitant à la suivre. Je fais ma dernière ronde avant de rentrer à la maison avec Liam. Quelque chose ne va pas ?

En l'entendant pousser un profond soupir, elle regarda par-dessus son épaule et vit qu'il se passait une main nerveuse sur le visage.

— Je viens d'avoir un coup de fil, expliqua-t-il. Mon père a dû être hospitalisé cet après-midi à la suite de douleurs thoraciques. D'après ma mère, il va subir une intervention chirurgicale demain matin de bonne heure.

Inquiète, elle se détourna du cheval pour consacrer toute son attention à Clayton. Elle connaissait un peu ses parents pour les avoir rencontrés à quelques reprises, et elle les considérait comme des amis.

— Demain ? Ce doit être grave.

— Il souffre de troubles coronariens. En fonction de la gravité de son état, le chirurgien lui posera un stent ou procédera à une opération à cœur ouvert. (Il eut une grimace contrite.) J'aimerais me rendre à son chevet, Kitty. Je sais que tu as besoin de moi ici, mais…

— Clayton, la santé de ton père passe avant tout. Ta mère a besoin de ton aide. Il faut que tu ailles la rejoindre.

Il secoua la tête, visiblement en proie à un dilemme.

— J'ignore combien de temps je serai absent.

— Ne t'inquiète pas, assura-t-elle en se forçant à sourire. Je me débrouillerai, c'est promis.

— Et si Bella venait te donner un coup de main ?

Bella, son autre entraîneur adjoint, faisait tourner le haras en son absence. Son aide ici serait précieuse, mais sa présence au ranch était indispensable.

— Non. Les autres chevaux sont tout aussi importants, et elle seule peut s'en occuper. Tu le sais aussi bien que moi.

— Bon sang, Kitty, tu as besoin d'un autre entraîneur ! Quand vas-tu te décider à embaucher quelqu'un ? C'est le moment ou jamais !

Non, ce n'était pas le moment, songea-t-elle désespérément. Clayton l'ignorait, mais il y avait trop d'incertitude dans sa vie pour prendre une telle décision. Et tout cela était sans rapport avec son mariage avec Liam. En fait, tout dépendait de l'*American Oaks*. Si Black Dahlia ne remportait pas la course, elle perdrait tout : son ranch, ses chevaux, son gagne-pain…

— Ce n'est pas possible, Clayton. Peut-être plus tard. Si notre écurie continue d'engranger les succès.

Il la contempla, abasourdi.

— Enfin, Kitty…

— Clayton, tu dois partir, l'interrompit-elle vivement. Les grooms s'occuperont des travaux pénibles, et Liam me donnera un coup de main en cas de besoin.

Liam ! Elle éviterait de trop faire appel à lui. Comme Owen le lui avait dit, quand il apprendrait dans quelle situation difficile son père l'avait mise, il risquait de penser qu'elle l'avait épousé pour ses qualités d'entraîneur et non parce qu'ils allaient avoir un enfant ensemble. Allons, ce n'était pas le moment de penser à tout cela. Elle avait déjà bien assez de soucis en tête.

Voyant que Clayton n'avait pas l'air convaincu, elle le poussa hors du box et referma la grille du bas.

— A quelle heure décolle ton avion ?

— Dans deux heures.

— Veux-tu que je te conduise à l'aéroport ?

— Non, merci. Je prendrai ma voiture. Je t'appellerai dès que j'aurai des nouvelles de papa.

— Je prierai pour lui.

— Merci, Kitty.

Il se pencha par-dessus la grille et déposa un baiser sur sa joue. Elle s'efforça de lui sourire tandis qu'il lui faisait au revoir de la main. Mais en retournant auprès de M. Marvel elle n'avait qu'une envie : poser son front contre l'encolure du cheval et pleurer à chaudes larmes.

Depuis la mort de son père, elle s'était beaucoup reposée sur Clayton, surtout au plus fort de son chagrin, quand elle avait à peine la force de se lever le matin. Maintenant, la vie suivait son cours. Le bébé allait bientôt arriver, et la course fatidique aussi…

— Que se passe-t-il donc, ici ?

La voix de Liam juste derrière elle la fit sursauter.

— Clayton s'en va.

Liam haussa les sourcils, l'air moqueur.

— Il t'embrasse tous les soirs en quittant l'écurie ?

Elle le contempla, stupéfaite. Se pouvait-il qu'il soit jaloux ? Bien sûr que non puisqu'il n'était pas amoureux d'elle.

— Non. Il m'a embrassée parce qu'il s'envole pour le Texas ce soir.

Redevenu sérieux, Liam s'approcha d'elle, et elle résista à l'envie désespérée de se jeter dans ses bras et de sangloter contre son torse. Mais elle ne devait pas craquer devant lui. Il ne comprendrait pas ce qui motivait cette crise de larmes, et elle ne ferait que compliquer les choses en essayant de lui expliquer sa situation.

— Oh ! il y a un problème au Desert End ?

— Non. Il s'agit du père de Clayton. Il a été hospitalisé à la suite d'un malaise cardiaque et il doit subir une intervention chirurgicale demain matin. Clayton était inquiet à l'idée de me laisser seule.

— J'espère que tu lui as rappelé que tu as un mari qui s'y connaît un peu en chevaux. Je suis prêt à t'aider si tu as besoin de moi.

Un sourire reconnaissant aux lèvres, elle noua ses bras autour de son cou. A son grand soulagement, il l'enlaça et l'attira tout contre lui.

— Merci beaucoup, Liam, murmura-t-elle, sa joue pressée contre son épaule.

Il lui caressa le dos d'un geste apaisant.

— Tu vas maintenir ton rendez-vous avec le médecin, n'est-ce pas ? Je ne voudrais surtout pas que tu l'annules à cause de l'absence de ton adjoint.

Elle leva les yeux vers lui.

— Je n'en ai pas parlé à Clayton pour éviter de le culpabiliser davantage. Mais, oui, je compte y aller. Mes grooms s'occuperont de tout pendant ces deux jours. Néanmoins, si ce n'est pas trop te demander, j'aimerais que tu surveilles l'entraînement de M. Marvel prévu avant mon retour. Et Black Dahlia courra dans le groupe II dimanche. Il est impératif qu'elle soit au meilleur de sa forme. Elle doit remporter cette épreuve. Sinon, l'*American Oaks*…

— Je comprends l'importance que tu attaches à la réussite de Black Dahlia, l'interrompit-il. Mais je pensais t'accompagner chez le médecin.

Non, Liam, pas plus que les autres personnes au Desert End, ne pouvait comprendre tout l'enjeu de cette course. Toutefois sa suggestion de l'accompagner la surprit tellement qu'elle en oublia momentanément la pouliche.

S'inquiétait-il pour le bébé ou pour elle ? Allons, elle ne

devrait pas attacher autant d'importance à ses motivations. Il n'empêche, elle aurait été heureuse de savoir qu'il se préoccupait autant de son bien-être que de celui du bébé. Mais elle doutait d'avoir la réponse, car il gardait jalousement ses émotions et ses sentiments pour lui.

— Oh ! Liam, ce n'est pas nécessaire. En l'absence de Clayton, j'ai vraiment besoin de toi ici. Je serai de retour le lendemain et je te répéterai tout ce que le médecin m'aura dit. Tu me fais confiance sur ce point, n'est-ce pas ?

— Oui, mais… vois-tu, quand Felicia était enceinte, elle ne m'a jamais demandé de l'accompagner. Elle était indépendante et pragmatique. Toi, tu es très différente. Et je me disais que tu aimerais m'avoir à tes côtés. C'est tout.

Essayait-il de lui dire qu'il regrettait de ne pas s'être impliqué davantage dans la grossesse de Felicia et qu'il voulait se rattraper avec elle ? Cette pensée lui laissa un arrière-goût d'amertume, et elle ferma les yeux un instant. Seigneur, pourquoi avait-il fallu qu'elle tombe amoureuse d'un veuf ? Il aurait été tellement plus simple d'aimer un homme qui ne transporte pas un fantôme partout avec lui.

Réprimant un soupir, elle leva les yeux vers lui.

— J'aimerais t'avoir à mes côtés, dit-elle doucement. Mais le moment est mal choisi. Pourquoi ne pas y aller tous les deux la prochaine fois ? Je suis sûre que le médecin me prescrira une autre échographie.

Liam eut un pâle sourire.

— Entendu. La prochaine fois, sans faute.

Le lendemain matin, Kitty devait être à l'aéroport avant 7 heures. Liam insista pour la conduire, et elle préféra ne pas discuter. Elle redoutait déjà le moment de la séparation, mais elle était déterminée à ne pas se laisser aller à l'émotion. Il lui avait dit que sa première épouse était indépendante et pragmatique, et à l'évidence c'était deux traits de caractère qu'il admirait chez une femme.

Kitty pouvait être indépendante quand il le fallait. Ainsi, elle avait dû apprendre à se débrouiller seule après la mort de son père. Mais le pragmatisme, c'était autre chose. Pour elle, tout ne devait pas forcément être logique ou raisonnable dans la vie. Les rêves romantiques faisaient partie intégrante de son existence au même titre que le prosaïsme des tâches quotidiennes. Et, dans ses rêves d'avenir, il y avait toujours un homme qui murmurait des mots d'amour à son oreille et qui la contemplait avec une adoration passionnée. L'amour avec un grand A lui était aussi indispensable, voire plus, que son ranch et ses chevaux. Or, quand elle scrutait l'avenir, elle n'était pas sûre de connaître un jour toutes ces choses.

Lorsqu'ils arrivèrent à l'aéroport, Liam réussit à trouver une place de parking près de l'accès au terminal.

Pendant qu'il se garait, elle récupéra le sac fourre-tout contenant les quelques affaires personnelles dont elle aurait besoin le soir et le lendemain matin, puis elle attendit qu'il l'aide à mettre pied à terre.

Une fois sur le trottoir, elle s'agrippa à lui.

— Quelqu'un vient te chercher à El Paso ? demanda-t-il.

— Oui. Natalie sera là.

Une rafale de vent s'engouffra dans l'accès couvert et rabattit une longue mèche de cheveux sur son visage. Il s'empressa de la lui glisser derrière l'oreille, et son geste plein de douceur la bouleversa.

Si seulement il la prenait dans ses bras et lui disait qu'il l'aimait et qu'il comptait les heures jusqu'à son retour ! Mais l'amour ne faisait pas partie des projets de Liam.

— As-tu tout ce qu'il te faut ? Ton téléphone ? De l'argent et des cartes de crédit ?

— Oui, Liam, dit-elle, la gorge nouée.

Il posa sa main sur son ventre en un geste protecteur.

— Tu promets de m'appeler dès que tu auras vu le médecin ?

Il se souciait d'elle et du bébé. Alors pourquoi cela ne lui suffisait-il pas ? Faisait-elle preuve d'égoïsme en voulant davantage que ce qu'il lui offrait ?

— Oui. C'est promis.

Il la contempla un long moment, puis avec un grognement sourd il pencha la tête vers elle et déposa un baiser sur ses lèvres. Elle se raccrocha à ses épaules. Mais, trop vite à son gré, il s'écarta et lui adressa un lent sourire.

— Tu ferais mieux d'y aller. Les files d'attente risquent d'être longues. Et il ne faut pas que tu rates ton vol.

Elle s'efforça d'avaler la boule qui lui obstruait la gorge.

— A demain soir, dit-elle.

Il hocha la tête, et elle se dirigea en hâte vers l'entrée. Elle avait à peine fait quelques pas quand elle l'entendit l'appeler par son prénom. Elle fit volte-face, le cœur plein d'espoir.

Mais au lieu de la rejoindre et de la serrer dans ses bras il demeura sur place et se contenta d'agiter la main en signe d'adieu.

— Au revoir, Kitty.

Elle cilla pour refouler les larmes qui lui brûlaient les paupières.

— Au revoir, balbutia-t-elle.

Puis elle se détourna en hâte de peur d'éclater en sanglots devant lui.

9

Ce soir-là, craignant de trouver la maison trop vide en l'absence de Kitty, Liam fit halte dans un bar local fréquenté par le personnel de l'hippodrome.

Il était assis au comptoir, contemplant d'un air absent son verre de bière brune, quand une main se posa sur son épaule. Tournant la tête, il aperçut Andy qui s'installait sur le tabouret à côté de lui.

— C'est bien ma veine de tomber sur mon patron alors que je viens ici pour me détendre ! lança le jeune homme. Que faites-vous donc ici ? Je ne savais même pas que vous buviez de la bière.

Liam eut un sourire amusé.

— Il y a beaucoup de choses que tu ignores à mon sujet.

— Ça, c'est vrai ! Tout le monde croyait que les femmes vous laissaient indifférent, et soudain vous vous mariez et vous allez avoir un bébé ! La CIA est plus communicative que vous !

La serveuse, une brunette au sourire avenant et aux yeux sombres, s'avança vers Andy pour prendre sa commande. Après son départ, Liam répliqua sur le ton de la plaisanterie :

— Une personne apprend beaucoup de choses quand elle écoute.

— A condition d'avoir quelqu'un à écouter ! (Andy lui jeta un regard interrogateur.) Je m'étonne que vous ne soyez pas à la maison avec votre épouse. Vous êtes jeunes mariés.

— Elle a dû faire un saut au Texas.

— Oh ! et quand elle s'en va vous allez au bistrot. Ce n'est pas très sérieux.

Liam fit la grimace.

— Et toi, tu es censé veiller sur dix chevaux. Au lieu de quoi, je te retrouve au bistrot. Ce n'est pas très sérieux non plus.

Andy haussa les épaules sans paraître le moins du monde embarrassé, ce qui ne surprit guère Liam. Le jeune groom, avec ses cheveux longs et ses tatouages, était d'un naturel indépendant et n'avait pas sa langue dans sa poche. Et, bien que cette liberté de ton et de comportement irrite parfois Liam, il appréciait sa droiture et ses compétences professionnelles.

— Ne vous inquiétez pas. Je ne me décharge pas de mon travail sur Clint. Les filles m'ont proposé de veiller sur les chevaux le temps que je prenne une bière. Je leur ai promis de ne pas m'absenter trop longtemps.

Liam secoua la tête, amusé.

— Tu leur as fait ton numéro de charme ?

La serveuse posa un verre devant Andy, et il s'en empara en riant.

— Non, je les ai soudoyées. Je leur ai proposé des places de cinéma. Mais, pour en revenir à vous, pourquoi n'avez-vous pas accompagné Kitty ? Clint et moi aurions pu nous charger de tout pour quelques jours.

Liam connaissait suffisamment Andy pour savoir qu'il ne cherchait pas à être indiscret mais que c'était sa façon à lui de se montrer serviable.

— Elle ne sera absente que quarante-huit heures. Mais comme Clayton, son assistant, a dû partir hier pour raisons familiales graves il valait mieux que je reste ici pour veiller sur son écurie.

Par ailleurs, elle n'avait pas semblé désireuse qu'il l'accompagne, et cette idée le contrariait plus qu'il n'aurait cru.

— Oh ! ça ne doit pas demander trop d'efforts puisqu'elle n'a amené que dix chevaux. Mais quels chevaux ! s'exclama-t-il, admiratif.

Liam sirota plusieurs gorgées de sa bière avant de reposer son verre devant lui.

— Qu'est-ce que tu sais à propos de Clayton ?

Andy lui lança un regard interrogateur.

— Il est l'assistant de votre femme. Vous devriez donc en savoir davantage sur lui que moi.

— Tout ce que je sais, c'est qu'il travaille au Desert End depuis plus d'un an. Je ne questionne pas ma femme au sujet de son personnel, et réciproquement.

— Je vois. Eh bien, je peux vous dire que la moitié des femmes travaillant au centre d'entraînement ont le béguin pour Clayton.

— Et l'autre moitié ?

Andy eut un sourire narquois.

— Elles en pincent pour vous !

Pas vraiment amusé, Liam secoua la tête.

— Elles sont jeunes. Ça leur passera.

Andy s'empara d'un bretzel posé dans une corbeille.

— Pourquoi me demandez-vous cela ? Vous pensez qu'il n'est pas assez compétent ?

Liam se passa une main sur son visage. Il n'avait pas pour habitude de discuter de choses personnelles avec un employé, voire même avec les membres de sa famille. Mais ce soir il éprouvait le besoin de parler, et Andy, avec son ouverture d'esprit et son non-conformisme, était l'interlocuteur idéal.

— Will n'a jamais engagé des incapables au Desert End. Et d'après ce que j'ai pu constater Clayton semble connaître parfaitement son travail.

Il semblait aussi très proche de Kitty, et elle de lui. Et Liam en prenait ombrage. Même si leur relation était amicale, il voulait être celui dont elle avait besoin, celui vers qui elle se tournait chaque fois qu'elle avait un problème.

Andy sirotait sa bière en silence, l'air pensif, comme s'il cherchait la réponse appropriée. A l'autre extrémité de la salle, une femme élancée, avec une longue natte dans le dos, monopolisait le juke-box. Les ballades lentes et tristes qu'elle sélectionnait assombrissaient un peu plus son humeur. Pis, la musique lui rappelait le soir où il avait invité Kitty à un dîner dansant pour fêter la victoire de Awesome Joe. Elle avait paru si chaleureuse et naturelle dans ses bras, comme si elle y était à sa place. Il gardait un souvenir ébloui de cette soirée. Mais plus tard, après qu'ils eurent fait l'amour, elle était devenue silencieuse, presque distante, et il était resté allongé à ses côtés, se demandant à quoi elle pensait et ce qu'elle ressentait à cet instant. Il avait failli lui poser la question, mais il n'avait pas osé, sans doute par crainte d'apprendre qu'il n'était rien d'autre à ses yeux qu'un partenaire au lit, l'homme qui avait semé la graine dans son ventre fécond.

Mais que veux-tu donc, Liam ? Que Kitty t'aime à la folie, comme elle n'a jamais aimé aucun autre homme ?

Non ! Il ne voulait pas de son amour ! Il avait trop peur de se sentir piégé, obligé de l'aimer en retour. L'amour était une émotion fragile et risquée, comme la vie elle-même. Il ne voulait pas expérimenter de nouveau la passion et souffrir le martyre en perdant les êtres chers à son cœur.

Soudain, la voix d'Andy interrompit le cours morose de ses pensées.

— Juste après la mort de M. Cartwright, j'ai entendu dire que Desert End allait être vendu. Mais, quand Kitty est arrivée ici avec ses chevaux, j'ai compris que c'était une fausse rumeur.

— Qui t'a dit une chose pareille ? s'étonna Liam.

— Clint. Il a entendu quelqu'un en parler à Sunland Park, quand nous étions là-bas l'hiver dernier.

— C'est ridicule ! protesta Liam, les sourcils froncés. Will Cartwright n'aurait jamais donné pour instructions de liquider Desert End après sa mort. Le ranch et les chevaux appartiennent à Kitty, et elle n'a aucune intention de vendre.

— Oui. Je me suis douté que c'était des bobards. On en entend de toutes sortes sur les champs de courses.

Les gens se comportent différemment quand ils sont dans l'intimité familiale et en public.

Soudain, les paroles de Kitty lui revinrent à la mémoire. Et s'il y avait une part de vérité dans les commérages entendus par Clint et Andy ? Mais non. Il n'arrivait pas à croire que Will

soit assez mesquin pour déposséder Kitty de sa maison et de
ses chevaux. Ça n'avait pas de sens.

— Tu as raison. Mieux vaut éviter de colporter ce genre
de ragots.

Après avoir réglé sa bière et celle d'Andy, il se leva et donna
une bourrade amicale au groom.

— A demain matin.

— Oui. 4 h 30. Et ne soyez pas en retard !

Liam se mit à rire.

— Tu m'as déjà pris en flagrant délit de retard ?

— Non, mais je ne désespère pas ! riposta Andy, en faisant
une grimace comique.

Plus tard, ce soir-là, à une cinquantaine de kilomètres au
nord-est d'El Paso, Kitty était assise dans l'arrière-cour de la
maison et contemplait le ciel velouté ponctué d'étoiles. Elle
avait toujours aimé ce lieu tranquille. Il lui donnait l'impression
d'être assise dans le désert tout en se sentant protégée par les
murs épais de la demeure. C'était la raison pour laquelle elle
avait voulu se marier ici même. Mais ce soir l'envie de pleurer
affleurait à la surface de ses émotions, et elle ne savait pas au
juste ce qui la déprimait le plus : être loin de Liam ou risquer
de perdre Desert End.

— Ah, te voici ! Je t'ai cherchée partout dans la maison !
s'exclama une voix féminine.

Tournant la tête, elle aperçut Natalie, sa directrice de courses
et amie de longue date, qui s'avançait vers elle.

Petite et brune, elle faisait plus jeune que ses trente-six ans,
et sa beauté latine faisait tourner toutes les têtes masculines.
Kitty lui avait souvent demandé pourquoi elle ne s'était jamais
mariée, et chaque fois elle répondait en riant que son travail
était bien plus intéressant qu'un homme.

— Je prenais le frais avant d'aller me coucher, expliqua Kitty.

Natalie prit place à côté d'elle sur une chaise en rotin.

— Tu n'as guère mangé durant le dîner. Te sens-tu bien ?

— Oui. J'essaie juste de limiter ma prise de calories. Je ne veux pas que le médecin ait un choc demain en voyant mon poids s'afficher sur la balance !

Natalie se mit à rire.

— Ma chérie, tu es parfaite, même avec ton ventre rond.

Kitty fit la moue.

— Tu dois avoir besoin de lunettes, Nattie. Chaque fois que je me regarde dans la glace, je constate que j'ai le teint terne et des cernes sous les yeux ! Mais je suppose que c'est la grossesse qui veut ça.

— Le problème, ce n'est pas tant ta grossesse que la pression qui pèse sur tes épaules, riposta Natalie en lissant son épaisse chevelure brune. C'est à se demander si ton père jouissait de toutes ses facultés mentales quand il a rédigé son testament !

Kitty exhala un soupir. En dehors de son frère, Natalie était la seule personne qui connaissait la fameuse clause testamentaire. Elle voulait éviter que les autres employés du Desert End s'inquiètent à propos de la sécurité de leurs emplois. Et avec un peu de chance ils n'apprendraient jamais le lourd fardeau que son père avait mis sur ses épaules.

— Je crois entendre Owen ! Ne me dis pas que tu souhaites toi aussi que j'abandonne ce métier !

— Pas du tout, répliqua vivement Natalie. J'en veux à ton père de t'avoir joué ce vilain tour.

— A la décharge de papa, avant de mourir, il ignorait que j'étais enceinte. Qui plus est, de Liam. S'il l'avait su, je ne pense pas qu'il m'aurait fait passer un pareil test.

— Tu appelles ça un test ? rétorqua Natalie.

— A mes yeux, c'en est un. Papa voulait sans doute être sûr que j'étais faite pour ce métier. Après tout, il a sué sang et eau pour bâtir ce haras et sa réputation dans le milieu hippique. Il ne voulait pas que je gâche tout cela en me conduisant en dilettante.

— Je crois plutôt qu'il cherchait à maintenir son emprise sur toi, même après son départ ! riposta Natalie. Ton père était merveilleux par bien des côtés, mais il pouvait se montrer détestable à l'occasion. Et tu serais en droit de le haïr pour tout le mal qu'il te fait.

Un pâle sourire étira les lèvres de Kitty.

— C'est impossible. Malgré ses défauts, je continue de l'aimer.

— Oui, moi aussi, soupira Natalie, une nuance de regret dans la voix.

— Maintenant, le sort en est jeté. Il ne me reste plus qu'à faire de mon mieux et prier pour que ce soit suffisant.

— Faire de ton mieux ! tempêta Natalie. Will avait beau être un formidable entraîneur, il n'a jamais remporté l'*American Oaks* ! Et il exige que tu fasses mieux que lui ? C'est scandaleux de lancer un pareil défi à sa propre fille !

— Si tu t'inquiètes à propos de ton avenir, tu as tort. Tu es une excellente directrice de courses, et de nombreux entraîneurs seront ravis de t'embaucher.

— Peut-être. Mais je me plais au Desert End. C'est un peu comme mon foyer. Et si je devais en partir j'aurais l'impression d'être déracinée. Tout comme toi.

Déracinée ? Kitty refusait d'y penser. Les liens de toute une vie qui la rattachaient à ce ranch étaient devenus trop fragiles. Et même s'ils ne se rompaient pas elle était désormais mariée et devait tenir compte des préférences de Liam. Aimerait-il vivre au Desert End ou ailleurs ? Elle l'ignorait. Il ne faisait pas de projets d'avenir avec elle. Son horizon semblait se borner à la naissance du bébé.

— Qui sait, si Owen se décide à liquider le ranch, il peut le vendre à un autre éleveur ou entraîneur de chevaux, et tu n'auras pas besoin de partir.

Les traits durcis, Natalie se redressa sur sa chaise.

— Ne t'en déplaise, Kitty, Owen est un salaud — c'est tout ce que j'ai à dire de lui. Et ne t'en fais pas pour moi. Je me débrouillerai toujours. En revanche, je m'inquiète pour toi. (Elle fit un geste large de la main.) Certes, cet endroit est magnifique, mais ce n'est pas une raison pour te tuer à la tâche et mettre la santé du bébé en danger.

— Je ne ferai jamais une chose pareille ! Quand je ne serai plus en mesure de faire le travail, Clayton prendra le relais.

— A condition qu'il soit là ! Que feras-tu s'il doit s'absenter longtemps ?

— Ce ne sera pas le cas, assura Kitty avec plus de confiance qu'elle n'en ressentait. Il reviendra dès que son père sera hors de danger. Entre-temps, Liam me donnera un coup de main.

Natalie posa sur elle un regard pénétrant.

— Tu ne lui as pas encore parlé du testament ?

Baissant la tête, Kitty poussa un soupir frustré.

— Je ne peux pas.

— Pourquoi ? Il a besoin de savoir. Il est ton mari !

— Il n'a rien à voir avec Desert End. Et puis, avec le bébé et tout, c'est trop compliqué. Je suis sûre que cette nouvelle le perturberait.

Natalie eut un petit rire narquois.

— On le serait à moins !

— Je ne parlais pas de la condition posée par mon père. Bien sûr, Liam serait choqué de l'apprendre. Mais j'ai peur qu'il ne se méprenne sur mes intentions. Il risque de croire que je me suis mariée avec lui dans un but intéressé, pour qu'il me sauve la mise en entraînant Black Dahlia et en l'emmenant vers la victoire.

— Bah ! fit Natalie en balayant d'un geste son argument. Tu peux facilement résoudre ce problème en lui donnant les *vraies* raisons qui t'ont poussée à l'épouser.

Kitty la dévisagea, incrédule.

— Impossible ! Il n'a aucune envie de savoir que je l'aime. L'amour n'est pas partie prenante dans notre mariage.

— Il l'est en ce qui te concerne.

Un étau douloureux serra la poitrine de Kitty.

— Peu importe. Nous ne sommes pas mariés depuis suffisamment longtemps pour que je lui fasse ce genre d'aveu. En tout cas, pas avant la naissance du bébé.

Natalie eut une moue dégoûtée.

— Si je comprends bien, tu refuses de lui parler du testament de ton père de peur de le perturber, et tu refuses de lui dire que tu l'aimes par crainte de le contrarier ! De quoi discutez-vous, tous les deux ? Et comment avez-vous pu faire un bébé ensemble ?

Kitty s'empourpra, gênée.

— On n'a pas besoin de parler pour faire un bébé.

— En effet, admit Natalie. Il n'empêche, tu ferais mieux de lui parler, et vite. Sinon, toute cette histoire risque de te sauter à la figure. La course approche. Le bébé aussi. Liam a besoin de comprendre combien ce ranch compte pour toi. Combien *lui aussi* compte pour toi.

Relevant la tête, Kitty contempla son amie avec tristesse.

— Il aime toujours la femme qu'il a perdue, celle qu'il a choisie pour épouse. S'il s'est marié avec moi, c'est à cause du bébé. Il ne me verra jamais comme il la voit.

— Et c'est tant mieux. Il doit voir en toi la femme merveilleuse que tu es, et non la suppléante d'un fantôme.

Les doigts pressés contre son front, Kitty secoua la tête.

— Natalie, j'apprécie ta sollicitude, mais tu n'as jamais été mariée.

— Vu les souffrances que tu endures, je doute d'en avoir envie un jour !

Kitty ne répondit pas, et au bout d'un moment Natalie ajouta :

— Tous ces soucis te minent. Je m'inquiète pour toi. Entre le travail physique et la torture morale que tu subis...

Des bruits de pas se firent entendre, et Natalie s'interrompit. Tournant la tête, les deux jeunes femmes aperçurent le frère de Kitty qui s'avançait vers elles. Vêtu d'un jean, d'une chemise d'uniforme kaki et coiffé d'un Stetson marron clair, il était l'incarnation de l'homme de loi texan, et tout aussi impressionnant. Qu'est-ce qui l'amenait au ranch ? se demanda Kitty. Il y venait rarement même quand Willard était encore de ce monde.

— Bonsoir, mesdames. Puis-je me joindre à vous ?

Les lèvres pincées, Natalie se leva d'un bond.

— Vous voudrez bien m'excuser, mais je me sens soudain nauséeuse.

Owen lui lança un regard narquois.

— Que t'arrive-t-il ? Tu as mangé les plats que tu as cuisinés toi-même ?

Natalie le foudroya du regard.

— Pourquoi ne vas-tu pas arrêter quelqu'un ? C'est ce que tu fais de mieux, pas vrai ?

Le rire d'Owen était si arrogant que Kitty leva les yeux au ciel, exaspérée, tandis que Natalie tournait les talons.

— Détrompe-toi, lui lança-t-il. J'excelle aussi dans d'autres domaines !

— Etait-ce bien nécessaire d'en rajouter ? dit-elle à son frère alors qu'il se laissait tomber sur la chaise laissée vacante par Natalie. Déjà qu'elle te prend pour un ogre ! A quoi bon envenimer les choses ?

— Parce que ça m'amuse de la voir monter sur ses grands chevaux, surtout quand elle a tort.

— En te considérant comme un ogre ? ironisa Kitty.

Il fit la grimace.

— Entre autres choses.

Elle ne le pressa pas de s'expliquer. Les dissensions entre Natalie et Owen, quelles qu'elles soient, ne la concernaient pas. Elle avait assez de ses propres problèmes sans s'encombrer de ceux des autres.

— Qu'est-ce qui t'amène ici ? Tu n'es pas de garde, ce soir ?

— Je viens de terminer mon service en transférant un détenu à la prison d'El Paso. J'ai appris ce matin que tu devais venir au ranch. J'en ai donc profité pour faire un saut ici et voir comment tu allais.

Il semblait sincère, mais avec Owen elle n'était sûre de rien. Malgré leurs différences d'âges et de personnalités, ils avaient toujours été très proches l'un de l'autre. Il n'empêche, elle avait parfois du mal à le comprendre, car il lui arrivait de dire une chose et de penser le contraire.

— Tu voulais voir si j'étais sur le point de craquer ? ironisa-t-elle.

— Ne sois pas perfide, Kitty. C'est mon domaine réservé. (Il se carra sur sa chaise et croisa ses chevilles.) Alors, comment va mon neveu ou ma nièce ?

Elle tapota son ventre arrondi.

— J'ai rendez-vous chez le médecin demain matin. Mais jusqu'à présent tout va bien.

— Si ton médecin a un grain de bon sens, il t'ordonnera de rester à la maison, loin de ces maudits chevaux.

— Je refuse de t'entendre parler ainsi, Owen, répliqua-t-elle fermement. Les femmes enceintes exercent toutes sortes de métiers physiques, sans conséquences néfastes pour elles ou leur bébé. Et je ne fais pas exception à la règle.

— Bon sang, Kitty, je ne cherche pas à être mesquin ou vindicatif ! Je t'aime sincèrement.

Elle exhala un profond soupir.

— En vérité, tu n'as jamais accepté que je fasse le même métier que papa. Et, maintenant que je vais devenir mère, tu penses que ça te donne encore plus le droit de me faire la morale et de m'imposer ta volonté. Alors, écoute bien ceci. J'ai la ferme intention d'exercer ce métier durant le reste de ma vie, qu'elle soit longue ou courte !

Les narines frémissantes, il lui lança un regard ulcéré.

— Si tu crois que tu gagneras l'*American Oaks* haut la main parce que Liam est désormais à ton entière disposition, tu risques d'aller au-devant d'une déconvenue. Car il lui arrive de perdre des courses.

Cela ressemblait bien à Owen de se montrer odieux au nom de l'amour ! Parfois, il ressemblait tellement à leur père qu'elle en était effarée.

— C'est moi, et non Liam, qui entraîne Black Dahlia, riposta-t-elle vertement. Et au cas où ça t'intéresserait la pouliche est au meilleur de sa forme en ce moment. Alors, ne te réjouis pas trop vite. Le ranch n'est pas encore à toi !

Soulevant son Stetson, il fourragea nerveusement dans ses

épais cheveux bruns. Quand il la regarda de nouveau, son expression s'était radoucie, mais sa voix demeurait tranchante.

— Oh ! petite sœur, ce n'est pas le ranch qui m'intéresse. Je voudrais tant que les choses soient différentes pour toi. Hélas, je vois bien que tu ne changeras pas. Tu es comme papa, bien décidée à passer ta vie sur les hippodromes et dans les écuries. J'espérais que la venue de ce bébé te ramènerait à la raison. Mais c'était avant que j'apprenne que Liam en était le père. Avec vous deux comme parents, ce pauvre chéri dormira sur une botte de foin ou pire encore !

Fermant les yeux un instant, elle s'évertua à la patience.

— Et si tu me laissais un peu tranquille, Owen ? Je ne te dis pas quel métier tu devrais exercer ni qui tu devrais épouser — encore faudrait-il trouver la perle rare qui puisse te supporter ! Pourquoi faut-il que tu sois comme papa, toujours à me dicter ta loi ? Je ne suis pas stupide. Je suis capable de faire mes propres choix de vie !

— Tu les fais avec ton cœur et non avec ta tête. Et c'est tout à fait déraisonnable.

— Qu'est-ce que tu en sais ? Tu n'as jamais essayé !

Il lui lança un regard noir.

— Si tu perds cette course, Kitty, je veillerai à ce que le testament de papa soit scrupuleusement respecté. Et ne crois pas que tu réussiras à m'attendrir.

Incapable d'en entendre davantage, elle se leva.

— Oh ! je n'essaierai même pas ! Ton cœur est dur comme le silex ! Mais, quoi que tu en dises, je vais gagner cette course. Et tu comprendras enfin que je n'ai pas traîné derrière papa pour le simple plaisir de voyager, mais pour devenir un entraîneur de premier plan. Je prouverai à tout le monde que j'ai les capacités requises pour exercer ce métier au plus haut niveau. Et, pour te montrer à quel point je me défie de toi, sache que Black Dahlia est sous surveillance permanente.

Owen la contempla, l'air scandalisé.

— Tu crois vraiment que je serais capable de faire du mal à un animal juste pour avoir gain de cause ?

— Hum, laisse-moi réfléchir une seconde, dit-elle en se tapotant le front du bout de l'index. Oui, je le crois. Rien n'arrête quelqu'un capable de menacer sa sœur de lui arracher sa maison et son gagne-pain.

— Je ne cherche pas à t'arracher quoi que ce soit ! Il ne dépend que de toi de perdre ou de gagner cette course.

— Bien sûr, mais tu espères que je la perdrai !

Elle contourna le salon de jardin et se dirigea vers l'intérieur de la maison, son frère sur les talons.

— Pas vraiment. Mais si j'étais sûr qu'une défaite t'ouvre les yeux et te permette de devenir une épouse et une mère dignes de ce nom, alors oui, je souhaiterais que tu perdes.

Elle fit volte-face, outrée par ses propos.

— Une épouse et une mère dignes de ce nom ! Tu veux que je te dise ? Tu me rends malade, Owen.

Ouvrant la porte, elle pénétra dans une vaste cuisine. Dieu merci, la pièce était vide, Coral et le reste du personnel s'étant retirés pour la nuit. Elle ne voulait pas qu'ils entendent leur dispute ni qu'ils apprennent que la sécurité de leurs emplois était en jeu.

Kitty s'arrêta près du comptoir du petit déjeuner tandis qu'Owen, nullement démonté, poursuivait son argumentaire.

— Ecoute, Kitty. Ma mère est morte, et la tienne est partie en coupant les ponts avec toi. Quant à papa, il n'a jamais cessé de poursuivre son rêve de grande victoire. Ce que j'essaie de te dire, c'est que j'ai toujours eu besoin de toi dans ma vie. Nous avons besoin l'un de l'autre.

— C'est exact, admit-elle.

— Si tu le pensais vraiment, tu ne t'obstinerais pas à poursuivre les rêves de grandeur de papa, mais tu quitterais ce métier et tu te fixerais définitivement ici. Et pas seulement pour moi. L'enfant que tu portes a besoin de grandir avec une mère à ses côtés, contrairement à nous.

En dehors d'une tante qui habitait à quelque deux cents kilomètres de Desert End, elle et Owen n'avaient pas de proches parents. Mais, désormais, elle avait Liam et le bébé à naître.

Et pour le moment elle vivait en Californie. Peut-être que son frère se sentait exclu et voulait égoïstement qu'elle reste à sa disposition, mais ce n'était pas sa responsabilité de le rendre heureux.

— Crois-moi, Owen, je serai une mère à plein temps. Par ailleurs, c'est à moi, et non à toi, de décider de la façon dont je m'occupe de mon enfant. Et, puisque nous abordons ce sujet, tu aurais pu fonder ta propre famille. Pourtant, tu as choisi de ne pas le faire. Et là, je n'y suis pour rien.

A ces mots, il se détourna d'elle, mais elle eut le temps d'apercevoir une lueur de souffrance dans son regard. Son frère n'était-il pas aussi dur qu'il voulait le faire croire ? Oh ! Seigneur ! Elle souhaitait de tout son cœur qu'il soit heureux, mais pas à ses dépens.

— Non, marmonna-t-il. C'est uniquement ma faute.

Sans plus attendre, il se pencha et déposa un baiser sur son front.

— Je dois partir. J'espère que ton rendez-vous chez le médecin se passera bien.

Elle l'embrassa sur la joue et le serra un bref instant dans ses bras.

— Si quelque chose ne va pas, je te le ferai savoir, promit-elle. Prends soin de toi.

— Entendu.

Il quitta la pièce, et au bout d'un moment, elle entendit la porte d'entrée s'ouvrir et se refermer. Et ce bruit sourd la remplit de tristesse.

Le lendemain matin, le rendez-vous de Kitty à la clinique se déroula pour le mieux, et les résultats médicaux s'avérèrent excellents. Avant même de quitter le bâtiment, elle appela Liam pour lui annoncer la bonne nouvelle et, en entendant sa voix joyeuse, elle eut encore plus hâte de revenir en Californie, à ses côtés.

Elle arriva enfin à Los Angeles dans la soirée. Une fois

dans le terminal de l'aéroport, elle aperçut Liam l'attendant, un bouquet de tulipes blanches et de jacinthes roses à la main. Le sourire qu'il arborait balaya toutes ses inquiétudes.

Elle accéléra le pas à travers le vaste hall et se jeta dans ses bras, comme si elle avait été séparée de lui pendant des semaines et non quarante-huit heures à peine.

— Oh ! Liam, c'est si bon d'être de retour !

Agrippée à lui, elle l'embrassa sur la joue, puis sur la bouche.

La passion qu'il mit en lui rendant son baiser la combla, et quand leurs lèvres se détachèrent elle en avait presque le souffle coupé.

— J'espère que tu aimes les tulipes, dit-il en s'écartant juste assez pour lui offrir le bouquet.

Ravie, elle huma le délicat parfum des jacinthes et des tulipes avant de les caler délicatement au creux de son bras.

— Je ne m'attendais pas à recevoir des fleurs. Est-ce pour fêter une occasion particulière ? demanda-t-elle en glissant son bras libre sous celui de Liam.

— C'était juste pour te faire savoir combien tu m'as manqué, répondit-il doucement.

Il avait acheté des fleurs pour elle ! Pas pour le bébé ou pour avoir gagné une course ! Non, rien que pour elle ! Ce simple geste la remplit de bonheur.

— Tu m'as manqué aussi, Liam, murmura-t-elle. Enormément.

Leurs regards se croisèrent, et les promesses brûlantes qu'elle lut dans ses prunelles noisette accélérèrent les battements de son cœur.

— Rentrons à la maison, dit-il d'une voix sourde.

La maison. Elle ne savait plus au juste où était son foyer. Mais tandis qu'elle marchait, suspendue au bras de Liam, elle voulait croire qu'il serait là où son mari se trouverait.

Hélas, il ne l'aimait pas, songea-t-elle tristement. Et sans l'amour pour cimenter ses fondations un foyer ne pouvait pas survivre.

Elle s'était juré de tout mettre en œuvre pour conserver Desert End, mais elle se rendait compte maintenant que gagner l'*American Oaks* pour s'assurer la possession du ranch n'était pas la seule tâche monumentale qui l'attendait. Elle devait aussi gagner le cœur de Liam. Sinon, elle ne pourrait jamais être pleinement heureuse.

10

Plus tard ce soir-là, tandis qu'ils étaient allongés dans le lit, Kitty reposait sur le côté, sa joue pressée contre l'oreiller, le regard fixé rêveusement sur le rayon de lune filtrant à travers un interstice des rideaux.

Elle voulait croire que ce qui venait de se passer entre elle et Liam n'était pas un banal acte sexuel dénué de sentiments, mais qu'ils avaient vraiment fait l'amour. Du moins, elle s'était donnée à lui corps et âme. Toutefois, en dépit de la passion et de la prévenance dont il avait fait preuve envers elle, elle ignorait ce qui se cachait derrière ses caresses et ses baisers. Même maintenant, tandis qu'il faisait courir ses doigts le long de son dos, elle n'avait aucune idée de ce qu'il pensait ou ressentait réellement.

Donne-lui les vraies raisons qui t'ont poussée à l'épouser.

Depuis qu'elle s'était jetée dans les bras de Liam à l'aéroport, les propos de Natalie la hantaient, et elle comprenait que son amie avait raison. Même s'il ne l'aimait pas, il avait besoin de connaître la profondeur de ses sentiments pour lui.

— Hier soir, sans toi, ce lit était désespérément vide et froid, dit-il d'une voix rauque. J'ai failli dormir dans mon bureau.

Le cœur battant à tout rompre, elle essaya de rassembler son courage en vue de l'aveu qu'elle comptait lui faire.

— Je suis sûre qu'Awesome Joe t'aurait fait une place auprès de lui. Il t'aurait tenu chaud, lança-t-elle.

— Hum, fit-il, ses lèvres fourrageant dans son cou. Il donne des coups de pied, contrairement à toi.

Sa fragrance masculine, la sensation de ses mains sur sa

peau et sa voix profonde la troublaient délicieusement. Aucun homme avant Liam ne lui avait fait cet effet-là. Auprès de lui, elle se sentait tellement vivante, tellement féminine. Mais ce n'était pas pour cette raison qu'elle portait son bébé ou qu'elle l'avait épousé.

Prenant sa main entre les siennes, elle la porta à ses lèvres et embrassa le bout de ses doigts calleux.

— Je t'aime, Liam.

Il releva la tête lentement, et bien qu'elle ne puisse pas voir son visage elle sentait son regard peser sur elle, comme s'il venait de découvrir une inconnue dans son lit.

Au bout de quelques secondes d'un lourd silence, elle roula sur le dos et vit qu'il la contemplait, l'air effaré.

— Je t'ai choqué ? demanda-t-elle doucement. Je pensais que tu l'avais déjà deviné, mais que tu avais besoin de me l'entendre dire.

— Pourquoi ?

Sa question laconique lui fit l'effet d'un coup de poignard.

— Les époux ne sont-ils pas censés se dire ce genre de choses ?

Il détourna la tête en soupirant.

— Si, mais…

— Mais quoi ?

— Nous ne sommes pas… (Il reporta son regard sur elle, visiblement troublé.) Les choses sont différentes entre nous.

Remontant le drap sur sa poitrine nue, elle se redressa.

— Tu veux dire que nous ne sommes pas un couple classique ?

— Pas vraiment.

— C'est curieux que tu dises ça, Liam. Quand tu m'as demandée en mariage, c'était pour que nous formions une « vraie » famille dans l'intérêt de notre enfant.

Il exhala un grognement de frustration.

— C'est exact. Mais je n'ai pas parlé d'amour. L'amour n'a rien à voir avec nous — ou notre mariage.

Ses propos lui déchiraient le cœur, mais elle fit de son mieux pour lui dissimuler son chagrin. Pour rien au monde, elle ne voulait qu'il se rende compte de l'étendue de son pouvoir sur elle.

— Ce n'est pas ainsi que je vois les choses, répliqua-t-elle.

Il eut une grimace embarrassée.

— Je ne t'ai jamais demandé de m'aimer.

— Et moi, je ne te demanderai jamais de m'aimer, riposta-t-elle, la gorge nouée. Ce serait une perte de temps.

Il la contempla, l'air interdit.

— Qu'est-ce que ça signifie ?

Elle sortit du lit et récupéra le peignoir en satin tombé sur le sol quand Liam l'avait fait glisser de ses épaules.

— Tu es incapable de m'aimer ou d'aimer une autre femme parce que tu es trop occupé à te raccrocher au souvenir de ton épouse défunte.

Il eut un halètement de surprise.

— Quelle horrible chose à dire !

Elle regarda par-dessus son épaule, et son cœur se serra en voyant le chagrin se peindre sur son visage.

— La vérité est parfois horrible. (Elle se tourna vers lui avec un soupir de regret.) Liam, je ne te blâme pas. Je constate un fait, tout simplement. J'ai accepté de t'épouser en connaissance de cause. Et je n'ai pas l'intention d'influer sur tes sentiments. Je voulais juste que tu saches que je t'aime. Ce que tu ressens pour moi, c'est ton affaire.

Visiblement bouleversé, il se glissa hors du lit et l'agrippa par les épaules.

— Bon sang, Kitty, pourquoi as-tu fait ça ? Tout allait si bien entre nous ! Nous nous entendons bien, nous nous respectons mutuellement. Nous n'avons pas besoin que l'amour vienne tout gâcher entre nous !

Ainsi l'amour qu'elle lui portait était un problème dont il se serait passé volontiers ! Seigneur, quelle sottise d'avoir suivi les conseils de Natalie ! Mais, surtout, quelle folie d'être tombée amoureuse de cet homme !

— Sois sans crainte, Liam, riposta-t-elle en redressant

fièrement les épaules. Tu ne m'entendras plus jamais prononcer ce mot.

La mort dans l'âme, elle s'écarta de lui et se dirigea vers la salle de bains, mais il la rattrapa avant qu'elle ait pu s'échapper.

— Kit, tu ne comprends pas, argua-t-il d'une voix brisée. J'éprouve des sentiments pour toi, mais…

Les mots moururent sur ses lèvres tandis qu'elle fixait son regard sur lui. Elle se sentait épuisée et vide de l'intérieur, et sa détresse devait se lire sur son visage.

— Ecoute, Liam, je ne cherche pas à te piéger ni à t'obliger à quoi que ce soit. Tout ce que j'attends de toi, c'est d'être un bon père pour notre enfant. Le reste est sans importance.

— Kitty…

— Je vais prendre une douche avant de dormir. Je dois arriver très tôt demain au centre d'entraînement. L'absence de Clayton me donne un surcroît de travail.

Sans lui laisser le temps de répliquer, elle se faufila dans la salle de bains et ferma la porte derrière elle. Mais, une fois certaine que le bruit de l'eau couvrirait celui de ses sanglots, elle s'assit sur le sol carrelé et, le visage dans ses mains, pleura toutes les larmes de son corps.

A partir de ce soir-là, ses relations avec Liam changèrent du tout au tout. A mesure que les jours s'écoulaient, elle en venait à croire que Liam avait eu raison quand il avait dit que sa déclaration d'amour allait tout gâcher entre eux. Car c'était visiblement le cas.

Non pas qu'ils affichent de la colère ou du ressentiment, ou qu'ils se lancent des accusations à la figure. En fait, ils échangeaient des propos courtois, du moins les rares fois où ils avaient le temps de se parler. Comme le meeting battait son plein, ils étaient très occupés avec leurs programmes respectifs. Néanmoins, quand ils se retrouvaient seuls, la camaraderie facile qu'ils avaient partagée jusque-là avait disparu, faisant place à une relation tendue et maladroite.

A son immense soulagement, le dimanche suivant, Black Dahlia signa une belle victoire dans une épreuve de groupe II, avec une demi-longueur d'avance sur son plus proche concurrent. Kitty s'empressa d'en informer Owen par SMS. Il lui répondit par un seul mot. *Félicitations.*

Ce mot l'aurait remplie de joie si son frère avait été sincère en l'écrivant. Mais elle savait trop bien qu'il la désapprouvait d'exercer ce métier. Et puisqu'il était impossible de le faire changer d'avis elle n'avait pas d'autre choix que de lui prouver qu'il avait tort. Quant à son mariage, elle était incapable de dire s'il allait dans le mur ou si les choses finiraient par s'arranger. Elle savait seulement qu'avec l'arrivée du bébé cette période aurait dû être la plus heureuse de sa vie, mais qu'elle ne s'était jamais sentie aussi malheureuse.

Une semaine et demie après la performance de Black Dahlia, par une matinée de la fin mai particulièrement froide et humide, elle longeait la rangée de box, engoncée dans une grosse veste, un foulard jaune vif autour du cou, quand elle entendit une voix masculine la héler derrière elle.

Elle s'arrêta et regarda par-dessus son épaule. Quelle ne fut pas sa surprise en voyant Clayton courir vers elle. La vue de son adjoint dévoué lui arracha une exclamation de joie, et elle se hâta à sa rencontre.

— Clayton ! Tu ne m'as pas prévenue que tu revenais ! lui lança-t-elle gentiment avant de lui donner une chaleureuse accolade.

Il se mit à rire en regardant le ventre proéminent de Kitty qui les séparait.

— Ma parole, tu as grossi depuis que je suis parti !

— Je n'ai pas pu devenir aussi énorme en deux semaines ! s'exclama-t-elle, amusée. Mais je vais rentrer dans mon huitième mois, et c'est à ce moment-là que le bébé commence à prendre du poids. (Elle s'écarta de lui.) Alors, comment va ton père ?

— Il sortira de l'hôpital demain. Et ma sœur viendra donner un coup de main à ma mère pendant sa convalescence. Sa guérison risque de prendre du temps, mais d'après les médecins il pourra retrouver une vie normale — à condition qu'il respecte les ordres de la faculté. Il a eu beaucoup de chance.

Clayton disait cela d'un air coupable, comme si c'était injuste que son père ait survécu, contrairement à celui de Kitty. Mais elle savait désormais que le destin était parfois cruel.

— Tant mieux, dit-elle en lui tapotant le bras. Et je suis ravie que tu sois de retour. Je suppose que tu t'es tenu au courant des résultats des courses — Dahlia a gagné avec une demi-longueur d'avance. C'est de bon augure pour l'*American Oaks*.

— Comment est-elle ?

— En excellente forme ! Elle a un bel appétit, une bonne santé et un mental d'acier. Bref, tout va pour le mieux.

Pour la première fois depuis des jours, elle se sentait capable de sourire. Si Liam se désintéressait d'elle et de ses chevaux, ce n'était pas le cas de Clayton.

— Je commence à croire que nous avons eu raison de tout miser sur elle, ajouta-t-elle.

— Je n'ai jamais douté de la valeur de cette pouliche ni de tes capacités d'entraîneur.

Si seulement Liam lui faisait de pareils compliments ! Au lieu de quoi, il lui reprochait ses longues heures de travail, insistant sur les effets néfastes de tout ce stress sur elle et le bébé. Chaque fois qu'il abordait le sujet, elle avait envie de lui jeter à la figure que c'était lui qui la stressait, et non son travail.

L'attrapant par la manche, elle l'entraîna le long de la rangée de box.

— Allons la voir. J'ai hâte de savoir comment tu la trouves.

Ils avaient à peine fait quelques pas quand Liam sortit d'une sellerie voisine. Tandis qu'ils s'arrêtaient pour le saluer, le regard dur de Liam enveloppa Kitty avant de se poser sur Clayton.

— Comme son père va mieux, Clayton est de retour parmi nous, lui expliqua-t-elle en s'efforçant de prendre un ton enjoué. N'est-ce pas merveilleux ?

— Super, ironisa Liam en reportant son attention sur Clayton. J'espère que vous réussirez à convaincre ma femme de lever le pied et de vous passer le relais. Elle ne semble pas décidée à m'écouter.

Sur quoi, il s'éloigna à grandes enjambées. Terriblement embarrassée, elle porta la main à sa bouche et secoua la tête.

— Désolée, Clayton. Je te présente mes excuses pour la rudesse de mon mari. Il n'est pas dans son état normal ces derniers temps.

Et cela, depuis qu'il avait appris que sa femme était amoureuse de lui, songea-t-elle amèrement. Elle ne comprenait pas pourquoi cette révélation le perturbait autant ni pourquoi il avait pris ses distances avec elle. Elle savait seulement que son attitude la remplissait de désespoir et qu'elle allait bientôt atteindre le point de rupture.

Clayton la contempla, l'air préoccupé.

— Que s'est-il passé ? Non, inutile de répondre, se hâta-t-il d'ajouter. J'ai essayé de te prévenir que Liam Donovan était un salaud. Mais tu ne m'as pas écouté. Et maintenant que tu l'as épousé il révèle sa vraie nature.

— Oh ! je t'en prie, Clayton, ne commence pas ! implora-t-elle. Il n'est pas un mauvais homme. En ce moment, il a des problèmes qu'il essaie de résoudre. C'est tout.

— Sa seule et unique préoccupation devrait être ton bien-être, riposta-t-il avec chaleur. Et j'ai bien envie de le rappeler à ses devoirs !

— Ne t'avise pas de faire une chose pareille ! prévint-elle. Occupe-toi des chevaux, et je m'occuperai de mon mari !

Ce soir-là, Liam était déjà rentré quand Kitty arriva à la maison. Elle posa son sac sur le comptoir et s'assit pesamment à table tandis qu'il continuait de manger un plat acheté chez le traiteur.

— Est-ce qu'il en reste pour moi ? demanda-t-elle.

Il désigna le réfrigérateur du pouce.

— Puisque tu ne te décidais pas à rentrer, je l'ai rangé au frais.

Elle se leva et alla se laver les mains au robinet de la cuisine.

— J'ai eu la visite d'un propriétaire, expliqua-t-elle. Je ne pouvais pas lui dire de repasser demain, d'autant qu'il a fait tout le chemin depuis Santa Fe pour voir son cheval.

— Clayton aurait pu s'en occuper. Pour quoi le paies-tu ? Pour se pavaner dans les écuries ?

Sa remarque était si déplacée qu'elle ne se donna pas la peine de répondre. Elle ouvrit le réfrigérateur et en sortit les boîtes en alu contenant la nourriture.

— Je suis navrée d'être rentrée aussi tard à cause de mon travail, Liam. Mais ça t'arrive aussi.

— C'est toi qui es enceinte, pas moi, riposta-t-il sèchement.

Elle lui lança un regard noir.

— Je suis heureuse que tu t'en rendes comptes, ironisa-t-elle.

Jetant sa serviette sur la table, il se leva d'un bond et s'avança vers elle. Son expression s'était radoucie, et elle se sentit fondre quand il posa sa main sur sa joue.

— Je suis désolé, Kitty. Je ne voulais pas me comporter comme un...

— Un salaud ? C'est ainsi que Clayton te qualifie.

— Je n'en doute pas, dit-il en grimaçant. Il me déteste, notamment à cause de toi.

— Il veut que je sois heureuse — que nous soyons heureux.

Les mains de Liam glissèrent sur ses épaules et commencèrent à masser ses muscles tendus.

— J'essaie, Kitty. Mais j'ai du mal à être heureux alors que je me fais constamment du souci pour toi. Felicia était enceinte de sept mois quand... (Il s'interrompit, puis secoua la tête.) Depuis ton voyage à El Paso le mois dernier, ton attitude envers moi a changé. Et tu t'es encore plus impliquée dans ton travail. Je vois bien à quel point tu es fatiguée. Tu fais toute une histoire de Black Dahlia. Il n'y en a que pour elle. Tu manges, tu dors et tu respires en pensant à cette pouliche ! Ce n'est pas sain pour toi et le bébé !

Elle réprima un soupir d'exaspération.

— Tu es mieux placé que quiconque pour comprendre à

quel point l'*American Oaks* compte pour moi. Une victoire de Dahlia conforterait le succès de mon écurie.

— Ton écurie est déjà performante. Tu n'as rien à prouver.

Oh ! Seigneur, si seulement il savait ! Peut-être était-ce l'occasion de lui révéler le contenu du testament de son père. D'après Natalie, Liam devait être mis au courant, mais elle n'était pas convaincue de l'utilité d'un tel aveu. Elle avait déjà commis une erreur en déclarant son amour à Liam. Lui parler du testament serait une erreur encore plus grande.

— Détrompe-toi. C'est désormais moi, et non plus mon père, qui tiens les leviers de commande. Je suis donc obligée de faire mes preuves.

— Pas aux dépens de mon bébé.

Mon bébé !

Ces deux mots lui transperçaient le cœur. Avec Liam, tout tournait autour du bébé. C'était uniquement à cause de lui qu'il l'avait épousée et qu'il resterait marié avec elle ! Le jour où il lui avait offert des fleurs à son retour d'El Paso, elle avait cru qu'il avait changé et qu'il lui accordait désormais autant d'importance qu'au bébé. C'est pourquoi elle lui avait avoué son amour le soir même. Quelle sottise et quelle naïveté de sa part !

— Liam, je ne mets pas la vie du bébé en danger. Si je pensais que je…

— Kitty, je te demande de lever le pied, dit-il gentiment. Au moins, pars de la maison plus tard le matin et rentre plus tôt le soir.

Il n'exigeait pas ; il demandait. Et pour cette raison elle se sentait prête à faire des concessions pour sauver leur mariage. Pendant des années, elle avait tenu tête à son père et à son frère pour conserver sa propre identité, et elle avait la ferme intention de continuer à mener ce combat. Mais elle voulait aussi rendre son mari heureux.

— Je te promets de réduire mes heures de travail et de me reposer le plus possible. Et une fois l'*American Oaks* terminée…

— Bon sang, Kitty, le bébé devrait naître ce jour-là !

Elle jeta un regard implorant à Liam.

— Mais tu me remplaceras, n'est-ce pas ?

La douceur de son regard noisette démentait le petit rictus ironique qui plissait ses lèvres — une douceur qu'elle n'avait pas vue depuis des jours et qui lui réchauffait le cœur.

— Clayton est de retour, lui rappela-t-il.

— Il n'a pas ton expérience.

Il exhala un soupir d'impuissance.

— Oh ! Kit, tu as beau m'exaspérer et me rendre malheureux, je ne peux pas m'empêcher de te désirer de tout mon être !

Nouant ses bras autour de son cou, elle posa son front contre le sien.

— Dans ce cas, emmène-moi au lit, suggéra-t-elle d'une voix rauque.

— Mais tu n'as rien mangé !

— Tu m'apporteras mon dîner au lit. Plus tard, ajouta-t-elle, mutine.

— Avec grand plaisir.

Il déposa un baiser léger sur ses lèvres, puis il la souleva dans ses bras et la transporta dans leur chambre.

Quelques heures plus tard, Liam était assis à un petit bureau dans leur chambre, son ordinateur portable ouvert devant lui. Mais malgré ses efforts son cerveau refusait de se concentrer sur les données concernant les récents entraînements de ses chevaux, et son regard était irrésistiblement attiré par la vision de Kitty, profondément endormie dans leur lit.

Il s'était passé quelque chose en lui le soir où elle lui avait révélé qu'elle l'aimait. Et même avec le recul il avait du mal à s'expliquer sa réaction. Bien sûr, il avait été stupéfait, mais surtout il avait été terrifié, et il avait tenté de cacher cette peur derrière un mur de colère et de frustration.

Ce soir, c'était la première fois qu'ils refaisaient l'amour, et cette reprise de leur relation l'avait profondément bouleversé. Il l'avait d'ailleurs pressenti, c'est pourquoi il s'était tellement efforcé de garder ses distances avec Kitty. Pour empêcher son corps de la désirer et son cœur de la chérir.

Mais, quand elle s'était suspendue à son cou dans la cuisine, il avait été incapable de lui refuser quoi que ce soit, ou plutôt de se refuser à lui-même le plaisir de la tenir dans ses bras, tant le besoin qu'il avait d'elle s'était aiguisé durant ces deux semaines et demie d'abstinence. Ce soir, il lui avait fait l'amour passionnément, et maintenant il commençait à se demander s'il n'était pas en train de tomber amoureux d'elle — ce qu'il s'était juré de ne jamais faire !

Kitty t'aime. Elle a besoin que tu l'aimes en retour. Et tu n'as pas répondu à son attente. Tu lui fais l'amour, mais tu refuses de lui donner ton amour. Ce n'est pas suffisant pour la rendre heureuse, Liam. Ou pour la garder à tes côtés.

Réprimant un grognement, il éteignit son ordinateur. Comment se concentrer quand Kitty accaparait toutes ses pensées et que le maudit mot « amour » tournait en boucle dans son cerveau enfiévré ?

Un homme digne de ce nom devait être capable de donner à sa femme ce dont elle avait besoin. Mais, durant ces deux dernières semaines, il avait lamentablement échoué dans cette mission. Kitty avait beau essayer de sauver la face, il percevait la tristesse dans ses yeux et dans sa voix, et il n'en fallait pas plus pour qu'il se sente misérable et honteux.

En cet instant, il se faisait l'effet d'un animal acculé par un chasseur déterminé, et sa seule échappatoire, c'était le combat. Mais après ce qui venait de se passer ce soir il craignait que ce ne soit un combat perdu d'avance.

Eteignant la lumière, il grimpa dans le lit et plongea son visage dans la longue chevelure blonde répandue sur l'oreiller. Leurs ébats n'étaient plus purement sexuels, songea-t-il. Et cette douleur dans son cœur ressemblait dangereusement à l'amour.

11

Durant les trois semaines suivantes, le ventre de Kitty s'alourdit encore, entraînant un ralentissement de son allure et une baisse de son énergie. Elle faisait de son mieux pour dissimuler sa fatigue, mais elle ne trompait pas Liam. Toutefois, conformément à sa promesse, elle avait réduit ses heures de travail et elle acceptait de plus en plus de se faire remplacer dans l'exécution des tâches qui lui incombaient. Il n'empêche, s'il ne tenait qu'à Liam, elle resterait à la maison, au repos complet, une domestique à sa disposition.

Mais Kitty n'était pas du genre à attendre tranquillement que le travail se fasse, et il commençait à comprendre qu'il risquait de la stresser davantage en lui ordonnant de rester loin de ses chevaux.

Ce soir, il était déterminé à la conduire à la maison plus tôt que d'habitude. Ne l'ayant pas trouvée à son bureau, il se dirigea vers l'extrémité de l'écurie où étaient hébergés ses chevaux. Il s'approchait du box de Black Dahlia quand il reconnut la voix de Kitty, et ce qu'elle disait lui fit dresser l'oreille. En partie dissimulé par un ballot de foin suspendu près de la porte, il s'immobilisa pour entendre la suite.

— Clayton, je veux que toi, et toi seul, inspectes la nourriture de Dahlia avant qu'on la lui donne, disait Kitty. Et assure-toi qu'il y ait toujours quelqu'un dans son box ou à proximité. Je ne veux pas qu'elle reste seule. A aucun moment.

Liam fronça les sourcils. Il était clair, pas seulement pour lui mais pour tout le monde ici, qu'elle était obsédée par sa pouliche star. Toutefois, cela prenait des proportions exagérées, et il n'en comprenait pas la raison. Kitty n'était pourtant pas du genre paranoïaque. Cela dit, l'*American Oaks* était une des plus prestigieuses épreuves qui se disputaient à Hollywood Park Racetrack, et elle était dotée d'une allocation astronomique. Peut-être Kitty cherchait-elle seulement à se montrer vigilante à l'extrême.

— Bon sang, Kitty, il y a un service de sécurité ! riposta Clayton. Personne ne peut pénétrer dans le centre sans montrer patte blanche ! A t'entendre, on dirait que, si l'un de nous a un moment d'inattention, une personne malveillante est susceptible de s'en prendre à Dahlia.

— On n'est jamais trop prudent. Il se peut que quelqu'un par ici n'ait pas envie qu'elle gagne la course. Et puis, cesse de discuter et fais ce que je te dis !

— Entendu. Alors, quand seras-tu de retour d'El Paso ?

— Demain soir, si tout se passe bien lors de ma visite médicale.

— Puisque Liam t'accompagne, il voudra peut-être que tu restes une autre nuit pour te permettre de te reposer.

Liam jugea préférable de faire connaître sa présence en pénétrant dans le box et en refermant la grille derrière lui.

— J'aurais aimé qu'elle se repose, dit-il à Clayton, mais elle a déjà acheté les billets de retour.

— J'assurais à Kitty que Dahlia et les autres chevaux seraient entre de bonnes mains durant votre absence à tous deux. Si je ne suis pas fichu de m'en occuper seul pendant quarante-huit heures, je n'ai plus qu'à changer de métier !

Levant les yeux au ciel, Kitty se mit à rire.

— Ne sois pas aussi susceptible, Clayton ! En tant que future maman, j'ai le droit de me montrer très protectrice. (Elle s'avança vers Liam et glissa un bras autour de sa taille.) Alors, que penses-tu de mon prodige ?

— Tu parles de ton adjoint ou de ta pouliche ? demanda-t-il, pince-sans-rire.

Clayton eut le bon goût de rire, et Kitty l'imita. Depuis qu'il savait que Clayton le considérait comme un salaud, Liam, piqué au vif, avait décidé de le faire changer d'opinion à son sujet. Durant ces dernières semaines, il l'avait aidé de son mieux pour qu'à eux deux ils allègent la charge de travail de Kitty. Cette collaboration leur avait permis de mieux se connaître et de s'apprécier mutuellement.

— L'un et l'autre semblent capables de se passer de toi pendant les deux prochains jours, ajouta-t-il.

Kitty alla embrasser la pouliche sur les naseaux.

— A bientôt, ma beauté. (Elle jeta un regard sévère à Clayton.) Et pas de carotte, ni de fruit ou autre gâterie à moins que tu ne le lui donnes toi-même. Et à condition qu'elle ait fini son avoine. Et n'oublie pas de transmettre mes instructions à Maryann et Greta.

Clayton la rassura une nouvelle fois, et Liam put enfin l'entraîner hors du box.

— Est-ce que tu n'en fais pas un peu trop avec Dahlia ? demanda-t-il. J'ai entendu par hasard que tu disais à Clayton de poster quelqu'un en permanence dans son box. Je commence à me demander si tu ne deviens pas paranoïaque !

Elle lui lança un regard aigu, et finit par rire.

— C'est l'impression que je donne ? Comme je l'ai dit à Clayton, je me conduis comme une maman poule. Je suis très fière d'elle, et je ne voudrais pas qu'il lui arrive du mal.

— Moi aussi, je suis fier de ses performances. Mais, de là à penser que quelqu'un pourrait lui nuire sciemment, ça me paraît exagéré.

Elle fronça les sourcils.

— Vraiment ? Va dire ça aux propriétaires texans qui ont trouvé leurs champions morts dans leurs box à la suite d'une injection de substances toxiques. Certes, cet incident remonte à plusieurs années, mais j'en ai froid dans le dos rien que d'y penser !

Il la contempla, l'air soucieux.

— Kitty, qui voudrait te faire une chose pareille ?

Elle lui adressa un pâle sourire.

— Personne, je l'espère.

Le lendemain matin, Kitty et Liam arrivèrent à El Paso juste à temps pour le rendez-vous à la clinique. Tout comme Liam, elle fut soulagée d'apprendre qu'elle et le bébé se portaient bien, mais elle fut prise de court quand le médecin lui recommanda de ne plus prendre l'avion jusqu'à la naissance de l'enfant.

— Mais, docteur Talman, je veux accoucher ici !

Le praticien au visage rond et avenant lui tapota gentiment l'épaule.

— Si vous tenez absolument à accoucher à El Paso, vous devez y rester jusqu'à la délivrance. Cependant, compte tenu de vos activités, je doute que cette solution vous convienne.

Elle jeta un regard impuissant à Liam qui l'avait accompagnée dans la salle d'examen, puis au médecin.

— Non, en effet. J'ai de lourdes responsabilités en Californie.

— D'après mes calculs, le bébé devrait arriver durant les trois prochaines semaines. Et vous n'avez pas envie d'accoucher dans l'avion, n'est-ce pas ? J'ai donc appelé un excellent obstétricien à Los Angeles, et il a accepté de vous prendre comme patiente pendant les dernières semaines de votre grossesse. Il vous donnera des rendez-vous hebdomadaires jusqu'à la naissance du bébé. A partir de maintenant, si un problème survient, c'est lui qui s'en chargera. Mais bien sûr je reste à votre disposition si vous souhaitez me poser une question ou me demander un conseil.

Il griffonna quelque chose sur la couverture du dossier de Kitty, puis remit son stylo dans la poche de sa blouse.

— Et maintenant, avant que je parte, voulez-vous connaître le sexe du bébé, monsieur Donovan ? J'ai déjà proposé cette information à Kitty lors de ces précédentes visites, mais elle tient à avoir la surprise. Si vous savez garder un secret, je peux vous le murmurer à l'oreille.

Liam eut un grand sourire.

— Non, merci, docteur. Moi aussi, j'aime les surprises.

— Je n'ai plus qu'à vous souhaiter une bonne continuation, dit le médecin en leur serrant la main avant de partir.

Déçue par ce changement de programme inattendu, Kitty entreprit de se rhabiller. Dire qu'elle comptait revenir à Desert End durant la dernière semaine de sa grossesse pour avoir son bébé ici ! Chez elle ! Mais elle devait se montrer raisonnable, et puisque la date de son accouchement coïnciderait avec l'*American Oaks* elle préférait être en Californie. Tout de même, quelle barbe !

— Voilà tous mes beaux projets qui tombent à l'eau !

— Dans la vie, les choses se passent rarement comme prévu. Et les bébés arrivent quand ils en ressentent le besoin, et non quand on voudrait qu'ils soient là !

Relevant la tête, elle le contempla avec angoisse.

— Liam, je ne veux pas changer de médecin à une date aussi tardive. Et je ne veux pas avoir mon bébé en Californie. C'est un bébé texan. Il ou elle doit naître au Texas !

Souriant gentiment, il passa un bras autour de ses épaules et l'embrassa sur la joue.

— Kit, le bébé a été conçu au Texas. Il est donc un Texan à part entière, quel que soit son lieu de naissance.

Quelque peu rassérénée, elle se força à lui sourire.

— Tu comprends mon point de vue, n'est-ce pas ?

Il eut un sourire malicieux.

— Bien sûr. Et si tu veux rester ici, à El Paso, durant les trois prochaines semaines, j'appellerai Conall pour lui demander de me remplacer au centre d'entraînement.

— C'est hors de question ! s'exclama-t-elle vivement. Ta place est en Californie. J'ai besoin de toi là-bas ! Et je n'aurai pas une minute de repos tant que je ne serai pas à proximité des écuries pour être sûre que tout va bien avant…

Elle faillit dire l'*American Oaks*, mais se retint à temps. Liam pensait déjà qu'elle était obsédée par Black Dahlia et cette course. Elle ne voulait pas qu'il devienne plus soupçonneux et qu'il la presse de questions embarrassantes. Pour l'instant, la pouliche avait une sérieuse chance de gagner. Si c'était le cas, Liam n'apprendrait jamais le lourd fardeau que son père avait mis sur ses épaules.

— Avant l'arrivée du bébé, conclut-elle.

— Si c'est ainsi que tu vois les choses, tu n'as pas d'autre choix que d'accoucher en Californie, dit-il en l'aidant à descendre de la table d'examen.

— Tu n'y vois pas d'inconvénient ? Après tout, c'est aussi ton bébé.

— Du moment que tu continues à avoir un bon suivi médical et que tu es près de ton médecin quand tu entreras en travail, c'est tout ce qui m'importe, assura-t-il.

— Merci, Liam, fit-elle en souriant et en lui pressant la main. Si nous allions déjeuner ? Je meurs de faim.

Plus tard dans l'après-midi, tout en pilotant leur camion de location à travers le domaine de Desert End en direction de la maison, Liam s'interrogeait sur le brusque changement d'humeur de Kitty. Dès l'instant où ils avaient pénétré sur la propriété, elle était devenue silencieuse et perdue dans ses pensées. Quand elle ne contemplait pas les affleurements rocheux en contrebas des collines et les prairies émaillées de sauge, elle cillait et déglutissait avec peine, comme si elle tentait de refouler un flot d'émotions.

Elle lui parlait rarement de son ranch, mais d'après les commentaires qu'elle faisait de temps à autre il devinait qu'elle y était très attachée. Aujourd'hui, il avait cru qu'elle serait heureuse d'y retourner, mais elle semblait tout sauf joyeuse. Certes, il savait que le bouleversement hormonal influait sur l'humeur des femmes enceintes, mais dans le cas présent cela n'expliquait pas tout, et il se demandait avec inquiétude si sa tristesse avait un rapport avec lui.

— Le ranch est superbe, déclara-t-il en jetant un coup d'œil dans sa direction. Ça ne te fait pas plaisir de le revoir ?

Elle exhala un long soupir.

— Si, mais… ce n'est pas la même chose maintenant que papa n'est plus là.

— Je comprends, dit-il gentiment.

Apercevant un large espace sur le bas-côté du chemin de terre, il se gara et coupa le moteur.

Elle se redressa sur son siège et lui jeta un regard surpris.

— Pourquoi t'arrêtes-tu ici ?

Un sourire malicieux aux lèvres, il ouvrit la boîte à gants.

— Je comptais te faire un cadeau ce soir après le dîner, mais maintenant l'occasion me semble plus propice.

— Un cadeau ? Quand l'as-tu mis là ? s'exclama-t-elle, les yeux brillants.

— Je sais me montrer futé à l'occasion, dit-il en riant.

Récupérant un petit sac à rayures blanches et argentées, il en sortit un écrin plat en velours bleu qu'il lui tendit.

— J'espère que tu aimeras. Je ne… je n'ai pas l'habitude d'acheter des cadeaux, surtout pour une femme. Mais s'il ne te convient pas tu peux l'échanger pour autre chose.

Elle prit l'écrin et le contempla, l'air perplexe.

— Ce n'est pas mon anniversaire. Ni ma fête !

— Ça ne m'empêche pas de faire un cadeau à ma femme si j'en ai envie, n'est-ce pas ?

Hochant la tête, elle ouvrit lentement l'écrin qui révéla une broche représentant un cheval de course monté par un jockey. La pièce d'orfèvrerie était très ouvragée. Le cheval lui-même était serti de diamants tandis que son dossard noir était constitué de rangées de pierres en onyx. La casaque et la toque du jockey, marron et jaune, reproduisaient les couleurs de l'écurie du Desert End et, comble du raffinement, la casaque affichait un minuscule DE.

— A toutes fins utiles, les pierres marron et jaunes sont des topazes et des citrines.

— Oh ! Liam, c'est ravissant ! murmura-t-elle, visiblement émue. J'adore cette broche !

Soudain tout excitée, elle lui tendit l'écrin.

— Epingle-la sur moi, s'il te plaît.

Il eut un sourire indulgent.

— Là ? Tout de suite ? Tu ne préfères pas attendre d'être arrivée au ranch pour te regarder dans un miroir ?

— Non, maintenant ! insista-t-elle en riant.

Soulevant la broche de son lit de velours, il l'épingla sur son chemisier. Le petit pur-sang et son jockey étaient du plus bel effet sur le tissu bleu. Et le sourire de Kitty tandis qu'elle contemplait le résultat le transporta de joie. Lui faire plaisir le rendait heureux. C'était aussi simple que cela.

— Oh ! Liam, tu ne pouvais pas me faire un plus beau cadeau.

Se penchant en avant, elle noua ses bras autour de son cou et pressa sa joue contre la sienne.

— Mais je ne sais toujours pas pourquoi tu m'as offert ce superbe bijou.

— Eh bien, parce que… tu es ma femme, murmura-t-il en posant ses lèvres sur sa tempe.

Il émanait d'elle une douce sensualité, et tandis qu'il fourrageait dans sa chevelure soyeuse il sut avec certitude qu'il ne pourrait jamais retourner à sa vie d'avant, sans la présence de Kitty à ses côtés. Elle comblait les manques en lui. Et elle faisait de chaque journée un moment unique et spécial.

Il était incapable de lui dire ce qu'elle avait envie d'entendre — qu'il l'aimait. Peut-être parce qu'il était lâche et qu'il craignait qu'après avoir prononcé les mots fatidiques son bonheur ne lui soit de nouveau ravi. Il avait beau savoir que ces peurs étaient irraisonnées, elles étaient ancrées au tréfonds de son être. Restait à espérer que ce cadeau et sa présence assidue à ses côtés lui feraient comprendre à quel point elle était spéciale à ses yeux.

Ce soir-là, après un dîner délicieux servi par Coral, Kitty se retira dans sa chambre pour prendre un repos bien mérité avant le vol du retour, le lendemain matin. Puisqu'il était encore tôt, Liam décida de faire un tour aux écuries.

Il avait visité le haras à plusieurs reprises, quand Willard était encore de ce monde, et il avait toujours été impressionné par les installations du Desert End. Les chevaux étaient traités comme des rois, et les employés étaient aussi dévoués que ceux travaillant au Diamond D.

Après avoir fait le tour d'une des grandes écuries, il se dirigeait vers un bâtiment adjacent quand il croisa un homme âgé, à la chevelure blanche, aux traits rudes et à la peau tannée par le soleil. En reconnaissant Liam, l'homme se fendit d'un grand sourire.

— Monsieur Donovan ! C'est bon de vous voir au ranch, dit-il en serrant la main tendue de Liam.

— Bonjour, Oscar. Moi aussi, je suis heureux de vous voir. Comment ça se passe, ici ? Pas de problèmes particuliers ?

Bien que le ranch ait à sa tête un directeur général, Liam savait pertinemment qu'Oscar, directeur des écuries, était l'âme de ce ranch. Il occupait ce poste depuis des lustres et il le garderait sans doute jusqu'à sa mort.

Oscar se rembrunit.

— Je ne vous apprendrai rien en vous disant que la sécheresse a réduit drastiquement notre approvisionnement en foin. Je suppose que le problème est le même au Nouveau-Mexique.

— Oui, assura Liam. Heureusement, ma famille a fait installer un système d'irrigation pour nos champs de luzerne, et cela compense en partie l'absence de pluies.

Oscar désigna une rangée de seaux alignés le long du mur de l'écurie.

— Si vous avez une minute, nous pourrions nous asseoir.

Liam retourna un seau et s'en servit comme tabouret. Le vieil homme l'imita, et une fois installé il se pencha vers Liam, comme s'il voulait se décharger d'un lourd fardeau.

— A vrai dire, ce n'est pas mon problème de trouver du fourrage. Je ne suis pas le patron, ici.

— Ne vous sous-estimez pas, Oscar.

Le vieil homme haussa les épaules avec fatalisme.

— Une chose est sûre, monsieur Donovan, ça fait quarante

ans que je travaille ici, et ce sont les pires moments que traverse ce ranch.

Compatissant, Liam tapota l'épaule d'Oscar.

— La disparition de Will a été un coup dur pour tout le monde. Quand mon grand-père Donovan est mort, le ranch n'a plus été le même. Chacun essayait de vaquer à ses occupations comme si de rien n'était, mais le cœur n'y était pas. Heureusement, avec le temps, la vie reprend le dessus.

Il en était la preuve vivante, songea-t-il. Quand il avait perdu Felicia et le bébé, il avait eu le sentiment que le monde s'était arrêté. Il n'aurait jamais cru qu'il se remarierait un jour et qu'il attendrait un autre enfant. Et surtout il ne se serait jamais cru capable de connaître de nouveau le bonheur. Cette idée l'effrayait, mais il commençait à s'y habituer. Parce qu'il le fallait. Parce qu'il en était arrivé au stade où la vie sans Kitty n'était pas envisageable.

Oscar gratta la poussière avec la pointe de sa botte.

— Ne vous en déplaise, monsieur Donovan, la vie ne sera pas meilleure pour moi si je perds mon travail.

— De quoi parlez-vous ? s'exclama Liam, perplexe. Vous êtes une institution ici !

Puis, remarquant son air abattu, il demanda :

— Est-ce que quelqu'un vous cause des ennuis ou menace de vous licencier ? Si c'est le cas, j'en parlerai à Kitty. Elle réglera la situation.

Les lèvres pincées, Oscar détourna le regard vers le paddock où gambadaient des yearlings.

— Ne dérangez pas Miss Kitty. Elle a ses propres problèmes.

Déconcerté par cette réponse évasive, Liam fronça les sourcils.

— Je suis sûr qu'elle prendra le temps de résoudre le vôtre. Elle parle toujours de vous avec beaucoup de chaleur. Et elle est reconnaissante pour le travail que vous faites.

— Peut-être, monsieur Donovan, mais… (Il reporta un regard plein de détresse sur Liam.) Je suis censé ne rien dire à ce sujet. Seuls certains d'entre nous savent ce qui se passe au ranch. Et personne ne veut en parler. Mais une chose est sûre, nous sommes terrifiés. Pas seulement pour nous, mais aussi pour Miss Kitty. Elle aime tant cet endroit ! Comment réagira-t-elle si elle le perd ? C'est une honte, voilà tout ! (Il secoua la tête, l'air abattu.) Je n'aurais jamais cru que M. Cartwright puisse faire une chose pareille — surtout à sa propre fille. Elle s'est toujours montrée si gentille avec lui, elle l'aimait tellement ! Et voilà comment il la remercie ! Ça prouve qu'on ne connaît jamais vraiment les gens.

Abasourdi, Liam contemplait Oscar avec des yeux ronds.

— Je ne comprends pas. Qu'est-ce que c'est cette histoire à propos de Will et Kitty ? Pourquoi risque-t-elle de perdre son ranch ? Elle gagne des courses, et son écurie est plus florissante que jamais.

Et surtout elle ne lui avait parlé de rien, songea-t-il, mal à l'aise. Lui avait-elle caché quelque chose d'important ?

Le cerveau en ébullition, il attendit qu'Oscar s'explique.

— Nous savons tout cela. Nous nous tenons informés des résultats des courses. Et pour cause, c'est notre gagne-pain à nous aussi ! (Il jeta un regard perplexe à Liam.) Elle ne vous a jamais parlé du testament de son père ?

Il secoua la tête, dépité d'admettre que sa femme ne se confiait pas à lui.

— Desert End, c'est son affaire. Après la mort de Will, j'ai entendu dire que Kitty héritait de tout, sauf d'une certaine somme d'argent qui revenait à Owen. Et elle n'a jamais démenti ces informations.

— Ah bon…

Il se pinça l'arête du nez, visiblement embarrassé.

— Je n'aurais pas dû aborder ce sujet. Kitty ne veut pas que ça se sache pour que les employés ne s'inquiètent pas à propos de leur avenir, et sans doute aussi parce qu'elle est blessée par la décision de son père. Mais Owen n'a pas pu s'empêcher de vendre la mèche.

Bouillant d'impatience, Liam faillit secouer le vieil homme pour qu'il cesse de tourner autour du pot.

— Mais qu'a donc fait Willard ?

Oscar soupira et finit par s'expliquer :

— Son sort — et le nôtre — dépend de l'*American Oaks*. Kitty doit gagner cette course ou, au moins, prendre la deuxième place, sinon, le ranch reviendra à M. Owen. Et tout le monde sait ce qu'il en fera. Il le vendra si vite que la tête nous tournera. Un jour, il a parcouru les écuries, comme si l'endroit lui appartenait déjà, et il nous a conseillé de chercher du travail ailleurs. Parce qu'il ne donnera jamais à Miss Kitty l'occasion de lui racheter le ranch. Croyez-moi, c'est un homme vil et mesquin. Tout comme son père !

Liam était tellement effaré par cette nouvelle qu'il en avait la nausée. Kitty travaillant jusqu'à l'épuisement. Son obsession avec Black Dahlia et l'*American Oaks*. Ses instructions pour que la pouliche ne soit jamais laissée sans surveillance. Elle devait gagner la course au risque de perdre le ranch, les chevaux, tout ce que son père et elle avaient amassé ! C'était incroyable ! Elle avait porté, seule, ce lourd fardeau avec le bébé ! Oh ! Seigneur, pourquoi ne lui avait-elle rien dit ? Se défiait-elle de lui ? A moins que…

Soudain, une autre idée le frappa, et les propos de Kitty prirent une résonance particulière dans sa tête.

*Si le bébé arrive durant l'*American Oaks*, tu me remplaceras, n'est-ce pas ? Cette course est tellement importante pour moi. J'ai besoin de ton aide, Liam. Clayton ne possède pas ton expérience. Tu es le roi des hippodromes. Tu m'aideras avec Dahlia ?*

Tandis qu'il continuait de dévisager Oscar avec incrédulité, ces bribes de phrases tournaient et retournaient dans son esprit au point que sa tête menaçait d'exploser. Kitty se servait de lui. C'était l'évidence même. Willard, l'homme qu'il considérait comme un ami cher à son cœur, était en réalité un salaud. Et son fils, Owen, ne valait pas mieux. Oh ! Seigneur, dire que son bébé avait du sang Cartwright dans les veines ! Il était tellement ulcéré qu'il avait envie de hurler et de frapper quelqu'un.

— Je… l'ignorais, dit-il avec raideur avant de se lever de son siège improvisé. Mais j'ai du mal à croire que Willard ait pu faire une chose pareille. Il était mon ami. C'était quelqu'un de bien.

Se levant à son tour, Oscar lui lança un regard contrit.

— Tout le monde ici pensait la même chose. Hélas, il arrive qu'on se trompe sur le compte d'une personne.

Liam exhala un lourd soupir.

— Je vous remercie de votre franchise, Oscar. Je vais voir ce qu'il en est.

Liam s'était éloigné de quelques pas quand Oscar le rappela.

— Ne dites pas à Miss Kitty que c'est moi qui ai vendu la mèche. A coup sûr, elle me renverrait.

— C'est promis.

Mais il allait lui dire beaucoup d'autres choses, songea-t-il, ulcéré. Et pas plus tard que maintenant !

Sa courte sieste terminée, Kitty se passait un peu d'eau sur le visage quand elle entendit Liam pénétrer dans la chambre.

— Je suis dans la salle de bains, Liam, lança-t-elle.

Après s'être séché le visage, elle se retourna et l'aperçut dans l'encadrement de la porte, l'air bizarre, comme si on venait de lui assener un coup. En proie à un mauvais pressentiment, elle sentit son cœur s'affoler.

— Liam ? Que se passe-t-il ? demanda-t-elle en se hâtant vers lui. C'est à propos des chevaux ? De Black Dahlia ?

— Bien entendu, ta première pensée est pour ta pouliche ! ironisa-t-il, les traits durcis.

Elle stoppa net dans son élan et le contempla, l'air perplexe.

— Que signifie cette remarque sarcastique, Liam ?

— Je suis au courant à propos du testament de ton père.

Sentant ses jambes flageoler sous le choc de l'émotion, elle passa devant lui et se laissa tomber sur le bord du lit.

— Comment ? demanda-t-elle d'une voix morne. Owen ? Franchement, je suis surprise qu'il ait attendu tout ce temps pour t'en parler. Il ne voulait pas de ce mariage.

Les traits convulsés par la fureur, Liam s'avança vers elle.

— Ça, c'est le cadet de mes soucis !

Elle écarquilla les yeux, surprise et inquiète.

— Que veux-tu dire ?

— Que je ne peux pas faire confiance à ma femme ! hurla-t-il. Je pensais que tu m'avais épousé à cause du bébé ; parce que tu m'aimais. Mais tout cela est faux ! (Sa voix devint sourde et vindicative.) Tu m'as épousé parce que tu voulais un entraîneur à ton entière disposition pour te permettre de remporter l'*American Oaks* et te pavaner sur le rond de parade.

En proie à une colère froide, elle se leva d'un bond et foudroya Liam du regard.

— Faut-il que tu sois hypocrite et arrogant pour oser me dire une chose pareille ! Tu n'es pas le seul entraîneur performant de la ville ! Et pour ce qui est de l'amour — ne parle pas de ce que tu ne connais pas !

— Je te crois capable de tout pour conserver ce ranch, y compris de m'épouser ! siffla-t-il, écumant de rage.

Piquée au vif par cette terrible accusation, elle darda sur lui un regard glacial.

— Tu as le sentiment que je me sers de toi ? Et moi, que crois-tu que je ressente ? Tu m'as clairement dit depuis le début que tu m'épousais uniquement à cause du bébé. A tes yeux, je ne suis rien d'autre qu'une couveuse pour ton enfant ! Toi aussi, tu te sers de moi, Liam. Nous sommes donc quittes. Alors, soit tu en prends ton parti, soit tu sors de ma vie !

— C'est ton dernier mot ?

Sentant les larmes lui brûler les yeux, elle lui tourna le dos pour ne pas lui laisser voir sa détresse.

— Oui ! Toi et ce ranch, vous pouvez aller au diable !

De longues secondes s'écoulèrent, puis elle entendit la porte de la chambre s'ouvrir et se refermer. Quand elle tourna enfin la tête, Liam était parti.

Le visage caché dans ses mains, elle s'effondra sur le lit, le corps secoué de sanglots.

*
* *

Kitty ne savait pas où Liam avait passé la nuit, et au fond elle s'en moquait. S'il était plus soucieux de son ego que de la situation impossible dans laquelle elle se trouvait, elle n'avait pas besoin de lui.

Mais, en se retrouvant assise à ses côtés dans l'avion de retour, elle eut un mal fou à maîtriser ses émotions. En réalité, le vol fut un véritable supplice. Et, quand ils pénétrèrent enfin dans leur maison de Westchester, elle était épuisée, physiquement et nerveusement.

Cela ne l'empêcha pas de troquer sa robe contre un jean et un chemisier. Elle s'apprêtait à sortir quand Liam l'interpella.

— Où vas-tu ?

Elle fit volte-face.

— A l'écurie. Je veux m'assurer que tout s'est bien passé pendant mon absence.

— Tu as tellement hâte d'aller pleurer sur l'épaule de ton adjoint ? lança-t-il.

— Cette question ne mérite pas de réponse, dit-elle avec hauteur.

Il s'avança vers elle, et l'espace d'un instant, tandis qu'elle contemplait le beau visage de son mari, elle pria pour qu'un déclic se produise en lui, pour qu'il comprenne à quel point elle l'aimait et avait besoin de lui. Mais les miracles ne se produisaient pas sur commande.

— Je veux que tu restes ici et que tu oublies ces maudits chevaux, ordonna-t-il. S'il arrivait quelque chose à mon bébé...

— C'est aussi le mien, répliqua-t-elle vivement. Et cesse de me dire ce que je dois faire ! J'en ai assez que les hommes essaient de régenter ma vie. D'abord papa, ensuite Owen, et maintenant toi ! Je ne suis pas stupide, Liam. Je ne vais pas mettre la vie du bébé en danger. Et, si je suis aussi stressée, c'est à cause de *toi* et non de mon travail. Alors, tiens-le-toi pour dit !

Sur ce, elle fit claquer la porte derrière elle et se hâta vers son camion.

12

Trois semaines plus tard, un vendredi soir, la cloche annonçant le début de la première épreuve nocturne venait de retentir, mais Liam ne se trouvait pas à proximité de la piste pour assister à la course en tant qu'entraîneur ou simple spectateur. Il était encore en plein travail, au centre d'entraînement.

L'*American Oaks* avait lieu dans deux jours, et il essayait de ne pas penser à l'épée de Damoclès suspendue au-dessus de la tête de Kitty, ou au fait qu'elle était susceptible d'entrer en travail à tout moment. Après leur dispute au Desert End, elle l'avait pratiquement évincé de sa vie, et il ne pouvait guère l'en blâmer. Avec le recul, il se rendait compte qu'il s'était conduit comme le dernier des salauds en l'accusant de l'avoir épousé pour sauver son ranch.

Bon sang, il n'était pas en position de l'accuser de quoi que ce soit ! S'il lui avait proposé le mariage, c'était uniquement à cause du bébé. Mais au fil du temps leur couple était devenu à ses yeux bien plus qu'une simple famille « prête à l'emploi » dans l'intérêt du bébé. Et maintenant il ne savait pas comment s'y prendre pour se faire pardonner et se réconcilier avec Kitty. Si tant est que ce soit possible.

Il lui avait dit qu'il discuterait de leur mariage après la naissance du bébé, et depuis il n'avait plus abordé le sujet. Cependant, il redoutait que, le moment venu, elle ne demande le divorce. Ce qu'elle voulait, c'était l'amour. Le véritable amour.

N'est-ce pas précisément ce que tu désires, Liam ? Que Kitty t'aime de tout son cœur ? Mais tu es tellement terrifié que tu fuis la seule chose qui pourrait te rendre heureux.

Ou qui pourrait l'anéantir…

Chassant ces sombres pensées de son esprit, il sortit du box de Awesome Joe et se dirigea vers son bureau. A mi-chemin, il entendit quelqu'un le héler.

Regardant autour de lui, il aperçut un homme grand et brun qui se pressait à sa rencontre, et il éprouva un élan de joie mêlée de surprise en reconnaissant son frère.

— Conall ! Que fais-tu donc en Californie ?

Conall se mit à rire et, arrivé à sa hauteur, lui donna une chaleureuse accolade.

— J'ai entendu dire que mon frère avait besoin de quelqu'un pour lui dire comment s'occuper des chevaux. Alors, j'ai pensé que j'étais l'homme de la situation !

— Idiot ! répliqua Liam en s'esclaffant.

Il n'avait pas vu son frère aîné depuis la cérémonie de mariage au Desert End, et sa solide présence était comme un baume sur ses émotions à vif.

— Allons, donne-moi le vrai motif de ta visite. J'espère que tout le monde va bien à la maison.

— Oui, tout va pour le mieux. Vanessa a décidé que nous avions besoin de vacances, cet été. Et, comme toi et Kitty avez de belles courses prévues ce week-end, nous sommes venus ici pour passer du bon temps.

Conall n'avait jamais été du genre à s'amuser, du moins, jusqu'à ce qu'il épouse Vanessa, trois ans auparavant. Elle et les jumeaux avaient changé son existence pour le meilleur. Mais Conall était un homme courageux. Bien que malmené par la vie, il avait su saisir le bonheur quand il était passé à sa portée, contrairement à Liam.

Il regarda par-dessus l'épaule de son frère.

— Vanessa t'a accompagné ? Elle est à l'écurie ?

— Non. Je l'ai laissée au centre commercial avec les jumeaux. Elle voulait acheter des cadeaux pour Kitty et le bébé avant de venir vous voir.

Bien que la présence de son frère le comble de joie, cette visite familiale tombait au plus mauvais moment compte tenu de ses relations tendues avec Kitty. Et malgré ses efforts pour garder son sourire en place il peinait à y arriver.

Les sourcils froncés, Conall l'examina avec attention.

— Quelque chose ne va pas ? Kitty est souffrante ?

— Non, se hâta de répondre Liam. Sa dernière visite chez le médecin remonte à deux jours. Tout se déroule comme prévu. La tête du bébé est tournée vers le bas. Il ou elle ne devrait donc plus tarder à arriver.

— Tant mieux.

Conall posa affectueusement sa main sur l'épaule de Liam.

— Alors, pourquoi n'es-tu pas plus souriant ? Et n'essaie pas d'éluder ma question. Je me rends bien compte que quelque chose te tracasse.

Sachant qu'il ne pourrait pas faire illusion plus longtemps, il désigna du menton une extrémité de l'écurie.

— Allons dans mon bureau. Nous y serons plus tranquilles pour parler.

Cinq minutes plus tard, Conall était assis sur un petit canapé tandis que Liam remplissait deux tasses de café.

— Nous n'avons pas de projets bien arrêtés pour ce soir, déclara Conall, mais Vanessa espérait que vous pourriez vous joindre à nous pour dîner. A condition que vous puissiez supporter les jumeaux ! Ils se tiennent assez bien à table, mais ils sont de vrais moulins à paroles !

Vanessa était devenue de façon inopinée la maman de jumeaux nouveau-nés quand la mère biologique était décédée subitement et les avait laissés à ses bons soins. Et, comme Conall était devenu stérile à la suite d'une maladie infantile, l'adoption des jumeaux avait été un véritable miracle pour le couple. Si quelqu'un était capable de comprendre le profond désir d'enfant de Liam, c'était Conall.

Liam lui tendit une tasse, mais ne s'assit pas près de lui. Il était si nerveux qu'il tenait à peine en place.

— Nous serions ravis de revoir les jumeaux. Mais... je doute que Kitty ait envie d'un dîner en famille. En ce moment, elle est, hum, fâchée contre moi.

Conall lui jeta un regard pénétrant.

— Et ça te rend malade de l'admettre.

Liam fit la grimace.

— Evidemment ! Imagine que Vanessa ne supporte plus ta présence. Tu l'admettrais facilement ?

— Non, pas vraiment. Mais je reconnais qu'au début nous avons traversé des moments difficiles. Aucun couple n'y échappe. Et c'est stupide de ta part de vouloir faire croire que tout est rose entre vous.

Cessant d'arpenter la pièce, Liam s'assit sur un coin de son bureau.

— Tu es mon frère. J'ai toujours pu te parler à cœur ouvert.

Conall sirota une gorgée de café avant de lui adresser une grimace comique.

— En effet. Sinon, je n'aurais jamais su que mon ex-femme t'avait demandé de lui faire un enfant.

Liam exhala un grognement sourd.

— A quoi bon évoquer cette histoire sordide ? Elle remonte à plusieurs années. Et Nancy était atteinte de troubles mentaux. Il fallait que tu saches la vérité.

A l'époque, il avait été terriblement gêné de devoir dire à son frère que sa femme avait dépassé les bornes en lui faisant des propositions malhonnêtes. Mais Conall lui avait su gré de sa franchise et de sa loyauté. Et cette épreuve avait rapproché un peu plus les deux frères.

— C'est une des rares fois où tu t'es laissé aller à une confidence. Car la plupart du temps tu es la discrétion même. En attendant, ce jour-là, tu m'as rendu un fier service. Alors, à charge de revanche. Dis-moi ce qui ne va pas, et nous allons arranger ça.

Liam eut une moue désabusée.

— Malgré ta bonne volonté, je doute que tu puisses faire un miracle.

— Les choses vont donc si mal entre vous ? C'est difficile à croire. Toi et Kitty semblez tellement assortis !

— Moi aussi, je commençais à le croire. Mais j'ai tout gâché. Et maintenant la situation est un véritable imbroglio.

Conall le contempla, l'air perplexe.

— Je ne comprends pas. Pourquoi dis-tu : « Je commençais à le croire » ? Tu n'étais pas sûr de tes sentiments avant d'épouser Kitty ?

Liam sentit ses joues s'empourprer de honte.

— J'étais sûr de la désirer. Et de vouloir que notre bébé ait des parents mariés.

Le mélange de dégoût et d'incrédulité qu'il lut sur le visage de son frère accentua son malaise.

— Et l'amour dans tout ça ? Tu n'aimes donc pas Kitty ?

— Laisse-moi t'expliquer, insista Liam. Nous avons conçu ce bébé lors d'une aventure d'une nuit. En dehors de cette fois-là, il ne s'est jamais rien passé entre Kitty et moi.

Conall semblait tellement scandalisé que Liam, piqué au vif, ne put s'empêcher de riposter :

— Quoi ? Tu te crois si vertueux que tu t'arroges le droit de me juger parce que j'ai eu une relation sexuelle avec une femme ?

— Bon sang, Liam, je ne te juge pas ! Je me disais juste que tu n'étais pas le genre d'homme à avoir une aventure d'une nuit. Alors, n'essaie pas de me faire croire que tu as couché avec Kitty sans avoir des sentiments pour elle !

Serrant sa tasse entre ses deux mains, Liam repensa à cette nuit où le bébé avait été conçu. Avait-il ressenti plus que de la simple attirance physique envers Kitty ? A l'époque, il s'était dit qu'il ne s'agissait que d'une relation sexuelle sans lendemain, mais cette idée l'avait toujours mis mal à l'aise. Toutefois, il n'avait jamais eu le courage d'examiner la vraie nature de ses sentiments de peur d'y découvrir une trace d'amour.

Il exhala un profond soupir.

— Quand j'ai rencontré Kitty pour la première fois, elle n'avait que dix-sept ans. A l'époque, j'étais marié à Felicia et, pour moi, Kitty n'était rien d'autre que la fille de Willard. Puis

Felicia est morte, et durant des années l'idée de sortir avec une autre femme m'a paru obscène.

— Mais tu as commencé à remarquer Kitty, et quelque chose a changé, suggéra Conall.

Liam contempla le breuvage corsé dans sa tasse.

— Oui, admit-il, désemparé. Après cette fameuse nuit, je n'ai pas arrêté de penser à Kitty. Je n'avais qu'une envie : la revoir.

— Il me paraît évident que tu étais déjà amoureux d'elle.

Liam sentit le sang se retirer de son visage tandis que l'évidence s'imposait à lui. Avec quelle facilité Conall énonçait cette vérité alors que lui-même l'avait refoulée pendant des mois par crainte de voir tout son monde s'écrouler si jamais il prononçait ces mots fatidiques !

— Mais je ne veux pas tomber amoureux de Kitty !

— Pourquoi ? Parce que tu te sens coupable vis-à-vis de Felicia ?

Liam reporta son attention sur son frère.

— Non. Felicia était pragmatique. Elle aurait été la première à me conseiller de me remarier. Mais ce que je ressens pour Kitty... c'est tellement différent ! Ma relation avec Felicia était paisible et harmonieuse. En revanche, ce qui me pousse vers Kitty, c'est quelque chose de violent et de dévorant, au point que j'ai du mal à réfléchir correctement !

— Vanessa me fait exactement cet effet-là, même après trois ans de mariage, déclara Conall en riant. Et j'espère que cela durera jusqu'à ma mort. Que veux-tu, c'est ça l'amour !

— L'amour ! s'exclama Liam. J'ai aimé Felicia, et tu sais à quel point sa perte et celle du bébé m'ont anéanti. Je ne veux pas souffrir de nouveau le martyre et passer le reste de ma vie comme un mort-vivant. Si je perdais Kitty...

— Cesse de penser au pire, Liam ! l'interrompit Conall. Il est temps de te concentrer sur la vie. L'automne dernier, tu n'aurais jamais eu l'immense joie de remporter la *Breeder's Cup* si la peur de perdre t'avait empêché de présenter Kate's Kitten à ce championnat. C'est pareil pour l'amour et le mariage. Je suis convaincu que tu es amoureux de Kitty. Si tu ne mets pas tout en œuvre pour la reconquérir et la garder, alors, la partie est perdue d'avance.

Liam fourragea nerveusement dans ses cheveux.

— J'ai bien peur que ce ne soit le cas, avoua-t-il, confus. Elle pense que je l'ai épousée uniquement à cause du bébé. Et je n'ai jamais rien dit ni rien fait pour la détromper. Pire encore, il y a trois semaines de cela, j'ai appris par hasard que le testament de Willard contenait une clause stipulant que, si Kitty ne remportait pas l'*American Oaks*, Desert End reviendrait dans sa totalité à son frère Owen.

Conall le dévisagea, abasourdi.

— Je n'en reviens pas !

— Moi aussi, j'ai eu du mal à croire qu'il ait pu faire une chose pareille à sa fille. Mais il se trouve que c'est vrai. Et j'ai, hum, très mal réagi en l'apprenant. Surtout parce qu'elle ne m'en avait rien dit.

Conall secoua la tête, l'air compatissant.

— Pauvre Kitty ! Quelle énorme pression sur ses épaules. Elle doit être horriblement stressée. (Il contempla Liam, l'air soupçonneux.) Tu as dit que tu avais très mal réagi. Que veux-tu dire par là ?

Liam se redressa, mal à l'aise, et se remit à arpenter la pièce.

— Je l'ai accusée de m'avoir épousé pour que je l'aide à remporter l'*American Oaks* et conserver son ranch.

En voyant la grimace écœurée de son frère, il se sentit soudain plus bas que terre.

— J'espère qu'elle a dit que tu étais le dernier des salauds, maugréa-t-il.

— En substance, oui, soupira Liam. Et il est fort probable qu'après la naissance du bébé elle demande le divorce.

— Et tu ne souhaites pas qu'elle le fasse.

— Bien sûr que non ! Je ne veux pas la perdre, Conall. Et cela n'a rien à voir avec le bébé. Kitty est quelqu'un de loyal. Je suis certain qu'elle serait d'accord sur le principe d'une garde alternée. Mais j'ai besoin d'elle. Je me rends compte maintenant que je ne pourrais plus vivre sans elle.

— Dans ce cas, tu ferais mieux d'aller la trouver pour faire amende honorable.

La gorge de Liam était si serrée qu'il pouvait à peine parler.

— Même si je me traînais à ses genoux, ce ne serait pas suffisant pour la ramener à de meilleurs sentiments.

— Ce qui compte, c'est ce que tu lui diras.

Conall se leva et lui donna une bourrade amicale avant d'ajouter :

— Où est Kitty ? A la maison ?

A cette heure tardive, elle aurait dû être rentrée. Mais ces derniers temps elle restait à l'écurie de plus en plus tard. Sans doute pour l'éviter.

— Elle doit encore être ici. Elle ne me prévient pas chaque fois qu'elle rentre à la maison.

Conall fit la grimace.

— Dans ce cas, cours la retrouver.

Liam contempla son frère, le cœur rempli d'espoir et de crainte.

— Tu veux dire, maintenant ?

— Oui, tout de suite.

— Mais tu viens juste d'arriver, et…

Conall le prit par les épaules et le poussa vers la porte.

— Je compte rester ici plusieurs jours. Nous aurons donc d'autres occasions de nous retrouver tous ensemble. En famille.

— Oh ! mon Dieu, j'espère que tu dis vrai !

Une fois sur le seuil, il se retourna et serra Conall dans ses bras.

— Merci, grand frère.

— Va-t'en vite, ordonna Conall d'une voix émue.

Durant les trois dernières semaines, l'attitude froide et détachée de son mari avait rendu Kitty terriblement malheureuse, et elle avait préféré garder ses distances avec lui. Elle se rendait au centre d'entraînement par ses propres moyens et, une fois sur place, elle restait à l'extrémité de l'écurie où étaient hébergés ses chevaux, tandis que Liam restait à l'autre bout.

Il était clair que leur mariage était terminé. Elle ne comprenait pas pourquoi Liam attendait que le bébé soit né pour lui annoncer son intention de divorcer. Mais une chose était sûre, il ne voulait plus faire partie de sa vie.

Elle était même surprise qu'il reste dormir à la maison au lieu de se réfugier dans son bureau. C'était sans doute parce qu'elle était sur le point d'accoucher et qu'il ne voulait pas mettre en péril la vie du bébé. Elle lui était reconnaissante de se soucier autant de ce petit être et de l'aimer déjà de tout son cœur. Dommage qu'il ne ressente pas la même chose pour elle !

Elle soupira avec lassitude tout en se dirigeant à pas lents vers le box de Black Dahlia. A quoi bon continuer à aimer Liam ? Elle ferait mieux d'aller de l'avant et de trouver un homme capable de l'aimer en retour. Mais Liam était l'homme de sa vie, et elle ne voulait personne d'autre.

Maryann, un des lads de Kitty, était de garde à l'entrée du box de la pouliche. Assise sur une chaise de jardin, elle lisait un livre à la lueur d'une lampe de poche, les lumières principales s'étant éteintes depuis plus d'une heure. En la voyant, Kitty eut pitié d'elle.

— Maryann, allez faire une pause. Je resterai avec Dahlia.

La jeune fille rangea son livre dans un sac fourre-tout posé au pied de sa chaise.

— Vous êtes sûre, Miss Kitty ? Il est tard. Je vous croyais déjà partie.

— Ma journée de travail vient seulement de s'achever.

Et elle n'avait aucune envie de rentrer à la maison. C'était trop douloureux de vivre sous le même toit que Liam et de le sentir si éloigné d'elle.

— Allez vous détendre, ajouta-t-elle. Je vous appellerai quand je serai prête à partir.

A l'intérieur du box, elle trouva Black Dahlia allongée sur une épaisse couche de paille répandue sur le sol en ciment.

Pour ne pas la déranger, elle s'assit sur la litière fraîche à côté de la tête de la pouliche.

Tout en la caressant doucement, elle lui murmura :

— Tu es fatiguée, ma beauté. Je t'ai fait travailler très dur, ces temps-ci. Mais tu auras bientôt droit à un repos bien mérité, c'est promis.

La pouliche renâcla doucement, comme si elle comprenait ce que sa maîtresse lui disait. Et cette réaction fit naître un pâle sourire sur les lèvres de Kitty.

— Ce fut une longue et dure journée pour toutes les deux, poursuivit-elle. Surtout pour toi, d'ailleurs. Je veux que tu saches combien je suis fière de toi, ma Dahlia. Tu m'as donné tout ce que j'attendais de toi, et plus encore. Et dimanche, quand tu t'élanceras de la stalle de départ, je sais que tu courras avec tout ton cœur. Beaucoup de gens comptent sur toi. Des gens qui risquent de perdre leurs maisons et leurs emplois si tu ne gagnes pas. Mais ils t'aiment tous et ils savent que tu donneras le meilleur de toi-même. Et rappelle-toi que, quelle que soit l'issue de la course, je t'aimerai toujours autant.

Elle demeura silencieuse durant quelques instants, et bien que la pouliche ait les yeux clos le léger frémissement de ses oreilles indiquait qu'elle était éveillée et qu'elle écoutait sa voix.

— J'ignore ce qui nous attend après la course, ma Dahlia, reprit-elle en la caressant. Toi et moi, nous risquons de ne plus avoir de toit sur nos têtes. Et des gens malintentionnés pourraient essayer de te soustraire à moi.

Elle s'arrêta et déglutit avec peine tandis que de grosses larmes roulaient sur ses joues.

— Mais je ne les laisserai pas faire. Toi et les autres chevaux, vous êtes mes enfants. Je vous garderai par tous les moyens, parce que je vous aime tous.

Elle essuya ses larmes, puis contempla sa main à la faible lueur filtrant dans le box. Même dans la pénombre, son alliance étincelait, et elle la caressa doucement, de la même façon qu'elle avait coutume de caresser le visage de Liam. Quand tout allait bien entre eux…

— Certains diraient que je suis stupide de parler ainsi. Parce qu'ils ne comprennent pas ce que veut dire aimer. Comme Liam. J'ai essayé de lui dire et de lui montrer à quel point je l'aime. Mais ça ne signifie rien pour lui. Voilà ce qui arrive quand l'amour que l'on porte à quelqu'un n'est pas réciproque. Bientôt, je vais avoir son bébé, et j'en remercie le ciel. Il est mon rayon de soleil, tout comme toi. Liam m'a abandonnée, mais…

— Non, je ne t'ai pas abandonnée, Kitty. Je suis là. Je serai toujours là pour toi.

La voix de son mari la fit sursauter, et elle tourna vivement la tête, scrutant la pénombre.

— Mais… que fais-tu là ? demanda-t-elle, prise de court.

Il pénétra dans le box et referma la grille derrière lui.

— Au cas où tu te demanderais si j'ai écouté ce que tu viens de dire, je plaide coupable.

Elle devint rouge de confusion.

— Oh ! je ne m'étais pas rendu compte de ta présence.

Il s'avança vers elle et lui tendit les mains. Le cœur battant à tout rompre, elle s'en empara, et il l'aida à se relever.

Une fois debout, elle lissa sa chemise ample sur son ventre. Contre toute attente, ce soir, le bébé avait cessé de lui donner des coups de pied, comme s'il voulait qu'elle se repose. Du moins, jusqu'à maintenant, car elle ressentit un petit coup dans les côtes, juste au-dessous du cœur.

— Je devrais m'excuser pour t'avoir écoutée sans manifester ma présence. Mais je ne le ferai pas. Je suis trop heureux d'avoir appris ce que tu ressens au fond de ton cœur, Kitty.

Rejetant la tête en arrière, elle le contempla avec surprise.

— Pourquoi ?

Il s'avança plus près, et tandis que ses mains lui caressaient les cheveux elle résista à l'envie de se jeter dans ses bras.

— Parce que maintenant je comprends ce que tout cela signifie, ma chérie. Toi. Moi. Le bébé. Ton ranch et tes chevaux.

Avec un grognement sourd, il l'attira contre lui et enfouit son visage au creux de son cou.

— Oh ! Kitty, pardonne-moi. Je me suis montré si lâche !

Je croyais que je pouvais réussir à ne pas t'aimer. Mais c'est impossible. Je t'aime plus que tout au monde.

Elle s'écarta un peu pour contempler son visage, et ce qu'elle lut dans ses yeux la sidéra.

— Liam, je ne comprends pas. Tu m'as accusée de m'être servie de toi pour sauver mon ranch. Tu as dit aussi que tu n'aimerais plus jamais une autre femme…

— Je me suis trompé sur toute la ligne. En fait, cela fait plusieurs années que je me mens à moi-même.

Tout ce qu'il disait était presque trop beau, et malgré son envie de laisser éclater sa joie elle hésitait à ajouter foi à ce qu'elle entendait.

— Que veux-tu dire ?

— Eh bien, durant toutes ces années où je me persuadais que tu n'étais rien d'autre que la ravissante fille d'un ami, j'étais en train de tomber amoureux de toi. Et, la nuit où nous avons conçu le bébé, je savais au fond de mon cœur que je t'aimais. Mais tu as insisté pour que nous soyons désormais de simples amis. Je me suis donc efforcé de nier ce sentiment et j'ai fini par me convaincre que ton amitié me suffisait.

Elle secoua la tête, l'air contrit.

— Oh ! Liam, j'ai dit ça pour sauver la face ! Parce que je savais par papa que tu avais refusé de sortir avec moi. J'en ai alors conclu que ce que nous venions de vivre ce soir-là n'était pour toi qu'un banal acte sexuel dénué de sentiment.

— Ton père te l'a dit ? s'exclama-t-il, stupéfait.

— Oui. Un jour où nous nous disputions à propos d'un prétendant que papa voulait me voir épouser. Jugeant sans doute que je n'étais pas capable de me choisir un mari par moi-même, il m'en a proposé plusieurs. L'un d'eux s'est même présenté avec une bague de fiançailles. Et, quand je la lui ai jetée à la figure, papa a failli s'étouffer de colère. Comme il savait que j'avais de l'estime pour toi, il s'est fait un malin plaisir de me dire que Liam Donovan ne s'intéressait pas aux écervelées dans mon genre.

— Je ne l'aurais jamais cru aussi vindicatif !

— Il ne l'était pas, soupira-t-elle. Il était dominateur et voulait avoir la haute main sur moi. De la même façon qu'il cherchait à régenter la vie de ceux qu'il aimait. Je suppose que son testament est encore une façon de m'imposer sa volonté par-delà la tombe.

Il lui caressa la joue du bout des doigts.

— Quand ton père m'a proposé de sortir avec toi, je n'étais pas prêt à fréquenter une autre femme. La mort de Felicia était encore trop récente, et j'avais beaucoup de mal à surmonter cette épreuve. C'est pourquoi je lui ai dit que je n'étais pas intéressé. Mais par la suite j'ai commencé à te trouver de plus en plus attirante.

Baissant la tête, il égrena des baisers sur son front, ses joues et ses lèvres.

— Tu es ma femme depuis plusieurs mois déjà, reprit-il. Mais je veux que tu le sois dans tous les sens du terme. Je t'aime, Kitty. Je ne pourrais pas vivre sans toi.

Derrière elle, la pouliche commença à remuer. Quand elle tourna la tête, Dahlia s'était redressée. Et, comme si elle comprenait qu'il y avait urgence à intervenir, elle donna un petit coup de tête à Kitty et la poussa tout contre Liam.

Riant aux éclats, Kitty enlaça étroitement son mari.

— Dahlia me presse de te dire que moi non plus je ne pourrais pas vivre sans toi !

Riant à son tour, il embrassa longuement Kitty — un baiser qui balaya toutes ses craintes passées et la propulsa tout droit dans un avenir merveilleux aux côtés de l'homme qu'elle aimait de toute son âme.

— Kitty, à propos de cette clause dans le testament de ton père… Si Dahlia ne gagne pas, je…

— Elle gagnera. J'en ai l'intime conviction, dit-elle en mettant une main sur son cœur.

— Moi aussi, je crois en ses chances. Mais si jamais elle échouait je t'aiderais à conserver Desert End et tes chevaux. Même si je dois pour cela me battre avec Owen.

Debout sur la pointe des pieds, elle déposa un baiser sur les lèvres de Liam.

— Quoi qu'il arrive, je serai heureuse tant que je serai avec toi et le bébé. Nous pourrons toujours acheter un autre ranch et acquérir davantage de chevaux.

Dahlia hennit doucement, et ils se tournèrent vers elle.

— C'est entendu, ma beauté. Je m'arrangerai pour te garder.

— Dis-lui bonsoir, la pressa Liam. J'ai apporté quelque chose que je veux te donner.

Elle attendit d'avoir embrassé la pouliche et d'être sortie du box pour manifester sa curiosité.

— Qu'est-ce que c'est ? Tu viens juste de me donner un bijou d'une grande valeur !

— C'est totalement différent, assura-t-il en récupérant un objet plat posé sur la chaise qu'avait occupée Maryann. Je l'ai gardé durant toutes ces années, et j'espère que tu en feras un bon usage.

Il lui tendit le paquet, et en l'ouvrant elle découvrit un livre relié à la couverture bleu pâle. Tandis qu'elle le sortait de son écrin de papier de soie, il dit d'une voix émue :

— Ma mère m'a donné ce journal quand elle a su que Felicia était enceinte. Elle voulait que j'y retrace les premières années de mon enfant, pour que je puisse toujours revivre ces moments merveilleux. Et maintenant il te revient de droit.

Les larmes lui nouèrent la gorge, et pendant un long moment elle fut incapable de parler.

— Oh ! Liam, comme c'est touchant ! Je vous aime tant tous les deux, toi et le bébé !

— Rentrons à la maison, dit-il simplement.

Elle acquiesça et, après avoir soigneusement remis le journal dans son emballage, elle appela Maryann pour qu'elle reprenne son tour de garde.

Ils étaient sur le point de sortir du bâtiment quand elle se rendit compte qu'elle avait oublié son sac dans son bureau.

— Il faut que j'y retourne, Liam. J'ai besoin de mes clés et de mon portefeuille.

— Je vais y aller à ta place. Attends-moi ici. Je n'en aurai pas pour longtemps.

Elle hocha la tête, mais au moment où il s'éloignait elle ressentit une douleur si aiguë sur le côté qu'elle se plia en deux et hurla :

— Liam ! Reviens !

Se précipitant vers elle, il l'agrippa par le bras.

— Kitty ! Qu'est-ce qui ne va pas ? C'est le bébé ?

— Sûrement !

Sans plus attendre, il la souleva dans ses bras.

— Je dois te conduire tout de suite à l'hôpital, sinon notre bébé texan risque de naître dans une écurie !

13

Cinq heures plus tard, Liam tenait la main de sa femme pendant qu'elle donnait naissance à leur fils.

Le nouveau-né pesait environ trois kilos cinq cents grammes et il s'époumonait pendant que les infirmières le baignaient puis l'enveloppaient dans une minuscule couverture bleue.

— Il est en bonne santé, cela s'entend ! lança le médecin en finissant d'apporter ses soins à la jeune accouchée.

Heureux et soulagé, Liam se pencha pour déposer un baiser sur le front moite de sa femme.

— Nous avons un fils, ma chérie. Je te remercie pour ce merveilleux cadeau.

Des larmes débordèrent des yeux de Kitty, et tandis qu'il les essuyait doucement elle eut un petit rire las.

— Es-tu content que ce soit un garçon ?

— J'aurais été aussi ravi si ç'avait été une fille, assura-t-il.

Bien que le travail ait été relativement court, l'intensité des contractions l'avait épuisée, et en voyant ses beaux yeux bleus papillonner de sommeil il s'émerveillait de sa force de caractère et de son courage. Comme il était heureux d'avoir su conquérir le cœur de cette femme remarquable !

— Ce sera peut-être pour la prochaine fois, murmura-t-elle.

Riant tout bas, il lui caressa la joue.

— La prochaine fois ?

Un sourire ensommeillé releva les coins de sa bouche.

— Ce n'est qu'un début, mon chéri.

Liam lui déposait un baiser sur les lèvres quand une infirmière se matérialisa à côté de la table d'accouchement, le nouveau-né niché au creux de son bras.

— Nous devons le mettre en couveuse pour qu'il se réchauffe avant que vous puissiez le tenir dans vos bras. Mais je pensais que vous aimeriez le voir l'espace de quelques secondes, déclara-t-elle avec un sourire entendu.

Se plaçant de telle sorte que Kitty puisse aussi voir le bébé, elle écarta un coin de couverture couvrant son minuscule visage. Et, tandis que Liam examinait son petit nez, ses lèvres bien dessinées, ses paupières fripées et sa peau marbrée de rouge, il sut qu'il n'avait jamais rien vu de plus beau et de plus précieux.

Des larmes perlèrent à ses paupières, mais il ne fit rien pour les arrêter. Pendant toutes ces années, il avait cru que sa vie était finie. Mais, comme Kitty venait de le dire, c'était le commencement d'une nouvelle existence remplie d'amour.

— Oh ! j'ai de la chance. Il est le portrait craché de son papa, murmura Kitty.

Liam s'empourpra, et l'infirmière se mit à rire.

— Elle délire, lâcha-t-il, confus.

L'infirmière rabattit la couverture sur le visage du nouveau-né, et tout en poussant la porte battante avec l'épaule elle lui lança d'une voix malicieuse :

— Votre femme ne délire pas, monsieur Donovan. Elle est amoureuse.

Le dimanche après-midi, Liam ramena Kitty et le nourrisson à la maison. Puis, lui et Conall se rendirent aussitôt à l'hippodrome pour aider Clayton à préparer Black Dahlia en vue de l'*American Oaks*.

— J'admire ton calme, Kitty, déclara Vanessa en allumant la télévision et en sélectionnant la chaîne dédiée aux courses hippiques. Tu viens d'accoucher de ton premier bébé, et maintenant tu vas assister à la course de ta vie ! A ta place, je serais un paquet de nerfs !

Confortablement inclinée sur le canapé, Kitty contemplait, fascinée, le berceau blanc installé à portée de main. Le bébé était endormi, mais elle ne parvenait pas à détacher son regard du petit visage aux traits parfaitement dessinés. Ils avaient décidé de l'appeler Corey Arthur en souvenir du grand-père Donovan décédé quelques années auparavant, mais Liam lui avait déjà donné le surnom de Jock (sportif). Et bien que Kitty feigne de détester ce sobriquet elle se surprenait à appeler le bébé ainsi.

— Détrompe-toi, je suis morte de trac !

Effleurant du doigt la broche fétiche épinglée à son chemisier, elle sourit à sa belle-sœur.

— Je suis si heureuse que tu sois ici, avec moi, Vanessa ! Je n'ai pas l'habitude des bébés, encore moins des nouveau-nés. Et, puisque tu en as eu deux à la fois, tu dois être une véritable experte en la matière !

Vanessa se mit à rire de bon cœur.

— On n'est jamais expert en matière de bébés ou d'enfants. Ils sont tous différents. Notamment mes jumeaux. (Elle prit place dans un fauteuil capitonné, à côté de Kitty.) Je me demande comment Conall va se débrouiller avec eux à l'hippodrome. Surtout si Michael décide de courir d'un côté et Maria de l'autre ! Il va sûrement devoir faire appel à Liv et Edie avant la fin de l'après-midi.

— Liam a de la chance de les avoir dans son équipe, dit Kitty. Même quand le torchon brûlait entre Liam et moi, elles venaient me voir tous les jours pour me proposer leurs services.

— Le Diamond D a d'excellents employés, approuva Vanessa en souriant. Desert End aussi, je n'en doute pas. Toi et Liam comptez vous y installer à demeure ?

Kitty eut un petit rire nerveux.

— Nous n'en avons pas encore discuté. Et tout ce que je pourrais dire serait prématuré. Dans moins de deux heures, le ranch risque de ne plus m'appartenir.

Vanessa secoua la tête.

— Ne dis pas ça ! Conall a visionné le dernier entraînement de Black Dahlia. D'après lui, elle flottait littéralement au-dessus de la piste. Il est persuadé qu'elle va gagner.

Désireuse de faire diversion, Kitty contempla sa belle-sœur avec curiosité.

— Liam parle beaucoup plus de Conall que de ses autres frères et sœurs. Selon lui, ton mari est un cavalier émérite.

Souriant fièrement, Vanessa hocha la tête.

— En effet. Adolescent, il lui arrivait de disputer des courses comme jockey pour le compte de l'écurie familiale. L'entraînement des chevaux est son premier amour. Mais, comme il a fait des études commerciales, son père lui a demandé de prendre les rênes du ranch.

— Oh ! il doit se sentir comme un lion en cage.

— Parfois. Mais les choses vont changer. Son cousin Clancy a quitté le Kentucky pour venir s'installer au Nouveau-Mexique, et il va prendre la direction du ranch, ce qui permettra à Conall de seconder Liam.

— Oh ! c'est formidable !

— Oui. C'est une des raisons pour lesquelles Conall voulait venir ici ce week-end. Pour parler à Liam de ses nouveaux projets. (Elle se leva pour contempler son neveu.) Nous ignorions que nous arriverions juste à temps pour la naissance du petit Corey.

Kitty eut un pâle sourire.

— Je suis ravie d'avoir des membres de la famille autour de moi. J'aurais tant voulu…

Elle s'interrompit en se mordillant la lèvre.

— Que ton frère prenne des nouvelles de toi et du bébé ? demanda Vanessa, compréhensive.

Kitty soupira tristement.

— Liam l'a appelé pour lui annoncer la naissance de Corey, mais il s'est gardé de me dire comment mon frère a réagi.

A cet instant, la sonnette de la porte d'entrée retentit.

— Qui cela peut-il être ? Toutes les personnes de notre connaissance sont à l'hippodrome, en ce moment.

— Je vais voir, suggéra Vanessa.

Elle disparut dans la petite entrée et réapparut peu après, suivie d'Owen. Kitty eut une exclamation de surprise à la vue de son frère, les bras chargés de fleurs, de ballons et d'un gros ours en peluche.

— Owen ! Que fais-tu là ? s'écria-t-elle en se levant pour l'accueillir.

Il s'avança vers Kitty, et après lui avoir offert les fleurs il l'embrassa sur la joue.

— Quelle question ! Je suis venu voir ma sœur et mon neveu !

— J'aurais cru que tu serais plus intéressé par le résultat de la course, lança-t-elle, très émue.

Ignorant sa remarque, il déposa l'ours en peluche marron et blanc au pied du berceau et se pencha pour examiner le nourrisson.

Vanessa s'éclaircit la gorge.

— Si vous voulez bien m'excuser, je vais faire du café.

Kitty s'aperçut soudain que ses jambes tremblaient, et elle se laissa tomber sur le canapé en attendant le verdict de son frère.

— Il ressemble à Liam, fit-il. Toutes mes félicitations, petite sœur. (Il se redressa et se tourna vers elle.) Et, pour ce qui est de la course, je souhaite que tu gagnes, Kit.

Elle faillit lui rire au nez, mais en le regardant attentivement elle se rendit compte qu'il était sincère.

— Vraiment ? demanda-t-elle, abasourdie.

Un grand sourire aux lèvres, il ôta son Stetson et s'assit à ses pieds.

— Je m'installe là pour que tu puisses me donner un bon coup de pied dans les côtes, car je le mérite !

Elle secoua la tête, perplexe.

— Je n'y comprends rien, Owen ! Tu n'as jamais voulu...

Il leva une main pour l'empêcher de poursuivre.

— C'est difficile à comprendre, je sais. Et tu auras du mal à me croire et à me pardonner le chagrin que je t'ai causé. Mais tout est devenu clair dans ma tête, et je me rends compte à quel point je me suis fourvoyé.

— Quand ce revirement s'est-il produit ? demanda-t-elle, sceptique.

— Sans doute la dernière fois où nous nous sommes vus à Desert End. Tu m'as dit quelque chose qui m'a marqué, et depuis je n'ai pas cessé d'y penser.

— Et qu'est-ce que c'était ? Que tu étais aussi dominateur que papa ?

— Non. Même si j'admets que j'ai tendance à vouloir tout régenter.

— Juste un peu, finit-elle par dire, mal remise de sa surprise.

Il frotta ses paumes contre ses cuisses, visiblement nerveux. Ce constat la remplit de stupeur. Depuis l'époque où ils étaient enfants, elle l'avait toujours vu sûr de lui et de son bon droit, à la limite de l'arrogance. Quel contraste avec l'homme assis à ses pieds, humble et repentant !

Il détourna le regard et contempla la baie vitrée donnant sur le jardin de devant.

— Ce qui m'a frappé, dit-il d'une voix tendue, c'est quand tu m'as rétorqué que, contrairement à moi, tu ne me disais pas quel métier je devrais exercer. Il se trouve que j'adore mon métier de shérif. Et si tu critiquais mon choix j'en serais blessé. A force de tourner et retourner cette idée dans ma tête, j'ai fini par comprendre que je te faisais beaucoup de peine en dénigrant la carrière que tu avais choisie.

— En effet. Chacun a le droit de faire sa vie comme il l'entend, dit-elle, étonnée et émue qu'il fasse preuve d'autant de compréhension.

Il eut une moue contrite.

— Depuis la mort de papa, je me rends compte que je lui ressemble plus que je ne le voudrais. (Il reporta son regard sur elle, quêtant son indulgence.) Quand Liam m'a appelé pour m'annoncer la naissance du bébé, il s'est produit un déclic en moi. Je n'ai fait que penser à toutes ces semaines où j'ai coupé presque tout contact avec toi. Ç'aurait dû être une période très spéciale dans ta vie — et dans la mienne. Et je m'en veux terriblement d'avoir gâché ces instants.

— Tu n'as rien gâché, assura-t-elle gentiment. Cependant… j'ai un reproche à te faire. Dès que j'ai commencé à voyager avec papa, tu as pris tes distances avec moi, comme si tu m'en voulais d'être aussi proche de lui.

— C'est vrai, admit-il. Je me suis toujours senti exclu, notamment en raison de mon manque d'affinité avec les chevaux, alors que toi tu partageais tant de choses avec papa ! Et puis, après sa mort, j'ai cru que tu te rapprocherais de moi. Au lieu de ça, tu es partie en Californie pour ton travail et tu as épousé Liam. J'ai alors eu le sentiment que tu me tournais le dos et que tu m'excluais définitivement du cercle familial. J'en ai été si mortifié que je t'ai menacée de vendre le ranch dans l'espoir que tu reviendrais vers moi pour me supplier de t'aider.

— C'était égoïste et stupide de ta part, Owen, déclara-t-elle sévèrement. Je suis ta sœur, et je le serai toujours, quel que soit l'endroit où j'habite ou l'activité que j'exerce. Tu seras toujours le bienvenu chez moi, et j'espère être toujours la bienvenue chez toi. Quoi qu'il arrive, nous resterons proches l'un de l'autre.

— Oh ! Kit. Comme je suis soulagé de t'entendre parler ainsi ! J'avais si peur que tu me rejettes !

En voyant l'air malheureux de son frère, elle eut un élan de compassion et de tendresse envers lui.

— Ecoute, Owen, dit-elle en posant sa main sur son bras. J'aime toujours papa malgré le calvaire qu'il m'a fait endurer à cause de cette stupide clause dans son testament. Et je t'aime toujours malgré tes propos désobligeants. Comme je ne t'ai pas épargné non plus, je considère que nous sommes quittes. Alors, oublions tout et repartons d'un bon pied.

Il eut un sourire malicieux.

— Il faut que je fasse venir le médecin, Kit. Je crains que tu ne souffres d'un élargissement du cœur !

Souriant à travers ses larmes, elle lui tendit les bras.

— Viens ici, gros bêta !

Alors que le frère et la sœur s'étreignaient, Vanessa fit son entrée avec un plateau chargé de tasses de café et d'épaisses tranches de cake.

— On dirait que je tombe à pic, déclara-t-elle en souriant.

— En effet, approuva Kitty en riant.

Tard ce soir-là, la maison était remplie de monde — des membres de la famille et des amis venus faire la fête en dégustant des plats délicieux achetés à la hâte chez le traiteur et en portant de joyeux toasts avec leurs verres remplis de champagne frappé. L'*American Oaks* venait de se terminer, et le nom de Black Dahlia était désormais inscrit à côté de celui des autres pouliches ayant gagné la prestigieuse épreuve au cours des soixante-sept années précédentes.

La victoire incontestée de Dahlia, laquelle avait franchi la ligne d'arrivée avec deux longueurs d'avance sur sa plus proche rivale, avait semblé presque surréaliste à Kitty après l'énorme pression qu'elle avait subie durant ces derniers mois. L'espace de quelques secondes, elle avait fixé l'écran de télévision, en état de choc, alors même que le speaker hurlait d'une voix surexcitée le nom de Dahlia. Puis elle s'était mise à pleurer et à rire en même temps. Elle avait gagné ! Non seulement la course, mais aussi l'amour de son mari et le respect de son frère. Et, cerise sur le gâteau, elle avait l'immense bonheur d'avoir un beau bébé. Toute cette joie, c'était presque trop pour elle !

Maintenant, alors que la réception battait son plein, elle prenait quelques instants de repos dans sa chambre.

Elle contemplait avec émerveillement Corey Arthur niché au creux de son bras quand Liam pénétra dans la pièce. Il s'assit au bord du lit, et elle leva les yeux vers lui en souriant.

— La réception continue ? demanda-t-elle.

— Elle est partie pour durer toute la nuit ! Mais ne t'inquiète pas. Je leur suggérerai de la terminer au bar le plus proche, répondit-il.

— Oh ! Liam, je n'ai jamais été aussi heureuse !

Il redevint sérieux et se pencha pour l'embrasser sur les lèvres.

— Moi non plus, Kitty. Je nage dans le bonheur. Quelle merveilleuse équipe nous formons, n'est-ce pas ?

Elle enserra le visage de Liam dans ses paumes.

— La meilleure !

Il l'embrassa de nouveau et contempla le nourrisson.

— Mon bébé texan dort paisiblement. Dommage, j'aimerais tant le prendre dans mes bras.

— Je suis sûre qu'il adorerait sentir les bras robustes de son papa autour de lui, assura-t-elle.

Ravi, il s'empara délicatement du nourrisson endormi.

— Viens ici, petit Jock. Je vais te raconter comment on entraîne des pur-sang.

— Liam ! protesta-t-elle en riant. Notre fils ne se prénomme pas ainsi !

Il effleura du bout des doigts le crâne duveteux du bébé.

— Certes, mais c'est le nom qui me vient à l'esprit quand je le regarde.

— Si tu continues ainsi, il gardera ce surnom toute sa vie !

Il rit tout bas.

— Regarde comme il serre ses menottes. Il va devenir un solide gaillard comme l'était ton père. S'il ne veut pas qu'on l'appelle Jock, il le fera savoir haut et fort.

— En parlant de papa… Je me demande si, là où il est, il sait que j'ai fait le bon choix en t'épousant.

Liam la contempla, le regard débordant d'amour.

— Il te dirait sans doute d'attendre cinquante ans pour le savoir avec certitude.

Elle posa sa joue sur l'épaule de son mari.

— Même à ce moment-là, je serai encore prête à dire que j'ai fait le bon choix.

Six mois plus tard, en cette veille de Noël glaciale, la neige tombait dru. A l'intérieur du Diamond D, le personnel s'affairait pour les préparatifs, et les femmes de la famille revêtaient leurs habits de fête. Les enfants — ceux qui étaient en âge de comprendre que le Père Noël allait venir — avaient le nez collé aux carreaux dans l'espoir d'apercevoir son traîneau filant dans le ciel enneigé.

Liam, Kitty et leur bébé étaient venus du Texas pour participer aux réjouissances avec les autres membres du clan Donovan. Et, à la grande surprise de Kitty, Owen avait accepté de se joindre à eux. Il s'était même arrangé avec ses collègues de travail pour passer le jour de Noël en famille.

Depuis le fameux dimanche où Black Dahlia avait remporté l'*American Oaks*, la vie de Kitty avait changé, et chaque jour qui passait était une nouvelle et merveilleuse aventure. Jock, comme tout le monde l'appelait désormais, portait bien son surnom. C'était un petit bonhomme turbulent qui arborait fièrement deux nouvelles dents et rampait si vite qu'il aurait pu rivaliser avec la pouliche fétiche.

Compte tenu des succès engrangés par l'écurie du Diamond D sur la côte Ouest, Conall et Liam avaient décidé d'envoyer davantage de chevaux pour participer aux courses d'hiver. Elle et Liam faisaient donc souvent les allers-retours entre Desert End et Westchester. Mais cela faisait partie de leur métier. Et elle attendait avec impatience le moment où Conall et Vanessa les rejoindraient en Californie pour participer à la saison d'été.

Pour le moment, l'entraînement de ses propres chevaux l'occupait beaucoup. La plupart du temps, elle et Liam emmenaient Jock avec eux sur leurs lieux de travail. Quand elle devait rester à la maison avec le bébé, Clayton la remplaçait.

Etre une épouse, une mère et un entraîneur constituait un véritable exercice d'équilibriste — pour elle, comme pour toutes les femmes souhaitant mener de front une carrière et une vie de famille. Certes, elle connaissait des moments difficiles, mais pour rien au monde elle n'aurait voulu changer son mode d'existence.

— Kitty ! Où es-tu ?

La voix de Liam lui parvint depuis le palier du second étage par la porte entrouverte de leur chambre, et elle pivota sur son siège devant la coiffeuse pour lui répondre :

— Je suis là, Liam. J'essaie de me faire belle pour ce soir. Mais j'ai un mal fou à terminer car Jock ne cesse de ramper, à la recherche d'un objet à mâchouiller. Je l'ai déjà surpris en train de mordiller tes bottes. Nous ferions mieux de lui donner un os à ronger pour qu'il se fasse les dents ! ironisa-t-elle.

Riant aux éclats, Liam prit son fils dans ses bras et lui chatouilla le ventre. Tout en arrangeant ses cheveux, elle observait, amusée, l'échange ludique entre le père et le fils dans la glace de la coiffeuse quand elle remarqua une grande enveloppe coincée sous le bras de son mari.

— Qu'est-ce que c'est ? Les documents sanitaires pour le poulain alezan ? S'ils tardent à arriver, nous ne pourrons pas l'envoyer en Californie.

— Rassure-toi, ils sont déjà arrivés. Un coursier a apporté cette enveloppe pour toi, il y a cinq minutes. J'ai pensé que tu voudrais l'ouvrir tout de suite.

Calant le bébé sur un bras, il tendit le document à Kitty.

— L'expéditeur est ton avocat à El Paso.

— Vraiment ? Il n'a aucune raison de m'écrire, encore moins de m'envoyer sa lettre par coursier.

En proie à une sourde inquiétude, elle posa sa brosse et se hâta d'ouvrir l'enveloppe.

— Oh ! mon Dieu ! s'exclama-t-elle en lisant les premières lignes. C'est une lettre de papa !

— Willard ? Il s'agit peut-être d'une vieille lettre que ton avocat a retrouvée.

— C'est curieux. Elle a été écrite plusieurs mois avant sa mort, indiqua-t-elle en levant un regard perplexe vers son mari. Se savait-il gravement malade ?

— Difficile à dire. Il n'a jamais fait état de soucis de santé devant moi. Mais tu en sauras plus en lisant sa lettre.

Hochant la tête, elle commença à lire à voix haute :

« Ma chère Kitty,

» Comme j'ai demandé que cette lettre te soit remise le premier Noël après ma mort, je ne serai plus à tes côtés quand tu la liras, du moins physiquement parlant car, sois-en sûre, ma chérie, mon esprit t'accompagnera toujours.

» Au cours de ces derniers mois, tu as dû te demander pourquoi j'avais cherché à te déposséder de Desert End et de tes chers chevaux. Il est temps que tu apprennes la vérité. Il n'y a jamais eu le moindre risque que le ranch revienne à Owen ou à quelqu'un d'autre. Car j'avais ajouté un codicille à mon testament initial stipulant que, quoi qu'il arrive, Desert End resterait en ta possession.

» Quant à mes motivations, je savais qu'à ma mort tu devrais assumer une très lourde responsabilité, et je voulais être certain que le métier d'entraîneur était fait pour toi. Dieu sait qu'il est imprévisible, stressant et accaparant. Mais les récompenses sont incommensurables. J'espère que le défi que je t'ai lancé te l'a prouvé et que tu iras de l'avant en dirigeant Desert End et son haras d'une main de maître.

» Cette épreuve, je ne l'ai pas imposée uniquement à toi, ma chère fille, mais aussi à Owen. Décidera-t-il de soutenir les efforts de sa sœur ? Ou préférera-t-il la richesse à la famille et à la maison de son enfance ? J'espère de tout mon cœur que, durant les quelques mois précédant l'*American Oaks*, il apprendra ce qui est le plus important pour lui.

» Je n'ai pas été un père parfait, loin de là, et nous nous sommes souvent disputés au cours de toutes ces années, mais sache que mes motivations ont toujours été guidées par l'amour. Et maintenant, ma chère enfant, je te souhaite un Joyeux Noël. Et, chaque fois que tu te tiendras au bord de la piste et que tu entendras le martèlement des sabots, tu sauras que je suis près de toi, à écouter la même musique. »

Submergée par un flot d'émotion, Kitty leva un regard embué de larmes vers son mari.

— Oh ! Liam, mon père m'aimait vraiment !

Il lui sourit tendrement.

— Il t'a fait un merveilleux cadeau, ma chérie. Un cadeau que tu garderas toute ta vie.

Se levant, elle passa ses bras autour de son mari et du bébé.

— Tu as raison, dit-elle d'une voix étranglée. C'est grâce à lui que nous nous sommes rencontrés et que nous sommes tombés amoureux l'un de l'autre. Toi et le bébé, c'était le plus beau cadeau qu'il puisse me faire.

HEATHER MacALLISTER

Séduction secrète

éditions HARLEQUIN

Titre original : TALL, DARK & RECKLESS

Traduction française de AURE BOUCHARD

Prologue

AVEC LE « PLAN PIPER »,
TROUVEZ ENFIN L'HOMME IDÉAL !

Votre premier rendez-vous s'est bien passé, mais Il ne vous a pas rappelée ?

Vous enchaînez les premiers rendez-vous, sans jamais parvenir à en décrocher un deuxième ?

Vous craquez régulièrement pour des hommes qui ne vous méritent pas ? Et des hommes qui ne vous méritent pas craquent régulièrement pour vous ?

Si vous avez répondu par l'affirmative à au moins une de ces questions, alors le Plan Piper est fait pour vous !

Après avoir interviewé plus d'un millier d'hommes, Piper Scott, la célèbre blogueuse « Du premier rendez-vous à la bague au doigt », a recensé pour vous les types de personnalités masculines. Oyez, oyez, gentes dames ! Piper est prête à partager sa découverte avec vous ! La classification du Plan Piper vous permet de déterminer à quelle catégorie précise appartient votre homme, détaille son comportement amoureux, explique ce qui l'attire chez une femme, et expose la stratégie pour le séduire et, surtout, pour le garder ! Déterminez son profil, et vous saurez comment le conquérir !

Alors, prête à décrocher le gros lot ? N'attendez plus : téléchargez dès maintenant votre copie personnalisée du Plan Piper !

- 1 -

Etape n° 1 : Trouvez l'homme idéal

En temps normal, Piper ne se serait jamais laissé distraire par un regard, aussi bleu et séduisant soit-il. Pas plus que par une mâchoire forte, masculine et sculptée. Sauf qu'en l'occurrence les yeux en question étaient à demi fermés, et la mâchoire crispée. De douleur.

Quelques secondes plus tôt, Piper était arrivée devant l'entrée de l'immeuble d'OMG, le Online Media Group, en même temps que le propriétaire de ce regard azuré et de cette mâchoire carrée.

— Après vous, avait-il dit en lui tenant la porte d'entrée principale.

— Merci, avait-elle marmonné en cherchant le téléphone qui sonnait quelque part au fond de son sac à main.

La lanière de son sac n'avait alors rien trouvé de mieux que de glisser le long de son bras, pour s'emmêler avec celle de son fourre-tout. Piper avait dû se pencher pour les démêler quand le veston qu'elle venait de récupérer au pressing, emballé dans un film plastique et accroché par un cintre, lui avait échappé. Déséquilibrée, elle s'était relevée tant bien que mal, mais sa besace pleine à craquer avait heurté la jambe de l'inconnu au regard bleu.

Vaguement heurté. Rien en tout cas qui justifiait une telle grimace. Son sac était plein à craquer, certes, mais elle ne transportait pas des pierres...

Elle s'était machinalement excusée, mais cela n'avait manifestement pas suffi à l'homme au regard bleu azur.

— Je suis sincèrement désolée, ajouta-t-elle.

— Ce n'est rien, dit-il avec un sourire résigné.

Elle le dévisagea longuement. Pourquoi diable réagissait-il de façon aussi disproportionnée ? En baissant les yeux, elle s'aperçut qu'il se tenait la cuisse à deux mains.

Des mains très blanches. Un jean de marque. Des cuisses athlétiques, aussi sculpturales que sa mâchoire.

Mais elle se trouvait en pleine rue, à Austin. Elle devait arrêter de lorgner sur les cuisses musclées d'un inconnu. S'étant ressaisie, elle leva les yeux.

— Je n'avais pas l'impression de vous avoir cogné si fort, protesta-t-elle. Mon sac est bourré de vêtements, mais il n'est pas si lourd…

— J'ai senti un objet dur me cogner à un endroit sensible, expliqua-t-il en se redressant péniblement.

— Vous êtes certain ? Je n'ai pourtant rien de… Mais oui, j'y songe à présent : mon fer à lisser !

— Ça doit être ça, marmonna-t-il en lui ouvrant de nouveau la porte d'entrée de l'immeuble.

En passant devant lui, elle l'entendit distinctement haleter.

Pas difficile de deviner ce qui allait suivre. Une fois dans le hall, il allait lui refaire le coup de la cuisse douloureuse, pour l'inciter à s'excuser de nouveau, après quoi il enchaînerait avec un « Si vous voulez vraiment vous faire pardonner, laissez moi-vous offrir un verre », ou « Offrez-moi un verre ». Cet homme était trop beau, et semblait trop sûr de lui pour ne pas choisir de jouer les grands seigneurs.

Alors que le parquet du grand hall craquait sous leurs pas, elle se demanda à quel moment le bel inconnu allait tenter sa chance. Il ferait bien de se dépêcher car les locaux d'OMG n'étaient pas très grands : les publications du groupe ne paraissant qu'en format électronique, les journalistes n'avaient pas de bureaux sur place et vivaient disséminés aux quatre coins du pays. Elle-même ne venait que rarement, même si elle habitait tout près.

Situés sur le campus de l'université du Texas, dans un ancien dortoir, les locaux d'OMG abritaient une vaste salle de conférences au rez-de-chaussée, et des bureaux à l'étage.

Pour l'heure, le rez-de-chaussée était désert, mais dans moins de trente minutes la salle de réunion se remplirait pour le conseil d'administration trimestriel. Et elle serait assise à côté de Dancie, son ancienne colocataire à la fac et actuelle « supérieure hiérarchique » chez OMG. Mais avant tout amie fidèle. Meilleure amie, même. Une amie qui avait besoin de son soutien, même si elle rechignait à l'admettre.

En attendant, l'homme au regard azuré boitillait à côté d'elle. Oui, il boitait ! Non mais quel comédien…

Un petit sourire aux lèvres, elle voulut réitérer ses excuses comme il devait s'y attendre. Sauf qu'il bifurqua pour se diriger vers l'ascenseur. Sans le moindre regard enjôleur, sans la moindre parole charmeuse.

Hésitante, elle posa le pied sur la première marche de l'escalier, tout en le guettant du coin de l'œil. Il pressa le bouton d'appel, puis attendit calmement. Sans l'ombre d'un regard pour elle.

Bon sang ! Se serait-elle donc trompée ? Elle aurait pourtant juré qu'il s'apprêtait à lui faire un grand numéro de séduction. A moins qu'il ne se soit lui-même imaginé qu'elle allait chercher à le séduire.

En tout état de cause, elle ne savait plus trop que penser. Ce qui était assez rare pour être noté, d'ailleurs. N'était-elle pas censée tout savoir des hommes ? N'en avait-elle pas fait son métier ? En tant qu'« experte en rendez-vous galants réussis », elle conseillait des centaines d'hommes et de femmes en matière de séduction. Elle avait interviewé mille treize hommes exactement pour rédiger le très sérieux et exhaustif *PLAN PIPER : Comment trouver (et garder) votre homme idéal*.

Si bien qu'après une telle expérience elle n'attendait, à titre personnel, plus rien de la gent masculine : les hommes avaient cessé de la surprendre. Voire ils l'ennuyaient.

Prenez ce spécimen au regard bleu azur, par exemple.

Beaucoup trop prévisible. Le genre sur lequel toutes les femmes se retournent dans la rue : chevelure épaisse et noire, longs cils bruns recourbés, regard d'un bleu infini... Sans doute avait-il aussi un sourire ravageur, bien qu'il n'ait pas daigné l'en gratifier.

Le représentant typique de la catégorie « alpha-alpha » : confiant, apprécié par ses pairs, exerçant un leadership naturel. En règle générale, elle fuyait ce genre d'homme.

En règle générale.

Elle avait eu le temps de le voir appuyer sur le bouton du sous-sol de l'immeuble, qui accueillait les locaux du webzine *Men of Texas*, dirigé par Travis, le frère jumeau de Dancie. Sans doute l'inconnu aux yeux azur était-il un ami de Travis. Il était du même genre que lui, en tout cas : beau, sûr de lui, charismatique.

En revanche, pourquoi un homme pareil utiliserait-il l'ascenseur pour ne descendre que d'un seul étage ? Peut-être n'avait-il pas boité pour s'attirer sa sympathie, après tout. Aurait-il un vrai problème de santé ? A moins qu'il n'ait plutôt cherché à écourter son face-à-face avec elle. Allez savoir.

Pour la première fois depuis longtemps, elle n'était pas sûre d'interpréter le comportement d'un homme comme il le fallait. Ce qui était embêtant pour une femme censée maîtriser toutes les subtilités de la gent masculine. D'autant qu'elle devait faire preuve d'un minimum de confiance en elle pour la réunion d'aujourd'hui.

Car, pour la première fois depuis la création d'OMG, Dancie avait l'occasion d'être nommée associée, au même titre que son père et son frère — ce qui aurait déjà dû être le cas depuis longtemps. Quoi qu'il en soit, Piper était déterminée à faire tout son possible pour aider son amie à parvenir à ses fins.

Elle aurait alors remboursé sa dette envers Dancie. Et elle pourrait enfin tourner cette page de sa vie, l'esprit tranquille.

* *
*

Mark écoutait le grincement de l'ascenseur qui arrivait au rez-de-chaussée. *Dépêche-toi, sale machine !* Sa douleur à la jambe devenait lancinante et, contre toute attente, il n'entendait pas la jeune femme monter l'escalier.

Sans doute avait-il un peu trop forcé lors de la séance de rééducation d'hier, mais il tenait à prouver à Travis — et à lui-même — qu'il avait recouvré cent pour cent de ses capacités. Et la dernière chose dont il avait besoin aujourd'hui, c'était d'attirer l'attention sur sa jambe.

Pour l'heure, la jeune femme l'observait du coin de l'œil, preuve qu'il n'avait pas assez dissimulé sa douleur. Comme lui, elle venait probablement assister au conseil d'administration d'OMG. Sans doute une employée de la sœur de Travis, puisqu'elle se dirigeait vers l'étage.

Dépêche-toi, maudit ascenseur ! Il sauterait dans la cabine dès l'ouverture des portes. *Et toi, ma jolie, monte donc cet escalier !*

Sans doute l'avait-elle reconnu. Voilà pourquoi il avait hésité à répondre à son sourire avenant. C'était peut-être l'une de ses fans, à moins — encore pire — qu'elle ne soit l'une de ses étudiantes du cours de journalisme appliqué.

Il se crispa, comme lorsqu'il forçait un peu trop lors de ses exercices de rééducation. Bon sang, pourquoi avait-il aussi mal ? Elle ne lui avait quand même pas luxé le genou en le heurtant, tout à l'heure. En tout cas, elle avait touché un point sensible.

Lorsque l'ascenseur s'ouvrit enfin, il s'y engouffra en s'efforçant de conserver un air détaché, mais dut s'accrocher à la barre latérale sous l'effet de la douleur. Sa jambe tremblait comme jamais.

Zut, zut et zut ! Si cela continuait, il ne pourrait faire l'économie d'un comprimé antidouleur. Exactement ce qu'il voulait éviter. Car il devait garder l'esprit clair pour cette réunion. Le moment était venu de convaincre le père de Travis qu'il était prêt à retourner sur le terrain depuis son arrêt forcé. Les sujets de reportage ne manquaient pas. Notamment sur la frontière avec le Mexique. Il avait un papier à terminer, et un passeur de drogue à coincer. Ainsi qu'une promesse à tenir.

Dès que la porte de l'ascenseur se fut refermée, il toucha le point sensible sur son genou. Il avait perdu une part de sa musculature. Impossible d'envisager bientôt la reprise de l'entraînement de basket…

Le temps de la descente au sous-sol, la douleur s'apaisa un peu, et il pénétra dans les locaux de *Men of Texas* d'un pas léger et faussement nonchalant. La demi-douzaine de journalistes qui travaillaient là passaient leurs journées à s'échanger des trucs de mecs, à faire des trucs de mecs, et à rédiger des trucs et astuces pour les mecs. Notamment en matière de conquêtes féminines. Lui-même n'aurait jamais pu supporter de travailler dans une telle ambiance, mais le webzine de Travis Pollard était très lu. Son ami avait réussi à transformer un simple blog d'étudiant en un organe de presse très rentable pour OMG.

Men of Texas publiait les récits d'investigation de Mark. Ses articles contenaient tous les ingrédients qui faisaient vendre : glamour, aventure, danger, suspense… Et jolies femmes, bien entendu.

Il y avait pire comme gagne-pain.

Il posa sa veste sur la paire de cornes de taureau qui faisait office de patère et se dirigea vers la machine à café.

— Mark ! Mon Marko ! s'écria Travis en se précipitant vers lui. Ma vedette, mon super-héros !

Pourquoi avait-il l'impression que Travis en faisait trop ?

— Travis…

— Sincèrement, mon pote, quel plaisir de te revoir ici !

— Merci, mon vieux, j'avais compris.

Travis se frotta le bout du nez.

— Tu n'imagines pas combien tes articles nous manquent, depuis deux trimestres. Donner des cours à l'université et se remettre d'un coup de feu, c'est quand même moins glamour que de se faire tuer pour de vrai !

Mark s'aperçut que la vieille machine à café avait été remplacée par une machine à espressos dernier cri.

— L'essentiel, poursuivit Travis d'une voix chaleureuse, c'est que tu sois de retour. Figure-toi que ma sœur a profité de ton absence pour exploser mon chiffre d'affaires.

— Vraiment ? Comment s'y est-elle pris ?

— Elle a engagé une espèce de spécialiste en relations hommes-femmes. Du coup, son site est pris d'assaut par toutes les nanas du pays. Au moins, toi, avec tes articles, tu sais attirer les lecteurs et les lectrices, ajouta Travis en pinçant la joue de Mark. Heureusement que ces salauds t'ont tiré dans la jambe, et pas dans ta belle gueule !

— Tu insinues que je n'ai aucun talent et que mes lecteurs ne viennent sur le site que pour voir la photo en médaillon de mes articles ?

— Evidemment que non ! Mais tu fais partie des rares qui ont tout : la belle gueule et le cerveau. Et je suis ravi que tu acceptes de t'en servir pour *Men of Texas*.

Travis n'était pas mal non plus dans son genre, mais un truc clochait. Il ne l'avait pas regardé une seule fois dans les yeux depuis son arrivée. Autrement dit, il lui cachait quelque chose.

Quelque chose qui risquait de lui ôter toute envie de reprendre au plus vite le travail.

— Et si tu me disais plutôt ce qui ne va pas ? demanda-t-il tout de go, alors que Travis lançait une balle de tennis contre le mur, pour masquer sa nervosité.

— Les résultats de Dancie et de son *Women's Guide* sont meilleurs que ceux de *Men of Texas*, répondit-il en lâchant aussitôt sa balle. Même quand tu étais là. Sauf bien sûr quand on a publié la série d'articles relatant comment tu t'es sauvé des griffes de tes ravisseurs.

Tout ce à quoi Mark aspirait désormais, c'était revenir à sa vie d'avant. Prendre des gens en filature, s'immerger entièrement dans la culture, le milieu qu'il étudiait… Il ne supportait plus d'affronter, trois jours par semaine, les yeux rêveurs de ses étudiants en journalisme. Sans parler des cohortes d'étudiantes qui traînaient après chaque cours, sous prétexte de questions relatives à la pratique journalistique, mais en fait avec l'espoir de se faire remarquer et, peut-être, d'avoir une aventure.

— Alors comme ça ta sœur a lancé une rubrique aussi populaire que la mienne. Je suis censé me réjouir ?

— Je savais que tu réagirais mal. C'est pour ça que je ne voulais pas t'en parler tout de suite. Mais tu n'as pas à t'inquiéter des résultats trimestriels qui seront annoncés aujourd'hui, poursuivit Travis en se raclant la gorge. Quand tu auras repris ta place parmi nous, tout redeviendra comme avant.

Alors qu'il n'était pas inquiet en arrivant, Mark fut soudain saisi d'appréhension.

— Si je t'ai demandé d'être autour de la table aujourd'hui, c'est histoire de rappeler à mon père que tu es une pièce maîtresse de *Men of Texas*, reprit Travis.

— Il est tout de même assez peu fréquent qu'un simple journaliste assiste aux conseils d'administration.

— Cela peut arriver, lorsqu'on recrute quelqu'un de prometteur par exemple, ou si l'on envisage des changements dans l'organisation, marmonna Travis en se dirigeant vers la machine à café. Je te sers un petit café ?

Mark hocha aussitôt la tête.

— Si je te comprends bien, je dois m'attendre à des changements...

Travis mit deux espressos en route.

— Honnêtement, je n'en sais rien. Tout va dépendre de Dancie. Pour la première fois depuis la création d'OMG, elle est en position de force. Et j'ignore ce que cela peut donner.

Si Travis lui avait demandé d'assister au conseil d'administration d'aujourd'hui, peut-être Dancie avait-elle fait de même avec sa chroniqueuse vedette. Mark repensa soudain à la jeune femme qui l'avait bousculé à l'entrée de l'immeuble. Il tenta de se remémorer son visage, mais ne se souvint que d'une grosse paire de lunettes, d'une chevelure blond foncé et d'une silhouette frêle, encombrée de trois ou quatre sacs en bandoulière. A vrai dire, il avait été trop absorbé par sa douleur au genou et par son souci de la dissimuler pour prêter vraiment attention à la jeune femme.

— Comment s'appelle la journaliste vedette de ta sœur ?

— Tu n'as encore jamais entendu parlé des rubriques de Piper Scott, l'« experte en rendez-vous galants réussis » ? s'étonna Travis en lui tendant une tasse fumante. C'est une sorte de spécialiste autoproclamée en psychologie masculine. Elle a élaboré une pseudo-grille de personnalité en rangeant les hommes dans des catégories prédéfinies.

Perplexe, Mark secoua la tête.

— Tu crois qu'elle assistera au conseil d'aujourd'hui ?

— Si Dancie est intelligente, Piper sera présente, vu qu'elle vit à Austin. Elles étaient colocataires pendant leurs études.

A ces mots, Mark eut un drôle de pressentiment.

— A quoi ressemble cette Piper ?

— Taille moyenne, bien fichue, même si elle ne se met pas vraiment en valeur.

Il chercha à se souvenir de l'inconnue, mais il se rappelait surtout sa voix. Douce et engageante. Une jolie voix, à bien y réfléchir.

— Elle est assez réservée, poursuivit Travis avec un demi-sourire. Pas vraiment du genre fêtarde.

— Je vois. Je crois que je l'ai croisée, en arrivant ici.

— C'est probable, approuva Travis en s'appuyant contre son bureau. Ecoute, Mark, avec ces résultats faramineux, Dancie risque de faire des pieds et des mains pour être nommée associée de plein droit.

Il appréciait la franchise de Travis. *Men of Texas* avait perdu beaucoup d'argent depuis six mois qu'il était dans l'incapacité de mener ses enquêtes de terrain. Travis semblait donc d'accord pour avancer la date de sa reprise. Ce qui était plutôt positif, au final.

Ils sirotèrent leur café en silence.

— Ta sœur n'a pas les compétences pour être associée ?

A vrai dire, il ne comprenait pas pourquoi elle n'avait pas eu ce statut dès la fondation d'OMG, mais il avait toujours préféré ne pas se mêler de leurs histoires de famille.

— Possible qu'elle soit compétente aujourd'hui. Mais au bout du compte elle se mariera, fera des enfants et se retirera des affaires, tout en continuant à percevoir un tiers des bénéfices. Papa deviendra un grand-père gâteux, prendra sa retraite, et à l'arrivée je me retrouverai seul à gérer OMG, mais pour seulement un tiers du chiffre d'affaires.

— Tu ne crois pas que ta vision est un peu…

— Machiste ? suggéra Travis avec son franc-parler habituel. Oublions un peu le politiquement correct : tu sais bien que j'ai raison. Dancie et moi avons grandi auprès d'une mère dévouée à son mari et ses enfants. Et, quand j'aurai la chance de devenir père, je tiens à donner à mes enfants une maman à plein temps. Connaissant ma sœur, je sais qu'elle ne confiera pas l'éducation de ses enfants à une nourrice.

— Certaines mères, elles, n'ont pas le choix, objecta-t-il en regardant Travis dans les yeux.

Celui-ci se redressa brusquement, et changea d'expression.

— Excuse-moi, mon vieux. J'avais oublié que ta mère avait fait carrière dans l'armée. Ça n'a pas dû être facile pour toi, mais je suis sûr qu'elle a toujours fait de son mieux.

Poings serrés, il en oubliait presque son genou endolori.

— Si je suis ton raisonnement, tu considères donc que ta sœur ne mérite pas d'être nommée associée parce qu'elle risque d'avoir des enfants ?

— Ce qui me fait surtout peur, c'est de me retrouver avec plus de responsabilités sur le dos pour gagner moins d'argent à l'arrivée. Si Dancie entre au capital d'OMG, cela signifiera moins de fonds opérationnels pour *Men of Texas*. Et donc, par ricochet, pour le financement de tes petites expéditions…

Mark manqua de s'étrangler avec son café, mais il se garda de répondre à cette provocation. Lors de ces « petites expéditions », il lui était arrivé de mettre au jour des systèmes de corruption empoisonnant des Etats entiers, dont les populations étaient malmenées et terrorisées. Il avait dénoncé des chefs tribaux, des gangs mafieux. Toutes ces « petites expéditions » avaient un coût, certes, mais elles avaient aussi sauvé des vies. Et même contribué à pacifier certaines zones gangrenées par la guerre. Ses récits d'infiltration dans les milieux les plus dangereux de la planète nourrissaient *Men of Texas* par les revenus publicitaires que la revue en tirait, et finançaient en partie ses « petites expéditions » futures.

Bien sûr, les plus grands journaux nationaux le bombardaient de propositions, mais il était un électron libre et tenait à la marge de manœuvre que lui laissait OMG. Ayant l'entière confiance de Travis et de son père, il n'avait pas de comptes à rendre à un rédacteur en chef : tant qu'il rapportait des histoires palpitantes, il gardait carte blanche.

Certes, il leur arrivait de désapprouver certaines de ses méthodes, peu orthodoxes, mais grâce à elles Mark obtenait des informations que les plus grands médias n'avaient jamais réussi à décrocher.

— En résumé, reprit Travis, nous devons tout faire pour te permettre de reprendre au plus vite ta place parmi nous.

Sur ce point, au moins, ils étaient d'accord.

— Ma rééducation se déroule à merveille, affirma-t-il pour abonder dans le sens de Travis, en dépit de la douleur lancinante dans son genou. D'ici à la fin du semestre, je serai prêt à reprendre la route.

On était fin octobre, il lui restait deux mois de rééducation intensive avant de retrouver le plein usage de sa jambe.

— Parfait ! s'exclama Travis en claquant des mains. Tu as déjà des idées de sujets ?

— Ça fait longtemps que je n'ai rien sorti, répondit-il en soutenant le regard de son ami. Pour mon retour, je rêve d'un véritable coup d'éclat.

— Continue, tu m'intéresses.

— Burayd al-Munzir, lâcha-t-il en se redressant.

Travis le dévisagea d'un air perplexe.

— Le demi-frère de Fatik al-Munzir, ajouta Mark. La mère de Burayd est originaire d'un clan tribal très influent au El

Bahar. Et ce clan n'a jamais accepté qu'elle soit seulement la troisième épouse de son mari, quand l'accord de mariage lui octroyait le premier rang. Et il soutient donc désormais Burayd dans le conflit qui l'oppose à Fatik, concernant l'une des plus grosses réserves de pétrole située en zone tribale. Chacun des frères aimerait traiter avec les Américains, mais personne dans notre pays n'acceptera Burayd comme interlocuteur. C'est un sujet de longue haleine, je sais, mais qui en vaut la peine.

Et surtout il lui permettrait de séjourner dans des villes dotées d'une assez bonne infrastructure, plutôt que de s'aventurer dans de périlleuses zones montagneuses.

— Ça m'a l'air très prometteur, dit Travis. Mais il nous faudra un retour sur investissement assez rapide.

— Certains sujets valent plus que de simples ressources publicitaires, rétorqua Mark, un brin agacé.

Travis se tourna vers lui avec un large sourire.

— Mark, j'adore ta façon si désintéressée de concevoir ton métier, mais je me dois de te rappeler que c'est grâce à cet argent que je paie tes billets d'avion pour partir sur le terrain, rémunère tes intermédiaires et affrète des missions de sauvetage pour te récupérer, quand tu es pris en otage. Sans parler des frais médicaux occasionnés par les blessures que tu as reçues lors de ta dernière mission…

— Mouais, grogna-t-il en s'efforçant d'oublier son genou qui s'élançait. Alors je pourrais peut-être retourner à la frontière mexicaine, pour y boucler mon sujet sur les trafiquants d'armes ?

— Tu plaisantes, je suppose ?

— Le retour sur investissement peut être rapide. J'ai déjà effectué la plupart des recherches documentaires et…

— C'est non, l'interrompit Travis d'un ton sans appel. Ni maintenant ni jamais. En tout cas pas si tu tiens à continuer à signer tes articles pour OMG.

Il avait de plus en plus de mal à contenir sa frustration.

— Tu me menaces ?

— Mark, ce n'est pas moi qui te menace, mais le principe de réalité ! Ton dernier reportage nous a coûté très cher.

Pour la première fois, Travis laissait des considérations strictement financières primer sur son travail.

— Et, à moi, il a failli me coûter la vie ! lui répliqua-t-il, outré.

— Je sais, je sais, fit Travis d'une voix adoucie. Sauf que plus on est à partager un gâteau, plus petites sont les parts.

Apparemment, Travis se sentait très menacé par la réussite de sa sœur. En conséquence de quoi, il commençait à raisonner comme son père.

— Mais Dancie mérite d'avoir sa part dans le succès d'OMG, non ? lança Mark.

— Ecoute, Dancie mérite sans doute une augmentation. Je ne vois pas d'inconvénient à ce qu'elle ait un meilleur salaire que moi, concéda Travis en soupirant. Mais pas question de la laisser entrer dans le capital !

Mieux valait ne pas s'immiscer dans ce conflit familial. En se taisant, Mark était à peu près sûr de s'envoler pour le Moyen-Orient dès la fin de l'année. Voire de boucler enfin cette fameuse enquête sur la frontière mexicaine.

Travis consulta sa montre en or massif.

— C'est l'heure, allons-y… Et n'oublie pas : si on t'interroge sur tes idées de sujets, mets bien l'accent sur les revenus qu'ils seront susceptibles de procurer à OMG.

Jamais il n'avait vu Travis aussi stressé par un conseil d'administration. Sur le chemin de l'ascenseur, il fit de son mieux pour ne pas boiter. Car il allait devoir convaincre. Convaincre que, rentable ou non, il était le meilleur pour ce job.

La perspective de ne plus pouvoir repartir sur le terrain le rendait prêt à tous les compromis.

2

Etape n° 2 : Définissez le « type masculin » de l'élu de votre cœur. Ensuite — et ensuite seulement — engagez la conversation !

Quand elle avait compris que l'inconnu ne ferait pas demi-tour, Piper avait gravi l'escalier en silence, afin qu'il ne l'entende pas et ne se doute pas qu'elle l'avait épié.

Son téléphone sonna de nouveau, au moment où elle arrivait à l'étage, et elle transféra une nouvelle fois l'appel sur sa messagerie vocale, avant de passer dans le bureau de Dancie.

— Ma parole, tu es en avance ! s'exclama son amie en se détournant de l'écran de son ordinateur.

— Bonjour ! lança Piper.

— Tu as apporté le café ?

— Désolée, j'étais trop chargée, expliqua-t-elle en posant son sac à main, sa besace et les vêtements du pressing dans un fauteuil de la minuscule salle d'attente.

— Zut ! fit Dancie, en pianotant sur son clavier. Travis a mis la main sur la nouvelle cafetière, et je n'ai aucune envie d'aller la chercher au sous-sol. Bon, les secrétaires ont dû en préparer pour la salle de conférences.

Le téléphone de Piper se remit à sonner, et elle laissa la messagerie s'enclencher d'elle-même.

Désormais, le temps pressait : Dancie avait besoin d'un sérieux relooking avant de plaider sa cause devant le conseil d'administration. Et, à défaut de baguette magique, Piper avait en sa possession un fer à lisser, une trousse à maquillage et des vêtements dignes de ce nom.

— Tu es en train de prendre des notes pour la réunion ? demanda-t-elle en refermant la porte.

Dancie cessa de pianoter et l'interrogea du regard.

— Pourquoi ?

Piper connaissait son amie depuis assez longtemps pour savoir qu'il valait mieux la prendre au dépourvu.

— Je te propose d'optimiser ta présentation, expliqua-t-elle en approchant du bureau de Dancie.

— Mais encore ? demanda celle-ci, alors que Piper l'invitait à se lever de son fauteuil.

Pour toute réponse, elle entraîna son amie devant le miroir accroché à la porte.

— Tu comptes obtenir gain de cause habillée comme ça ? dit-elle en désignant la manche décousue de son gilet bleu.

— Personne ne s'arrête à ce genre de détails, voyons ! protesta Dancie.

Sans un mot, Piper ôta le gilet de son amie et le posa sur le bureau — même si sa place aurait plutôt été la poubelle.

— Seulement parce que tu t'arranges toujours pour être invisible, Dancie.

— Qu'est-ce que tu racontes ? riposta celle-ci. Je suis habillée comme d'habitude. Tout le monde à Austin s'habille comme ça !

Elle portait un débardeur en coton sur un bermuda en jean et des tongs

— Pas aujourd'hui, objecta Piper. Aujourd'hui, tu vas t'habiller comme une associée du Online Media Group.

Dancie se figea, et Piper sortit les habits qu'elle avait rapportés du pressing. Les protestations de Dancie ne se firent pas attendre.

— Si papa me nomme associée comme Travis, ce sera grâce aux résultats du *Women's Guide* depuis deux trimestres. Et pas grâce à une quelconque tenue vestimentaire !

— Sans doute… A condition qu'il daigne t'écouter.

— C'est pour cela que j'ai pris la peine de rédiger un

rapport écrit, déclara Dancie en désignant le dossier rouge sur son bureau.

— Je vois, répondit Piper en préparant scrupuleusement les mots qu'elle allait dire. Mais tu sais, Dancie, je ne suis pas certaine que le rouge soit la teinte la mieux adaptée à ta requête. Le rouge, c'est un peu agressif. C'est aussi la couleur des professeurs qui corrigent leurs élèves. Elle a une connotation négative : ne dit-on pas « être dans le rouge » ou encore « voir rouge » ?

Sur ces mots, Piper sortit une chemise verte de son sac et la tendit directement à Dancie.

— Le vert est la couleur du dollar, de l'argent, reprit-elle tranquillement. Le vert symbolise la croissance, la réussite. Range plutôt ton rapport dans ce dossier-là, crois-moi.

Son amie demeura interdite.

— Tu es venue avec un dossier pour moi ?

— C'était juste pour le cas où tu n'y aurais pas pensé.

Dancie contourna le bureau en silence.

— Encore un de tes trucs de psychologue…

Pipier sourit et, pendant que Dancie changeait son rapport de chemise, elle installa le fauteuil devant le miroir.

— Je vois d'ici ce que tu vas me dire, reprit Dancie. « Maintenant que tu as revêtu ton rapport d'une jolie tenue, occupons-nous de ta tenue à toi. »

— Bien vu ! Nous allons donc pouvoir gagner du temps, fit Piper en lui montrant une jupe. L'un des avantages d'avoir été ta colocataire, c'est que je connais ta taille !

En apercevant le vêtement qu'elle lui tendait, Dancie se rembrunit.

— Hors de question que je porte une jupe ! Après toutes ces années, tu devrais savoir que je n'en mets jamais !

— Dis-toi que ton père appréciera ton effort vestimentaire. D'une certaine façon, tu vas chercher à le séduire.

— Il comprendra tout de suite que je me suis habillée rien que pour essayer de le ranger à mon avis !

— Et alors ? A sa place, je trouverais ça flatteur, répliqua Piper le plus calmement du monde.

Dancie examina la jupe avec défiance.

— Primo, je ne suis pas une de tes clientes en mal de conseils de séduction ! Et, secundo, cette jupe est affreuse !

— Le principe de compatibilité des caractères fonctionne aussi bien en amour, en amitié, que dans les relations professionnelles, expliqua Piper. Les représentants de commerce s'en servent pour mettre au point leurs techniques de vente. Et dis-toi bien qu'aujourd'hui tu dois te vendre : tu vends tes compétences d'associée à ton père !

— Beurk, beurk, et re-beurk !

— Dancie, ça suffit maintenant ! s'écria--t-elle.

— Travis, lui, n'a pas eu à faire tout ce tralala, rétorqua son amie.

Piper chercha une prise pour allumer le fer à lisser, et finit par débrancher la lampe de bureau.

— Tu en es bien sûre ? Tu as croisé Travis, ce matin ? Tu sais ce qu'il porte ?

— Un pantalon kaki avec un polo à l'effigie de l'université du Texas, répondit Dancie en soupirant.

— Et ton père, il va porter quoi, à ton avis ?

— Comme d'habitude : un pantalon kaki et un polo à l'effigie de son club de foot…

Sa voix s'éteignit peu à peu. Elle croisa les yeux de Piper.

— Exactement ! Travis imite ton père.

— Eh bien, je porterai un pantalon kaki et un polo, moi aussi !

— Ton père aime les femmes coquettes…

Voilà pourquoi elle-même avait opté pour un tailleur moderne mais sage pour la réunion d'aujourd'hui.

— Ça, je sais, affirma Dancie, visiblement agacée. Papa a toujours rêvé de faire de moi une petite princesse qu'il n'aurait plus qu'à livrer au prince charmant.

— Alors, montre-lui que tu es une princesse qui se sert de son cerveau ! répliqua Piper en asseyant son amie devant le miroir.

Celle-ci n'opposa aucune résistance jusqu'au moment où elle aperçut le fer à lisser dans la glace.

— Mais tu n'y songes pas !…

D'un geste prompt, Piper coinça une mèche bouclée de Dancie dans l'appareil.

— Ah, bravo ! Regarde un peu ce que tu m'as fait ! s'écria Dancie lorsqu'elle la relâcha. Maintenant, j'ai des cheveux lisses et des frisés, c'est encore pire qu'avant…

— Aucun problème, répondit Piper le plus calmement du monde. Tu n'as qu'à me laisser te défriser l'autre moitié.

— De toute façon, je n'arriverai jamais à la cheville de ma mère, question beauté ! protesta Dancie, l'œil assassin.

Piper savait que son amie vivait depuis toujours dans l'ombre de sa mère, qui avait jadis été reine de beauté. Cela dit, mieux valait que Dancie perde son sang-froid maintenant, plutôt qu'en pleine réunion.

— Seul Travis a hérité de maman, grogna--t-elle tandis que Piper poursuivait son opération de lissage. Il a ses cheveux blonds et ses yeux bleus.

En effet, son jumeau ressemblait plus à leur mère, et Piper se contenta de garder le silence. Si seulement Dancie faisait un effort pour dompter ses boucles, elle aurait des cheveux magnifiques. Mais aujourd'hui il fallait être rapide et efficace : elle avait donc opté pour un lissage sage et coquet.

— La seule chose que j'aie de maman, c'est son nez, poursuivit Dancie avec amertume. Enfin, depuis que je me le suis fait refaire quand j'avais seize ans…

— Ta mère a eu raison de t'offrir cette intervention. Les anciennes photos que tu m'as montrées sont terrifiantes.

Dancie fit la moue, puis elles éclatèrent de rire.

Une fois l'opération de lissage terminée, Piper s'attaqua à la partie maquillage.

— Tu verras, expliqua-t-elle en appliquant un peu de fond de teint à son amie, ton père sera sensible à tes efforts de présentation et, inconsciemment, il sera mieux disposé à écouter tes requêtes. C'est une vieille tactique de VRP.

Le téléphone de Piper se remit à sonner et, comme les fois précédentes, elle l'ignora. Sauf que Dancie se précipita sur le combiné et s'empressa de décrocher, malgré ses protestations.

— Bureau de Piper Scott, j'écoute : êtes-vous prête à décrocher l'homme id… Oh… Je… euh…

Le sourire de Dancie s'évanouit.

— Mets-la donc sur haut-parleur, soupira Piper.

Dancie pressa la touche correspondante, puis mima un piteux « Désolée » du bout des lèvres.

Aussitôt, des sanglots stridents sortirent de l'écouteur.

— Piper !

— Je suis là, je t'écoute, grommela-t-elle tout en maquillant Dancie qui, du coup, était devenue mutique.

— C'est Dale !… Il est parti, reprit la voix entre deux sanglots. Il m'a quittée !

Piper recula d'un pas pour évaluer son travail, puis ajouta une pointe de fard à paupières sur l'œil gauche de Dancie.

— A combien s'élève la note ? s'enquit-elle simplement.

— Que… Que veux-tu dire ?

— J'imagine que tu lui avais donné de l'argent.

— Mais… Seulement parce qu'il en avait besoin !

— Ils te disent tous cela, soupira-t-elle.

C'était pour éviter cette conversation qu'elle n'avait pas décroché son téléphone.

— Mais… c'était pour réparer sa moto… Sans elle, il ne pouvait pas aller au travail.

— Ah, parce que Dale avait un travail ? Intéressant.

Dancie cligna des yeux.

— Oui, il travaille à Wichita Falls…

Tout en consultant l'horloge du bureau, Piper reprit le combiné des mains de Dancie, à qui elle tendit la jupe et les mocassins. Son amie devait se sentir sacrément coupable, parce qu'elle enfila le tout sans protester.

— Tu es à Whichita Falls en ce moment ? s'enquit Piper.

— Non, je suis à Lubbock… Dale devait venir me chercher dès qu'il aurait trouvé un appartement à louer…

— Et il n'est jamais revenu te chercher, conclut Piper en secouant la tête.

— Non, admit la voix à l'autre bout de la ligne.

— Et j'imagine que tu n'as plus aucune nouvelle de lui.

— J'ai appelé l'entreprise de BTP où il travaillait. J'avais peur qu'il lui soit arrivé quelque chose, un accident...

— Et cette entreprise n'avait jamais entendu parler de lui, poursuivit Piper en poussant un soupir las.

Toujours la même histoire. Sa mère ne comprendrait donc jamais.

Dancie lui désigna l'horloge avant d'aller éteindre son ordinateur.

— Mais je croyais qu'il m'aimait, lui ! gémit sa mère en sanglotant.

— Tu dis ça chaque fois, maman. Alors combien, cette fois ?

— Mais je... C'est que...

— Combien, maman ? Je suis pressée, j'ai une réunion qui commence d'une minute à l'autre. Il te reste encore un peu d'argent ou bien il t'a tout pris ?

— Penelope Ann Scott ! Je t'interdis de me parler sur...

Piper coupa le haut-parleur.

— Dis-moi combien il te faut et où je dois t'adresser la somme.

Lorsqu'elle coupa la communication, Dancie était en train de quitter la pièce.

— Je suis navrée, Piper, je n'aurais pas dû décrocher...

— N'y pense plus, répondit-elle pour se consoler elle-même. Mets plutôt ton veston.

— Mais la doublure est rose !

— Et alors ? Ton débardeur aussi.

Ce devait être son jour de chance car c'était sans doute la première fois qu'elle voyait son amie porter cette couleur.

— Je ne l'ai pas choisi, je l'ai gagné lors d'une journée de sensibilisation au cancer du sein ! protesta Dancie.

— Eh bien, aujourd'hui, je t'offre un veston assorti, répliqua

Piper en déposant le vêtement sur son épaule. Et puis, seule la doublure est rose : le veston, lui, est kaki.

— Si j'accepte, maugréa Dancie, c'est juste parce que j'ai mauvaise conscience d'avoir décroché ton téléphone.

— Je sais, dit Piper en levant un pouce vers le ciel avant de lui emboîter le pas. En tout cas, tu es ravissante !

— J'ignorais que tu continuais à aider financièrement ta mère, déclara Dancie en descendant l'escalier.

— Tu as tes problèmes avec ta mère, et moi j'ai les miens. Mais pour l'instant concentrons-nous plutôt sur le conseil d'administration et sur ta nomination.

Mais, en arrivant devant la baie vitrée de la salle de conférences, Dancie devint livide et proféra un juron.

— Ne sois pas grossière, protesta Piper, ton père déteste ça, tu le sais bien !

Mais en suivant le regard de son amie elle découvrit, assis à la grande table de réunion, l'inconnu aux yeux azur qui boitillait dans le hall tout à l'heure.

— Qui est cet homme ? demanda-t-elle dans un souffle. Je l'ai croisé à l'entrée de l'immeuble, en arrivant.

Dancie la gratifia d'un regard affligé.

— Ne me dis pas que tu ne l'as pas reconnu !

Elle se tourna de nouveau vers la salle de conférences.

— J'avoue que son visage m'a paru vaguement familier. Mais tu sais bien que les hommes finissent tous par se ressembler à mes yeux.

— Si c'est vraiment le cas, alors tu travailles trop. Tu as devant toi Mark Banning, le journaliste star de Travis, celui qui lui fait gagner tant d'argent.

Malgré ses efforts, Piper n'arrivait pas à se souvenir de quoi que ce soit.

— Mais voyons, c'est lui qui s'est fait prendre en otage, l'année dernière !

— Ah, d'accord ! Je vois, maintenant…

— Et la seule raison pour laquelle j'ai devancé les résultats de Travis, c'est parce que Mark était absent, à cause de sa blessure. Avec sa rééducation, il ne peut plus partir en reportage, et il donne des cours de journalisme à l'université.

Cette fois, Piper se souvenait très bien. Le sauvetage de Mark… D'innombrables photos et vidéos avaient circulé dans les médias, le montrant sur une civière, lors de son évacuation, un bandage maculé de sang enroulé autour de la cuisse. Cette cuisse qu'elle avait heurtée par inadvertance avec son sac !

— Je pensais avoir encore un trimestre devant moi avant son retour, souffla Dancie en entrant dans la salle de réunion. Mais, s'il est là aujourd'hui, c'est que sa jambe est guérie.

« Rien n'est moins sûr », pensa Piper en comprenant à présent que Mark avait tout fait pour lui dissimuler sa douleur.

En pénétrant à son tour dans la vaste salle de conférences, elle croisa le regard de Mark Banning. A façon dont il la dévisagea, elle devina que Travis lui avait probablement expliqué qui elle était. Mais ce Mark n'était pas le genre d'homme à avoir besoin de conseils en matière de séduction. En outre, il semblait parfaitement savoir comment éconduire les femmes un peu envahissantes, non pas qu'elle ait eu pour autant dans l'idée de lui faire des avances.

Il était debout devant le buffet, en train de siroter un café. Elle remarqua aussitôt qu'il ne portait pas d'alliance. Il était toujours aussi grand et ténébreux dans sa veste en cuir. Il était incroyablement sûr de lui, auréolé d'un nuage de testostérone quasi palpable. L'alpha-alpha dans toute sa splendeur, l'archétype de la virilité. Tous les hommes voulaient lui ressembler. Et les femmes, eh bien, elles le voulaient tout court.

Même elle ne restait pas insensible à son magnétisme, alors qu'elle devait traiter Mark Banning comme un simple objet d'étude. Un cas d'école.

Les alpha-alpha causent généralement de graves difficultés aux femmes qui s'y intéressant. Elles doivent se battre non seulement pour les séduire, mais surtout pour les garder, et tenir les autres femmes à distance. Les hommes de ce genre considèrent en général que le monde tourne autour d'eux. Pour la bonne raison que c'est le cas ! Ces hommes-là n'entrent pas dans votre vie, ils vous happent littéralement dans la leur.

Piper ne recommandait jamais ce type de profil à une femme qui cherchait une relation sur le long terme. Sauf si la femme en question appartenait elle-même au type alpha-alpha. Or ce genre de femmes ne faisait pas partie de ses clients : elles n'avaient besoin d'aucun conseil en matière de séduction. Les seules femmes potentiellement compatibles avec un alpha-alpha devaient être capables de se dévouer entièrement à la réussite de leur homme, en fermant notamment les yeux sur ses écarts et excès — et, aussi étonnant que cela puisse paraître, ces femmes-là existaient bien.

En observant attentivement Mark Banning, on décelait en lui une énergie vitale et une sensualité débordantes. Elle ne devait surtout pas se fourvoyer aux côtés d'un personnage égoïste, arrogant, centré sur lui-même. Sauf que... Mark ne lui avait-il pas galamment tenu la porte, dans le hall d'entrée ? N'avait-il pas courageusement minimisé sa douleur après le choc qu'elle lui avait asséné par inadvertance ? Assurément, Mark Banning était un cas à part parmi tous les alphas-alphas qu'il lui avait été donné d'interviewer. Intriguée, elle se dit qu'elle aurait volontiers étudié ce spécimen pour découvrir s'il avait d'autres particularités, en plus de son physique avantageux.

— Bonjour, mesdemoiselles ! s'exclama Travis en les apercevant, avec Dancie. Je vous sers un petit café ?

— Tu as plutôt intérêt, vu que tu nous as piqué la nouvelle machine à café pour décorer tes locaux ! lança Dancie.

— Mais c'est pour mieux te servir, sœurette, rétorqua-t-il en lui tendant un mug fumant.

Tandis que Travis préparait un autre mug pour elle, Piper observa Mark du coin de l'œil. Il se tenait de façon à faire porter tout le poids de son corps sur sa jambe valide. Elle s'en voulut de lui avoir fait mal avec son sac.

Etait-ce pour cette raison qu'il était en train de la jauger ? Etait-il du genre rancunier ?

Mais elle comprit tout à coup : à ses yeux, elle était surtout une rivale. En effet, Mark était non seulement le journaliste le plus rentable de Travis, mais il était membre du comité de rédaction d'OMG. Même si elle était de son côté la collaboratrice la plus rentable de Dancie, elle n'écrivait que pour la rubrique *Modes de vie*. Or, le plan de développement qu'elles s'apprêtaient à présenter apparaîtrait comme une menace pour Mark et Travis.

Ce qui n'était pas tout à fait faux, au demeurant.

— Salut, Piper, ça roule ? lança Travis. C'est un plaisir de te voir. Comme toujours. Un sucre et un nuage de lait ?

— Juste un nuage de lait, merci, répondit-elle en souriant.

Travis était un alpha-bêta : alors qu'un alpha véritable s'impose de lui-même, lui était toujours soucieux de prouver son « alphitude ». Elle n'aimait pas non plus ce genre d'hommes.

Tout en remuant le lait dans sa tasse, elle remarqua que Mark, qui n'avait pas dit un mot depuis son entrée dans la pièce, continuait de la dévisager. Dancie avait sans doute dû s'en apercevoir, car elle s'exclama :

— Je ne pense pas que Piper et Mark se connaissent.

— Oh ! Excusez-moi ! dit Travis en l'entraînant vers Mark. J'ai toujours tendance à penser que Mark Banning n'a pas besoin d'être présenté.

Il avait donc décidé d'être insupportable. Elle se contenta de hocher poliment la tête en direction de l'intéressé.

— Piper Scott, enchantée, déclara-t-elle en lui tendant la main. Je me souviens de vous avoir malencontreusement bousculé dans l'entrée.

— Ce fut une rencontre renversante, dit-il en serrant longuement sa main dans la sienne, le regard pénétrant.

Instantanément, elle sentit une bouffée de chaleur l'envahir.

— Justement, à ce sujet, je…

— N'en parlons plus, murmura-t-il en lui lâchant la main.

— Ah, comment va ma princesse ? lança tout à coup une voix grasse à l'entrée de la salle.

B. T. Pollard, père des jumeaux et actionnaire majoritaire d'OMG (entre autres), faisait une entrée fracassante, comme à

l'accoutumée, et elle n'eut pas la possibilité de répondre à Mark.
En homme d'affaires avisé, B. T. avait investi massivement dans
le projet de fin d'études de ses enfants, et il en avait résulté un
juteux conglomérat de sites web en tous genres.

— Tu es splendide ! reprit B. T. en serrant sa fille dans ses
bras. Eh, Travis, regarde un peu ta sœur !

— Ravissante, grommela son frère.

Piper n'était pas peu fière : ce veston kaki, subtilement assorti
aux sempiternels pantalons de B. T., c'était un coup de génie !
Lissés, les cheveux de Dancie assagissaient sa silhouette et lui
donnaient une allure très féminine. Ce changement radical de
look ne laissait pas deviner que Dancie tentait par là d'amadouer son père, car il gommait savamment tout ce qui, en elle,
pouvait faire penser à une jolie fille gâtée.

Bien sûr, Piper avait depuis longtemps établi le profil de B. T. :
un bêta-alpha, qui avait un besoin maladif d'accéder au statut
d'alpha. Elle avait en conséquence élaboré toute une stratégie
destinée à le rendre le plus réceptif possible aux demandes de
Dancie. Quant à elle-même, elle avait fait l'effort de revêtir un
tailleur-jupe léger et des talons aiguilles.

Le plus important, c'était que B. T. cesse de traiter sa fille
comme il traitait sa femme, et accepte Dancie telle qu'elle
était. Celle-ci voulait obtenir la reconnaissance de son
père — n'ayant jamais eu de père, Piper avait d'ailleurs eu
du mal à comprendre cette obsession. En fait, Dancie tentait
désespérément de démontrer à B. T. qu'elle était aussi douée
pour les affaires que Travis. Et, de son côté, Piper voulait
remercier Dancie pour toutes les années où celle-ci l'avait
hébergée gratuitement, lui permettant ainsi de terminer ses
études. Aider son amie à devenir associée d'OMG était pour
elle une façon de lui rembourser sa dette. Avant de prendre le
large et de changer de vie.

Car depuis quelque temps elle éprouvait le besoin de changer
de cap. Pour faire quoi exactement ? Elle n'en savait pas
grand-chose, car elle n'avait jamais vécu ailleurs qu'à Austin.
Tout ce qu'elle savait, c'était qu'elle en avait assez de jouer les

conseillères. Elle en était arrivée à une étape de sa vie où elle avait envie de se lancer elle-même dans le jeu. Restait à définir ce qu'elle désirait vraiment.

Elle s'aperçut soudain que Travis murmurait quelque chose à l'oreille de Mark, qui continuait de la scruter. Non seulement elle ne baissa pas les yeux, mais elle se surprit en train de passer une main dans ses cheveux. Aïe ! Il s'agissait là d'un tic féminin des plus courants face à un homme attirant. Sauf que Mark ne la fixait pas du regard pour la séduire, mais plus probablement pour la jauger en tant qu'adversaire. Et, s'il percevait du trouble dans son attitude, nul doute qu'il s'en servirait contre elle.

Bien décidée à ne pas se laisser déstabiliser, elle agrippa fermement son mug. Une manière de signifier à Mark par son langage corporel qu'il ne l'intéressait pas. Or c'était un mensonge. Ses hormones semblaient véhiculer vers son cerveau un message du style : « Alerte, alerte, alpha-alpha à l'horizon, préparons-nous à l'accueillir le mieux possible ! ».

Comme s'il avait capté ce subtil message, Mark lui adressa un petit sourire et se redressa. En tant que journaliste, il devait être rompu aux techniques de langage corporel. Et quel langage il parlait… ! Enfin, surtout, quel corps il avait ! Ce serait vraiment une folie de lui laisser croire qu'elle était prête à passer un peu de temps en tête à tête avec lui.

Non, non, non ! Cet homme évoluait en première division, ce qui était loin d'être son cas à elle. Bon sang, mais depuis quand utilisait-elle ainsi les métaphores sportives ? Elle qui n'avait jamais aimé le sport… Il était temps de se ressaisir, car entre Dancie qui risquait de jouer le rôle auquel son père la confinait, et elle-même qui se consumait de désir pour Mark Banning, ce conseil d'administration s'annonçait plus que délicat !

— Dancie, ma Dancie, poursuivait B. T., est-ce pour moi que tu t'es habillée ainsi ? Ou bien as-tu un petit ami ?

— Papa…, bredouilla Dancie en agitant une main gênée.

— Qui est-ce ? Je le connais ? Tu m'invites à déjeuner pour me le présenter ?

— Désolée, je n'ai personne à te présenter, papa. Mais si tu m'invites à déjeuner…, murmura-t-elle d'une voix un peu trop incertaine, révélant l'emprise que son père exerçait sur elle.

Zut ! Les choses ne se déroulaient pas du tout comme Piper l'avait prévu.

— Bien sûr que je t'invite à déjeuner, ma poussine ! Bon sang, je ne comprends pas ce qui cloche avec les hommes, dans cette ville. Piper, c'est votre domaine, non ? Expliquez-moi donc ce qui cloche avec les hommes, à Austin.

Pitié, pas ça.

— Rien de particulier, monsieur Pollard. Dancie n'a tout simplement pas encore trouvé chaussure à son pied.

— Evidemment, dit-il en levant les bras au ciel. Elle passe ses journées devant un écran d'ordinateur.

Cela ne te rappellerait pas quelqu'un, Piper ?

— Et moi qui croyais que vous étiez une entremetteuse renommée ! reprit B. T. Quel genre d'amie êtes-vous, Piper, si vous ne trouvez pas un gentil garçon pour ma petite Dancie ?

Elles échangèrent un regard.

— Je ne suis pas une « entremetteuse », monsieur Pollard. Juste quelqu'un capable de déceler si des caractères sont compatibles. J'aiguille les femmes vers des hommes qui leur correspondent.

S'il avait pris la peine de lire ses chroniques, B. T. ne commettrait pas ce genre de raccourcis grossiers.

— Tout cela n'est que marketing, au bout du compte, reprit B. T. en agitant de nouveau les bras. Pour attirer un homme dans ses filets, une femme doit seulement lui donner un avant-goût prometteur de ce qu'elle saurait lui apporter, le laisser patienter quelque temps… Et la nature fait le reste.

— Papa ! protesta Dancie.

— Ça fonctionne avec un certain type d'hommes, mais…

— Mais avant toute chose il lui faudra trouver un homme, l'interrompit B. T. Et pas un baroudeur de votre genre, Mark, mais quelqu'un qui saura prendre soin d'elle.

L'intéressé se contenta d'un hochement de tête poli, mais Travis semblait perdre patience.

— Papa, ça suffit, lança Dancie d'un ton redevenu ferme. Je n'ai pas besoin d'aide pour trouver un homme.

B. T. se retourna vers sa fille.

— Tu as raison, c'est à eux de venir vers toi. Mais tu ne devrais pas rester enfermée ici. Va déjeuner plus souvent avec ta mère. Invite-la pour midi, tiens… Et puis tu pourrais jouer au tennis ou au golf, histoire de te montrer un peu.

— J'en prends bonne note, papa, répondit Dancie en souriant. Dès que cette réunion se termine, j'appelle maman. Mais commençons plutôt, sinon nous allons être en retard.

Elle était sérieuse, là ?

Préférant capitaliser sur la prise d'initiative de Dancie, Piper s'assit à la table de conférence, bientôt imitée par les hommes et par Dancie. B. T. présidait en bout de table, les jumeaux s'assirent face à face, et Mark s'installa du coup juste en face d'elle. Qui fut visiblement la seule à remarquer la lourdeur de son pas. Leurs regards se croisèrent.

Faites vos jeux ! Rien ne va plus…

3

Etape n° 3 : Faites preuve de générosité. Une femme généreuse attire tous les types de personnalité.

— Bon, déclara B. T. en posant les deux mains à plat sur la table devant lui. Voyons voir ce que nous avons là.

Alors qu'il se penchait pour chercher des documents dans sa sacoche au cuir élimé, Travis et Dancie firent respectivement signe à Mark et Piper de garder le silence. Elle acquiesça d'un signe de tête, et B. T. déposa devant lui une vieille chemise cartonnée, sur laquelle il avait griffonné au crayon : « Joint-venture des jumeaux ».

Elle n'en revenait pas : B. T. ne faisait même pas semblant de paraître moderne alors qu'il avait massivement investi dans deux start-up des plus innovantes.

Le patriarche chaussa ses lunettes et ouvrit le dossier. Il en parcourut le contenu pendant de longues minutes, tandis que les jumeaux tentaient de déchiffrer le moindre de ses rictus. Et B. T. n'était pas avare de mimiques : un sourcil froncé par ci, une lèvre pincée par là. Comme s'il n'avait pas déjà étudié et analysé en détail chaque mot, chaque chiffre, chaque virgule du rapport trimestriel.

Typiques des bêtas-alphas, ces petits jeux de pouvoir : ils sont destinés à leur donner de l'importance. Amusée, Piper observait les réactions des autres participants : Travis, l'alpha-bêta, bouillonnait d'impatience mais s'efforçait de n'en rien laisser paraître, par respect pour son père. En d'autres circonstances, il ne se serait pas privé d'exprimer son mépris face à ceux qui lui faisaient perdre son temps.

A première vue, Dancie ne montrait rien qui laisserait deviner son appartenance au type alpha, même si Piper la suspectait d'être plus alpha encore que Travis. Si Dancie ne cherchait pas autant à obtenir la reconnaissance de son père, son côté alpha serait bien plus manifeste.

Et puis, il y avait Monsieur alpha-alpha, en personne.

Mark était appuyé contre le dossier de son fauteuil, qu'il faisait légèrement pivoter, un demi-sourire aux lèvres. Sans doute était-il plus amusé qu'agacé par les manières de B. T. C'était là toute la différence entre les personnalités comme Travis et celles de type Mark. Le premier était irrité de devoir jouer le jeu de son père. Mark, lui, abordait les choses de façon beaucoup plus détachée, et savait bien que ce jeu n'existait que parce qu'il était tacitement accepté.

B. T. se redressa enfin dans son fauteuil et ôta ses lunettes.

— Bon, dit-il en tapotant sur la tranche du dossier. Tu sais, Travis, que les résultats de ta sœur sont encore plus impressionnants qu'au trimestre précédent. Et heureusement, puisque tes résultats sont encore plus mauvais qu'il y a trois mois.

— Mouais, fit Travis en pointant le menton vers Dancie. Merci d'avoir marché sur mes plates-bandes, sœurette.

— Tu exagères ! Notre *Women's Guide* représente un tiers du conglomérat. De notre conglomérat, ajouta Dancie d'une voix ferme et assurée. Et il se trouve que cette année ce tiers-là s'avère le plus rentable de tous.

Vas-y, Dancie, fonce ! Elle avait une allure de gagnante, parlait comme une gagnante, et les chiffres lui étaient plus que favorables. Mais, avant même qu'elle ne puisse prononcer la moindre requête quant à son statut d'associée, Travis reprit la parole.

— La rentrée des classes et la reprise du championnat de football boostent la fréquentation de notre site. Juste après, on enchaîne sur le Super Bowl. Après quoi, Mark pourra reprendre ses enquêtes de terrain et ses publications pour nous. D'ailleurs, si on établit une moyenne depuis le moment où nous avons relaté son sauvetage, nos chiffres sont toujours meilleurs que ceux de Dancie.

— Les chiffres démontrent en effet un effondrement de la consultation des pages habituellement dédiées à ses articles, déclara B. T. avant de se tourner vers Mark. Vous voyez comme le public oublie vite…

Les joues de Mark rosirent à peine, et Piper s'aperçut à ce moment-là qu'il était de plus en plus pâle.

Il pâlissait de douleur. Et elle s'en voulait terriblement d'être à l'origine de cette souffrance. Cela étant, son regard fixe et sa mâchoire serrée devaient plutôt trahir la colère que les propos de B. T. avaient sans doute suscitée en lui. Avec un peu de chance, cette colère l'aiderait à oublier sa cuisse douloureuse.

— Les fans de Mark reviendront dès qu'il reprendra ses reportages, rétorqua Travis. D'ailleurs, il fourmille déjà d'idées de sujets à traiter. Pas vrai, Mark ?

Hochant la tête, celui-ci posa les mains sur la table.

— Deux frères se disputent les droits d'exploitation pétrolière dans des zones tribales du Moyen-Orient, et il semblerait que les Etats-Unis aient choisi le frère le moins fréquentable comme interlocuteur.

Il n'hésitait pas à ponctuer ses propos par une gestuelle adaptée, et elle supposa qu'il avait pris cette habitude à force de poster des vidéos en ligne. Sa voix s'intensifiait à mesure qu'il détaillait ses projets, laissant transparaître la passion avec laquelle il exerçait son métier. D'une certaine façon, elle enviait cette ferveur. Bien sûr, elle aimait ce qu'elle faisait : aider les gens à identifier les types de personnalités qui leur convenaient lui donnait le sentiment d'être utile. Et, ces derniers temps, elle recevait autant de femmes demandant une aide dans leur vie sentimentale que d'entreprises cherchant à démarcher les bons clients ou à embaucher les bons collaborateurs.

Et il y avait fort à parier qu'une fois le *Plan Piper* publié cette tendance n'irait qu'en s'accentuant.

Mais elle aurait tout le loisir d'y réfléchir après la réunion. Pour l'heure, elle devait rester concentrée.

— J'ai déjà des contacts à El Bahar, qui pourront m'accueillir sur place. Si mes informations sont avérées, ce serait un énorme scoop, conclut Mark en se redressant contre le dossier de son fauteuil.

Il parlait avec un tel naturel, une telle assurance qu'elle était prête à le croire sur parole. N'importe qui aurait fait de même, d'ailleurs. Cet homme avait un charisme et une volonté qui le rendaient… captivant ? Pire encore. Dangereux.

D'autant qu'elle sentait bien qu'il n'était pas au maximum de ses capacités. Soudain, elle eut envie de le voir à l'œuvre, au mieux de sa forme. Sans doute irait-elle faire un tour sur le site d'OMG, histoire de visionner quelques-unes de ses vidéos archivées et de lire ses articles.

— Bien entendu, OMG aura l'exclusivité du reportage, ajouta Mark d'un ton presque détaché.

Et voilà. Cette tranquillité désarmante avait réussi à détourner Piper de son objectif de la journée. Au lieu de plaider pour le statut d'associée de Dancie, elle était, comme tout le monde autour de cette table, captivée par ce que Mark était en train de dire.

— Afin de faire monter les enchères, reprit Travis, nous annoncerons le retour de Mark dès notre soirée annuelle, en l'honneur du Super Bowl.

Elle parvint quand même à écraser le pied de Dancie, afin de l'inciter à reprendre le dessus sur son frère.

— Justement, déclara enfin celle-ci, en se saisissant de son dossier vert. Pour combler les déficits d'audience en attendant le retour de Mark, je propose de capitaliser sur la popularité des rubriques de Piper. Comme je l'évoquais déjà dans mon rapport annuel, il s'agirait d'ouvrir un site web accessible depuis le nôtre et qui développerait un logiciel spécifique baptisé le *Plan Piper* et compléterait le livre censé paraître aux alentours de…

— Encore des trucs de bonnes femmes, l'interrompit B. T. en lui rendant le dossier sans même avoir pris la peine de l'ouvrir.

Des « trucs de bonnes femmes » ? B. T. réduisait des centaines d'heures de travail et de recherches à des « trucs de bonnes femmes » ? Et sans même savoir de quoi il parlait, en plus.

Piper sentit monter en elle une sourde colère.

— Monsieur Pollard, vous savez, mon travail…

— Vos astuces d'entremetteuse ? la coupa-t-il en haussant un sourcil dubitatif. Celles qui ne permettent même pas à ma Dancie de se trouver un homme digne de ce nom ?

— Je ne suis pas une agence matrimoniale, monsieur Pollard, protesta-t-elle avec vigueur. Je conseille des particuliers et des entreprises en matière de compatibilité de personnalités. Certains types de caractères sont faits pour s'entendre, d'autres sont faits pour se fâcher. Ma théorie, loin de se cantonner au seul domaine sentimental, a de multiples applications dans le domaine de l'entreprise, auprès des sportifs de haut niveau, des gens cherchant un colocataire…

— Peut-être, mais pour ce qui est d'OMG vous écrivez bien une rubrique sentimentale, l'interrompit B. T.

— Je… En effet, s'écria Piper. Mais ma théorie est née de nombreuses recherches en psychologie, sociologie et…

— Votre théorie est un truc de bonne femme.

Travis ricana ostensiblement, mais elle n'osa pas regarder en direction de Mark. Surtout, ne pas laisser transparaître la moindre faiblesse.

— Un truc de bonne femme qui se vend très bien, renchérit Dancie d'un ton décomplexé. Et qui pourrait se vendre mieux encore…

— Une fois l'effet de curiosité passé, votre Plan Drague cessera d'être à la mode et de vous rapporter de l'argent, dit Travis. Voilà pourquoi *Men of Texas* mise sur des valeurs sûres : la bière, le football, les barbecues entre potes…

— Si je comprends bien, Mark ne fait pas partie de tes valeurs sûres ? lui fit-elle remarquer avec un brin de défiance.

Elle sentit aussitôt le regard de Mark sur elle et leva les yeux vers lui. Comment pouvait-on arborer un regard à la fois glacial et brûlant ? Cette simple pensée la fit frissonner.

— Bien sûr que non ! protesta Travis. Mark nous apporte une véritable valeur ajoutée en matière de… de…

— De trucs de mecs ? demanda-t-elle avec effronterie.

A côté d'elle, Dancie s'enfonçait dans son siège.

— J'apporte à *Men of Texas* une modeste touche d'aventure, déclara Mark sans quitter Piper du regard. Des enquêtes de terrain qui changent le regard des gens. Qui changent un peu le monde, d'une certaine façon.

Autrement dit, son travail à elle ne changeait ni la vie des gens ni le monde.

— Voilà qui ferait un excellent slogan ! s'exclama Travis en se tournant vers son père. Il faut absolument que Mark soit là pour notre soirée Super Bowl.

— Tu ne disais pas qu'il serait à l'étranger ? lança Dancie.

— La vidéoconférence, ça te dit quelque chose, Dancie ? répliqua Travis en s'agitant, l'air impatient. Avec le haut débit, c'est comme si la personne était vraiment dans la pièce.

— Je suis ravi que tu le prennes ainsi, déclara B. T. parce que, cette année, tu suivras le Super Bowl depuis l'écran géant que tu as installé dans tes locaux.

A ces mots, Travis se figea.

— Comment ça, dans mes locaux ?

Cette fois, ça allait dégénérer. Mark savait que Travis tenait à ses soirées Super Bowl comme à la prunelle de ses yeux.

B. T. se pencha au-dessus de la table.

— Je veux dire par là que le salaire du nouveau coéquipier de Mark sera déduit de ton budget Super Bowl.

Un nouveau coéquipier ? Mais de quoi parlait-on au juste ?

— Un nouveau partenaire ? répéta Travis en se tournant vers Mark. Mais, papa, tu n'as jamais envisagé de…

— Je vous remercie, B. T., le coupa Mark d'une voix aussi calme que possible. Mais je n'ai besoin d'aucun coéquipier.

— Vous verrez, c'est très utile, un bon partenaire, poursuivit B. T., imperturbable.

— Je travaille seul, déclara-t-il fermement.

— Plus maintenant, répondit B. T. en secouant la tête. Vous avez tendance à prendre trop de risques, Mark.

— C'est comme ça que j'obtiens des scoops que personne d'autre ne peut obtenir, argua-t-il. Je ne perds pas de temps en débats inutiles ou à demander des autorisations. Je fonce.

— Avec des résultats, certes, mais des méthodes parfois discutables, rétorqua B. T. en soupirant. Lors de votre dernière mission, vous avez délibérément ignoré plusieurs avertissements du ministère des Affaires étrangères.

Et voilà, il allait avoir droit à une leçon de morale. Jusqu'à présent, B. T. ne lui avait fait aucune remontrance quant à la prise d'otage : sans doute avait-il attendu que sa blessure guérisse et que la pression médiatique retombe. Or, aujourd'hui, B. T. semblait tenir à affirmer son autorité avant de le laisser retourner sur le terrain.

Qu'à cela ne tienne, il écouterait le sermon sans broncher, même s'il aurait préféré que ça ne se déroule pas sous le regard scrutateur de Dancie et de Piper. Cette dernière ne semblait d'ailleurs nullement impressionnée par l'énumération de ses exploits. Mais pourquoi au juste se souciait-il autant de ce qu'elle pouvait penser de lui ?

Cette femme n'était pas son genre, et il était sûr de ne pas être non plus son type d'homme. Et il ne voyait pas ce qui pourrait les amener à se revoir en dehors de cette réunion. De toute façon, dans moins de deux mois, il serait reparti à l'autre bout de monde.

— Vous avez également ignoré mes ordres : je vous avais demandé de rompre tout contact avec Mendoza, reprit B. T.

Mais je ne reçois aucun ordre de quelqu'un qui n'a aucune idée de la situation. Je ne suis pas un toutou bête et discipliné.

— Vous n'étiez pas là. Si vous aviez vu ce que j'ai…

— Peu importe ce que vous avez pu voir, l'interrompit B. T. Vous avez été pris en otage, si bien que le gouvernement et OMG ont dû dépenser des fortunes pour vous libérer.

— J'étais prêt à assumer le risque d'une rencontre avec

Mendoza, objecta-t-il d'une voix qu'il jugea un peu trop haut perchée.

— Eh bien, pas moi ! s'écria B. T.

— Papa, intervint Travis. Mark a bien compris. Passons plutôt à la suite.

B. T. lança un regard assassin à son fils.

— Mark, poursuivit-il, votre décision m'a coûté des heures de tracas administratifs. Si vous êtes là aujourd'hui, c'est seulement parce que Travis a récolté assez de dons auprès de vos lecteurs pour engager les mercenaires qui sont venus vous récupérer au fin fond de ces maudites montagnes.

Sans doute. Mais cette opération de sauvetage avait aussi provoqué une hausse de fréquentation du site, qui avait elle-même entraîné une hausse des revenus publicitaires.

— Je suis conscient et reconnaissant de toute cette mobilisation qui s'est organisée autour de moi.

— Papa, l'incident est clos, déclara Travis.

— Certainement pas ! Mark est une vraie tête brûlée, s'emporta B. T. Si vous étiez marié, nous n'aurions même pas cette conversation. Parce que votre femme ne vous laisserait pas prendre des risques aussi insensés ! Vous feriez peut-être bien de parler de ça avec Mlle Scott. Elle pourrait vous trouver une compagne.

— Je ne suis pas une agence matrimoniale, protesta-t-elle.

— Appelez ça comme vous voudrez, rétorqua B. T. avec mépris.

Il comprenait la colère du vieil homme envers lui, mais il le trouvait injuste pour la journaliste qui était à l'origine d'une spectaculaire hausse de revenus pour OMG.

— Mark, si vous avez un partenaire, ça vous obligera à y réfléchir à deux fois avant de vous engager dans un traquenard.

Présenté sous cet angle, son futur coéquipier ressemblait davantage à une baby-sitter qu'à un partenaire.

— C'est justement en y réfléchissant à deux fois que les reporters ratent des scoops, expliqua-t-il le plus calmement possible. J'ai choisi de travailler chez OMG parce que vous m'accordiez une liberté qui fait pâlir d'envie mes confrères. En retour, mes articles apportent une réelle valeur ajoutée au groupe.

Il n'aimait guère jouer la carte financière, mais il n'avait plus vraiment le choix.

— Et Mark est justement prêt à reprendre du service, annonça Travis en imitant la façon dont son père tapait sur ses accoudoirs. Ne changeons pas des méthodes qui ont fait leurs preuves.

— Fait leurs preuves ? Je n'en suis pas certain, répondit B. T. qui croisa les doigts avant de regarder Mark dans le blanc des yeux. Avant l'épisode de cette prise d'otage, vous aviez déjà marché sur les plates-bandes du gouvernement. Vous n'ignorez pas que le groupe dispose d'un budget spécialement dédié au paiement des amendes et autres bakchichs pour vous tirer d'affaire en cas de pépin, ou encore pour nous assurer que les autorités étrangères vous laisseront repartir sans encombre. Vous disparaissez des semaines entières sans donner le moindre signe de vie. Vous changez d'itinéraire mais personne n'est au courant. Je vous crois dans un pays, et vous surgissez dans un autre. Vous ignorez mes ordres, et si vous ne prenez pas un coéquipier je n'aurai plus les moyens de vous couvrir à l'avenir.

— Papa ! s'écria Travis d'un ton choqué.

Bien sûr qu'OMG avait les moyens de financer un véritable journalisme d'investigation. B. T. était en pleine crise d'autorité, voilà tout. Rien ne justifiait qu'on lui impose un partenaire.

— Je travaille seul, répéta-t-il d'une voix monocorde.

— Je superviserai le travail de Mark, suggéra Travis.

Touché par le soutien de son ami, il hocha la tête. Mais B. T. ne l'entendait pas de cette oreille.

— Tu as déjà trop de responsabilités, Travis.

— Je travaille seul, répéta Mark sans s'énerver.

Dancie et Piper échangèrent alors un regard.

— Nommez-moi associée, et je pourrai décharger Travis d'une partie de ses responsabilités, déclara Dancie. Je pourrais même superviser Mark, le cas échéant.

Cette fois, la conversation prenait une tournure alarmante.

— Cer-tai-ne-ment pas ! s'exclama Travis, affolé.

— Il n'y aura pas de charge de travail à répartir, l'interrompit B. T. avant de se tourner vers Mark. Je vous engage une assistante, puisque vous semblez abhorrer le terme de « partenaire ». Je dis bien « une assistante », car je tiens à éviter tout problème de rivalité entre vous. Cela dit, il faudra une femme capable de vous tenir tête si besoin.

Une femme ? Les choses allaient de mal en pis.

— Je travaille seul ! insista-t-il, exaspéré.

Mais plus personne ne semblait faire attention à lui. Et Mark n'avait pas l'habitude d'être traité de la sorte. Du moins, pas depuis qu'il était adulte.

Les jumeaux tentaient à présent d'imposer leurs points de vue respectifs. Travis plaida sa cause avec conviction, mais Mark ne voyait pas comment il pourrait travailler avec une femme à ses côtés. Les conditions sur le terrain étaient souvent spartiates. Et puis, partir au Moyen-Orient avec une femme était pure folie.

Le seul point sur lequel B. T. avait raison, c'était sur son célibat : si Mark était chargé de famille, il ne pourrait en aucun cas courir tous les risques qu'il prenait en mission.

La discussion prit la tournure d'une querelle familiale, et à moins que B. T. ne change subitement d'avis ils perdaient leur temps. Et Mark avait un cours à 13 heures, qu'il devait finir de préparer.

De l'autre côté de la table, Piper regardait les Pollard se disputer sans rien dire. Les lèvres serrées, elle semblait faire de son mieux pour ravaler sa colère, et il en profita pour observer son profil. Elle portait de grosses lunettes qui lui donnaient un air sérieux et dissimulaient un peu ses traits fins et réguliers. Elle était jolie — un genre qui aurait plu à sa grand-mère —, mais trop féminine pour plaire à sa mère. Et, pour être honnête, trop délicate pour lui. C'était le genre de femme à boire le thé de 5 heures dans des tasses en porcelaine et à vous demander d'ôter vos chaussures avant de marcher sur sa moquette. Enfin, ce n'était qu'une impression. Il n'avait jamais vraiment fréquenté ce type de femmes. Surtout que ce type de femmes évitait les hommes comme lui.

Elle dut sentir son regard, car elle se tourna vers lui.

Derrière les lunettes, ses yeux noisette brillaient d'une lueur chaleureuse. Une lueur franche et intrigante. Peut-être n'était-elle pas si sage au final. Sa curiosité était bel et bien piquée.

— Café ? demanda-t-elle en silence du bout des lèvres.

Sa bouche était à la fois charnue et d'un rose très vif, gourmand. Comment avait-il pu ne pas s'en apercevoir, jusqu'à maintenant ?

Finalement, elle avait réussi à attirer son attention sur son physique ! Sous ses airs sages et studieux, cette femme semblait cacher une nature délicieusement piquante. Un véritable fantasme masculin, en somme.

Il hocha la tête pour accepter son offre et lui tendit sa tasse à travers la table. Elle se dirigea vers la cafetière et, alors qu'elle se penchait au-dessus de la table pour lui verser son café, il lorgna sans vergogne son décolleté.

Non seulement cette femme semblait avoir de la personnalité, mais elle possédait aussi des courbes affriolantes ! Et il était même parvenu à entrevoir un bout de dentelle.

Attention danger ! Cela faisait sans doute trop longtemps qu'il n'avait pas eu de maîtresse. Entre sa blessure, sa longue rééducation et les étudiantes qu'il s'efforçait de fuir, il ne s'était guère adonné aux plaisirs de la chair, ces derniers temps. Et Piper Scott venait de réveiller sa libido à un moment tout à fait inopportun.

Il se força à dévier son regard vers la tasse, et non plus vers sa généreuse poitrine.

— Merci, bredouilla-t-il en reprenant sa tasse.

Piper lui sourit, et il comprit instantanément qu'elle l'avait surpris en train d'admirer son décolleté. Son regard semblait dire quelque chose comme « Je vous y prends, dites donc ! ».

Bien vu. En plus d'être jolie, attirante et quelque peu mystérieuse, elle faisait preuve d'une grande finesse d'esprit. L'espace d'un instant, il eut même l'impression qu'il aurait pu se passer quelque chose entre eux.

Dommage que Piper Scott ne soit pas son type de femme. Dommage surtout qu'elle en soit consciente. Sur un malentendu, quelque chose de vraiment électrique aurait certainement pu se passer entre eux.

— Maintenant ça suffit ! s'écria soudain B. T. pour mettre un terme aux doléances de ses enfants.

Piper tressauta, puis reposa la cafetière.

— Vous, reprit B. T. en désignant Mark d'un index autoritaire, vous vous trouvez une assistante, une coéquipière, appelez ça comme vous voudrez. Et si vous n'êtes pas content je vous retire votre carte de presse. Quant à vous, mademoiselle Agence matrimoniale, si vous désirez obtenir un financement d'OMG pour votre projet avec Dancie, prouvez-moi donc l'efficacité de votre théorie : trouvez une partenaire que Mark saura supporter, et surtout qui saura le supporter !

— Papa, soyons sérieux ! s'exclama Travis en manquant de tomber de son fauteuil. Piper est une spécialiste des relations amoureuses. Ce qu'il faut à Mark, c'est une assistante capable d'épauler un journaliste de renommée mondiale, et non une cavalière pour le bal du lycée !

Ces mots valurent à Travis des regards incendiaires de la part de Piper.

— Envoyez-moi des candidates hautement qualifiées pour le poste, répliqua Piper d'une voix très professionnelle. Je me charge de sélectionner celles dont la personnalité s'adaptera le mieux à celle de Mark.

C'était hors de question ! Il secoua vigoureusement la tête, mais personne ne semblait plus se soucier de son opinion.

— Et quand suis-je censé recruter la perle rare ? gémit Travis en adressant un regard plein de ressentiment à son père. Puisque nous n'allons plus au Super Bowl, je vais devoir rectifier tous nos contrats avec nos annonceurs.

— Je t'aiderai, Travis, suggéra Dancie.

Mais Mark arrivait au bout de sa patience.

— Pour la dernière fois, je vous le répète : je travaille seul !

— Pas si vous travaillez pour OMG, rétorqua B. T.

Il n'était pas surpris. Connaissant l'intransigeance de B. T. il s'était attendu à ce genre d'ultimatum.

— Tant pis, dit-il en se levant de table. Je remercie toutefois OMG des opportunités qui m'y ont été offertes.

— Attends, Mark ! s'exclama Travis, paniqué.

— Il est temps pour moi de prendre d'autres chemins, déclara-t-il en réprimant une grimace de douleur au moment où il s'appuyait sur son genou. Au revoir.

Si cela continuait, il allait devoir prendre un antidouleur.

— Mark, attends ! s'écria Travis en se levant à sa suite.

— On se téléphone, répliqua-t-il en passant la porte.

Il traversa le hall en boitillant de plus en plus et se demanda s'il parviendrait même à rejoindre sa voiture.

— J'ai rendez-vous avec un client, moi aussi. (C'était la voix de Piper, dans son dos.) Je dois vous laisser. Dancie, Travis, B. T., bonne fin de journée à vous.

Quelques secondes plus tard, elle marchait à son niveau.

— Appuyez-vous sur moi, chuchota-t-elle discrètement en lui tendant le bras.

Ils étaient encore visibles depuis la salle de conférences, mais il dut obtempérer, n'étant pas en position de rechigner. Libérer son genou d'une partie de son poids le soulagea instantanément.

— Votre douleur s'est aggravée pendant la réunion.

Inutile de chercher à le nier.

— En effet, grommela-t-il. Merci pour votre aide.

— Vous pouvez marcher jusqu'à l'entrée principale ?

Il hocha la tête et se mit à avancer, appuyé contre elle. Elle s'arrangea pour ajuster son pas au sien.

Sans chercher à lui faire la conversation, heureusement. S'il n'avait pas autant souffert du genou, il aurait pleinement apprécié le contact rapproché de cette femme. Tout en négociant les premières marches de l'escalier, il humait à pleines narines son parfum doux et fleuri, assez éloigné de l'image de femme d'affaires sûre d'elle qu'elle avait donnée en réunion.

A présent, il remarquait ses bijoux, sa coiffure, sa jupe, et surtout ses talons aiguilles. Elle semblait s'être apprêtée pour un rendez-vous galant. Ou un concours de beauté. Ou pour une tentative d'amadouer B. T. Oui, Piper était une femme à l'intelligence très fine.

Vraiment pas aussi sage qu'elle en avait l'air, en fait.

— Où êtes-vous garé ?

— Sur le parking de la fac, près du bâtiment B. C'est là où j'ai cours, tout à l'heure.

— Et où se trouvent vos antidouleurs ?

Il s'arrêta et baissa les yeux vers elle.

— Je parie que vous vous efforcez de ne jamais en prendre par principe. Vous avez dû laisser traîner la boîte chez vous ou je ne sais où…

Comment diable s'y prenait-elle pour lire en lui comme en un livre ouvert ?

— Je les ai laissés au vestiaire du centre de rééducation.

Lequel centre se trouvait à plusieurs kilomètres de là.

— Bon, je vous accompagne jusqu'à votre salle de cours, puis vous me donnerez les clés de votre vestiaire et j'irai vous les chercher.

Ce n'était pas une proposition. Mais bien un ordre. Et il n'aimait pas recevoir des ordres de qui que ce soit. Même s'il était d'accord.

— Vous devriez retourner à la réunion, murmura-t-il.

— Laissons-les régler leurs histoires de famille. Donnez-moi votre clé, que j'aille récupérer vos médicaments.

Il était tiraillé entre son orgueil masculin et la douleur.

— Vous n'auriez pas besoin d'antidouleurs si je ne vous avais pas bousculé, insista-t-elle sur un ton de maîtresse d'école. Laissez-moi une chance de me racheter…

Il hésita encore, puis se mordit la lèvre.

— Vous mentez, dit-il. Ce n'est pas pour vous racheter. J'ignore pourquoi vous tenez tant à m'aider à sauver les apparences, mais il est vrai que j'ai très mal, admit-il. Accompagnez-moi jusqu'au bâtiment B, et je vous donnerai la clé de mon vestiaire. Quand vous reviendrez, que j'aie commencé le cours ou non, apportez-moi les cachets dans l'amphithéâtre. J'aurai une bouteille d'eau avec moi.

- 4 -

Etape n° 4 : Soignez votre sortie de scène lors de votre première rencontre, afin de le laisser intrigué.

Grâce aux inévitables embouteillages d'Austin conjugués au désordre qui régnait dans les vestiaires masculins du centre de rééducation orthopédique, Piper eut beaucoup de temps pour réfléchir. A Mark.

Impossible de classer cet homme dans un profil précis. Elle le considérait toujours comme un alpha-alpha, mais un certain nombre de critères manquaient. Normalement, au-delà de deux, l'individu appartenait forcément à une autre catégorie. Or, en l'occurrence, Mark ne rentrait dans aucune case. Peut-être était-ce parce qu'elle n'avait pas encore recensé la catégorie à laquelle il appartenait ?

A moins qu'il ne fasse partie de ces gens qui cherchent à masquer leur véritable personnalité. Mais elle était habituée à repérer ce genre de profils. Et Mark était d'un naturel désarmant — typique, là encore, de l'alpha. Et pourtant…

Il avait pressenti — à juste titre — qu'elle lui mentait et que son aide n'était pas désintéressée. Même s'il l'avait acceptée sans protestation et sans chercher à nier sa douleur. Un alpha-alpha capable de révéler une once de vulnérabilité ?

Et puis, pendant le conseil d'administration, il avait accepté les remontrances de B. T. sans broncher. Pas par résignation, oh non ! Plutôt parce qu'il considérait sans doute que toute tentative d'argumentation était inutile. Mark avait compris que

B. T. avait besoin d'affirmer son autorité, et son ego n'avait eu aucun problème à laisser passer l'orage.

En tout cas, s'il avait accepté les conditions de B. T., elle aurait su lui trouver une coéquipière compatible avec sa personnalité. Elle avait déjà travaillé pour des services de ressources humaines, ça aurait été l'occasion parfaite pour démontrer l'efficacité de sa théorie.

Allons, avoue-le, ma grande : tu cherches juste un prétexte pour passer plus de temps avec lui. Et ce n'est pas seulement parce que tu as quelque chose à prouver.

Certes, elle enrageait intérieurement du mépris avec lequel B. T. avait traité son projet, sans même prendre la peine de lire le rapport de Dancie. Lui qui était d'ordinaire un homme d'affaires avisé, il avait commis là une erreur. Tout comme il avait commis une erreur en posant un ultimatum à Mark. Car ce dernier n'était pas le genre d'hommes à qui on s'imposait de force. Au contraire.

Tout en cherchant une place sur le parking du bâtiment B, elle repensa au moment où elle avait surpris Mark en train de lorgner son décolleté. A vrai dire, quand elle l'avait remarqué, elle s'était encore penchée au-dessus de la cafetière, afin de lui offrir une vue privilégiée. Depuis quand ne s'était-elle pas amusée avec un homme ? Pire : depuis quand n'était-elle pas sortie avec un homme ?

Depuis quelque temps, elle trouvait en effet les hommes affreusement prévisibles, ennuyeux à mourir. En quelques minutes, elle les casait tous dans une de ses catégories, et devinait au mot près ce qu'ils allaient dire et à la minute près ce qu'ils allaient faire.

Enfin, tous, sauf Mark.

Seigneur, elle en avait des frissons ! Il y avait bel et bien danger. Cet homme risquait de lui faire tourner la tête. Enfin, à supposer qu'elle le laisse faire. Ou qu'il essaie.

Lors de ce bref sourire qu'ils avaient échangé, elle n'avait pas pu s'empêcher de se poser tout un tas de questions malhonnêtes. Et si Mark ne retournait pas à sa vie de vagabond, finalement ?

Et si elle oubliait qu'il était exactement le type d'homme qu'elle devait fuir ? Et si ces quelques secondes de connivence entre eux signifiaient vraiment qu'elle l'intéressait ? Et si le fait de s'engager dans une relation avec lui ne signifiait pas forcément qu'elle allait commettre l'erreur que sa mère s'entêtait à reproduire depuis des années ?

Et si, et si, et si…

Elle finit par trouver une place de stationnement à plusieurs blocs d'immeubles du bâtiment B.

Avoir une aventure avec Mark finirait forcément mal. Elle pouvait même prédire quand. Pour l'heure, la meilleure stratégie consistait à rejoindre la salle de cours de Mark au pas de course, à lui livrer ses médicaments et rentrer aussitôt rejoindre Dancie et la consoler du refus de son père.

Coupant le moteur, elle ôta ses talons aiguilles et enfila les sandales plates qu'elle gardait toujours dans son vide-poche pour les situations comme celle-ci. Elle était à un bon quart d'heure de marche du bâtiment B : elle allait devoir emprunter la navette du campus.

Même si elle n'attendit pas trop longtemps, il était déjà 13 h 20 lorsqu'elle atteignit le bâtiment B. Mark devait être en plein cours.

« Ethique du journalisme d'investigation à l'étranger » avait lieu dans le plus vaste amphithéâtre du bâtiment, et en poussant la porte elle découvrit plusieurs centaines d'étudiants, les yeux rivés sur l'estrade en contrebas, là où se tenait Mark. Il était assis sur un tabouret, entre plusieurs vidéoprojecteurs. Il avait laissé tomber sa veste en cuir et portait une chemise bleu pâle aux manches retroussées. Près de lui, un petit bureau sur lequel était posée une bouteille d'eau.

Aïe ! Elle allait vraiment devoir traverser tout l'amphi jusqu'à la scène, et lui donner ses cachets devant trois cents étudiants. N'y avait-il pas une porte latérale, d'où elle pourrait lui faire signe de venir les chercher ?

Tu vas contraindre un homme blessé à se traîner devant ses étudiants, juste parce que tu as le trac de traverser l'amphi.

Evidemment que non.

Mais Mark avait-il réfléchi au fait qu'en prenant ses médicaments devant ses étudiants il s'exposerait inévitablement à des questions ? Peut-être que cela ne le dérangeait pas.

Elle rebroussa chemin et prit le couloir qui descendait par la droite, pour atteindre la porte d'accès à l'estrade. Elle se retrouva directement au cœur de l'amphi. Pas moyen de passer inaperçue. Elle fit quelques pas en avant, et plusieurs dizaines de visages, dont celui de Mark, se tournèrent vers elle. Tout en poursuivant son cours, il lui fit signe d'avancer.

Elle monta les marches, et il ouvrit sa bouteille d'eau.

— Je peux aussi vous assurer que se faire tirer dessus, ça fait mal… Même plusieurs mois plus tard.

Elle lui tendit la boîte de cachets.

— Croyez-moi, les tarifs de rémunération n'en valent pas la peine, poursuivit Mark avant d'avaler un cachet tandis que le rire poli des étudiants retentissait dans l'amphi. Merci, Piper.

Il lui sourit brièvement, mais son visage restait tendu sous l'effet de la douleur.

— L'étiquette préconise deux cachets par prise, chuchota-t-elle alors qu'il posait la boîte sur la table.

Il se tourna vers elle et coupa son micro.

— « Un ou deux, selon le besoin », répliqua-t-il.

— Vous en avez besoin.

— J'en prendrai un deuxième si nécessaire, dit-il, agacé.

Elle ne se laissa pas impressionner.

— Je suis sûre que l'on vous a appris à devancer la douleur. Mais pour l'instant c'est elle qui vous devance.

Mark soutint son regard, visiblement excédé.

Pourquoi se préoccupait-elle autant de savoir s'il souffrait ou non, au juste ? Sa jambe lui faisait mal depuis bien avant leur bousculade de ce matin, et elle continuerait à le faire souffrir de longs mois encore. De quel droit se permettait-elle de le mettre ainsi au défi devant ses étudiants ?

— Vous comptez rester plantée ici tant que je n'aurai pas avalé un second cachet ?

— Bien vu, répliqua-t-elle en éprouvant un besoin aussi immense qu'incongru de le materner.

Le materner ? Ce n'était pas du tout le genre d'émotions qu'on était censée ressentir auprès d'un apollon au sex-appeal affolant. Mais c'était beaucoup moins risqué, cela dit.

Elle distingua quelques chuchotements dans l'auditoire.

— Vous pouvez rester, cela ne me dérange pas, déclara Mark après quelques secondes de flottement.

— Bien sûr que si, rétorqua-t-elle avec un petit sourire. Je veillerai personnellement à ce que ce soit le cas.

Elle décela une lueur de surprise au fond de ses yeux bleus, puis elle y lut quelque chose qui ressemblait à du désir lorsqu'ils s'attardèrent sur sa bouche.

— Vous me tentez, là.

Seigneur, comme elle avait soudain envie de céder à cette tentation ! Même si elle était pratiquement assurée qu'une grande désillusion suivrait sa dégustation du fruit défendu.

Elle venait de poser un ultimatum à un homme qui ne s'en laissait jamais imposer.

Rebranchant son micro, Mark s'adressa aux étudiants qui semblaient s'impatienter.

— Nous allons étudier à présent la photo qui se trouve à la page 107 dans le livre que je vous ai demandé d'apporter aujourd'hui. Si quelqu'un veut bien éteindre les lumières, je vais vous projeter la première version de l'image.

Aïe ! Elle allait avoir l'air d'une potiche, à rester planter là pendant la prochaine demi-heure. A moins qu'elle ne s'éclipse discrètement. Mais alors que les étudiants farfouillaient dans leurs affaires pour s'emparer de leur ouvrage Mark la regarda droit dans les yeux et avala son second comprimé.

Elle n'en revenait pas. Le sourire aux lèvres, elle lui adressa un clin d'œil satisfait, puis lui fit un signe d'adieu en tournant les talons.

— Piper !

Les doigts de Mark s'étaient refermés sur son avant-bras, et une onde de chaleur irradia aussitôt dans chaque cellule de son corps.

Mark cligna des yeux, comme s'il avait lui aussi ressenti la même électricité.

— Merci de vous être donné tant de mal, murmura-t-il, la main sur son micro. A bientôt.

Pendant un instant, elle crut qu'il allait ajouter quelque chose. Mais ce fut tout.

Et, au moment où elle quittait l'estrade, il avait repris son cours. Voilà. Ils en avaient fini, l'un avec l'autre.

Sauf qu'en arrivant à la porte de l'amphi elle ne put se résoudre à sortir. Profitant de l'obscurité, elle remonta jusqu'en haut de la salle par l'allée latérale. Comme tous les sièges étaient occupés, elle resta debout près des portes à double battant de l'entrée principale.

Bon sang, mais qu'est-ce qui me prend ? Elle devait absolument savoir ce que Dancie avait réussi à obtenir, n'avait toujours pas pris le temps de déjeuner, et voilà qu'elle se retrouvait tapie dans l'obscurité d'un amphithéâtre à écouter le cours d'un homme qu'elle ne reverrait jamais. à moins que…

Non, ce serait pure folie. Cet homme représentait une triple menace : il l'attirait physiquement, s'avérait étonnamment sympathique et semblait résister à toutes les théories du *Plan Piper*. En résumé, si elle ne faisait pas demi-tour très vite, les chances de finir par faire une bêtise étaient maximales.

Mais c'était plus fort qu'elle. Tant pis pour la grande et prévisible désillusion : le fruit défendu était trop alléchant.

Mark présentait la photo d'un homme donnant un discours et parue dans trois publications différentes. Il expliquait comment chaque titre de presse l'avait recadrée de façon à illustrer des points de vue particuliers.

— Sur cette première version, on a l'impression que cet homme prononce son discours devant un large public, déclara Mark en passant à l'image suivante alors qu'un murmure traversait l'amphi.

La partie tronquée de la deuxième photo révélait une file d'attente devant un guichet. Ces gens-là n'étaient pas du tout venus écouter l'orateur.

L'image suivante avait été rognée sur sa partie gauche et montrait le tribun entouré de journalistes. Le cadre suivant révélait un espace vide derrière le cordon de journalistes : l'orateur n'avait en fait aucun public. Elle comprit alors que ces images représentaient une conférence de presse mise en scène pour une publicité, et non un véritable discours politique.

— Vous voyez là comment un chef de rédaction peut altérer la perception d'une photographie, expliqua Mark en changeant d'image. Voici à présent le cliché original

L'amphithéâtre s'emplit de petits cris de surprise : l'image révélait un homme sur le côté, brandissant une pancarte sur laquelle était écrit : « Si vous voulez une boisson fraîche gratuite, applaudissez ! »

— Et ce n'est pas tout, ajouta Mark d'un air énigmatique. Regardez bien la suivante.

La file d'attente devant le guichet était en réalité composée de figurants venus chercher leurs boissons.

— Ils étaient payés ! lança un étudiant à la cantonade.

— Exact, dit Mark en appuyant sur pause. Ces gens étaient en réalité des figurants pour une campagne de pub.

Les commentaires fusèrent dans l'amphi.

— En quoi cela pose-t-il problème ? demanda quelqu'un.

— En rien, répondit Mark. Sauf qu'en l'occurrence un journaliste un peu paresseux, dans une grosse agence de presse, a utilisé cette photo sans vérifier son authenticité : l'image a été publiée telle quelle, présentant les faits comme réels, alors qu'il s'agissait d'un tournage publicitaire ! Finalement, un journaliste digne de ce nom a fini par faire son travail en vérifiant ses sources, et ça a été le début d'un des plus gros scandales médiatiques de la décennie.

Une étudiante leva la main.

— Qu'est devenu le journaliste qui a commis la méprise ?

— L'agence de presse entière a fermé, répondit Mark.

— Et celui qui a révélé le scandale ?

— Il est devenu correspondant à l'étranger.

Il parlait de lui-même ! Tandis que les questions se multipliaient, dans tous les coins de l'amphi, elle se demanda si les étudiants avaient compris. Captivée, elle le regarda leur répondre patiemment. Personne n'aurait pu imaginer que son genou le faisait souffrir tant il faisait preuve d'une maîtrise de soi impressionnante.

Cet homme était passionné par son métier. Et elle se demanda quel genre de femme saurait tempérer ses ardeurs et son instinct de reporter. Pas elle, en tout cas.

« Vous me tentez », avait-il dit. Dans le meilleur des cas, il la considérait peut-être comme une créature appétissante. Dans le meilleur des cas. Or elle aspirait à la stabilité, voulait s'engager durablement, tandis que lui ne rêvait que de parcourir le monde. Si jamais il se passait quoi que ce soit entre eux, cela se terminerait forcément par des adieux larmoyants dans un aéroport, juste avant que Mark ne s'envole pour de trépidantes aventures. Mais pourquoi diable restait-elle à rêver d'une — improbable — aventure qui ne pourrait que la faire souffrir ?

Peut-être ressemblait-elle plus à sa mère qu'elle ne le pensait. Sauf que sa mère cédait toujours à la tentation. Elle avait quant à elle la tête sur les épaules. Ne répétait-elle pas à ses clientes qu'aucune femme n'avait jamais changé un homme ? *Tombez amoureuse de votre homme tel qu'il est, et non pas tel que vous aimeriez qu'il soit.*

Elle ne changerait pas Mark.

Reprenant ses esprits, elle consulta l'heure sur son téléphone. Le cours se terminait bientôt, ce qui signifiait que Dancie allait rentrer sous peu de son déjeuner avec sa mère. A l'origine, Piper avait bloqué sa journée pour travailler avec Dancie sur le lancement du *Plan Piper*. Mais, vu la réunion de ce matin, son amie devait être au trente-sixième dessous. Et elle-même avait bien mérité un bon moka accompagné d'un croissant au chocolat bien gras et plein de beurre. Lançant un dernier regard en direction de Mark, elle poussa un soupir et quitta l'amphi en direction de la cafétéria.

*
* *

Mark devina que Piper quittait l'amphithéâtre. Pourquoi elle était restée aussi longtemps ? Son cours l'avait-il intéressée ou bien voulait-elle seulement s'assurer qu'il tiendrait le coup jusqu'à la fin ?

Il n'en saurait rien. Mais malgré ses regrets il s'efforça de répondre aux dernières questions de son auditoire et accorda les inévitables dix minutes de prolongation à des étudiantes qui buvaient ses paroles, les yeux remplis d'étoiles.

En tout cas, il devait une fière chandelle à Piper Scott. Sans les antidouleurs, il n'aurait sans doute pas pu assurer son cours. Elle avait eu raison d'insister pour qu'il prenne deux cachets. D'autant qu'il n'avait ressenti aucun des effets secondaires qu'il redoutait tant, aucune migraine, aucune somnolence.

Sans doute aurait-il mieux fait d'en prendre avant le conseil d'administration de ce matin. Peut-être se serait-il montré plus convaincant auprès de B. T., au lieu de chercher à dissimuler sa douleur pour prouver qu'il était apte à reprendre du service.

En tout cas, Mark devait tourner la page OMG, désormais.

A son grand soulagement, le professeur du cours suivant finit par arriver et délogea ses dernières groupies. Il put alors rassembler ses affaires pour regagner son bureau, d'un pas lent mais sans boiter.

Le parfum de Piper flottait encore dans la pièce, et il se remémora avec émotion les instants où il s'était appuyé à son corps léger et gracile pour regagner sa voiture après le conseil d'administration. Elle l'avait soutenu sans flancher, sans se plaindre malgré le poids qu'il faisait peser sur elle.

Cette femme lui plaisait. Trop, peut-être. Peu de gens auraient osé lui tenir tête comme elle l'avait fait, sous le regard de plusieurs centaines d'étudiants, rien que pour s'assurer qu'il prendrait un deuxième cachet. Et il était persuadé que, s'il lui avait tenu tête, elle aurait été capable de rester plantée à côté de lui jusqu'à la fin du cours.

Avançant jusqu'à son bureau, il s'assit confortablement

dans son fauteuil en inspirant le parfum de Piper. Mais il était temps d'oublier cette femme et de commencer à chercher un nouvel employeur.

Si seulement il l'avait rencontrée à un autre moment, à un autre endroit…

Ayant ouvert son ordinateur portable, il décrocha son téléphone. Il allait appeler tout son carnet d'adresses.

Mais, sept appels plus tard, il reposa le combiné sur son socle. Il avait besoin de reprendre ses esprits. Aucun de ses interlocuteurs n'avait quoi que ce soit à lui proposer. Rien du tout. Qu'étaient donc devenues les phrases qu'il entendait régulièrement, du type : « Quel talent, Mark ! Comment faire pour te convaincre de te débaucher ? »

Bon sang, il était Mark Banning, un journaliste de renommée internationale, oui ou non ?

Un sentiment d'appréhension s'empara soudain de lui. Non, personne n'allait l'oublier. S'il le fallait il paierait lui-même son billet pour le Moyen-Orient, mais il mènerait coûte que coûte cette enquête sur Burayd al-Munzir. Quitte à le faire en tant que pigiste. Mais, même pour cela, il lui fallait une carte de presse.

Peut-être serait-il contraint d'accepter un poste moins bien rémunéré, dans une agence de presse ? En engageant une pointure comme Mark Banning, n'importe quelle agence s'assurerait un développement phénoménal.

Il étudia sa liste de contacts, rayant tous ceux qui n'avaient jamais tenté de le débaucher de chez OMG.

— Wally Shetland, je sens que je vais faire de ta gazette régionale une référence incontournable ! murmura-t-il en décrochant de nouveau son combiné.

S'attendant à parler à une secrétaire, il fut surpris d'entendre Wally en personne lui répondre d'emblée. Ce journal devait être tout petit.

—. Comment se fait-il que ce soit le numéro de l'université du Texas qui s'affiche sur mon téléphone ? s'étonna Wally après les salutations d'usage.

— J'y donne des cours de journalisme, ce semestre.

— Je vois… Mais, dis-moi, je sais que tu as appelé un certain nombre de gens aujourd'hui. J'avoue que je suis un peu vexé de n'arriver que si tard sur ta liste de contacts.

Ainsi, le bruit courait déjà. Wally devrait pourtant être heureux de se trouver sur sa liste !

— Tu sais donc déjà qu'OMG et moi c'est fini.

— Mouais.

Pourquoi le ton de Wally était-il si peu engageant ? Des rumeurs erronées circuleraient-elles au sujet de cette rupture ?

— J'ai une piste qui peut me mener à un énorme scoop.

— C'est ce que tu dis toujours, répondit Wally.

Mais cela ne ressemblait guère à un compliment.

— Wally, je suis en train de t'offrir une exclusivité !

— De tous ceux que tu as appelés avant, aucun ne s'est montré intéressé, que je sache. Pourquoi le serais-je ?

Il ne s'était pas attendu à cette réaction, mais il pouvait la comprendre. Pourquoi Mark Banning offrirait-il subitement une exclusivité à un petit journal comme le *Phoenix Regional* ?

— Je n'ai encore proposé ce scoop à personne, lui assura Mark. Tu es le premier, Wally.

A l'autre bout de la ligne, il entendit Wally pianoter sur son clavier d'ordinateur. Bon sang, il n'était tout de même pas en train de rédiger un courriel pendant que Mark lui offrait le scoop de sa carrière !

— Je ne te crois pas.

— Tu devrais, pourtant, reprit-il, un brin agacé. J'aime la liberté de ton qu'offrent les petits organes de presse. Et ce sujet nécessitera beaucoup de temps et de travail.

— Oui, je sais combien tu tiens à ta liberté, dit Wally.

Il ne lui posait donc aucune question au sujet de son scoop ? Pourquoi diable ne manifestait-il pas plus d'intérêt ?

— Tu dis cela comme s'il s'agissait d'un défaut, marmonna-t-il, saisi d'une appréhension grandissante.

Il y eut un long silence à l'autre bout de la ligne, puis Wally reprit la parole, d'une voix profonde et gutturale.

— Je vais être franc avec toi, Mark, puisque personne n'a

eu le cran de l'être jusqu'à présent. Personne ne va t'engager, mon vieux. Ta réputation de tête brûlée fera renoncer même le plus audacieux des rédacteurs en chef. Tes prises de risques coûtent trop cher, désormais. Aucun assureur n'acceptera plus de prendre en charge tes garanties professionnelles.

Depuis quand la peur et l'argent régnaient-ils en maîtres sur cette profession ?

— Il me semble que d'autres reporters ont été pris en otage avant moi, et que d'autres le seront à l'avenir. Ça fait partie des risques du métier. Sache aussi que je n'ai vraiment pas l'intention de revivre ce que j'ai vécu l'an dernier.

— Mark, écoute, ce n'est pas que je ne veuille pas t'aider mais… Je pourrais perdre mon job, tu comprends ?

Perdre son job ? Pour l'avoir engagé, lui ? Wally semblait sincère. Mark serait-il donc devenu persona non grata dans la profession ? On l'avait *blacklisté*. Et il était le seul à ne pas être au courant.

Cette prise de conscience brutale fut aussi douloureuse que les balles qu'il avait reçues dans la jambe.

Voilà pourquoi B. T. s'était senti en position de force au moment de négocier sa reprise de service.

Comme il ne disait plus rien, Wally poursuivit :

— Permets-moi de te donner un conseil. Et ce, en tant que fervent admirateur de ta carrière : fais-toi discret quelque temps, continue de donner des cours à la fac, ou même écris un livre. Et puis, reviens par la petite porte, avec humilité, en réalisant quelques documentaires par exemple.

— Des documentaires ? répéta-t-il, abasourdi.

— Il faut prouver que tu n'es plus le casse-cou que nous avons tous admiré. Laisse passer quelques mois, voire quelques années, avant d'organiser ton retour.

— Ce sera trop tard, on m'aura oublié, dit-il, la gorge nouée.

— Les gens n'oublieront pas Mark Banning, assura Wally en riant.

— Merci pour le réconfort, répondit-il, la gorge nouée.

— Tu m'enverras un exemplaire dédicacé de ton livre ?

— Bien sûr, fit Mark en se retenant de fracasser le téléphone contre le mur.

Il fixa longuement l'écran de son ordinateur avant de fermer le fichier de son carnet d'adresses. Pas question de s'humilier un peu plus en continuant de parcourir sa liste de contacts.

Il devait un fier service à Wally. Lui seul avait eu le courage et l'honnêteté de lui dire la vérité. Et, surtout, il n'avait pas manifesté la moindre curiosité face au scoop qu'il lui proposait. Tout simplement parce que aucun scoop ne valait le risque d'engager Mark Banning.

Comment avait-il pu en arriver là ? Il ne s'était fait piéger qu'une seule fois. Enfin, un peu plus, certes, mais il n'avait été fait prisonnier qu'une fois pendant ses nombreuses années de service.

Jamais il ne s'était soucié de savoir quel genre de réputation il s'était forgé au cours de ces années. OMG lui avait laissé toute latitude pour exercer ses fonctions comme bon lui semblait.

En résumé, s'il voulait redevenir reporter, il allait devoir accepter une assistante. Enfin, à supposer qu'OMG soit encore disposé à l'engager.

Pour savoir ce qu'il en était, il ne lui restait qu'une seule chose à faire.

Il farfouilla dans le tiroir de son bureau, sortit une feuille et un marqueur noir. Et il se mit à écrire.

OFFRE DE STAGE

Mark Banning propose à un stagiaire de l'accompagner lors de son prochain reportage de terrain.

Merci de déposer dans la boîte aux lettres du bureau 10B votre C.V. accompagné d'une lettre expliquant en 250 mots vos motivations pour cette expérience unique dans une vie.

Il prit soin de souligner les quatre derniers mots.

Il ne lui restait plus qu'à croiser les doigts, et attendre.

Etape n° 5 : Organisez une rencontre « fortuite » avec votre homme idéal. Elle devra être brève et inattendue — tout au moins pour lui.

Arrivée devant le bureau de Dancie, Piper s'arrêta net et tendit l'oreille. Ni sanglots ni plaintes… Entrant aussitôt, elle trouva Dancie en train de pianoter à toute vitesse sur son clavier d'ordinateur.

Elle semblait en pleine forme, c'était pour le moins inhabituel après un déjeuner avec sa mère.

— Coucou, comment ça s'est passé ? demanda Piper en pénétrant dans la pièce d'un pas léger.

— Super, répondit Dancie en continuant à taper sur le clavier.

Super ? Un déjeuner avec sa mère ? Décidément, quelque chose ne tournait pas rond !

Après la façon dont s'était déroulée la réunion avec son père et un déjeuner avec sa mère, Dancie aurait dû être au trente-sixième dessous.

Peut-être était-elle en état de choc ?

Piper traîna un fauteuil jusqu'au bureau de Dancie, où elle déposa la boîte de croissants.

Dancie sauvegarda son fichier, puis leva les yeux.

— Non merci, j'ai vraiment trop mangé à midi. Dis donc, tu connaissais cette technique révolutionnaire pour lisser les cheveux pour quelques semaines ? Une sorte de permanente à l'envers en fait. C'est hors de prix, mais j'ai pris rendez-vous mercredi prochain.

Piper fixa son amie du regard, puis s'empara d'un croissant qu'elle engloutit en quelques secondes.

— Piper, qu'est-ce que tu fais ? Tu deviens boulimique ?

Elle déglutit péniblement.

— Pas eu le temps de déjeuner…

— Ah ? Et où étais-tu, demanda-t-elle avant d'ouvrir les yeux à mesure qu'elle comprenait. C'est pas vrai ! Ne me dis pas que tu étais avec Mark Banning !

Piper hocha la tête. N'étaient-elles pas plutôt censées parler de Dancie ? Habituellement, c'était ainsi que les choses se passaient.

— Allez, avoue ! insista Dancie d'une voix abasourdie.

Et elle avoua. Tout. Même cet étrange sentiment de connexion lorsque leurs corps s'étaient frôlés.

Mais, sans même la laisser finir son récit, Dancie secoua la tête et fronça les sourcils.

— Ne craque pas pour cet homme, Piper !

— Je n'en ai pas l'intention, s'entendit-elle répondre en frissonnant. Mais j'admets qu'il m'a intriguée.

Elle mordit goulûment dans un second croissant.

— Tu plaisantes ? fit Dancie en écarquillant encore les yeux. Bon sang, tu es sérieuse… ! Mais enfin, Piper, tu dois forcément savoir que cet homme n'est pas fait pour toi !

Bien sûr qu'elle le savait.

— J'ai dit « intriguée », pas « conquise ».

— Bon sang, c'est pas possible ! Tu connais pourtant tous les profils masculins possibles et imaginables, Piper ! Dois-je te rappeler que c'est toi qui as écrit ce bouquin ?

Elle eut du mal à déglutir cette fois.

— Je sais… Mais tu as déjà entendu parler d'alchimie ?

Le regard de Dancie se fit perçant.

— N'est-ce pas précisément ce contre quoi tu mets toutes tes clientes en garde ? fit-elle en se redressant. Craquer pour le mauvais type en se disant que l'amour finira par le transformer en homme idéal, ça ne marche jamais !

— Certes, mais imagine que ce soit lui, l'homme idéal…

Dancie manqua de s'étrangler.

— Calme-toi, reprit Piper. J'ai dit « imagine. » Ce n'est pas moi, mais toi qui as fait le lien entre « intriguée » et « ils se marièrent et eurent beaucoup d'enfants ».

Dancie la dévisagea longuement, et elle poursuivit avec sa voix la plus professionnelle possible :

— De toute façon, je ne le reverrai jamais. A moins qu'il ne change d'avis et décide de prendre une assistante dont je serai chargée d'évaluer la compatibilité avec lui.

— Tant mieux, rétorqua Dancie d'un ton moyennement convaincu. Tu commençais à parler comme ta mère…

Là, son amie exagérait sans doute un peu.

— Je crois que j'ai été un peu dure avec elle, lui fit-elle remarquer.

— Mouais, et peut-être que moi aussi, finalement, avec la mienne, ajouta Dancie d'un air chagriné.

— Vraiment ? Raconte-moi ! (C'était le moyen idéal de ne plus parler ni rêver de Mark Banning.) De toute façon, tes déjeuners avec ta mère finissent toujours mal.

— Elle a adoré mes cheveux défrisés ! Et elle m'a confié qu'elle avait songé à me les faire couper court, quand j'étais petite, tellement ils étaient difficiles à coiffer. Si elle s'est abstenue, c'est seulement parce que la coiffeuse l'en a dissuadée : j'aurais eu l'air d'un des Jackson Five. Du coup, elle m'a parlé de cette nouvelle technique de lissage. J'ai hâte d'essayer ! J'ai aussi raconté à maman la réunion de ce matin. A ce propos, je voulais te dire que je suis navrée de la façon dont papa t'a traitée.

Evidemment, ce souvenir ne manqua pas de ramener celui de Mark.

— Je ne suis pas la seule à avoir fait les frais de sa mauvaise humeur.

— C'est vrai. Je suis même surprise que Mark ne se soit pas plus défendu. Parce que, Travis, il est dans tous ses états.

Il est resté enfermé au sous-sol depuis, mais peu importe, poursuivit Dancie en se penchant vers Piper, les yeux soudain pétillants. Maman m'a suggéré d'arrêter d'essayer de devenir associée chez OMG et de monter ma propre start-up. Elle m'a dit en substance que la seule façon efficace de traiter avec mon père, c'était de le contourner, et non de l'attaquer frontalement.

— J'ai toujours aimé ta mère, dit Piper en ramassant les miettes de ses croissants sur le bureau.

Ce n'était pas sa mère à elle qui risquait de lui donner ce genre de conseils avisés.

— Eh bien, figure-toi que ma mère t'aime aussi beaucoup ! reprit Dancie avec un sourire entendu. Elle propose d'investir sur le site du *Plan Piper*, de façon à nous permettre de le lancer au plus vite ! Je lui ai dit « d'accord ».

Piper se redressa brusquement.

— Tu t'apprêtes à mettre le *Plan Piper* en ligne ?

— Euh, oui, répondit Dancie d'une voix soudain hésitante. C'est une idée porteuse, et tu as fait toutes ces recherches… Bon, au début, nous n'aurons pas autant de connexions que si OMG avait soutenu le projet, mais je conserve un bon carnet d'adresses et je prévois une intense campagne de promotion. Enfin, je sais que tu pourrais aussi vendre très cher le projet à de grosses start-up, mais… Je pensais que tu t'associerais avec moi.

— Bien sûr ! s'empressa-t-elle d'assurer à son amie. C'est toi qui as eu l'idée de créer un site internet à partir du Plan. Il faut juste que je m'habitue à l'idée qu'on se lance pour de bon !

— Donc, tu es d'accord ?

Comme Piper hochait la tête, Dancie sauta de joie.

— Super ! Alors voici à quoi j'ai pensé…

Piper trempa un troisième croissant dans la crème moka.

— On pourrait mettre le *Plan Piper* en lien sur ton site de coaching en réussite sentimentale, expliqua Dancie en orientant son écran vers Piper pour lui montrer une version provisoire du site. J'ai déjà parlé au webdesigner qui avait travaillé sur cette maquette pour OMG. Je lui ai expliqué la situation : il veut bien travailler pour nous. Il ne reste qu'à remplacer les logos OMG par notre futur logo.

Piper était sincèrement touchée de voir Dancie aussi enthousiaste, mais au fond d'elle-même elle se sentait... Oui, piégée. A l'origine, elle avait espéré qu'en confiant la mise en ligne du *Plan Piper* à OMG elle aurait pu s'impliquer un peu moins dans le projet. Ce que Dancie ignorait. Tout comme elle ignorait d'ailleurs ses projets — d'ailleurs très vagues — de changement de vie.

— Cela représente beaucoup de travail, dit-elle.

— Ne t'inquiète pas, répondit Dancie, je me charge de toute la partie communication et mise en ligne. Comme ça, tu pourras te consacrer à la rédaction d'articles pour le blog, et à tes consultations téléphoniques.

Sa marge de liberté fondait à vue d'œil.

— Des consultations téléphoniques ?

— Oui, j'ai pensé qu'on pourrait proposer une sorte de pack tout compris, qui inclurait au moins une consultation en tête à tête avec toi, expliqua Dancie en souriant. Il ne te reste qu'à établir tes tarifs !

Cette fois-ci, le piège se refermait bel et bien. Elle allait passer le restant de ses jours à améliorer la vie sentimentale des autres, alors qu'elle-même n'en avait pas !

Mark Banning.

Comment se faisait-il que ce nom lui vienne spontanément à l'esprit, dès qu'elle pensait à sa vie sentimentale ?

Elle tenta de reprendre un croissant, mais Dancie ferma la boîte et la rangea sur le côté du bureau.

— Comment pourras-tu trouver le temps de prendre en charge ces nouvelles fonctions avec celles que tu occupes chez OMG ?

— Oh ! j'ai oublié de te dire ! fit Dancie. Je démissionne.

— Tu... Quoi ?

— Je démissionne. Travis n'aura qu'à s'occuper du *Women's Guide*, puisqu'il veut tout contrôler, déclara-t-elle avec une légèreté déconcertante pour quelqu'un qui avait passé deux années entières à développer ce site.

Piper eut soudain un vertige.

— Passe-moi ces croissants, Dancie.

Celle-ci tenta de l'en empêcher, mais, le stress aidant, Piper réussit à récupérer la boîte à la volée. Jamais de sa vie elle n'avait encore mangé autant de croissants au chocolat, qui plus est trempés dans une crème au moka. Hmmm…

— C'est à ça que je ressemblais, à l'époque où je m'empiffrais ? demanda Dancie, l'air dégoûté.

Tout en mastiquant, Piper fit semblant de pleurer.

— Pire que ça ?

Elle hocha la tête entre deux bouchées.

— Tu vas te rendre malade ! prévint Dancie.

— Et toi, tu as démissionné, répliqua Piper en déglutissant.

— Tu penses que c'est une erreur, je le sais.

— Ce n'est pas une décision un peu trop impulsive ?

— Arrête d'analyser les choses, rétorqua Dancie. A trop réfléchir, on finit par ne plus jamais agir. Pour l'heure, je choisis l'action, plutôt que d'attendre une opportunité qui risque de ne jamais se présenter.

Attendre, n'était-ce pas ce que Piper faisait, au juste ?

Et les choses lui apparurent soudain sous un jour tout à fait différent. Enfant, elle regardait sa mère commettre des erreurs avec les hommes. La Piper adulte avait donc rédigé un livre pour apprendre aux femmes à identifier leur homme idéal ainsi qu'à entretenir une relation durable et harmonieuse avec lui. Mieux, elle gagnait sa vie en aidant les gens à résoudre leurs problèmes de cœur. Mais, bien sûr, elle avait pris soin de ne surtout pas s'engager dans une relation sentimentale. Ainsi, elle ne courait aucun risque.

Et si Dancie avait raison ? Peut-être que son sentiment d'être piégée provenait surtout de sa peur viscérale de commettre des erreurs.

Et, en plus de lui porter préjudice, cette peur risquait fort de compromettre son avenir.

Dancie, elle, continuait à parler, intarissable, ignorant tout des réflexions qui l'agitaient.

— Inutile de continuer à perdre mon temps en espérant être nommée associée d'OMG. Je préfère me consacrer à cent pour cent au lancement du *Plan Piper*. Mais j'y pense…

— Qu'y a-t-il ?

Son amie avait sans doute fait elle aussi le point sur son existence pour aboutir à de tels projets et à un tel enthousiasme.

— Comme je viens de démissionner, je vais devoir vider mon bureau, expliqua Dancie en rouvrant son ordinateur portable. Je vais devoir télécharger et sauvegarder tous mes fichiers avant qu'ils ne bloquent mon mot de passe.

— Tu crois qu'ils feraient ça ?

— Travis est capable de tout. Et donc, tu n'aurais pas une petite idée d'un espace qui pourrait m'accueillir ? Dans ton cabinet, par exemple.

Seigneur… Les choses pouvaient-elles encore empirer ?

— Non, répondit-elle fermement.

— Promis, je me ferai toute petite, le temps de réunir les fonds pour louer de vrais locaux, poursuivit Dancie, nullement perturbée par son refus catégorique.

Poussant un long soupir, elle fouilla dans son sac à main, à la recherche d'un mouchoir en papier pour essuyer ses doigts encore tout collants de chocolat. Mais, alors qu'elle en extirpait un, quelque chose tomba sur le bureau.

La clé du casier de Mark dans le vestiaire !

C'était un signe. Ils allaient se revoir.

Même si c'était une erreur. Oui, elle était bel et bien prête à commettre une erreur, si c'était avec cet homme.

Bien évidemment, Dancie se précipita sur la clé.

— Centre de rééducation orthopédique d'Austin, lut-elle sur la clé. Mais qu'est-ce que ça fait dans ton sac ?

— Elle est à Mark. J'ai oublié de la lui rendre, expliqua-t-elle en tendant la main pour la récupérer.

Mais Dancie serra l'objet métallique contre sa poitrine.

— Dancie !

— Piper, je dois te protéger de toi-même, dit-elle en secouant la tête. Franchement, je te croyais plus imaginative : le coup de l'oubli est d'une banalité...

— Je t'assure que j'ai oublié de la lui rendre après être allée chercher ses antidouleurs. Rends-moi cette clé !

— Je crois que je vais la lui renvoyer par courrier.

— Cela prendra trop de temps, s'impatienta Piper.

Dancie glissa la clé dans la poche de son blazer.

— Je te la rendrai demain.

— Et je peux savoir pourquoi ?

— Le temps que tes hormones se calment un peu.

— Mes hormones vont très bien, je te remercie.

— C'est justement ce qui m'inquiète.

Excédée, Piper appela le Centre de rééducation et apprit que la prochaine séance de Mark n'avait lieu que vendredi. Quand il se rendrait compte qu'elle devait avoir sa clé, il lui téléphonerait sans doute. Mais les heures passèrent, et elle ne reçut aucun appel. Et si Dancie avait eu raison de la « protéger » d'elle-même ? Quoi qu'il en soit, elle se résigna à ne pas récupérer la clé dans l'immédiat, et passa le reste de la journée à aider Dancie à faire ses cartons et à les empiler dans leurs voitures respectives. Elles ne croisèrent pas Travis une seule fois, et Piper s'étonna que B. T. ait accepté sans difficulté la démission de sa fille.

— Dancie, tu as prévenu quelqu'un de ta démission ? demanda-t-elle après avoir chargé le dernier carton.

— J'ai envoyé un courriel à tous ceux que cela concerne, répondit son amie avec un haussement d'épaules.

— Et ton père ?

— Il ne sait rien pour l'instant, admit Dancie en refermant le coffre de sa voiture.

Le lendemain matin, un énorme bouquet de roses jaunes fut livré au cabinet de Piper.

— Des roses jaunes ! s'exclama Dancie depuis le recoin

du hall de réception où elle avait installé ses affaires. Ça doit être mon père qui me les envoie.

Elle lut le carton qui les accompagnait, pendant que Piper cherchait un endroit où poser le vase sur le comptoir encombré.

— Elles sont pour toi, déclara Dancie d'une voix étrange.

Mark ! Mark lui avait envoyé des roses ! Piper enfouit son nez dans une fleur.

— Désolée, ma jolie, mais elles ne viennent pas de Mark.

Pétrifiée, elle fit en sorte de sauver les apparences.

— Evidemment, répliqua-t-elle, pourquoi m'offrirait-il des fleurs ?

Elle finit par poser le vase à terre. Dancie lui tendit la carte, puis tourna les talons.

« Avec tous mes remerciements. A présent, trouvez un homme digne de ce nom à ma Dancie. B. T. Pollard. »

Le salaud !

— Dancie, je...

Son amie lui tournait toujours le dos quand Anna, la réceptionniste, arriva. Piper dut alors lui expliquer que Dancie s'était installée là pour quelque temps, puis les premiers clients de la matinée arrivèrent. Impossible de s'expliquer avec Dancie. De toute façon, il n'y avait rien à expliquer : B. T. était B. T., voilà tout.

Le reste de la matinée fut désastreux. Elle fut plusieurs fois obligée de quitter son bureau pour demander à Anna et Dancie, qui était en train de déballer ses affaires, de parler moins fort. Ce qui était extrêmement embarrassant vis-à-vis de ses clients.

Puis Dancie se mit à passer des coups de fil, et on aurait dit qu'elle se trouvait dans la même pièce qu'elle.

Seigneur, cela n'allait pas pouvoir durer ! Mais elle ne pouvait tout de même pas mettre son amie dehors. Dancie ne l'avait-elle pas hébergée, à l'époque où elle n'avait pas de quoi payer un loyer ?

Après des heures d'agacement et de frustration, elle avait surtout besoin de prendre l'air. Et une excuse toute trouvée pour ce faire : rapporter la clé à Mark. Ses hormones s'étaient calmées depuis la veille.

Elle laissa donc Anna et Dancie à leurs occupations — elles assemblaient un ordinateur —, et prit le chemin du campus. Elle n'avait pas prévenu Mark de sa venue, redoutant une réponse du type « Déposez-la à mon secrétariat ». Et elle ne voulait surtout pas que Dancie soit au courant. Elle avait déjà eu suffisamment de mal à la convaincre de lui rendre la clé.

En poussant la porte du bâtiment B, elle s'aperçut que son cœur battait plus vite. Elle avait très envie de revoir Mark. Même si elle avait du mal à se l'avouer.

En traversant le hall, une annonce accrochée au panneau d'affichage attira son attention. « Mark Banning propose à un(e) stagiaire de l'accompagner lors de son prochain reportage de terrain. » Intriguée, elle s'approcha et lut l'annonce griffonnée dans son intégralité.

Ainsi, il recherchait une stagiaire. Qu'était donc devenue son obsession de travailler seul ? C'était fini, désormais ?

Elle se dirigea vers le cinquième étage, où se trouvait le bureau de Mark, et trouva le couloir encombré d'étudiantes qui semblaient toutes converger vers le même point, C.V. à la main. Elle leur emboîta le pas et comprit aussitôt où elles se rendaient : devant le bureau où l'on avait apposé une affichette temporaire au nom de Mark Banning. La boîte aux lettres étant pleine, une pile de dossiers de candidature s'entassaient désormais sur le seuil. Manifestement, Piper n'était pas la seule à fantasmer sur le journaliste aventurier.

Mais elle ne devait surtout pas oublier que, s'il se passait quoi que ce soit entre eux, Mark devrait rester une aventure passagère. Car elle avait perdu suffisamment de temps à s'accrocher à des hommes qui n'étaient pas faits pour les relations durables.

Elle attendit que les jeunes femmes déposent leurs C.V. Elles la jaugèrent d'un œil mauvais, puis repartirent en chuchotant.

Le cœur serré, Piper slaloma entre les piles de dossiers accumulés, puis frappa.

— Laissez votre candidature sur la pile ! entendit-elle.

Piper sourit et poussa la porte.

— Je ne venais pas pour…

— Si vous insistez, votre dossier partira directement à la poubelle, grogna-t-il sans même lever le nez de son bureau.

Même agacé, cet homme demeurait beau à en mourir. Pommettes saillantes, mâchoire virile, mèches brunes lui retombant sur le front… Elle regrettait à présent de ne pas avoir profité davantage du moment où elle l'avait pris contre elle pour l'aider à quitter les locaux d'OMG. Mais le seul fait de se remémorer ces instants où leurs corps avaient déambulé dans les couloirs raviva dangereusement — et délicieusement — le feu de ses hormones.

Mark parcourut trois C.V. à la suite, avant de les jeter dans la corbeille à côté de laquelle il était assis. Un grand sac plastique rouge, déjà plein, trônait près de la bibliothèque. Des piles de candidatures s'entassaient sur le bureau, les fauteuils, et même à terre, au pied du bureau.

Peut-être devrait-elle postuler, elle aussi ? Et elle n'aurait pas besoin de deux cent cinquante mots pour lui dire « Choisis-moi, et je ferai en sorte que tu ne le regrettes pas ».

Aïe ! Elle ferait bien de reprendre ses esprits, d'autant que Mark daignait enfin lever les yeux vers elle.

Il marqua un temps d'arrêt.

Seigneur, il ne la reconnaissait pas !

Mais, l'instant d'après, son visage s'illumina d'un sourire à couper le souffle.

Au cours de ses recherches pour le *Plan Piper*, elle avait interrogé beaucoup d'hommes au physique avantageux, et qui savaient en jouer. Mais elle avait toujours fait en sorte de ne pas se laisser distraire par leur charme. Elle savait maîtriser ses émotions. Enfin, en temps normal. Jamais encore elle ne s'était laissé submerger au point de demeurer plantée devant un homme, sans voix, et de se comporter comme l'une de ces groupies qu'elle avait croisées dans le couloir en venant.

— Oh ! c'est vous ! Bonjour, dit Mark. Vous êtes… différente.

Son sourire s'effaça et elle respira mieux.

Il ne l'avait donc pas oubliée. Mais il était vrai que la veille Piper avait fait un effort vestimentaire pour B. T.

— J'ai remis mes lentilles de contact, et laissé tomber le brushing texan, expliqua-t-elle avec légèreté.

— Vous portez donc votre tenue normale, aujourd'hui ?

— Pour les jours où je reçois mes clients, oui, indiqua-t-elle.

Tout compte fait, elle aurait peut-être dû se faire belle pour lui ? Non, Dancie aurait soupçonné quelque chose.

— Je vous préfère ainsi, dit-il avec un sourire nonchalant.

Cette fois, elle crut suffoquer. Mais des éclats de voix féminines dans le couloir la ramenèrent à la réalité.

— Fermez vite la porte, reprit Mark en lui faisant signe de venir s'asseoir. Excusez le désordre. Vous n'avez qu'à mettre la pile du fauteuil par terre, avec les autres.

— Je ne vais pas rester, murmura-t-elle.

Même si elle brûlait d'envie de lui répondre : « Aucun problème, je vais m'asseoir sur vos genoux… »

Le problème, c'était qu'il la déshabillait ouvertement du regard et qu'elle était incapable de masquer son trouble. Rarement elle avait été confrontée à un homme qui affichait une telle confiance en soi.

Pire encore, elle se sentait flattée de ce petit jeu de séduction qu'il avait immédiatement instauré entre eux.

Mais il était temps de reprendre le contrôle de la situation.

— J'ai oublié de vous rendre votre clé de vestiaire hier, expliqua-t-elle en farfouillant dans son sac à main.

— Je ne m'en étais pas aperçu. A vrai dire, je suis débordé, dit-il en se redressant et en passant une main dans ses cheveux. Je dois sélectionner une stagiaire.

Il lui adressa un regard affligé, plus craquant que jamais. Et elle ne sut plus où donner de la tête, entre le regard clinique qu'elle portait sur ce spécimen impossible à classer, et les réactions dangereuses qu'il induisait chez elle.

Pire que tout, elle ne retrouvait pas la clé dans son sac.

— Vous ne travaillez donc plus seul ?

— Disons que, si B. T. insiste pour que je travaille en

binôme, je tiens à choisir moi-même ma partenaire. Je préfère former cette personne à mes méthodes.

Son discours avait radicalement changé depuis la veille. Etait-ce à cause de sa jambe ?

— Travis vous a convaincu de revenir chez OMG ?

— Je n'ai pas reparlé à Travis, répondit-il alors qu'elle fouillait frénétiquement au fond de son sac à main.

De plus en plus gênée, elle déposa son sac sur le bureau.

— Tous ces dossiers sont des candidatures ? demanda-t-elle en balayant la pièce du regard.

— Effectivement..

— Vous avez reçu tout ça en deux jours ?

— Les nouvelles vont vite sur le campus.

— Je vois… Mais pourquoi vous encombrer de toutes ces paperasses, à l'ère des courriers électroniques ?

— Je voulais m'assurer que les postulants avaient le sens de l'orientation en venant eux-mêmes déposer leur C.V.

Sur ces mots, il examina l'un des C.V. qu'il tenait, puis le jeta presque aussitôt dans la corbeille. Il fit de même avec les deux suivants, sans même les lire jusqu'au bout.

— Ces candidats-là n'avaient pas le sens de l'orientation ? s'étonna Piper.

— J'élimine d'emblée ceux qui ne savent pas orthographier correctement leur prénom. Franchement, Jenifer, avec un seul *n* ? Vous n'y pensez pas ! dit-il en jetant une nouvelle fiche à la corbeille. Le pire, c'est Marc avec un *c*. Je suis navré, mais Mark s'écrit avec un *k*, point final.

Eh bien, il ne plaisantait pas avec l'orthographe.

— Mais Marc avec un *c* peut aussi être le diminutif de Marcus, non ?

— Hors de question que je travaille avec un Marcus, reprit-il en jetant un nouveau C.V.

Il parcourut quelques candidatures supplémentaires, lesquelles subirent le même sort, avant de s'arrêter sur une.

— Comment s'appelle ce postulant ?

— Grace Goodheart. Joli nom, non ?

— Probablement un pseudo.

— Peu importe. Ça sonne bien.

Fascinée, elle le regarda réduire en fumée les rêves de dizaines d'aspirants journalistes. Un seul C.V. retint suffisamment son attention pour qu'il le lise jusqu'à la lettre de motivation. Mais le tout finit, lui aussi, dans la corbeille.

— Cette Jennifer-là avait bien les deux *n* réglementaires, lui fit-elle remarquer en rattrapant le dossier à la volée. Pourquoi ne pas l'avoir sélectionnée ?

— C'est une première année. Pas question d'emmener une gamine de dix-huit ans en mission à l'étranger.

Piper se souvint des paroles de B. T. Il voulait quelqu'un qui soit capable de tenir tête à Mark : nul doute qu'une jeune étudiante ne saurait s'opposer au célèbre Mark Banning.

— Vous savez pertinemment que B. T. n'acceptera jamais de vous confier une étudiante comme stagiaire.

— Bien sûr que si : seul un monstre froid se permettrait de prendre des risques inconsidérés aux côtés d'une gamine.

— Ces jeunes femmes ne sont pas des gamines. Et je suis certaine que vous pesez soigneusement le pour et le contre avant de prendre un risque.

— Ce n'est pas faux, admit-il en levant les yeux vers elle.

— B. T. voudra donner son aval pour confirmer votre choix. Si vous le souhaitez, je peux vous aider, s'entendit-elle suggérer d'un ton très professionnel. Quand vous aurez sélectionné quelques candidates, je pourrais assister aux entretiens, me faire une idée de leur profil psychologique et déterminer celles qui plairont à B. T.

Le regard de Mark s'assombrit, et elle comprit qu'elle venait de commettre une erreur. Elle aurait dû mettre l'accent sur la compatibilité des candidates avec Mark, et non avec B. T.

— Vous savez, la seule façon efficace de traiter avec B. T., c'est de le contourner, et non de l'attaquer frontalement, ajouta-t-elle pour se rattraper, en répétant fort opportunément les paroles de la mère de Dancie.

Mark sourit, puis se replongea dans la lecture des C.V.

— Et puis, prendre une stagiaire est un signe de bonne volonté de votre part, poursuivit-elle avec conviction. Cela montre à B. T. que vous savez faire des compromis.

Il se redressa et la ligne de ses pectoraux apparut nettement sous sa chemise. Comment n'avait-elle pas remarqué plus tôt à quel point il était musclé ?

— Ecoutez, Piper, dit-il en se calant contre le dossier de son fauteuil. J'avoue que vous avez piqué ma curiosité, et j'ai lu quelques-unes de vos chroniques.

Elle avait piqué sa curiosité ? Il avait lu ses articles ? Son cœur battait à tout rompre.

— Je suis certain que vous êtes très douée dans votre domaine, mais choisir une stagiaire qui m'accompagnera dans des missions délicates dépasse vos grilles de compatibilité.

Le ton était devenu un brin condescendant.

— Vous êtes allé sur mon site internet ? demanda-t-elle.

Il secoua vaguement la tête, comme pour lui faire comprendre qu'il avait eu des choses plus importantes à faire.

Déçue, elle sentit son élan hormonal se figer d'un coup.

— Si vous aviez pris la peine de vous y rendre, vous auriez appris que mon activité ne se réduit pas à une simple grille de compatibilité des caractères, ajouta-t-elle, amère.

— Bien sûr, bien sûr, dit-il en faisant pivoter son fauteuil. Mais la compatibilité d'humeur est le dernier critère que je prendrai en compte dans mon recrutement, expliqua-t-il en la regardant droit dans les yeux.

— Ah bon ?

Il ne semblait pas conscient de la nature insultante de ses paroles. Ce qui était d'autant plus insultant.

— Dans mon travail, on est amené à rencontrer des tas de gens, dans des circonstances très différentes, reprit-il d'un air sérieux. Les vrais professionnels doivent s'accommoder de tous types de personnalités. Les postulantes que je recevrai en entretien devront en être conscientes : la personnalité n'est pas un critère dans mon métier.

— C'est toujours un critère, protesta-t-elle. Les gens ont

beau cacher leur vraie nature, celle-ci finit toujours par se faire entendre, au moment où l'on s'y attend le moins.

Comme cela vient justement de se produire entre nous.

Il la gratifia d'un sourire à la fois amusé et condescendant. Elle eut une envie folle de ramasser un tas de C.V. et de les lui envoyer à la figure.

— Vous devez comprendre que j'offre à ces jeunes le stage d'une vie, expliqua-t-il. Sur un C.V., un stage auprès de Mark Banning ouvre toutes les portes. C'est un véritable tremplin.

Manifestement, il se prenait très au sérieux malgré son arrêt maladie prolongé.

— Raison de plus pour choisir une stagiaire avec qui vous vous entendrez bien, insista-t-elle.

— Ce sera à elle de faire en sorte de bien s'entendre avec moi, riposta-t-il.

L'arrogance de l'alpha-alpha se révélait enfin !

— Si vous restez dans cet état d'esprit, vous ne trouverez personne qui convienne à B. T. Alors que, moi, je le peux.

Elle avait enfin retrouvé la clé, dans le compartiment arrière de son portefeuille.

— Je vous remercie, mais… Non. Même si je comprends que vous vouliez faire vos preuves aux yeux de B. T. C'est vrai qu'il a été particulièrement dur avec vous, ajouta-t-il d'un ton étonnamment compatissant. Mais en l'occurrence il s'agit d'un recrutement ultra-spécialisé. Ma stagiaire devra, en plus de ses qualités humaines, posséder un très haut niveau de compétences journalistique.

Typique de l'alpha : il était seul au monde à pouvoir comprendre l'importance de son auguste personne.

Elle avait secrètement espéré que Mark serait différent, mais il venait de valider toutes ses théories. Et elle en éprouvait un certain soulagement. Parce que cela signifiait qu'au lieu de perdre son temps elle pouvait rentrer chez elle.

Elle posa la clé, ainsi qu'une carte de visite sur le bureau.

— J'espère que les compétences de très haut niveau de votre

stagiaire ne l'empêcheront pas d'effectuer quelques recherches de terrain, puisque vous n'en avez manifestement pas le temps, dit-elle en tournant les talons avant de se retourner une dernière fois. Et n'hésitez pas à m'appeler dès que B. T. aura refusé d'engager votre stagiaire.

Dommage… Tout en regardant Piper s'éloigner, il se dit qu'il avait clairement reconnu l'expression faussement désintéressée qui était passée sur son visage : la même que celle de ses étudiantes-groupies. Depuis qu'il avait acquis une certaine notoriété avec ses papiers pour *Men of Texas*, il ne pouvait plus avoir une conversation normale avec une femme. Son statut d'aventurier semblait éveiller toutes sortes de fantasmes en elles, fantasmes dont il était forcément le héros.

Pire : il avait décelé chez Piper la petite lueur éblouie dans le regard. Seule solution pour la faire disparaître : se comporter en goujat, car la subtilité ne fonctionnait guère en général. Voilà comment il s'était construit une réputation de séducteur, auprès des femmes.

Pourtant, il n'avait pas perçu ce côté groupie chez Piper, la veille. C'était d'ailleurs ce qui lui avait plu chez elle. Or, aujourd'hui, elle l'avait regardé tout autrement.

D'autant qu'après avoir décrété hier qu'elle n'était pas son genre il l'avait vue débarquer aujourd'hui avec tout ce qui l'attirait généralement chez une femme. Et il en avait été profondément troublé.

Or il ne pouvait compromettre son retour sur le terrain pour les yeux — aussi captivants soient-ils — d'une femme. Il préférait passer pour un rustre.

Il posa un regard dépité sur les piles de dossiers qu'il n'avait pas encore examinés. Il en restait au moins autant dans le couloir, derrière la porte. La nouvelle s'était répandue comme une traînée de poudre.

Poussant un soupir, il remisa la clé du vestiaire dans sa poche, puis saisit la carte de visite que Piper avait laissée. Le plus sage aurait été de la jeter. Mais, ne pouvant s'y résoudre, il la glissa simplement dans un tiroir de son bureau.

- 6 -

Etape n° 6 : Apprenez à connaître votre homme idéal. Et apprenez-lui à vous connaître.

Piper se prit le visage à deux mains alors que des éclats de rire parvenaient jusqu'à elle. Cela faisait près de dix jours que Dancie avait annexé sa salle d'attente. Dix jours passés à lui demander avant, pendant et après ses consultations de parler moins fort, de chuchoter, de ne pas pouffer de rire, bref de faire moins de bruit. Sans le moindre effet. Hormis sur sa tension à elle.

Pire : Dancie avait réussi à corrompre Anna, d'ordinaire si discrète et silencieuse, et se sentait désormais libre de leur faire partager, à ses clients et à elle, toutes ses opinions.

Mais il y avait pire que le bruit, la réception encombrée et la promiscuité : Dancie se permettait désormais de discuter avec les clients de Piper et de leur donner des conseils. Oui, des conseils en matière de séduction, de relations amoureuses ! Et, comme les cloisons étaient fines, Piper entendait son amie aller contre les avis qu'elle dispensait à ses clients, car Dancie, de son côté, épiait ses consultations.

Ce qui avait été à l'origine d'une grosse dispute entre elles. La première depuis qu'elles se connaissaient, à vrai dire.

Dancie avait assez mal vécu ses remontrances, et Piper avait fini par se sentir coupable, puis agacée de se sentir coupable, etc. En réalité, après avoir brillamment géré la rubrique *Modes de vie,* Dancie se sentait apte à donner des conseils aux jeunes femmes en quête de réussite sentimentale. Et elle l'était sans aucun doute… Mais les clients qui venaient consulter Piper ne payaient pas pour obtenir l'avis de Dancie.

Bref, à la suite de cette dispute, Piper s'excusa d'avoir réagi de façon quelque peu exagérée, et Dancie promit de rester discrète. Malheureusement, sa définition de la discrétion se révéla différente de celle de Piper.

Par chance, aujourd'hui, elle n'aurait pas à subir les débordements de son amie, car elle avait un rendez-vous à l'extérieur. Il arrivait que, pour leur assurer les meilleurs conseils, elle ait besoin d'évaluer le comportement de ses clients lorsqu'ils avaient un rendez-vous galant. Dans ces cas-là, elle s'arrangeait pour les « espionner » sur le terrain, et bien sûr sans les prévenir de sa présence.

A vrai dire, elle adorait jouer les « espionnes du cœur », même si ces pratiques n'avaient rien de très glorieux. L'idée lui était venue un jour où Dancie avait dégoté sur internet un « nécessaire à espionner les maris volages », qui comprenait un sac à main avec mini-caméra intégrée ainsi que des capteurs sonores pour épier les conversations. Ces derniers fonctionnant assez mal, elle était obligée de s'installer assez près de ses clients — pour ne rien perdre de leur discussion —, tout en restant assez loin — pour ne pas être reconnue — : cela aurait modifié leur comportement et compromis tout l'intérêt de l'expérience.

Elle avait donc investi dans un lot de perruques, de grosses lunettes noires, quelques épais foulards et un large sweat-shirt à capuche informe.

Aujourd'hui, elle portait une perruque châtain aux cheveux longs et lisses. En faisant semblant d'être plongée dans un livre, elle réussirait, grâce à sa perruque, à camoufler l'essentiel de son visage. On ne la remarquerait pas dans la masse des clients du restaurant.

— Je ne t'avais encore jamais vue déguisée en espionne, lui lança Dancie au moment où elle quittait le cabinet.

— Je ne suis pas déguisée. Je porte juste une perruque.

— Vous devriez la voir avec l'horrible perruque aux cheveux gris ! lança Anna.

— Aussi horrible que ce sac à main ? fit Dancie avec une grimace éloquente.

— Ce sac est large et pratique, répliqua-t-elle.

— Et vous n'avez pas encore vu son sweat-shirt à capuche passe-partout, ajouta Anna à l'intention de Dancie.

Piper la fusilla du regard.

— Moi, j'appelle ça un déguisement, reprit Dancie en souriant. Et puis, on voit bien que tu adores ça, Piper. Si ça se trouve, tu as raté ta vocation de détective privé !

Piper réfléchit un instant.

— Trop déprimant. Personne n'engage un détective privé pour découvrir une bonne nouvelle.

— Ça ferait un bon sujet : une série d'interviews de détectives pour *Modes de vie*, s'exclama Dancie avant de se rappeler qu'elle avait démissionné. Zut, je vais devoir m'y habituer… En tout cas, amuse-toi bien, Piper !

Elle guetta le moindre signe de regret dans l'attitude de son amie. En vain. Dancie avait vraiment tourné la page OMG. Pour l'heure, elle proposait à Anna de tenir le standard à sa place, pendant qu'elle irait déjeuner.

Décidément, son projet de changer de vie tombait à l'eau. Elle avait espéré que Dancie regrette sa démission. Dans ce cas, elle serait allée elle-même supplier Travis — et pourquoi pas B. T. en personne — de réembaucher Dancie. Or celle-ci semblait plus épanouie que jamais. Alors que Piper, elle…

Non, pas question de se laisser envahir par des pensées négatives. En cette belle journée ensoleillée, elle allait déjeuner chez Friezen Burger, qui était réputé pour servir les frites les plus exquises de la ville.

Le restaurant proposait à la fois un service au bar et une salle offrant des tables séparées par de petites alcôves. Le lieu idéal pour épier un client en plein rendez-vous galant. Piper s'assit au comptoir et dirigea son sac de façon à ce que la caméra puisse filmer l'alcôve derrière elle.

Toni, la responsable du service de jour, lui tendit un menu.

— Alors, Piper, encore un couple qui trouve les chemins menant à l'amour trop tortueux ?

— Je vais devoir envisager de changer de déguisement.

— Ne fais pas ça ! Je n'aurais plus aucun moyen de te reconnaître dans ce cas… Parce que je ne connais même pas ton visage, en dehors de tes tenues de camouflage…

Elles pouffèrent de rire, puis Toni demanda :

— Tu veux que je place les tourtereaux dans l'une des alcôves derrière toi ?

— On ne peut rien te cacher. Ils devraient arriver dans une quinzaine de minutes, ajouta-t-elle avant de lui détailler à quoi ressemblaient Vanny et Medina pour qu'elle les reconnaisse.

— Tu peux compter sur moi. Je te laisse le temps de faire ton choix sur le menu, dit Toni en tournant les talons.

Ayant déjà l'eau à la bouche, Piper étudia la carte. Ce qui était merveilleux, chez Friezen Burger, c'était de pouvoir choisir la variété de pommes de terre (le chef recommandait l'idaho), puis la forme (allumettes, rondelles, carrés, etc.), l'huile de friture (Piper avait un faible pour l'arachide), et enfin le degré de dorage. Cerise sur le gâteau, il y avait un choix étonnant de sauces. Et, depuis qu'elle partageait son bureau avec Dancie, elle avait des envies récurrentes de gras et de sel.

Soudain son téléphone se mit à vibrer et elle tressauta.

Elle consulta son écran et vit le nom de Travis s'afficher. A vrai dire, elle fut surprise qu'il ait son numéro.

— Piper Scott à l'appareil, dit-elle à voix basse après avoir vérifié que Vanny et Medina n'étaient pas encore entrés.

— Salut, Piper, c'est Travis. Comment vas-tu ?

— Bien, merci. Que puis-je faire pour toi ?

— Toujours aussi franche et directe, dis donc !

— Travis, je suis en plein travail, là.

— Justement, à ce sujet…

Il voulait lui annoncer qu'il allait annuler sa rubrique « Du premier rendez-vous à la bague au doigt », elle en était certaine. Depuis la démission de Dancie, elle s'attendait à des représailles.

— J'ai appelé ton cabinet parce que je cherchais à joindre Dancie, et je suis justement tombé sur elle.

— Oui, dit-elle en regardant la salle qui s'emplissait peu à peu.

— C'est donc vrai… Elle a vraiment démissionné.

— Oui, Travis, répondit-elle impatiemment, en consultant l'horloge au-dessus de la caisse enregistreuse du bar.

— Je croyais qu'elle bluffait, mais elle n'a donc pas l'intention de revenir.

Elle n'avait pas le temps de se montrer diplomate.

— Dancie voulait être associée à OMG au même titre que toi. B. T. et toi avez refusé. Elle a tourné la page, voilà tout.

— Ah bon ! Bonne chance dans ce cas.

Elle manqua de tomber à la renverse. Elle aurait juré que Travis allait l'implorer de convaincre Dancie de revenir.

— A vrai dire, j'appelais pour tout autre chose. C'est au sujet de Mark Banning. J'ai un service à te demander.

Elle se raidit. Elle avait tout fait pour ne plus penser à Mark, et voilà que Travis venait l'importuner avec lui.

— Mark est d'accord pour revenir chez OMG, il est même prêt à prendre une coéquipière. Mais mon père joue les despotes et refuse toutes les candidates que Mark lui envoie. Tu avais bien dit que tu pourrais l'aider à trouver quelqu'un qui plairait à mon père ?

Malgré elle, son cœur se mit à battre plus fort, et elle s'efforça de se rappeler la condescendance dont Mark avait fait preuve à son égard, la dernière fois qu'ils s'étaient vus.

— Je le pourrais en effet. Mais je n'en ai pas envie.

Ouf, cette fois, son bon sens reprenait le dessus !

— Mark se doutait que tu répondrais ça.

Tiens donc ! Etait-ce pour cela que Mark n'avait pas pris la peine de lui téléphoner en personne ? Du coup, elle avait soudain envie de lui prouver qu'il avait eu tort et se retrouvait prise au piège.

Toni réapparut juste à ce moment-là devant elle.

— Alors, tu t'es décidée pour les frites ?

Elle secoua la tête et Toni lui désigna sa montre.

— Travis, j'ai un rendez-vous important dans quelques minutes. Ta proposition ne m'intéresse…

— Comment te faire changer d'avis ? l'interrompit-il.

Elle s'apprêtait à rétorquer que rien ne pouvait la convaincre de travailler pour un crétin comme Mark Banning, quand elle repensa à Dancie et à sa salle d'attente encombrée. Et au fait que celle-ci avait dû communiquer son numéro de portable à Travis justement parce qu'elle savait que Piper était en train d'épier des clients. Sans parler du fait que Dancie la contredisait auprès de ses clients, qu'elle distrayait Anna de ses tâches, qu'elle parlait trop fort et qu'elle mettait leur amitié en danger…

— En rendant à Dancie son ancien bureau, s'entendit-elle répondre d'une voix qui ne lui appartenait pas.

— Elle ne veut pas revenir chez OMG, dit Travis.

— Pas en tant qu'employée. Juste pour l'héberger.

Il y eut un long silence à l'autre bout de la ligne.

— C'est tout ? C'est cela ton prix ?

— En supplément de mes tarifs habituels, bien sûr.

Il sembla poser la main sur le micro et parler à quelqu'un.

— C'est d'accord.

— Tu veux dire qu'OMG autorise Dancie à réintégrer son ancien bureau ?

— Si tu trouves quelqu'un qui convient à mon père pour Mark, j'aiderai moi-même ma sœur à porter ses cartons.

— Je trouverai la bonne personne. Mais ce sera à toi de convaincre Mark de travailler avec elle.

Le plus dur reviendrait donc à Travis.

— Tout ce que tu voudras, mais à condition de te montrer à la hauteur de la situation.

Non mais quel toupet !

— Appelle ma secrétaire et prends rendez-vous. Mes clients viennent d'arriver, dit froidement Piper en voyant Toni accueillir Medina et Vanny.

Elle raccrocha sans même attendre la réponse de Travis.

Comme elle l'avait prédit, B. T. n'avait pas adhéré à l'idée de prendre une étudiante pour stagiaire. Et Mark avait dû se rendre à l'évidence : elle avait tout de même quelques compétences en matière de relations humaines.

Mark Banning. La seule idée de le revoir la rendait étrangement nerveuse. Bien malgré elle. Mais, contrairement à sa mère, elle saurait dompter ses hormones. Et d'abord, pourquoi pensait-elle à sa mère ? Mark Banning n'avait rien à voir avec sa mère, Dieu merci !

Toni parvint à installer le couple dans l'alcôve juste derrière elle, ce qui lui permettrait d'obtenir une vidéo de bonne qualité tout en les observant dans le reflet du miroir du bar. Pour l'instant, elle pouvait même capter quelques bribes de conversation, mais cela ne durerait pas, une fois que le restaurant serait rempli.

Piper vérifia sur son téléphone que Vanny et Medina entraient bien dans le cadre de la caméra, puis sortit un carnet pour noter ses premières impressions.

Tenues vestimentaires O.K. Il l'aide à ôter son manteau. Bavardent tranquillement tout en étudiant le menu. Langage corporel : un peu de raideur.

Cela dit, il s'agissait d'un *blind date*. Pas étonnant qu'ils soient un peu nerveux, tous les deux.

Comme tout semblait bien se dérouler, elle retourna à son menu. Quitte à forcer sur le cholestérol, elle allait choisir une sauce au jus de bœuf pour accompagner ses frites, mais un homme vint s'asseoir sur le tabouret à côté d'elle.

Un homme qui dégageait un étrange magnétisme, qu'elle percevait malgré la concentration qu'impliquaient l'étude du menu et la surveillance du couple derrière elle, par écrans interposés.

— Une perruque ! C'est coquin. J'avoue que ça me plaît.

Mark !?

Un délicieux frisson la parcourut.

— Que faites-vous là ? demanda-t-elle.

Et, surtout, comment l'avait-il reconnue ?

Encore un coup de Dancie.

Mark se tourna vers elle, puis étendit ses jambes qui frôlèrent les siennes. Accoudé au bar, il la déshabilla du regard. Son langage corporel était sans équivoque.

— Vous ne me demandez pas plutôt comment je vous ai reconnue ? murmura-t-il en prenant une mèche de la perruque entre ses longs doigts.

— Non, rétorqua-t-elle sans lever les yeux du menu.

Plus aucun doute, à présent : il cherchait bien à la séduire.

— C'est votre corps que j'ai reconnu en premier.

— Emmitouflé dans ce sweat-shirt informe ?

Il se pencha vers elle et chuchota à son oreille.

— J'ai la mémoire de l'exceptionnel. Et votre corps est mémorable.

Son souffle tiède parcourut sa nuque, déclenchant en elle une vibration exquise.

— Vous plaisantez ? dit-elle en fermant bruyamment le menu devant elle. Vous avez juste besoin d'un service.

— Allons, ne soyez pas sur la défensive, répondit-il avec un sourire sans doute destiné à désamorcer son agressivité.

Quand on leur adressait un sourire pareil, la plupart des femmes devaient oublier toute rancune à son égard, et tout lui pardonner sur-le-champ. Même elle se sentait prête à esquisser un début de sourire, qu'elle maîtrisa néanmoins à temps. Car Mark avait insulté ses compétences professionnelles. Et, ignorant sa tentative de réconciliation, elle se tourna et chercha Toni du regard.

— Ne vous en faites pas, je vais l'appeler, dit Mark en se levant aussitôt.

Un seul regard en direction de Toni suffit à attirer son attention, alors qu'en plus de Piper plusieurs clients tentaient désespérément de la faire venir à eux pour être servis. Comment diable s'y prenait-il ?

— Qu'est-ce que je vous sers ? susurra Toni en arrivant au niveau de Mark.

Il lui décocha un de ses sourires enjôleurs, tout en faisant glisser son menu sur le bar.

— Qu'est-ce que vous suggérez ?

— Serveuse ? insistait un client.

Toni se pencha pourtant au-dessus du bar, mettant en valeur son généreux décolleté.

— Tout est bon, ici, dit-elle d'une voix suave.

— Il désire des frites, grogna Piper. N'est-ce pas votre spécialité ?

Sans quitter Toni du regard, Mark adopta la même posture que la serveuse en se penchant au-dessus du bar.

— Je m'intéresse surtout à ce qui se passe après le menu.

Bon sang, comment osait-il ?

— Pour l'instant, je suis en plein dans le menu, répondit Toni avec un demi-sourire.

Pourquoi ce petit numéro agaçait-il autant Piper ? Toni était une dragueuse invétérée. Et Mark, un vrai don Juan. Ils étaient tous les deux adultes et vaccinés, non ?

— D'ici là, surprenez-moi, dit-il en refermant la carte.

— Pas de problème, répondit Toni avec un sourire coquin.

A ces mots, elle s'éloigna en ondulant exagérément des hanches dans son jean moulant. Mark garda les yeux rivés sur ses fesses, grâce aux miroirs qui entouraient le bar.

Des clients s'étaient mis à appeler Toni de plus belle, dans un tumulte de protestations.

— Vous êtes incroyable ! grommela Piper. Est-ce que cette technique marche chaque fois ?

Les yeux de Mark étaient restés attachés à Toni.

— Quoi ? demanda-t-il en se tournant enfin vers elle.

— Ce numéro de séduction : un ou deux sourires, une ou deux paroles provocantes, et les femmes sont à vos pieds ?

— C'est à peu près ça, répondit-il en se rapprochant avec un sourire aussi satisfait que désarçonnant.

A cet instant, elle aurait donné n'importe quoi pour ôter cette maudite perruque et ces habits informes. Quoique… C'était peut-être mieux ainsi. Car son cœur battait trop vite, trop fort, et sa peau frissonnait. Alors même qu'elle détestait cet homme !

— Toni n'a même pas pris ma commande, protesta-t-elle.

— Nous partagerons, suggéra-t-il avec le sourire renversant qu'il venait d'accorder à Toni.

— Arrêtez avec vos sourires surjoués ! s'emporta-t-elle en faisant la moue. Je vous prends au mot, nous partagerons.

— Et j'espère bien que nous partagerons bien plus qu'un simple plat de frites, poursuivit-il, imperturbable.

— Des paroles, toujours des paroles, dit-elle en soupirant.

Elle se tourna et aperçut alors le couple qu'elle était censée observer dans le miroir. Mark avait réussi à la distraire en plein travail. Elle devait absolument se ressaisir.

— A présent, laissez-moi, j'ai du travail, ajouta-t-elle.

— Vous plaisantez. Vous êtes là pour déjeuner.

— Je sais faire plusieurs choses à la fois, moi, rétorqua-t-elle, excédée. Du moins, quand on ne me dérange pas…

Sa voix avait attiré l'attention de la femme derrière elle, et elle enfonça la tête dans les épaules.

— En tout cas, à cause de Travis et de vous, je n'ai même pas pu passer commande, maugréa-t-elle.

— Inutile de commander. Souvenez-vous, on partage.

— Je vous préviens, je meurs de faim.

Il se pencha vers elle, les yeux mi-clos.

— J'aime les femmes qui ont de l'appétit…

Elle leva les yeux au plafond.

En la voyant aussi exaspérée, Mark sentit que l'alchimie n'opérait pas aujourd'hui. Il était peut-être temps de battre en retraite, de s'excuser. Mais il aurait été contraint à avouer qu'il avait délibérément été désagréable avec elle. Et à exposer les raisons qui l'avaient poussé à agir ainsi.

Mieux valait la laisser croire qu'il était un sale type, arrogant et suffisant, et la flatter en lui demandant de l'aide.

Or, jusqu'à présent, elle restait insensible à toute flatterie et s'obstinait à se cacher derrière le regard froid et professionnel qu'il abhorrait.

Pourtant, paradoxalement, cela lui laissait un peu d'espoir :

si elle prenait autant de soin à instaurer une distance entre eux, c'était sans doute parce qu'il ne la laissait pas insensible. En tout cas, l'*experte en rendez-vous galants réussis* d'OMG occupait toutes ses pensées à lui, qu'il le veuille ou non.

Il avait lu ses dernières chroniques, et avait entendu alors sa voix cristalline. A aucun moment, elle ne dénigrait les hommes. Piper énonçait quelques évidences et conseils relevant du simple bon sens, mais avec beaucoup d'élégance, d'humour et d'affection pour les personnes qui la sollicitaient. Cela étant, ses observations pouvaient être tranchantes et sans concession. Très loin des niaiseries de la presse féminine traditionnelle. Et, en femme intelligente et avisée, elle insistait toujours sur la nécessité de ne pas espérer changer son partenaire, dans le cadre d'une relation amoureuse.

En entrant dans le restaurant tout à l'heure, il l'avait reconnue immédiatement, malgré sa perruque et son accoutrement peu flatteur. Quelque chose en elle l'attirait, et il ne savait pas quoi exactement. Il s'était alors souvenu avec émotion de leur première rencontre. Il avait eu tellement mal à la jambe qu'il s'étonnait encore d'avoir pu emmagasiner autant de détails au moment où Piper avait ajusté son corps au sien pour quitter le bâtiment d'OMG.

Or, contrairement à la plupart des femmes, Piper Scott ne semblait guère attirée par le souffle d'aventure associé au nom de Mark Banning. Tout comme elle ne se montrait nullement impressionnée par ses manières enjôleuses.

Du coup, il ne savait plus très bien comment aborder cette femme.

Sois toi-même.

Facile à dire. Même au cours de ses longs mois de captivité chez les narcotrafiquants, il n'avait jamais fendu l'armure. Tout le monde connaissait Mark Banning, légende vivante du journalisme d'investigation. Mais personne ne savait vraiment qui il était, au fond.

Pour l'heure, il devait trouver une autre approche. Piper

semblait plus encline à épier les gens de la table derrière elle qu'à parler avec lui.

Elle rejeta soudain ses cheveux en arrière et but un peu d'eau. Le châtain foncé de la perruque faisait ressortir son teint clair. Il ne put chasser une image de son corps à la peau laiteuse, allongé sur un lit, entièrement nu.

Aussitôt, un désir violent, tellement fort qu'il en était douloureux, s'empara de lui. Bon sang, mais que lui arrivait-il ? Il devait se ressaisir, au plus vite.

Car avoir une aventure avec Piper était une très, très mauvaise idée. Ou alors une bonne idée ?

Non, bien sûr. Une idée mauvaise, dangereuse.

— Arrêtez de me fixer comme ça !

Si seulement elle savait ce qu'il avait en tête.

— Vous avez un long nez.

Tiens, il avait retrouvé sa voix de Mark normal, le Mark qui avait été éclipsé par l'aventurier, journaliste vedette et bourreau des cœurs. Sauf que ce Mark-là ne savait manifestement pas s'y prendre avec les femmes.

— Un long nez ? répéta-t-elle en le regardant de travers.

— Oui, il est très… allongé ?

Le Mark normal aurait mieux fait de se taire.

— Finalement votre succès auprès des femmes s'explique par une raison très simple : vos techniques de drague sont tellement nulles qu'elles sont prêtes à tout vous donner pour vous faire taire, déclara-t-elle d'une voix tranchante.

— L'essentiel, c'est que ça marche, non ?

— Et c'est censé me convaincre ? dit-elle en riant.

— Pourquoi pas ?

Non seulement elle ne semblait pas convaincue, mais elle ne le regardait même pas.

— Pensez plutôt à ce que vous ressentirez quand j'admettrai que j'ai eu tort de ne pas suivre votre avis.

— Vous aviez tort, rétorqua-t-elle calmement, sans cesser de prendre des notes sur un calepin. Et je me moque bien de savoir si vous l'admettez ou non.

Eh bien ! Il aurait peut-être dû s'excuser directement. Mais il était trop tard désormais, cela n'aurait pas paru sincère.

Il la vit écrire « main-joue — un peu trop avachi », et il se redressa machinalement. De toute façon, sa jambe recommençait à le faire souffrir.

— B. T. vous a traitée d'entremetteuse. A présent, vous pouvez, grâce à moi, lui prouver qu'il se trompait. A vous de voir.

Elle soupira, et il comprit qu'il l'avait convaincue.

— Je n'arrive pas à croire que Dancie vous ait révélé où je me trouvais, répondit-elle en le regardant droit dans les yeux.

— Elle n'a pas eu à le faire. Travis a reconnu le bruit de fond, quand il vous a appelée.

— Il a dû aussi vous préciser que je vous demandais de prendre rendrez-vous auprès de ma secrétaire.

— Vous voulez dire… que vous étiez déjà d'accord pour travailler pour moi ?

Elle poussa un nouveau soupir excédé.

— J'admets que j'ai quitté le bureau avant la fin de votre conversation téléphonique avec Travis, bredouilla-t-il, gêné.

En vérité, il avait quitté les locaux de *Men of Texas* dès que Travis lui avait dit où se trouvait Piper.

— Voilà encore un exemple de cette impulsivité qui vous a déjà mis plus d'une fois en danger…

— Vous voulez dire que je suis en danger, là ?

Elle hésita un instant.

— Non, mais c'est seulement parce que je suis parvenue à un accord avec Travis. Sinon, je vous aurais envoyé paître.

Le sourire aux lèvres, il s'accouda au bar.

— Mais vous ne l'avez pas fait.

— Je vais le faire maintenant : allez donc voir plus loin si j'y suis. Et prenez rendez-vous, la prochaine fois.

— Pourquoi donc ? Je suis là, et nos frites arrivent.

Elle se tourna vers lui.

— Parce que, telle que vous me voyez, je suis en train de travailler, dit-elle.

Il suivit son regard dans le miroir et comprit enfin qu'elle observait délibérément le couple derrière elle.

— Vous espionnez le couple derrière nous ?

— Chut !

— Voilà qui explique la perruque ! dit-il, amusé. Alors racontez-moi l'histoire de ces deux tourtereaux.

— Ce sont des gens normaux qui ont du mal à décrocher un deuxième rendez-vous galant après le premier. J'essaie de comprendre pour quelle raison.

A première vue, il ne pouvait répondre : la jeune femme était plutôt mignonne, même si elle ne se mettait peut-être pas suffisamment en valeur.

— C'est un *blind date* ?

— Oui, répondit-elle d'un air absorbé.

— Et il l'emmène manger des frites ?

— Frites et hamburgers, répliqua-t-elle.

— N'empêche…

— Vous comprendrez quand vous aurez goûté les frites, chuchota-t-elle.

Le petit sourire qu'elle lui adressa était si sensuel qu'il en fut désarçonné. Une nouvelle salve de désir le traversa de part en part, et sa bouche devint toute sèche.

C'était un sourire de plaisir gourmand. Et si Piper souriait ainsi en se souvenant de ses plats préférés, qu'en était-il lorsqu'elle pensait à d'autres types de plaisirs ?

Il y avait d'ailleurs fort longtemps qu'il n'avait plus lui-même goûté aux plaisirs de la chair. Et il avait sans doute besoin de se rafraîchir la mémoire.

Contemplant Piper, il se demanda si elle avait beaucoup d'amants. Sans avoir l'air coincée, elle ne semblait pas du genre à chercher à séduire. Non, elle semblait plus du style à attendre que l'homme fasse le premier pas.

Mais il aperçut soudain son propre reflet dans le miroir et lut sur son visage toute l'intensité du désir que cette femme lui inspirait. Pourvu qu'elle n'ait rien remarqué.

Car, pour l'heure, il brûlait d'envie de faire réapparaître sur le visage de Piper ce petit sourire de plaisir.

Bon sang, depuis quand n'avait-il pas éprouvé un tel désir ? Son corps commençait visiblement à guérir de ses blessures, sans quoi il n'aurait pas éprouvé de telles vibrations, de telles palpitations. Habituellement, ses relations avec les femmes étaient marquées du sceau de l'imprévu. En situation de tension ou de difficulté, un désir soudain et inattendu pouvait jaillir, et être assouvi dans l'ardeur du moment. Fin de l'histoire. Une fois le désir consumé, le feu de paille circonscrit, il n'y avait plus rien à partager. Ainsi avaient défilé les femmes, sans qu'il en conçoive ni remords ni regrets. Ce genre de liaisons n'aurait de toute façon pas survécu longtemps, une fois que le quotidien aurait repris ses droits.

Il ignorait ce que Piper recherchait chez un homme, mais une chose était sûre : elle ne le désirait pas.

Elle semblait même totalement indifférente.

Il était rare qu'il se sente désarmé à ce point. En général, les gens l'adoraient ou le détestaient. Mais ils ne restaient jamais indifférents.

Pas de panique. L'essentiel était qu'elle ait accepté d'évaluer les stagiaires qu'il soumettrait à B. T. *Remercie-la, et prends rendez-vous auprès de sa secrétaire.*

C'est ce qu'il s'apprêtait à faire, lorsque Piper griffonna de nouvelles notes sur son calepin. « 12 h 23. Prenez l'initiative. Faites plus d'efforts pour vous engager dans la discussion. »

Ainsi donc, elle aimait l'action.

Ce qui était une bonne chose : qui d'autre que lui pouvait se targuer d'être un véritable homme d'action ?

7

Etape n° 7 : Repérez tout signe suggérant qu'Il est prêt pour une relation suivie. Observez son comportement avec les autres femmes, et leur comportement avec lui.

La carte de visite de Piper devant lui, Mark composa son numéro de téléphone.

— J'appelle pour prendre rendez-vous, déclara-t-il à la femme qui prit l'appel. Je suis Mark Banning.

— Oh ! Mark ! C'est Dancie à l'appareil. Comment ça va ?

— Très bien, dit-il, surpris d'être tombé sur la sœur de Travis. Et ça ira mieux encore si elle peut me recevoir cet après-midi.

Il prenait soin de ne pas prononcer le prénom de Piper, afin de ne pas compromettre son opération de planque. Il continuait à regarder son reflet dans le miroir en face de lui, et leurs regards se croisèrent. Lui-même avait l'habitude de ce genre d'impératifs de discrétion.

— Ça va être difficile, répondit Dancie, Piper est déjà surbookée. Je demande à sa standardiste de vous rappeler après sa pause déjeuner.

— Dancie, vous ne pouvez vraiment pas jeter un œil à son agenda ? insista-t-il d'une voix suave.

Lorsqu'il prononça ces paroles, Piper se tourna brusquement vers lui et fronça les sourcils.

— C'est Anna qui gère son agenda. Elle vous rappelle dès son retour, rétorqua Dancie d'une voix ferme et sans appel.

— Au moins, j'aurai essayé, marmonna-t-il en souriant. Merci, Dancie. Votre réceptionniste va me rappeler, expliqua-t-il en se tournant vers Piper.

— Tant mieux, dit-elle sans quitter des yeux le couple qu'elle surveillait.

Quelques secondes plus tard, son téléphone se mit à vibrer. Elle consulta son écran puis sourit.

— Apparemment, vous savez vous montrer insistant.

— C'est mon côté homme d'action, répliqua-t-il alors qu'elle pianotait une réponse sur le clavier de son combiné. Qu'est-ce que vous répondez à Dancie ?

— De ne pas se laisser impressionner, dit-elle en reposant son appareil sur le bar.

— Super ! A présent, il va me falloir attendre plusieurs semaines avant de décrocher un rendez-vous.

— Votre mère ne vous a donc jamais appris à attendre votre tour ?

— Ma mère était trop occupée pour m'apprendre quoi que ce soit, rétorqua-t-il d'un ton amer qu'il regretta aussitôt.

Elle se tourna brusquement vers lui et le dévisagea avec un regard étrange.

— Détendez-vous, je ne vais pas jouer les pauvres petits garçons abandonnés.

Malheureusement, il ne pouvait pas non plus jouer la carte du séducteur avec elle, puisque cela ne fonctionnait pas.

— Vous êtes orphelin ? fit-elle d'une voix adoucie.

— Non. Ma mère était une mère célibataire, travaillant dans l'armée. J'ai donc été trimballé de parents en amis, puis en amis d'amis, puis en voisins d'amis d'amis…

Elle changea d'expression, et il comprit qu'elle était en train d'analyser ce qu'il venait de lui dire. Et il détestait l'idée d'être réduit à un sujet d'analyse.

— Enfin, ce n'était pas si terrible que cela en a l'air, s'empressa-t-il d'ajouter. J'ai un peu noirci le trait.

— Pourquoi cela ?

— Pour vous faire réagir bien sûr, s'exclama-t-il. Parce que je vous voyais essayer de me caser dans l'une de vos fameuses catégories. Et cela me met mal à l'aise.

Comment diable s'y prenait-elle pour parvenir à lui extorquer aussi facilement de tels aveux ?

— Vous avez donc consulté mon site web ! s'exclama-t-elle.

Non seulement il l'avait consulté, mais il avait même passé beaucoup de temps sur ce qu'elle disait des méthodes de séduction.

— En effet, admit-il. Je ne serais pas ici, si je ne pensais pas que vous pouviez m'aider à recruter une assistante.

— Tant mieux, dit-elle sans perdre de vue le couple qu'elle surveillait. Et, l'histoire de votre mère, c'est vrai ?

— Absolument, dit-il en ravalant des années d'amertume.

Elle haussa un sourcil intrigué qu'il préféra ignorer en observant l'arrivée des assiettes de frites par la porte de la cuisine.

— Désolé, reprit-il d'une voix claire, mais je n'ai pas pour habitude de m'épancher sur les traumatismes de mon enfance.

— L'enfance est pourtant déterminante, vous savez. Et j'aurais de toute façon fini par vous questionner sur votre famille, lors de l'entretien de compatibilité, dit-elle d'un ton très professionnel.

Le détachement dont elle faisait preuve lui permit de ne pas se laisser submerger par les émotions qui refaisaient subitement surface.

— Et qu'en est-il de votre père ? reprit-elle calmement.

Il se doutait qu'elle finirait par poser cette question. Il aurait dû l'écouter et prendre rendez-vous pour un vrai entretien, plutôt que de subir cet interrogatoire improvisé.

— Inconnu au bataillon. Lui et ma mère se sont rencontrés à l'armée. Et quand elle lui a annoncé qu'elle était enceinte il lui a annoncé qu'il était marié. Point final.

Piper hocha lentement la tête.

— Vous l'avez déjà rencontré ?

— Non, dit-il en s'apercevant qu'il avait l'appétit coupé. J'ai pris contact avec lui, mais il a refusé de me rencontrer tant que je ne me soumettais pas à un test ADN. J'ai refusé bien sûr. Or l'année dernière, lorsque je me suis, bien malgré moi, retrouvé sous le feu des projecteurs, il a demandé à me voir.

— Et vous avez à votre tour exigé un test ADN ?

— Je suis à ce point prévisible ?

— Votre réaction est juste logique : la plupart des gens auraient réagi de la même façon.

— Vous aussi ? s'enquit-il du tac au tac.

Elle réfléchit un instant, puis hocha la tête.

— Par curiosité, pour savoir si je lui ressemble.

Tiens ? Elle ne parlait pas de façon hypothétique…

— Vous non plus, vous ne savez pas à quoi ressemble votre père ? demanda-t-il prudemment.

Avec un peu de chance, elle finirait par oublier qu'elle était en train de le classer dans une de ses fameuses grilles.

— Je le croyais, en effet. J'ai passé mon enfance à en vouloir à l'homme qui nous avait abandonnées, ma mère et moi, quand j'avais cinq ans. Mais, quand j'ai voulu retrouver sa trace sur internet, ma mère m'a avoué que mon père biologique l'avait quittée à ma naissance : je peux donc me targuer d'avoir été abandonnée deux fois.

Cette révélation le laissa songeur.

— Nous avons donc tous deux grandi sans père.

— Bingo ! Cela nous fait au moins un point commun.

L'ironie qui perçait dans ses paroles le fit rire, et la sonnerie de son téléphone retentit juste à ce moment-là. Il reconnut le numéro du bureau de Piper.

— Mark Banning à l'appareil.

Il attendit un instant, puis posa la main sur le micro.

— Vous affichez complet jusqu'au mois prochain ?

Sans même le regarder, elle lui prit le combiné des mains.

— Anna, combien de temps ai-je de réservé sur mon créneau rouge de cet après-midi ? Notez que je recevrai M. Banning à ce moment-là, dit-elle après avoir entendu la réponse de sa secrétaire.

— Merci beaucoup, dit-il en contemplant les boucles de sa perruque. Qu'est-ce donc que ce créneau rouge ?

— J'ai pour habitude de colorier les cases de mon agenda en fonction de mes activités. Comme ça, je peux avoir une idée de la journée qui m'attend rien qu'en y jetant un coup d'œil. Rouge, c'est pour le temps de documentation, violet les consultations privées, vert les rendez-vous à l'extérieur, bleu les périodes de pause, expliqua-t-elle tout en reprenant des notes.

— En tout cas, merci de me recevoir si vite.

— Il n'y a pas de quoi. C'était possible, voilà tout, répondit-elle tout en continuant d'observer le couple dans le miroir.

— Je voulais parler du fait que vous m'avez révélé une partie de votre vie pour m'éviter de me sentir mal à l'aise de vous avoir révélé mon enfance chaotique. En plus, vous m'avez accordé votre attention, alors que vous vous occupiez d'autres clients. Je ne suis pas aussi insistant, d'habitude.

— Oh ! Ça, je n'en doute pas une seconde…

Sans doute était-ce le moment pour lui de s'éclipser et de la laisser terminer son travail tranquillement. Mais il ne put s'empêcher d'observer à son tour le couple dans le miroir.

L'homme avait les yeux rivés sur son verre de bière. Vêtu d'un jean et d'un T-shirt, il tentait sans doute d'avoir l'air décontracté, mais au final il paraissait plutôt indifférent.

La jeune femme affichait un sourire déterminé et semblait faire des efforts pour alimenter la conversation. Mais son partenaire ne répondait que par monosyllabes. Lorsque leurs assiettes de frites arrivèrent, elle en prit une du bout des doigts et la trempa dans une sauce fumante.

— Hmm, fit Piper en se remettant à griffonner.

— C'est exactement ce que je me disais…

— Chut ! dit-elle en le regardant de travers.

Comme ses yeux étaient dissimulés derrière les lunettes noires, il ne put s'empêcher de lorgner ses lèvres, charnues et gourmandes. Et une fois encore son esprit s'encombra d'images affriolantes.

— Qu'y a-t-il ? demanda-t-elle soudain.

Pris de court, il perdit quelque peu ses moyens.

— On dirait que vos deux tourtereaux ne se parlent pas

beaucoup, répondit-il en s'efforçant de ne plus contempler ses lèvres pulpeuses.

Il sentit alors le regard de Piper se poser sur lui, ce qui le fit frémir.

— Il lui détaille la composition de chaque sauce, expliqua-t-elle.

La jeune femme s'empara soudain d'une frite et la trempa dans la même sauce que l'homme. Leurs mains se télescopèrent.

— Ils ont choisi la même, indiqua-t-il. Est-ce que cela aurait une quelconque signification psychologique ?

Sa remarque se voulait ironique, mais Piper répondit très sérieusement.

— Effet de mimétisme. Quand on est attiré par quelqu'un, on a tendance à ajuster son langage corporel et ses expressions à ceux de cette personne.

De par son métier, il était lui-même un grand adepte du mimétisme. Mais il trouvait que Piper exagérait.

— J'aimerais entendre ce qu'ils se disent, chuchota Piper en plissant les yeux pour mieux les observer. Et comprendre pourquoi elle tient cette frite d'un air aussi farouche.

— Il lui a dit que la sauce à la moutarde était sa préférée, ce à quoi elle a répondu qu'elle détestait la moutarde. Il a alors précisé que cette moutarde-là ne ressemblait à aucune autre.

Piper leva les yeux vers lui.

— Vous savez lire sur les lèvres ?

Il ne put s'empêcher de lorgner de nouveau sur les siennes.

— Ça peut aider…

— Je vous envie, murmura-t-elle alors que l'homme avalait goulûment sa première frite.

Piper reprit quelques notes, et à en juger par la petite moue qu'elle affichait celles-ci n'étaient guère flatteuses.

A son tour, la jeune femme avala goulûment sa frite — était-ce par mimétisme ? —, écarquilla les yeux et devint écarlate. Elle toussota violemment et prit son verre d'eau.

— Bon sang, il ne lui a pas fait goûter du wasabi, quand même ?

— Je sais qu'il y en a au menu, mais je n'ai jamais tenté l'expérience. Et, à voir ce que je vois, je crois que je n'y goûterai jamais.

La malheureuse s'essuyait les yeux et s'éventait le visage.

— Je vous trouve bien indulgente avec ce jeune homme…

— Oh ! vous savez, j'ai déjà vu tellement pire…

— En tout cas, le problème est clairement identifié, à présent, déclara-t-il.

— Ah bon ?

— Cette jeune femme n'a aucune personnalité. Quant à lui, c'est un sacré goujat !

Piper continuait pourtant d'observer le couple, même s'il était évident qu'il s'agissait là de leur premier et dernier rendez-vous galant.

— Ce type n'est pas du tout intéressé par la fille, ajouta-t-il.

Avant que Piper ne puisse répondre, la serveuse arriva, portant un énorme plat de frites, accompagné d'un assortiment de sauces.

— Bon sang, Toni ! s'exclama Piper alors qu'une montagne de frites se dressait à présent entre eux deux. Tu nous as fait le plateau *Friezen Spécial* !

Tout en adressant une œillade sans équivoque à Mark, la serveuse se tourna vers Piper.

— Tu aurais dû me rappeler, lui dit-elle, je n'ai même pas pris ta commande.

Piper porta aussitôt un doigt à ses lèvres.

— Oups, c'est vrai, excuse-moi, fit Toni en regardant discrètement le couple derrière elle.

— Mark et moi allons partager, reprit Piper d'un ton à peine équivoque.

Intéressant…

Le sourire de Toni s'élargit, et la serveuse sembla d'accord pour laisser le champ libre à Piper.

— Dans ce cas, régalez-vous ! lança-t-elle en ajoutant des serviettes en papier entre les bols de sauces.

Cette fois, elle ne se déhancha pas ostensiblement pour regagner le bar.

— Eh bien, vous savez éliminer la concurrence !

— De toute façon, vous allez lui laisser un gros pourboire.

— Est-ce comme ça que réagissent les hommes appartenant à mon « profil » ?

Piper saisit une frite bien dorée et la trempa dans une sauce crémeuse.

— Tout comme 99 % des hommes, dit-elle avant de se délecter ouvertement de sa nourriture. Hmm… Cette sauce béarnaise est un délice.

Comme il aimait la voir s'adonner ainsi au péché de gourmandise ! Et comme il aurait aimé lui arracher de ces délicieux petits miaulements, en l'entraînant vers des péchés d'un autre ordre…

A son tour, il trempa une frite dans ladite sauce. Effectivement, c'était délicieux. De bonnes vraies frites au goût de pommes de terre, bien chaudes et croustillantes, salées à point.

Et, tout en regardant Piper se régaler, il ne put s'empêcher de l'imaginer nue, allongée contre lui, en train de se passer la langue sur les lèvres, rien que pour lui.

Alerte ! Il devait battre en retraite immédiatement !

Reposant la frite qu'il venait de tremper dans la sauce au beurre de cacahuète, il inspira deux grandes bouffées d'air et but quelques gorgées d'eau.

S'il continuait à regarder cette femme, il allait perdre tout contrôle sur lui-même. Et, comme elle avait cessé d'observer le couple derrière eux depuis l'arrivée des frites, il se tourna discrètement et décida de prendre le relais.

— Piper, vos tourtereaux semblent en difficulté…

Une expression coupable lui traversa le visage, et elle regarda de nouveau dans le miroir.

Les yeux baissés, la jeune femme alignait soigneusement ses frites dans son assiette.

— Oh ! oh, fit Piper, la mine soudain soucieuse.

— Ne bougez pas, je m'en charge, dit-il en se levant de son tabouret.

— Mark, non !

Il ignora ses protestations. Pourquoi continuer à perdre du temps alors qu'il pouvait montrer à ces deux-là comment s'y prendre ?

— Je n'en ai que pour une minute, promit-il à Piper.

— Mark ! répéta-t-elle en tentant de le retenir par le bras.

— Détendez-vous et regardez bien !

Si l'attention de Piper n'avait pas été distraite par les meilleures frites de l'univers, elle aurait pu éviter ce type de débordement. Mais elle avait justement tenté d'oublier le trouble où l'avait plongée l'aveu de Mark concernant son enfance difficile. Et, la garde ainsi baissée, elle lui avait révélé à son tour le traumatisme qui la hantait. Si elle ne se ressaisissait pas au plus vite, elle allait vraiment se retrouver en danger.

Pour l'heure, elle ne pouvait empêcher Mark d'intervenir auprès de Vanny et Medina sans risquer d'être reconnue. Mais elle avait ainsi sous les yeux un bel exemple de la légendaire impulsivité du fameux Mark Banning.

Hors de question donc de s'interposer entre lui et ses clients, d'autant que ces merveilleuses frites allaient refroidir.

De façon très prévisible, Mark joua la carte de la séduction, et offrit un sourire désarmant — Seigneur, elle n'avait encore jamais remarqué ces fossettes, à la fois viriles et rassurantes ! — au couple qu'il aborda. Tout en trempant machinalement une nouvelle frite dans sa sauce, elle se demanda si la chirurgie esthétique pouvait fabriquer des fossettes sur un visage. Existait-il des muscles faciaux permettant de faire ressortir de telles fossettes, d'agrémenter un sourire d'un charme aussi implacable ?

Jamais elle ne s'était aperçue à quel point des fossettes pouvaient être sexy.

Mark posa très naturellement la main sur l'épaule de Vanny,

engagea la conversation, et quelques minutes plus tard il était assis à sa place.

Cet homme est décidément trop habile. Or elle n'avait jamais aimé les hommes trop sûrs d'eux.

Elle porta machinalement une nouvelle frite à sa bouche. Beurk ! Du curry ? Baissant les yeux vers l'assortiment de petits bols, elle mit le curry de côté.

— Regardez bien ma façon de m'asseoir, disait Mark suffisamment fort pour qu'elle entende.

Elle avait choisi cette fois une sauce rouge vif au piment. Sans doute pour faire écho à la colère que lui inspirait Mark.

— Si vous vous tenez ainsi, cela laisse entendre à votre compagne qu'elle vous intéresse. Alors que, comme ça, reprit-il en imitant la posture de Vanny, vous faites preuve de désinvolture, voire de désintérêt.

— Mais enfin, monsieur… ! protesta Vanny.

— Regardez-moi bien, poursuivit Mark en exagérant la posture intéressée.

Avec Vanny, ils observaient donc Mark en train de charmer Medina. Il balaya la barrière de condiments que cette dernière avait patiemment construite entre eux et entreprit de défaire les lignes de frites qu'elle avait savamment agencées dans son assiette. Elle n'émit aucune protestation, et sans la quitter du regard il lui dit quelque chose, probablement un de ces compliments outranciers dont il avait le secret.

Les joues de Medina rosirent, et elle passa une main nerveuse dans ses cheveux.

Tout en soupirant lourdement, Piper trempa une nouvelle frite dans de la salsa brésilienne. Décidément, Mark ne reculait devant rien. Ce qui le rendait d'autant plus effrayant.

Medina lui posa une question, et il se lança dans une réponse étoffée, en agitant les mains en tous sens, comme pour donner un poids supplémentaire à ses paroles. Elle avait déjà noté cette façon de faire lors de la réunion chez OMG ou pendant son cours à la fac : son pouvoir de conviction était total.

Tandis qu'il s'adressait à elle, Medina se redressait peu à

peu : ses muscles semblèrent se décontracter, ses épaules se redressèrent, et ses mains cessèrent enfin de tripoter frénétiquement tout ce qu'elles trouvaient à leur portée.

— C'est mieux, entendit-elle alors qu'il captait le regard de Medina. Vous paraissez plus détendue, et je me sens moi-même plus détendu. Or être détendu, c'est aussi être attirant…

A ces mots, elle crut s'étouffer. Aucune femme normalement constituée ne saurait résister à de telles paroles.

Mark saisit une frite dans l'assiette de Medina et la trempa dans ce qui ressemblait à du bon vieux ketchup.

— Vous êtes prête ?

Medina acquiesça d'un signe de tête alors qu'il lui tendait la frite. Mais au lieu de la lui donner il la ramena vers lui.

— Vous avez envie que je vous fasse manger.

— Vous êtes sérieux ?

— Bien sûr. Penchez-vous donc vers moi.

— Il ne va quand même pas faire ça ! grommela-t-elle.

Mais, sans quitter Mark du regard, Medina obtempérait, la bouche entrouverte, d'un mouvement aussi docile que gracieux.

Il l'avait mise en confiance.

— Voilà, lui disait-il. A présent, arrangez-vous pour laisser un peu de sauce autour de vos lèvres. L'idée étant, bien sûr, de l'essuyer ensuite avec la pointe de votre langue.

Medina obéit, tout en attrapant une serviette en papier.

— Bien, reprit-il. Votre geste est très naturel. Continuez !

En entendant ces mots, Piper ne put réprimer un frisson.

Medina était une bonne élève. Elle se pencha lentement vers lui, un sourire sensuel aux lèvres, et approcha doucement de la frite que Mark lui tendait.

— C'est parfait ! s'exclama-t-il alors qu'elle croquait langoureusement dans la frite. A présent, c'est à vous de me nourrir ! Quant à vous, Vanny, regardez bien !

— Croyez bien que je ne regarde que vous, fit Vanny.

Medina eut un petit rire, puis elle tendit une frite à Mark. Celui-ci referma une main autour de son poignet, puis la mangea lentement, délicatement. Lorsqu'il eut terminé, il glissa ostensiblement deux doigts de Medina dans sa bouche.

— Ouah ! fit Vanny d'une voix rauque.

Ce n'est pas vrai ! Jamais elle n'avait assisté à une scène aussi érotique. Quelque chose la chatouillait au bout des doigts, et elle avait l'impression de sentir la langue de Mark sur elle. Elle voulait sentir sa langue sur elle, et pas seulement sur ses doigts. Partout.

Medina soutint le regard de Mark sans ciller, tandis qu'il semblait lui faire toutes sortes de choses avec sa langue.

C'en était trop ! Les jeunes hommes avec qui sortait Medina ne se comporteraient jamais ainsi.

Pourtant, Mark agissait avec un naturel désarmant. Ecœurée, Piper détourna le regard et s'essuya les mains. Plus jamais elle ne pourrait manger de frites sans repenser à cette scène surréaliste.

Lorsqu'elle regarda de nouveau dans leur direction, Medina avait l'air hagard, les yeux écarquillés, les joues rosies et les lèvres entrouvertes. Piper savait exactement ce que la jeune femme ressentait à cet instant. *La même chose que toi, l'autre jour, dans son bureau de l'université.*

Et cette fois elle fut capable de lire sur les lèvres de Medina :

— Vous êtes célibataire ?

— Eh là ! Tu n'as tout de même pas oublié que je suis ton cavalier de la soirée ? lança Vanny.

— Euh, si, un peu…

Mark sourit et inclina modestement la tête.

— Je suis flatté, répondit-il à Medina.

Puis il ajouta quelque chose que Piper ne parvint pas à entendre, puis il se leva tranquillement de table. Avec un sourire franc et sincère à l'adresse de Medina — pas l'un de ses sourires de tombeur dont il savait aussi parfaitement user —, il s'éloigna d'un pas paisible.

Bien joué. Rien à redire.

Cet homme manipulait les gens à sa guise, avec une aisance insolente. Et, depuis la première seconde où ils s'étaient rencontrés, il l'avait manipulée, elle, comme bon lui avait semblé. Dans le reflet du miroir, elle vit son propre visage s'enflammer. Vraiment, elle n'était pas fière d'elle.

Les yeux toujours rivés sur Mark, Medina hochait doucement la tête, telle une poupée sortant peu à peu d'une transe. Tout comme elle, l'autre jour, à la fac.

— Le moment est donc venu de reprendre mes droits, déclara Vanny en récupérant sa place.

Medina lui offrit un large sourire, se libérant apparemment bien plus vite que Piper du sort que Mark lui avait jeté.

Comment allait-elle pouvoir travailler pour lui, à présent ?

Elle envisagea un instant de revenir sur l'accord qu'elle avait donné à Travis. Allons, avait-elle perdu la tête ? Pourquoi se sentait-elle aussi gênée ? Elle avait rapporté sa clé à Mark, et il avait mal interprété son geste, voilà tout. Elle n'avait fait que lui rendre service. A aucun moment elle n'avait pensé se jeter dans ses bras. Si elle avait proposé de lui trouver une assistante, ce n'était que pour répondre à la demande de B. T.

Et Mark avait surinterprété cette proposition. Certes, elle s'était brièvement laissé troubler par ce charme magnétique — pas plus tard que tout à l'heure, au bar, où il avait ouvertement flirté avec elle. Or manifestement, il jouait de son charme avec toutes les femmes qui croisaient son chemin — Toni et Medina en étaient la preuve patente.

En tout cas, pour l'heure, elle devait se rappeler qu'il était son client. Sans doute essaierait-il encore de la séduire, comme il essaierait aussi de séduire toutes les postulantes à la fonction d'assistante. C'était viscéral chez lui, il ne pouvait manifestement s'en empêcher.

Mais elle se fit une promesse : plus jamais Mark Banning ne ferait naître en elle l'air hagard qu'elle avait reconnu chez Medina.

Plus jamais.

8

Etape n° 8 : Existe-t-il une véritable alchimie entre vous ? Il est temps de le découvrir.

Piper avait disparu. Le temps que Mark regagne le bar, elle avait rassemblé ses affaires et quitté le restaurant. Laissant derrière elle une grande assiette de frites encore tièdes. Il posa un billet sur le comptoir, assez pour payer sa commande et assurer un généreux pourboire à la ravissante serveuse. Puis, sans perdre une seconde, il quitta l'établissement dans l'espoir de rattraper Piper. Quelque chose avait dû l'énerver pour qu'elle s'éclipse ainsi, sans même prendre la peine de le saluer.

Il l'aperçut à l'angle de la rue et se mit à courir pour la rattraper.

— Piper, attendez ! cria-t-il.

Mais elle accéléra le pas.

Impossible de la rejoindre. Il risquait de raviver sa blessure.

— Piper, je vous rappelle que nous avons rendez-vous !

Elle se retourna enfin et lui lança un regard noir.

— Nous avons rendez-vous à mon cabinet. C'est d'ailleurs là où je me rends.

Une brise automnale agita quelques mèches de sa perruque, qu'elle rabattit d'un geste agacé derrière ses oreilles. Il ne put se retenir de regarder ses lèvres, se remémorant avec émoi son demi-sourire de gourmandise.

— Vous êtes en colère contre moi ?

— C'est le moins que l'on puisse dire, répliqua-t-elle en se remettant en marche, mais à une allure réduite.

Ce qui l'irrita au plus haut point. Certes, il avait une jambe convalescente, mais il n'était pas handicapé, tout de même.

— Ne vous sentez pas obligée de ralentir le pas pour moi.

Aussitôt, elle accéléra la cadence.

Seigneur, il n'allait pas pouvoir suivre.

— Bon, d'accord, je vous demande de ralentir, maugréa-t-il, se sentant pris à son propre piège.

Il laissa passer quelques secondes, puis reprit :

— Vous m'en voulez d'être intervenu pour accélérer les choses avec ce couple ? Comme vous m'avez accordé un rendez-vous cet après-midi, je me suis dit qu'en leur donnant un coup de mains, je nous ferais gagner du temps à tous les deux.

— Vous vous êtes immiscé dans mon travail. Votre égoïsme et votre arrogance vous ont laissé croire que vous maîtrisiez mieux mon domaine d'action que moi-même.

— Allons, Piper, je n'ai fait que leur prodiguer quelques conseils de bon sens en matière de séduction.

— Car, bien sûr, vous êtes expert en rendez-vous galants.

A vrai dire, non.

— Vous savez, je n'ai pas tellement de temps libre, quand je me trouve sur le terrain.

— Donc vous ne sortez pas beaucoup ?

Pourquoi cherchait-elle à en faire toute une histoire ?

— Si pour vous le terme « sortir » est synonyme de gros bouquets de fleurs et de grands restaurants, alors non, je ne sors pas beaucoup. Mais cela ne signifie pas que j'ai du mal à séduire.

— Bien entendu, dit-elle d'une voix trop distante et professionnelle à son goût. Des hordes de femmes vous suivent partout, s'accrochent à vos lèvres pour boire vos paroles, dans l'espoir que vous daignerez leur accorder ce sourire enjôleur pour lequel elles sont prêtes à se pâmer.

— Piper !

— Et puis vous en désignez une, qui aura l'insigne honneur de vous suivre jusqu'à votre garçonnière, pour vous aider à assouvir vos désirs, jusqu'à ce que vous vous lassiez d'elle.

— Piper ! s'écria-t-il en la saisissant par le bras.

Il l'obligea à se retourner. Ses yeux noisette brillaient d'une lueur courroucée qui lui fit perdre ses moyens. Autour d'eux, des voitures prises dans les embouteillages klaxonnaient, et quelques passants remontaient la rue.

Le regard de Piper allait forcément lui faire du mal, car elle lisait en lui comme dans un livre ouvert. Et personne avant elle n'avait su fendre son armure, ni entrevoir ce qu'il cachait au fond de lui. Mais pourquoi se bornait-elle à le regarder de façon clinique, avec ce maudit détachement professionnel empreint de curiosité ?

Il n'avait pas su déclencher en elle d'autre émotion que la colère. Mais au moins il ne l'avait pas laissée totalement indifférente, cette fois. Et qui sait, si elle éprouvait de la colère envers lui, peut-être finirait-elle par éprouver aussi du désir ? Car lui brûlait de la toucher, de l'embrasser, de…

S'il ne s'était pas agi de Piper, il se serait chargé de lui montrer que la colère pouvait rapidement se changer en désir. Un moment de passion à l'état brut, fulgurante, qui leur aurait laissé à tous les deux de mémorables souvenirs.

Mais Piper était différente des femmes qu'il avait rencontrées jusque-là. Elle avait su voir en lui ce que personne ne s'était soucié de chercher jusqu'alors, et il tenait à comprendre l'origine de sa colère. Car quelque chose lui disait que cette colère ne s'expliquait pas seulement par les raisons qu'elle lui donnait. Il y avait forcément autre chose. Mais quoi ?

Elle finit par soustraire le bras à son emprise.

— Que voulez-vous à la fin ? lança-t-elle.

— Piper, je suis navré si je vous ai mise en colère, déclara-t-il le plus sincèrement du monde.

— Si vous m'avez mise en colère ! Vous n'en êtes donc pas sûr ?

— Si, évidemment. Je suis certain de vous avoir mise en colère. Et j'en suis sincèrement, très sincèrement désolé.

— Et de quoi êtes-vous sincèrement, très sincèrement désolé, au juste ?

— De vous avoir mise en colère, bredouilla-t-il.

Les choses continuaient à empirer.

— Et qu'est-ce qui m'a mise en colère, à votre avis ?

— Depuis quand les excuses doivent-elles s'accompagner d'un interrogatoire ? s'énerva-t-il lui-même.

— Une excuse est l'expression d'un regret, Mark. Or on ne peut regretter quelque chose si on ne sait pas de quoi il s'agit.

— Je commence à regretter de m'être excusé.

Piper secoua la tête et se remit à marcher.

— Vous avez interféré avec mes clients sans réfléchir un seul instant aux conséquences que cela pouvait induire.

— J'ai seulement voulu vous aider à gagner du temps : ce jeune homme avait besoin de quelques conseils de savoir-vivre, et j'ai pensé qu'il les accepterait plus facilement venant de moi que venant de vous.

— L'objectif pour moi, c'était d'observer ce couple en situation classique de rendez-vous. Or votre intervention était tout sauf classique. S'il s'était agi d'un couple quelconque, vous seriez-vous permis d'aborder cet homme ainsi et de critiquer son comportement devant sa compagne ?

— Non, mais il ne s'agissait pas d'un couple au hasard.

— Là n'est pas la question, dit-elle en soupirant. Vous vous êtes ingéré dans les affaires, sans mon aval. D'ailleurs, à aucun moment vous n'avez pris la peine de me demander mon avis. Et je suis sûre que vous agissez souvent de la sorte, sans vous soucier de l'avis des autres.

Elle le dévisagea d'un regard si pénétrant qu'il ne put faire autrement que de baisser un instant les yeux. Piper avait raison. Mais, s'il agissait de la sorte, c'était uniquement parce que la plupart du temps les gens cherchaient à l'empêcher d'agir et lui faisaient perdre son temps.

— Ecoutez, c'est vrai que les gens perdent souvent du temps à s'interroger sur le bien-fondé de leurs actions. Pour ma part, je préfère agir dès que je sens qu'une situation le nécessite. En l'occurrence, je vous rappelle que cette malheureuse jeune fille était en train de développer des troubles maniaques en rangeant des frites dans son assiette, tellement elle s'ennuyait avec son cavalier. Je me demande d'ailleurs pourquoi vous n'êtes pas intervenue plus tôt pour abréger ses souffrances.

— J'étais en train d'enregistrer la scène.

— Vous avez une caméra cachée dans cet affreux sac à main ? s'étonna-t-il.

— Qu'avez-vous donc tous à trouver ce sac horrible ? dit-elle en se remettant à marcher.

— Ecoutez, Piper, je suis sincèrement navré d'avoir compromis votre travail. On est quittes à présent ?

Elle posa une main sur son bras. Surpris par ce geste, il tressauta et détourna le regard. Mais c'était sans compter sur l'obstination de Piper. Elle le scruta intensément, mais la lueur de colère semblait s'être apaisée dans ses yeux.

— Ne m'ignorez plus, Mark, déclara-t-elle. Plus jamais.

— J'ai compris le message, rétorqua-t-il, soulagé.

Soutenant son regard sans ciller, elle reprit :

— Je vais vous aider à choisir votre future assistante. Je ne vous demande pas d'adhérer à tout ce que je vous dirai, juste d'y réfléchir sérieusement. Si vous ne me prenez pas au sérieux, inutile de perdre notre temps tous les deux.

— Je vous prends au sérieux, lui assura-t-il.

Bien plus qu'elle ne se l'imaginait, même.

Une nouvelle mèche de la perruque tomba devant ses yeux, et leurs deux mains se rencontrèrent en tentant de rabattre les cheveux derrière son oreille.

— Finis les numéros de charme dès qu'une femme se trouvera dans la même pièce que vous, insista Piper.

Il sourit.

— Dommage, vous m'interdisez la partie rigolote de l'affaire.

— Mark…

— Détendez-vous. Je ne jouerai plus les don Juan.

Ils firent encore quelques pas, puis elle reprit.

— Vous n'avez pas à jouer quelque rôle que ce soit, vous savez. Votre plastique et votre charme naturels agissent sur toutes les femmes normalement constituées.

— Je… Je ne suis pas sûr de savoir quoi répondre à cela…
Merci, en tout cas.

Piper eut un bref sourire.

— Ne me dites pas que vous ne le saviez pas déjà.

Jusqu'à présent, il ignorait que pour Piper il avait une
« plastique » et un « charme naturels ».

— Soyez juste conscient de l'effet que vous leur faites quand
vous discuterez avec les postulantes, ajouta-t-elle.

— Je parie que vous allez éliminer toutes celles qui se
retrouveront sous le charme de ma plastique naturelle.

— Il ne resterait pas grand monde, dans ce cas ! dit-elle
en riant de bon cœur.

L'espace de quelques secondes, il entrevit derrière le masque
de la professionnelle la jeune femme drôle et pleine de vie que
Piper s'efforçait de dissimuler. Et Mark avait soudain terriblement envie d'en savoir plus. Qui était vraiment Piper Scott ?
L'estomac noué, il sentit une question émerger peu à peu à son
esprit : et si c'était Elle ?

Non. Il ne pouvait pas se laisser émouvoir par un simple
rire. Aussi suave et tentant soit-il.

Mark Banning ne cherchait pas à tomber amoureux, point
final.

— Alors, dit-il après s'être éclairci la gorge, si vous m'ex-
pliquiez comment va se dérouler ce recrutement ?

Echec total de stratégie. Piper avait pensé que parler de
façon détachée de la séduction de Mark l'aiderait à neutraliser
l'effet qu'il avait sur elle et à établir une relation strictement
professionnelle entre eux.

En vain.

Car à mesure qu'ils avançaient sur le trottoir le bras de Mark
effleurait régulièrement le sien. Et, malgré l'épaisseur de son
gilet à capuche, elle sentait la peau de son bras frissonner.

Pire, elle était à présent prise d'une folle envie de se jeter à
son cou, là, en pleine rue, pour qu'il l'embrasse passionnément.

Elle avait pourtant tout essayé. Mais ni la colère ni le détachement feint n'avaient fonctionné. Lorsqu'il avait tendu la main pour rejeter les mèches de sa perruque, elle avait dû se précipiter en arrière pour ne pas lui offrir ce regard brûlant de désir qu'il savait susciter chez toutes les femmes qu'il approchait.

« C'est plus fort que moi, je ne peux pas m'en empêcher », entendait-elle ses clients — et sa mère — lui répéter à longueur de temps. Et dire qu'elle les croyait faibles, sans volonté ! Elle devait réviser son jugement à présent. Car elle savait désormais que lutter contre une attirance irrépressible était en réalité épuisant.

En tout cas, plus vite elle trouverait une assistante à Mark, plus vite elle aurait terminé sa mission pour lui. Et plus vite elle serait débarrassée de ce dangereux désir qui la menaçait une fois encore.

— Je vais vous faire remplir un questionnaire de compatibilité générale, expliqua-t-elle pour répondre à sa question concernant le déroulement de leur collaboration. Une fois que je l'aurai étudié, je vous poserai quelques questions complémentaires.

— Quel genre de questions ?

— Voyons voir… Dans votre cas, il me faudra définir votre profil relationnel. Je sais déjà, par exemple, que vous sortez peu avec des femmes, du fait de votre métier.

— Je vois.

— J'ai aussi noté, lors de votre intervention auprès de Medina, que vous êtes du genre à aller droit au but, sans perdre de temps en préliminaires ou en subtilités.

— Vos conclusions sont un peu hâtives ! protesta-t-il en la regardant de travers.

— Ce n'est pas une critique. Vous vivez à cent à l'heure, c'est un fait. J'en déduis que vous avez peu de temps pour nouer des relations, voilà tout.

Il secoua la tête, visiblement agacé.

— Depuis que vous êtes adulte, quelle a été votre plus longue relation ? Sentimentale ou non, indiqua-t-elle.

Sa curiosité dépassait largement le cadre professionnel.

— Qu'entendez-vous exactement par « relation » ?

Question typiquement masculine. Trahissant une grande méfiance.

— Disons une interaction suffisamment forte et suivie entre vous et une personne pour amener l'une et l'autre partie à partager des détails intimes de leur vie.

— Des détails intimes ? répéta-t-il d'un air perplexe.

Ne rougis pas, Piper.

Il réfléchit un instant, apparemment gêné.

— Je crois que je n'ai jamais eu de relations au sens où vous l'entendez.

A vrai dire, elle n'était pas surprise.

— Pas même un colocataire ?

— Pas depuis ma première année de fac.

— Eh bien, cela compte ! Cela fait donc une relation de neuf ou dix mois.

— Pas vraiment, dit-il en faisant la moue. Je n'ai jamais considéré ce type comme un ami. Je ne me suis jamais intéressé à sa vie, car il avait des habitudes parfaitement écœurantes.

— Je vois, répondit-elle en souriant. Et dans le travail ? Quelle a été votre plus longue collaboration ?

— Mes reportages pour OMG. Cela a duré quatre ans.

— Mouais… Je pensais plutôt à un emploi où vous auriez fréquenté quotidiennement des gens avec qui vous deviez interagir.

Mark haussa alors les épaules.

— J'ai bien eu quelques petits boulots à temps partiel…

Lorsqu'il disait travailler seul, ce n'était donc pas une façon de parler, mais bien une réalité.

— Je suppose que vous êtes enfant unique ?

— Exact.

— Et qu'en est-il de vos amis ?

— J'ai des tas d'amis, dit-il en prenant un air renfrogné. Je rencontre énormément de gens, partout dans le monde.

Depuis qu'elle lui posait ces questions, il regardait les vitrines devant lesquelles ils passaient, les pigeons picorer des miettes sur le trottoir, le vent faire frissonner les feuilles dans les arbres… Bref, il faisait tout pour éviter son regard.

Elle suspendit temporairement l'interrogatoire et attendit qu'ils traversent la rue avant de poser une nouvelle question.

— Qui est votre ami le plus proche ?

Mark poussa un lourd soupir et fit mine de s'intéresser au menu d'un élégant café de quartier.

— Je dirais Travis.

Travis lui-même n'était probablement pas au courant.

— Et Travis vous considère aussi comme son plus proche confident ? demanda-t-elle avec le plus de tact possible.

— Il m'a fait délivrer d'un camp de narcotrafiquants au Mexique, rétorqua-t-il sèchement. A mes yeux, c'est une preuve d'amitié suffisante.

— Donc vous sortez tous les deux, vous allez boire des bières, regardez des matchs de foot ensemble…

Mark se mordit la lèvre.

— Ce n'est pas exactement ce genre d'amitié. Je partage plutôt ça avec mes collègues.

— Qui s'occupe de votre chien quand vous êtes absent ?

— Je n'ai pas de chien.

Evidemment. Elle aurait dû s'en douter.

— Vous avez bien une personne de confiance qui arrose vos plantes, récupère votre courrier en votre absence ?

— Je n'ai pas de plantes vertes, et je reçois mon courrier dans une boîte postale.

Il ne lui facilitait pas la tâche. Elle allait devoir passer à la vitesse supérieure.

— Qui héritera de vos biens ?

Visiblement pris de court, il baissa les yeux vers elle.

— Ma mère. Mais en quoi cela est-il lié à notre affaire ?

— Je cherche à définir votre mode relationnel, afin de mieux cerner vos besoins et vos attentes. C'est une étape primordiale avant de commencer à vous chercher une assis…

— Je sais, l'interrompit-il. Mais votre interrogatoire en pleine rue commence à devenir pesant, vous comprenez.

— Vous préférez être celui qui mène les interviews ?

— Oui. Je préfère en effet quand c'est moi qui pose les questions.

— Dans ce cas, allez-y : posez-m'en une.

Il sembla pris de court une nouvelle fois.

— Euh… Quelle a été votre plus longue relation ?

Bien que surprise, elle ne se laissa pas impressionner pour autant.

— Dancie, répondit-elle sans hésiter. Nous sommes amies depuis notre première année de fac. Elle m'a hébergée gratuitement pendant deux ans. Sans cela, j'aurais dû abandonner mes études. Et puis, c'est aussi elle qui m'a mise en relation avec OMG. Je lui dois beaucoup.

— Effectivement, ça, c'est une sacrée amie, dit-il d'une voix envieuse.

— En effet. C'est intéressant, notez-le. Vous, vous avez tout un tas de camarades, et moi, une seule véritable amie.

— Que voulez-vous, reprit-il d'une voix bizarre, à chacun son style de vie.

Mark accumulait donc les rencontres, mais personne ne savait vraiment qui se cachait derrière le célèbre et très glamour reporter aventurier. Et, pour une raison qui lui échappait, elle avait l'impression d'avoir su entrevoir l'homme derrière l'image d'Epinal. D'ailleurs, à ce sujet…

— Dans tout ce que vous avez écrit pour OMG, tout était toujours vrai ? demanda-t-elle sur un ton de confidence.

— Vous avez lu mes articles ? répondit-il avec un sourire.

— Quelques-uns, avoua-t-elle. Il fallait bien que je m'informe sur la concurrence.

— Tout est vrai, affirma-t-il en desserrant à peine les dents. Mais j'ai même renoncé à relater certains faits, quand ils auraient pu mettre des vies en danger.

— Combien de temps avez-vous été retenu en otage ?

— Cinq mois, dit-il en se touchant machinalement les poignets. Mais, s'il vous plaît, je n'ai pas envie d'en parler…

D'expérience, elle savait que, lorsqu'un client désirait éviter un sujet, c'était précisément parce qu'il fallait en parler. Or Mark avait dit « s'il vous plaît », ce qui trahissait un véritable effort de conciliation.

— Comme vous voudrez, murmura-t-elle.

Ironie du sort, la relation de Mark avec ses ravisseurs avait été plus longue que toutes celles qu'il venait d'énumérer.

Un lourd silence s'installa entre eux.

— Mark ? finit-elle par demander.

— Oui ?

— Je pourrais voir vos poignets ?

— Il n'y a rien à voir.

Elle s'arrêta net de marcher, tandis que Mark continuait d'avancer avant de s'arrêter à son tour.

— Si vous y tenez tant, grommela-t-il en revenant vers elle tout en retroussant les manches de sa chemise.

Comme elle s'en doutait, ses poignets portaient encore la cicatrice des menottes qui l'avaient privé de liberté durant les longs mois de captivité. Elle avait beau savoir qu'il avait vécu une expérience très traumatisante et qu'il avait failli perdre une jambe, voir sa chair ainsi meurtrie lui noua la gorge. Comme elle aurait voulu le prendre dans ses bras, le serrer contre elle pour ne plus jamais le laisser repartir.

— Oh ! Mark, balbutia-t-elle en passant les doigts autour de la marque rosée qui lui faisait le tour du poignet.

A certains endroits, la cicatrice était plus large qu'à d'autres. Etait-ce dû à différents instruments de torture ? Ou à ses tentatives désespérées pour se libérer ?

En levant les yeux vers lui, elle se demanda comment leurs visages s'étaient retrouvés aussi proches l'un de l'autre.

— Ils ne vous ont pas ménagé, dites-moi ? dit-elle en un souffle. Votre autre poignet est-il aussi abîmé ?

Il hocha légèrement la tête.

— Il s'est même infecté, expliqua-t-il à voix basse.

— Mark, je suis sincèrement désolée.

— Vous n'y êtes pour rien.

Un homme qui avait enduré une telle épreuve et y avait

survécu n'était pas du genre à se demander comment ménager la susceptibilité d'une éventuelle coéquipière. Pour lui, la vie était trop brève, trop précieuse pour s'encombrer de formalités, de politesses ou de mondanités. Il allait droit au but. Si une opportunité se présentait à lui, il la saisissait. Sans perdre de temps à se demander si c'était bien ou mal. Il agissait, lui. Et s'il s'avérait qu'il s'était trompé, eh bien, il assumait ses erreurs, sans se retourner. Mark Banning était un fonceur, il allait toujours de l'avant.

Elle ferait bien de s'inspirer de lui. Plutôt que d'attendre l'homme idéal, le moment idéal. Mark ne supportait pas l'inaction, visiblement, et les cicatrices qu'il avait sur les poignets étaient là pour le prouver.

Poussée par une force irrationnelle, elle se pencha vers lui et lui embrassa le creux du poignet, avant de remettre sa manche de chemise en place.

Ils restèrent ainsi, face à face, à se scruter longuement.

Le vent continuait à soulever quelques mèches de la perruque, et lorsque Mark tendit la main pour les remettre en place elle ne chercha plus à fuir. Ses doigts lui effleurèrent la joue, éveillant en elle l'envie brûlante qui lui faisait si peur. Mais, si elle soutenait encore son regard, il finirait par deviner cette envie.

D'un geste incroyablement lent, Mark promena la main le long de sa nuque, puis sur la zone ultrasensible derrière le lobe de son oreille. Si elle ne se dégageait pas instamment, il allait l'embrasser.

Cette fois, pas besoin de sourire enjôleur — avec ou sans fossette — ni de mots d'esprit, ni de langage corporel provocant. Cette fois, il n'y avait que Mark, le vrai, celui qu'elle était la seule à connaître vraiment.

A mesure que la paume brûlante de Mark remontait derrière son oreille, tout son corps se mit à frissonner. Le cœur battant à tout rompre, elle leva légèrement le menton et leurs lèvres se rencontrèrent. Enfin !

Quelques secondes plus tard, il l'enlaçait avec ardeur. Mais ses lèvres se bornaient à effleurer sagement les siennes, alors qu'elle s'était attendue à un baiser appuyé, entreprenant. Mark n'allait-il pas droit au but, en général ?

Or il semblait éprouver du plaisir à prendre son temps, à faire durer les choses. Suffisamment pour mettre ses sens à elle au supplice. Les lèvres de Mark étaient à la fois brûlantes, douces et volontaires. Et son parfum, viril et caressant. Elle était en train de perdre la tête.

Ivre de désir, elle plaqua davantage ses lèvres contre les siennes, réclamant plus d'entrain, plus d'audace.

— Piper, murmura-t-il alors qu'un désir vertigineux montait en elle.

Avait-elle attendu tout ce temps pour rencontrer un homme capable de la mettre dans un tel état par un simple baiser ?

D'une main tremblante, Mark la serra plus fort contre lui et elle lui enroula les bras autour du cou. Elle entendit à peine les voix des passants autour d'eux quand Mark l'entraîna contre le chêne qui ornait le trottoir, sans quitter ses lèvres.

Elle sourit et resserra son étreinte.

Mark se tenait bien droit, tout contre elle, et ne pouvait plus dissimuler son désir à présent. Et, lorsque enfin leurs langues se rencontrèrent, elle ne put, de son côté, réprimer un petit soupir de contentement.

Mais ce n'était qu'un début. Plaquant ses hanches contre les siennes, elle glissa les mains sous sa veste pour lui caresser le dos.

Elle n'en revenait pas : c'était elle qui prenait l'initiative alors qu'elle se serait plutôt attendue à ce qu'elle vienne de Mark. Au lieu de quoi, ses mains continuaient à lui caresser sagement le visage, la nuque. Et ses baisers demeuraient presque timides en comparaison avec le désir qui la consumait, elle.

Mais Mark n'en devenait que plus désirable à ses yeux. Car elle savait qu'il avait plutôt tendance à fuir tout ce qui pouvait ressembler à une intimité partagée. En fait, c'était comme s'il était une personne différente du Mark qui était en train de l'embrasser.

Elle était en train d'embrasser le vrai Mark. Il s'ouvrait

véritablement à elle et semblait l'autoriser à tisser un lien très personnel avec lui. Il la laissait s'attacher à lui.

Comment pouvait-il lui faire une telle chose ? Il ne pouvait ignorer que, s'il agissait ainsi, elle allait forcément tomber amoureuse de lui. Et avoir le cœur brisé, le jour où il déciderait de reprendre le large, de partir vers de nouvelles aventures. Car, si elle avait compris une chose au sujet de cet homme, c'était bien qu'il tenait de l'électron libre. Insaisissable, indomptable. Aussi audacieux que courageux.

Autrement dit, Mark était un fantasme incarné. Une occasion unique dans sa vie de goûter au frisson du danger, de l'aventure. Car il n'était pas fait pour survivre au quotidien d'une relation sage et installée. En aucun cas.

A force de passer son temps à mettre en garde ses clientes, elle en avait oublié à quel point il était bon de laisser l'alchimie entre deux êtres agir.

Ou alors était-elle en train de succomber à la facilité, comme sa mère ? A cette idée, elle retira brusquement les mains de la veste de Mark et recula d'un pas.

Bon sang, mais qu'est-ce qui lui arrivait ?

Elle était en train de se faire embrasser contre un arbre en pleine rue, et par un client, qui plus était. Pire : elle avait elle-même initié cette langoureuse étreinte. Mark Banning, le bourreau des cœurs, n'avait fait que répondre à ses avances.

Comment diable avait-elle pu faire preuve d'aussi peu de retenue ? Jusqu'à en oublier où et avec qui elle se trouvait. Comment avait-elle pu se jeter ainsi sur lui ?

Mark la scrutait maintenant d'un regard interrogateur, les bras ballants.

— Eh bien, bredouilla-t-elle. Tout ça, c'était…

— Super ? l'interrompit-il à sa grande surprise.

Oui, cela ne faisait pas le moindre doute.

— J'allais dire « peu professionnel ».

— Tu es en train de me dire que j'embrasse comme un amateur ?

— Pas du tout ! s'écria-t-elle en voyant son regard amusé. Ce que j'ai voulu dire, c'est…

— Je sais ce que tu voulais dire, assura-t-il d'une voix très douce. Mais nous ne sommes pas encore dans ton bureau, et tu es encore en planque.

A ces mots, il tira un peu sur sa perruque.

Quelle classe ! Comprenant son embarras, il faisait en sorte de détendre l'atmosphère.

— Ce n'est pas une excuse, dit-elle après avoir souri.

— Ne sois pas si dure avec toi-même, reprit-il en lui tapotant l'épaule comme un coéquipier l'aurait fait avec sa partenaire. Tu essayais d'établir mon profil relationnel : quoi de mieux qu'un bon vrai baiser pour se faire une idée plus précise ?

Exactement ce qu'elle redoutait.

— Ce n'est pas faux. Et tu sais quoi ? J'en sais assez à présent pour t'éviter de venir jusqu'à mon cabinet. Le questionnaire dont je t'ai parlé est trop basique, pas assez adapté à ton cas. Et puis, nous avons couvert suffisamment de domaines. J'en sais à présent assez sur toi pour pouvoir définir exactement quel genre de femmes il te faut, déclara-t-elle en évitant son regard.

— Et qu'en est-il de la femme que je désire ?

Elle tripota nerveusement les mèches de sa perruque et préféra ne pas répondre.

— Pour ce qui est de l'assistante… C'est à Travis et toi de m'envoyer les postulantes que vous aurez présélectionnées. J'établirai ensuite leur profil, avant de vous envoyer mes recommandations. Après, ce sera à vous de les interviewer, et ainsi de suite, tant que tu n'auras pas trouvé la perle rare.

— Dois-je appeler ta secrétaire afin de prévoir un rendez-vous de suivi ? demanda-t-il d'un ton léger.

Elle fit un effort surhumain pour le regarder dans les yeux.

— Non. Nous en avons fini avec les entretiens en face à face.

9

Etape n° 9 : Si ce n'est pas déjà fait, présentez-le à vos amis, et recueillez leur opinion. S'il ne leur plaît pas, alors pourquoi vous plairait-il ?

— De la part de Travis, annonça Dancie en déposant une pile de C.V. sur le bureau de Piper.

— Merci.

Au lieu de s'éclipser, Dancie se planta devant elle en croisant les bras. Ses longues mèches nouvellement lissées tombaient négligemment sur ses épaules, et Piper avait toujours du mal à s'habituer à voir son amie sans ses sempiternelles boucles.

— Tu as conclu un accord avec mon frère ?

Piper avait décidé d'attendre d'avoir trouvé l'assistante de Mark avant de parler de quoi que ce soit à Dancie. Mais c'était sans compter sur la propension de Travis à se vanter de ses manœuvres minables.

— En effet, avoua-t-elle simplement. Il a accepté de te rendre ton ancien bureau si j'arrive à trouver une assistante qui convienne à la fois à Mark et à ton père.

Le visage de Dancie resta de marbre.

— Sans daigner m'en informer au préalable ?

— Je n'en ai pas eu le temps. L'opportunité s'est présentée et je l'ai saisie au vol.

N'était-ce pas précisément ce que Dancie lui conseillait à longueur de journées ?

— Et pourquoi donc ?

— Parce que ce cabinet est trop petit pour t'accueillir de façon permanente, expliqua-t-elle en désignant la porte du bureau. Les murs ne sont pas insonorisés, vous entendez toutes les conversations que j'ai avec mes clients, et j'entends tout des tiennes et de celles d'Anna. Ecoute, Dancie, je suis navrée, mais ça ne pourra pas durer.

Le souvenir de la façon dont Dancie l'avait hébergée autrefois rendit ces paroles particulièrement difficiles.

— Pourquoi ne pas m'avoir parlé de tout cela avant d'aller pleurnicher auprès de Travis ?

Elle t'en veut d'en avoir d'abord référé à Travis, mais pas de lui avoir trouvé un nouvel endroit où exercer son activité.

— Tu sais très bien que « pleurnicher » n'est pas mon style, Dancie. Et, en toute honnêteté, combien de fois t'ai-je demandé de parler moins fort pendant mes consultations ?

— Ce à quoi j'ai obtempéré !

Avant de recommencer à piailler après deux minutes !

— Ecoute, j'étais en planque chez Friezen quand Travis m'a appelée pour me demander de trouver une assistante à Mark. J'ai d'abord été très réticente à cette idée.

Dancie plissa les yeux.

— Donc, après m'avoir dit tout le mal que tu pensais de Mark, tu as finalement accepté cette mission ?

Non, ce n'était guère le moment d'énumérer à Dancie toutes les qualités cachées de Mark Banning.

— Ecoute, je sais que tu n'as pas les moyens pour l'instant de te payer des locaux. Et quand j'ai compris que Travis était aux abois j'ai décidé de profiter de la situation.

Dancie affichait toujours une moue dubitative.

— Je lui ai précisé que tu ne reviendrais que pour l'usage des locaux, et qu'entre OMG et toi c'était bien fini.

— Pas question que je bénéficie de la moindre faveur venant de Travis ou de mon père. Ils passeraient ensuite leur temps à se vanter de m'avoir aidée à débuter ! Je veux leur prouver que je peux très bien me débrouiller sans eux.

Piper décida de ne pas rappeler à Dancie qu'elle bénéficiait quand même du soutien financier de sa mère...

— Le *Plan Piper*, ça va cartonner ! reprit Dancie avec enthousiasme. Ça vaut bien deux ou trois semaines supplémentaires dans un bureau certes un peu surchargé, mais...

Piper, elle, tablait plutôt sur deux ou trois mois.

— Dancie, le minimum que je puisse offrir à mes clients, c'est la confidentialité de mes conversations avec eux. Avant que tu ne t'installes ici, je ne me rendais pas compte que ces locaux étaient mal insonorisés : Anna avait toujours fait preuve d'une grande discrétion.

— Merci ! entendirent-elles de l'autre côté de la cloison.

Elles éclatèrent de rire, et la tension qui régnait dans la pièce se dissipa aussitôt.

— Je comprends ton agacement, dit Dancie. Mais, comme je ne peux dépenser mon capital de départ dans la seule recherche de locaux, je te propose plutôt de m'éclipser pendant tes consultations. Je travaillerai depuis chez moi ou j'irai peaufiner l'interface de ton futur site avec Mikey.

— Mikey ? répéta Piper en haussant un sourcil intrigué.

— Oui, notre webdesigner, fit Dancie en ajustant une mèche de cheveux d'un geste faussement désinvolte.

Ce type lui plaît ! Piper avait fini par se demander si un homme saurait un jour capter l'attention de Dancie. Son amie était encore plus difficile qu'elle.

— J'avoue que cela m'aiderait. Je peux même demander à Anna de regrouper mes consultations sur des demi-journées entières pour faciliter notre organisation.

— Aucun problème, je m'y mets de ce pas ! entendirent-elles de nouveau monter de derrière la cloison.

— Merci, Anna, dit Piper sans même élever la voix.

— Ça marche pour moi aussi, fit Dancie en reprenant la pile de C.V. avec elle. Je renvoie ces paperasses à mon frère.

— Pourquoi donc ?

Dancie parut surprise de la question.

— Je sais à quel point tu détestes Mark, surtout depuis

qu'il s'est pointé sans prévenir chez Friezen. D'ailleurs, je te trouve très fébrile depuis que tu es revenue, ajouta-t-elle d'un ton suspicieux.

« Fébrile » n'était pas le mot que Piper aurait employé pour décrire son état. ..

— A présent que nous avons trouvé un arrangement pour le partage du bureau, plus rien ne t'oblige à travailler pour lui, reprit Dancie en tournant les talons.

— Attends un instant…

Dancie fit demi-tour et la scruta d'un œil méfiant.

— J'ai donné ma parole, bredouilla Piper, consciente qu'il serait difficile de cacher plus longtemps la vérité à son amie.

— Et alors ? Tu n'as qu'à te dédire.

— Nous avons déjà calé un rendez-vous.

Dancie fit quelques pas supplémentaires en direction du bureau sur lequel elle redéposa la pile de C.V.

— Tu devrais faire attention à toi, ma grande.

Mark n'était pas du genre à regarder derrière lui. Le passé appartenait au passé, et on ne pouvait rien changer à ce qui était advenu. L'avenir n'offrant quant à lui aucune garantie, il s'efforçait de vivre pleinement le moment présent. Même s'il lui arrivait parfois d'éprouver quelques regrets. Ou même, contrairement à ce que Piper et le reste du monde semblaient croire, de réfléchir avant de prendre des décisions. Mais il restait un fonceur, un homme qui préférait se fier à son instinct et à ses premières impressions.

Aussi, se demander s'il devait ou non téléphoner à Piper après avoir rêvé d'elle — oui, rêvé d'elle ! — revenait à une perte de temps. Comme souvent, sa première intuition était sans doute la bonne : une aventure avec Piper aboutirait forcément à un désastre sentimental. Quoi qu'il lui en coûte, il devait absolument y renoncer.

Mark reposa la tablette électronique avec laquelle il venait de collecter un certain nombre d'informations sur Piper. Bien sûr, il n'était pas fier d'agir ainsi. Mais il ne pouvait s'en empêcher, sa curiosité était trop forte.

Il se dirigea vers la baie vitrée de son appartement, et passa sur le balcon. La nuit était fraîche, mais pas suffisamment pour apaiser la tourmente qui l'agitait. A ses pieds, les rues d'Austin étaient illuminées, et quelques éclats de rire et notes de musique s'élevaient jusqu'à lui : de nombreux étudiants faisaient la fête, ce soir.

Malgré ce qu'il prétendait, ce qu'il voulait, c'était revoir Piper. Et pas dans le cadre professionnel. Même si elle avait fait resurgir en lui de douloureux souvenirs, elle avait réussi à envahir son esprit, jusque dans son sommeil. Et il brûlait d'envie d'être auprès d'elle.

Tout cela à cause de ce maudit baiser. Une véritable parenthèse de douceur. Oui, de douceur. Depuis quand était-il sensible à la douceur ? Son étreinte avec Piper avait été aussi exquise que troublante, et malgré le violent désir qui s'était emparé de lui, contre ce chêne, il ne s'était pas laissé déborder.

Embrasser Piper avait éveillé en lui des sensations qu'il osait à peine nommer. Ce baiser l'avait troublé plus que n'importe quel autre. Et, à en juger par le visage bouleversé de Piper, elle en avait été au moins autant remuée que lui. Mais elle avait refusé de le revoir. Enfin, il ne lui avait pas explicitement demandé. Mais le message était clair, non ?

Nous en avons fini.

Il s'appuya à la balustrade, et inspira une grande bouffée d'air. Piper arrivait peut-être à faire comme si ce baiser n'avait pas existé. Mais pas lui. Car, quoi qu'elle en dise, il savait qu'ils n'en avaient pas fini. Ils ne faisaient que commencer, même.

— Ce sont les heureuses élues ? demanda Dancie en désignant les petites piles étalées sur le bureau de Piper.

Elle hocha la tête. Elle avait classé les C.V. en tas, avec les photos de chaque postulante agrafées dans un coin. Sous le regard de Dancie, elle tentait d'agencer les piles les unes par rapport aux autres en poussant des soupirs de frustration.

— Piper, détends-toi, tu finiras par trouver la perle rare !

— Tu n'imagines pas à quel point tout cela s'apparente à une partie d'échecs. Je vais d'abord envoyer ces candidates-là à Mark, pour qu'il les interroge, dit-elle en désignant un tas. Et je sais qu'il les éliminera toutes.

— Dans ce cas, pourquoi les lui soumettre ?

— Quoi que je fasse, il rejettera en bloc mes premières propositions afin de bien me montrer que c'est lui le commanditaire, que ses besoins sont très spécifiques et qu'il me sera très difficile de trouver quelqu'un à sa hauteur.

— Pourtant, tu y travailles d'arrache-pied !

— Il a besoin de voir que je me donne du mal pour lui, crois-moi, expliqua-t-elle. Du coup, je réserve les meilleures candidatures pour le deuxième round. Mais, si je ne lui envoie que des postulantes médiocres au départ, il devinera ma tactique, et rejettera en bloc toutes mes autres propositions…

A ces mots, elle prit un C.V.

— Par exemple, je déteste avoir à sacrifier cette jeune femme, car elle me semble très compétente.

— Peut-être ne l'éliminera-t-il pas ?

— Bien sûr que si, assura-t-elle. Elle écrit Jinger avec un J.

— Pardon ?

— Peu importe, répliqua-t-elle en agitant la main.

— Et si Mark déjouait tes pronostics en sélectionnant une candidate dès le premier round ?

— Dans ce cas, il raterait les meilleures postulantes, répondit-elle en soupirant. Et, si au final elle ne fait pas l'affaire, il me tiendra pour responsable.

Dancie prit le premier tas et le lui tendit.

— Je crois que tu réfléchis trop, une fois encore.

Mais comme Piper l'avait prévu Mark rejeta tout le premier groupe, après une matinée d'entretiens.

— Tu avais vu juste, admit Dancie en déposant, deux jours plus tard, un sandwich et un thé glacé sur son bureau.

Elle n'avait eu aucune nouvelle de Mark. En revanche, les postulantes affirmaient avoir été très bien reçues et eu un échange franc et cordial avec lui. Toutes relataient l'honnêteté avec laquelle il leur avait expliqué qu'elles ne feraient pas l'affaire, et l'élégance avec laquelle il leur avait donné quelques conseils, voire quelques noms à appeler en vue d'une éventuelle embauche.

Saint Mark, priez pour nous !

Seule Jinger s'était plainte de la remarque de Mark qui estimait que le fait de devoir épeler systématiquement son nom aux recruteurs risquait de lui porter préjudice.

Tout en grignotant leur déjeuner, Piper et Dancie étudiaient en détail la deuxième pile de postulantes.

— Tu vas lui envoyer ces sept-là ? fit Dancie.

— Je ne sais pas, répondit Piper entre deux gorgées de thé. Il y en a deux qui m'ont l'air parfaites pour le poste : la première a quarante ans et a déjà travaillé à l'étranger. Elle est mère de trois adolescents : elle saura gérer Mark. La seconde a trente-cinq ans, elle est donc juste un peu plus âgée que Mark, mais elle a six frères et sœurs, ce qui me laisse penser qu'elle saurait peut-être le canaliser, elle aussi.

— Parfait ! Je ne vois pas où est le problème, alors ?

— Dois-je les envoyer avec les autres ? Ou séparer ce deuxième groupe en deux, pour le cas où Mark n'en aurait pas tout à fait fini avec sa crise d'autorité ?

— Qu'a-t-il reproché aux candidates du premier groupe ?

Elle mordit avec appétit dans son sandwich, mais Dancie, qui n'était pas dupe de sa tentative d'évitement, attendait la réponse.

— Tu ne lui as pas demandé, c'est ça ? murmura-t-elle.

— J'ai eu un retour des candidates qu'il a reçues en entretien, mais je n'ai pas eu de nouvelles directes de Mark.

— Comment ça se fait ? s'enquit Dancie d'un ton suspicieux. Tu ne chercherais pas à l'éviter, par hasard ? Parce que je te trouve plus fébrile que jamais. Tu m'inquiètes de plus en plus, Piper !

— C'est inutile.

— Tu sais bien que tu ne peux lui envoyer un deuxième groupe de candidates s'il ne t'a pas débriefée ! insista Dancie. Tu as besoin de connaître les motifs de son refus, afin de t'adapter au mieux à sa demande.

— D'accord, fit Piper en mordant une nouvelle fois dans son sandwich. Je lui enverrai un courriel.

— Ne te moque pas de moi ! riposta Dancie en faisant rouler sa chaise jusqu'au téléphone du bureau. Dépêche-toi d'avaler, tu vas l'appeler. Ce n'est pas moi qui vais t'apprendre que les hommes communiquent très mal par courriels interposés !

— Laisse-moi finir de manger, protesta Piper. Je lui téléphonerai dès que nous aurons fini de préparer le site.

Dancie sembla hésiter un instant.

— Inutile de repousser à plus tard ce que l'on peut faire tout de suite, dit-elle en lui tendant le combiné.

Depuis quand Dancie était-elle devenue aussi autoritaire ?

De toute façon, à cette heure-ci, Mark était probablement sorti déjeuner, donc Piper ne risquait rien en l'appelant.

Elle composa donc son numéro et, comme prévu, tomba sur sa messagerie. Elle raccrocha sans laisser de message.

— Je rappellerai plus tard, dit-elle d'une voix faussement désinvolte.

— Tu n'es qu'une lâche.

— Pourquoi ? Parce que je n'ai pas laissé de message ? Mark verra mon numéro s'afficher dans son journal d'appels. S'il a quelque chose à me dire, il me rappellera.

Mais Dancie ne l'entendait pas de cette oreille.

— Tu n'as pas son numéro de portable ?

Poussant un lourd soupir censé dissimuler son appréhension, Piper prit son répertoire et composa le numéro de Mark.

— Voilà, approuva Dancie.

Lorsqu'elle entendit sa messagerie vocale, Piper éprouva un vif soulagement. Elle ne tenait pas à converser avec Mark devant Dancie. Certes, elle aurait pu faire valoir le secret professionnel, mais Dancie n'aurait pas été dupe.

Elle n'avait pas reparlé à Mark depuis le baiser qu'ils avaient échangé l'autre jour. Et elle ressentait à ce sujet une foule d'émotions contradictoires. Et elle ne savait toujours pas dans quelle catégorie le classer.

Elle se savait incapable de garder une voix neutre devant Dancie. Surtout si à l'autre bout de la ligne Mark se mettait à évoquer leur baiser. Cela dit, pourquoi le ferait-il ? Elle avait probablement exagéré la portée de ce bref moment. Ils avaient tous deux baissé leur garde avec l'évocation de ses cicatrices, et le baiser qu'ils avaient échangé n'avait été que furtif, un tout petit baiser insignifiant.

Mais qui l'avait totalement chamboulée, et auquel elle accordait sans doute une trop grande importance.

Elle raccrocha en haussant les épaules.

— Pas de réponse. Il doit être en cours. Je vais me contenter d'un courriel.

L'air peu convaincu, Dancie plissa les yeux, et composa un autre numéro sur le combiné.

— Salut frérot. Sais-tu où se trouve Mark ? Il ne répond pas à son portable, mais nous avons besoin de son débriefing sur les premiers entretiens, avant de lui présenter de nouvelles candidates… D'accord… Merci… Je lui dirai.

Dancie posa le téléphone, puis reprit son sandwich.

— Il est en séance de rééducation.

Finissant son sandwich, Piper rassembla les miettes de son déjeuner.

— Je lui téléphonerai plus tard, dans ce cas.

Pour toute réponse, Dancie sirota son thé.

— Je te le promets, maugréa Piper.

— Mouais.

— Dancie, je t'assure qu'appeler Mark ne me pose aucun problème. Crois-moi, fit-elle en jetant les déchets de son repas.

— Alors pourquoi es-tu aussi fébrile ?

— Fébrile, fébrile ? Tu n'as que ce mot à la bouche.

— Je trouve qu'il te correspond très bien en ce moment, répondit tranquillement Dancie tout en extirpant une feuille de laitue de son sandwich.

— Quand tu auras fini de jouer avec ta nourriture, on pourra peut-être commencer à travailler sur la version provisoire du site du *Plan Piper* ?

A cet instant, le téléphone sonna. Son cœur fit un bond dans sa poitrine. Elle échangea un bref regard avec Dancie, puis décrocha.

— Bonjour, Piper, c'est Mark. Travis m'a prévenu que tu cherchais à me joindre ?

Bingo !

— Tu remercieras Travis de t'avoir transmis le message, murmura-t-elle en foudroyant Dancie du regard. Mark, je branche le haut-parleur, Dancie est à côté de moi.

Le risque d'une conversation trop personnelle était bel et bien évacué.

— Pas de problème. Mais je n'ai que quelques minutes de libres : je suis sur le point d'entrer dans une machine de thérapie musculaire par sudation, et je ne pourrai emporter mon portable avec moi.

L'image de Mark en train de transpirer dans un énorme appareil ressemblant à un instrument de torture s'imposa à son esprit. Mark torse nu — décidément, elle avait une imagination débordante ! —, les muscles contractés et ruisselants de sueur, prisonnier de la machine. Il était à présent entièrement à sa merci, incapable de lui échapper, et elle commençait à promener les mains sur sa peau lisse et moite…

— Piper ?

— Oui, bien sûr. Je me demandais juste si tu avais des remarques à nous soumettre, après la première série d'entretiens que tu as effectuée.

— J'y ai réfléchi. Comme B. T. ne veut pas d'étudiante, autant prendre quelqu'un qui ait déjà une certaine expérience. De toute façon, il me faut une personne capable d'agir de façon autonome. Je n'aurai ni le temps ni l'envie d'être sur son dos pour la surveiller.

— C'est noté. Plus elle aura d'expérience, moins tu auras

à la « chapeauter », et plus vous pourrez vous concentrer sur le reportage en lui-même.

— Attention, pas question qu'elle cosigne mes articles, dit-il. Dans le meilleur des cas, elle sera citée comme coproductrice. Préviens-les bien sur ce point.

— C'est compris. Je vais restreindre mes critères en fonction de tes remarques, et je t'envoie très bientôt une nouvelle série de postulantes.

— Parfait, répondit-il. Et, s'il te plaît, pourrais-tu organiser les entretiens pour demain, en début de matinée. Si elles ne sont pas disponibles, je les recevrai après 18 heures, mais je préférerais éviter.

Excédée, elle s'apprêtait à protester et à lui expliquer que cela ne faisait pas partie de ses attributions, quand Dancie s'approcha du micro.

— Pas de problème, Mark ! s'exclama-t-elle. Souhaites-tu que Piper assiste aux entretiens, cette fois ?

Secouant la tête, Piper adressa un signe de la main véhément à son amie.

— Dancie, nous en avons déjà parlé. Il vaut mieux que Mark interroge les postulantes en tête à tête.

Il y eut un long silence à l'autre bout de la ligne.

— Piper, si tu changes d'avis, reprit Mark d'un ton neutre, ta présence pendant les entretiens ne me gêne pas. Si vous n'avez pas d'autres questions, ma machine m'attend…

— C'est entendu, répondit-elle sèchement. Dancie se charge de t'adresser le planning des entretiens.

— Dis donc, tu lui as pratiquement raccroché au nez ! protesta son amie.

Piper se tourna lentement vers elle.

— A quoi joues-tu exactement, Dancie ?

— Mark te plaît, non ?

— Laisse tomber, Dancie.

— Et pourquoi ? Tu lui plais, toi aussi.

— Ah oui ? Et à quoi tu vois ça ? Au fait que ma présence pendant les entretiens ne le gênerait pas ?

— Non. Parce qu'il va éliminer le deuxième groupe comme le premier. Ensuite, il t'invitera prétendument pour en discuter, mais ce sera un prétexte pour sortir avec toi.

Son cœur fit de nouveau un bond.

— Eh bien, je ne lui en laisserai pas l'opportunité.

— Ce en quoi tu te trompes, répliqua Dancie. Il s'agit au contraire d'une opportunité unique.

— Il n'y a aucune opportunité qui vaille entre Mark et moi, protesta-t-elle. Il repart en vadrouille dès la fin de l'année. Où vois-tu la moindre opportunité ?.

— Ah bon ? Tu as pourtant suivi ton propre Plan : tu as trouvé ton homme idéal, et au moment de concrétiser tu veux me faire croire qu'il ne te plaît plus ? Qu'il n'y a pas la moindre alchimie, pas la moindre étincelle entre vous ?

Comment diable Dancie avait-elle deviné ?

Comme elle ne répondait rien, son amie poursuivit.

— Soit le *Plan Piper* n'est pas au point, et il va falloir le corriger au plus vite, soit tu as menti sur ton questionnaire de compatibilité...

— Bien sûr que non, répliqua-t-elle en fronçant les sourcils. Pourquoi aurais-je fait une chose pareille ?

— Je n'en sais rien. Ce n'était peut-être pas intentionnel. Ce qui est sûr, c'est que tu en pinces gravement pour ce type, et que tu dois découvrir ce qui t'attire exactement en lui.

— Oh ! ça, je sais bien ce qui m'attire en lui, marmonna-t-elle.

— Nous y voilà ! Je parie que tu as mis le critère de l'attirance physique en dernier sur ton questionnaire, par simple peur de reproduire les décisions impulsives de ta mère.

Cette fois, Dancie y allait un peu fort.

— Ma mère n'a rien à voir là-dedans ! Et je te rappelle que nous sommes ici pour parler de la future interface du site du *Plan Piper*. Pas pour élaborer des leçons de morale.

Comme Anna passait justement dans le couloir, devant la porte entrouverte du bureau, Dancie l'interpella.

— Anna ! Tu veux bien aller nous chercher trois croissants

à la crème de moka chez le boulanger, s'il te plaît ? Mon porte-monnaie est dans mon sac à main, sur le bureau.

Anna les dévisagea, puis hocha la tête.

— Pas de problème, dit-elle.

— N'hésite pas à prendre ton temps ! lança Dancie.

Ulcérée, Piper eut envie de sortir pour accompagner Anna, avant de se rappeler que ses clients se mettaient souvent sur la défensive et cherchaient eux aussi à fuir dès qu'elle leur soumettait des questions ou remarques embarrassantes.

Non, elle allait rester là et écouter sagement ce que Dancie avait à lui dire. Dès qu'Anna eut disparu dans le couloir, son amie se retourna vers elle.

— Tu as passé l'essentiel de ta vie à essayer de ne pas devenir comme ta mère. Et tu as plutôt réussi. Mais ensuite ?

— Je comprends ce que tu veux dire. Je dois y réfléchir.

— Mark peut t'aider.

— Certainement pas ! s'écria-t-elle d'une voix paniquée.

— Et pourquoi pas, au juste ?

— Parce que ce n'est pas un homme pour moi.

— Je sais, il va partir pour l'étranger. Mais c'est pour cela qu'il est idéal. Tu sais déjà qu'il ne te quittera pas, puisqu'il part à cause de son travail. De cette manière, si ça ne marche pas entre vous, tu sais à l'avance que votre relation ne durera qu'un temps !

— Et à quoi bon se lancer dans une relation, en sachant pertinemment que l'on va souffrir d'une manière ou d'une autre ? C'est ce que je m'évertue à répéter à mes clients !

— Piper, bon sang ! Si tu sais déjà que cet homme te fera forcément souffrir quand il repartira, tu dois absolument découvrir ce qui se passe exactement entre vous.

Dancie n'avait pas tort.

— Oui, mais à quoi ça va m'avancer ?

— Quand tout sera fini, tu rempliras de nouveau le questionnaire du . Et promets-moi que tu le rempliras en inscrivant ce que tu veux vraiment, et non ce que tu crois devoir vouloir.

Piper poussa un soupir.

— Et si je zappais l'étape « cœur brisé » pour remplir dès maintenant le questionnaire ?

— Ecoute-toi pour une fois ! As-tu seulement envisagé, ne serait-ce qu'un instant, la possibilité que cela pourrait marcher entre vous ?

— C'est impossible, répondit-elle en secouant la tête. Absolument impossible.

— Si Mark essaie de provoquer quelque chose, quoi que ce soit entre vous, il faut que tu le suives, déclara Dancie avec conviction. Ecoute, Piper, je sais que tu te sens redevable envers moi pour t'avoir aidée à une époque, et tu m'as largement renvoyé l'ascenseur depuis. Mais je te le demande comme un service : si Mark fait le premier pas vers toi, accepte de le suivre et de voir où cela pourra vous mener.

Dancie avait décidé de jouer sur la corde sensible, et c'était pire que tout.

— Tu sais, Dancie, rien ne dit qu'il fera le premier pas…

Cette fois, son amie afficha un large sourire.

— Je suis prête à parier un croissant au chocolat qu'il le fera !

10

Etape n° 10 : Méfiez-vous du pseudotype. Vous aurait-il dissimulé des traits de caractère qui auraient pu vous induire en erreur quant à son profil relationnel ? Et si ce n'était pas lui, votre homme idéal ?

— Une moto ? Mais tu ne m'avais pas parlé de moto !

Piper fixait du regard l'énorme engin noir garé au pied de son immeuble. Tout s'était effectivement déroulé comme Dancie l'avait prévu : Mark n'avait sélectionné aucune des candidates du deuxième groupe et avait demandé à revoir Piper pour en discuter. Et, bien sûr, elle avait accepté, car Dancie avait su faire preuve d'une persuasion sans égale.

Or son amie avait tout prévu, sauf la moto rutilante.

Mark lui avait expliqué qu'il souhaitait lui présenter des amis, ce qui l'avait à la fois étonnée et touchée. Et surtout cela avait piqué sa curiosité. Mais à présent sa curiosité s'effaçait d'un coup, à l'idée de devoir enfourcher une moto.

Mark, lui, souriait, fier de son petit effet.

— Il y a quelques semaines encore, ma jambe était trop faible pour que je puisse remonter sur ma bécane. Mais hier les médecins m'ont annoncé que je pouvais reprendre progressivement ! Alors j'ai passé la journée à faire une révision complète, et la voilà ! Du coup, je peux t'emmener en balade aujourd'hui ! annonça-t-il avec un sourire radieux.

Un sourire qui n'arrivait pas à faire disparaître la terreur qu'elle éprouvait à l'idée de monter sur un engin pareil.

— Comme je n'étais pas sûr de pouvoir la remettre en état, je ne t'ai rien dit pour t'éviter une fausse joie.

— Quelle délicate attention ! bredouilla-t-elle.

Elle ne l'avait encore jamais vu aussi rayonnant, et ne put finalement que répondre à son sourire. Apparemment, sa blessure à la jambe avait été assez grave pour qu'il reste de longs mois dans l'incertitude quant à sa capacité à remonter un jour sur une moto, et il était fou de joie à l'idée de pouvoir enfin retrouver son bolide. Et que dire de ce Perfecto noir, qui lui allait à ravir...

— Approche donc. Je t'ai apporté un casque, un blouson et des gants.

Il lui attrapa la main et l'entraîna vers la moto, l'air soudain rajeuni. Elle découvrait une nouvelle facette de Mark Banning. Jamais encore il ne lui avait parlé de sa passion pour les sports mécaniques. Et elle imaginait mal comment elle pourrait refuser de monter sur sa moto.

— Tu ne trouves pas que c'est un dimanche après-midi comme on en rêve ? reprit-il en lui tendant un blouson de cuir parfaitement identique au sien.

En enfilant le vêtement, elle crut reconnaître un parfum féminin mais se garda de poser trop de questions.

— Laisse-moi t'aider, dit Mark en lui remontant sa fermeture Eclair, comme s'il habillait un enfant. Et maintenant n'oublions pas le casque !

Il était clair qu'il mourait d'envie d'enfourcher de nouveau sa moto, et si elle n'avait pas été aussi pétrifiée à l'idée de monter avec lui elle aurait souri de son impatience. D'un geste un peu gauche, elle fit tourner le casque entre ses mains.

— Piper Scott, on dirait que tu n'as jamais fait de moto...

Penaude, elle hocha doucement la tête.

— Tu ne vas pas être déçue, reprit-il d'un ton enjoué, tout en l'aidant à fixer le casque sur sa tête. Tu verras, c'est comme si on volait. Au bout de quelques minutes, on ne fait plus qu'un avec la machine, et plus besoin de s'inquiéter du guidon : la moto avance toute seule !

Le souffle court, elle le regarda à travers la visière.

— Je sens que tu plairais beaucoup à ma mère...

Il sourit et enfila lui aussi son casque.

— C'est bien la première fois qu'on me dit ça. Mais pourquoi ai-je l'impression que ce n'est pas un compliment ?

Elle garda les yeux rivés sur la moto.

— Ma mère a toujours eu un faible pour les motards. Ainsi que pour les hommes qui roulent en pick-up. J'ai passé mon enfance à les regarder entrer et sortir de nos vies. A chaque rupture, le portefeuille de maman se trouvait considérablement allégé. Et il lui fallait toujours un peu de temps pour comprendre qu'ils ne reviendraient pas. Alors on déménageait pour « prendre un nouveau départ ». On remplissait la voiture avec ce qui nous restait, et on partait, souvent sans savoir où, d'ailleurs.

Mark garda quelques instants le silence.

— Je suis partagé entre l'idée de te dire une évidence — à savoir que je ne suis pas l'un des petits amis de ta mère — et celle de te demander quelle était la marque de leur moto. Mais je vais plutôt opter pour l'essentiel : je suis vraiment navré d'apprendre que tu aies eu à vivre ça.

Elle ne put réprimer un petit sourire.

— Elles étaient toutes grosses et pétaradantes.

— Les motos ? s'enquit-il tout en s'esclaffant et en bouclant les lanières du casque de Piper, puis les siennes. Ça va, tu es à l'aise ?

Pas du tout. Pourtant, elle hocha la tête et se dirigea tel un automate vers l'engin. Sans doute son appréhension découlait-elle de ses souvenirs d'enfance : le vrombissement et la taille des motos effrayaient la petite fille qu'elle était alors. Et puis, plus tard, à l'adolescence, elle avait associé les motos aux déceptions sentimentales de sa mère, et à sa propre tristesse, quand elle devait quitter ses amis, lors de ses perpétuels déménagements.

Pour l'heure, elle était pétrifiée à l'idée de monter sur une telle machine. Même avec Mark. Et en dépit de toutes les consignes de sécurité qu'il venait de lui énumérer et qu'elle était incapable de retenir.

Il s'installa bientôt à califourchon sur la selle. En un instant, elle comprit pourquoi sa mère avait un faible pour les motards. Le jean, les bottes et le blouson en cuir mettaient en valeur la silhouette musclée et longiligne de Mark, tout en lui donnant un air de guerrier.

— Quand tu seras prête, pose une main sur mon épaule, et installe-toi juste derrière moi.

Certes, il lui avait conseillé de venir en jean, mais comme il avait parlé de lui présenter des amis elle était allée s'acheter un jean ultra-moulant de la même marque que celui de Toni, la serveuse du Friezen. Autrement dit, son pantalon risquait de craquer aux coutures.

— Une fois installée, tu caleras tes pieds sur les pédales côté passager, là, indiqua-t-il. Fais bien attention de ne pas te brûler au pot d'échappement qui se trouve ici.

D'un geste maladroit, elle enfila ses gants et fit un pas en direction de la moto. Entre-temps, Mark avait démarré le moteur et elle sentit son cœur se soulever.

Non, elle n'y arriverait jamais. Relevant sa visière, elle inspira à pleins poumons... pour ne respirer que les gaz d'échappement, qui ne lui procurèrent aucun soulagement.

Elle recula d'un pas et Mark coupa aussitôt le moteur.

— Ça ne va pas ?

— Je ne peux pas, souffla-t-elle en respirant un peu mieux à présent que la moto était à l'arrêt. Je ne suis pas faite pour ça, je suis navrée. Attends-moi ici, et je te suivrai jusqu'à chez tes amis en voiture.

Elle ôta son casque et ses gants.

— Piper, dit Mark d'une voix très calme, très posée.

— Je suis désolée, mais ne m'oblige pas à faire ça, répliqua-t-elle fermement, tout en s'efforçant de ne pas avoir l'air trop hystérique.

— Je n'ai pas l'intention de t'obliger à quoi que ce soit.

Ça, elle le savait.

— En revanche, j'aimerais te demander quelque chose. Comme un service. Mais tu peux dire « non ».

— Qu'est-ce ?

— Acceptes-tu de t'asseoir derrière moi ? Je n'allumerai pas le moteur, c'est promis.

Comment s'y prenait-il donc pour la mettre aussi facilement en confiance ? Difficile de refuser une telle proposition.

— D'accord. Mais je ne remets pas ce maudit casque.

— Tu n'en as pas besoin, puisque nous restons à l'arrêt.

D'un pas lent, elle vint s'installer derrière lui, sur la selle, en suivant scrupuleusement ses consignes. A présent, ses hanches et ses jambes s'enroulaient autour des hanches de Mark.

Il ne dit rien, mais elle sentit qu'il se contractait un peu à son contact. Entre ses cuisses, il y avait la chaleur rassurante de son corps, et soudain elle eut envie de se fondre en lui, de l'absorber en elle. Si elle ne faisait plus qu'un avec quelqu'un, ce n'était pas avec la mort, mais bien avec Mark.

— Alors, comment tu trouves ?

— Disons… Tu es déjà monté à l'arrière ?

— Bien sûr.

— Alors tu sais exactement ce que ça fait.

Assez satisfaite de s'en sortir par cette pirouette, elle écouta Mark pouffer de rire tout en imaginant ce qu'elle ressentirait s'ils échangeaient leurs positions, et si c'était Mark qui se pressait tout contre elle.

Aïe, aïe, aïe !

— Tu es à l'aise ?

Entre son jean ultra-moulant et l'homme ultra-sexy auquel elle s'agrippait, l'expression « à l'aise » n'était peut-être pas la plus adaptée pour décrire ce qu'elle ressentait.

— J'ai l'impression que nous sommes en équilibre.

— J'ai ôté la béquille, mais la moto est très stable, dit-il en la faisant se balancer d'un côté, puis de l'autre.

Manquant de s'étrangler, elle s'agrippa au blouson de Mark. Sentant aussitôt son appréhension, il s'arrêta net.

— Tu peux utiliser les poignées ou t'accrocher à mes hanches, cela donne plus de stabilité dans les virages.

Et, toujours en gardant le moteur coupé, il s'amusa à faire rouler lentement la moto, puis à la faire rebondir. Piper relâcha peu à peu les poignées, mais s'agrippa de nouveau à Mark lorsque les soubresauts étaient trop forts.

De là à imaginer qu'il le faisait exprès pour qu'elle s'accroche à lui, il n'y avait qu'un pas.

Lorsqu'il sentit les bras de Piper autour de sa taille et son corps se détendre contre lui, Mark ferma les yeux et savoura cette exquise sensation. Dommage que cela ne dure pas aussi longtemps qu'il ne l'avait prévu.

Il n'avait pas imaginé qu'elle puisse avoir peur des motos, tant son envie de partager sa passion avec elle était forte. Il y avait quelques mois, aucun médecin ne s'était risqué à lui prédire s'il pourrait remonter un jour sur sa moto. Par chance, tous ces mois de rééducation intensive n'avaient pas été vains. Certes, il avait encore mal à sa jambe — et aurait encore mal pendant longtemps —, mais l'essentiel était là : il pouvait refaire de la moto !

— Merci pour ta patience, Mark, entendit-il derrière lui.

— Aucun problème.

Piper soupira.

— Tu peux la mettre en route, maintenant, dit-elle. Je sais que tu en meurs d'envie.

Son cœur se mit à battre plus fort.

— Pas tant que tu ne te sentiras pas complètement rassurée, Piper.

— Je ne le serai jamais, de toute façon ! Alors démarre, mais ne roule pas, d'accord ?

— Mets d'abord ton casque.

Comme elle ne bronchait pas, il finit par lancer le moteur.

— Ça fait des chatouilles ! dit-elle.

Et il sourit. Quel bonheur d'être là, sur sa moto, avec cette femme derrière lui ! Au calme, loin de l'agitation médiatique, de la nécessité de dégoter un scoop.

Piper passa soudain un bras autour de sa taille pour saisir le casque qu'il avait gardé sur ses genoux. Sans rien dire, elle l'enfila, puis lui donna une petite tape sur l'épaule.

— Tu es sûre ? demanda-t-il, l'estomac noué.

— Pas plus loin que le bout de la rue, cria-t-elle pour couvrir le bruit du moteur.

Il hocha la tête, vérifia qu'elle avait bien ajusté son casque, puis démarra lentement, très prudemment, jusqu'au bout de la rue. Piper désigna alors la rue à droite, et il en déduisit qu'elle souhaitait faire le tour du pâté d'immeubles. Il obtempéra, toujours très en deçà de la vitesse limite autorisée, mais lorsqu'ils arrivèrent au bout de la rue suivante Piper lui indiqua une autre artère, à gauche, cette fois. Ils arrivèrent sur le parking désert d'un cabinet médical, et il comprit que Piper avait envie de prendre le guidon.

Avec un courage remarquable, Piper s'entraîna longuement à démarrer, accélérer, tourner, jusqu'à ce qu'il finisse par garer l'engin à l'ombre d'un arbre.

— Où as-tu envie d'aller maintenant ?

— Chez tes amis. S'il n'est pas trop tard ?

Il lui sourit, même si elle ne pouvait le voir à cause des casques. Du coup, il ôta ses gants, puis le casque, et lui fit signe de descendre de la moto.

— Quelque chose ne va pas ? demanda-t-elle.

— Au contraire, dit-il en l'aidant à enlever son casque.

Le sourire aux lèvres, il la regarda droit dans les yeux. Maintenant, il n'avait plus peur qu'elle lise tout ce qu'il ressentait.

— Merci, murmura-t-il simplement.

Et il l'embrassa.

Sans retenue. En laissant libre cours à toute la passion qu'il éprouvait pour elle, malgré les efforts qu'il avait faits pour se contenir. Il embrassa Piper comme un homme se doit d'embrasser la femme auprès de qui il est heureux. Une femme prête à vaincre sa phobie pour ne pas le décevoir. Une femme dont il était en train de tomber fou amoureux. Au point qu'il ne cherchait même plus à lui dissimuler ses sentiments.

C'était donc ce genre de baiser-là.

Les lèvres de Piper se réchauffèrent alors qu'elle enroulait ses bras autour de lui et répondait avec fougue à son baiser. Une nuée d'émotions qu'il ne s'était pas autorisé à libérer depuis longtemps s'abattirent alors sur lui. Serrant Piper très fort dans ses bras, il appuya son baiser comme si le sort du monde en dépendait. Leurs langues se rencontrèrent et entamèrent une caresse passionnée.

Ils avaient atteint le point de non-retour, cette fois. Et Piper le savait forcément, elle aussi. Ils ne pourraient plus faire comme si ce baiser n'était jamais arrivé. Non seulement Piper gémissait pour reprendre son souffle, mais elle se hissait sur la pointe des pieds pour mieux l'embrasser.

Comme il avait envie d'elle ! Il promena les mains le long du blouson, pour trouver la bande de peau dénudée au niveau de la ceinture de son jean. Elle était douce et brûlante.

— Tu me chatouilles, murmura Piper.

— Tu es très chatouilleuse, décidément.

— Ça dépend des circonstances. Mais j'admets que cette moto émet de délicieuses vibrations.

— Piper, murmura-t-il en l'enlaçant.

Il avait envie de la chérir et de laisser tomber cette carapace avec laquelle il se protégeait des gens et des déceptions qu'ils pourraient lui causer. Car il savait à présent que Piper ne le décevrait jamais.

Posant son front contre le sien, il se rappela soudain qu'ils étaient en public. Mais, s'ils se retrouvaient seul à seul, les choses ne tarderaient pas à devenir explosives.

— Tu as raison, susurra-t-il en s'écartant doucement d'elle. Il est encore temps de rendre visite à mes amis.

Piper hocha lentement la tête et le laissa se réinstaller sur la moto.

— Mark, est-ce que tu m'as embrassée par crainte de ce

qui pourrait nous arriver sur la route ? Tu as eu peur de ne plus jamais en avoir l'occasion ?

Elle n'avait donc pas tout à fait vaincu son appréhension. Il n'en fut que plus touché.

— Bien sûr, dit-il. Je ne t'ai embrassée qu'en prévision de ce dangereux trajet que nous nous apprêtons à faire.

— Cesse de te moquer de moi ! dit-elle en remettant son casque.

Il la regarda faire avant de redevenir sérieux.

— Si je t'ai embrassée, Piper, c'est parce que…

— Parce que quoi ? demanda-t-elle en le voyant hésiter.

Parce que je suis tombé amoureux de toi.

Mais il ne pouvait le lui avouer aujourd'hui. Cela devait attendre son départ pour l'étranger, dans quelques semaines.

— Pour la même raison que tu as répondu à ce baiser.

Elle finit d'ajuster la sangle de son casque.

— C'est une excellente raison, dit-elle en posant une main sur son épaule, avant de s'installer sur la selle derrière lui. Et maintenant, en route !

Elle glissa les bras autour de sa taille, et il démarra.

— Piper, je te présente Chip et Lexie, dit Mark en caressant la tête de deux gros chiens de race. Alors, vous deux, vous pensiez que je vous avais oubliés, hein ? Voyons, vous savez bien que je ne vous oublierai jamais…

— Le chien, fidèle ami de l'homme, fit Piper.

Le premier voyage à moto de Piper s'achevait sur une nouvelle surprise, dans un refuge pour animaux abandonnés.

— Je viens souvent ici pour jouer avec les chiens, expliqua Mark. Ils ont besoin de sortir un peu et de se lier avec des humains. Pour moi, c'est un excellent exercice en complément de ma rééducation.

Les deux chiens se roulaient à présent par terre et offraient leur ventre à ses caresses.

— Ils ont vécu un traumatisme et ont besoin de reprendre

confiance en l'homme, expliqua-t-il, tapotant tour à tour la tête et la nuque des deux bêtes.

— Tu parles des chiens ou de toi ?

— Disons que je sais ce qu'ils ressentent, répondit-il en la gratifiant de ce regard bleu dans lequel elle se perdait. Tu aimes les chiens, Piper ?

Sans doute avait-il remarqué qu'elle ne cherchait ni à les caresser ni à s'attirer leur sympathie.

— Je ne sais pas, avoua-t-elle en le regardant promener ses mains sur les bêtes encore essoufflées de l'avoir rejoint en courant. Je n'en ai jamais eu.

— Viens donc les caresser, dit-il en lui faisant signe d'approcher.

Elle s'agenouilla près de lui et caressa le ventre d'un des animaux. Ce qui lui valut une sorte de bisou baveux.

— Chip t'adore déjà. Il a bon goût.

— C'est peut-être plutôt ma peau qui a bon goût.

— Ça se pourrait, dit Mark, le regard soudain assombri par le désir.

Il se souvenait. Oui, il se souvenait de la même chose qu'elle. Ils restèrent ainsi, plusieurs minutes, les yeux dans les yeux, caressant les bêtes en silence.

Mark semblait aussi heureux de retrouver les chiens qu'eux de le voir. Il était particulièrement détendu et naturel. Le véritable Mark Banning, celui qui se cachait derrière l'aventurier un peu tête brûlée.

Et elle n'en était que plus amoureuse de lui. Bon sang, comment était-elle censée réagir ? En cochant « aime les chiens » sur le questionnaire de compatibilité ?

— Pourquoi m'as-tu amenée ici ? finit-elle par demander.

Il eut l'air embarrassé.

— Je me suis dis qu'une balade à moto et une petite visite aux chiens seraient plus intéressantes qu'une conversation convenue autour d'un dîner au restaurant.

— Tu as eu raison ! affirma-t-elle avec entrain. En plus, tu as su jouer de l'effet de surprise…

— Tu veux parler de ce baiser fougueux échangé sur un parking ? murmura-t-il en lorgnant ses lèvres.

— Sans doute, balbutia-t-elle en ébouriffant l'épaisse fourrure de Chip. Parce que je croyais que nous nous voyions pour discuter de ta deuxième série d'entretiens.

— Il n'y a rien à discuter, dit-il tout en massant Lexie.

Désarçonnée, elle leva les yeux vers lui.

— Dans ce cas, quand cesseras-tu de rejeter toutes les candidates que je t'envoie ? demanda-t-elle en caressant Chip entre les oreilles, puis sur le ventre.

— Et toi, quand m'enverras-tu enfin la personne dont tu penses vraiment qu'elle sera la bonne ?

Aïe. Elle était prise la main dans le sac.

— Je ne voulais pas risquer que tu la refuses juste pour montrer que c'est toi, et toi seul, qui as les choses en main.

Il haussa un sourcil intrigué.

— Et pourquoi ferais-je cela ?

— Pour rappeler à B. T. que tu es Mark Banning, le grand reporter de renommée internationale et que, puisqu'on t'impose de travailler en binôme, tu n'as pas l'intention de faciliter le recrutement de ton assistante.

Mark resta quelques secondes sans rien dire.

— Ce n'est pas faux, admit-il enfin. Mais si l'une des candidates que tu m'as présentées s'était vraiment démarquée je l'aurais proposée à B. T.

— Vraiment ? demanda-t-elle en soutenant son regard.

— Vraiment, affirma-t-il sans ciller.

— Tant mieux. Car j'ai repéré deux postulantes qui pourraient vraiment faire l'affaire. Et, honnêtement, si aucune ne te convient, c'est que tu refuses en fait de travailler avec qui que ce soit.

— Et si je choisissais Lexie ? dit-il alors que la chienne se roulait joyeusement à ses pieds. Ce que j'aime avec les chiens, c'est qu'ils se contrefichent de savoir qui tu es, si tu es riche, pauvre, d'un grand ou d'un petit pays. Avec eux, il n'y a pas de faux-semblant: ils t'acceptent tel que tu es. C'est peut-être pour ça que je t'ai amenée ici, Piper : d'une certaine façon, tu es un peu comme ça, toi aussi.

— Cela ressemble à un compliment ? murmura-t-elle en passant une main nerveuse dans ses cheveux.

— Tu es… Tu es quelqu'un de bien, Piper, déclara-t-il avec un sourire appuyé.

Jamais elle n'avait reçu un tel compliment. Et elle n'aurait jamais pensé qu'un alpha-alpha était capable de tels épanchements. De toute façon, Mark n'agissait comme aucun autre homme.

— Depuis le début, reprit-il, tu ne vois pas en moi celui que je suis censé être, mais celui que je suis. C'est comme si tu me connaissais mieux que je ne me connais moi-même.

— Tout le monde a une vie privée et une vie publique, Mark. Les tiennes ne sont pas si opposées que tu ne le crois.

— Les tiennes le sont, en tout cas.

— Comment cela ? s'étonna-t-elle.

— Souvent, tu portes un masque figé, comme si tu passais ton temps à analyser les gens que tu rencontres.

— Tu exagères ! protesta-t-elle, un peu déconcertée.

— Pas du tout. Et cette voix monocorde que tu prends pour parler à tes clients, c'est tout simplement effrayant !

Cette fois elle éclata de rire.

— Il faut bien que j'apparaisse comme quelqu'un de neutre, qui ne porte aucun jugement.

— Oui, mais parfois tu ressembles à un robot. Il a fallu que tu te mettes en colère contre moi pour que je comprenne que tu pouvais aussi avoir des émotions.

— Evidemment que j'éprouve des tas d'émotions !

— Des émotions que j'ai très envie de partager avec toi.

Sur ces mots, il se pencha vers elle et l'embrassa.

Et ce baiser-là fut une véritable promesse sensuelle à laquelle elle était désormais plus que disposée à répondre. Une promesse qui la conduirait à baisser sa garde pour de bon et à s'abandonner entièrement à ce que Mark lui offrirait.

Ce n'était pas vraiment son style de réagir ainsi mais, comme

Dancie le lui avait fait remarquer, elle devait absolument découvrir ce qui l'attirait chez cet homme.

La réponse était pourtant évidente : tou*t* l'attirait en Mark. Absolument tout ! Après ce baiser sur le parking, et cette balade à moto, elle savait exactement où tout cela allait les mener. Mark avait su déjouer tous ses mécanismes de défense, les uns après les autres.

Mais leur étreinte fut interrompue par les truffes humides de deux chiens avides de jeux et de câlins.

— Je sais, je sais, vous voulez jouer à la balle, les amis ? fit Mark en se levant avant de l'aider à l'imiter.

Subjuguée, elle le regarda lancer une petite balle en plastique aux deux chiens. Elle essaya bien de se joindre à eux, mais pour Chip et Lexie Mark était leur seul maître. Il devait venir les voir très souvent.

Le reste de l'après-midi fut tout aussi détendu et amusant, deux adjectifs qu'elle n'aurait pas spontanément associés à Mark. Alors qu'elle pensait avoir cerné sa personnalité, elle s'apercevait petit à petit que Mark était un homme plein de surprises. Si bien qu'elle commençait à douter sérieusement de l'efficacité du . Car son homme idéal existait bel et bien, il n'y avait plus le moindre doute là-dessus : il s'agissait de Mark.

Lorsqu'il la raccompagna chez elle, seule la sonnerie du téléphone de Mark les empêcha de poursuivre leur baiser à l'intérieur.

— Tu devrais répondre, c'est peut-être important.

— Pas autant que toi, murmura-t-il, le regard embué de désir.

— Très jolie réplique. Je m'en souviendrai !

Il colla son front contre le sien et chercha de nouveau ses lèvres.

— Prends cet appel ! insista-t-elle en riant.

Lorsqu'il découvrit l'identité de son correspondant, il se raidit, et elle sut qu'elle avait eu raison d'insister.

— Piper, je suis désolé, je…

— Pas de problème, tu peux y aller.

Et, avec un sourire contrit, il déposa un baiser furtif sur son front et tourna les talons.

Malgré la frustration d'avoir dû laisser les choses en suspens, elle n'était pas mécontente de cette petite pause qui l'aiderait à recouvrer ses esprits. Et puis elle avait, elle aussi, un appel à passer.

Poussant un long soupir, elle alluma la lumière et alla se servir un verre de vin dans la cuisine. De retour dans le salon, elle décrocha son téléphone.

— Allô, maman…

— Piper, ma chérie ! Ecoute, je sais que je te dois de l'argent, mais si tu pouvais attendre encore une ou deux semaines je…

— Je ne t'appelais pas pour parler d'argent.

— Que se passe-t-il ? demanda sa mère, aussitôt inquiète.

— Maman… Je crois que je suis sur le point de faire une grosse bêtise.

- 11 -

Etape n° 11 : L'homme que vous désirez est-il bien celui dont vous avez besoin ?

Après cet après-midi magique, la soirée s'était elle aussi annoncée sous les meilleurs auspices. Jusqu'à ce que le téléphone de Mark se mette à sonner. Trois fois de suite. Pendant qu'ils s'embrassaient sur le seuil de l'appartement de Piper. Seul un crétin aurait interrompu de tels baisers pour répondre au téléphone. Et il ne s'était résolu à le faire que parce qu'il avait senti poindre un semblant d'hésitation chez Piper.

Sans doute avait-elle eu raison de temporiser. Il valait mieux prendre un peu de recul avant de franchir le pas, plutôt que de précipiter les choses et d'avoir ensuite des regrets. Pour une fois dans sa vie, il avait décidé de se montrer patient.

Après avoir quitté Piper, il était descendu dans la rue pour vérifier l'identité de son correspondant. Quand il découvrit le numéro affiché dans son journal d'appels, son estomac se noua. Le souvenir de ses mois de captivité auprès des hommes de Mendoza, le plus recherché des trafiquants mexicains, resurgissait.

Il avait programmé son numéro de téléphone personnel sur une carte prépayée qu'il avait confiée à Hector, le frère cadet de Gilberto, l'un des gamins que Mendoza avait tenté de recruter. Il avait dit à Hector de l'appeler si jamais son frère ou lui étaient en danger. Cela avait eu lieu un an et demi plus tôt, et il s'étonna que le téléphone fonctionne encore. A l'époque, il préparait un article sur les enfants utilisés pour transporter de la drogue. Quand Mendoza l'avait appris, il avait kidnappé les gamins qui avaient accepté de parler à Mark. L'un d'entre eux avait sans doute vendu la mèche.

Mark rappela donc le numéro, mais au lieu d'entendre Hector il fut accueilli par la voix de Mendoza lui-même.

— Mark, mon ami ! s'exclama Mendoza.

Derrière son apparence de guérillero, Mendoza était un homme éduqué, issu d'une famille de la haute société, et qui parlait un anglais parfait. Mark s'efforça de penser à Piper, et à sa façon de se couper de ses émotions pour analyser les situations de façon objective. Dommage qu'elle ne puisse être auprès de lui, en cet instant.

— Je ne suis pas votre ami.

— Mais nous avons de nombreux amis communs. Ils sont d'ailleurs près de moi. Dites bonjour à Mark, *mis amigos*.

Il ferma les yeux en entendant des cris d'enfants derrière Mendoza. Ils semblaient nombreux.

— Tu vois. Tu es encore leur ami, même si tu n'as pas tenu ta promesse de revenir les chercher.

Il n'était pas revenu, c'était un fait, mais pas encore seulement.

— Cela me fait mal au cœur de les voir attendre aussi longtemps. Je leur explique que tu es un homme important, très sollicité, et qu'ils ne sont pas ta priorité. Ce à quoi les petits répondent : « Non ! Le *señor* Mark ne nous laisserait pas tomber… »

A l'arrière, Mark entendit de nouveaux cris d'effroi.

— Alors, *señor* Mark, tu les as oubliés ?

Il s'efforça de ne pas laisser transparaître la haine et le dégoût que lui inspirait cet homme.

— Que voulez-vous ?

Mendoza eut un petit rire.

— Je n'ai pas encore décidé. Tout dépend du prix que tu es prêt à payer.

Mark garda le silence.

— Hector, mon petit. Toi qui jurais qu'il viendrait vous aider, on dirait que tu nous as menti.

— Non ! s'écria Mark, même s'il n'avait encore aucune preuve que Mendoza se trouvait bien près d'Hector.

— Tu sais ce que nous faisons aux menteurs ici…

— Mais il avait promis !… *Señor* Mark, je vous en prie !

La mise en scène avait très bien pu n'être qu'une machination pour convaincre Mark, mais un claquement de fouet, clairement audible, l'alarma.

— Vous pouvez arrêter votre cinéma, proféra-t-il lentement. Votre message est clair.

— Ah oui ? fit Mendoza. Vous ne semblez pas convaincu.

Peut-être Mark imitait-il trop bien Piper.

— Vous attendez quelque chose de moi. Libérerez-vous les enfants, si je vous le donne ? dit-il en évitant de dire « sains et saufs » de crainte que Mendoza ne s'en serve comme condition de négociation. Dites-moi de quoi il s'agit.

Il y eut un bref silence à l'autre bout de la ligne.

— Je vous rappellerai.

Sur ces mots, Mendoza coupa la communication.

Cela faisait longtemps que Mark prévoyait de retourner sur la frontière entre le Texas et Mexico pour boucler son reportage et faire coffrer Mendoza. Mais avant cela il devait convaincre B. T. de la nécessité de la chose, ainsi que de sa rentabilité. Mais Mendoza n'en savait rien. La dernière fois qu'il avait vu Mark, c'était quand des mercenaires armés jusqu'aux dents le transportaient sur une civière.

Pour la première fois, Mark se dit que B. T. avait eu raison de vouloir lui adjoindre une assistante. Car rouvrir le dossier Mendoza demanderait qu'il soit épaulé.

Estomaquée, Piper fut obligée de faire répéter son interlocutrice. Anna et Dancie, qui avaient tout entendu de leur conversation téléphonique — elle avait mis le haut-parleur —, firent irruption dans son bureau.

— Excusez-moi, mais si j'ai bien compris vous me dites que Mark Banning n'a pas souhaité vous engager comme assistante parce que vous avez refusé de coucher avec lui ?

La voix de Shelley, la très jolie jeune femme d'une trentaine d'années qui avait six frères et sœurs, résonna de nouveau dans le bureau de Piper.

— Il a été très clair. Il a dit : « Il nous faudra dormir ensemble pour que je m'assure que nous sommes compatibles. »

Dancie écarquilla les yeux tandis qu'Anna portait une main indignée devant sa bouche.

Piper s'efforça de ne pas perdre son sang-froid.

— Rassurez-vous, Shelley, je vais lui expliquer que…

— Vous pouvez aussi demander à Mary Wade : elle était présente, elle aussi !

Mary était l'autre candidate en laquelle Piper croyait beaucoup.

— Il lui a dit qu'il ne pouvait l'engager car elle avait des enfants. Juste avant de me dire qu'il devait coucher avec moi.

— Je suis sincèrement navrée, Shelley, dit Piper, pourtant persuadée que celle-ci avait dû mal comprendre. Croyez bien que je vais reparler de tout cela avec lui.

Après avoir raccroché, elle interrogea Dancie et Anna du regard. Elles semblaient aussi incrédules qu'elle.

— Ça ressemble bien à Mark, indiqua Dancie.

— Ça ne ressemble pas à Mark, dit Piper en même temps.

— Je ne connais pas ce Mark, fit Anna d'une petite voix. Mais je n'ai aucune envie de faire sa connaissance.

Elle téléphona à Mary Wade qui confirma sans la moindre hésitation les propos de Shelley, précisant qu'elles se trouvaient à ce moment-là chez Mark pour effectuer un test en documentation. Abasourdie, Piper s'excusa de nouveau.

— Je n'arrive pas à y croire, bafouilla-t-elle en cherchant le regard de Dancie. Moi qui le croyais différent…

Mark l'avait séduite comme il séduisait tout le monde. Comme elle n'avait pas craqué pour l'aventurier héroïque, il avait joué pour elle le rôle du gentil garçon incompris qui ne demandait qu'à se faire apprivoiser.

Le gentil garçon qui ne demandait qu'à se faire apprivoiser ! Elle eut soudain un déclic. Bien sûr ! Il avait admis être allé sur son site internet. D'une main tremblante, elle ouvrit son ordinateur. Naviguant jusqu'à la rubrique « Grilles de personnalité », elle sélectionna la catégorie « alpha-alpha », et lut à haute voix.

— « Cette tendance exigeante, portée vers l'héroïsme et le leadership, masque en général un traumatisme passé et/ou une profonde solitude. Ainsi, l'alpha-alpha peut être vu comme un *gentil garçon vulnérable, qui ne demande qu'à se faire apprivoiser* », articula-t-elle péniblement. « A ses yeux, cette vulnérabilité équivaut à une faiblesse qu'il cherchera presque systématiquement à dissimuler. »

Elle en avait la nausée.

— Qu'est-ce que tout cela signifie ? demanda Anna.

— Que Mark a déjà révélé son côté vulnérable à Piper, dit Dancie.

Hochant lentement la tête, elle referma son ordinateur.

— Il a su me manipuler comme une collégienne.

— Je retire ce que j'ai dit au sujet de toi et de Mark, reprit Dancie d'une voix amère. C'était une très mauvaise idée.

— Trop tard, répliqua Piper avec un sourire cassant. Mais je vous garantis qu'il va regretter de m'avoir rencontrée.

Sur quoi, elle prit son sac à main et sortit en trombe.

— Merci pour l'info, dit Mark avant de raccrocher.

Il griffonna quelques notes qui s'ajoutèrent à celles qu'il avait accumulées depuis le premier appel de Mendoza, la veille. Le tout s'étalait sur la table de son séjour, à côté de différentes cartes routières, de dossiers et d'autres transcriptions de conversations.

Il leva les yeux vers la carte à petite échelle de la frontière Texas-Mexique, qu'il avait affichée au mur, et observa longuement la zone du Parc national de Big Bend. Depuis la libération de Mark, Mendoza avait déplacé son Q.G., mais il profitait encore largement des grandes étendues sauvages qui jouxtaient le parc, le long de la frontière.

Pour avoir passé des mois dans le camp de Mendoza, il avait une connaissance fine du mode de pensée et d'action de cette crapule. Tout l'enjeu était désormais de délimiter la zone au sein de laquelle il s'était retranché.

Mais la sonnette de l'entrée retentit en même temps que l'on tambourinait à sa porte. Avec la chance qu'il avait en ce moment, il devait s'agir du petit ami de cette bonne femme un peu dingue qui avait cru qu'il lui faisait des avances. Avant d'ouvrir, il prit soin de regarder par l'œilleton.

Piper ! Les lèvres pincées, elle avait l'air mécontente.

Lui en voulait-elle de ne pas l'avoir rappelée après l'avoir brusquement laissée, la veille ? En tout cas, pas question de lui révéler qu'il avait été appelé par Mendoza, et qu'il n'aspirait depuis qu'à une seule chose : traquer ce salaud et le faire coffrer une bonne fois pour toutes.

— Piper ! Bonjour !

— Tiens donc, tu te souviens de moi ?

C'était donc ça. Il aurait dû prendre le temps de l'appeler.

— Excuse-moi de ne pas t'avoir encore rappelée, mais les choses se sont un peu précipitées pour moi, depuis hier.

— Puis-je entrer ou bien caches-tu quelqu'un dans ta garçonnière ? dit-elle sèchement.

— Ma garçonnière est à ton entière disposition.

Elle entra d'un pas pressé et prit quelques secondes pour examiner les portraits des gens qu'il avait rencontrés lors de ses missions, et qu'il avait accrochés au mur de son salon.

Manifestement, elle n'était pas là pour une visite de courtoisie : elle avait revêtu une jupe sobre et unie, ainsi qu'un débardeur assorti, soit la tenue dans laquelle elle recevait ses clients. Avec ses bottines et son sac à main dernier cri, on aurait dit la patronne d'une galerie d'art.

— Quelque chose ne va pas, Piper ? demanda-t-il, comme elle le dévisageait d'un air glacial.

Elle se planta alors devant lui, et chercha son regard.

— As-tu oui ou non dit à Shelley qu'elle devrait d'abord coucher avec toi avant que tu l'embauches ?

C'était donc la raison de son air distant.

— Piper, je vais t'expliquer : cette femme était juste…

— Oui ou non, Mark ? l'interrompit-elle d'un ton cassant.

— Je lui ai seulement parlé de « dormir » avec moi, et…

— Comment as-tu osé ? cria-t-elle d'une voix courroucée.

Son visage crispé et ses yeux rougis contrastaient singulièrement avec le calme professionnel qu'elle affichait en temps normal.

Piper Scott était en fait une femme passionnée. Même si elle faisait tout pour contenir ses élans…

— Comment as-tu pu m'embrasser comme tu l'as fait et l'instant d'après proposer à une autre femme de coucher avec toi ? dit-elle en tremblant de colère. Quand je pense que je suis montée sur une moto pour toi, que tu m'as présenté Chip et Lexie, que tu m'as parlé de ton enfance difficile… Tu as tout fait pour que je tombe amoureuse de toi !

Piper avait tiré des conclusions trop hâtives de son entretien avec les deux dernières candidates au poste d'assistante.

Mais, plutôt que de s'expliquer, il préféra relever dans ses paroles l'information la plus importante.

— Tu es tombée amoureuse de moi ?

— Ne fais pas l'innocent ! Tu n'es qu'un manipulateur particulièrement doué, Mark ! Comme j'ai été bête !

— Tu es jalouse ? murmura-t-il sans pouvoir réprimer un léger sourire.

Il commença alors à lui expliquer que non seulement elle n'avait aucune raison d'être jalouse, mais qu'en plus il l'aimait, lui aussi. Elle poussa alors un cri de frustration, et se précipita sur lui, la main levée. Bien sûr, il lui immobilisa le poignet en un clin d'œil, et ils restèrent un instant à se jauger.

— Bravo, vraiment ! souffla-t-elle d'un air exaspéré. Tu as réussi à me donner envie de te frapper ! Je te tire mon chapeau !

— Piper, calme-toi, dit-il à voix basse.

— Je t'interdis de me donner des ordres ! hurla-t-elle en tentant de dégager sa main.

Elle se débattit si fort qu'ils manquèrent de tomber à terre, et se retrouvèrent torse contre torse, haletants.

Il aurait dû relâcher sa main, mais il ne pouvait s'y résoudre. Le corps vibrant et plein de vie de Piper était tout contre lui, et son visage ne se trouvait qu'à quelques centimètres du sien. Cette fois, ils n'étaient plus en public, dans une rue ou sur un parking. Cette fois, ils étaient seuls chez lui. Et il pourrait l'embrasser aussi longtemps, aussi passionnément qu'il en avait envie. En proie à un désir brûlant, il regarda Piper dans les yeux, et comprit qu'il avait face à lui la femme qui saurait lui faire voir le monde et la vie d'une manière différente. Car son désir pour elle n'avait rien à voir avec ce qu'il avait pu connaître auparavant. Intense, torride, suffocant, il faisait naître aussi en lui une envie de douceur et d'éternité qu'il n'avait encore jamais éprouvée.

Essoufflée, Piper tentait de recouvrer son sang-froid.

— Non seulement faire des avances à cette femme était parfaitement illégal, mais c'est d'un mauvais goût sans nom !

Elle semblait avoir recouvré un semblant de calme quand il lui prit la main et l'entraîna vers sa chambre.

— Où est-ce que… Non mais tu plaisantes ? Tu te crois peut-être assez irrésistible pour que j'accepte de… Mais que fait donc cette toile de tente dans ta chambre ?

— Quand je sais que je dois partir en mission sur le terrain, je m'acclimate avant mon départ en dormant plusieurs nuits dans la tente et le sac de couchage que je compte emporter avec moi.

Hébétée, Piper regarda fixement le matériel de camping éparpillé au pied du lit de Mark. Elle avait accumulé trop d'émotions pour une seule journée et, contre toute attente, l'explication de Mark lui parut plausible.

— Toutes les enquêtes que j'ai effectuées en terrain hostile n'ont pu être menées à bien que parce que je m'y suis soigneusement préparé, poursuivit-il le plus naturellement du monde. Même lors de mes missions urbaines, il a pu m'arriver de devoir dormir dans un garage ou une grange. Ou par terre, dans la maison d'un de mes contacts. Parfois, mais c'est beaucoup plus rare, il m'est aussi arrivé de dormir entre les draps en satin d'un palace exotique.

— A ta place, je ferais en sorte que ça arrive plus souvent.

Il sourit, et elle se demanda pourquoi il prenait la peine de lui raconter tout cela. Etait-ce pour l'aider à recouvrer sa raison, après cette mémorable — et tellement inhabituelle — perte de sang-froid ? Cette fois, c'était Mark qui avait fait preuve d'un calme et d'un détachement à toute épreuve, et il l'aidait maintenant à maîtriser son impulsivité. Quelle inversion des rôles ! Et, surtout, dans quel embarras cela la plongeait !

— Combien de temps passes-tu à dormir à la dure, quand tu es en mission ? demanda-t-elle, intriguée.

Elle retrouvait enfin le ton serein d'une personne maîtresse d'elle-même ! Rien à voir avec ses hurlements de furie, l'accusant de harcèlement et de manipulation.

— Tu sais, quelques-uns des hôtels où je suis descendu offrent moins de confort que certains campements « à la dure », comme tu dis ! répondit-il en souriant. Mais je dirais que je passe environ un quart de mon temps en hôtel.

— Si peu ? s'étonna-t-elle.

— Je trouve que les Occidentaux qui vont à l'étranger devraient tous sortir de leur bulle et rencontrer les gens du cru, voir comment ils vivent, goûter à ce qu'ils mangent. C'est le meilleur moyen de s'immerger vraiment dans une culture.

— Tu parles comme un vrai journaliste de terrain.

Il sourit et pressa un peu plus fort sa main dans la sienne. Elle sourit bêtement, puis se souvint qu'elle venait d'avouer à Mark qu'elle était amoureuse de lui. Comment se faisait-il qu'il soit aussi gentil avec elle ? Depuis quand Mark était-il devenu un gentil garçon ?

— Merci pour le compliment, murmura-t-il. Quant à ma

tente, il s'agit d'un nouveau modèle, car tu te doutes que je n'ai jamais récupéré celle que j'utilisais avant d'être pris en otage. Il s'agit d'une « deux places », mais comme je n'ai encore jamais voyagé à deux j'ignore si elle suffira ou s'il faudra en acheter une seconde. Et tu sais quoi, il n'existe qu'un moyen de le savoir…

— Je vois où tu veux en venir, dit Piper en soupirant au souvenir du récit de Shelley. Il n'y a qu'en faisant un test avec ta future coéquipière que tu sauras si la tente est assez grande.

— Exactement.

— Pourquoi ne pas prévoir d'emblée une seconde tente pour elle ?

— Ça ferait un poids supplémentaire à transporter dans le sac à dos. Et puis, dans certaines situations, il vaudra mieux que nous ne nous séparions pas du tout.

— Je vois, maugréa-t-elle en regrettant de ne pas avoir eu cette discussion avant qu'elle ne commence à lui chercher une assistante. Je pense que B. T. n'a pas idée des conditions de travail réelles sur le terrain. Sinon, il n'insisterait pas autant pour te faire accompagner par une femme.

— Je vais vivre nuit et jour avec ma partenaire, insista Mark. Je ne pourrai jamais faire équipe avec une personne sans savoir au préalable comment elle réagira en cas de pépin.

— Tu devrais peut-être emmener B. T. lors de l'une de tes excursions en milieu hostile.

— Ce n'est pas une mauvaise idée, dit-il en souriant.

Oh Seigneur, il suffisait qu'il sourie, et elle craquait…

— Pourquoi ne pas avoir expliqué tout ça à Shelley ?

— Mais c'est ce que j'ai fait ! Quasiment mot pour mot. Mais elle avait un a priori sur moi et je n'ai pas su le désamorcer.

— Tu veux sans doute parler de ta réputation de tombeur ?

Le sourire de Mark s'évanouit aussitôt.

— Je veux parler d'une journaliste qui forge son opinion sur la base de rumeurs et de on-dit non vérifiés. Ce genre de comportement est tout à fait inacceptable.

— Je lui expliquerai tout cela, reprit Piper en regrettant

amèrement de ne pas avoir elle-même attendu la version de Mark avant de monter sur ses grands chevaux.

— C'est gentil, dit-il en passant une main nerveuse dans ses cheveux. Elle refuse de répondre à mes appels, et je ne voudrais pas me retrouver avec un procès sur le dos. En tout cas, elle est définitivement hors course.

Elle hocha lentement la tête.

— Et Mary Wade ? Est-ce vrai que tu l'as écartée parce qu'elle avait des enfants ?

— Oui, dit-il d'une voix implacable. Nos absences s'étaleront sur plusieurs semaines d'affilée. Et je refuse que des enfants soient séparés de leur mère à cause de moi.

— L'aîné est à la fac, et les deux autres au lycée…

— Ce ne sont que des ados. J'ai vécu cela, et je ne veux pas l'imposer à d'autres gamins, répliqua-t-il d'une voix où sourdait la colère.

— Ce n'est pas tout à fait la même situation que toi. Ces enfants ont un père qui…

— Cela n'est pas négociable.

— Dommage. C'était vraiment une occasion rêvée pour elle de remettre un pied dans le monde du journalisme.

— Ne t'en fais pas pour Mary. Elle semble très douée, et je l'ai recommandée à Wally, un collègue en Arizona.

— C'est vrai ?! Mark, c'est… c'est adorable !

Plus la discussion avançait, et plus elle se rendait compte que sa réaction initiale avait été exagérée et injustifiée.

— Tu sais, j'ai seulement fait ma B.A. du jour.

— Une B.A. qui te laisse sans assistante. Il va falloir reprendre nos recherches à zéro. Enfin, à supposer que tu souhaites encore travailler avec moi, après la façon dont je me suis comporté.

Gênée comme jamais, elle finit par lever timidement les yeux vers lui. Pourtant, il ne semblait pas en colère, mais heureux ?

— Pourquoi refuserais-je ?

— Tu sais très bien. J'ai débarqué comme une furie chez toi, en t'accusant des pires choses. Je suis sincèrement désolée, Mark. Je savais qu'il devait y avoir une explication à ce que tu avais dit à ces femmes, mais je… je… je suis tout de suite montée sur mes grands chevaux.

— Tu n'étais que jalouse, répondit-il en souriant avant de lui prendre les mains pour les poser autour de sa taille.

— Pas du tout ! J'étais indignée par le sort que tu avais réservé à ces malheureuses que je t'avais envoyées.

— Tu étais jalouse à en crever ! répéta-t-il en passant un bras autour d'elle.

Il avait raison. Absolument raison. Elle n'avait jamais ressenti une telle jalousie de toute sa vie. Jalouse à en lever la main sur l'objet de son désir : elle n'en revenait toujours pas.

— Mark, je tiens vraiment à m'excuser pour…

Mais il ne la laissa pas finir et posa ses lèvres sur les siennes. Instantanément, elle perdit le peu de raison qui lui restait, et laissa libre cours à ce que lui dictait son cœur : se laisser aller, s'ouvrir enfin à Mark et à ce désir irrépressible qui bouillonnait en elle.

Elle répondit à son baiser avec toute l'ardeur qu'elle s'était efforcée de contenir jusqu'alors. Mark se pressa contre elle, mais très vite elle eut envie de se débarrasser de cette barrière de vêtements qui les séparait encore. D'un geste fébrile, elle passa une main sous sa chemise, et sentit aussitôt les muscles si fermes et si lisses de Mark se contracter sous ses paumes. Il était tellement viril ! Tellement beau, tellement impressionnant. Bref, Mark était son idéal : exactement celui dont elle avait besoin.

Le souffle court, il s'écarta doucement.

— Je suis tombé amoureux de toi, et toi de moi. Tu ne crois pas qu'il est temps de nous retrouver ?

Décidément il ne pouvait s'empêcher de faire de l'esprit, de jouer les séducteurs.

— Tu veux que je te dise un secret ? dit-elle en riant.

— Je veux connaître tous tes secrets, Piper.

Comme il était bon de se trouver dans les bras forts et rassurants de cet homme-là.

— Finalement, j'adore tes techniques de drague un peu fumeuses, avoua-t-elle en lovant son visage tout contre son torse.

Ivre de désir, elle écouta son cœur tambouriner contre son oreille, mais l'une des jambes de Mark se mit soudain à trembler.

— Tu as mal à ta blessure ? s'enquit-elle.

— Pas pour l'instant, mais je me prépare à te soulever pour t'entraîner avec moi sous la tente.

— Ta tente ? Comme dans *Lawrence d'Arabie* ? demanda-t-elle en regardant le parquet dur sur lequel il semblait avoir l'intention de l'allonger.

— Je pensais plutôt à une petite sieste crapuleuse, dit-il en la soulevant avant d'avancer d'un pas.

— Je croyais que cette tente n'était faite que pour dormir, susurra-t-elle en lui embrassant le coin des lèvres.

— Elle l'est.

— Mais je n'ai pas sommeil, moi !

— Moi non plus.

A ces mots, il contourna la tente et porta Piper jusqu'au lit qu'il avait reculé dans un coin de la chambre. Et, même s'il boitillait, il retrouva bien vite une étonnante dextérité pour la déshabiller, dès qu'il l'eut allongée sur les draps. En quelques secondes, elle se retrouva en sous-vêtements. Le cœur battant à tout rompre, elle lui ôta sa chemise et, découvrant son torse musclé, elle crut défaillir.

— Bon sang, je n'avais encore jamais vu des abdominaux pareils ! murmura-t-elle en promenant les lèvres autour de son nombril.

Comme sa peau était lisse, chaude et excitante !

— Disons qu'il n'y a pas que ma jambe qui bénéficie de la rééducation intensive. Mais tu sais que tu n'es pas mal non plus, répondit-il en la contemplant, presque nue et offerte à lui.

D'une main impatiente, elle s'attaqua à la braguette de son pantalon et retint son souffle en sentant sous ses paumes l'intensité de son érection. Intimidée, elle renonça à abaisser la fermeture Eclair dans l'immédiat, préférant promener sa paume plus bas, entre ses cuisses robustes et viriles. Histoire de faire durer un peu le « suspense ». Mais, n'y tenant plus, elle remonta enfin vers son pubis, tout en soutenant vaillamment son regard, mais Mark intercepta sa main.

— Pas… trop vite…, dit-il d'une voix saccadée.

— Je ne voulais pas te faire de mal, tu sais…

— Je sais bien, dit-il en souriant. C'est juste que… ça fait très, très longtemps que je… Enfin, sache que j'ai vraiment très envie de toi, Piper.

Avait-elle déjà connu moment plus érotique que celui-ci ?

— Je comprends, murmura-t-elle, la gorge sèche. Mark, cela fait tellement longtemps que j'attendais de ressentir quelque chose de fort pour un homme. Et maintenant tu es là, avec moi… Bon sang, Mark, je t'en supplie, dis-moi que tu as des préservatifs.

Il regarda par-dessus son épaule.

— J'en ai, oui, quelque part.

Il balaya la chambre du regard, notamment le coin où il avait rassemblé ses affaires de camping et de voyage.

— Je n'avais encore jamais rencontré un homme qui ne sait pas où il range ce genre de choses, indiqua-t-elle.

— Comme je te disais, ça fait très longtemps…

Elle se demanda ce que « très longtemps » pouvait signifier pour un homme aussi séduisant que Mark.

— Est-ce que ça te rafraîchit la mémoire ? murmura-t-elle en s'étirant devant lui pour mieux s'offrir à son regard.

Le regard assombri par le désir, il baissa les yeux sur elle.

— J'ai tellement rêvé de ta peau de porcelaine, Piper. J'ai tellement rêvé de découvrir enfin ton corps et la couleur de la pointe de tes seins, avoua-t-il d'une voix étranglée.

A ces mots, elle sentit ses tétons tendre la dentelle de son soutien-gorge.

— Si tu veux le découvrir un jour, tu ferais bien de trouver ces préservatifs.

Il se redressa et défit sa ceinture. Mais quand il abaissa sa fermeture Eclair elle dut fermer les yeux pour ne pas renoncer à ses résolutions. Pas question de se passer de protection.

Mark allait la quitter pour aller au bout du monde, mais il ne la laisserait pas avec un enfant à élever pour unique souvenir de cette brève passion.

Les yeux toujours fermés, elle entendit son jean et sa ceinture heurter le sol, puis il s'allongea à plat ventre contre elle, apparemment pour chercher à tâtons sous le lit. Quand elle rouvrit les yeux, il s'était rassis et affichait un regard triomphant. Sans perdre une seconde de plus, il se pencha vers elle, le visage grave, et dégrafa son soutien-gorge.

— Tu es parfaite, murmura-t-il en découvrant ses seins dénudés. Absolument parfaite !

Pour la première fois de sa vie, elle sentait ses hormones se réconcilier avec son cerveau. Pour la première fois, elle se retrouvait au lit avec l'homme le plus beau et le plus excitant du monde. Et, à en croire ce qu'elle voyait, cet homme avait furieusement envie d'elle.

Ivre de désir, elle se cambra alors qu'il faisait glisser sa petite culotte. L'instant d'après, elle était entièrement nue devant lui. Enfin, pas tout à fait, puisqu'il n'avait pas jugé utile de lui enlever ses bottines. Qu'était-elle censée faire ?

Le regard brûlant qu'il posait sur elle fit taire ses hésitations : elle allait les garder, ses bottines. Et lorsqu'il posa enfin les mains sur elle Piper sentit chaque cellule de son corps vibrer d'un suffocant plaisir.

La pointe de ses seins se dressait douloureusement vers lui, implorant ses caresses.

Bon sang, quand allait-il enfin se décider à lui faire l'amour ?

Comme s'il avait lu dans ses pensées, Mark s'empara des préservatifs. Puis il s'allongea tout contre elle, et elle sentit de nouveau sa bouche s'assécher. *C'est lui ! C'est lui, mon homme idéal !*

— Piper, murmura-t-il en se plaquant contre elle avant de refermer ses paumes brûlantes autour de ses seins.

A l'agonie, elle ne put réprimer un frisson et s'agrippa à ses épaules. Etait-ce encore trop tôt pour le supplier ?

Mark se pencha au-dessus d'elle et prit l'un de ses tétons

dans sa bouche. Au même instant, une vague de plaisir se répandit dans ses veines. Elle promena alors ses mains le long du dos musclé de Mark et le sentit tressaillir sous ses caresses. Il semblait peiner à garder sa maîtrise de soi.

— Ne te retiens pas, Mark, susurra-t-elle, en transe.

Dans son regard, elle lut un désir d'une intensité inouïe.

— Ne te retiens pas, répéta-t-elle en prenant son visage entre ses mains pour l'embrasser fougueusement.

Elle n'en pouvait plus d'attendre. Au diable les préliminaires et les autres tentatives pour calmer le jeu. Elle avait envie de Mark. Et elle avait envie de lui tout de suite !

Par chance, il comprit le message et s'empara de ses lèvres avec une force, une autorité qu'elle n'avait encore jamais connues auparavant. Elle-même l'étreignit avec une ardeur, une urgence dont elle ne se serait pas crue capable. Une force primaire semblait guider chacun de ses gestes, chacune de ses respirations.

Elle lui entoura les jambes autour de la taille, et tant pis si ses bottines s'enfonçaient dans les muscles de son dos.

— Piper, souffla-t-il en pénétrant enfin en elle.

Cette fois, ils ne faisaient vraiment plus qu'un. Depuis le temps qu'elle attendait ça ! Il se mit à aller et venir en elle. Et presque aussitôt elle fut secouée d'un spasme de plaisir époustouflant, qui lui fit crier le nom de Mark. Il accéléra alors la cadence pour la rejoindre dans l'extase, après un ultime coup de reins.

Pantelants, ils restèrent un long moment l'un contre l'autre, sans bouger. La terre semblait s'être arrêtée de tourner. Ils étaient seuls au monde. Lorsqu'elle rouvrit enfin les yeux, Mark était en train de la contempler.

— Ouah ! murmura-t-elle.

— Ouah, répondit-il simplement. Je te promets que je peux tenir plus longtemps, normalement.

— Pour ma part, je n'aurais pas tenu une seconde de plus. J'étais au bord de l'évanouissement !

— Tu dis ça pour me faire plaisir, dit-il en souriant.

— Ah, vous les hommes ! soupira-t-elle en s'apercevant

que ses bottines avaient laissé des marques sur son dos. Elles ne t'ont pas fait trop mal, au moins ?

— Quoi donc ? Les bottines ? fit-il en roulant sur le côté. Au contraire, ma belle, j'ai adoré, les bottines…

Etape n° 12 : Tout homme a des défauts. A vous de décider avec lesquels vous êtes prête à vivre.

Ebahi par les sensations qui venaient de le submerger, Mark se dit que ses sentiments pour Piper avaient sans doute encore augmenté d'un cran. Mais comment être sûr qu'il l'aimait vraiment ? Comment en avoir le cœur net ?

Un sourire aux lèvres, Piper enleva délicatement les bottines qu'il n'avait pas pris la peine de lui ôter. Il en profita pour caresser sa vertigineuse chute de reins, tout en continuant de rêver.

Cela faisait tellement longtemps qu'il ne s'était pas autorisé à éprouver quelque chose de fort pour quelqu'un.

Une fois débarrassée de ses chaussures, Piper revint s'allonger contre lui et observa sa jambe blessée de plus près.

— Mark !

Sa cicatrice creusait une bande de chair rose pâle juste au-dessus du genou. De chaque côté, on distinguait encore les traces de ses nombreux points de suture.

— C'est pas joli à voir, tu ne trouves pas ?

— C'est surtout que tu as dû horriblement souffrir !

— J'avoue que ça n'a pas été une partie de plaisir, dit-il en s'asseyant contre la tête de lit.

Piper vint s'installer à côté de lui, et il l'enlaça.

— Raconte-moi.

Il savait depuis le début qu'elle finirait par vouloir savoir.

— J'ai tenté de m'évader et ils m'en ont empêché en me tirant une balle dans la jambe. Et la plaie s'est infectée ensuite.

— Comme pour ton poignet ?

— Pire. Il n'y avait pas d'antibiotiques, dans le camp. Et quand enfin on m'en a apporté les doses n'étaient pas assez fortes. Ils ont fini par me montrer à un médecin, mais j'étais déjà en piteux état. Enfin, il me semble que c'était un médecin, parce que j'avais tellement de fièvre que je délirais. A mon retour ici, j'ai subi plusieurs interventions chirurgicales. Et à présent j'ai besoin d'une longue et lourde rééducation, afin que mes muscles se développent autour de celui qui m'a été enlevé.

Le visage pâle, Piper promena un doigt sur la cicatrice. Au même instant, une mèche de ses cheveux effleura sa cuisse, réveillant aussitôt en lui un puissant désir.

— Ta peau est brûlante, tu as dû trop forcer sur ta jambe, chuchota Piper. La prochaine fois, tu resteras sagement allongé et je m'installerai sur toi…

— J'ignorais que Friezen livrait à domicile, dit Piper en trempant allègrement une frite dans une sauce au fromage.

— Officiellement, ils ne livrent pas, répondit Mark.

Autrement dit, il avait dû soudoyer un malheureux employé. Mais elle décida de ne pas poser de questions et offrit une frite à Mark. Il la dévora aussitôt et en profita pour lui mordiller le doigt.

Ils étaient installés sous la tente de Mark, qui avait pour l'occasion entièrement déplié son sac de couchage. Et une délicieuse odeur de transpiration, de plaisir et de friture flottait maintenant sous la toile.

— A mon tour, murmura Mark en trempant une frite dans une sauce à l'artichaut.

A ces mots, il dessina une ligne crémeuse le long de son ventre, qu'il lécha ensuite en remontant jusqu'à son nombril. Le sourire aux lèvres, il avala ensuite la frite.

— Hé, c'était censé être mon tour ! protesta Piper.

— Tu es insatiable, dès qu'il s'agit de frites…

— Et toi, tu es insatiable dès qu'il s'agit de sexe. Depuis quand tu n'avais pas eu de maîtresse ? demanda-t-elle prudemment.

Mark lui glissa une frite entre les lèvres.

— La dernière fois, c'était juste avant que Mendoza ne m'invite à partager son camp dans la jungle.

— Tu veux dire que cela fait plus d'un an et demi ? s'étonna-t-elle en écarquillant les yeux malgré elle.

— Inutile de me regarder ainsi ! J'ai passé cinq mois en captivité. Et à mon retour j'étais très affaibli.

— Eh bien, on dirait que tu as récupéré toutes tes forces !

Le sourire aux lèvres, Mark lui offrit une nouvelle frite.

Elle hocha doucement la tête.

— J'ai aperçu la photo d'une femme avec deux petits garçons sur le mur de ta salle à manger, à côté de ta carte topographique. Est-ce que c'était elle ? demanda-t-elle sans le quitter des yeux, afin de bien mesurer sa réaction.

— Oui, répondit-il sans chercher à éluder la question. Comment as-tu deviné ?

— Elle est accrochée à part de tous les autres portraits.

Pour l'instant, elle arrivait à ne pas être trop jalouse.

Mark reposa la frite qu'il s'apprêtait à manger, et s'allongea sur le dos.

— C'est à cause des gamins, Gilberto et Hector, expliqua-t-il en fixant le sommet de la tente. Cela faisait quelques semaines que j'enquêtais dans le secteur, sur Mendoza. Il utilise des gamins comme convoyeurs de drogue, terrorise leurs familles, et la police locale ne fait rien. Je voulais attirer l'attention des médias pour forcer les autorités à agir. Très peu de gens acceptaient de me parler, jusqu'au jour où j'ai rencontré Gilberto. Il m'a ensuite présenté son frère, Hector, et leur mère. Elia m'a demandé de l'aider, car son propre frère pressait Gilberto de rejoindre les forces de Mendoza. C'est une région très pauvre, et Mendoza rémunère grassement ses sbires. Gilberto connaissait bien le système parce que beaucoup de ses amis ont été recrutés. Mais du jour au lendemain il a disparu. Elia était dans tous ses états, et je lui ai promis de lui ramener son fils.

— Elle t'était donc très reconnaissante.

— Oui.

Il ne lui disait pas tout, mais la suite était facile à deviner.

— Tu es journaliste, pas super-héros : comment as-tu pu penser que tu pourrais récupérer ce gamin ?

— J'avais un plan.

— Qui n'a apparemment pas fonctionné.

— Oh que si ! fit-il en gardant les yeux rivés au plafond.

Le cœur de Piper se serra.

— Mark ! Tu ne t'es quand même pas constitué prisonnier en échange de cet enfant ?

Il roula lentement sur le côté.

— Avec les hommes du village, on avait convenu que je me constituerais prisonnier contre la libération de leurs enfants. Ensuite, ils devaient monter un commando pour me libérer, mais apparemment ils ont oublié de mettre en œuvre la deuxième partie du plan.

L'amertume qu'elle perçut au fond de la voix de Mark l'émut aux larmes.

— Peut-être ont-ils essayé... et échoué ?

— Ou peut-être que l'argent de Mendoza s'est avéré plus convaincant que notre accord, objecta Mark en soupirant. Sans Travis, je serais encore en train de croupir là-bas.

— Je sens que je vais faire un effort pour être plus gentille avec lui désormais, dit-elle en frissonnant.

— Attention, pas trop gentille, tout de même.

Elle sourit et déposa une série de baisers sur son torse.

— Certainement pas aussi gentille que je vais l'être avec toi dans les prochaines minutes...

— Il reste un peu de café ? demanda Piper en traversant en trombe le hall du cabinet, dans l'espoir d'éviter les questions indiscrètes de Dancie et Anna. A quelle heure ai-je mon premier rendez-vous ?

— Tout de suite. Avec Dancie. Au sujet du *Plan Piper*.

Dommage pour la discrétion. Elle tenta de fuir le regard intrigué de Dancie.

— Je te trouve soudain moins fébrile…

— Nous avons remis les choses à plat, avec Mark, expliqua Piper sans regarder ses interlocutrices et en se servant une petite tasse de café. Tout cela était en fait un gros malentendu.

Elle fila aussitôt dans son bureau, sans prendre de sucre ni de lait pour son café.

— Tu as couché avec lui ! s'écria Dancie.

Piper retourna sur le pas de sa porte et ne put retenir un sourire.

— Anna ? fit alors Dancie en se tournant vers la réceptionniste.

— Vous allez me demander d'aller acheter des croissants, n'est-ce pas ? répondit celle-ci en se levant.

— J'allais vous envoyer chez OMG chercher des C.V. que mon frère a préparés pour nous, répliqua Dancie sans quitter Piper des yeux. Mais vous avez raison : les croissants sont une excellente idée, bravo d'y avoir pensé !

— C'est moi qui régale, ce matin ! dit Piper en prenant son portefeuille. Ce matin, j'opte pour un croissant aux amandes ! Je garde ceux au moka pour les mauvais jours.

Elle goûta son café noir et fit la grimace.

— Prends quand même des croissants au moka, Anna, fit Dancie. Elle en aura besoin. Ce n'est une question de temps.

Anna prit l'argent et sortit en bougonnant. A peine eut-elle disparu que Dancie bondit sur Piper.

— Bon sang, Piper, mais à quoi pensais-tu ?

— Penser, moi ? Mais j'ai suivi ton conseil : je ne perds plus mon temps à réfléchir. Je préfère suivre mes sentiments.

— Mais que s'est-il passé, alors ? Tes « sentiments » ont-ils anéanti ton cerveau ? J'ignore ce que Mark t'a fait pour te mettre dans cet état, mais il est très fort.

— Pour ça, oui. Il est très fort, murmura-t-elle.

— Aïe. Il est vraiment temps pour toi de remplir le questionnaire du *Plan Piper*. Cela t'aidera à tourner la page.

— Inutile de remplir le questionnaire, je sais à présent : Mark est l'homme qu'il me faut.

Dancie la dévisagea d'un regard plein d'effroi.

— Tu es encore sous l'influence de tes hormones, Piper. A ton avis, combien de femmes ont prononcé ces mêmes mots avant toi ? insista son amie en lui posant une main sur chaque épaule. Je te rappelle que tu es chargée de l'aider à recruter une assistante. Il part à l'étranger dans quelques semaines !

— Mais, qui sait, peut-être que je ne lui trouverai jamais d'assistante ?

— Piper, ne m'oblige pas à te secouer !

— Je doute que les derniers C.V. de Travis recèlent la perle rare, et nous sommes déjà en novembre.

— Tu vas peut-être gagner un mois de plus, et alors ? Au final, son départ est inéluctable ! s'impatienta Dancie.

Elle décrocha un sourire satisfait à son amie.

— D'ici là, il ne voudra plus partir.

— Tu n'es pas sérieuse ? Tu t'entends seulement parler ? Si tu étais l'une de tes clientes, que te dirais-tu ?

— Que je me fais des illusions.

— Exactement ! Et je n'aurais jamais imaginé que tu deviennes toi aussi l'une de ces femmes qui répètent sans cesse : « Je savais comment il était, mais j'espérais juste qu'avec moi il serait différent. »

— Mais il est différent !

Elle en était persuadée. Mark ne s'était jamais senti si proche ni si complice avec une femme. Il le lui avait clairement avoué. Et elle avait clairement senti qu'il disait vrai.

— Mark ne va pas continuer à arpenter le monde jusqu'à la fin de ses jours. Il finira par avoir envie de se poser quelque part. Et pourquoi pas avec moi, dans ce cas ?

— Tu parles exactement comme ta mère.

Dancie espérait sans doute déclencher en elle un électrochoc.

— Figure-toi que je l'ai appelée, lui révéla-t-elle.

Dancie demeura bouche bée, et Piper savoura son petit effet avant d'ajouter :

— Et sais-tu ce qu'elle m'a dit ? De suivre mon cœur.

— Le contraire m'aurait étonnée, grogna Dancie en s'appuyant au bureau.

Elle croisa les bras, autrement dit adopta la posture typique de celui qui ne veut rien entendre.

— Je sais qu'il y a un risque pour que cette liaison soit un échec. Mais si jamais ce n'en était pas un ?

Dancie la dévisagea longuement.

— D'accord, finit-elle par dire, lui montrant ainsi qu'elle était une véritable amie. A toi d'en avoir le cœur net. J'espère me tromper, mais si ce n'est pas le cas sache que je serai là pour toi. Et que je ne te dirai pas : « Je te l'avais bien dit ! »

Le téléphone de Piper se mit à sonner.

— Merci, Dancie.

Celle-ci hocha la tête, puis regagna son bureau dans le hall.

— Piper Scott à l'appareil, fit-elle d'un ton très affairé.

— Bonjour, ici Mary Wade. Je voulais juste vous dire qu'après votre appel d'hier j'ai été appelée par Wally Shetland, qui dirige un quotidien régional en Arizona. J'ai rendez-vous avec lui prochainement, mais il m'a dit que la seule recommandation de Mark suffisait pour qu'il m'engage !

La générosité de Mark la fit frissonner.

— Félicitations ! Je suis ravie pour vous. Mark m'a dit que vous étiez une journaliste très douée.

— Merci. Et puis, il avait raison, au sujet de mes enfants. Après avoir fait les recherches documentaires qu'il m'a demandées, je comprends mieux son point de vue.

— En effet. Le Moyen-Orient n'est pas une destination facile pour une femme.

— Je parlais plutôt de l'affaire Mendoza. Mark a beaucoup de courage de retourner là-bas. Mais un Mark Banning qui ne prendrait plus de risques, ce ne serait plus lui-même, vous ne trouvez pas ?

Retourner là-bas ? Son sang se figea, et elle se remémora la carte qu'elle avait vue dans le salon de Mark. Texas et Mexique. Et puis, le portrait de Gilberto, avec sa mère et son frère…

— Oui, bien sûr, répondit-elle, la gorge nouée.

— Cela aurait été pourtant une belle opportunité. Et j'aurais aimé aider Mark à coffrer un monstre qui exploite froidement des gamins innocents. Mais avec mes obligations familiales je n'aurais pas pu organiser un départ du jour au lendemain.

— Du jour au lendemain ? répéta Piper, estomaquée. Mais Mark est employé par la fac jusqu'à la fin du semestre, il me semble.

Elle comprit alors que quelque chose se tramait.

— Je ne sais pas au juste, dit Mary. Il m'a juste parlé de développements récents dans l'affaire Mendoza.

Récents ? Qu'entendait-il exactement par « récents » ?

— Dans ce cas, je vais devoir vérifier avec lui, car je continue à lui rechercher une assistante.

— Bonne chance, parce qu'à mon avis il ne vous reste plus beaucoup de temps, conclut Mary d'une voix sincère. Si vous avez Mark au téléphone, dites-lui de me rappeler. J'ai trouvé quelques infos pour lui, lors de mes recherches, mais il ne répond pas à son bureau. Je veux juste m'assurer qu'il a bien eu mon message.

— Je le lui transmettrai. En tout cas, merci beaucoup pour votre professionnalisme.

Après avoir raccroché, elle fut tentée de rappeler Mark aussitôt, mais elle était encore sous le choc.

Certes, elle savait que Mark partirait, tôt ou tard. Mais il avait avancé son départ, et sans rien lui dire. Sans doute parce qu'il n'avait pas trouvé le courage de lui annoncer : « Au fait, toi et moi, ce n'était que pour une nuit. » D'autant qu'il avait parfaitement compris qu'elle commençait à envisager un avenir avec lui. Elle lui avait clairement dit qu'à ses yeux il était différent de tous les hommes qu'elle avait rencontrés jusque-là.

Elle comprenait mieux à présent pourquoi il semblait absorbé par son travail, quand elle avait débarqué chez lui à l'improviste. Les piles de papiers, les cartes topographiques, les photos… Et pourtant, lorsque Mark lui avait parlé de l'affaire Mendoza, il n'avait à aucun moment mentionné ces fameux « récents développements ».

Est-ce que cette Elia avait de nouveau sollicité son aide ? Cette hypothèse déclencha un nouvel accès de jalousie.

Mark aurait dû lui dire la vérité. Sans même parler de leur liaison — d'ailleurs, s'agissait-il vraiment d'une liaison ? — ils collaboraient professionnellement. Pourquoi continuait-il à lui faire perdre son temps ?

Non, plutôt que de l'appeler tout de suite, sans connaître les tenants et les aboutissants de cette histoire, elle allait attendre qu'il se manifeste. Pendant ce temps, elle chercherait à en apprendre davantage sur le cas Mendoza.

Elle débrancha son PC et l'apporta à la réception.

— Dancie, ça ne te dérange pas si nous reportons notre réunion au sujet du site ?

Son amie leva les yeux vers elle.

— Si, mais je m'adapterai… Qu'est-ce qui se passe ?

Soit Dancie n'avait rien entendu de sa discussion au téléphone avec Mary, soit elle était excellente comédienne.

— J'ai besoin d'en savoir un peu plus sur la crapule qui a capturé Mark, expliqua-t-elle en prenant une chaise de la salle d'attente pour s'installer à la réception. Je sais qu'OMG est abonné à un certain nombre de bases de données. Tu crois que tu peux toujours y avoir accès ?

— Il faut que je vérifie si mon mot de passe est encore valable, répondit Dancie tout en s'enregistrant sur un site internet. On dirait que pour celle-ci c'est bon.

Perplexe, Piper fixa longuement l'écran.

— Un site de généalogie ?

— A partir duquel on peut accéder à certaines archives publiques : parents, voisins, parcours professionnel, titres de propriété… Cela facilite le croisement de données.

— Pour quelqu'un vivant au Mexique ?

— A condition de savoir où et comment chercher. Mais tu vas enfin me dire ce qui se passe, Piper ?

Au pied du mur, elle finit par tout lui raconter. En détail. A la fin de son récit, Dancie réfléchit un instant.

— Et si on demandait à Travis ? Ces mercenaires qu'il a engagés pour libérer Mark doivent avoir des tonnes d'infos !

— Tu crois pouvoir convaincre ton frère de nous mettre en contact avec eux, sans en aviser Mark ?

— Aucun problème ! dit Dancie avec enthousiasme.

Piper haussant un sourcil dubitatif, elle ajouta :

— Même s'il ne l'admettrait pour rien au monde, il ne s'en sort pas avec *Modes de vie*. Si je lui propose de l'aider sur quelques sujets pour les semaines à venir, il acceptera n'importe quoi en échange. Y compris de réactiver tous mes codes d'accès à toutes les bases de données !

En un clin d'œil, Dancie décrocha son mobile.

— Dancie, tu es la meilleure des meilleures amies !

— Je sais, je sais…

Tandis que Dancie négociait avec son frère, elle comprit que Mark était sur le point de se lancer dans une aventure des plus périlleuses. S'il ne lui avait rien dit de ses projets, c'était uniquement parce que toute personne saine d'esprit aurait tenté de l'en dissuader.

Et, quand Dancie fit le V de la victoire, elle se demanda ce qu'elle allait découvrir au sujet du redoutable Mendoza. Et puis comment convaincre Mark qu'il n'était que journaliste et qu'il devrait à présent laisser la police et les autorités compétentes faire leur travail ?

A peine Dancie eut-elle raccroché qu'elle se remit à pianoter avec entrain sur son clavier d'ordinateur.

— Me voilà de retour sur *Modes de vie* ! La mauvaise nouvelle, c'est que je n'ai aucune idée de la façon dont fonctionnent ces fichues bases de données.

— J'appelle Mary Wade tout de suite, dit Piper en cherchant son numéro. Elle a déjà commencé à se documenter sur Mendoza pour Mark.

Quelques minutes plus tard, elles étaient trois à se documenter activement : Anna — qui était revenue avec de nouveaux C.V.

et des croissants — parlait couramment espagnol et s'occupait donc de traduire les documents. Piper dut s'absenter en début d'après-midi pour rencontrer un responsable de logements universitaires qui désirait lui faire établir des grilles de compatibilité pour sélectionner ses futurs locataires. Lorsqu'elle revint à son cabinet, elle fut accueillie par trois visages graves.

— Que se passe-t-il ?

— Ce Mendoza est un danger public, déclara Dancie.

— Ça, on le sait déjà. Est-ce que Mark vous a rappelée ? demanda-t-elle à Mary.

— Oui, répondit-elle. Mais, quand je lui ai proposé de continuer mes recherches, il a dit tenir une piste *via* un ancien contact et m'a souhaité bonne chance pour la suite de ma carrière.

— Cela ressemble fort à un adieu, déclara Piper en sentant son sang se glacer.

Mark n'était pas fier d'avoir attendu d'être installé à bord de l'avion pour téléphoner à Piper. Mais c'était uniquement parce qu'il savait comment elle réagirait.

— Bonjour, Mark, répondit-elle en décrochant, d'une voix suave et complice.

Une voix d'amante, de maîtresse.

La gorge nouée, il ferma les yeux. Les choses allaient être plus difficiles que prévu.

— Bonjour, Piper. Ecoute, j'ai un imprévu qui va m'empêcher de te voir, ce soir.

Il y eut un bref silence.

— Un imprévu qui s'appelle Mendoza ? finit-elle par demander.

Il rouvrit brusquement les yeux.

— En effet. Je vais être indisponible pour quelques jours.

Nouveau silence.

— Laisse-moi t'aider, Mark.

— Ta présence me distrairait trop, répliqua-t-il en souriant. Ça m'empêcherait de faire correctement mon travail.

— Je suis sérieuse, Mark. Mary m'a expliqué qu'elle avait effectué quelques recherches pour toi. Dancie, Anna et moi, nous l'avons épaulée aujourd'hui. Tu as reçu son message ?

— Oui. Ces renseignements m'ont été très utiles. Tu sais, Piper, ajouta-t-il après une courte pause, ne le prends pas mal, mais je préférerais que tu ne sois pas mêlée à cette histoire. Mendoza est un homme très dangereux, et je ne voudrais surtout pas qu'il t'arrive quoi que ce soit.

— Moi non plus, je ne veux pas qu'il t'arrive malheur ! Tu as prévenu la police ou les autorités de la frontière ?

— J'ai informé les autorités locales. Mais les procédures d'intervention sont complexes et trop lentes. Mendoza a plein d'informateurs. Il aura le temps de lever le camp avant que les commandos ne l'atteignent.

— Peut-être que tu ne leur as pas donné toutes les informations nécessaires. Je viens te montrer des choses intéressantes que nous avons découvertes, les filles et moi, aujourd'hui.

Il était impossible de lui cacher plus longtemps la vérité.

— Je ne serai pas chez moi, Piper.

Sur le siège à côté de lui, le pilote s'agitait.

— Nous avons l'autorisation de décollage. Vous pouvez boucler votre ceinture et mettre vos écouteurs.

— Tu es dans un avion ? cria Piper d'un ton perçant.

— Oui, je vais décoller. Je t'appelle dès mon retour.

— Appelle-moi dès que tu atterris !

— Au revoir, Piper, dit-il avant d'ôter la batterie de son combiné.

Non, il ne l'appellerait pas à l'atterrissage.

L'estomac noué, Piper resta plantée dans son bureau, le téléphone en main. Elle sortit en trombe de son bureau.

— Mark est déjà en vol, annonça-t-elle. Il va rejoindre Mendoza.

— Tout seul ? s'exclama Mary. Mais c'est…

— Une folie. Une prise de risques inconsidérée, lâcha Dancie. Du Mark tout craché, en somme.

Anna était rentrée chez elle, et elles avaient décidé de partager une pizza, toutes les trois.

— C'est impulsif, sans doute, reconnut Mary entre deux bouchées. Mais Mark n'est pourtant pas idiot.

— Il ne l'est peut-être pas, mais il se comporte comme un idiot, reprit Dancie. Franchement, qui aurait l'idée de partir seul pour retrouver l'homme qui vous a capturé et gardé en otage ?

— Mendoza n'a pas capturé Mark : il s'est volontairement constitué prisonnier, en échange des gamins que Mendoza avait enlevés à leur famille dans la région.

— Aucun média n'a parlé de cet aspect volontaire, indiqua Mary. Vous ne croyez quand même pas que Mark va de nouveau se constituer prisonnier ?

— Il n'est pas idiot à ce point, soupira Dancie.

Idiot, non. Téméraire, oui.

— Le pire, c'est que je ne sais même pas où il a pu se rendre, dit Piper en secouant tristement la tête. Il était à bord d'un avion privé, car j'ai entendu le pilote juste à côté de lui.

— Parfait ! Comme ça nous pourrons découvrir son itinéraire ! s'exclama Mary en s'essuyant les mains avant de se remettre à pianoter sur son ordinateur

— Mendoza est un vrai pervers, assoiffé de revanche. J'ignore ce qu'il a pu dire à Mark, mais je crains qu'il ne se soit précipité dans un piège, marmonna Piper en repoussant sa part de pizza, l'estomac noué.

Dancie la récupéra aussitôt.

— Tu comptes rester ici, en attendant qu'il t'appelle et te dise : « Tu as raison, Piper, je fais tout de suite demi-tour et je rentre à Austin ! » ? dit Dancie en se levant avec la boîte à pizza. Allez, je m'en vais retrouver Mikey et voir ce que je peux obtenir de lui grâce à nos restes de pizzas.

— Qui est ce Mikey ? s'enquit Mary. Vous espérez le corrompre avec des restes de pizzas ?

— C'est un informaticien aux compétences de génie, expliqua Dancie. Et, si la pizza ne suffit pas, je sais exactement comment obtenir ce que j'attends de lui…

- 13 -

Etape n° 13 : Prenez du recul. N'oubliez pas qu'une relation se construit à deux.

— Ici Mark Banning. On m'a dit d'appeler ce numéro dès mon arrivée à La Hermosa Casa, marmonna-t-il en regardant le patio de l'hôtel et sa fontaine.

L'endroit était étonnamment luxueux pour le genre d'affaire qu'il était venu y conclure. De toute façon, il n'avait eu le choix ni du lieu de rendez-vous ni du côté de la frontière où se déroulerait l'opération. Pour l'heure, il était encore au Texas, même si Mendoza préférerait sûrement opérer du côté mexicain.

— *Señor* Mark ? répondit une voix juvénile.

— Gilberto ?

— Oui ! Vous vous souvenez !

Mendoza avait donc réussi à le récupérer.

— Je suis chargé de vous dire d'attendre les instructions.

Génial. Un petit jeu de guerre des nerfs. Vu les circonstances, inutile de déballer ses valises. Mark ôta ses chaussures, s'allongea sur le luxueux canapé, et s'endormit.

— A-t-il localisé Mark ? demanda Piper depuis l'aire d'autoroute où elle était censée se reposer.

De toute façon, depuis qu'elle avait décidé de prendre sa voiture et de foncer vers le sud, elle était à cran. Mark ne répondait pas au téléphone ? Pas de problème, elle allait lui parler en face. Même si, pour l'heure, elle ne savait pas où il se trouvait.

Insaisissable Mark !

Voilà comment elle s'était retrouvée en pleine nuit, au milieu de nulle part, entre Austin et Presidio, pour lequel Mark avait affrété un avion. Ce qu'elle-même n'avait pas les moyens de faire. D'où ces huit heures de voiture.

— Mikey est en train de pirater des données critiques, expliqua Dancie à l'autre bout de la ligne.

— Tu m'as déjà dit ça lors de mes deux précédents appels.

— Cette fois, il ne faut vraiment pas qu'il se fasse prendre, si tu vois ce que je veux dire.

— S'il doit se faire prendre, faites en sorte que ce soit après avoir localisé Mark.

Mark avait reçu deux nouveaux appels de Gilberto, chacun venant d'un numéro différent. Apparemment, Mendoza utilisait des mobiles à cartes prépayées, de façon à ce qu'il ne puisse pas rappeler le jeune garçon. Quoi qu'il en soit, Gilberto ne répondait à aucune des questions qu'il avait tenté de lui poser. C'était sans doute un test de loyauté de la part de Mendoza, qui devait se tenir à côté du malheureux.

Les premières instructions avaient conduit Mark chez un homme qui avait blêmi de frayeur en le découvrant devant sa porte. Il la lui avait d'ailleurs claquée au nez. S'en étaient suivis de nombreux cris dans la maison, puis la porte s'était rouverte sur un gamin qui avait tendu un trousseau de clés à Mark, avant de lui désigner un vieux pick-up rouge, garé dans l'allée. Puis il avait tendu la main pour montrer la voiture de location neuve de Mark.

Il en avait alors abandonné la clé dans la main du gamin, qui s'était de nouveau engouffré dans la maison.

A la grande surprise de Mark, le pick-up démarra sans problème et il retourna à La Hermosa Casa, où il reçut rapidement un deuxième appel. Cette fois, il eut pour instruction d'ouvrir un compte bancaire. Ce qu'il fit, sans se poser plus de questions. Sans doute Mendoza le faisait-il suivre pour s'assurer qu'il n'était pas accompagné. Lorsqu'il en aurait le cœur net, il finirait par donner à Mark des consignes pour le rendez-vous.

Un peu plus tard, lorsqu'il entendit frapper à sa porte, il se dit que Mendoza avait sans doute fait envoyer quelqu'un pour l'escorter jusqu'au lieu de leur rencontre. Peut-être même était-ce Gilberto ? Quoique Mendoza ne prenne en général pas le risque de faire traverser la frontière à des gamins non accompagnés.

Mais, lorsqu'il ouvrit la porte, il manqua de tomber à la renverse. Ces yeux noisette, ce regard courroucé…

— Piper ? bredouilla-t-il en sentant son cœur se figer. Mais que fais-tu là ? Comment m'as-tu trouvé ?

— Le petit ami de Dancie est un génie de l'informatique, répondit-elle en traînant une valise à roulettes jusqu'à son bureau.

— A mon avis, son génie flirte avec l'illégalité…

— Il a dû mettre au point une procédure très délicate, dit-elle en ouvrant sa valise d'où elle sortit un ordinateur portable. Il a suffi de quelques parts de pizza au fromage, et des talents de négociatrice de Dancie — dont je ne veux rien savoir — pour le convaincre de nous donner un coup de main.

Abasourdi, il resta planté là, à la regarder s'activer et ouvrir tout un tas de chemises cartonnées. Comme avait-elle pu… ?

Le téléphone de l'hôtel retentit, le ramenant aussitôt à la réalité. Les choses se compliquaient à un point inimaginable. Comment gérer Piper et Mendoza en même temps ?

— Je réponds ? fit Piper en approchant.

— Certainement pas ! s'écria-t-il en se précipitant sur l'appareil.

— Est-ce Mendoza ?

— Je n'en sais rien, laisse-moi me concentrer, grommela-t-il en s'efforçant d'oublier sa présence. Allô, ici Banning.

— Il veut vous voir, *señor*…

Encore Gilberto.

— Il ne m'a toujours pas dit ce qu'il attendait de moi.

— Rendez-vous dans trois heures, poursuivit le gamin avant de lui communiquer les coordonnées GPS du lieu.

Il chercha son stylo à la hâte, mais Piper avait mis du désordre sur le bureau.

— Gilberto, attends, laisse-moi le temps de noter ! s'écria-t-il en farfouillant sur le bureau.

Sans un mot, Piper lui tendit enfin un papier et un stylo, et il put griffonner les coordonnées énoncées d'une voix mécanique par l'enfant.

— Gilberto, je ne suis pas sûr d'avoir bien noté, peux-tu…

La communication fut coupée. Inutile de tenter de rappeler, Gilberto avait sans doute déjà détruit son téléphone. Il examina les coordonnées qu'il venait d'inscrire.

— Je ne sais pas de quel côté de la frontière cela se trouve. Ni même si j'ai bien tout noté, dit-il en jetant un regard de reproche à Piper. Voilà pourquoi je travaille seul : pour éviter de me laisser déconcentrer. Imagine un peu que je ne me rende pas sur le lieu de ce rendez-vous.

— Ce serait une bonne chose, rétorqua-t-elle en prenant le morceau de papier.

— Ce n'est pas à toi d'en décider.

Sans prendre la peine de s'asseoir, elle entra les données GPS dans son ordinateur, puis tourna l'écran vers Mark.

— Ça te dit quelque chose ?

Le logiciel désignait une zone isolée, du côté américain de la frontière.

— Peut-être. Mais, Piper, tu n'as rien à faire ici.

— Pas plus que toi.

— Je fais mon travail, moi.

Elle secoua vigoureusement la tête.

— Tu n'es pas ici en reportage, Mark, dit-elle en le fixant de ses yeux noisette. Mais en mission de sauvetage.

Hypnotisé par la force de son regard, il se remémora la douceur de sa peau, de ses cheveux, de ses seins. Bon sang, il devrait plutôt se concentrer sur Mendoza.

— Piper, écoute, je sais que toi et moi…

— … avons eu une aventure à laquelle j'ai accordé plus d'importance que toi. De plus, ce n'est pas parce que nous avons fait l'amour que cela m'autorise à te dicter ce que tu as à faire. Enfin, je devrais rester en dehors de cette histoire avec Mendoza. Voilà. Je n'ai rien oublié ?

Piper avait de nouveau revêtu son masque de professionnelle neutre et sans état d'âme. Et elle était presque convaincante.

— Non, répondit-il simplement. Quand je suis sur le terrain, je dois prendre certaines décisions sur le fil du rasoir, et je ne peux me permettre la moindre hésitation. Cela fait à peine cinq minutes que tu es arrivée, et j'ai peut-être mal noté les coordonnées du lieu où je dois me rendre.

— Mark, tu avais promis ! reprit-elle en fouillant d'une main fébrile parmi les paperasses qu'elle venait d'étaler un peu partout dans la chambre.

Oh ! non ! Pas ça. Il ferma les yeux.

— Ecoute, Piper…

— Tu avais promis de tenir compte de mon opinion avant d'agir, l'interrompit-elle avec véhémence. Tu n'es pas obligé d'être d'accord avec moi, mais au moins d'écouter mon avis.

Soit, puisqu'il avait promis.

— Je parlais alors de la recherche de mon assistante.

— Mark, si tu refuses d'écouter quelqu'un qui a passé la nuit au volant pour t'apporter des infos cruciales, alors tu ne pourras jamais collaborer avec personne.

— Je n'ai jamais demandé à avoir une assistante.

— Peu importe. Maintenant, tu vas écouter ce que j'ai à te dire. Je t'ai entendu t'adresser à un certain « Gilberto », reprit-elle en posant quelques feuillets sur le bureau.

Inutile de nier ; ce serait encore une perte de temps.

— C'est mon contact, admit-il.

— Le même Gilberto que sur la photo de ton salon ?

Il hocha la tête, et Piper lui désigna un autre cliché.

— Ce Gilberto-là ? insista-t-elle.

Il s'agissait d'une photo de mariage récente. Elia s'était apparemment remariée. Tant mieux pour elle. Il n'éprouvait aucune amertume à son égard. Il reconnut Gilberto, qui avait beaucoup grandi, et Hector, au regard encore innocent. Les deux garçons entouraient leur mère. Derrière eux se tenait Mendoza.

— Est-ce que tu reconnais Mendoza ? demanda Piper.

— Elle a dû épouser un de ses hommes. A moins que la photo ne soit un montage.

— Elia est la sœur de Mendoza, Mark. Il est leur oncle !

Il se mit à rire.

— Et tu as conduit toute la nuit pour venir me dire ça ?

— Tu étais au courant ?

— Piper ! murmura-t-il en riant, avant de l'attirer à lui. Mendoza n'est pas leur oncle.

Elle se détendit quelques secondes, puis le repoussa.

— Si, Mark. Et j'ai tous les documents qui le prouvent.

— J'ai passé près de deux années de ma vie à récolter tout ce que je pouvais au sujet de Mendoza, reprit-il en secouant la tête. Je n'aurais pas pu passer à côté d'une telle info. Et puis Elia m'a hébergé avec les garçons. J'ai bien vu qu'elle était paniquée à l'idée de perdre ses fils. Crois-tu vraiment qu'elle ne m'aurait rien dit ?

Le visage de Piper se radoucit.

— C'était un coup monté. Ta curiosité menaçait les activités de Mendoza et il t'a mis hors d'état de nuire.

— Me coller une balle dans la tête aurait été plus efficace, non ?

— Ce n'est pas sa façon d'agir, dit-elle.

Non, elle n'allait pas recommencer avec ces fichues grilles de personnalité.

— Il veut non seulement démontrer sa puissance, mais aussi son intelligence, poursuivit Piper. Quand ces mercenaires sont venus te libérer, il a vécu cela comme une humiliation. J'ignore ce qu'il a pu te dire, mais crois-moi, Mark, il ne cherche qu'à se venger. Pour prouver sa supériorité, il détruira cette fois ce que tu as de plus cher.

— Piper, écoute-moi un instant. Mendoza veut quelque chose — sans doute des armes — en échange d'Hector et de quelques autres gamins. Aujourd'hui, le rendez-vous n'est qu'une première prise de contact. S'il doit faire quelque chose, ce sera au moment de procéder à l'échange à proprement parler. Aujourd'hui, il va surtout me montrer les enfants, afin que je voie combien ils sont effrayés, histoire de faire monter un peu les enchères.

Pour cette étape, il était persuadé de ne courir aucun risque.

— Mark, j'ai des centaines de renseignements consignés dans ces dossiers que tu ne prendras peut-être pas la peine de lire, reprit-elle, le visage soudain ému. A moins que ces gamins soient ce que tu as de plus cher au monde, ce n'est pas ce qui est en jeu.

Le masque de la professionnelle était tombé. Elle tenait à lui et croyait vraiment à ce qu'elle disait.

— Je suis touché que tu sois venue jusqu'ici, répondit-il. Mais je ne peux pas les laisser tomber. Je leur avais promis…

— Ce n'est pas à toi de les sortir de là ! insista-t-elle.

Exactement le genre de situations larmoyantes qu'il voulait éviter dans son travail et dans sa vie.

— Piper, tu te fais des idées, dit-il en programmant son GPS. J'ai déjà perdu trop de temps, je dois y aller.

Par chance, elle ne répondit rien et il put s'emparer de sa sacoche et de ses lunettes de soleil sans avoir à croiser son regard. Mais elle lui emboîta le pas jusqu'à la porte.

— Tout va bien se passer, affirma-t-il avant de sortir.

Piper prit son visage entre ses mains et l'embrassa fougueusement.

— Je ne t'oublierai jamais, Mark Banning.

Au moins avait-elle fait de son mieux. Mark avait pris connaissance du résultat des recherches qu'elle avait effectuées avec Dancie et Mary. Peine perdue. Mais elle avait pu lui communiquer les deux révélations les plus importantes. Et elle dut faire un effort surhumain pour ne pas le supplier de rester, ou au moins de la laisser aller avec lui. Mais elle devait respecter sa décision.

Une décision qui serait beaucoup plus facile à accepter si seulement elle n'était pas amoureuse de lui. Elle aurait dû le lui dire. Elle en avait eu l'intention, mais au dernier moment elle s'était ravisée. Car un horrible pressentiment s'était imposé à elle : elle ne reverrait peut-être plus jamais Mark Banning.

Les dernières paroles de Piper résonnaient lourdement dans l'esprit de Mark, qui tentait pourtant de les oublier.

Ayant rejoint l'autoroute, il appuya sur l'accélérateur afin de rattraper le retard qu'il venait de prendre. Dans quelques minutes, il s'engagerait sur des chemins non carrossables et loin de tout. Il y avait peu de circulation et, hormis les quelques instructions du GPS, rien ne brisait la monotonie du paysage escarpé.

Il vérifia la jauge du carburant — ce qu'il aurait dû faire plus tôt, si Piper ne l'avait pas distrait de ses activités. Par chance, le réservoir était quasiment plein.

Piper. *Je ne t'oublierai jamais.*

Et dire qu'elle avait conduit jusqu'à Presidio pour lui annoncer que Mendoza était l'oncle des garçons. Du moins par alliance. Alliance probablement forcée.

Elle avait néanmoins raison sur un point : Mendoza était d'une intelligence redoutable. Le fait d'utiliser Gilberto comme entremetteur était habile : l'enfant avait longtemps été son principal informateur et celui-ci détestait l'idée que le gamin soit châtié à cause de lui. Les familles de la région revoyaient rarement leurs gamins disparus. Pour avoir vécu longtemps dans son camp, il savait que Mendoza leur offrait des « permissions » chez leurs parents en guise de récompense.

La gorge nouée, il appuya encore sur le champignon.

C'était un coup monté. Mendoza est leur oncle.

Pourquoi diable n'arrivait-il pas à se sortir Piper de la tête ? Ni surtout de son cœur ?

Agrippant ses mains au volant, il fixa la route, puis accéléra encore. Et encore. Soudain, il pila sur la pédale de frein et fit demi-tour dans un effroyable crissement de pneus.

Peu de temps après le départ de Mark, Piper entendit la clé magnétique s'insérer dans la porte de la chambre. L'instant d'après, Mark pénétrait dans la pièce, le visage fermé. Il la rejoignit rapidement au bureau.

— Mark ! Tu m'as fait peur ! Que se passe-t-il ?

Il la dévisagea d'un regard noir.

— Je t'aime, Piper, voilà ce qui se passe ! déclara-t-il en poussant un long soupir avant de lui tourner le dos pour se poster devant la fenêtre.

Avait-elle bien entendu ?

Sans doute. Mais alors pourquoi ce ton agressif, cet air renfrogné ?

Le cœur serré, elle s'aperçut qu'il respirait bruyamment.

— Tu as vu Mendoza ? demanda-t-elle à voix basse.

— Bien sûr que non, maugréa-t-il en se retournant. Comment aurais-je pu rencontrer Mendoza avec ta voix qui ne cessait de résonner à mon esprit ?

Ne sachant que répondre, elle se mordit la lèvre.

Mark ferma les yeux.

— Je n'arrêtais pas de penser à ce que tu m'avais dit, reprit-il. Tu as réussi à instiller le doute dans mon esprit, Piper. J'ai commencé à me poser des tas de questions. Et je déteste ça !

— Je sais, murmura-t-elle.

— Tu as dit que tu ne m'oublierais jamais.

— C'est la vérité.

— Sais-tu que, depuis que j'exerce ce métier, mon but est justement de laisser une trace, de faire en sorte que les gens se souviennent de moi, expliqua-t-il en faisant maintenant les cent pas autour d'elle. Ma hantise, c'était effectivement de tomber aux oubliettes de l'histoire du journalisme. Mais sais-tu ce que je redoute le plus, à présent ?

Elle secoua la tête.

— Que les gens se souviennent de moi, mais pour de mauvaises raisons, déclara-t-il d'une voix soudain apaisée.

Elle eut soudain une intuition.

— Ta réputation ! dit-elle lentement. Mendoza veut salir ta réputation, car c'est ce que tu as de plus cher.

— Tu te trompes, chuchota Mark en lui prenant la main pour l'aider à se lever du fauteuil. Ce que j'ai de plus cher, c'est toi.

Et il l'embrassa tendrement, puis passionnément.

Son cerveau cessa aussitôt de fonctionner, et elle s'abandonna entièrement à l'émotion que Mark mettait dans ce baiser. Elle savait ce qu'il lui en coûtait d'admettre ses sentiments et de lui exposer ainsi sa vulnérabilité. Jamais il ne regretterait d'avoir franchi ce pas décisif avec elle.

A bout de souffle, il s'écarta doucement, puis colla son front au sien.

— Et maintenant ? chuchota-t-il.

— Eh bien, murmura-t-elle, nous avons le choix : soit le lit, soit Mendoza…

Les pupilles de Mark se rétrécirent.

— Est-ce encore un de tes tests ?

Elle secoua vigoureusement la tête.

— La vérité, Mark, c'est que je suis épuisée. J'ai conduit toute la nuit, et je me suis fait un sang d'encre pour toi. A présent que je te sais en sécurité, j'ai l'impression que je vais m'écrouler.

— Nous ne sommes pas en sécurité, répliqua-t-il d'un air grave.

— Alors il faut nous débarrasser de Mendoza, reprit-elle en entraînant Mark vers le bureau. Voici les infos que nous avons pu dégoter. Jettes-y un œil, et si tu as des questions appelle Dancie et Mary. Au fait, j'ai obtenu de Travis qu'il embauche Mary pour te servir d'assistante documentaliste provisoire. Du coup, ton séjour ici est officiellement couvert par OMG. Au cas où tu aurais de nouveau besoin d'être secouru et où il faudrait persuader B. T. de te venir en aide.

— Merci, fit-il d'une voix penaude.

— Au fait, as-tu ouvert le compte bancaire ?

— Oui, admit-il. Mais comment le sais-tu ? Est-ce encore une prouesse du petit ami de Dancie ?

— Je préfère ne pas répondre, dit-elle avec une petite moue, avant de lui glisser les mains autour du cou. En revanche, ne le prends pas mal, mais il faut absolument que tu collabores avec les autorités, cette fois.

— Je les ai informées, assura-t-il en passant derrière elle. Mais l'affaire ne les intéresse pas.

Comme elle aimait le contact de ses paumes chaudes et rassurantes à travers ses vêtements !

— Eh bien, je pense qu'elles risquent de se montrer nettement plus intéressées à présent.

Elle sentit ses mains se crisper.

— Piper, qu'as-tu encore… ?

Pour toute réponse, elle porta un doigt à ses lèvres.

— D'accord, je n'ai pas besoin de savoir, concéda-t-il. Est-ce que ça signifie que je dois une pizza au petit ami de Dancie ?

— Tu lui devras des tas de pizzas, dès qu'on aura coffré Mendoza, fit-elle en bâillant. Jure-moi seulement que tu ne le coffreras pas pendant mon sommeil.

— Promis, dit Mark en lui souriant tendrement alors qu'il l'entraînait vers le lit.

Quatre jours et une bonne douzaine de pizzas plus tard, Mendoza et ses hommes étaient derrière les barreaux, et les gamins rendus à leurs familles. Le vieux pick-up rouge avait savamment été trafiqué pour cacher et transporter d'importantes quantités de stupéfiants. En plus de cela et de l'ouverture suspecte du compte en banque, Mendoza lui avait encore concocté quelques autres surprises, et Mark avait été à deux doigts de se retrouver piégé dans un véritable scandale. Non seulement sa réputation aurait été détruite, mais il se serait aussi très vraisemblablement retrouvé en prison.

Ils eurent leur première dispute, avec Mark, car il estimait qu'elle abusait de l'expression « Je te l'avais bien dit ! » alors qu'elle trouvait que c'était mérité.

Depuis, elle s'agitait en tous sens et remplissait ses valises en faisant semblant d'être pressée de partir. Alors qu'en vérité ces derniers jours avaient été si intenses, si excitants et si gratifiants qu'elle n'avait plus envie de retourner à Austin. Dancie pouvait bien garder son bureau. Et même tout le reste, si cela lui chantait.

Enfin, tout sauf Mark. Mark, qui s'apprêtait aussi à regagner Austin, même si après cela… Il était en train de la regarder d'un air soudain très solennel.

— Que se passe-t-il ? demanda-t-elle dans un souffle.

— Je ne sais pas comment faire, Piper.

— Faire quoi ? dit-elle, au bord de la panique.

— Je ne suis pas doué pour les relations humaines, répondit-il d'une voix étranglée. Mais, Piper, ce que je sais, c'est que l'on ne peut construire une relation si on n'est pas ensemble.

Et voilà, il rompait avec elle. Son cœur se figea, et elle eut soudain envie de s'enterrer dans un trou plutôt que d'avoir à entendre ce qui allait suivre.

— Je sais que c'est beaucoup te demander, poursuivit Mark, mais j'aimerais que tu viennes avec moi. Que tu sois mon assistante. Tu ferais la même chose que ce que tu as fait ces derniers jours… enfin, sans l'aide du petit ami de Dancie.

Le souffle coupé, elle avait soudain les jambes en coton.

— Tu me demandes de te suivre à l'étranger ? De devenir ta coéquipière ?

Elle était effectivement persuadée qu'ils formeraient une belle équipe. Mais jamais elle n'aurait pensé que Mark envisagerait une telle chose.

— Tu as toujours affirmé pouvoir trouver la personne qui me convenait, déclara-t-il en hochant lentement la tête.

— C'est vrai, dit-elle avec un sourire. Mais tu ne préférerais pas quelqu'un de plus expérimenté ?

— On peut dire que tu viens pourtant de faire tes preuves,

murmura-t-il en l'enlaçant. Et puis, c'est toi dont j'ai besoin, Piper.

— Moi aussi, j'ai besoin de toi, chuchota-t-elle. On a besoin l'un de l'autre.

— Je t'aime Piper. Je ne veux pas passer à côté de toi.

— Je t'aime aussi. Et je ne te laisserai pas passer à côté de moi ! conclut-elle dans un éclat de rire.

Epilogue

Bravo ! Vous êtes arrivées au terme du Plan Piper, et avez trouvé votre homme idéal ! Toute l'équipe de Perfect Fabulous Plans, LLC, vous souhaite de couler tous les deux des jours heureux. Si vous ressentez le besoin d'obtenir de nouveaux conseils pour la suite de vos aventures, consultez vite Entretenir la magie des premiers temps : la vie auprès de votre homme idéal ou encore La bague au doigt : comment franchir (enfin) le pas !

Un an plus tard.

— La perruque me manque, marmonna Mark en s'accoudant au bar, tout en lorgnant les cheveux de Piper qui tombaient en cascade sur ses épaules.

— Et moi, ce sont les frites qui me manquent, rétorqua Piper en inspirant les odeurs de friture de la salle de chez Friezen. Tu crois que Toni va me reconnaître ?

— Tu es inoubliable, assura-t-il en regardant la serveuse s'affairer à l'autre bout du comptoir.

Quelques secondes plus tard, Toni approcha pour prendre leur commande, et son visage s'éclaira en voyant Mark.

— Toi aussi, apparemment, lui lança-t-elle en riant.

A force, elle finissait par s'habituer à voir les femmes sous le charme de Mark, où qu'ils se trouvent dans le monde.

Toni vint se pencher au-dessus du bar et fit les yeux doux à Mark.

— Ça faisait longtemps, dit-elle d'une voix suave.

— Nous étions à l'étranger, répondit-il en passant une main autour de la taille de Piper. Seul un éloignement contraint et prolongé d'Austin pouvait nous empêcher de venir manger vos frites.

— Salut, Toni ! fit Piper d'un ton jovial.

La serveuse se tourna vers elle, puis cligna des yeux.

— Piper ? Est-ce vous ? balbutia-t-elle en la dévisageant d'un air hésitant. Quel plaisir de vous voir enfin sous votre vrai jour ! Qu'est-ce que je vous sers ?

— Un plat de frites classiques pour deux, dit Mark.

— Vous prendrez une sauce ? demanda Toni tout en notant la commande sur son calepin.

Mark baissa les yeux vers elle, et son regard s'assombrit.

— On verra plus tard.

Il avait suffi de ce seul regard, *un an plus tard,* pour qu'elle se sente envahie d'une délicieuse — et désormais familière — onde de chaleur qui affolait les battements de son cœur. Au cours de ces douze derniers mois, ils avaient eu l'occasion de découvrir leurs qualités et défauts mutuels : Mark était impatient et irritable, tandis qu'elle était plutôt hyperactive et obstinée.

Et pourtant elle savait que cette année avait été la plus belle de sa vie.

L'an dernier, elle croyait aspirer à la stabilité, à la sécurité matérielle et à un homme avec qui elle pourrait solidement s'enraciner. Or chaque journée avec Mark était une aventure. Ils avaient tous deux traversé toutes sortes d'aléas, positifs ou négatifs, mais la seule constante dans sa vie demeurait Mark. Et c'était exactement comme cela qu'elle voyait son avenir, désormais.

Initialement, Mark n'avait pas prévu d'éloigner Piper d'Austin pendant une année entière, mais il avait en revanche beaucoup appréhendé ce retour à Austin.

Et si elle n'avait plus envie de repartir ?

Eh bien, soit, il se plierait à son souhait. Il avait toujours su que, s'il avait un jour une relation suivie avec une femme, cela sonnerait la fin de ses missions de longue durée. Mais ce dont il ne s'était pas douté, c'était que cela lui serait égal. Car, au cours de l'année écoulée, partager son quotidien avec Piper avait considérablement enrichi et optimisé ses méthodes de travail. Jamais il n'aurait imaginé une chose pareille. Et, quand Dancie leur avait annoncé qu'elle emménageait avec Mikey et qu'ils avaient adopté Chip et Lexie, il s'était même surpris à espérer qu'ils connaîtraient un sort similaire avec Piper.

Quoi qu'il en soit, il était prêt à se plier à tout ce que Piper lui demanderait, à l'avenir. L'essentiel était qu'elle le prenne en compte, lui, dans ses projets d'avenir.

Toni vint apporter leur commande, et Piper se précipita sur une frite longue et dorée.

— Hmm ! fit-elle en se délectant ostensiblement. Comment ai-je pu survivre un an sans ces frites ?

— Ce sont les meilleures au monde, admit-il.

— On peut l'affirmer sans la moindre hésitation, maintenant que l'on a goûté aux frites de tous les continents ! renchérit-elle en se léchant les doigts.

— Tu m'en laisseras un peu quand même ! protesta-t-il en rapprochant le plat vers lui.

— On pourra toujours en commander un autre, répliqua-t-elle entre deux bouchées.

— Je sais, dit-il en pinçant délicatement quelques frites entre ses doigts, afin de former des lettres qu'il disposa sur le comptoir.

Piper était trop occupée à manger pour remarquer quoi que ce soit. Mais, lorsqu'il tordit la dernière pour former un point d'exclamation, elle s'arrêta enfin de mastiquer et s'intéressa à ce qu'il avait écrit.

EPOUSE-MOI !

Mark lui faisait sa demande en mariage avec des frites ! En découvrant ces quelques lettres dorées étalées devant elle,

Piper manqua de s'étouffer. Il s'agissait là d'une d'exclamation, pas d'une question.

Un an plus tôt, elle l'aurait sans doute soumis à un interrogatoire serré, lui demandant de détailler ses projets, de décrire l'endroit où il avait l'intention qu'ils s'installent, de parler de son intention ou non d'avoir des enfants, de la façon dont il envisageait la répartition des tâches domestiques… Mais désormais tout était différent.

Le cœur battant à tout rompre, elle n'hésita pas une seconde, et sourit. D'une main tremblante, elle s'empara du *O*, du *U*, et du *I* encore tièdes et les assembla avec le point d'exclamation.

Lorsqu'elle releva les yeux vers Mark, il poussait un soupir de soulagement, les yeux mi-clos. Avait-il vraiment envisagé qu'elle dise non ?

— Je t'aime, murmurèrent-ils à l'unisson.

Ils se regardèrent, puis éclatèrent de rire.

— Je t'aime tellement, reprit Piper, que parfois…

— … j'en ai du mal à respirer, coupa-t-il.

Exactement ce qu'elle allait dire.

Toni s'approcha d'eux à cet instant précis.

— Il vous faudra autre chose ?

Mark dévora Piper du regard, déclenchant en elle une nouvelle salve de désir. Ils étaient de nouveau seuls au monde. C'était comme si la terre s'était arrêtée de tourner. Quelque part, au loin, elle entendit résonner la voix de Mark.

— Toni, pouvez-vous emballer ces frites dans un sachet à emporter ? Une affaire urgente nous attend, Piper et moi…

HEIDI BETTS

Si longtemps loin de toi

éditions H HARLEQUIN

Titre original : SEVEN-YEAR SEDUCTION

Traduction française de AURE BOUCHARD

Ce roman a déjà été publié en février 2008

1 -

— Allez, tu peux marquer ! Oui, vas-y, vas-y ! hurlaient en chœur les supporteurs survoltés des Crystal Springs Panthers, alors que l'arrière de l'équipe remontait le terrain à toute vitesse pour marquer enfin l'essai de la victoire.

Au même instant retentissait le coup de sifflet final.

Les gradins du stade de football américain de l'ancien lycée de Beth Curtis s'embrasèrent aussitôt, résonnant d'une clameur de victoire et de trépignements de joie. Les Panthers venaient de battre leurs plus grands rivaux.

Le sourire jusqu'aux oreilles, Beth se jeta dans les bras de la première personne à sa portée… qui n'était autre que Connor Riordan.

De cinq ans son aîné, Connor avait le même âge que Nicholas, le frère de Beth. Et depuis qu'elle avait treize ans Beth faisait l'impossible pour passer le plus de temps possible avec lui, espérant attirer l'attention de ce regard noisette qui avait le don de lui mettre les jambes en coton…

Durant leur brève étreinte, son visage effleura la barbe naissante de Connor. En dépit des épais vêtements d'hiver dans lesquels ils étaient tous deux emmitouflés, Beth put humer le parfum musqué de son après-rasage. Seigneur, comme elle aimait cette odeur !

Lorsqu'elle s'autorisait à poser ses livres de droit pour faire une virée boutiques avec ses amies de l'école de la magistrature de l'université de Cincinnati, Beth se retrouvait presque toujours au rayon hommes de sa parfumerie préférée. Là, elle s'essayait à renifler les flacons un à un, pour déterminer le parfum se rapprochant le plus de celui que portait Connor.

Elle le soupçonnait de porter Aspen, mais n'en aurait la certitude que le jour où elle verrait de ses propres yeux la bouteille qu'il gardait sur sa table de chevet ou dans sa salle de bains… En attendant, elle ne désespérait pas de percer le mystère de ce parfum ô combien enivrant.

Car, en plus d'obtenir la meilleure note à son prochain examen, Beth avait pour objectif de séduire Connor et de s'inviter un jour dans son lit. En vérité, elle en rêvait depuis la terminale. Et, à présent qu'elle était devenue une adulte, rien ne s'opposait plus à une éventuelle idylle entre eux. D'ailleurs, si elle avait si longtemps réservé sa virginité, c'était pour lui.

Après l'avoir fait virevolter dans les airs, Connor la reposa à terre. Un sourire triomphant aux lèvres, il rejeta délicatement une mèche de cheveux bouclée derrière l'oreille de Beth, alors que les tribunes se vidaient peu à peu de leurs supporteurs.

— Hé, Curtis ! cria-t-il alors à l'intention du frère de Beth, qui passait le bras autour de sa petite amie de longue date, Karen Morelli. Et si on allait fêter cette victoire devant un bon hamburger, chez Yancy ?

— Non, merci, on pensait rentrer directement à la maison. Karen a prévu d'aller faire les boutiques demain matin et veut que nous partions tôt…, répondit Nick en levant les yeux au ciel pour laisser entendre à son ami que cette idée ne l'enchantait guère.

— Euh, moi, je mangerais bien un bon hamburger chaud ! s'empressa d'ajouter Beth, trop heureuse d'avoir enfin une occasion de se retrouver seule avec Connor.

Il lui fallut une bonne minute avant de hocher la tête.

— Pourquoi pas, dit-il avant de se tourner vers Nick. Je te ramène ta petite sœur après avoir pris un casse-croûte ?

— D'accord ! répondit Nick alors que les quatre amis s'engageaient dans la longue file qui s'étendait vers la sortie des gradins.

Arrivé sur le parking plein à craquer du stade, Nick regagna sa voiture au bras de Karen, tandis que Connor entraînait Beth vers son pick-up. L'air s'était encore rafraîchi avec la tombée de la nuit, et le froid engourdissait les mains de Beth, même à travers ses gants.

— Brr… Il fait un froid de canard ce soir, bredouilla-t-elle en sentant ses joues rougir sous l'effet du vent glacé.

Connor déverrouilla le côté conducteur de son pick-up et se pencha par-dessus son siège pour lui ouvrir la portière passager.

— Viens vite te réchauffer à l'intérieur, murmura-t-il.

Saisie d'un étrange frisson, Beth ne se fit pas prier. Elle s'installa à la hâte sur la banquette à côté de lui, boucla sa ceinture de sécurité et posa ses mains devant la soufflerie qui commençait à envoyer de l'air chaud dans l'habitacle.

Ils mirent un temps fou à s'extirper du parking du stade du lycée, à cause du ralentissement provoqué par les véhicules qui tentaient de passer en force en direction de l'unique sortie. Visiblement mal à l'aise à cause du silence qui s'était installé entre eux deux, Connor alluma l'autoradio et s'arrêta sur une station diffusant la chanson d'une célèbre chanteuse de country. Dehors résonnait toujours le concert de Klaxon à la gloire des Crystal Springs Panthers.

— Il risque d'y avoir un monde fou chez Yancy…, fit Beth qui savait que toute la ville se ruait chez le meilleur fabricant de hamburgers de la ville les soirs de match.

— Je croyais que tu avais faim ? demanda Connor en se tournant vers elle alors qu'ils approchaient enfin de la sortie.

Elle haussa les épaules et s'appuya contre le dossier de la banquette, à présent qu'elle commençait à se réchauffer.

— Tu as envie d'aller ailleurs ? insista-t-il.

A ces mots, Beth inspira profondément et tenta de toutes ses forces de desserrer le nœud qui lui enserrait l'estomac.

— Et si on allait au Coin Secret ? suggéra-t-elle d'une voix timide.

Connor éclata de rire, avant de la dévisager comme on dévisage quelqu'un qui vient de perdre la raison.

— Tu plaisantes ?

— Je sais bien que c'est le rendez-vous de tous les jeunes couples en mal d'intimité, mais après tout c'est aussi un très joli endroit, argua-t-elle, le cœur battant la chamade. En plus, il n'y aura personne puisque les adolescents du coin seront tous occupés à fêter la victoire des Panthers chez Yancy.

— Que dirait ton frère s'il apprenait que j'ai emmené sa petite sœur au Coin Secret ?

Beth sentit sa mâchoire se crisper. Elle avait horreur que Connor la considère seulement comme la petite sœur de son meilleur ami. Elle eut envie de lui répondre qu'elle n'avait que faire de ce que pensait son frère, qu'elle était adulte à présent, et qu'elle gérait sa vie à sa guise. Mais elle savait ce que Connor éprouvait pour Nick et pour la famille Curtis. Il ne ferait jamais rien qui pût les décevoir, surtout en ce qui concernait Beth.

— Ce serait une balade en toute innocence, s'entendit-elle répondre. Je me disais que ce serait sympa de profiter du Coin Secret un des rares soirs où il ne serait pas envahi de voitures vibrant des ébats adolescents de leurs occupants…

A sa grande surprise, Connor se mit à rire.

— Tu as sans doute raison. Veux-tu quand même que nous commandions des hamburgers à emporter chez Yancy ?

— Excellente idée !

Ils suivirent au pas la longue file de feux arrière de voitures jusqu'au centre-ville, et au drive-in du fast-food le plus populaire de la région. Là, ils durent encore faire la queue dans une atmosphère de liesse générale, faisant signe çà et là à des voisins ou amis parés des couleurs noir et or des Panthers, et venus fêter la victoire de leur équipe.

Après une longue attente, Connor récupéra la commande par la vitre de sa portière et fit passer les sachets de nourriture à Beth. Il paya l'addition et redémarra, faisant demi-tour pour suivre la direction opposée à celle empruntée par tous les habitants de Crystal Springs. Une odeur de frites et de hamburgers envahit l'intérieur du pick-up, et Beth ne put s'empêcher d'ouvrir un sachet pour goûter une frite.

Connor lui lança un regard froissé et grogna :

— Dis donc, tu ne t'en fais pas… Moi aussi, j'ai faim !

Pouffant de rire, Beth plongea une nouvelle fois sa main dans le sachet de frites et en porta une aux lèvres de Connor.

Il croqua la frite, effleurant le doigt de Beth du bout des lèvres. Une petite décharge électrique se répandit aussitôt dans tout son corps, déclenchant en elle une délicieuse onde de désir. Elle se demanda si Connor avait remarqué quelque chose, et surtout s'il avait lui aussi ressenti ce trouble exquis à son contact. Avec un peu de chance, elle le saurait avant la fin de la soirée…

Connor engagea son pick-up sur le chemin rocailleux et pentu qui menait jusqu'au Coin Secret. Arrivé au sommet, il se gara de façon à surplomber le panorama offert par la crête plantée de pins. Ils déballèrent alors la nourriture des sachets et partagèrent le repas en silence, tout en contemplant par-dessus la cime des arbres la course des nuages qui masquaient tour à tour la lune.

Lorsqu'ils eurent fini de manger, Connor rassembla les restes dans un seul sac en papier, qu'il enfouit sous la banquette, dans l'attente de le jeter à la poubelle.

Beth croisa les jambes, sentant le vinyle du siège crisser contre son jean alors qu'elle se tournait un peu plus vers Connor. De son côté, il allongea ses jambes autant que l'habitacle le lui permettait, gardant une main sur le volant. Un silence gêné s'abattit alors sur eux.

— Alors, comment se passent tes études ? finit-il par demander après plusieurs minutes.

— Bien, répondit-elle. Certains cours sont assez ardus, mais je crois que je ne m'en sors pas trop mal.

— Pas trop mal ? Venant de toi, je suppose que cela veut dire que tu fais partie des majors de promotion… J'attends avec impatience que tu décroches ton diplôme et endosses tes habits d'avocate : tu vas briser tous ceux qui auront eu le malheur de croiser ta route !

— Si je veux faire ce métier, ce n'est pas pour briser des gens, mais pour défendre ceux qui en ont besoin.

— Dommage, à mon avis ce n'est pas en défendant la veuve et l'orphelin que tu deviendras riche, dit Connor avec une petite moue.

— Je ne cherche pas à devenir riche, protesta-t-elle avec ardeur. Je voudrais juste être utile à ceux qui en ont besoin.

Connor lui décocha un sourire attendri, et Beth eut la très désagréable impression qu'elle n'était encore à ses yeux qu'une enfant… Et non une jeune femme de chair et de sang à laquelle il pouvait potentiellement s'intéresser.

— Tu sais, je ne suis plus une petite fille, déclara-t-elle en redressant ses épaules pour mettre sa poitrine en avant.

Certes, Beth n'avait rien d'une Pamela Anderson, mais elle était malgré tout assez fière de ses petits seins rebondis.

— C'est vrai, soupira-t-il. Tu as bien grandi, Beth Ann…

Ces mots pouvaient laisser penser qu'il ne la considérait encore que comme la petite sœur de son ami, sauf que Connor les avait prononcés d'une bien étrange façon, à voix très basse… et en la dévisageant d'un œil qui la fit frissonner de tout son être.

Jamais auparavant elle ne l'avait vu se laisser aller à un tel ton de confidence. Cette fois, elle avait l'impression qu'il la voyait avec les yeux d'un homme regardant une femme de chair et de sang, et non une petite fille vulnérable.

Profitant de cette faiblesse passagère, Beth se pencha vers lui avant de changer d'avis et plaqua ses lèvres sur les siennes.

D'abord, Connor se figea.

S'il ne répondit pas à son baiser, il ne la rejeta pas non plus. Et lorsqu'elle s'écarta un peu il cligna des yeux, affichant une expression aussi choquée qu'intriguée.

— Beth…

— Ne dis rien…, chuchota-t-elle tout en restant tout contre lui, sur la vaste banquette du pick-up.

Elle sentit alors une onde de chaleur émaner du corps de Connor à travers son épais manteau d'hiver.

— Je sais qu'à tes yeux je ne suis rien d'autre que la petite sœur de Nick, s'empressa-t-elle de déclarer. Mais je suis une femme à présent… Et j'ai envie d'être avec toi, Connor. J'ai envie de voir si les choses pourraient évoluer entre nous.

Elle fit une petite pause, tout étonnée qu'il n'ait pas déjà interrompu sa petite tirade.

— Tu n'y as jamais pensé ? poursuivit-elle d'une voix que l'émotion étranglait. Tu ne t'es jamais demandé si toi et moi… Enfin, tu vois ce que je veux dire…

Son cœur tambourinait contre sa poitrine ; la tension à l'intérieur du véhicule devint palpable. Mais le simple fait que Connor n'ait pas cherché à l'interrompre, ni à la repousser à l'autre bout de la banquette pour la raccompagner sagement chez elle, lui donna un brin d'espoir.

Et si son coup de cœur pour le meilleur ami de son frère était réciproque ? Et s'il existait une chance pour que Connor s'intéresse à elle ?

— Connor… S'il te plaît, susurra-t-elle, en approchant de nouveau ses lèvres des siennes.

Une seconde passa, puis une autre… Il gardait les yeux rivés à elle, détaillant tour à tour ses cheveux, ses joues, ses lèvres, ses yeux…

Et soudain il l'embrassa.

De sa propre initiative.

Avec passion. Sans la moindre réserve.

Très vite, il faufila ses mains sous la grosse veste de Beth, empoignant tour à tour ses hanches, puis ses seins. Prise de vertige à son contact, elle parvint néanmoins à se redresser pour s'installer à califourchon sur lui, brûlant déjà d'une irrésistible envie de ne faire qu'un avec lui.

Voilà si longtemps qu'elle attendait ce moment… Ce moment qu'elle avait rêvé, imaginé des centaines de fois. C'était presque trop beau pour être vrai ; au point qu'elle se demanda brièvement si elle ne rêvait pas. Or, à cet instant, Connor pinça doucement la pointe d'un de ses seins à travers son pull-over, et Beth eut le bonheur de constater que tout cela était bien réel. Son plus ancien fantasme avec le meilleur ami de son grand frère allait enfin se réaliser…

Le baiser de Connor avait un arrière-goût de cola, et sa peau exhalait une odeur de terre. Une odeur qu'elle connaissait depuis si longtemps, subtil mélange entre son odeur naturelle de garçon vivant au grand air et son mystérieux après-rasage.

Mue par un irrépressible désir, elle lui enleva son manteau d'un geste déterminé, tandis que Connor s'attaquait à la fermeture Eclair de sa grosse veste. Sans perdre une seconde, il la lui ôta à son tour et la jeta au pied de la banquette.

Aussitôt après, il posa ses mains sur ses hanches, puis les enfouit sous l'ourlet de son pull-over, remontant langoureusement jusqu'à sa poitrine. Au seul contact de ses doigts calleux, Beth sentit sa peau s'embraser.

A présent que Connor avait coupé le moteur, le froid de l'extérieur aurait dû envahir l'habitacle, mais au lieu de cela une chaleur diffuse se dégageait de leur étreinte, couvrant de buée les vitres du pick-up. Ils étaient soudain comme deux adolescents en proie à une irrépressible poussée hormonale. Mais Beth s'en moquait. Elle rêvait de ce moment depuis le lycée, et aurait volontiers provoqué cette petite escapade au Coin Secret plus tôt si seulement elle en avait eu l'occasion.

Poussant un soupir satisfait, Connor dégagea doucement ses lèvres de celles de Beth, pour les promener le long de son menton, puis de son cou. Elle rejeta la tête en arrière afin de lui faciliter l'accès à cette zone hautement sensible.

Tandis qu'il laissait la pointe de sa langue aller et venir le long de sa peau brûlante, elle tira sur son T-shirt en coton pour l'extirper de son jean. D'une main avide de découvertes, Beth explora son torse chaud et bombé, s'émerveillant devant la fermeté de ses pectoraux et jouant du bout des doigts avec la fine toison qui descendait en pointe du haut de sa poitrine jusqu'à la ceinture de son jean.

Sans hésiter, elle défit le bouton de sa braguette alors que Connor glissait habilement ses paumes rugueuses sous son soutien-gorge. Il s'empara alors de ses seins, et elle crut suffoquer sous l'effet de cette divine caresse qui provoquait en elle de multiples salves d'un désir aussi ardent qu'exquis.

— On… On ne devrait pas aller plus loin…, balbutia-t-il, à bout de souffle, en collant toutefois ses lèvres aux siennes. Ce n'est pas bien.

— Oh, que si…, répondit-elle entre deux baisers torrides. C'est très, très bien. Et c'est si bon…

Cette fois, il répondit par un gémissement aux accents de capitulation. Plus aucun argument ne semblait le retenir à présent. Passant les bras autour de Beth, il l'allongea doucement sur la banquette.

Elle se cogna au volant alors qu'ils cherchaient une position confortable. Connor heurta son pied, puis son coude à la portière, dont Beth percuta la poignée. S'ils n'avaient pas tous les deux été aussi ivres de désir, ils auraient probablement renoncé à poursuivre leurs ébats dans de telles conditions.

Au lieu de cela, ils rirent à gorge déployée de leur maladresse, et persévérèrent jusqu'à se caler l'un contre l'autre. Ils échangèrent alors une nouvelle série de baisers aussi fiévreux qu'étourdissants.

Connor posa ses doigts sur la fermeture Eclair du jean de Beth, et le cliquetis de la glissière résonna dans la voiture. Il fit glisser le pantalon le long de ses cuisses, renonçant à l'ôter complètement à cause de ses chaussures. Il fit de même avec sa culotte, et se débarrassa à son tour de son jean et de ses sous-vêtements.

Soudain, même si Beth avait terriblement envie d'aller jusqu'au bout avec Connor, une petite hésitation s'empara d'elle. Il s'agissait là de *Connor*. Le meilleur ami de son frère. L'homme dont elle rêvait tous les soirs depuis qu'elle était en âge de rêver à des hommes. Certes, elle était fière et soulagée d'avoir enfin pu attirer son attention en tant que femme… Or elle savait aussi que faire l'amour avec lui altérerait la nature de leur relation. Et ce de manière irréversible.

Ils ne se regarderaient plus comme avant. Ils ne réagiraient plus de la même façon l'un envers l'autre. Et la relation qu'il entretenait avec la famille de Beth en serait elle aussi affectée.

Bien sûr, les choses évolueraient peut-être positivement. Après cette soirée romantique, Connor et elle pourraient devenir un couple, sortir officiellement ensemble pendant quelque temps... Se fiancer... Avant de se marier et de fonder une famille. Mais, alors qu'elle imaginait déjà leur vie dans dix ans, la main de Connor s'insinua vers l'intérieur de sa cuisse, rendant toute pensée rationnelle quasi impossible.

Quoi qu'il arrive, ils trouveraient bien une façon de gérer la situation. Tout se passerait bien... Connor était déjà presque un frère pour Nicholas, et un fils d'adoption pour les parents de Beth. Sa famille ne pourrait qu'accepter cette relation et se réjouir pour eux deux. Une fois que Connor se serait remis du choc provoqué par le fait d'avoir fait l'amour à la petite sœur de son meilleur ami, il comprendrait enfin que Beth et lui étaient destinés à être ensemble.

Elle finirait ses études, bien sûr, puis reviendrait vivre à Crystal Springs pour être près de lui, et un jour elle deviendrait Mme Riordan. Connor et elle mèneraient une vie heureuse et auraient beaucoup d'enfants.

Beth se mit à sourire, mais la main de Connor remontait maintenant vers le centre de son désir, et elle ne put réprimer un petit gémissement. Il continua à dévorer avidement sa bouche avec la sienne, et elle sentit bientôt son sexe chaud et dur comme le roc s'insinuer doucement entre ses cuisses.

Le souffle coupé, elle laissa Connor pénétrer peu à peu son intimité. Ses gestes étaient doux, mais aussi pleins d'ardeur, attentifs mais puissants. Sans un mot, il passa ses mains sous les fesses de Beth afin de mieux l'attirer à lui.

Elle s'étonna de l'accueillir aussi facilement en elle, elle qui était encore vierge. Mais bientôt il s'enfouit vigoureusement au plus profond d'elle, l'obligeant à onduler des hanches pour accompagner son mouvement.

Les jambes coincées d'un côté par le volant, de l'autre par le dossier de la banquette, elle entendait le grincement des bottes de Connor qui prenait appui contre la portière. Son torse allait et venait tout contre le sien, au rythme de leurs soupirs saccadés. Soudain, une légère sensation de brûlure se manifesta au cœur de son intimité.

— Je ne te fais pas mal ? demanda alors Connor en s'immobilisant aussitôt pour l'interroger de ses yeux noisette.

— Non, tout va bien, lui assura-t-elle en se mordant la lèvre inférieure sous le coup de l'émotion.

Comme il semblait ne pas la croire, elle rejeta une mèche de cheveux qui retombait sur son front où perlaient des gouttes de sueur, et lui offrit son plus beau sourire.

— Tout va bien, répéta-t-elle en l'entourant de ses bras pour l'attirer de nouveau en elle. Mais nous n'en avons pas fini, toi et moi…

Il parut hésiter encore un instant, mais finit par lui sourire.

— En effet, ma belle… La fête ne fait que commencer !

A ces mots, il l'embrassa tendrement et reprit ses coups de reins langoureux mais cadencés. Peu à peu, Beth sentit monter en elle une onde aussi irrépressible qu'inconnue. La délicieuse tension qu'elle ressentait au niveau du bas-ventre s'intensifiait à chaque mouvement de Connor, au point qu'elle eut bientôt envie de crier son plaisir.

Ivre de bonheur, elle s'abandonna à la déferlante extatique qui s'abattait sur elle, envahie par un intense plaisir dont elle n'aurait jamais soupçonné l'existence. Alors qu'elle était encore secouée de ces spasmes exquis, Connor continua un instant à aller et venir vigoureusement en elle, avant de se cambrer à son tour pour hurler son prénom.

Ils restèrent allongés ainsi, l'un contre l'autre, de longues minutes, cherchant tous deux à reprendre leur souffle. La barbe naissante de Connor chatouillait agréablement la joue de Beth, qui l'écoutait haleter au creux de son oreille.

Elle garda encore ses bras et ses jambes autour de lui, émerveillée par ce sentiment de bien-être, par cette impression délicieuse que leurs corps étaient faits pour s'aimer. Même dans l'inconfort de l'espace confiné de ce pick-up, leur union était parfaite. Et il y aurait sans doute de nombreuses autres occasions où Connor et elle pourraient s'arracher leurs vêtements, pour explorer chaque millimètre carré du corps de l'autre, avant de se glisser dans des draps de satin pour faire l'amour, longuement, langoureusement, jusqu'au bout de la nuit…

Car ce qu'ils venaient de partager n'était forcément qu'un début.

Connor releva la tête et leurs regards se croisèrent. Sans un mot, il se redressa sur la banquette et assista Beth qui fit de même. Il rabaissa alors son pull-over et l'aida à se rhabiller avant de remettre à son tour ses vêtements.

Finalement, ils se rassirent en silence à la place que chacun occupait au départ sur la banquette.

— Ça va ? finit-il par demander à voix basse.

Il regardait à présent droit devant lui, à travers le pare-brise, et tenait fermement le volant entre ses mains.

— Oui… Et toi ?

Il continua à scruter l'obscurité devant lui sans répondre. Puis il poussa un soupir et démarra la voiture, remplissant de nouveau l'habitacle de chaleur et de musique.

— Je vais te ramener chez toi, déclara-t-il d'une voix soucieuse. Avant que ta famille ne s'inquiète.

Beth acquiesça d'un signe de tête, consciente qu'elle allait déjà rentrer bien tard. Même si Nick savait qu'elle était en compagnie de Connor, en qui il avait totale confiance.

En tout cas, elle comprenait l'embarras qui semblait soudain tarauder Connor. Il aurait besoin d'un peu de temps pour s'habituer à l'idée qu'ils formaient un couple désormais. Mais après tout ils auraient largement le temps de reparler de leur avenir. Dès demain.

Elle l'observa du coin de l'œil alors qu'il empruntait le chemin sinueux du Coin Secret en sens inverse. Et admira sa mâchoire forte, ses cheveux blond foncé, son nez légèrement recourbé, ses épaules larges et viriles, ses biceps musclés…

Il était l'homme qu'elle aimait. L'homme dont elle était amoureuse depuis l'âge de treize ans. L'homme avec qui elle allait se marier, et près duquel elle allait passer le reste de ses jours…

2

Assise à la table d'honneur installée sur une estrade, Beth Curtis sirotait son champagne tout en regardant les mariés et quelques dizaines d'invités s'ébattre sur la piste de danse.

Elle détestait les mariages.

Certes, elle se réjouissait sincèrement pour Nick et Karen. Ils étaient ensemble depuis le lycée, et tout le monde savait qu'ils finiraient par officialiser leur union. Même si son frère avait longtemps repoussé le moment de passer la bague au doigt de Karen. En tout cas, même s'ils avaient dû précipiter leur mariage, Beth ne doutait pas que celui-ci serait heureux. Nick et Karen étaient vraiment faits pour vivre ensemble.

Quoi qu'il en soit, elle détestait les mariages. Et celui-ci en particulier.

Tout d'abord, elle s'était retrouvée affublée du titre de demoiselle d'honneur, et avait dû s'acquitter de toutes les obligations qui en découlaient. Comme prendre l'avion pour traverser le pays et revenir à Crystal Springs afin de prendre part à tous les préparatifs. Ou encore, subir les goûts de Karen, dont les couleurs préférées étaient le rose et le vert, et qui avait sélectionné pour ses demoiselles d'honneur des robes tubes en satin couleur citron vert et melon…

Et, cerise sur cet indigeste gâteau, Beth était obligée de sourire à tout le monde en s'efforçant de masquer le fait que revoir Connor Riordan lui faisait l'effet d'avoir reçu un coup de poignard en plein cœur.

Elle s'était pourtant assez bien débrouillée pour ne plus croiser sa route depuis qu'elle lui avait offert sa virginité quelques années plus tôt. D'abord, en s'installant à Los Angeles. Ensuite, en prenant soin de ne pas rendre visite à ses parents et à son frère trop souvent. Même s'ils lui manquaient beaucoup.

Et puis, Nick s'était enfin décidé à épouser Karen — depuis qu'elle était enceinte, il ne pouvait plus vraiment tergiverser. Bien entendu, il avait pris Connor comme témoin. Ce qui avait contraint Beth à se retrouver nez à nez avec celui qu'elle s'appliquait à éviter depuis des années. Elle avait même remonté l'allée de l'église à son bras pour la cérémonie.

Elle but une autre gorgée de champagne. A présent, Beth n'avait plus envie que d'une chose : se laisser étourdir par les bulles réconfortantes de ce délicieux breuvage festif.

Car se retrouver dans le vestibule de l'église, bras dessus, bras dessous avec Connor, au moment où les notes doucereuses de la marche nuptiale résonnaient dans l'édifice s'était apparenté à une véritable torture psychologique pour elle. Evidemment, il ne s'était pas douté à quel point elle en avait souffert, et n'avait aucun moyen de soupçonner les raisons de son malaise. En tout cas, c'est l'estomac noué et l'esprit assailli par toute une série de souvenirs surgis du passé que Beth avait accompli son rôle de demoiselle d'honneur.

Et voilà qu'à présent elle était obligée d'assister au spectacle de Connor dansant joue contre joue avec sa petite amie. Une certaine Laura, Lori, ou Lisa… Enfin, quelque chose comme ça. L'heureuse élue était blonde, guillerette et arborait une poitrine plantureuse. Beth était d'ailleurs prête à parier son salaire que cette poupée était une ancienne pom-pom girl, et que la courbe affolante de ses seins résultait d'un excellent travail chirurgical.

C'est qu'en véritable Californienne Beth avait désormais l'œil exercé à repérer toute trace de chirurgie esthétique. D'autant qu'en tant qu'avocate dans l'industrie du divertissement elle avait l'habitude de plaider pour toutes sortes de stars siliconées, liftées et refaites des pieds à la tête.

Mais pourquoi se sentait-elle agacée par le fait que cette Lisa-Lori-Laura n'ait pas une poitrine naturelle ?

La réponse était simple : elle était avec Connor. Contrairement à Beth.

Manifestement, Connor avait considéré sa relation avec la femme au prénom en *L* comme assez sérieuse pour lui proposer d'emménager chez lui. Alors qu'il n'avait jamais jugé opportun de décrocher son téléphone pour appeler Beth après lui avoir fait l'amour dans son pick-up.

Jalouse ? Oui, elle l'était sans doute.

Mais, au-delà de ça, Beth gardait en elle sa blessure et sa colère. Et ce, malgré les trois mille kilomètres qu'elle avait mis entre eux. Même les sept années qui la séparaient de cette fameuse nuit n'y avaient rien changé.

Beth figea sa coupe de champagne à quelques centimètres de ses lèvres. Non, tout cela était inexact. Elle n'aimait plus Connor. Elle en était à cent pour cent certaine.

Si elle éprouvait encore quelque chose à son égard, c'était du ressentiment. Rien que le fait de prononcer son nom faisait augmenter sa tension artérielle. Non pas parce qu'il lui manquait ou qu'elle voulait renouer avec lui, mais parce que le seul fait de penser à lui lui donnait des envies de meurtre.

Ce qui agaçait le plus Beth, c'était de constater à quel point Connor avait encore de l'influence sur elle. Bien sûr, il valait toujours mieux détester un ex-amant plutôt que le regretter. Mais elle aurait tant aimé éprouver une réelle indifférence envers lui…

— Que fais-tu donc seule dans ton coin ? Tu devrais être en train de danser à cette heure-ci !

Elle reconnut la voix de son frère derrière son épaule, et se retourna vers lui. Zut, elle ne voyait aucune ligne floue sur son visage… Les effets de l'alcool tardaient à se faire sentir.

— Ce n'est pas mon mariage, frérot. Je ne suis pas obligée de me donner en spectacle.

— Merci du compliment ! rétorqua-t-il en lui offrant une de ces grimaces qu'ils avaient l'habitude d'échanger quand ils étaient enfants. Ecoute, Karen a mal aux pieds, et j'ai envie de continuer à danser : il me faut une nouvelle partenaire !

Beth balaya la foule d'invités du regard, et désigna avec sa coupe de champagne une jolie brunette.

— Tu devrais l'inviter, elle.

— Tu plaisantes ? Si j'ai le malheur de danser avec une autre femme que ma sœur, ma nouvelle épouse demandera le divorce avant même notre nuit de noces…, répondit-il en fronçant les sourcils. Et personnellement j'attends ce moment avec impatience !

Ce fut au tour de Beth de lever les yeux au plafond.

— Je t'en prie, Nick, tout le monde sait que, depuis le temps que Karen et toi êtes ensemble, votre union est déjà consommée… D'ailleurs, d'ici à six ou sept mois, le ventre de ton épouse ne laissera aucun doute quant à cet état de fait…

— Chut… Tu sais bien que nous voulons garder le secret le plus longtemps possible… Allons, sœurette, lève-toi donc et viens danser avec moi, sinon je vais finir par croire que tu ne partages pas mon bonheur de jeune marié !

Beth posa son verre vide en soupirant et se leva de table.

— Je ne peux te laisser croire une chose pareille…

Le sourire jusqu'aux oreilles, Nick lui prit la main et l'entraîna vers la piste de danse bondée. Une chanson d'amour interprétée par Rod Stewart émanait des enceintes, et Beth s'efforça de ne pas trop se concentrer sur les paroles, alors que Nick passait ses bras autour d'elle.

— Je suis vraiment heureuse pour toi, tu sais.

Le visage de Nick s'égaya d'un sourire.

— Merci, sœurette. Il m'a fallu du temps pour sauter le pas mais, à présent que c'est fait, je suis ravi !

— Je crois que si tu avais attendu encore avant de faire ta proposition Karen t'aurait épousé de force ! lança-t-elle en gloussant. Vous êtes ensemble depuis le lycée, tout de même !

— Je sais… Mais je voulais être sûr qu'elle m'aimait, moi, et non mes millions de dollars !

Beth rejeta la tête en arrière et éclata de rire. Nick et Connor avaient monté ensemble une entreprise de travaux dans le bâtiment, et même s'ils s'en sortaient relativement bien du point de vue financier ils ne roulaient pas non plus sur l'or. Après un démarrage difficile, l'entreprise arrivait enfin à équilibrer ses comptes, à force de travail acharné.

En d'autres termes, si Karen avait été attirée par l'argent et un train de vie fastueux, elle aurait rompu avec Nicholas depuis des années.

Quant à Beth, sa vie professionnelle était une réussite. Ses débuts à Los Angeles avaient été marqués par le coût de la vie exorbitant de la côte Ouest, lequel s'ajoutait aux remboursements de ses prêts d'étudiante alors qu'elle n'avait pas encore trouvé de travail. Les premiers temps, elle arrivait à peine à joindre les deux bouts grâce à un job de serveuse et quelques missions en intérim dans des cabinets juridiques.

Et puis elle avait eu l'incroyable occasion de monter son propre cabinet d'avocats en s'associant avec un ami de fac. Danny Vincent était un homme digne de confiance. Disposant d'un gros capital à investir, il avait tout misé sur ce qui devait devenir le cabinet Vincent & Curtis. Beth, qui n'avait alors aucune liquidité à mettre dans l'affaire, avait remboursé l'avance de son ami en recrutant de jeunes talents, en séduisant de nouveaux clients, voire en en soustrayant quelques-uns à des grands cabinets déjà établis.

Ces premières années de travail avaient été éreintantes. Elle s'était investie sans compter ses heures, soucieuse de démontrer à Danny qu'il ne s'était pas trompé en la choisissant comme associée. A présent, le cabinet s'était fait un nom. La clientèle de Beth et Danny comptait toutes sortes de célébrités et sportifs de premier plan, au point qu'ils avaient même été obligés d'ouvrir une liste d'attente.

Beth portait des vêtements, des chaussures et des bijoux griffés des créateurs les plus tendance. Une seule visite chez son coiffeur lui coûtait probablement plus d'argent que Karen n'en dépensait en une année pour ses cheveux...

Voilà entre autres pourquoi Beth se sentait tellement en décalage avec la petite ville de l'Ohio où elle avait grandi. Même si, parfois, les visages amis, sa famille, le rythme tranquille d'une vie provinciale lui manquaient. Heureusement, il y avait le téléphone, et les e-mails. Beth avait grandi, et s'était construit sa propre vie, ailleurs. Elle était heureuse à présent.

La chanson se termina et Nick desserra son étreinte. Le traiteur avait déposé une nouvelle bouteille de champagne à la table des mariés et Beth voulut se resservir.

— Ah, non, tu ne vas pas t'enfuir déjà !…

Le cœur de Beth se figea au son de cette voix qui n'était certainement pas celle de son frère. Si seulement elle avait pu se frapper la tête contre les murs… Mais non, elle travaillait depuis trop longtemps avec tout le gratin hollywoodien pour laisser entrevoir à quiconque qu'elle ne maîtrisait pas à cent pour cent ses émotions et qu'elle perdait son calme.

Contrainte de se retourner en direction de la voix, elle se mordit la lèvre et sourit pour gagner du temps.

— Bonsoir, Connor.

Il était plus beau que jamais dans son smoking de témoin, lui qui quittait rarement son sempiternel jean et ses chemises en flanelle. Il portait toujours ses cheveux très court, sans aucun signe de grisonnement parmi ses mèches blond foncé. Quant à ses yeux noisette, ils brillaient d'un éclat étrange, comme s'il portait un secret ignoré de tous.

C'était le cas, bien sûr. Connor savait très bien ce que Beth et lui avaient fait après le match de football américain, il y a si longtemps, au Coin Secret. Et elle était persuadée qu'il n'en avait jamais parlé à personne. Tout comme elle.

— Bonsoir, Beth. Je voulais te dire depuis un moment que tu es superbe… La vie à Los Angeles semble te réussir.

Elle se contenta de hocher la tête pour acquiescer. Connor n'avait pas besoin d'être au courant du petit ulcère qu'elle avait contracté à force de travailler dix-huit heures par jour, ni des exigences parfois extravagantes de ses clients, ni même des comprimés antiacides qu'elle gardait toujours dans son sac pour parer à une éventuelle crise.

Tout ce que les habitants de Crystal Springs avaient besoin de savoir, c'était qu'elle s'était fait une bonne place sous le soleil de Californie. Inutile de leur préciser que la vie là-bas n'était pas forcément aussi douce qu'il y paraissait.

— M'accorderais-tu cette danse ? demanda Connor au moment où un nouveau slow envahissait la salle de réception.

Danser ? Avec lui ? Certainement pas. Beth ouvrit la bouche pour proférer une excuse polie, mais Connor l'entraînait déjà par le bras, alors que son frère semblait plus que ravi de lui céder sa cavalière.

— Parfait ! clama Nick. Tu n'as qu'à danser avec Connor, moi je vais rejoindre Karen…

— Je vois que ta femme te tient déjà d'une main de fer ! ironisa Connor en adressant un regard entendu à son ami.

— Tu verras, quand tu seras marié à ton tour, rétorqua Nick en lui décochant un sourire taquin avant de s'éclipser.

Beth se retrouvait prise au piège. Il était trop tard pour se dégager et retourner à sa table, même si c'était exactement ce qu'elle aurait voulu faire. Au lieu de cela, elle s'efforça de conserver son sourire, et laissa Connor passer un bras autour de sa taille et entrelacer ses doigts aux siens.

N'ayant guère le choix, elle posa sa main libre sur l'épaule de son partenaire. La chaleur de son corps, toujours aussi robuste, à travers la laine fine de sa veste de smoking lui picota l'extrémité des doigts.

Perturbée par le fait que Connor lui faisait toujours un tel effet — ne fût-ce que physique —, elle pesta en son for intérieur. Il ne s'agissait que d'une réaction physiologique à la proximité d'un corps aussi viril et attirant. Rien de plus.

— Comment vas-tu, Beth ? Il paraît que tu mènes la grande vie au pays des usines à rêves…

— Je vais bien, s'empressa-t-elle de répondre. Et toi ?

— Je me porte comme un charme. Nick a dû t'expliquer que l'entreprise commence à être bénéficiaire ; nous sommes tous les deux débordés. Même si nous avons toujours moins de travail en hiver. Ce qui est la seule raison pour laquelle j'autorise ton frère à partir deux semaines en voyage de noces ! expliqua Connor avec un clin d'œil pétillant.

Beth resta muette et se garda de répondre à son sourire.

— Alors qu'est-ce que ça fait de voir son grand frère se marier ? reprit Connor après quelques instants de silence.

— Il était temps qu'il saute le pas : Karen et Nick portaient encore des couches quand ils ont échangé leur premier baiser !…

— C'est vrai. Mais je me demande combien de temps il aurait encore attendu si Karen ne lui avait pas annoncé l'heureux événement…

— Je n'en sais rien, murmura Beth en s'efforçant de ne pas trop s'impliquer dans la conversation.

Ni de se laisser troubler par la douce chaleur de leur étreinte… ni par la sensation enivrante de se laisser porter par la musique avec Connor, sur la piste de danse.

— Je crois que Nick avait besoin d'une bonne excuse pour faire le grand saut, ajouta-t-elle. Il voulait épouser Karen depuis l'adolescence, mais il s'est laissé gagner par ces angoisses typiquement masculines dès qu'il s'agit de s'engager à long terme envers une seule femme… Et puis, ils menaient tous deux une vie de couple tranquille depuis la fin du lycée, ce qui n'a jamais incité Nick à prendre la décision ultime.

Connor continuait d'afficher ce sourire qui rappelait soudain à Beth pourquoi elle était partie s'installer à l'autre bout du pays après avoir obtenu son diplôme d'avocate.

— Je te trouve très philosophe pour une femme qui passe son temps à lire des contrats et à attaquer en justice des sociétés de production, fit-il.

— Un avocat peut aussi réfléchir aux grandes questions de la vie, argua-t-elle. Mais nous préférons laisser libre cours à nos états d'âme en dehors des heures facturables.

A ces mots, Connor éclata de rire et Beth ne put s'empêcher de rire avec lui. Elle avait oublié à quel point son rire était communicatif. Et à quel point il la faisait fondre…

Sans s'en rendre compte, elle se retrouva à danser encore plus près de lui. Il avait réussi à resserrer son étreinte et à l'attirer tout contre son corps toujours aussi musclé et élancé. C'était aussi lui qui menait le pas sur ce vieil air de balade, serrant Beth assez fort pour l'obliger à rester enlacée à lui.

Elle avait les seins pressés tout contre son torse, et sentit soudain leur pointe se dresser malgré elle contre le satin de sa robe de demoiselle d'honneur. Serrant les dents, elle pria pour qu'il ne remarque rien à travers son épais veston.

— Tu te souviens de ce bal, au collège ? demanda-t-il soudain. Celui où tes parents ne voulaient te laisser aller qu'à la condition que tu viennes avec Nick, Karen et moi ?

Comment aurait-elle pu oublier ? Elle s'était à l'époque convaincue d'avoir un vrai rendez-vous galant avec Connor, alors que lui ne faisait que rendre service aux parents de son meilleur ami.

— On avait passé la moitié de la soirée à danser comme maintenant, poursuivit-il.

Pas tout à fait, pensa Beth alors qu'il frottait allègrement son bassin au sien, ce qui ne manqua pas de déclencher en elle une violente onde de désir qui lui embrasa les veines.

— Je crois même que l'on avait déjà dansé sur cette chanson, ajouta-t-il en riant.

Beth ne se souvenait pas de la musique sur laquelle ils avaient dansé il y a si longtemps… Seulement de la sensation exquise du corps de Connor collé au sien, se balançant lentement au milieu du gymnase assombri. Elle était certaine que l'adoration qu'elle vouait alors au garçon de ses rêves était à l'époque forcément visible sur son visage.

Heureusement, elle n'avait plus treize ans, et avait tourné la page. Elle n'était plus cette adolescente niaise et éperdument amoureuse du meilleur ami de son frère. Elle était désormais une femme forte et indépendante.

Et c'était le moment de mettre à profit cette nouvelle force de caractère pour se prouver que son coup de cœur pour Connor n'était plus qu'un lointain souvenir. D'ailleurs, elle ne voulait plus parler ni du collège, ni du lycée, ni du passé en général. Il valait mieux laisser ces souvenirs — dont aucun n'était heureux pour elle — derrière eux.

Avant même la fin de la chanson, Beth se figea et fit un pas en arrière. Connor garda son bras autour de sa taille et continua de lui tenir la main.

— Quelque chose ne va pas ? demanda-t-il sans la lâcher.

— Non, je n'ai juste plus envie de danser.

— Dans ce cas, allons faire un tour, suggéra-t-il en serrant ses doigts autour des siens avant de lui lâcher la main. Je peux aller chercher des boissons, et on irait s'aérer ensuite.

— Non merci, Connor.

— Allons, Beth, juste quelques minutes…

Elle cessa d'essayer de se dégager de son étreinte pour le regarder droit dans les yeux.

— Pourquoi ne me laisses-tu pas juste regagner ma table ? demanda-t-elle en le scrutant longuement. Pourquoi refuses-tu de me laisser tranquille ?

L'espace d'un instant, Connor resta bouche bée. Puis il poussa un profond soupir, laissa tomber le bras qu'il avait autour de sa taille, mais continua de lui tenir la main.

— Ecoute, Beth, je sais que les choses sont assez bizarres entre nous ces dernières années. Pas besoin d'être un génie pour comprendre que tu fais de ton mieux pour m'éviter chaque fois que tu viens rendre visite à tes parents… Je me disais que le moment était peut-être venu pour nous de parler de tout ça et d'éclaircir un peu certaines choses.

Ces derniers mots la mirent hors d'elle. Si seulement la vie était si simple… S'il suffisait d'aller prendre l'air et de se raconter des histoires du bon vieux temps pour « éclaircir certaines choses » et effacer toute la douleur, la tristesse et les angoisses qu'elle avait dû affronter à une époque…

Mais Beth n'avait aucune envie de remuer ainsi le passé. Revenir à Crystal Springs pour voir son frère se marier avait été suffisamment difficile pour elle. Avoir en plus une conversation à cœur ouvert avec Connor, c'était trop lui demander. C'était plus qu'elle ne pouvait en supporter.

Voilà des années qu'elle s'appliquait à oublier Connor et ce qui s'était passé entre eux. Or il lui offrait justement l'occasion de se prouver que c'était bien chose faite.

Elle réussit enfin à dégager sa main de la sienne.

— Il n'y a rien dont nous puissions parler, affirma-t-elle sur un ton qui ne laissait aucune place à la contradiction. Considère que tout est éclairci. A présent, je retourne à ma table pour finir mon champagne, et tu ferais bien d'aller retrouver ta petite amie.

Elle lança un regard en direction de la blonde plantureuse vêtue d'une robe ultra-moulante rouge bordeaux qui les observait depuis plusieurs minutes.

— Elle n'a pas l'air d'apprécier le fait de te voir danser avec une autre femme.

A ces mots, Beth tourna les talons et s'éloigna vers la table d'honneur. Là, elle récupéra sa coupe et se resservit du champagne. Tout compte fait, elle avait bien envie de s'aérer, mais seule.

3

Connor se passa une main dans les cheveux et poussa un soupir de frustration. Pour un raté, c'était un raté.

Pourtant, il avait seulement essayé de mettre les choses au clair avec Beth, espérant renouer leur ancienne amitié… Et n'avait pas envisagé qu'elle puisse lui échapper de nouveau.

Bon sang, quelle mouche l'avait donc piqué pour qu'il se surprenne à reluquer ainsi la courbe des fesses de Beth, s'éloignant de lui d'un pas décidé, à cause de son insistance ? D'autant qu'il savait pertinemment que Lori était en train de le regarder… Pourtant, il ne pouvait s'en empêcher.

Après avoir été une enfant adorable et une adolescente attirante, Beth était aujourd'hui devenue une femme irrésistible. Il s'en voulait terriblement d'avoir de telles pensées, et de la considérer soudain comme ce qu'elle était : une femme désirable. Car d'une part Beth était la sœur de son meilleur ami, mais, d'autre part, il était presque fiancé à Lori, bon sang ! En tout cas, cela faisait trois ans qu'ils vivaient ensemble, et il savait qu'elle n'attendait qu'une chose de lui : qu'il lui fasse enfin sa demande officielle.

Or c'était plus fort que lui : en tant qu'homme de chair et de sang, il n'était pas insensible aux charmes de Beth ; ses yeux bleu clair brillaient de l'éclat du diamant, et un seul de ses regards suffisait à provoquer en lui une intense fièvre qu'elle seule, il n'en doutait pas, saurait apaiser…

Autrefois, elle attachait ses cheveux châtain en queue-de-cheval ou en chignon, mais à présent ils étaient plus longs et tombaient en cascade le long de son dos. Ses mèches soyeuses et ondulées lui donnaient envie d'y enfouir ses mains dès qu'il s'approchait d'elle.

Mais, par-dessus tout, Beth avait un corps de déesse… Certes, Lori avait une silhouette de top model, avec sa taille de guêpe, ses jambes longilignes et sa poitrine plantureuse. Mais elle s'était fait refaire les seins et, même si le résultat esthétique était indéniablement réussi, Connor avait beaucoup de mal à se faire à l'idée qu'il palpait du silicone et non de la chair humaine quand ils faisaient l'amour. Bien sûr, il n'en avait jamais rien dit à Lori.

Beth en revanche était telle que la nature l'avait créée. Et la nature avait sacrément bien fait son travail. Il adorait la façon dont ses seins légers et rebondis remplissaient cette horrible robe de demoiselle d'honneur rose et vert. Il aimait l'évasement de sa taille, la courbe de ses hanches et l'arrondi de ses fesses merveilleusement accentué par la coupe de sa robe. Et puis, ces chevilles fines montées sur les talons très hauts de ses escarpins étaient un véritable ravissement.

Seigneur, mais que lui arrivait-il ?

Connor se frotta les yeux et se dit que soit il était fou, soit il avait l'art de se mettre dans des situations ingérables. Car Beth était quasiment un membre de sa famille. Or, il ne pouvait s'empêcher d'éprouver une forte attirance pour elle.

Se sachant découvert, il se força à détourner les yeux de Beth pour se tourner vers Lori qui, comme Beth le lui avait fait remarquer, semblait furieuse. En tous les cas, Connor avait réussi en une seule soirée à contrarier deux très belles femmes. Un record…

Lori l'attendait à la table où ils avaient dîné, les bras et les jambes croisés, un pied battant la mesure. Le D.J. avait fait suivre le quart d'heure des slows d'un rock endiablé, mais ce n'était pas ce rythme que Lori suivait dans son geste agacé.

Connor approcha d'elle, mais elle le devança en bondissant de son siège et se planta devant lui, l'air excédé. Il esquissa un sourire innocent, espérant lui donner l'impression qu'il n'avait pas remarqué qu'elle était en colère.

— C'était donc elle…, lança-t-elle d'une voix étranglée.

— Qui ? demanda Connor en cherchant en vain Beth parmi la foule dans l'espoir de l'apercevoir une dernière fois.

Mais le visage de Lori devenait de plus en plus sombre, et il s'efforça de se concentrer de nouveau sur elle.

— Elle… Tout est à cause d'elle !

— Mais de quoi et de qui parles-tu ? murmura Connor, de plus en plus troublé.

— C'est à cause d'elle que tu n'as jamais pu t'engager sérieusement avec moi !

— Lori, allons…, protesta-t-il d'un ton railleur pour réfuter ses accusations.

— Laisse-moi finir, l'interrompit-elle. Je savais bien qu'il y avait une raison à cela. Je me doutais qu'il y avait quelque chose, ou quelqu'un sur qui tu n'arrivais pas à tirer un trait. Mais je n'aurais jamais imaginé que ce puisse être elle… La sœur de ton meilleur ami !

Elle prononça ces derniers mots comme s'il avait commis un sacrilège, et Connor sentit son estomac se nouer.

Lori avait raison. En tant que sœur de Nick, Beth était une femme à part, taboue… L'effet qu'elle faisait à ses hormones déchaînées, tout comme les plaisirs auxquels ils s'étaient adonnés dans son pick-up il y a des années étaient des actes répréhensibles.

Mais Lori avait eu beau le surprendre en flagrant délit, Connor n'avait d'autre choix que de nier l'évidence.

— Tu ne sais pas de quoi tu parles, assura-t-il en plongeant les mains dans les poches de sa veste de smoking. Beth et moi sommes amis. Nous avons grandi ensemble. Et elle ne m'empêche aucunement de vivre ma vie.

— Je t'en prie, Connor, poursuivit Lori d'une voix grinçante en se penchant vers lui pour couvrir le bruit de la musique. J'ai bien vu la façon dont vous vous regardiez, l'un l'autre. J'ai vu la façon dont tu la serrais contre toi pendant que vous dansiez. Je ne suis pas aveugle, Connor ; il y avait là bien plus qu'une simple amitié.

— Tout cela est ridicule, Lori.

— Pas du tout ! renchérit-elle d'une voix de plus en plus amère alors que des larmes roulaient à présent sur ses joues. Au contraire, je trouve que cela explique beaucoup de choses. Comme le fait que je n'aie pas de bague à mon annulaire. Ou celui que j'assiste au mariage de ton meilleur ami au lieu d'assister au mien… Cela fait six ans que nous sommes ensemble, Connor, dont trois que nous partageons le même toit ! Si cela ne suffit pas à te convaincre que tu refuses de t'engager, alors j'ignore ce qui te convaincra…

Elle se tourna vers l'endroit où Beth avait disparu.

— En tout cas, je comprends tout à présent, ajouta-t-elle en sanglotant.

— Lori…

— Je crois que ça ne peut plus fonctionner ainsi, Connor… Je ne peux plus vivre à tes côtés en sachant que je ne suis pas la femme avec qui tu rêves d'être.

A ces mots, Lori se dirigea vers la table pour récupérer son sac à main, puis revint se planter droit devant lui.

— Je pense que ce serait mieux si tu ne rentrais pas à la maison ce soir, murmura-t-elle en évitant son regard. Il serait bon que tu ne reviennes plus… jamais.

L'espace d'un instant, il fut tenté de lui faire remarquer qu'elle parlait de sa maison à lui… puisque c'était Lori qui était venue s'installer chez lui. Mais Connor choisit de se taire, conscient de la souffrance qu'il lui infligeait malgré lui.

La gorge nouée, il se contenta de hocher la tête.

Sans perdre de temps, Lori raidit les épaules, le souffle court, et il la regarda quitter la salle de réception, la tête haute.

Décidément, en quelques minutes, cette soirée avait pris une tournure quelque peu surréaliste.

— Salut, mon vieux !

Nick venait d'arriver dans le dos de Connor et lui donna l'accolade en lui offrant une bouteille de bière fraîche, qu'il accepta, encore sous le choc de la décision de Lori.

— Merci, mon pote, marmonna-t-il en avalant plusieurs longues gorgées de la boisson fraîche.

— Des soucis ? demanda alors son meilleur ami.

— Disons que je viens de me faire expulser de ma propre maison…

— Aïe… Lori et toi vous êtes disputés ? A quel propos ?

Rien que Connor ne puisse partager avec lui.

— Bah, rien d'important, grommela-t-il en espérant que Nick ne le presserait pas de lui en dire plus.

Il but une nouvelle gorgée de bière et sortit son portefeuille de la poche de sa veste.

— Je suis navré de quitter si tôt les festivités, mais je vais devoir me trouver une chambre d'hôtel si je ne veux pas passer la nuit dans mon 4x4 — qu'il faut d'ailleurs que j'aille récupérer chez moi, puisque Lori et moi étions venus dans sa voiture ce soir.

— Ecoute, reprit Nick, pourquoi ne restes-tu pas encore un peu, à essayer de te détendre, avant de rentrer dormir chez moi ? Karen et moi partons directement pour l'aéroport à la fin de la soirée, pour ne revenir que dans deux semaines. Si Lori et toi vous réconciliez, tant mieux ; sinon, tu peux profiter de ma maison autant que tu en as besoin.

— Tu en es sûr ? demanda Connor, touché par la générosité de son ami.

Comme toujours, il pouvait compter sur la famille Curtis en cas de coup dur. Depuis sa plus tendre enfance, Nick et sa famille l'avaient traité comme un des leurs alors qu'il n'était qu'un enfant de l'assistance publique. Et ce, sans se soucier de son côté insoumis, ni de ses frasques d'enfant terrible expulsé tour à tour de tous les foyers sociaux qui l'hébergeaient.

Rien qu'à repenser à tout ce que les Curtis avaient fait pour lui, Connor en avait les larmes aux yeux. Ils l'avaient aidé à se sortir des plus mauvais pas lors des périodes troubles de sa jeunesse, et il était prêt à tout pour leur exprimer sa gratitude.

— *Mi casa es su casa !* dit Nick d'un ton espiègle. Et puis, je préfère te savoir dans les parages pendant mon absence.

— Merci, mon vieux. Ça me va droit au cœur.

— Avec plaisir ! Mais à présent viens faire la fête avec nous. Au moment de partir, nous te déposerons chez toi pour que tu puisses y récupérer ta voiture.

Alors qu'ils fendaient la foule côte à côte pour rejoindre une Karen radieuse dans sa longue robe blanche, Connor lança un regard de côté à son ami.

— Je parie que tu ne manqueras pas de m'asticoter avec cette histoire, à ton retour de voyage de noces…

Cherchant à peine à cacher son amusement, Nick gloussa.

— C'est juste que… Se faire larguer le jour de mon mariage, et virer de ta propre maison qui plus est… Désolé, vieux, dit-il en le prenant par l'épaule, mais il faudra un jour ou l'autre que tu me livres tous les détails de cette histoire !

En proie à une soudaine migraine, Connor hocha la tête.

— C'est exactement ce que je craignais, marmonna-t-il.

Une odeur de café fraîchement passé vint titiller les narines de Beth, qui avait encore la tête enfouie au creux de son oreiller. Elle se tourna sur le côté avec un grognement matinal, et finit par ouvrir les yeux.

Premier constat, les murs de la chambre ne tournaient pas. Ce qui était bon signe. Même si elle ne s'était pas couchée ivre morte, elle était loin d'être sobre hier soir.

Et, ce matin, elle était en proie à un terrible mal de tête et avait la bouche pâteuse. Elle était rentrée du mariage de son frère en rapportant un magnum de champagne qu'elle avait bien failli finir seule.

Habituellement, elle ne se laissait jamais aller à ce genre d'excès, et elle s'en voulait d'avoir éprouvé un tel besoin de noyer ses émotions dans l'alcool.

Fort heureusement, tout était fini. Karen et Nick s'étaient envolés pour leur somptueux voyage de noces à Honolulu. Et tous les invités étaient rentrés chez eux. Y compris Connor et sa petite amie peroxydée.

Dieu merci, elle n'aurait plus jamais à croiser sa route.

Beth s'extirpa péniblement du lit pour gagner la salle de bains attenante à la chambre. Après s'être brossé les dents et aspergé le visage d'eau fraîche, elle se sentait plus civilisée. Elle se surprit même à marcher presque droit en descendant l'escalier pour se diriger vers la source de cette délicieuse odeur de caféine.

Elle arriva dans la cuisine en bâillant et constata avec stupeur qu'un homme était installé au comptoir, dos à elle.

Alors qu'elle poussait un petit cri de stupeur, l'homme se retourna vers elle. Si elle n'avait pas eu l'esprit aussi embué au réveil, Beth aurait pu deviner que, pour que la maison soit emplie d'une odeur de café, il fallait que quelqu'un d'autre qu'elle en ait préparé…

Et soudain elle eut la très désagréable impression de se retrouver prise au piège d'un cauchemar.

Connor la dévisageait, les yeux écarquillés, visiblement aussi surpris de son apparition qu'elle l'était de sa présence dans la cuisine de la maison familiale. Il tenait une tasse de café fumant entre ses mains, et avait taché sa chemise du breuvage brun, vraisemblablement en se retournant vers elle lorsqu'elle était entrée.

Tant mieux. Beth espéra même qu'il s'était brûlé.

— Que fais-tu là ? demanda-t-elle sèchement en cherchant à resserrer autour de ses hanches la robe de chambre qu'elle n'avait pas pris la peine d'enfiler en se levant.

Elle s'aperçut par la même occasion qu'elle n'était vêtue que de la fine combinaison de soie qu'elle portait hier en dessous de sa robe de demoiselle d'honneur.

Hier soir, après avoir récupéré la clé de la maison de Nick, qu'il cachait sous un pot de géraniums, Beth avait rejoint à la hâte l'étage et son ancienne chambre de petite fille. Là, elle avait quitté en vitesse son horrible robe de cérémonie pour ne garder que son sous-vêtement, léger et confortable. Elle s'était alors crue seule dans la demeure, avec pour seule compagnie une bouteille de Dom Pérignon.

— Je pourrais te poser la même question, rétorqua Connor en posant sa tasse sur le bar pour essuyer avec une serviette en papier la tache sur sa chemise, juste au-dessus de la ceinture de son jean.

Seigneur, personne ne portait aussi bien le denim que Connor ! Même à Los Angeles, où chaque serveur et portier était un aspirant comédien ou mannequin, les hommes n'avaient pas le torse, la taille ni les fesses d'un Connor Riordan. Aucun d'eux ne saurait porter les chemises en flanelle ouvertes sur un vieux T-shirt, ni le jean, ni les bottes avec autant de classe que lui.

Bien entendu, cela ne troublait en rien les facultés de Beth. Elle ne portait sur lui qu'un regard sensé, comme elle l'aurait fait pour une célébrité franchissant la porte de son bureau de Wilshire, en Californie.

— Au cas où tu l'aurais oublié, il s'agit là de ma maison.

— Ah, et depuis quand ?

Elle haussa les sourcils, de plus en plus agacée, et de plus en plus gênée par sa migraine. A cet instant, elle était prête à tout pour une tasse de cet appétissant café, ainsi qu'une bonne cinquantaine de cachets d'aspirine.

Mais pour l'heure elle devait s'occuper du cas de Connor en le mettant dehors le plus tôt possible, quitte à lui botter son formidable et ô combien désirable derrière…

— Depuis que j'y ai passé toute mon enfance. Tu n'as quand même pas oublié ?

— C'était il y a longtemps, rétorqua-t-il en reprenant sa tasse de café pour en boire une longue gorgée qui fit saliver Beth. Et j'ai l'impression que ce n'est plus vraiment ta maison. Tes parents ont emménagé dans un logement plus petit à l'autre bout de la ville, et tu vis depuis des années à Los Angeles. Cette maison appartient à ton frère désormais. Ainsi qu'à Karen.

Beth serra les dents et sentit sa paupière droite se mettre à cligner toute seule, un tic qui ne se manifestait que lorsqu'elle se retenait d'étriper quelqu'un qui l'énervait…

— Je fais toujours partie de la famille, répliqua-t-elle en desserrant à peine la mâchoire. Ceci est la maison de mon enfance, et je suis certaine que Nick serait ravi d'apprendre que j'ai retrouvé ma vieille chambre le temps de quelques nuits pendant son voyage de noces.

Comme si elle avait à s'en justifier devant lui ! En tout état de cause, elle était dans son bon droit. Et, si intrusion il y avait, elle était plutôt du côté de Connor. Car après tout, si quelqu'un avait à justifier de sa présence ici, c'était bien lui, et non elle.

— Eh bien, ma belle, reprit-il d'une voix traînante, je crois que nous avons un problème. Car Nick m'a invité à loger ici jusqu'à son retour.

Abasourdie, Beth laissa un instant les dernières paroles de Connor flotter dans l'air, tout en regrettant que son frère ne soit pas dans les parages pour lui tordre le cou. Franchement, était-ce trop demander que de passer quelques jours seule dans la maison de son enfance alors qu'elle était de passage dans l'Ohio ? Afin de se reposer et se ressourcer un peu avant de retourner dans un monde où tout évoluait en accéléré, et à un métier qui lui prenait tout son temps et toute son énergie.

— Je ne comprends pas pourquoi tu as besoin de loger ici… Que fais-tu de ta propre maison ? demanda-t-elle, excédée.

Connor se mit à rougir et évita soudain son regard.

— Cela n'a rien à voir, marmonna-t-il.

— Pardon ?

— Je me suis fait virer, d'accord ? grommela-t-il en croisant les bras et en s'appuyant au comptoir.

Il fit la moue, et Beth constata avec surprise qu'il semblait profondément embarrassé. Finalement, cette journée ne débutait peut-être pas si mal…

Ragaillardie par cette étonnante révélation, elle réprima un sourire devant ce revers de fortune pour le moins inattendu.

— Tu t'es fait virer…, répéta-t-elle en s'efforçant de ne pas trop laisser paraître son amusement. De ta propre maison… Comment est-ce possible ?

— Peu importe, rétorqua Connor d'une voix tendue. En tout cas, j'avais besoin d'un toit et ton frère m'a proposé de profiter de sa maison pendant son voyage de noces.

Ce fut à Beth de croiser les bras. Et tant pis si, par ce geste, elle ne faisait qu'accentuer encore le décolleté pigeonnant de sa combinaison de satin.

Si Connor était choqué de cette vision, tant mieux. Si elle l'excitait, tant mieux aussi… Cela l'encouragerait peut-être à ne pas rester sous le même toit qu'elle et à se chercher une chambre d'hôtel.

Ou à retourner dans les bras de Lori-Lisa-Laura.

Certes, cette dernière possibilité n'était pas forcément celle que Beth préférait, mais au moins elle avait le mérite de pousser Connor hors de la maison de son frère pendant qu'elle y séjournait…

— Eh bien, tu ne peux pas rester ici, Connor, reprit-elle d'une voix ferme et cassante.

— Ah bon ? Tu veux téléphoner à Nick à Hawaii et le déranger alors que Karen et lui sont en tête à tête en ce moment si particulier de leur vie ? répondit-il en haussant un sourcil suggérant sans le moindre doute possible ce que les jeunes mariés étaient sans doute en train de faire à cette heure. Tu tiens vraiment à lui demander de choisir qui pourra rester dans sa maison pendant son absence ?

— Bien sûr, dit-elle, prête à jouer un coup de bluff face à son arrogance. Je ne doute d'ailleurs pas qu'il me choisira, moi, vu que je suis sa *sœur*. Nick et moi sommes liés par le sang.

— Et moi, je suis son meilleur ami depuis le CM 2, ajouta Connor. En plus, il m'a invité à venir ici. Sait-il seulement que tu es là aussi ?

— Evidemment ! s'emporta-t-elle.

Lorsqu'elle avait organisé son séjour en Ohio pour assister au mariage, Nick avait insisté pour l'héberger, alors que Beth aurait préféré se trouver une chambre d'hôtel en terrain neutre.

— C'est aussi ta maison, avait-il dit. Et puis, Karen et moi prendrons l'avion juste après la réception : tu pourras avoir la maison pour toi toute seule !

Elle avait fini par accepter, en partie pour ne pas le vexer, et en partie parce qu'elle aimait l'idée de passer du temps dans la maison de son enfance, de dormir dans sa vieille chambre, et de se retrouver un peu seule avec ses souvenirs.

Or, voilà que soudain elle devait faire face au plus doulou-reux d'entre eux : Connor. En plus, elle était sérieusement en manque de caféine et se demandait comment son corps allait pouvoir tenir le choc le temps que Connor et elle tirent les choses au clair et prennent une décision.

Elle fit quelques pas dans la cuisine et attrapa une tasse en céramique dans le placard juste au-dessus de l'épaule droite de Connor. Puis, sans un mot, elle saisit la cafetière et se servit du précieux breuvage noir. Elle se dirigea ensuite vers le réfrigérateur pour y ajouter quelques gouttes de lait, avant de regagner le comptoir pour y prendre une cuillérée de sucre.

Enfin, elle put se délecter de sa première gorgée de la matinée. Mais la voix de Connor l'interrompit aussitôt dans ce moment de réconfort.

— Si Nick est au courant de ta présence et qu'il m'a proposé de venir ici aussi, je suppose que ça signifie qu'il a considéré que toi et moi étions capables de nous comporter en adultes responsables, en vivant quelques jours sous le même toit sans forcément nous entretuer.

Beth avala une nouvelle gorgée de sa boisson préférée avant de lui offrir un sourire acide.

— Si c'est le cas, il s'est trompé.

— Allons, Beth Ann…, murmura Connor en reposant son café sur le bar, avant de glisser ses mains dans ses poches pour mieux lui faire face.

Le fait qu'il l'appelle ainsi par ses premier et deuxième prénoms la hérissait, mais elle espérait qu'il n'en avait rien remarqué. Car, si c'était le cas, il prendrait à coup sûr un malin plaisir à user de ses deux noms rien que pour l'agacer… Comme quand ils étaient petits.

— On pourrait chacun mettre un peu d'eau dans notre vin pendant quelques jours ? Je promets de rester hors de ta vue si tu restes hors de la mienne.

Plutôt avaler du verre pilé qu'accepter un tel compromis, pensa Beth en vidant sa tasse de café.

— J'en doute fortement, répondit-elle en remplissant de nouveau sa tasse sans prendre la peine de le regarder.

Puis, tournant les talons sur ses pieds nus, elle quitta la pièce en marmonnant :

— Je préfère m'installer ailleurs.

4

Connor regarda Beth sortir de la cuisine d'un pas nonchalant, et se demanda lequel d'entre eux sortait vainqueur de cette confrontation inattendue. Même si son intuition première lui laissait penser qu'il avait perdu sur toute la ligne...

Il aurait dû saisir l'occasion pour évoquer ce qu'il avait voulu lui dire hier soir. Prendre le temps de faire avec elle le point sur leur relation. Reparler de cette nuit, sept ans plus tôt, lors de laquelle ils avaient commis cet acte irréversible, et mesurer à quel point cela avait affecté leur amitié.

Au lieu de cela, Connor avait été tellement surpris de l'apparition de Beth dans la cuisine qu'il s'était laissé entraîner dans cette dispute aussi surréaliste que stérile.

Même si, il fallait bien l'avouer, le spectacle avait été des plus agréables. Car voir Beth vêtue de cette simple combinaison de soie et dentelle, couvrant à peine ses deux seins rebondis et ses épaules nues, avait été une expérience des plus troublantes... Et c'était sans parler de ce petit ourlet qui couvrait à peine la ligne de ses fesses. Evidemment, il n'avait pu s'empêcher de se demander si elle portait une culotte en dessous.

Il parvint tant bien que mal à s'interdire d'imaginer qu'elle n'en portait pas. Car le seul fait de la découvrir en petite tenue de si bon matin, alors qu'il se croyait seul dans la maison, avait suffi à faire naître en lui un puissant désir. Et, vu l'effet qu'elle lui faisait, il lui faudrait sans doute prendre une bonne douche froide avant de recouvrer ses esprits.

Cela dit, vu l'œil aussi glacial qu'arrogant dont elle l'avait toisé, Connor avait eu l'étrange impression qu'il n'était pour

elle qu'un vulgaire chewing-gum sur lequel elle aurait malencontreusement marché, et qu'elle n'hésiterait pas à arracher de
la pointe de ses talons aiguilles.

Si aujourd'hui Beth affichait ainsi une attitude de snob, il
n'en avait pas toujours été ainsi. Avant d'être diplômée en droit,
c'était une jeune fille gaie, simple et enthousiaste. Et puis, il y
avait eu cette soirée où il l'avait séduite ; il avait profité d'elle...
A présent, il craignait d'avoir sa part de responsabilité dans la
femme qu'elle était devenue.

Certes, Beth était désormais une avocate reconnue, spécia-
lisée dans le monde du spectacle, possédant son propre cabinet,
gagnant probablement plus d'argent en une année que Connor
n'en gagnerait en toute une vie... Mais tout cela au prix d'un
calcul implacable : sa carrière passait désormais avant sa
famille et son épanouissement personnel.

L'ancienne Beth n'aurait jamais rien laissé l'éloigner de ses
parents ou de son frère. Or la Beth actuelle vivait délibérément
à trois mille kilomètres d'eux, et ne rentrait à Crystal Springs
que lorsqu'elle n'avait pas d'autre choix.

Connor se sentait responsable du fait qu'elle ait pris autant
de distance avec sa famille. Malheureusement, il n'avait pas la
moindre idée de la façon dont il pourrait trouver une solution
à cet épineux problème.

— J'espère que vous plaisantez !

Tout en coinçant le combiné téléphonique entre son épaule et
son oreille, Beth se passa du mascara sur les cils. Dès l'instant
où elle avait tourné le dos à Connor pour quitter la cuisine,
elle s'était mis en tête de trouver une façon de se débarrasser
de lui définitivement. Elle avait bien songé à redescendre
pour le pousser hors de la maison *manu militari*, mais s'était
vite ravisée en se disant qu'elle ne ferait pas le poids face à sa
carrure massive d'athlète.

Et, à présent, voilà dix minutes qu'elle se débattait au
téléphone avec une hôtesse de l'aéroport dans une tentative

désespérée d'avancer son vol de retour à Los Angeles. Or ce matin la chance ne semblait décidément pas être de son côté.

Son estomac se mit à gargouiller, lui rappelant de manière désagréable qu'elle n'avait toujours pas pu prendre un petit déjeuner digne de ce nom… Et qu'elle mourait de faim. Ce qui eut pour effet de l'agacer un peu plus.

Tout compte fait, vu l'état de nervosité dans lequel elle se trouvait, elle avait peut-être une chance de pouvoir expulser Connor de ses propres mains…

— Bon, si tous les vols sont complets pour aujourd'hui, alors réservez-moi une place pour le premier avion demain matin, ordonna Beth à l'hôtesse à l'autre bout du fil.

Elle entendit la jeune femme tapoter sur son clavier, et au bout de quelques secondes celle-ci annonça :

— Je ne vois aucune place pour demain non plus, mademoiselle Curtis.

— Essayez donc avec une autre compagnie aérienne ! Je me moque de ce que cela me coûtera ; je suis même prête à payer un billet supplémentaire, mais je dois quitter cette ville le plus tôt possible…

Une nouvelle fois, elle entendit l'hôtesse pianoter.

— Je suis navrée, mademoiselle. De plus, je dois vous prévenir que la tempête annoncée nous a contraints à retarder ou annuler une grande partie de nos vols. Il est possible que l'avion sur lequel vous avez réservé soit aussi concerné.

Beth proféra un juron et dut se retenir de ne pas jouer les clientes hystériques auprès de l'hôtesse. Même si elle était ulcérée par la tournure des événements, elle ne pouvait tout de même pas tenir la jeune femme pour responsable des caprices de la météo…

— Merci pour ces précisions, finit-elle par proférer d'un ton des plus policés avant de couper la communication.

Aucun vol disponible. Ni aujourd'hui ni demain… et peut-être même pas avant la fin de la semaine. Evidemment, cela contrariait ses projets, mais ce n'était pas en se résignant face à l'adversité que Beth Curtis avait réussi dans la vie.

Elle sortit de la salle de bains avec fracas et traversa le couloir pour rejoindre sa chambre de petite fille, où sa valise attendait, grande ouverte sur le lit dont les draps étaient encore défaits. Après avoir enfilé ses bas, elle passa une robe noire fluide et regagna le rez-de-chaussée pour y chercher un annuaire téléphonique.

Elle ignorait où était passé Connor, mais à vrai dire elle s'en moquait. N'osant espérer qu'il avait quitté la maison de son propre chef, elle se félicita néanmoins de pouvoir l'éviter, du moins le temps de faire ce qu'elle avait à faire.

Tout en tendant l'oreille, à l'affût du moindre bruit dans la demeure, Beth se dirigea vers la pièce que son frère avait aménagée en bureau-débarras. Elle farfouilla quelques minutes et finit par trouver l'annuaire dans un tiroir près du téléphone. Karen avait dû le ranger elle-même, car Nick était si désordonné qu'elle s'attendait à retrouver le livre dans un endroit aussi improbable que le lave-vaisselle.

Elle s'installa dans le fauteuil derrière le bureau et tourna les pages de l'annuaire jusqu'à la rubrique « hébergements/hôtellerie ». En plus des coordonnées de motels de seconde zone, elle releva deux adresses d'hôtels de standing plus élevé. Tant pis si elle devait faire une heure ou plus de voiture pour trouver un endroit décent : au point où elle en était, elle se contenterait d'un lit propre et d'une salle de bains privative.

Or, alors qu'elle composait le numéro de l'hôtel sur le combiné du téléphone, Beth se figea.

Qu'était-elle en train de faire ? Pourquoi était-ce elle qui appelait la compagnie aérienne et se cherchait une chambre d'hôtel alors qu'elle se trouvait là dans sa propre maison ?

Certes, celle-ci appartenait à son frère désormais, mais elle y avait tout de même vécu les vingt premières années de sa vie… Et cela comptait bien plus que l'amitié indéfectible entre Connor et Nick, et le fait qu'il habitait en face des Curtis depuis presque autant de temps qu'ils vivaient ici.

Elle reposa brusquement le téléphone, ferma l'annuaire et se leva d'un bond.

Pas question pour elle de partir. Elle allait rester dans *sa* maison, séjourner dans *sa* chambre, et ce jusqu'à son retour à Los Angeles.

En espérant que sa réservation pour le vol de jeudi serait honorée. De toute façon, même si les conditions météo empêchaient l'avion de décoller, Beth embarquerait à bord du premier appareil desservant la côte Ouest.

Certes, elle ne passerait pas là un séjour des plus confortables. En revenant à Crystal Springs, elle savait qu'il lui serait pénible de se retrouver dans la même ville que Connor... Mais de là à imaginer qu'ils partageraient la même maison... *A fortiori*, sa maison à elle. Cette seule idée lui donnait déjà mal à la tête.

Heureusement, elle ne voyageait jamais sans son traitement antimigraine. Ni sans son ibuprofène, ses antiacides et tout autre médicament en vente libre susceptible de la soulager des petits maux que lui causaient régulièrement ses horaires de travail et la forte pression qu'elle subissait à longueur d'année.

Pour en revenir à Connor, voilà des années qu'elle s'était convaincue de l'avoir oublié une fois pour toutes. Finie l'amourette d'enfance, finis les fantasmes d'adolescente éperdue. Cette fois, Beth avait l'occasion de se prouver qu'elle avait bel et bien tourné la page.

Alors qu'elle élaborait un plan d'action, Connor passa la tête dans l'encadrement de la porte. L'espace d'une milliseconde, elle sentit son cœur se figer avant de se mettre à battre la chamade.

— Ah, tu es encore là, fit-il d'une voix légère.

— En effet, rétorqua-t-elle en se levant et en ajustant son chemisier de soie blanche. Et je compte bien rester. Je te conseille donc de te trouver un autre mode d'hébergement.

— J'en déduis que tu n'as pas pu avancer ton vol de retour ? demanda-t-il avec un clin d'œil goguenard.

Beth resta pantoise. Cet homme était plus dangereux encore qu'elle ne l'imaginait, avec cette manie qu'il avait de lire dans ses pensées et de s'en amuser ouvertement.

— C'est exact, admit-elle. On annonce une tempête pour

les prochains jours, et la compagnie aérienne n'est même pas sûre de pouvoir assurer le vol pour lequel j'ai réservé.

— Tu peux toujours chercher un hôtel, ajouta Connor en appuyant son épaule contre l'embrasure de la porte de bois.

— Toi aussi…

— Eh bien, match nul, un partout ! s'exclama-t-il, l'air toujours aussi amusé. Puisque aucun de nous ne semble disposé à partir, je suppose que cela signifie que nous voilà condamnés à cohabiter sous ce toit.

Même si c'était dur à accepter, il avait raison. Connor et elle n'avaient pas d'autre choix que de composer l'un avec l'autre en attendant qu'elle puisse rentrer à Los Angeles.

— Allons, puisque nous allons être colocataires quelque temps, autant être sympas l'un envers l'autre, reprit Connor en se redressant. J'ai préparé un bon petit déjeuner. Viens donc le partager avec moi.

A ces mots, il tourna les talons vers la cuisine, laissant à Beth le choix de le suivre ou non. Posant ses mains sur le bureau, elle hésita un instant. Valait-il mieux baisser sa garde et aller manger avec lui, ou sauver son amour-propre en évitant Connor le plus souvent possible ?

Une odeur de pain grillé vint alors titiller ses narines, lui rappelant à quel point elle avait faim, et l'aidant à prendre la décision qui s'imposait : elle était affamée, Connor avait pris la peine de cuisiner pour deux, et ce serait un comble pour elle de mourir de faim dans sa propre maison…

Beth traversa donc le bureau et le couloir qui menait dans la cuisine en faisant claquer ses talons hauts. Elle entra dans la pièce et trouva Connor devant le fourneau, en train de faire frire des œufs et de préparer deux assiettes de charcuterie.

Comme s'il avait senti sa présence, il se retourna vers elle, hocha la tête l'air satisfait, puis vint poser les deux assiettes sur la table.

— Installe-toi, dit-il à voix basse. Je vais chercher les toasts et des serviettes.

Elle attendit qu'il retourne au comptoir, et prit place sur

la chaise la plus proche du mur. Ainsi, elle pouvait épier le moindre de ses gestes, et s'enfuir facilement si le besoin s'en faisait sentir.

Il empila quatre tranches de pain grillé beurré dans un petit plat, attrapa des serviettes en papier dans un tiroir près de l'évier et revint vers la table.

— Ne m'attends pas, commence à manger tant que c'est encore chaud, murmura-t-il.

Beth saisit sa fourchette, mais ne fit que tripoter nerveusement ses œufs brouillés tandis que Connor continuait à s'agiter à travers la pièce. Il ouvrit un placard et en sortit deux verres avant d'aller vers le réfrigérateur.

— Lait ou jus de fruits ? s'enquit-il.

Elle avait envie d'un bon jus de fruits frais, mais cela risquait de raviver son ulcère…

— Du lait, s'il te plaît, répondit-elle à contrecœur.

Connor remplit un verre de lait pour elle et se servit un peu de jus de fruits, puis revint vers la table de son pas léger et assuré. Il s'assit face à elle le plus simplement du monde.

— Comment trouves-tu les œufs ?

Beth baissa les yeux vers son assiette et se rendit compte qu'elle n'en avait pas encore goûté une bouchée.

Aussitôt, elle piqua sa fourchette dans sa tranche de jambon, puis goûta avec appétit au fromage, aux oignons, poivrons et champignons que Connor avait mélangés aux œufs. Son coach personnel à Los Angeles la tuerait s'il découvrait qu'elle s'empiffrait ainsi, mais force était de reconnaître que tout cela était délicieux.

Evidemment, il n'était pas question d'en faire trop devant Connor.

— C'est très bon, se contenta-t-elle de dire en s'essuyant le bord des lèvres avec sa serviette.

— Content que ça te plaise…

A son tour, il s'attaqua à son petit déjeuner, avec l'appétit d'un homme qui n'avait pas mangé depuis une semaine.

Beth continua de déguster son plat, tout en se laissant envahir par le malaise croissant suscité par le silence qui s'installait entre eux.

— J'ignorais que tu savais cuisiner, finit-elle par lâcher pour meubler la conversation.

Entre deux gorgées de jus d'orange, Connor hocha la tête.

— Je ne suis pas un grand chef, mais disons que je me débrouille avec quelques notions de base.

— Je suppose que c'est Lori-Laura-Lisa qui se charge de faire la cuisine pour toi à présent, reprit Beth d'une voix si amère qu'elle regretta aussitôt ses paroles.

— Lori-Laura-Lisa? répéta-t-il, en levant un sourcil intrigué.

Elle haussa les épaules, faisant de son mieux pour dissimuler son embarras.

— Je crois me souvenir que son prénom commence par un « L »…, expliqua-t-elle à voix basse.

— Lori… Elle s'appelle Lori, indiqua Connor. Et, pour ta gouverne, Lori cuisine un peu, mais le plus souvent nous commandons nos plats chez le traiteur du coin. Et toi, Beth, que manges-tu là-bas, dans la Cité des Anges?

— Ni œufs ni jambon, en aucun cas, répondit-elle en plantant sa fourchette dans les morceaux de son assiette tout en se détendant un peu. A Los Angeles, on consomme beaucoup de tofu, des cocktails vitaminés, des salades… Et aussi beaucoup de viande crue.

— De la viande crue? Je savais les Californiens amateurs de chair fraîche, mais pas à ce point! ironisa Connor en plissant le front d'un air passablement amusé.

Malgré tous ses efforts, Beth ne put s'empêcher de se laisser contaminer par son humeur légère et décontractée, et se surprit même à sourire.

— Voyez-vous ça…, répliqua-t-elle avec un soupir faussement exaspéré. Sauf que, Connor, tout le monde n'a pas l'esprit aussi mal placé que toi!

Pour toute réponse, il sourit et avala une nouvelle bouchée d'œufs brouillés.

— En ce moment, la grande mode sur la côte Ouest, c'est

de manger cru, sans colorant ni conservateur, et biologique de préférence. Les hamburgers aux pois chiches, aux carottes et à la noix de coco râpée font fureur par exemple.

— Mouais, je vois… Et vous arrivez à survivre avec ça ?

— La preuve, puisque je suis en face de toi !

— En tout cas, ça ne te ferait pas de mal de déguster un ou deux vrais burgers avant de retourner là-bas. A mon avis, cela ne te ferait pas de mal de prendre un ou deux kilos.

Une agréable onde de chaleur parcourut soudain Beth. Elle passait tellement de temps à faire de l'exercice et à surveiller ce qu'elle mangeait pour s'adapter à la mode californienne, laquelle portait la maigreur en véritable système de valeurs, qu'entendre Connor lui faire remarquer qu'elle était trop mince la flattait au plus haut point. Même si elle n'aurait en aucun cas dû se laisser influencer par son opinion. D'autant qu'il jugeait là son apparence physique. En tout cas, il n'avait manifestement aucune idée de ce à quoi ressemblait la vie à Los Angeles.

Et, après avoir vu sa petite amie aux allures de poupée slave, le fait que Connor la trouvait trop mince donnait à Beth le sentiment d'être normale, acceptée.

— La viande rouge est entièrement proscrite de mon alimentation, finit-elle par répondre. Et je fais trois séances de deux heures de sport par semaine pour veiller à ne pas prendre une taille supplémentaire.

— Je suis navrée de t'annoncer cela, ma jolie, mais tu es justement en train de manger de la viande.

Elle baissa les yeux vers son assiette.

— Peut-être, mais d'un point de vue strictement technique le jambon n'est pas une viande rouge. Même si en temps normal je n'en aurais certainement pas mangé, je n'ai pas voulu être impolie en refusant ton invitation à petit-déjeuner. Et puis, ton plat ne contient que peu de viande, et regorge de fibres, avec les oignons et les poivrons.

— Bravo ! Ton argumentation est presque convaincante.

Elle répondit par une moue amusée :

— Merci !

Connor n'avait nul besoin de savoir à quel point elle était rodée en matière d'argumentation et de justifications.

— En tout cas, si tu veux m'accompagner pour un jogging après le petit déjeuner, tu es le bienvenu, s'entendit-elle suggérer. Histoire de brûler toutes ces vilaines calories !

— Pourquoi pas…

Mais, en regardant par la fenêtre, Beth s'aperçut que le ciel était très couvert et qu'un vent soutenu fouettait les feuillages des arbres du jardin.

— Euh, à vrai dire…, reprit Connor avant de se racler la gorge.

Il baissa les yeux, comme pour fuir le regard de Beth, qui sentit un frisson lui parcourir l'échine.

— J'espérais que l'on pourrait avoir une petite discussion après avoir mangé, poursuivit-il d'une voix hésitante.

Le cœur de Beth se mit à battre plus fort, et son sang à bouillonner au creux de ses veines.

Elle n'avait aucune idée de la raison pour laquelle Connor semblait tant tenir à cette conversation avec elle. Il avait déjà fait une première tentative hier soir, lors de la réception, et revenait à présent à la charge, cherchant à tout prix à lui faire entendre ce je-ne-sais-quoi qui semblait si important pour lui.

Mais la sensation de nausée qui l'envahissait à présent ne lui donnait aucune envie d'écouter ce qu'il avait à dire. Peut-être craignait-elle juste qu'il n'exhume le passé et ne rouvre en elle une blessure qui avait mis longtemps à cicatriser…

Qu'avait-il de si important à lui dire ? Ils ne s'étaient pas revus, sinon très brièvement, au cours de ces sept dernières années.

Elle déglutit péniblement, s'efforçant de juguler ses émotions et de remettre ses idées en place avant de répondre :

— De quoi veux-tu parler, Connor ?

Il posa sa serviette en papier froissé dans son assiette, qu'il repoussa sur le côté. Puis, croisant les bras, il leva les yeux vers elle et la dévisagea longuement de ce regard noisette qui avait le don de la faire fondre…

— De cette nuit-là, murmura-t-il d'une voix traînante.

A ces mots, elle crut qu'une rafale de mitraillette lui transperçait le cœur. Pendant quelques secondes, elle eut le souffle coupé, pressentant exactement ce qui allait suivre.

Pourquoi Connor tenait-il tant à remettre cette vieille histoire sur le tapis ? Pourquoi le faire aujourd'hui, alors que des années s'étaient écoulées depuis ? A quoi bon ?

Ils avaient commis une erreur, soit. Mais Beth avait tourné la page depuis et, selon toute évidence, lui aussi.

— Quelle nuit ? demanda-t-elle en faisant un effort surhumain pour ne pas tomber à la renverse.

— Tu le sais très bien, Beth. Nous le savons tous les deux. Je veux parler de cette nuit-là, après le match de football, dans mon pick-up.

Elle émit un petit rire faussement désinvolte, tandis qu'elle se sentait de plus en plus crispée.

— Bon sang, pourquoi reparler de ça après toutes ces années ? C'est arrivé il y a des siècles, Connor. Je pensais que tu avais oublié. Ce qui pour ma part était le cas.

Un instant passa, au cours duquel Connor sembla digérer ce qu'elle venait de dire. Puis son regard s'assombrit, et il se mordit la lèvre, soudain très pâle.

— Je suis désolé de l'apprendre. Moi, j'y repense tout le temps.

Cet aveu déstabilisa Beth. Devait-elle se sentir flattée, en colère, intriguée ?

Pour l'heure, elle n'éprouvait pas grand-chose. Connor avait beau prétendre penser à leur nuit d'amour tout le temps, il n'avait pas pensé à elle dans les jours, les mois et les années qui avaient suivi. Il n'avait pas pris la peine de décrocher son téléphone pour prendre de ses nouvelles, n'avait pas cherché à comprendre ce qui s'était réellement passé entre eux ce soir-là... Pourtant, de son côté, Beth aurait donné n'importe quoi pour recevoir le moindre signe lui indiquant que Connor éprouvait toujours un semblant d'intérêt pour elle.

Si elle avait pu choisir, elle aurait largement préféré qu'il lui avoue franchement qu'elle ne l'intéressait pas et qu'il ne souhaitait plus la revoir, plutôt que de subir un tel silence de sa part. Mais il n'avait pas eu le courage d'agir ainsi, et ils avaient passé près d'une décennie à se fuir, à s'éviter, en prétendant que rien ne s'était jamais passé entre eux.

Et à présent… eh bien, elle ne voyait pas l'intérêt d'autoriser Connor à faire remonter ces émotions et ces douloureux souvenirs à la surface. Il avait raté sa chance de mettre les choses au clair sept ans plus tôt ; elle n'avait pas envie de lui en donner l'occasion aujourd'hui.

Elle se remit donc dans la peau de la Beth cartésienne et femme d'affaires qu'elle était devenue et se leva brutalement de sa chaise, pour se dresser devant lui.

— Pourquoi exhumer cette histoire après toutes ces années ? demanda-t-elle en allant poser son assiette et son verre dans l'évier.

Puis, d'un geste mécanique, elle revint vers Connor et fit de même avec ses couverts. Il la suivit du regard et posa un bras sur la table.

— Parce que nous n'avons jamais eu l'occasion d'en parler et que cela a jeté comme un froid sur notre relation.

— Mais, Connor, nous n'avons pas de relation ! répliqua-t-elle dans un éclat de rire surjoué.

Pour peu, elle aurait presque pu trouver cette situation amusante. Le fait que Connor semble soudain si déterminé à faire le point sur ce qui s'était passé entre eux était le comble de l'ironie aux yeux de Beth, qui avait passé toute son adolescence à prier pour qu'il joue un rôle plus important dans sa vie.

— Bien sûr que si, Beth.

Elle appuyait à présent la paume de ses mains contre l'évier, à l'angle du plan de travail. Et, lorsque Connor se leva pour se diriger vers elle, elle referma fébrilement ses doigts autour du Formica froid, mais se figea afin de ne rien révéler de son trouble.

Séjourner auprès de cet homme dans cette maison allait s'avérer aussi déroutant qu'inconfortable. Beth allait devoir se faire rapidement à cette idée, et apprendre à maîtriser ses réactions et son langage corporel en fonction.

— Nous sommes tous en ce monde plus ou moins liés les uns aux autres, des couples mariés aux caissiers avec leurs clients au supermarché du coin. Tu es la sœur de mon meilleur ami, nous sommes presque de la même famille : que tu le veuilles ou non, Beth, nous avons bien une relation. Quand je parlais de relation, je ne suggérais pas forcément une relation intime.

— Tant mieux, répondit-elle, à court d'arguments.

D'autant qu'à voir Connor se rapprocher encore elle éprouvait de plus en plus de peine à respirer.

— Même si nous avons bien été intimes, une fois, il y a longtemps… Tu t'en souviens ? reprit-il à voix très basse.

Beth serra un peu plus fort le rebord du plan de travail entre ses doigts, et fit de son mieux pour ne pas se laisser submerger par le flot de souvenirs qui envahissait soudain son esprit. Pas question pour elle de se laisser entraîner dans ce périlleux voyage dans le temps.

Connor se tenait à moins d'un mètre d'elle à présent, et sa silhouette massive l'obligea à lever les yeux vers lui. Son T-shirt gris chiné était en partie couvert par sa chemise de travail en flanelle bleu et blanc.

Il avait toujours ce côté très prolétaire, décontracté… Et, vu les célébrités et les hommes d'affaires tirés à quatre épingles qu'elle côtoyait tous les jours à Los Angeles, Beth s'étonna de trouver encore attirante la façon dont Connor s'habillait.

Retrouvant un peu son souffle et son appui contre l'évier, elle parvint à répondre :

— C'est arrivé une fois, Connor. Une seule fois… Il n'y a pas de quoi en faire une affaire d'Etat.

— Je suis d'accord avec toi, Beth. Voilà pourquoi j'aimerais comprendre la raison pour laquelle tu as passé les sept dernières années à me fuir.

5

— Je n'ai jamais cherché à te fuir.

La voix de Beth était ferme et assurée, mais la lueur légèrement vacillante au fond de son regard suggéra à Connor qu'elle mentait. Or, même sans cela, pas besoin d'être ingénieur à la Nasa pour comprendre que lorsqu'une personne trouvait toujours une bonne raison pour s'éclipser dès lors qu'une autre entrait dans la même pièce, cela trahissait un certain malaise.

Bien sûr, il ne pouvait pas en vouloir à Beth. Il s'était conduit en véritable salaud avec elle par le passé. Certes, il n'avait alors que vingt-six ans et se croyait suffisamment adulte et mûr pour gérer correctement la situation. Pourtant, la vérité était qu'il avait piteusement échoué.

Pour commencer, il avait profité d'elle alors qu'elle avait à peine vingt et un ans. Dépassé par ses hormones, il avait cédé à des désirs qu'il avait trop longtemps refoulés… Et qu'il aurait mieux fait de ne pas laisser remonter à la surface. D'ailleurs, il ne se pardonnerait sans doute jamais. Sa culpabilité le rongeait depuis telle une maladie incurable.

Mais, ensuite, qu'avait-il fait ? Il avait raccompagné Beth chez elle, et ne lui avait plus jamais adressé la parole. Ou presque. Il ne l'avait pas rappelée le lendemain pour prendre de ses nouvelles, et n'avait jamais cherché à évoquer avec elle l'éventualité d'une relation plus suivie après qu'ils aient fait l'amour ensemble.

Au lieu de cela, il s'était réfugié dans une attitude lâche, et s'était tenu éloigné d'elle en attendant qu'elle reparte pour l'université. Puis il s'était contenté de cette situation en suspens, soulagé de voir que Beth ne le pressait pas d'aborder ce délicat sujet.

Mais ce genre de comportement avait bien entendu eu un inévitable effet boomerang. Le fait de ne pas reparler de ce qui s'était passé entre eux n'avait en rien réglé la question. Ni permis à leur relation de redevenir comme avant. Au lieu de cela, l'incident s'était peu à peu transformé en un abcès de plus en plus gênant et douloureux avec le temps.

Ils s'étaient éloignés l'un de l'autre alors qu'ils avaient été très proches à une époque. Réduits à s'éviter, ils avaient fini par ne plus pouvoir se regarder en face, effaçant ainsi des années de complicité, de rires et de plaisanteries enfantines.

Connor s'en voulait beaucoup. Il s'en voulait d'avoir laissé sa libido et son manque de maîtrise dresser entre Beth et lui une barrière aussi massive et imprenable que la Grande Muraille de Chine…

Même si, une fois encore, il n'avait jamais vraiment cherché à tirer les choses au clair avec elle.

Qu'y avait-il donc de si spécial en Beth pour susciter en lui des sentiments si mitigés, une telle envie de la pousser dans ses retranchements, voire de la faire sortir de ses gonds ?

Pour le meilleur ou pour le pire, il brûlait d'envie de la faire réagir. Qu'elle lui crie dessus, le couvre d'insultes, le gifle à en avoir mal aux mains. Qu'elle pleure, qu'elle rie, ou se jette dans ses bras. Au point où il en était, il était prêt à accepter tout et n'importe quoi venant d'elle, du moment qu'elle cessait d'afficher une telle indifférence à son égard.

— Ah, tu n'as jamais cherché à me fuir ? répéta-t-il d'une voix plus que sceptique. Dans ce cas, comment expliques-tu que tu m'évites depuis sept ans, comme si nous étions deux aimants opposés ?

— Je ne comprends pas ce que tu veux dire.

— Oh que si, tu comprends. Dois-je te rappeler qu'à une époque tu dévalais l'escalier de ta maison dès que tu m'entendais passer le pas de la porte ? Que tu me suppliais de rester plus tard chez toi pour regarder une vidéo, ou te conduire chez le marchand de journaux pour t'offrir le dernier numéro de ton magazine préféré ? Mais ensuite il y a eu cette nuit, cette nuit dans mon pick-up. Après cela, dès que je venais voir ton frère chez tes parents, tu étais invisible. Tu as même réussi à partir t'installer en Californie afin d'être sûre de ne plus me croiser, ni chez eux ni à Crystal Springs.

A ces mots, Beth éclata d'un rire forcé.

— C'est ridicule, Connor. Tu sais bien que, si je suis allée vivre en Californie, c'est parce que je voulais devenir avocate dans l'industrie du spectacle et que Los Angeles en est la capitale mondiale.

— Ah vraiment ? demanda-t-il en faisant un pas de plus vers elle. N'as-tu pas plutôt choisi cette spécialisation parce que c'était la seule que tu étais certaine de ne pas pouvoir pratiquer ici ?

Cette fois, Beth ne riait plus. Elle ne chercha même pas à réfuter son insinuation.

Cessant de s'appuyer au plan de travail de l'évier, elle croisa les bras. Manifestement, elle ne s'était pas rendu compte que ce geste faisait remonter sa poitrine vers le haut, entrouvrant légèrement son chemisier de soie blanche entre deux boutonnières… et laissant ainsi entrevoir à Connor l'arrondi charnu de ses seins, ainsi que la vallée obscure et étroite qui les séparait.

Devant une telle vision, il sentit sa gorge s'assécher, mais détourna rapidement les yeux, de peur que Beth ne le surprenne en train de lorgner ainsi ses attributs.

— Je ne vois pas au nom de quoi j'aurais à me justifier auprès de toi, Connor, mais sache que j'exerce un métier pour lequel je suis compétente, et que j'aime ma vie à Los Angeles.

Certes, elle ne lui devait aucune explication quant à ses choix, mais elle sentait que sa curiosité n'était pas encore satisfaite.

— A présent, reprit-elle sur un ton presque neutre, si tu as fini de déterrer des détails du passé qui n'ont aucune incidence sur le présent, je pense qu'il est temps pour nous d'établir quelques règles de base pour la période durant laquelle nous serons forcés de vivre sous le même toit.

— Des règles de base, rien que ça ! dit-il en croisant les bras pour imiter son attitude défensive, tout en se retenant de sourire. Qu'entends-tu exactement par là ?

— Pour commencer, j'exige d'être prioritaire pour passer à la salle de bains tous les matins.

— Et en quel honneur ?

— D'abord, il s'agit de la maison de mon frère, et ensuite je suis une fille, donc tu dois te montrer galant, expliqua-t-elle avec un haussement de sourcils très pince-sans-rire.

Il dut se mordre les lèvres pour ne pas éclater de rire.

— Est-ce que la galanterie serait un argument recevable devant une cour de justice ?

— Je ne passe pas assez de temps en plaidoirie pour pouvoir te l'affirmer, mais le fait est que les femmes ont besoin de plus de temps pour se pomponner le matin.

Après trois ans de vie commune avec Lori, il avait largement eu le temps de s'en rendre compte.

— Je suis d'accord avec toi, mais ton plan ne tient pas compte de certaines réalités.

— Lesquelles ?

— J'étais debout une bonne heure avant toi ce matin.

Beth fit une moue agacée et fronça le nez.

— D'accord, d'accord. Si tu te réveilles avant moi, tu pourras utiliser la salle de bains le premier. Mais, dès que je me lèverai, mes besoins passeront en priorité devant les tiens.

— C'est d'accord. Y a-t-il autre chose ?

— Les repas. Tu as préparé le petit déjeuner ce matin, et je dois dire que j'ai apprécié. C'était délicieux, merci encore. Mais ne te sens pas obligé de faire de même tous les matins, ni de t'occuper des autres repas. En tout cas, ne t'attends pas à ce que je fasse la cuisine. Dans ce domaine, ce sera chacun pour soi. Si l'un d'entre nous cuisine un plat et qu'il a envie d'inviter l'autre à table, aucun problème. Mais en tout état de cause nous ne devrons pas dépendre l'un de l'autre pour ce qui est de la nourriture.

— Comme tu voudras. Mais concernant les plats que l'on se

fait livrer... Veux-tu que l'on se concerte avant de commander une pizza ou des spécialités chinoises, ou bien devrons-nous appeler le traiteur en cachette ?

— Très drôle, rétorqua-t-elle avec un petit sourire suffisant. Bon, il est évident qu'il sera plus courtois de prévenir l'autre que l'on a l'intention de passer une commande, mais ça n'aura rien d'une obligation.

— Compris. Et, à part ça, y a-t-il autre chose ?

Plusieurs secondes s'écoulèrent tandis que Beth paraissait absorbée dans ses pensées. Finalement, elle hocha la tête.

— Je ne pense à rien de particulier pour le moment, mais nous pourrons toujours ajouter de nouvelles règles au fur et à mesure qu'elles nous viendront à l'esprit.

— Je suis d'accord avec toi, dit-il en glissant ses mains dans les poches de son jean avant de poser les yeux sur les couverts rassemblés dans l'évier, derrière Beth. Ah, juste une dernière chose : qui fait la vaisselle ?

— Toi, bien sûr ! répondit-elle sans le moindre battement de cils avant de passer devant lui pour quitter la cuisine en un déhanchement léger.

Connor la regarda s'éloigner, se délectant de la ligne légère et féline de sa silhouette. Dès qu'elle eut disparu dans l'encadrement de la porte, il pouffa de rire et se tourna vers l'évier. Il ouvrit le robinet et se mit à faire la vaisselle, puisque apparemment cette tâche lui serait dévolue pour toute la période pendant laquelle il cohabiterait avec Beth.

Quitte à être bloquée à Crystal Springs pour plusieurs jours, Beth se décida à appeler quelques-unes de ses vieilles amies. Si elle avait perdu de vue la plupart de ses camarades de lycée, elle restait tout de même en contact avec quelques-unes d'entre elles, dont certaines vivaient encore sur place.

Et il fallait bien admettre qu'elles aussi elle les avait plus ou moins perdues de vue. Hormis quelques coups de téléphone de temps en temps, quand elle n'était pas retenue trop tard au bureau, ou quelques mots dictés à la hâte à son assistante qui se chargeait d'envoyer un courrier électronique, elle ne donnait que rarement de ses nouvelles à Jackie et Gail.

Par chance, aucune de ses deux amies ne semblait lui en tenir rigueur. Toutes deux se montrèrent plus gaies et enthousiastes que jamais lorsqu'elle leur téléphona, l'invitant aussitôt à une soirée de retrouvailles entre filles au Longneck, le bar de Crystal Springs, le mercredi soir.

Cela faisait des années — probablement depuis son déménagement à Los Angeles — que Beth ne s'était pas accordé de sortie juste pour le plaisir. Bien sûr, la cité des Anges regorgeait de bars, restaurants et autres boîtes de nuit des plus branchés, mais chaque fois qu'elle avait l'occasion de les fréquenter c'était pour des raisons professionnelles. Pour courtiser des clients potentiels, ou flatter ceux, parmi les plus importants, pour qui elle travaillait.

Mais pour l'heure, à Crystal Springs, Beth était sans voiture. Jackie travaillait à mi-temps comme réceptionniste dans une clinique locale, en plus d'être mère de quatre enfants, dont deux étaient encore en bas âge. Beth savait que la seule voiture dont son amie disposait croulait sous les sièges-autos, jouets, et autres sachets de fast-food usagés. Du coup, même si le mari de Jackie pouvait lui laisser la voiture mercredi soir, Beth n'avait aucune envie de monter dans un véhicule aux relents de lait caillé et de vieilles frites.

Quant à Gail, qui était aussi mariée, mais sans enfant, elle ne quittait pas son travail avant 19 heures. Elle avait bien proposé d'aller chercher Jackie et Beth après être retournée chez elle pour se doucher et se changer, mais cela signifiait que les trois amies n'arriveraient pas au Longneck avant 21 heures. Cela laissait présager d'une fin de soirée autour de minuit, ce qui faisait trop tard pour Jackie qui devait se lever à l'aube le lendemain pour s'occuper de ses enfants.

Quoi qu'il en soit, Beth avait besoin de trouver quelqu'un qui pourrait l'emmener et la ramener.

Elle songea bien à louer une voiture pour pouvoir circuler

librement durant son séjour, mais l'agence de location la plus proche se situait dans la petite ville d'à côté, à quarante-cinq minutes de là.

Cela lui coûtait beaucoup, mais elle allait devoir demander à Connor de bien vouloir la déposer en ville mercredi soir. Et, vu les tensions qui régnaient entre eux depuis leur entrevue de ce matin, elle aurait sans aucun doute préféré aller se faire pendre plutôt que d'avoir à lui demander un service.

Quittant le bureau, elle se dirigea vers la cuisine, où elle pensait le trouver. Mais la pièce était vide, et les couverts du petit déjeuner, soigneusement lavés, étaient en train de sécher dans l'égouttoir sur le plan de travail.

A leur vue, Beth ne put réprimer un sourire en repensant à la façon dont elle avait magistralement assigné à Connor la corvée de vaisselle. Un pur moment de jubilation… Tant par l'expression incrédule qu'il affichait lorsqu'elle avait quitté la pièce, que par le fait d'avoir eu le dernier mot au terme de leur échange pour le moins tendu.

Dommage qu'elle soit obligée de recourir à lui pour se rendre au Longneck.

Elle chercha Connor dans le salon, puis dans la salle à manger, mais le rez-de-chaussée était désert. Peut-être était-il dans la chambre de Nick, dans laquelle il s'était installé. Pourvu qu'il ne soit pas en petite tenue… Si tel était le cas, il valait mieux attendre pour lui demander quoi que ce soit.

Beth grimpa à l'étage et frappa à la porte de la chambre de son frère, restée entrouverte. Elle la poussa doucement. Le lit était fait, les stores ouverts. Le seul signe témoignant de la présence de Connor était un sac de voyage posé au pied de la commode. Elle en déduisit qu'il avait dû repasser chez lui pour prendre quelques habits de rechange.

— Connor ? appela-t-elle.

Alors qu'elle s'apprêtait à tourner les talons pour aller vérifier si son 4x4 était toujours dans la cour, elle entendit un éclat de voix étouffée.

— Connor, c'est toi ?

— Oui, je suis là, répéta-t-il d'un timbre un peu plus clair.

Elle avait l'impression qu'il lui parlait depuis l'ancienne chambre de Nick, celle qu'il occupait quand il était enfant, avant que leurs parents ne déménagent pour s'installer dans un complexe résidentiel à l'autre bout de Crystal Springs. Karen avait alors emménagé avec lui, et Nick et sa dulcinée avaient investi la grande chambre des parents.

D'une main hésitante, Beth posa la main sur la poignée de la porte, avant de la pousser.

A l'autre bout de la pièce, Connor tenait une boîte en carton sur laquelle était inscrit au marqueur noir : « Trophées sportifs de Nick ». Il la posa sur la pile de caisses et se tourna vers Beth, qui s'avançait vers lui.

— Que fais-tu là ? demanda-t-elle sèchement.

— Sais-tu si Karen et Nick ont prévu quelque chose pour cette chambre ? demanda-t-il en s'époussetant les mains de chaque côté de son jean, sans répondre à sa question.

Beth balaya la pièce du regard, détaillant les murs aux couleurs fanées, et truffés de traces de clous datant de l'époque où Nick les tapissait de posters en tout genre. Quant à la moquette grise, elle était sans doute déjà là quand leurs parents avaient acheté la maison, voici trente-cinq ans.

— Je n'en ai aucune idée, pourquoi ? répondit-elle.

— Cela ferait une magnifique chambre de bébé, tu ne crois pas ?

L'idée de Connor la prit de court. Cela faisait bien longtemps que cette pièce était devenue un débarras. Et avant cela elle avait hébergé un adolescent… Mais, à bien y réfléchir, cette pièce avait sans doute un bon potentiel.

— Je ne sais pas. C'est un peu crasseux, non ? dit-elle en fronçant le nez. Et puis, ça sent le renfermé.

Connor se mit à rire.

— Ce doit être un vestige des vieilles chaussettes de Nick, quand il revenait du gymnase ! Mais ça ne devrait pas être trop difficile à éradiquer, affirma-t-il en se rapprochant de Beth jusqu'à se retrouver épaule contre épaule. Franchement,

Beth, il suffirait de retirer cette moquette, passer une couche de peinture fraîche, installer des rideaux pastel aux fenêtres et meubler la pièce avec le nécessaire pour nouveau-né... Tu ne crois pas que Karen et Nick auraient là la chambre de bébé idéale ?

Il chercha son regard, avant d'ajouter :

— En plus, ce serait un merveilleux cadeau de bienvenue pour leur retour de voyage !

— Et à qui comptes-tu confier les travaux ? s'enquit-elle.

Un sourire assuré se dessina sur les lèvres de Connor.

— Tu oublies à qui tu parles, ma jolie... Ton frère et moi avons monté une entreprise de bâtiment et, hormis quelques missions que nous sommes obligés de déléguer à des intérimaires, je te rappelle que nous assurons nous-mêmes quatre-vingt quinze pour cent des travaux. Je peux poncer le parquet et le vernir en un rien de temps. Tiens, par exemple, à ton avis, combien de temps faudrait-il pour repeindre ces quatre petits murs ?

Comme Beth restait muette, il lui donna un petit coup de coude.

— Allons, fais donc un petit effort ! Qu'en penses-tu ?

Elle ne doutait pas que son frère et sa nouvelle belle-sœur apprécieraient un tel geste. Ils allaient devoir aménager une chambre de bébé dans les mois à venir et, de cette façon, ils n'auraient pas à se soucier des travaux.

— Fais comme tu veux, finit-elle par répondre en haussant les épaules. Je suis sûre que cela fera plaisir à Nick et Karen.

Elle s'apprêtait à tourner les talons, mais Connor la rattrapa par le bras. La chaleur de ses doigts robustes et virils traversa son chemisier, et Beth sentit instantanément un torrent de feu dévaler ses veines.

— Attends ! s'exclama Connor en cherchant de nouveau son regard. En fait, je pensais que tu pourrais m'aider...

Aïe... Cette fois, il y allait vraiment trop fort.

S'il avait envie de mettre cette chambre en travaux, la repeindre, la redécorer, il en avait le droit. C'était un excellent artisan, et Beth lui faisait entièrement confiance pour rénover la pièce.

Mais elle ne souhaitait en aucun cas s'impliquer dans un tel projet. D'autant qu'il s'agissait là d'une chambre de bébé.

— Je ne préfère pas, murmura-t-elle en croisant les bras, alors qu'un frisson lui parcourait le dos.

— Pourquoi ? s'étonna-t-il. Tu serais d'excellent conseil : tu m'aiderais à choisir les tons de peinture, les rideaux, une frise autocollante. Sans parler du berceau, de la table à langer, et de tout l'attirail... C'est que je n'y connais rien en accessoires pour bébés, moi !

Parce qu'elle était censée en savoir plus, elle ?

Ces mots lui firent l'effet d'un poignard planté en plein cœur. Elle se mordit la lèvre pour réprimer la douleur sourde qui montait en elle, et plissa les yeux pour retenir ses larmes.

— Tu ne travailles pas cette semaine ? demanda-t-elle en faisant de son mieux pour contrôler sa voix et ne pas éveiller les soupçons de Connor.

— Si, bien sûr, mais c'est une période de l'année assez calme. D'ailleurs, Nick n'aurait jamais accepté de partir deux semaines si cela n'avait pas été le cas. La plupart des chantiers que nous avons en ce moment concernent des travaux d'intérieur, et nos ouvriers peuvent se passer de moi quelques jours. C'est un des avantages d'être patron ! ajouta-t-il avec un sourire hardi.

Plusieurs secondes s'écoulèrent, qui semblèrent être des heures aux yeux de Beth. Ses oreilles se mirent à bourdonner, elle avait mal à la tête. Si Connor ne lui avait pas tenu le bras, elle aurait probablement perdu l'équilibre.

— J'ai vraiment besoin de ton aide, Beth. Je ne suis pas certain d'y arriver sans toi, car je voudrais que tout soit terminé avant le retour de Nick et Karen.

Cette lueur au fond de ses yeux ébranla quelque peu la détermination de Beth. Elle n'avait aucune envie, vraiment aucune, de s'impliquer dans ce projet. Même si, d'un autre côté, elle savait que Karen et Nick seraient ravis de trouver une telle surprise en rentrant de voyage de noces. Et puis, elle pouvait faire cela en tant que future tante. Il était temps pour elle de s'habituer à l'idée qu'un bébé allait naître dans la famille. Même si cela la mettait dans tous ses états…

Elle déglutit péniblement et hocha la tête. S'efforçant de ne pas prendre une voix trop rocailleuse, elle répondit :

— Bon, c'est d'accord… De toute façon, je n'ai rien de mieux à faire pendant mon séjour ici.

Connor ne sembla guère prendre ombrage de sa petite réflexion, contrairement à ce qu'elle espérait. Une bonne dispute amère était pourtant ce dont elle avait besoin pour chasser les douloureux souvenirs qui la hantaient.

Au lieu de ça, le visage de Connor s'illumina et il la serra dans ses bras. Pas assez longtemps pour la troubler vraiment, juste le temps d'une étreinte amicale pour la remercier.

— Tous les magasins de bricolage du coin sont fermés le dimanche, et il nous faudra attendre demain avant de pouvoir acheter les fournitures dont on aura besoin. Pour l'instant, je vais commencer par dresser une liste de ce qu'il nous faut. Tu veux m'aider ?

Beth secoua la tête pour dire non. A ce moment précis, elle avait besoin d'être seule. Il lui faudrait un peu d'alcool, un bon bain chaud et une heure ou deux pour arriver à se recentrer sur le présent au lieu de ruminer le passé.

— Tu n'as qu'à commencer de ton côté et je compléterai demain, s'il y a des détails auxquels tu n'as pas pensé.

— Bonne idée ! dit-il en pressant une dernière fois sa main avant de quitter la pièce.

— Ah, au fait, Connor…, murmura-t-elle avant qu'il ne disparaisse dans le couloir.

— Oui ?

Elle s'éclaircit la gorge pour tenter de dissimuler l'émotion qui saturait sa voix.

— J'ai rendez-vous avec de vieilles amies au Longneck mercredi soir. Comme je n'ai pas de voiture pour circuler à Crystal Springs, je me demandais si tu accepterais de m'y conduire. Si ça te dérange, s'empressa-t-elle d'ajouter, ce n'est pas grave. Je peux toujours trouver quelqu'un d'autre pour me déposer, ou bien essayer de louer une voiture.

Même si elle avait déjà réfléchi à la question et savait que ces deux dernières solutions ne seraient guère aisées, Beth ne voulait surtout pas contrarier les projets de Connor s'il en avait.

— Ce sera avec plaisir, assura-t-il en glissant ses mains dans les poches de son jean avec un léger sourire. Moi-même, cela fait un certain temps que je ne suis pas allé au Longneck. Ce serait sympa d'aller y prendre un verre pour parler du bon vieux temps. Tu n'auras qu'à me dire à quelle heure tu veux y être, d'accord ?

Elle acquiesça d'un signe de tête. Après quelques secondes, Connor tourna les talons et partit.

Beth resta plantée ainsi, plusieurs longues minutes, à s'efforcer de ravaler ses larmes. En fin de compte, accepter la proposition de Connor n'avait pas été si difficile, malgré le coup de poignard qu'elle avait initialement ressenti lorsqu'il lui avait proposé de créer à ses côtés une chambre de bébé.

En fait, elle n'aurait jamais dû revenir à Crystal Springs, ni dans cette maison. Elle savait depuis le début que les choses se passeraient ainsi, qu'elle serait assaillie de mauvais souvenirs et que les vieilles blessures se rouvriraient. Si seulement elle avait repris l'avion juste après la cérémonie au lieu d'accepter de rester quelques jours de plus pour faire plaisir à ses parents !

Qui plus est, elle aurait dû quitter cette maison dès qu'elle avait compris que Connor y séjournait aussi. Dormir sous les ponts lui aurait sans doute été moins pénible que lutter contre ce malaise qui l'envahissait tout entière, ce mal qu'elle ressentait désormais dans chaque cellule de son corps.

En tout cas, elle ne pouvait s'en prendre qu'à elle-même.

Beth attendit que Connor s'étende sur le canapé. Les pieds posés sur la table basse, il réfléchissait à sa liste de courses tout en sirotant une bière fraîche et en regardant d'un œil distrait un programme sportif à la télévision. Dès qu'il fut bien installé, elle se faufila dans la cuisine pour y dégoter une bouteille de vin.

Elle remonta à l'étage sur la pointe des pieds, s'enferma dans la salle de bains et se fit couler un bain. Après avoir versé une quantité généreuse de gel moussant sous le filet d'eau chaude, elle se déshabilla, tandis que la petite pièce embaumait peu à peu un doux parfum de lavande.

Une fois nue, elle se servit un grand verre de vin rouge, le posa sur le rebord de la baignoire tout en gardant la bouteille à portée de main, et se plongea dans l'eau chaude et vaporeuse.

Voilà à quoi devait ressembler le paradis, se dit-elle en poussant un profond soupir. Rien de tel qu'un bon bain chaud aux vertus curatives et apaisantes.

Pourtant, Beth avait le sentiment qu'il lui faudrait beaucoup plus qu'un simple bain ou un peu d'alcool pour effacer les souvenirs que son face-à-face avec Connor faisait remonter en elle.

Non, non et non ! Elle refusait de repenser à tout cela. Le temps était venu pour elle d'oublier et de guérir.

Elle remplit de nouveau son verre de vin, cala sa tête contre la paroi de la baignoire, ferma les yeux et tenta de penser à autre chose qu'à la tristesse qui enserrait soudain son cœur.

Des images du mariage de son frère et du bonheur qu'il avait éprouvé en échangeant ses vœux avec Karen lui vinrent alors à l'esprit. Elle revit aussi l'expression heureuse de ses parents chaque fois qu'elle descendait de l'avion pour leur rendre visite, souvent après plus d'une année d'absence.

Elle repensa ensuite à la montagne de travail qui l'attendait dès son retour à Los Angeles. Les contrats à finaliser, les gens à rappeler, et probablement quelques stars capricieuses dont il faudrait tempérer les ardeurs.

Plus son esprit vagabondait sur des soucis de travail, plus elle se sentait envahie par une douce torpeur. Peu à peu, ses muscles se décontractèrent et elle se laissa gagner par le sommeil.

Et puis, il se passa quelque chose d'étrange. Juste avant qu'elle ne cède complètement aux sirènes du sommeil, le visage de Connor s'invita dans son subconscient et vint lever le voile sur tout ce qu'elle s'appliquait à refouler depuis des années.

6

De nouveau en dernière année de fac, elle avait vingt et un ans — l'âge légal pour acheter de l'alcool, tout en restant assez jeune pour conserver une part d'insouciance et d'effronterie.

Mais surtout elle était amoureuse. Et, après tant d'années à rêver de lui et à espérer, elle avait acquis la quasi-certitude que ses sentiments étaient réciproques.

Elle était rentrée à Crystal Springs pour le week-end, afin de rendre visite à ses parents, et avait assisté à un match de football américain de l'équipe locale avec eux, ainsi que son frère et Connor. A la fin de la soirée, Connor et elle avaient quitté le stade ensemble et avaient fini par faire l'amour sur la banquette du pick-up de Connor. Pour elle, c'était la première fois. Et, à ses yeux, les choses n'auraient pas pu être plus parfaites.

Depuis ce soir-là, son sourire ne l'avait plus quittée. Ses amis à la fac avaient remarqué sa bonne humeur et la pressaient de questions pour en savoir plus.

Mais elle refusait de parler à qui que ce soit, pour le moment. C'était une expérience tellement nouvelle pour elle… Tellement spéciale… Tellement intime. Il s'agissait de quelque chose qui n'appartenait qu'à Connor et elle-même, et elle tenait à ce qu'il en soit encore ainsi quelque temps.

Quelques jours après cette fameuse soirée, elle était retournée à l'université, mais elle avait alors commencé à descendre de son nuage. Elle attendait toujours un appel de Connor. Un appel qui tardait à venir.

Lorsqu'elle avait téléphoné à ses parents, elle avait demandé à parler à Nick, l'interrogeant de façon détournée pour avoir des nouvelles de Connor. S'étaient-ils revus, avaient-ils discuté depuis qu'elle était repartie de Crystal Springs ? Connor avait-il parlé d'elle ? Mais son frère n'avait l'air au courant de rien, et elle ne voulait surtout pas éveiller ses soupçons.

Connor allait l'appeler, c'était certain. Elle était peut-être encore trop impatiente d'avoir de ses nouvelles. Encore un jour ou deux, et il décrocherait son téléphone.

Mais les jours passèrent, puis les semaines, et elle n'entendit plus parler de lui. Pas un coup de fil, pas un e-mail, pas un message passé par l'intermédiaire de ses parents. C'était le silence le plus total.

Et puis, elle était tombée malade. Elle n'y avait pas trop prêté attention au début. Une épidémie sévissait sur le campus et, comme la plupart de ses amis, elle finit elle aussi par être en proie à de violentes nausées.

Sauf que le virus semblait redoubler de virulence sur elle. Tout le monde autour d'elle commença à aller mieux, mais elle se sentait toujours aussi mal. Elle finit alors par remarquer qu'elle vomissait tous les matins, avant de se sentir mieux au fil de l'après-midi. Et, lorsqu'elle constata qu'elle avait un retard de règles, elle comprit tout de suite qu'elle n'était pas malade.

Elle était enceinte.

Elle portait le bébé de Connor.

D'abord, elle fut prise de panique. Elle était en dernière année à l'école de la magistrature… Comment pourrait-elle passer ses examens si elle était en fin de grossesse, ou encore pratiquer son nouveau métier tout en devant s'occuper d'un nourrisson ? Comment allait-elle annoncer la nouvelle à Connor ? Comment ses parents allaient-ils réagir ?

Toute une foule de questions angoissantes s'étaient alors bousculées dans son esprit, ne manquant pas d'accentuer encore ses nausées.

Et si, en fin de compte, la maternité se révélait être une expérience merveilleuse ? Et si Connor réagissait avec enthou-

siasme à la nouvelle de sa future paternité, et la demandait en mariage sur-le-champ ?

Ils pourraient se marier et emménager dans une petite maison à Crystal Springs. Elle ferait de son mieux pour réussir ses examens avant la naissance du bébé, et chercherait un emploi dans un cabinet local un peu plus tard.

Même si la situation n'était pas idéale, cela pouvait fonctionner. Après tout, sa plus vieille ambition n'était-elle pas d'épouser Connor et de fonder une famille avec lui ? Ils pouvaient bien commencer un peu plus tôt que prévu, et ne pas forcément faire les choses dans l'ordre traditionnel…

Oui, tout allait bien se passer. Elle allait s'organiser pour rentrer prochainement chez ses parents et parler en personne à Connor.

Il pourrait ainsi lui expliquer pourquoi il ne l'avait pas rappelée depuis la soirée qu'ils avaient passée au Coin Secret. Elle était certaine qu'il ne l'oubliait pas et qu'il y avait une explication logique à son silence.

Cet espoir lui fit garder le moral pour les deux semaines qui suivirent. Elle fit de son mieux pour s'accommoder des petits maux de son début de grossesse tout en gardant précieusement son secret. Et ce, même s'il n'était guère aisé de dissimuler pareil événement, notamment à sa colocataire.

Un matin, elle était en train de s'habiller pour aller en cours quand elle ressentit des contractions. C'était une sensation si discrète et furtive qu'elle ne s'en inquiéta pas. Mais une heure plus tard, à son retour de cours, les contractions se firent subitement beaucoup plus intenses, et elle comprit que quelque chose de grave était en train d'arriver. D'autant qu'elle s'aperçut qu'elle perdait du sang.

A ce stade, peu lui importait de divulguer son secret… En larmes, elle était allée chercher sa colocataire et l'avait suppliée de l'accompagner à l'hôpital.

Mais il était trop tard. Elle avait perdu le bébé.

Elle avait pleuré toutes les larmes de son corps durant les semaines qui avaient suivi. Et rien de ce que ses amis purent *dire ou faire pour elle ne la tira de sa dépression. Elle était inconsolable, voilà tout.*

D'autant qu'elle commençait à nourrir un certain ressentiment à l'égard de Connor, qu'elle tenait pour entièrement responsable de ce qui lui arrivait.

Il lui avait pris sa virginité sans jamais se soucier de leur avenir commun, il l'avait laissée seule pour gérer les répercussions de leurs ébats. Alors qu'ils se connaissaient depuis toujours, il n'avait pas même pris la peine de décrocher son téléphone après lui avoir fait l'amour dans son pick-up.

Se rendait-il seulement compte qu'ils avaient pris le risque qu'elle tombe enceinte et qu'elle puisse avoir besoin de son aide ? Bien sûr que non. C'était une attitude typiquement masculine : d'abord penser à son petit plaisir personnel, sans se soucier une seconde des conséquences de ses actes.

Et, même si elle n'avait pas eu l'occasion de lui révéler sa grossesse, elle le tenait aussi pour responsable de sa fausse couche. Car, s'il avait pris ne serait-ce qu'une fois de ses nouvelles depuis qu'ils avaient couché ensemble, il aurait été au courant et ils auraient pu tous deux commencer à envisager un avenir commun.

Elle serait peut-être rentrée à Crystal Springs avec lui pour s'épargner un emploi du temps universitaire qui la fatiguait beaucoup, et l'exposait à un important niveau de stress. Il aurait peut-être été à ses côtés au moment de la première contraction, et l'aurait conduite chez le médecin assez tôt pour pouvoir sauver le bébé. En tout cas, elle était persuadée que les choses auraient été bien différentes s'il l'avait rappelée après leur nuit d'amour.

Dans l'hypothèse où elle aurait quand même perdu le bébé, ils auraient vécu ce terrible deuil à deux, se soutenant mutuellement, et auraient peut-être envisagé de faire un autre enfant.

Au lieu de cela, elle se retrouvait seule. Et meurtrie.

Tout cela, par la faute de Connor.

*
* *

Plusieurs coups frappés à la porte la réveillèrent en sursaut, projetant une gerbe d'eau refroidie par-dessus les rebords de la baignoire.

Beth s'aperçut alors que son visage était couvert de larmes. Même dans son sommeil, son chagrin et la douleur d'avoir perdu cet enfant des années plus tôt étaient intacts.

— Beth ? Tout va bien ?

La voix de Connor ne fit qu'accentuer encore l'émotion qui lui serrait le cœur. Un sanglot s'échappa de ses lèvres, et elle porta aussitôt sa main à sa bouche afin de l'étouffer. Elle se leva péniblement, saisit la serviette accrochée au mur et s'enveloppa à l'intérieur. L'eau ruisselait le long de sa peau, mouillant le tapis de bain alors qu'elle s'épongeait à la hâte.

— Beth ? Tu es là ?

— Oui, tout va bien, Connor, cria-t-elle en direction de la porte, encore sous le choc d'avoir été surprise en pleurs, assoupie dans son bain.

— Ça fait un moment que tu es enfermée là-dedans et je t'ai entendue hoqueter… Tu es sûre que tout va bien ?

Elle finit de s'essuyer le visage en épongeant avec soin toute trace de larmes, puis remonta sa serviette au-dessus de sa poitrine pour entrouvrir la porte de la salle de bains. Dès qu'elle croisa le regard de Connor, elle lui offrit son sourire le plus convaincant.

— Je vais bien, je t'assure, insista-t-elle. J'ai dû piquer du nez dans mon bain, c'est tout.

— Je te trouve pâle, fit-il en l'examinant de la tête aux pieds à travers l'étroite ouverture de la porte.

— J'ai dû rester trop longtemps dans l'eau refroidie, assura-t-elle avec un semblant de légèreté. D'ailleurs, regarde : mes doigts sont tout fripés !

Le regard de Connor s'assombrit. Il plissa les lèvres, l'air peu convaincu.

— Bon, si tu me dis que tout va bien…

— C'est le cas, merci… Je libère la salle de bains dans une minute… Au cas où tu voudrais prendre ma place !

— Pas pour l'instant, répondit-il à voix basse. J'étais juste inquiet pour toi.

Beth ne sut que répondre à cela. Un nœud d'amertume enserrait sa gorge. Elle se contenta donc d'acquiescer en baissant les yeux, et referma la porte.

Dix minutes plus tard, elle ressortit de la salle de bains, soigneusement coiffée, vêtue de sa nuisette courte en satin et de la robe de chambre jaune d'or assortie. Elle traversa le couloir et descendit l'escalier pieds nus, son verre et sa bouteille de vin à la main.

Contre toute attente, elle se sentait un peu mieux qu'au moment où Connor l'avait brutalement tirée de son rêve… ou de ce qui s'apparentait plutôt à une série de souvenirs très intenses de l'épreuve qu'elle avait endurée voici sept ans.

En temps normal, Beth évitait de ressasser tout cela, mais le fait de passer quelques jours dans cette maison, qui plus est au côté de Connor, avait inévitablement réveillé ce traumatisme enfoui.

En tout cas, Connor venait d'avoir un geste amical, il s'était inquiété pour elle. Et pour une fois elle ne s'était pas montrée cassante, et n'avait pas tenu le rôle de la princesse capricieuse et glaciale.

En passant ainsi du temps à Crystal Springs, elle redevenait la jeune fille douce et innocente qu'elle avait été autrefois. Or cela faisait bien longtemps qu'elle n'avait pas eu l'occasion de se montrer sous son véritable jour. Certes, elle était désormais réputée pour sa politesse, son aisance mondaine, son professionnalisme… mais sans doute pas pour sa spontanéité, sa sincérité, ni sa simplicité.

Elle fit un détour par la cuisine, attrapa un deuxième verre à vin dans le placard, et se dirigea vers le salon où Connor était de nouveau installé sur le canapé, à regarder la télé.

Sans vraiment savoir pourquoi, elle se sentait soudain obligée de lui parler. Elle aurait tout aussi bien pu regagner sa chambre, et éviter ainsi de le croiser pour le reste de la soirée. Mais, pour une fois, les souvenirs de sa grossesse tragique ne rendaient pas Connor plus détestable à ses yeux. Pour la première fois, elle se rendait compte qu'elle lui avait peut-être trop fait porter la responsabilité de ce qui était arrivé.

Certes, il l'avait mise enceinte. Bien sûr, il ne l'avait jamais rappelée, ce qui était pourtant la moindre des choses après avoir couché avec elle. Mais d'un autre côté elle aurait tout aussi bien pu lui téléphoner, elle. *A fortiori* lorsqu'elle avait découvert qu'un bébé, fruit de leur nuit d'amour, allait venir au monde. Dans la mesure où Connor ignorait tout, elle ne pouvait pas vraiment le tenir pour responsable de la perte de ce bébé, ni de la dépression qu'elle avait dû affronter suite à ce traumatisme.

Elle n'était pas prête à lui parler de sa grossesse, ni de sa fausse couche. Ni aujourd'hui ni peut-être jamais. Mais elle ne risquait rien à s'asseoir près de lui pour discuter un moment. D'autant que, depuis qu'ils s'étaient retrouvés tous deux coincés dans la maison de son frère, elle n'avait pas fait preuve d'une grande bonne humeur.

Il la regarda avancer vers lui en écarquillant les yeux, mais eut au moins la décence de ne pas lorgner du côté de ses jambes, largement dévoilées par sa courte nuisette. Alors qu'elle s'asseyait sur le canapé près de lui en posant les deux verres sur la table basse, Connor se redressa et s'éclaircit la gorge.

— Que dirais-tu d'une pizza pour le repas ? J'allais justement appeler le livreur…

Beth acquiesça d'un hochement de tête tout en remplissant généreusement les deux verres de vin.

— Ça me paraît être une bonne idée.

Il posa sa bière et se leva pour aller vers le téléphone. D'humeur plutôt guillerette, elle en profita pour le reluquer de la tête aux pieds… Ma parole, cet homme était décidément fait pour porter des jeans moulants !

Après avoir composé le numéro du pizzaïolo du quartier, il commanda une pizza géante, puis posa sa main sur le combiné pour demander à Beth :

— Je demande une double ration de fromage sur ma moitié ; tu as envie d'un supplément en particulier ?

Elle n'aurait pas dû, mais elle s'entendit répondre :

— La même chose que toi.

Tant pis, elle mangerait léger plus tard. Peut-être se lève-rait-elle plus tôt demain pour faire un jogging. Et ce, même s'il pleuvait à verse.

Connor finit de passer commande, puis donna au livreur l'adresse complète de la maison. Il raccrocha, puis revint vers Beth, qui lui tendit son verre de vin alors qu'il s'asseyait. Il la dévisagea d'un œil méfiant avant de l'accepter. A coup sûr, il se demandait si elle n'avait pas versé un poison quelconque dans son verre. Vu le comportement qu'elle avait eu à son égard depuis son arrivée pour le mariage, elle ne pouvait pas lui en vouloir...

— A quoi buvons-nous ? demanda-t-il en avalant une première gorgée de vin.

Beth s'adossa contre le dossier douillet du canapé, posant ses orteils aux ongles vernis sur la table basse en imitant l'attitude décontractée de Connor.

— A rien de spécial. J'ai juste été très touchée de voir que tu t'inquiétais pour moi quand j'ai longuement disparu dans la salle de bains. Je voulais te remercier.

— Je n'aurais pas aimé que mon meilleur ami rentre de voyage de noces pour découvrir que sa petite sœur s'était noyée pendant son absence, lança-t-il.

— Je ne risquais rien, dit-elle en souriant. Mais, vu la façon dont je t'ai traité depuis que nous sommes colocataires, je m'étonne que tu n'aies pas toi-même cherché à me mettre la tête sous l'eau !

Le visage de Connor s'éclaira d'un sourire.

— J'avoue y avoir songé... Mais je tiens à garder un casier judiciaire vierge !

— Je l'ai donc échappé belle...

Le temps s'écoula paisiblement et ils dégustèrent le vin, devant une série diffusée à la télévision. Beth se laissa envahir par la douce quiétude de ce moment simple. Cela faisait si longtemps qu'elle ne s'était pas sentie si… légère, voire insouciante. Elle se rendit compte alors à quel point elle se trouvait à des lieues de Los Angeles et de son agitation, qui requérait une attention de tous les instants.

Là-bas, jamais elle ne prenait le temps de faire une pause, de souffler un peu. Et, si elle s'accordait un peu de repos, c'était seule, et non en compagnie d'un bel homme qui ne portait que des jeans et préférait la bière au martini, ou encore les pizzas à la nouvelle cuisine. Il était réconfortant pour elle de se dire que Connor se moquait de la marque de sa nuisette, et n'allait pas vérifier si son maquillage avait coulé ou si ses cheveux étaient bien coiffés.

Malgré tous ses efforts pour fuir cet homme depuis près de dix ans, Beth était forcée de reconnaître qu'il était d'une compagnie fort agréable. Lui qui l'avait connue haute comme trois pommes, il l'avait déjà vue avec du chewing-gum collé dans les cheveux. Ou encore pleurer toutes les larmes de son corps le jour où son chat s'était fait écraser par une voiture, alors qu'il aidait son père à enterrer la petite Zoé au fond du jardin. Il l'avait même vue vomir à la cafétéria de l'école quand elle avait neuf ans, et avait été le seul élève avec Nick à ne pas se moquer d'elle. Au lieu de ça, il lui avait passé le bras autour des épaules, et l'avait accompagnée à l'infirmerie, attendant auprès d'elle que sa mère vienne la chercher.

Au fur et à mesure qu'elle avait grandi, Connor était devenu son héros. Et, si elle était entièrement honnête envers elle-même, il l'était toujours. Un héros imparfait, certes, mais un héros quand même.

Car qui n'avait jamais commis d'erreurs dans sa vie ?

Tout en savourant une nouvelle gorgée de vin, Beth appuya sa tête contre le dossier du canapé, et balança son verre au-dessus de sa cuisse. Pour se sentir ainsi disposée à pardonner à Connor, elle devait avoir atteint une sorte d'état second. Mais était-elle vraiment prête à aller aussi loin ? Le seul fait que cela devienne envisageable était déjà une révolution en soi. Il s'agissait en tout cas d'un progrès indiscutable. Or elle estimait avoir suffisamment progressé pour ce soir. Après tout, tout comme Rome ne s'était pas faite en un jour, une blessure aussi profonde et vieille de sept ans ne pouvait guérir en un clin d'œil.

— Est-ce que tu t'es déjà demandé, reprit soudain Connor en la tirant de ses pensées, comment les choses auraient évolué à l'époque, si nous n'avions pas grandi ensemble ?

Beth n'eut pas besoin de lui demander de préciser ce qu'il entendait par « à l'époque ». Il parlait bien de cette nuit où ils avaient fait l'amour.

Mais contre toute attente elle n'eut pas l'estomac noué, et ne se sentit pas envahie par une vibrante fièvre. Certes, elle sentit ses muscles se contracter un peu, mais but une nouvelle gorgée de vin et s'efforça de se détendre de nouveau.

Connor avait manifestement besoin de reparler de cela. Il n'en était pas à son premier essai, et jusqu'à présent Beth n'avait eu aucune envie de prêter une oreille attentive à ce qu'il avait à dire. Même si elle n'était pas certaine de pouvoir écouter tout ce qu'il dirait, elle était prête à faire un effort.

— Je ne suis pas certaine de comprendre ce que tu entends par là, dit-elle en tournant la tête vers lui.

— Je t'ai toujours considérée comme ma sœur, Beth. Tu es la petite sœur de mon meilleur ami, nous avons grandi ensemble, et tes parents m'ont quasiment adopté. A mes yeux, j'étais une sorte de grand frère pour toi, confia-t-il alors que ses yeux noisette s'obscurcissaient et qu'il affichait un sourire tendu. Mais nous savons tous les deux que je ne t'ai pas traitée en sœur lors de cette soirée, dans mon pick-up, au Coin Secret… Et cela fait des années que je veux te présenter mes excuses.

A ces mots, Beth sentit son cœur se figer. Ses vieilles rancunes remontèrent une nouvelle fois à la surface. Elle fit un effort surhumain pour les contenir, bien décidée à ne pas reprendre son attitude glaciale et destructive vis-à-vis de Connor.

— T'excuser de quoi ? s'entendit-elle répondre. Jusqu'à preuve du contraire, il me semble que tu n'étais pas seul ce soir-là.

— J'ai profité de toi, poursuivit-il sur un ton solennel. Tu étais jeune, tu n'avais plus toute ta tête… Et surtout tu étais vierge. J'étais plus âgé que toi, avec plus d'expérience, et j'aurais dû arrêter les choses avant qu'elles ne deviennent incontrôlables.

Beth eut un petit rire forcé et déclara :

— Tu peux cesser de te flageller ainsi ! Personne ne te reproche de m'avoir pris ma virginité. Tu ne m'as pas forcée à te suivre dans ton pick-up, et je n'aurais jamais accepté de faire l'amour avec toi si je n'en avais pas eu envie.

Du coin de l'œil, elle le vit tripoter nerveusement le rebord de son verre de vin.

— Peut-être, mais tes parents m'ont toujours traité comme leur propre fils, insista-t-il. Ce soir-là, j'étais censé te raccompagner sagement chez toi, tu étais sous ma responsabilité. Et au lieu de cela j'ai abusé de toi.

— Pour la dernière fois, Connor, tu n'as pas abusé de moi.

En dépit de toutes les rancœurs qu'elle avait pu accumuler ces dernières années au sujet de Connor, elle n'avait jamais pensé une telle chose.

— Connor…, reprit-elle d'une voix à peine audible. Sache que depuis l'âge de treize ans j'étais folle de toi.

Cet aveu lui fut très difficile, mais s'il pouvait aider Connor à effacer la culpabilité qu'il éprouvait depuis sept ans… Et ce, même si une partie de Beth tenait vraiment à ce qu'il se sente coupable… mais pour des raisons tout autres. Pour ne jamais l'avoir rappelée après leur nuit d'amour. Pour ne s'être jamais soucié des éventuelles répercussions de son acte — comme une grossesse accidentelle par exemple.

Or cela n'était guère le sujet de cette conversation, d'autant qu'ils semblaient enfin avoir trouvé un *modus vivendi*. Ce qui importait pour l'heure, c'était de faire comprendre à Connor qu'il n'avait aucune raison de culpabiliser de ce qu'ils avaient fait, ce soir-là.

— Je me demande d'ailleurs comment tu ne t'en es jamais aperçu, poursuivit Beth avec un sourire convenu. Je n'avais d'yeux que pour toi… Je vous suivais, Nick et toi, comme un caniche ; je griffonnais « Madame Connor Riordan » sur tous mes cahiers, et je passais mon temps à faire l'impossible pour attirer ton attention. Je désirais être avec toi ce soir-là, Connor… Et même, j'ai fait tout mon possible pour que les choses se déroulent comme elles se sont déroulées.

Cette fois, il se redressa, posa ses mains à plat sur son jean, et la dévisagea longuement. Troublée par l'intensité de son regard, Beth se raidit et réprima du mieux qu'elle put un frisson d'embarras.

Au moins, il ne lui avait pas ri au nez. Elle n'aurait sans doute pas supporté un tel affront.

Au lieu de cela, Connor avait l'air tout sauf amusé par son aveu. Ses yeux brillaient d'un éclat qu'elle ne lui connaissait pas, et qui la réchauffa au plus profond d'elle-même. Elle qui craignait de se couvrir de ridicule, elle était presque rassurée.

— Je ne l'ai jamais su…, finit-il par déclarer d'une voix aussi douce que caverneuse, avant de pousser un long soupir et passer une main dans ses cheveux blond foncé. Et je le regrette plus que jamais, puisque de mon côté je ressentais la même chose que toi !…

Foudroyée par cette confession, Beth resta bouche bée. Pendant quelques secondes, un étrange vertige se saisit d'elle, lui donnant l'impression de flotter à l'extérieur de son corps.

Ce n'était pas possible, elle devait être en train de rêver. Elle devait encore être assoupie dans son bain, à l'étage, et son rêve avait transformé ses souvenirs du passé en un mélange cruel de ses espoirs d'adolescente et de sa situation actuelle avec Connor, dans la maison de son enfance.

Mais il reprit la parole, et même si sa voix bourdonnait un peu à ses oreilles Beth entendit distinctement chaque mot qu'il prononça.

— Je t'ai regardée grandir en me disant continuellement que nous étions comme un frère et une sœur, Beth. Ta famille était comme ma famille… Je n'avais aucun droit d'éprouver une quelconque attirance pour toi, murmura-t-il avant de faire une pause. Mais j'étais malgré moi attiré par toi. Dieu sait si j'ai lutté… Et je ne l'aurais jamais avoué à l'époque, même sous la torture, mais cette attirance était plus forte que tout. Chaque fois que je te voyais arriver à l'école, ou entrer dans une classe… Chaque fois que je venais chez toi voir ton frère, et que tu descendais l'escalier dans ton pantalon de jogging avec ce petit débardeur assorti… je me souviens à quel point il m'était difficile de cacher mon désir. Et puis, ce soir-là, après le match de football, je me suis laissé aller. Tu étais si belle… Et je te désirais depuis tellement longtemps…

Et dire que pendant toutes ces années Beth avait cru que c'était elle qui s'était jetée sur lui, et qu'il avait accepté de faire l'amour avec elle seulement parce que… Euh, parce que c'était un homme et qu'elle était disponible à ce moment-là. Alors qu'en réalité, pendant tout le temps où elle espérait secrètement nouer une idylle avec lui, il était lui aussi attiré par elle…

Voilà soudain beaucoup de choses à digérer d'un coup.

Elle hocha la tête en s'efforçant de s'éclaircir les idées, ainsi que son regard embué.

— Je n'arrive pas à y croire…, bafouilla-t-elle d'une voix étranglée.

Connor se rapprocha doucement d'elle, effleurant le haut de sa jambe avec la toile de son jean. Puis il posa une main juste en dessous de l'ourlet de sa nuisette, et se mit à dessiner des petits cercles sur la peau dénudée de l'intérieur de son genou.

— Moi non plus, dit-il avec un léger sourire. Pendant tout ce temps, nous luttions tous deux sans le savoir contre la même attirance…

Il se tut un instant, et fixa longuement les lèvres de Beth. Elle eut soudain l'impression que sa gorge s'asséchait, et s'humecta les lèvres en passant la langue dessus.

— Et tu sais quoi ? demanda-t-il d'une voix suave qui ne manqua pas de la faire frémir, alors qu'il se rapprochait encore d'elle. Eh bien… j'ai toujours envie de toi.

7

A l'instant où leurs lèvres se touchèrent, les années s'effacèrent, et tous les fantasmes que Connor avait eus durant sa jeunesse au sujet de Beth revinrent à la surface.

Ses lèvres étaient tièdes, et elles s'ouvrirent délicatement jusqu'à ce que leurs deux langues se rencontrent. Beth avait un petit goût de ce vin qu'ils venaient de partager et de ce quelque chose d'indéfinissable qui n'appartenait qu'à elle.

Il laissa glisser ses doigts sous l'ourlet de sa nuisette aussi courte que sexy, et caressa sa peau douce et soyeuse, remontant lentement vers l'intérieur de sa cuisse. Beth répondit à la fougue de son baiser en lui empoignant la nuque et en enfouissant ses mains dans ses cheveux.

Poussant un petit soupir de volupté, il la plaqua contre le canapé en passant un bras autour de sa taille pour mieux l'enlacer.

Elle sentait si bon… Son huile de bain couvrait encore sa peau de senteurs suaves, et ses cheveux, encore humides par endroits, retombaient dans son dos de façon désordonnée. Il sentait la pointe de ses seins se dresser juste sous le tissu léger qui séparait encore leurs corps, et eut aussitôt envie de refermer sa bouche autour de leur pointe et de les prendre au creux de ses mains.

Exalté par son désir, il s'écarta de ses lèvres pour honorer son menton, sa joue et le petit lobe de son oreille d'une pluie de baisers. Beth se cambra alors en émettant un petit ronronnement de plaisir. Puis elle souleva une de ses jambes pour l'accrocher autour de sa taille, ne faisant ainsi qu'attiser l'irrépressible désir qu'il sentait déjà monter en lui.

Aussitôt, il se plaqua un peu plus contre elle, regrettant qu'ils ne soient pas déjà entièrement nus pour s'enfouir au plus profond de sa chaleur vibrante. Du bout des lèvres, il redessina la courbe de sa nuque, puis promena la pointe de sa langue jusqu'au creux de sa clavicule.

De là, il se fraya un chemin jusqu'à ses seins, dont il mordilla la pointe durcie à travers le fin tissu qui les recouvrait. Bientôt, la nuisette de Beth fut trempée, et il continua de plus belle à agacer ses tétons, jusqu'à lui arracher un petit cri de plaisir.

Le désir entre eux devint presque palpable, au point où Connor fut saisi d'un léger vertige. A cet instant, il avait envie de Beth comme jamais il n'avait eu envie d'une autre femme. Peut-être même plus encore qu'il n'avait envie d'elle à l'époque où il rêvait secrètement à elle, au lycée.

D'un geste assuré, il releva sa nuisette en satin jaune d'or jusqu'à sa taille. Au passage, il effleura du bout des doigts sa culotte et se sentit envahi d'une bouffée de chaleur.

Oh, Seigneur, comme il la désirait… Il la voulait, là, tout de suite, avant qu'elle ne change d'avis ou qu'il ne se mette à repenser à toutes les raisons qui s'opposaient à leur union. Ils portèrent tous deux en même temps leurs mains vers la ceinture de son jean. Leurs yeux se croisèrent, et malgré leurs respirations haletantes ils échangèrent un petit rire.

Connor ouvrit sans tarder son pantalon, et Beth refermait sa main sur son sexe raide et palpitant de désir quand soudain on sonna à la porte. Il faillit hurler et les doigts de Beth se figèrent. L'espace d'un bref instant, il envisagea de continuer à l'embrasser jusqu'à lui faire oublier cette maudite sonnette, et même jusqu'à son propre nom…

Mais, déjà, la passion qu'il avait lue dans son regard cédait la place à une réalité plus brutale. Certes, Beth n'avait pas l'air traumatisée, mais elle ne semblait plus encline à rouler à terre dans ses bras pour poursuivre jusqu'au bout leur folle étreinte.

La sonnette de la porte d'entrée retentit de nouveau.

— Je crois que c'est la pizza, finit-elle par proférer d'une voix saturée de désir inassouvi.

— Mouais, rétorqua-t-il en cherchant à retrouver son souffle et à recouvrer ses esprits.

Il s'agaça en entendant le livreur abandonner la sonnette pour tambouriner contre le montant de la porte.

— Ça vient, ça vient ! aboya-t-il en se dégageant péniblement de Beth pour traverser le salon.

Toujours à bout de souffle, il rajusta son pantalon pour tenter de dissimuler son érection et chercha son portefeuille dans une des poches.

Il ouvrit la porte pour découvrir un adolescent dégingandé qui lui tendait une boîte en carton, en beuglant le prix de la pizza. Connor paya en lui laissant un pourboire avant de refermer la porte avec la pointe de ses bottes.

Lorsqu'il se retourna, Beth avait quitté le canapé et ajustait sa robe de chambre par-dessus l'auréole qu'il avait laissée au niveau de ses seins. Cette seule image suffit à lui nouer de nouveau la gorge et à chasser d'un coup tout l'air de ses poumons.

S'il n'avait tenu qu'à lui, il se serait débarrassé illico de cette encombrante pizza pour se précipiter sur Beth et reprendre les choses là où ils les avaient laissées. Sans même lui permettre de reprendre son souffle, réfléchir ou protester.

Malheureusement, le charme était rompu et elle ne semblait pas du tout disposée à reprendre leurs ébats.

Déçu, Connor poussa un long soupir. Il avait vraiment cru à une avancée significative, ces dernières minutes.

— Cette pizza sent drôlement bon, dit-il pour briser la glace et l'embarras croissant que suscitait leur situation. Tu veux bien aller chercher des assiettes ?

— D'accord, s'empressa-t-elle de répondre en se précipitant vers la cuisine.

Même s'il n'appréciait guère de la voir redevenir aussi fuyante, Connor comprenait son besoin de mettre un peu de distance entre eux.

Il retourna vers le canapé, posa la pizza sur la grande table basse rectangulaire, et souleva le couvercle. L'instant d'après,

Beth s'assit à côté de lui, deux assiettes et une petite pile de serviettes en papier en main.

Connor servit deux parts de pizza dans chaque assiette, et remplit de nouveau les verres de vin. Beth accepta son assiette en gardant les yeux rivés au sol.

— Je devrais peut-être aller manger dans ma chambre, suggéra-t-elle en repoussant une mèche de cheveux derrière son oreille. Tu pourras ainsi continuer de regarder ta chaîne sportive…

Elle évitait toujours son regard, ce qui le fit enrager. Où donc était passée la jeune femme bouillonnante et impudique de tout à l'heure ? Et la petite teigne à la langue bien pendue qui l'avait si fraîchement accueilli dans cette maison ?

— Ne fais pas ça, dit-il à voix basse en passant sa main sur l'avant-bras de Beth, qui ne le repoussa pas. Reste donc : on pourrait regarder un DVD tout en s'empiffrant…

D'abord, elle ne répondit rien. Puis elle finit par lever les yeux et, croisant son regard, décocha un timide sourire.

— D'accord… A condition que ce soit moi qui choisisse le film !

Il s'affala contre le dossier du canapé, et poussa un soupir exagéré.

— Oh, non, pas un de ces films à l'eau de rose !

— Et pourquoi pas ? rétorqua-t-elle avec un sourire plus large.

A ces mots, elle mordit dans sa part de pizza, avant de se lever en direction de la collection de films à l'autre bout de la pièce. Connor en profita pour la regarder se déhancher et admirer la ligne galbée de ses jambes. Cette nuisette jaune d'or lui allait à ravir et le rendait de nouveau fou de désir.

Après avoir vaguement fouillé dans le placard, Beth plaça un disque dans le lecteur, puis vint rejoindre Connor sur le canapé. Cette fois, elle s'assit assez loin de lui, mit en marche l'appareil avec la télécommande, et reprit son verre de vin.

— Dois-je craindre le pire ? marmonna-t-il entre deux bouchées dégoulinantes de fromage.

Beth haussa les épaules sans quitter l'écran des yeux.

— Ça dépend de quel point de vue on se place…

Il sourit en découvrant le générique. Contre toute attente, elle avait choisi un de ses films préférés : Sandra Bullock et Keanu Reeves luttant pour survivre à bord d'un bus fou. Même si c'était avant tout un film d'action, on pouvait aussi le ranger dans la catégorie romantique.

— Tu es une femme de goût, affirma-t-il avant de mordre de nouveau dans sa pizza.

— Je suis une Curtis, rétorqua-t-elle sur un ton détendu. Le goût est une affaire de famille chez nous !

— Mouais, si tu le dis… En tout cas, je suis heureux de ne pas t'avoir laissée commander la pizza : je n'aurais pas aimé me retrouver devant une horrible mixture de tofu et d'ananas !

— Ne te moque pas, le tofu est excellent pour la santé.

— Je préfère en rester à mes bons vieux plats de viande garnis de légumes !

— Comme tu voudras, dit-elle en saisissant un poivron fondu dans le fromage de ce qui restait de sa première part de pizza. Tu sais, je vais être obligée de courir près de vingt kilomètres demain pour brûler tout ça !

— Je viendrai peut-être avec toi ! fit-il sans réfléchir.

Mais, vu le regard qu'elle lui lança, il regretta de s'être avancé ainsi. Certes, il n'était guère un adepte du jogging. Mais en travaillant dans le bâtiment il faisait de l'exercice tous les jours, à soulever des poutres, des plaques isolantes, ou encore à grimper sur des échelles… Bien sûr, il allait parfois au club de gym, mais sans doute pas assez souvent. En tout cas, même s'il n'était pas du genre à faire le tour du quartier en courant, pour les beaux yeux de Beth il était prêt à essayer.

— Qu'y a-t-il ? demanda-t-il d'un air faussement offensé. Tu crois que je ne sais pas courir ?

— Honnêtement ?… Non ! dit-elle en éclatant de rire avant de porter une serviette à sa bouche, sur le point de s'étouffer.

Il haussa un sourcil et soutint son regard jusqu'à lui faire baisser les yeux.

— Eh bien, je crois qu'il ne me reste qu'à te prouver que tu te trompes… A quelle heure veux-tu partir demain matin ?

— 6 heures précises.

Pour lui qui était habitué à rejoindre des chantiers dès l'aube, ce n'était pas une heure si matinale.

— C'est entendu !

Elle le dévisagea d'un air méfiant à travers son verre.

— Tu es vraiment sûr de vouloir m'accompagner ?

— Et comment ! Il ne te reste qu'à prier pour réussir à suivre ma cadence infernale !

Cela faisait de longues minutes que Beth se retenait de rire. Concentrée sur le rythme de ses foulées et sur sa respiration, elle s'efforçait de ne pas laisser exploser ses poumons comprimés par l'air qu'elle s'empêchait d'expulser.

Au moins, Connor faisait du mieux qu'il pouvait. Elle se devait de lui reconnaître cette qualité.

Ce matin, il s'était levé à l'aube, plein d'entrain, et était déjà en short et en T-shirt lorsqu'elle était descendue. Il lui avait expliqué avoir emprunté les chaussures de sport de Nick qu'il avait dénichées au fond d'un placard. Etant du même gabarit, Connor et Nick avaient toujours eu pour habitude d'échanger vêtements et chaussures.

Avant de sortir faire leur jogging, Beth et Connor s'étaient munis de bouteilles d'eau. Ils avaient ensuite commencé par quelques foulées tranquilles sur le trottoir. La lumière douce orangée du soleil levant commençait alors à poindre sur l'horizon d'un bleu de fin de nuit.

L'air était assez frais, comme souvent à cette période de l'année où le plus fort de l'hiver est déjà passé, mais où le printemps peine à s'installer véritablement. Une fine rosée couvrait encore les pelouses, l'air était humide et le ciel moutonneux.

Au début, Connor se débrouilla relativement bien. Il maintint même un moment une allure supérieure à celle de Beth, plutôt habituée au tapis roulant de son club de sport, sur lequel elle s'affairait avec son baladeur sur les oreilles, qu'à ce trottoir de gravier, qui retentissait des aboiements de chiens du voisinage et des claquements de portière des habitants qui partaient au travail.

Tout en courant côte à côte, ils parlèrent un peu de la météo — typique de l'Ohio en cette saison, mais beaucoup moins ensoleillée que la Californie à laquelle elle s'était habituée — ainsi que des fournitures qu'ils iraient se procurer plus tard dans la journée pour commencer les travaux de la chambre de bébé.

Puis, Beth avait peu à peu accéléré la cadence, en n'oubliant pas de faire travailler les muscles de ses bras afin d'être sûre de brûler un maximum de calories. Elle fut forcée de constater que Connor faisait de son mieux pour tenir la distance, même s'il ne tarda pas à perdre du terrain, continuant à courir loin derrière elle, à court de souffle.

Pourtant, il ne semblait pas manquer d'exercice physique. A en juger par le galbe de ses mollets et la robustesse de ses cuisses, ou encore par la carrure des biceps qui dépassaient de son T-shirt trempé de sueur, Connor était un véritable athlète. Mais il était tout simplement habitué à un autre genre d'exercice physique : transporter de lourdes pièces de chantier, scier des planches, ou encore manier le marteau.

Elle l'imagina alors dans ses sempiternels jeans de travail et chemises en flanelle délavées, en sueur, en train de s'affairer comme un forçat sur un chantier. Cette seule image faillit lui faire perdre l'équilibre.

Elle se retourna légèrement pour voir où en était Connor et décida qu'il avait assez souffert. Ils couraient depuis au moins une heure à présent et, têtu comme il était, il était capable de courir jusqu'à en rendre l'âme, juste pour ne pas lui avouer qu'il était à bout de forces.

Elle ralentit le pas et attendit qu'il la rejoigne alors que la maison était déjà à portée de vue. L'air s'était radouci, même si le ciel était de plus en plus couvert, annonçant peut-être une prochaine averse. Peut-être s'agissait-il de cette fameuse tempête que l'hôtesse de la compagnie aérienne avait évoquée... Si seulement elle avait pu lui trouver un vol décollant avant que le ciel ne devienne impraticable...

— Tu tiens le choc ? demanda-t-elle à Connor en sachant pertinemment quelle serait sa réponse.

— Bien sûr, dit-il à bout de souffle alors qu'une perle de sueur roulait le long de son visage. Je pourrais courir encore toute la journée !

Evidemment..., pensa-t-elle en détournant les yeux pour dissimuler son sourire.

— Tant mieux, reprit-elle, mais je crois que nous en avons assez fait pour aujourd'hui. Avec un peu de chance, nous avons au moins brûlé une part de pizza et un verre de vin d'hier soir.

Ils s'arrêtèrent devant l'allée de la maison de Nick. Beth continua à courir sur place le temps de retrouver un rythme cardiaque plus stable, tandis que Connor se penchait en avant, les mains sur ses genoux, et cherchait par tous les moyens à regonfler ses poumons d'air.

Elle aussi respirait péniblement, mais elle en avait l'habitude. En fait, elle aimait bien cette sensation de fin de course, qu'elle trouvait quelque peu euphorisante.

— Il ne reste qu'à nous changer, et en route pour le magasin de bricolage ! suggéra-t-elle.

Une des raisons pour lesquelles elle avait tenu à faire ce jogging était son besoin de décharger sa nervosité à l'idée de passer la journée à travailler avec Connor, mais surtout à celle d'acheter des affaires pour bébés et de concevoir avec lui une chambre d'enfant.

Elle savait que ce serait difficile pour elle, et s'était déjà préparée mentalement à souffrir. Mais curieusement elle se sentait prête à affronter cette drôle d'épreuve. Certes, elle n'avait pas particulièrement hâte d'y être, mais se sentait plus forte, plus capable de gérer les émotions que cette journée ne manquerait pas de susciter en elle.

— Bonne idée... Tu veux passer la première à la salle de bains ?

Il se redressa, s'épongea le front avec le dos de son T-shirt, laissant entrevoir à Beth ses abdominaux en tablettes de chocolat sur lesquels elle avait fantasmé tout à l'heure en le regardant courir. Elle étouffa une exclamation devant un tel spectacle, et but une gorgée d'eau en espérant calmer un peu ses ardeurs.

— Euh, non merci, à toi l'honneur, répondit-elle.

Beth avait bien besoin de se retrouver seule quelques minutes avant de se doucher. Vu l'état dans lequel la mettait la présence de Connor, il lui faudrait une bonne douche glacée.

— Tu en es sûre ?

Elle acquiesça d'un signe de tête en montant les marches du perron, puis glissa la clé dans la serrure de la porte d'entrée.

Connor passa devant elle, pénétra à l'intérieur de la maison et se dirigea aussitôt vers l'escalier. Elle écouta ses pas à l'étage, et entendit bientôt l'eau couler dans la salle de bains.

Pendant qu'il se prélassait sous la douche, Beth rangea leurs bouteilles d'eau à demi vides dans le réfrigérateur, puis retourna dans sa chambre afin d'y choisir ses habits pour la journée. Evidemment, elle n'avait pas apporté de tenue de chantier lorsqu'elle avait fait son sac en prévision du mariage de Nick. D'ailleurs, elle n'était même pas sûre de posséder encore des vêtements de bricolage à proprement parler. Mais elle trouva un vieux pantalon bleu marine et un léger débardeur brun clair qui devraient faire l'affaire, à condition que Connor ne lui affecte pas de missions de peinture ou de ponçage…

Le bruit de l'eau dans la salle de bains s'interrompit, et elle entendit Connor s'affairer encore quelques minutes avant de déverrouiller la porte. Soudain, elle leva les yeux et l'aperçut dans l'encadrement de la porte de sa chambre.

Ses cheveux coupés ras étaient humides, ce qui leur donnait des reflets blond foncé. Une goutte d'eau perla le long d'une de ses mèches en épi, roula sur sa tempe, sur sa joue, puis sur sa mâchoire, avant d'entamer la descente escarpée de son torse nu.

Son torse large et robuste, à la peau luisante, et agrémenté d'une légère toison. Subjuguée, Beth regarda la goutte d'eau filer autour d'un téton couleur de bronze, avant de courir le long de ses abdominaux en tablettes de chocolat. Quelques centimètres plus bas, une serviette-éponge blanche était enroulée autour de ses hanches.

— La salle de bains est à toi, annonça-t-il à voix basse.

Elle se mordit la lèvre et s'efforça d'orienter son regard vers son visage. Les yeux de Connor se mirent à briller d'un éclat singulier, et il esquissa un sourire amusé.

Bravo ! Non seulement elle venait de passer un long moment à le manger des yeux, mais en plus il s'en était aperçu.

« Drôle de façon de garder tes distances, Beth », pensa-t-elle avec dérision. D'autant que leur étreinte passionnée d'hier soir devant la télé n'avait guère dû convaincre Connor du désintérêt qu'elle était censée afficher à son endroit…

— Merci, répondit-elle d'une voix chevrotante qui dissimulait mal son embarras.

Elle était partie vivre à Los Angeles pour s'éloigner le plus possible de Connor et avait fini par se métamorphoser en une femme mûre et accomplie. Or, depuis son retour à Crystal Springs, elle avait l'impression de régresser pour redevenir cette pathétique gamine éprise jusqu'à la niaiserie.

Raison de plus pour quitter cette maison et rejoindre la Californie le plus tôt possible. Là-bas, elle retrouverait sans tarder l'équilibre qu'elle s'était attachée à construire durant toutes ces années.

Ils restèrent un long moment ainsi, à se dévisager l'un l'autre. Aucun d'entre eux ne prononça la moindre parole, et Beth finit par plisser les yeux lorsqu'elle se rendit compte qu'elle avait cessé de respirer depuis plusieurs minutes.

Elle dut faire un effort surhumain pour reprendre son souffle et se retourna pour attraper les vêtements qu'elle avait rassemblés sur son lit. Et, lorsqu'elle passa devant Connor, elle fit de son mieux pour ne pas effleurer la peau dénudée de son bras ou de son torse.

— Je n'en ai que pour quelques minutes, assura-t-elle.

— Prends tout ton temps.

Elle risqua un dernier regard par-dessus son épaule avant

de refermer la porte de la salle de bains. Un frisson des plus langoureux lui parcourut l'échine lorsqu'elle croisa les yeux de Connor, au fond desquels elle crut lire une vive lueur de désir.

Le pire étant que ce scintillement sensuel trouva un certain écho au plus profond d'elle-même. D'un geste pressé, elle ferma la porte et poussa un long soupir.

En fin de compte, il était grand temps pour elle de la prendre, cette douche froide…

— Les clowns, c'est passé de mode.

— Ah, parce que les oursons, c'est dernier cri, sans doute ? Beth ondula des hanches et croisa les bras.

— Au moins, ils sont mignons et donnent envie de faire des câlins, argua-t-elle avant de désigner des clowns imprimés sur une frise en papier peint. Regarde à quel point ces clowns font peur à côté !

Connor baissa les yeux pour étudier de plus près les motifs colorés, puis reposa le rouleau sur l'étalage.

— Tu as raison. Ces clowns risquent de donner des cauchemars au bébé. Mais je ne peux pas dire pour autant que les oursons me plaisent.

La frise représentant les bébés ours était vraiment craquante, et se déclinait en une gamme de tons pastel. Mais, là où Connor avait raison, c'est qu'elle avait un côté un peu mièvre… Probablement comme toutes les frises pour chambres de bébé du monde.

— Bon, d'accord. Pas de clowns, ni d'oursons. Quelles sont nos autres options ?

Ils se remirent à fureter de plus belle dans le rayon, et Beth s'étonna pour la deuxième fois d'y prendre autant de plaisir. Et Dieu seul savait à quel point elle ne s'y attendait pas.

Après s'être tous les deux douchés, Connor et elle avaient avalé en vitesse un petit déjeuner composé de jus d'orange et de toasts, puis s'étaient mis en route pour le magasin de bricolage. Beth avait laissé Connor s'occuper de tout ce qui concernait le gros œuvre, puisqu'en tant que professionnel il s'y connaissait bien mieux qu'elle. Pour sa part, elle savait à peine faire la différence entre un marteau et un mètre…

Il s'était ainsi procuré du matériel pour fabriquer de nouveaux rayonnages, et le nécessaire pour retirer l'ancienne moquette et poncer le parquet de bois. Il avait expliqué à Beth que, si ce dernier s'avérait en trop mauvais état pour être laissé à nu, il reviendrait acheter de la moquette neuve.

Ils avaient décidé d'attendre pour choisir les meubles, en partie parce qu'ils n'avaient nulle part où les stocker tant que les travaux étaient en cours, mais aussi parce que Beth avait évoqué le fait qu'ils ne sauraient assortir le berceau, le rocking-chair ou la table à langer aux murs que lorsque ceux-ci seraient finalisés.

Malheureusement, ils avaient commis l'erreur d'acheter la peinture en premier. Avec le recul, Beth se disait qu'ils auraient dû attendre de choisir une frise ou un autre accessoire avant de se décider sur la couleur des murs. Mais il était trop tard à présent. La couleur écume de mer sur laquelle s'était porté leur choix serait parfaite pour un bébé fille comme pour un garçon. Les employés du magasin avaient mélangé les pigments aux bidons, qui venaient d'être chargés dans le 4x4 de Connor.

— Que penses-tu de cela ? suggéra-t-elle en montrant un autre rouleau à Connor, qu'elle mit en perspective avec l'échantillon de la peinture qu'ils avaient choisie. Ces nuances de bleu et de vert s'accordent à merveille… Et puis ces petites créatures aquatiques sont adorables.

De petits motifs discrets représentaient dauphins, tortues, orques et méduses… ainsi que des petits requins et des pieuvres tout aussi charmants.

Connor croisa son regard et lui offrit un de ses sourires en coin des plus sensuels qui avaient le don de la faire vibrer.

— Ça me plaît ! On pourrait même acheter quelques animaux en peluche assortis pour égayer le berceau, le rocking-chair et les étagères.

— Tu ne crains pas que Nick et Karen n'apprécient guère le

fait que nous choisissions nous-mêmes le thème de la chambre de leur bébé ? finit par demander Beth, qui se posait la question depuis le début.

— Non, je crois qu'ils vont adorer ce que l'on fait pour eux. Et, s'il y a quoi que ce soit qui ne leur plaît pas, nous n'aurons qu'à leur faire comprendre que nous ne nous vexerons pas s'ils effectuent ensuite quelques changements. Après tout, il s'agit effectivement de leur maison, et de leur bébé !

— Tu as raison, dit-elle en hochant la tête. Nous ferions bien de ne pas perdre cela de vue.

— Pas de problème. A présent, attrape donc tous les rouleaux dont nous avons besoin, que l'on puisse passer à l'étape suivante !

Beth obtempéra en remplissant leur Caddie du nombre de rouleaux qu'ils avaient inscrit sur la liste.

— Il nous reste une dernière chose à acheter, reprit Connor, une main sur la hanche, en la considérant de la tête aux pieds.

— Laquelle ? demanda-t-elle en baissant les yeux pour essayer de comprendre ce qui l'intriguait ainsi.

— Est-ce que tu comptes travailler dans cette tenue, ou bien as-tu des vêtements de bricolage à la maison ?

Beth se mordit la lèvre inférieure, et passa une main embarrassée sur la ceinture de son pantalon.

— Désolée, mais c'est tout ce que j'ai, déclara-t-elle. Je ne me doutais pas en faisant mes bagages pour le mariage de mon frère que je me retrouverais à mettre une partie de sa maison en gravats, et à transpirer au milieu d'un nuage de poussière !

A Los Angeles, les seules fois où elle transpirait, c'était pour faire plaisir à son coach personnel.

Connor plissa le front et ses yeux s'attardèrent sur sa poitrine. Elle se pinça les lèvres en espérant ne pas lui laisser entrevoir à quel point son regard insistant la troublait.

— Eh bien, je suis désolé, mais nous allons devoir t'acheter au moins un jean et quelques T-shirts.

— Tu crois vraiment ? demanda-t-elle en baissant les yeux vers son pantalon aux plis impeccables soigneusement repassé par l'employée de son pressing favori, et vers le débardeur cher qu'elle n'était, il est vrai, pas pressée de gâcher par l'intense activité de bricolage à laquelle elle allait l'exposer.

— Certain ! répondit-il en poussant le Caddie devant lui. Allons, suis-moi donc au rayon équipement pour femmes !

Tournant les talons, elle lui emboîta le pas en direction du rayon qu'il pointait du doigt.

— Tu as vraiment envie de perdre ton temps à me regarder essayer des vêtements de bricolage ? demanda-t-elle en espérant seulement à moitié qu'il changerait d'avis.

Mais il répondit par un sourire sûr de lui et continua à avancer avec le chariot.

— Oh, oui, bien sûr... J'ai même hâte pour tout te dire. Et, si je suis sage, j'espère que tu me laisseras entrer dans ta cabine d'essayage !

Elle le foudroya du regard.

— Alors là, tu peux toujours rêver...

Mais, alors qu'elle furetait dans l'étalage des jeans pour en dégoter un à sa taille, elle l'entendit murmurer dans sa barbe :

— Pour ce qui est de rêver, on peut dire en effet que je vis un rêve...

8

Des bruits de scie et de coups de marteau résonnaient dans toute la maison, brouillant parfois la musique du transistor qu'ils avaient allumé dans le hall d'entrée. Après trois jours de travaux, Beth devait reconnaître que la chambre commençait à prendre forme.

Connor menait le chantier tambour battant. Mais, en bon patron, il prenait le temps de lui expliquer comment travailler et utiliser certains outils, sans aucune condescendance.

Ils avaient déjà enlevé des fenêtres les rideaux poussiéreux et fanés, retiré la vieille moquette usée, et verni le parquet lumineux qui se trouvait en dessous. A présent, le sol était recouvert de bâches en plastique et de tissus de protection sur lesquels Connor avait installé sa station de sciage et toute une panoplie d'outils.

Il était debout sur l'échelle à l'autre bout de la pièce, plus sexy que jamais. Sa chemise en coton gris lui moulait divinement les épaules et les bras, et son jean descendait juste assez au niveau de ses hanches pour dévoiler la courbe affolante de ses reins. Et, comme si cette seule vision ne suffisait pas à mettre en émoi le système hormonal de Beth, la ceinture à outils qu'il avait accrochée autour de sa taille avait sur elle un effet des plus excitants. Elle aurait pu passer la journée entière rien qu'à le regarder s'activer ainsi, extirpant toutes sortes d'outils de son ceinturon en cuir vieilli.

Vraiment, il n'existait rien de plus affriolant qu'un homme sachant se servir de ses mains…

Secouant la tête, Beth s'efforça de se concentrer de nouveau sur ce qu'elle était censée faire. Connor était en train de fixer une moulure arrondie au plafond tandis qu'elle passait la première couche de peinture couleur écume sur le mur. Les planches de bois soigneusement taillées qu'il mettait en place étaient ensuite destinées à être peintes en blanc, afin de créer une ligne lumineuse aux jointures entre le mur et le plafond.

Elle plongea son pinceau dans le gros pot de peinture posé au sol, et recommença à peindre là où elle s'était arrêtée avant que les mouvements fluides et virils de Connor ne viennent la distraire de sa tâche.

Il avait eu raison de prévoir des vêtements de travail pour elle aussi. Car bien qu'appliquée, après trois journées entières de travaux manuels, elle était couverte de taches de peinture, de poussières en tout genre et de sciure de bois. Elle avait même réussi à faire deux accrocs à son T-shirt à encolure ballerine rouge vif.

Tout en égayant les murs de la pièce de la nouvelle teinte d'écume qui allait servir de décor marin, elle fredonnait en se déhanchant l'air des B-52's qui passait à la radio.

— Ça va, tu t'amuses bien ?

La voix de Connor juste derrière son épaule la fit sursauter et répandre encore plus de peinture sur ses vêtements.

— Bon sang…, s'exclama-t-elle en posant sa main libre sur son cœur. Tu m'as fait une de ces peurs !

— Désolé, dit-il avec un sourire taquin avant d'inspecter le travail qu'elle avait effectué sur le mur. Ma parole, tu es très douée en peinture, tu devrais venir travailler pour Nick et moi !

— Merci du compliment, rétorqua Beth avec un sourire flatté.

La lueur qui brillait au fond de ses yeux noua soudain l'estomac de Connor. Seigneur, comme elle était belle. Et dire que, durant les sept années qui venaient de s'écouler, il s'était persuadé avoir surestimé sa beauté… Il avait continué à imaginer l'éclat brun-roux de ses cheveux, le bleu pervenche de ses yeux, son sourire étincelant.

Mais en réalité Beth était encore plus belle que dans son

souvenir. Sûre d'elle, enjôleuse… En quelques années, elle s'était superbement épanouie.

Lorsqu'il s'était retourné sur son échelle après avoir posé la dernière moulure, il avait manqué s'étaler à terre. Elle faisait glisser son rouleau de peinture de haut en bas du mur, tout en se déhanchant gaiement au rythme de la musique en provenance du transistor. Son T-shirt se relevait ainsi en cadence, jusqu'à dévoiler la peau au teint de porcelaine de son décolleté.

Tétanisé par ce spectacle, il avait été obligé, d'un geste mesuré, de remiser son marteau dans sa glissière à outils et de descendre de l'échelle avec moult précautions de peur de se rompre le cou.

Il s'éclaircit la gorge et s'efforça de se concentrer sur le moment présent.

— Si tu as bientôt fini, je suggère que nous commencions à ranger tout le matériel afin de nous préparer pour aller au Longneck. Tu as toujours rendez-vous avec tes amies, n'est-ce pas ?

L'espace d'une seconde, Beth parut prise de court. Elle abaissa son rouleau à peinture et glissa ses mains dans les poches arrière de son jean taille basse.

— Ah, oui, bien sûr… Je ne me rendais pas compte qu'il était déjà si tard. Quelle heure est-il exactement ?

Connor consulta sa montre.

— Presque 6 heures. Nous aurons probablement le temps de grignoter quelque chose après nous être douchés et changés, à moins que tu préfères commander quelque chose à manger au bar.

— Non, je pense que nous mangerons sur place. Tu peux te joindre à nous, si tu veux, ajouta-t-elle à voix basse.

Il crut d'abord qu'elle lui proposait cela par politesse, mais il comprit à son regard que l'offre était sincère. L'espace d'une minute, il envisagea même sérieusement d'accepter, histoire d'avoir une bonne excuse pour passer du temps auprès d'elle.

— Non merci, c'est gentil, finit-il par répondre malgré lui. Toi et tes amies avez sans doute hâte de vous retrouver entre filles pour dire tout le mal que vous pensez des hommes, et discuter mode et lingerie coquine.

Beth se mit à rire et se passa l'arrière du poignet sur le nez, laissant une petite marque de peinture sur sa peau.

— C'est vraiment ce que tu penses que les femmes ont à se dire quand elles se réunissent ?

Il haussa les épaules.

— Je ne me trompe pas complètement, n'est-ce pas ? murmura-t-il en se retenant du mieux qu'il pouvait d'enlever de ses propres doigts la tache qu'elle s'était faite.

— Seulement si l'une d'entre elles a été larguée récemment. Même si je dois reconnaître que nous sommes généralement assez intransigeantes envers le sexe opposé. Mais je t'assure qu'en dehors de ça nous ne passons pas notre temps à dénigrer la gent masculine !

— De quoi parlez-vous alors ?

— De nos travaux respectifs, de nos familles... De temps en temps, il nous arrive bien de parler de mode, ou encore de lingerie sexy, mais c'est seulement une fois que nous avons épuisé tous les autres sujets de conversation, et que nous avons bu quelques verres...

— C'est bon à savoir, dit-il en cédant à la tentation et en enlevant la traînée de peinture sur le bout de son nez.

Surprise, elle lui lança un regard interrogateur et il lui montra son doigt taché de peinture en guise de réponse.

— Oh, merci..., fit-elle en passant une main nerveuse sur la pointe de son nez pour vérifier qu'elle n'avait plus de peinture. Je crois que nous avons effectivement besoin d'une bonne douche.

A ces mots, Connor sentit une violente décharge électrique se répandre dans ses reins. Son sang se mit à pulser fébrile-ment au creux de ses veines, alors qu'il regardait la poitrine de Beth enfler et désenfler à mesure qu'elle parlait. De plus, le parfum aux accents floraux qu'elle portait devenait pour lui une véritable torture.

Oh, il avait tellement envie de la serrer contre lui, et de

l'embrasser à en perdre le souffle… Il voulait enfouir ses mains dans cette longue et épaisse chevelure châtain… Lui proposer de la prendre ensemble cette douche, voire de passer directement au lit…

Il déglutit péniblement et s'efforça de mettre un frein au cours de ses pensées avant de perdre complètement la raison et d'être tenté de passer à l'acte.

Leur étreinte de l'autre soir sur le canapé était survenue par le plus grand des hasards ; ils avaient simplement bu trop de vin avant le repas et s'étaient laissé emporter par la magie de l'instant.

Tout de même, Beth et lui ne s'étaient pour ainsi dire pas parlé depuis sept ans, et il partageait sa vie avec une autre femme… Enfin, jusqu'à ce que cette dernière ne le jette dehors.

Cette… chose étrange qui était en train de se passer entre lui et Beth ne devait être qu'un résidu de cette attirance qui remontait à leur adolescence… et des choses qu'ils n'avaient jamais réglées concernant cette soirée où ils avaient fait l'amour dans son pick-up.

Dès qu'elle serait de retour en Californie — ce qui ne saurait tarder, apparemment —, cette situation étrange se dissiperait d'elle-même. Emportant avec elle toute cette électricité, cette attirance latente, ce désir inavoué à couper le souffle.

Chacun tournerait la page et reprendrait le cours normal de sa vie. Voilà pourquoi il était plus judicieux de ne pas se lancer à présent dans une histoire avec Beth, même s'il en avait envie de tout son cœur, de tout son corps. D'autant qu'à tenter pareille aventure il prendrait de nouveau le risque de ne plus lui parler pendant dix ans.

Et puis, comme toujours, Connor ne voulait surtout pas faire quoi que ce soit susceptible de la blesser, elle ou sa famille. Il ne voulait être à l'origine d'aucune tension. Ni entre elle et Nick, ni entre lui et Nick, ni entre Beth et ses parents, ni encore entre les parents et lui.

Tout était si compliqué qu'il avait l'impression d'être une mouche se débattant désespérément pour se libérer de la toile gluante d'une araignée géante. Sauf qu'en l'occurrence il avait lui-même contribué au tissage de cette toile maléfique.

Il dégrafa sa ceinture à outils, et la posa délicatement sur le parquet fraîchement verni.

— On devrait commencer à se préparer, déclara-t-il.

Même si c'était la dernière des choses qu'il avait envie de faire.

Même s'il aurait nettement préféré passer la soirée avec Beth, les yeux plongés dans les siens, pourquoi pas avachis sur le canapé à regarder un film, comme ils l'avaient fait l'autre soir. Car, même s'il ne se passait rien entre eux — il ne pouvait d'ailleurs en être autrement —, rester seul en tête à tête avec Beth était beaucoup plus inspirant qu'aller passer une soirée au Longneck.

— C'est vrai, tu as raison, dit-elle en détournant les yeux pour commencer à ranger son coin de travail.

Au passage, il la vit s'humecter les lèvres du bout de la langue. Bon sang… Il allait devoir quitter la pièce avant de commettre un acte qu'il pourrait regretter. Comme la soulever de terre, la plaquer contre le mur et lui faire l'amour passionnément comme il en rêvait depuis près de dix ans.

Décidément, quelque chose ne tournait pas rond chez lui. Il venait juste de se convaincre que la meilleure chose à faire était de s'éloigner de Beth, et voilà qu'il l'imaginait à présent son T-shirt relevé, ses bras et ses jambes nus enroulés autour de sa taille… La gorge asséchée, il demanda :

— Tu veux que je t'aide à ranger ?

Elle releva les yeux vers lui et le fixa de son regard azur.

— Non, merci, je m'en sors plutôt bien. Je n'ai plus qu'à refermer mon bidon de peinture et mettre mes pinceaux et brosses à dégorger dans l'évier. Et toi, tu as besoin d'aide ?

— Non, merci, j'ai fini, répondit-il en se disant qu'il devait être maudit. Je vais prendre ma douche de ce pas, je n'en aurai pas pour longtemps, ne t'en fais pas.

— Prends ton temps, murmura-t-elle en hochant la tête. Gail et Jackie ne m'en voudront pas si j'ai un peu de retard.

Il inclina légèrement la tête, puis tourna les talons pour rejoindre le couloir.

— Au fait, Connor..., entendit-il alors derrière lui.

Il se retourna aussitôt.

— Oui, Beth ?

— Une des raisons pour lesquelles les femmes ne parlent pas systématiquement de lingerie quand elles se retrouvent entre elles, c'est que nous savons nous en passer...

— Que veux-tu dire ? demanda-t-il d'une voix rauque qui dissimulait mal son état d'excitation avancée.

— C'est très simple : il suffit de ne pas en porter !

Elle lui décocha un petit sourire coquin et furtif, et se remit à ranger ses affaires, tandis qu'il restait là, immobile telle une bête sauvage surprise en pleine nuit par les phares d'une voiture.

Aïe, aïe, aïe, ça se corsait...

L'ambiance du Longneck battait déjà son plein lorsque Connor et Beth en poussèrent la porte peu après 20 heures. De la musique jaillissait du juke-box sur le mur du fond, des couples se déhanchaient sur la piste de danse, et toutes les tables étaient occupées.

— Waouh, il y a vraiment beaucoup de monde pour un mercredi soir ! s'exclama Beth en se penchant vers Connor pour se faire entendre dans le brouhaha ambiant.

Il avait passé son bras autour de sa taille, et elle l'avait laissé faire en se convainquant que ce n'était qu'un geste protecteur pour lui épargner d'être bousculée par quelques piliers de bar trop zélés.

— Tu devrais venir un vendredi ou un samedi soir, l'ambiance d'aujourd'hui est terne en comparaison !

Elle répondit à son sourire le plus simplement du monde. Elle avait oublié ce que c'était que sortir à Crystal Springs. Pas besoin de talons aiguilles, ni de robes tubes, ni de rivières de diamants. Pas besoin de cocktails aux noms extravagants servis dans des verres tout aussi extravagants. Au fin fond de l'Ohio, un bon jean était la tenue idoine par excellence tant pour hommes que pour femmes, et la bière était la boisson de mise, en bouteille comme à la pression.

Voilà bien longtemps que Beth ne s'était pas plongée dans ce genre d'atmosphère. Elle fut surprise du sentiment d'aisance qu'elle éprouva dès que Connor et elle eurent passé la porte. Même la musique country à tue-tête, qui d'ordinaire lui aurait donné la migraine, lui donna envie de se trémousser et de taper des pieds.

— Tes amies sont-elles arrivées ? demanda-t-il.

— Une d'elles est déjà là, répondit Beth en désignant le coin où Jackie était attablée, devant une bouteille de bière et une petite assiette de nachos.

Posant une main délicate sur son épaule, Connor l'aida à se frayer un chemin parmi la foule. Dès que Jackie l'aperçut, elle bondit de son siège et vint la prendre dans ses bras.

— Beth ! s'exclama-t-elle. Quel bonheur de te revoir, tu m'as manqué !

— Toi aussi tu m'as manqué, rétorqua Beth d'une voix légère en la serrant contre elle. Tu as l'air en pleine forme.

— Qui, moi ? demanda-t-elle en passant ses mains le long de son sweat-shirt qui dissimulait mal ses hanches arrondies. Voyons, ma chérie, j'ai eu quatre enfants… Je n'ai pas eu l'air en forme depuis… depuis le lycée !

Vu l'éclat de rire de son amie, Beth comprit que celle-ci assumait pleinement ses rondeurs et elle n'hésita pas à pouffer de rire à son tour. Elle ne put cependant s'empêcher d'ajouter :

— Ne dis pas ça, tu es toujours belle, tes enfants sont adorables et ton mari est merveilleusement dévoué. Tu es une des femmes les plus chanceuses de cette ville, Jackie, et tu le sais bien !

Les joues de Jackie s'empourprèrent et son sourire s'élargit.

— Bon, c'est vrai, c'est vrai… Quant à toi…, dit-elle en faisant un pas en arrière pour la détailler de la tête aux pieds, la vie à Los Angeles a l'air de te sourire ! A côté de toi, les filles d'ici ressemblent toutes à de vieux sacs.

Comme le seul jean qu'elle possédait était désormais maculé de peinture, Beth avait opté pour un pantalon et une veste de tailleur gris ainsi qu'un chemisier bleu pâle. Bien sûr, elle se sentait un peu à part au milieu des sweat-shirts et chemises de western, mais moins qu'elle n'aurait pu l'imaginer au départ. Ce soir, elle n'était qu'une fille parmi les autres, une habitante de Crystal Springs, et peu importaient ses choix vestimentaires.

— Merci, Jackie. Tu connais Connor Riordan, n'est-ce pas ? dit-elle en reculant pour mettre Connor en avant en espérant détourner l'attention de son amie.

— Bien sûr, dit-elle en lui serrant la main. Comment vas-tu, Connor ?

— A merveille, merci, et toi ?

Ils bavardèrent ainsi quelques minutes, jusqu'à ce que Beth aperçoive Gail à l'entrée du restaurant. Elle agita les bras vers leur amie, qui finit par les repérer et se diriger vers eux.

Tout le monde se salua, puis Gail et Jackie s'assirent à la table avant de faire signe à une serveuse pour commander de nouvelles boissons.

— Je t'appellerai au moment de rentrer, annonça Beth à Connor. A moins qu'une des filles ne me ramène à la maison.

— De toute façon, je reste ici un moment, dit-il. Je vais prendre un verre et bavarder avec quelques vieilles connaissances. Je te ferai signe au moment où je pars, et tu pourras soit rentrer avec moi, soit t'organiser autrement.

Elle hocha la tête et le regarda traverser la pièce, ressentant comme un vide autour de sa taille depuis que son bras n'y était plus. S'efforçant d'oublier vite cette troublante sensation, elle afficha un sourire et se glissa sur la banquette à côté de Jackie.

Après tout, elle se faisait une joie de cette soirée entre filles depuis le début de la semaine, et avait la ferme intention de ne pas laisser ses sentiments bizarres à l'égard de Connor lui gâcher ce moment tant attendu.

*
* *

Les trois vieilles amies passèrent la soirée à rire, et à se raconter tout ce qui leur était arrivé depuis la dernière fois où elles s'étaient vues. Après un dernier fou rire, Jackie et Gail annoncèrent qu'il était temps pour elles de rentrer chez elles.

Beth en éprouva une profonde frustration. Elle n'avait aucune envie de quitter le Longneck ; elle passait là de trop bons moments. En fin de compte, troquer les cocktails et amuse-gueules sophistiqués auxquels elle était habituée pour des nachos et de la bière lui plaisait beaucoup... Cette soirée au Longneck s'était avérée profondément délassante.

Elle donna avec mélancolie l'accolade à chacune de ses deux amies et les raccompagna jusqu'à la sortie du bar. Elle les regarda traverser le parking sous la pluie battante en tenant leurs vestes au-dessus de leur tête pour s'abriter. Puis elle se retourna et parcourut du regard la salle toujours aussi bondée, à la recherche de Connor. Comme il n'était pas encore venu lui dire qu'il partait, elle en déduisit qu'il devait toujours être là, quelque part entre le comptoir, la piste de danse, ou l'une des arrière-salles où l'on jouait au billard.

D'ailleurs, elle n'était même pas sûre que le Longneck avait toujours un coin billard. Seigneur, cela faisait si longtemps qu'elle n'avait pas fréquenté Crystal Springs qu'elle ignorait tout des éventuels changements qui avaient pu avoir lieu dans les lieux de son enfance. Après tout, les tables de billard qui avaient un franc succès à l'époque où elle était étudiante avaient peut-être cédé la place à des flippers ou des jeux vidéo.

De retour à la table qu'elle avait partagée avec ses amies, elle saisit sa bouteille de bière à demi pleine et se dirigea vers les arrière-salles, cherchant du regard la chevelure courte et blonde de Connor et sa chemise en chambray.

Il n'était ni au bar ni attablé en salle, et ne semblait pas non plus se trouver sur la piste de danse. Tant mieux. Beth ne se sentait pas capable de supporter de le voir passer ses bras autour d'une autre femme.

Quelle drôle d'idée, pensa-t-elle en s'arrêtant pour mieux détailler les visages parmi la foule et boire une gorgée de bière.

Elle n'avait aucun droit de propriété sur Connor. Et n'en avait aucune envie. Elle savait bien qu'il valait mieux pour tous les deux que chacun mène sa vie loin de l'autre.

Mais, en dépit des nombreuses années qu'elle avait passées à se persuader d'avoir fait une croix sur lui, elle avait du mal à l'imaginer dans les bras d'une autre femme.

D'ailleurs, sa jalousie maladive remontait à l'époque du lycée. Connor ne semblait même pas remarquer qu'elle existait, et elle avait pour habitude de se mettre dans tous ses états dès qu'il s'affichait au bras d'une nouvelle petite amie. D'autant qu'il choisissait souvent des grandes et longilignes majorettes aux cheveux blond platine, passant leur temps à glousser niaisement, collées à lui.

Beth s'arrêta devant l'arche qui conduisait à la piste de danse. Des couples se balançaient langoureusement au son d'une balade folk. Comme Connor ne faisait pas partie des danseurs, elle bifurqua à gauche en direction de ce qu'elle se rappelait être la salle de billard. Elle eut l'agréable surprise de constater que c'était toujours le cas. Une demi-douzaine d'hommes assistaient en spectateurs à deux parties qui se jouaient simultanément sur deux tables distinctes. Le tout dans une ambiance de combinaisons de motards en cuir clouté, et de chapeaux et bottes de cow-boy.

Connor était penché au-dessus de l'une des tables, en train d'ajuster sa frappe. La balle qu'il visait alla se loger directement dans l'une des pochettes d'angle prévues à cet effet. La moitié de la salle poussa un grognement de désapprobation tandis que l'autre moitié se félicitait à coups d'accolades viriles.

Connor esquissa un sourire, attrapa la bouteille de bière qu'il avait laissée sur la table derrière lui et en but une gorgée triomphale. Puis il s'appuya contre le mur pendant que son adversaire se préparait à jouer. C'est à ce moment qu'il aperçut Beth.

— Tiens donc, dit-il en traversant la pièce pour la rejoindre. Tes amies et toi êtes prêtes à rentrer ?

— Gail et Jackie sont déjà parties, expliqua-t-elle en hochant la tête.

Il se retourna vers la table de billard. C'était de nouveau à lui de jouer.

— Tu veux rentrer tout de suite ? Je peux demander à quelqu'un de finir ma partie à ma place, si tu veux.

Elle réfléchit un instant à son offre.

— Combien as-tu parié sur cette partie ?

Dans un premier temps, elle vit ses joues rougir, puis un sourire se dessina sur son visage :

— Cinquante dollars.

— Dans ce cas, vas-y, termine ta partie, répondit-elle en souriant à son tour tout en désignant sa bouteille de bière quasi vide. Gagne donc ton pari pour m'offrir une autre bière !

— Combien en as-tu bues ce soir ? demanda-t-il.

— Seulement deux ou trois.

— Hey, Riordan, c'est pour aujourd'hui ou pour demain ? lança le bonhomme barbu contre lequel Connor jouait.

— J'arrive, j'arrive, grommela-t-il avant de se retourner vers Beth. C'est d'accord, dès que j'ai gagné, je t'offre une boisson... à une condition.

— Laquelle ?

— Tu danses avec moi d'abord.

Beth jeta un œil du côté de la piste de danse où s'ébattaient de nombreux couples, au rythme d'une musique qui finissait par beaucoup lui plaire. Accepter une telle offre était sans doute une erreur, mais elle ne trouva pas la force de refuser. Elle n'avait pas eu l'occasion de danser avec lui pendant toutes ces années et, même si elle savait qu'il était trop tard à présent pour réaliser ses rêves d'adolescente, elle voulait encore une fois ressentir le frisson d'être tout contre lui, comme au lycée...

Juste une danse... Quel mal y avait-il à cela ?

Elle croisa son regard noisette et inclina la tête.

— C'est d'accord !

Il lui décocha un sourire éclatant.

— Je reviens dans un instant. Ça ne devrait pas prendre trop longtemps.

Comme il l'avait dit, la partie se termina dans les dix minutes avec la victoire de Connor qui empocha les cinquante dollars de la poche de son adversaire, plutôt bon perdant. Il passa sa canne à un autre volontaire et rejoignit Beth sans tarder.

— Félicitations, dit-elle en le regardant ranger les billets dans son portefeuille.

— Je t'avais bien dit que je n'en ferais qu'une bouchée ! Prête pour aller danser ?

L'estomac de Beth se noua devant le regard intense et profond de Connor. Une décharge électrique irradia soudain dans chaque cellule de son corps. La chanson émanant du juke-box arrivait à sa fin, et Beth retint son souffle. Ce n'était pas le moment de se dégonfler.

Elle s'accroupit pour poser sa bouteille de bière au pied de l'arche qui ouvrait la piste de danse, espérant qu'une serveuse arriverait assez tôt pour dégager le chemin. Connor fit de même, la prit par la main et l'entraîna vers le juke-box. Il restait encore une chanson programmée avant de pouvoir faire son propre choix.

— Le prochain morceau est un rock endiablé, mais j'avoue que j'envisageais plutôt de danser un slow avec toi, déclara-t-il en insérant plusieurs pièces de monnaie dans la machine avant de sélectionner la chanson qu'il voulait. Qu'en penses-tu, Beth ? Accepterais-tu de danser avec moi le temps de deux chansons ?

Et pourquoi pas, après tout ? Peut-être le fait de commencer par un rock déchaîné la préparerait mieux au moment où il passerait les bras autour d'elle et où leurs corps s'effleureraient longuement durant le slow ?

— Comme tu voudras, répondit-elle d'une voix presque trop enjouée à son goût.

La moue satisfaite qu'il affichait soudain manqua de faire perdre son souffle à Beth. D'un geste délicat, il referma sa main autour de son bras et la conduisit au centre de la piste de danse.

Puis il déplia ses doigts qu'il fit courir le long de son avant-bras et autour de son poignet, laissant sur sa peau une traînée de feu. Entremêlant alors ses doigts aux siens, il l'attira doucement contre son torse pour la serrer contre lui.

Elle qui pensait qu'ils garderaient leurs distances durant cette première chanson… Au lieu de se trémousser face à face comme elle l'avait d'abord imaginé, ils se déhanchaient l'un contre l'autre en cadence, alors que Connor gardait ses doigts entrelacés aux siens et passait régulièrement sa main autour de ses hanches.

Si Connor dansait de cette façon sur un morceau endiablé, Beth osait à peine imaginer où ses mains iraient se promener au son d'une mélodie plus langoureuse. Mais, puisqu'elle lui avait promis une deuxième danse, elle ne tarderait pas à le découvrir…

Une minute plus tard, la chanson se termina et il y eut un bref temps mort avant que la suivante ne débute. Connor ne desserra pas un instant son étreinte, serrant Beth plus fort encore contre lui dès les premières notes du morceau suivant.

— Ah, enfin… Voilà l'instant que j'attendais.

Il fit glisser la main qu'il avait posée sur sa hanche le long de son dos afin de l'enlacer complètement par la taille. Cette fois, ils étaient bien en corps à corps, et Beth sentit sa poitrine s'aplatir contre celle de Connor. Leurs bas-ventres se frôlèrent en une ondulation aussi sensuelle qu'intime.

Elle essaya bien de se dégager un peu au début, mais il l'enlaça de plus belle. Puis, alors que la mélodie vaporeuse de la chanson envahissait la pièce tout entière, Beth se laissa gagner par l'atmosphère légère et se détendit… s'abandonna.

Ce n'était qu'une danse après tout. Une danse pour laquelle elle était consentante, et une danse dont elle avait aussi, il fallait bien l'avouer, longtemps rêvé.

Mais il s'agissait là de Connor… Le meilleur ami de son frère. Un de ses meilleurs amis d'enfance à elle ; une des personnes à qui elle avait accordé, à une époque, toute sa confiance. Si elle ne se sentait pas en sécurité dans ses bras à lui, alors elle ne se sentirait jamais à l'aise avec personne.

9

Connor perçut avec exactitude l'instant où Beth relâcha enfin la tension qui raidissait jusqu'alors tout son corps. Il sentit son dos s'affaisser doucement contre la paume de sa main. Il sentit aussi les muscles de ses bras se décrisper, et elle accepta de se laisser aller un peu contre lui au lieu de continuer à chercher à s'écarter.

Il aurait aimé pousser des cris de joie, et soupirer de soulagement. Mais, de crainte de la voir de nouveau se raidir, il se contenta d'assurer du mieux qu'il put son pas de danse, afin de profiter pleinement de ce moment de complicité.

Un parfum de fleur épicé s'exhalait toujours de sa peau, même après avoir passé plusieurs heures dans un bar enfumé. Ses cheveux aux boucles acajou retombaient légèrement autour de son visage et de ses épaules, mettant en valeur son visage aux traits fins et réguliers, et soulignant la ligne de ses yeux en amande.

Leurs corps enlacés se balançaient au rythme de la musique, laissant la cadence langoureuse et la voix profonde du chanteur guider leurs mouvements. Il laissa le pouce de sa main gauche se promener de haut en bas de son dos en une délicate caresse.

Si seulement elle n'avait pas porté ce veston assorti à son pantalon de tailleur, il aurait pu plus facilement éprouver le contact de sa peau à travers le tissu très fin de son chemisier. Même si, dans l'idéal, Connor aurait préféré la voir entièrement nue. De cette façon, il aurait pu sentir contre lui sa peau douce comme un pétale de rose, ainsi que ses seins rebondis tout contre son torse nu.

Elle leva les yeux vers lui et leurs regards se croisèrent. Si les pensées qui l'assaillaient depuis qu'ils dansaient ne l'avaient pas déjà excité au plus haut point, la façon à la fois tendre, chaleureuse et vulnérable dont elle le dévisagea aurait suffi.

Etait-ce la bière qu'elle avait bue avec ses amies, ou bien se rappelait-elle à quel point elle et Connor étaient proches avant que les choses entre eux ne se compliquent si radicalement ? A moins que le fait d'être de retour dans sa petite ville natale, au milieu des gens pour qui elle comptait vraiment, n'incite Beth à se décontracter un peu...

Les dernières notes de la chanson résonnèrent un instant sur la piste, alors que les couples cessaient de danser pour regagner leur tables, ou attendaient le début de la prochaine mélodie. Beth et Connor s'arrêtèrent à leur tour et restèrent un instant les yeux dans les yeux.

— M'accorderais-tu une autre danse ? se hasarda-t-il à demander après s'être éclairci la voix.

Elle refusa d'un hochement de tête.

— Puis-je t'offrir une boisson ?

Nouveau hochement de tête.

— Tu veux rentrer à la maison ?

Cette fois, elle accepta, ce qui eut pour effet de faire naître une violente excitation au plus profond de son être.

Etait-il en train de prendre ses désirs pour des réalités ? Car, après tout, ce n'était pas parce qu'elle lui donnait l'autorisation de la raccompagner que cela signifiait qu'elle accepterait de se retrouver au lit avec lui. Il se pouvait aussi que la seule raison pour laquelle elle semblait soudain pressée de rentrer répondait à un besoin pour elle de dessoûler des nombreuses bières qu'elle semblait avoir consommées au cours de sa soirée entre copines.

Et, même si elle ne sous-entendait pas par là l'éventualité qu'ils puissent faire l'amour, Connor avait de toute façon déjà passé une superbe soirée. A tel point qu'il préférait y mettre un terme dès à présent, plutôt que de risquer un incident qui pourrait gâcher tout le plaisir qu'il avait eu à passer un peu de temps en compagnie de Beth.

— D'accord… Dans ce cas, partons d'ici, murmura-t-il, tout en continuant à soutenir son regard et à la serrer contre lui au beau milieu de la piste de danse.

Tout en gardant sa main accrochée à la sienne, il tourna les talons, et l'entraîna à travers la foule en direction de la sortie, à l'autre bout de la salle. Beth le suivait de près et se cogna à lui lorsqu'il s'arrêta net devant la grande porte. Une rafale d'air froid et de pluie pénétra aussitôt à l'intérieur du bar. Dehors il pleuvait à verse.

— Aïe…

Après quelques secondes seulement passées dans l'encadrement de la porte, Connor fut trempé. Il la chercha du regard par-dessus son épaule.

— Tu es venue avec ton imperméable ?

— Non, dit-elle, je n'imaginais pas en avoir besoin lorsque j'ai quitté la maison.

Lui-même n'avait rien prévu. Il faisait déjà frais lorsqu'ils avaient quitté la maison, mais il n'imaginait pas alors rentrer si tard. Et il avait encore moins anticipé un tel déluge.

— Reste à l'abri, déclara-t-il, je vais chercher mon 4x4 et l'avancer jusqu'ici.

De cette façon, Beth n'aurait pas à trop se mouiller.

Mais elle secoua vigoureusement la tête, agitant de ce fait ses jolies boucles aux reflets acajou.

— Je ne suis pas un sucre d'orge, Connor, je ne risque pas de fondre !

Il se souvenait avoir entendu cette même formule des dizaines de fois dans sa bouche. Pourtant, il lui semblait aussi se souvenir qu'elle était frileuse et ne sortait jamais en cas de pluie sans un parapluie ou un chapeau.

— Tu en es sûre ? insista-t-il.

— Certaine ! Allons-nous-en avant de laisser entrer assez de pluie pour inonder le bar !

Il ne put réprimer un sourire, serra sa main dans la sienne, et ils s'engagèrent tous deux en courant à travers le parking. Ils portèrent chacun leur main libre au-dessus de leur tête en un effort désespéré pour se protéger de la pluie torrentielle. En vain. Le temps d'atteindre le véhicule, ils étaient tous deux trempés jusqu'aux os.

Déverrouillant en premier la portière passager, il aida Beth à prendre place à l'intérieur, puis fit le tour du 4x4 en courant afin de rejoindre le siège du conducteur.

— Eh bien ! s'exclama-t-il en secouant ses cheveux tel un chien qui s'ébroue après le bain. J'imagine qu'il s'agit là de la fameuse tempête dont parlent les météorologistes depuis le week-end dernier.

Beth pouffa de rire en se passant les mains sur le visage. Puis il la vit se frotter les avant-bras en frissonnant et se dépêcha de mettre le contact pour brancher le chauffage.

Il conduisit jusqu'à la maison dans un silence de cathédrale, troublé seulement par le ballet frénétique des essuie-glaces contre le pare-brise. Une fois arrivé devant la maison de Nick, il remonta l'allée le plus haut possible afin de se rapprocher de la porte d'entrée.

Le quartier était plongé dans la pénombre, et il se demanda si cela était dû à l'heure tardive ou à une éventuelle panne d'électricité causée par la tempête. Incapable de se souvenir s'il avait laissé la lumière du porche allumée avant de partir, il ne put que constater que, pour l'heure, elle était éteinte.

— Prête à affronter le déluge ? demanda-t-il en brandissant les clés de la maison.

— De toute façon, je ne peux pas me mouiller plus que je ne le suis déjà ! répondit Beth.

Ils sortirent en même temps du véhicule et gagnèrent le porche au pas de course. Connor se dépêcha d'ouvrir la porte et s'écarta pour laisser Beth entrer en premier.

La chaleur bienveillante de la demeure les enveloppa aussitôt, leur offrant un abri bienvenu contre la pluie froide de l'extérieur. Ils restèrent tous deux un instant à pouffer de rire, debout dans le hall, leurs vêtements dégoulinant de toutes parts.

Connor appuya sur l'interrupteur de la lumière de la cuisine, mais sans effet. Il insista une seconde fois, puis essaya d'autres interrupteurs, sans succès.

— On dirait qu'il y a une panne de courant.

— Ça ne m'étonne pas. Les rafales sont si puissantes qu'elles pourraient emporter des usines électriques entières !

S'extirpant de son veston détrempé, Beth marcha sur la pointe des pieds sur le linoléum de la cuisine, pour aller le déposer dans l'évier. Puis elle se débarrassa de ses chaussures noires à talons hauts.

— Je vais à l'étage pour me changer et chercher des serviettes-éponges, dit-elle. As-tu besoin que je te descende quelque chose ?

— Non, merci, répondit Connor. Je monterai un peu plus tard pour me changer à mon tour, mais en attendant je vais tenter d'allumer un feu dans la cheminée. Avec cette panne d'électricité, la chaudière a dû s'éteindre, et même s'il fait encore bon dans la maison la température risque de chuter pendant la nuit si la tempête continue de faire rage…

— Bonne idée !

— Tu as besoin d'une lampe torche ?

Il avait peu à peu acclimaté ses yeux à la pénombre, et put ainsi apercevoir furtivement un début de sourire sur le coin des lèvres de Beth.

— Tu plaisantes ? Nick et moi avions l'habitude de parcourir la maison de fond en comble la nuit, pour ne pas réveiller nos parents. Je pourrais sans difficulté circuler dans chaque pièce avec un bandeau sur les yeux !

A ces mots, elle le contourna et disparut dans l'obscurité. Il resta debout à écouter ses pas aller et venir dans la maison. Puis il ôta ses bottes et les laissa près de la porte d'entrée en attendant qu'elles sèchent. Ensuite, il se débarrassa de sa chemise détrempée, qu'il posa dans l'évier à côté du veston de Beth, avant de faire de même avec son jean.

Elle n'apprécierait sans doute pas de le voir déambuler ainsi vêtu de son seul caleçon, mais c'était le seul vêtement encore sec dont il disposait pour l'instant, et il tenait à allumer un feu avant de monter se changer. Et puis, son sous-vêtement en coton bleu marine impeccable était tout neuf. Lori avait renouvelé son stock de caleçons pas plus tard que le mois dernier. Sur le moment, il n'avait pas apprécié cette intrusion dans la gestion de sa garde-robe, mais à présent il se félicitait non sans humour de son initiative.

Le fait de repenser soudain à Lori le fit culpabiliser. Il n'avait même pas cherché à la joindre depuis la soirée du mariage de Nick. Pire encore, il se rendait compte qu'elle ne lui manquait même pas. Le fait de passer la semaine dans la maison de Nick lui convenait à merveille.

Le fait d'être avec Beth lui convenait à merveille.

Malgré tout ce qu'il avait tenté ces dernières années pour l'oublier, il était toujours aussi attiré par la sœur de son meilleur ami. Enfin, reconnaître seulement qu'elle l'attirait relevait du pur euphémisme. Quelque chose de brûlant, d'irrépressible, d'incommensurable le poussait vers elle. Or, plus il s'efforçait de conjurer cette force mystérieuse, plus elle semblait prendre de l'ampleur et avoir de l'emprise sur lui.

Et lorsqu'elle s'était abandonnée à lui lors de cette soirée, sept ans plus tôt, son désir pour elle n'en avait pas pour autant été apaisé. Faire l'amour avec Beth sur la banquette de son pick-up n'avait eu pour effet que d'intensifier encore ses sentiments pour elle. Elle était alors devenue sa drogue, et lui accro à elle.

De son côté, il n'avait rien à reprocher à Lori, et avait le plus honnêtement du monde tenté de construire une vie stable avec elle. Mais à présent que Beth était de retour, à présent que le feu qui sommeillait en lui depuis toutes ces années était ravivé, il se disait qu'il s'était menti à lui-même… et que Lori avait servi à panser une plaie qui ne s'était jamais refermée.

Il entendit un craquement derrière lui et se retourna. Beth descendait l'escalier, une pile de serviettes-éponges blanches entre les mains. Elle portait de nouveau cette nuisette ultra-courte et terriblement sexy, recouverte de la robe de chambre assortie, solidement nouée autour de sa taille. Elle avait de plus attaché ses cheveux mouillés en queue-de-cheval avec une barrette argentée.

Il s'obligea à détourner les yeux, et se concentra de nouveau sur le feu qu'il était censé allumer dans la cheminée. Agissant à tâtons dans l'obscurité, il saisit une petite briquette allume-feu et enflamma une allumette, constatant avec un certain malaise que sa main tremblait.

La vérité, c'était que Beth le troublait au plus haut point. Il lui suffisait d'humer son parfum épicé, ou de croiser son regard bleu profond pour perdre tous ses moyens…

— Tiens, prends ça, murmura-t-elle en posant une serviette au-dessus de ses épaules.

Contrairement à ce qu'il avait imaginé, le fait qu'il soit à moitié dénudé ne semblait nullement la gêner.

La briquette s'enflamma dans l'âtre de la cheminée, emplissant aussitôt la pièce d'une lueur vive et d'une chaleur bienvenue. Connor se releva et éponge a ses cheveux détrempés, ainsi que ses bras et son torse encore humides. De son côté, Beth avait ôté la barrette de ses cheveux et essuyait méthodiquement sa tignasse, mèche par mèche.

— Je vois que tu as opté pour une méthode de séchage radicale…, déclara-t-elle en désignant du menton son caleçon.

— Je ne voulais pas tacher le parquet de ton frère avec mes habits ruisselants. Je peux aller chercher une rechange à l'étage, si ça te dérange.

Il ne savait pas trop pourquoi il lui présentait les choses de cette manière, puisqu'il avait de toute façon l'intention d'aller se rhabiller après s'être occupé du feu. Peut-être avait-il envie de la tester, de voir sa réaction alors qu'il était à demi nu devant elle…

Allait-elle exiger de lui qu'il se rhabille sur-le-champ, ou bien tolérerait-elle qu'il se promène ainsi dévêtu dans la maison, vu qu'elle-même était aussi en petite tenue ? Et il fallait bien avouer que cette mini-nuisette en satin fin n'avait de cesse de titiller son imagination.

— Ça ne me dérange pas, assura-t-elle d'une voix joviale en se dirigeant vers le canapé.

Elle se laissa tomber au milieu des coussins douillets et étendit ses pieds sur la table basse. Le vernis nacré de ses orteils scintilla à la lueur du feu de cheminée.

— Je te rappelle que je vous ai déjà vus, Nick et toi, dans le plus simple appareil, ajouta-t-elle en lui lançant une œillade. Tu te souviens de cette fois, au lac, où vous aviez pris un bain de minuit ? Vous aviez déployé des trésors de persuasion pour me convaincre de me déshabiller pour vous rejoindre, et une fois que j'ai été à l'eau vous êtes sortis en trombe et m'avez piqué mes vêtements.

Connor pouffa de rire et laissa tomber sa serviette au pied de l'âtre, avant de venir la rejoindre sur le canapé. Il se souvenait de ce jour où Nick et lui avaient fait cette bien cocasse farce, même s'il n'y avait pas repensé depuis des années.

— Tu hurlais tellement contre nous que, pendant un moment, nous avons eu peur que tu ne te noies.

— Ce qui ne vous a de toute façon pas fait changer d'avis.

— Ça, non… Mais ta menace de rentrer nue chez tes parents pour leur montrer ce que nous t'avions fait, oui !

— Exact. Et vous n'aviez rien trouvé de mieux en représailles que de jeter mes habits sur les berges avant de vous enfuir à la maison, sans moi.

— On était bien obligés d'arriver avant toi pour être sûrs que tu n'allais pas cafter !

— Si ça peut te rassurer, je n'ai jamais rien dit. Je pense même que papa et maman n'ont jamais entendu parler de cet incident.

— C'est sans doute mieux comme ça… Ils ne se sont jamais doutés à quel point Nick et moi pouvions être pervers !

A ces mots, Beth le dévisagea, l'air outré :

— A quel point vous pouviez être pervers ? Pourquoi parles-tu à l'imparfait ? protesta-t-elle.

Connor ne manqua pas de remarquer qu'elle avait retrouvé ce ton taquin qu'elle utilisait à l'époque où leur amitié n'était

pas encore entachée par « l'incident ». Voilà des années qu'il
ne l'avait pas entendue parler d'une voix aussi légère.

S'efforçant de ne pas trop s'interroger sur les raisons de ce
revirement soudain, il plissa les yeux, prit une voix éraillée
et répondit :

— Ça, ce n'est pas gentil… Je vais devoir te punir à présent !

Elle haussa un sourcil dubitatif avant de comprendre ce
qu'il entendait par là, et poussa un cri assez aigu pour briser
les sous-verres accrochés au mur. Elle tenta de s'écarter de
lui, mais il la rattrapa par la taille et l'attira fermement contre
lui. Puis, de sa main libre, il se mit à lui chatouiller les flancs.

— Ah, non ! Connor, arrête !… Nooon !

En proie à un violent fou rire, elle chercha tout de même
à se débattre. Comme au bon vieux temps. Quand ils étaient
petits, il passait son temps à la taquiner ainsi, souvent aidé de
Nick, qui n'était pas en reste dès lors qu'il s'agissait d'embêter
sa petite sœur.

Bien sûr, elle s'arrangeait toujours pour prendre sa revanche.
En allant se plaindre à ses parents, qui se chargeaient de les
punir, ou encore en déposant des petits serpents de jardin sur
leurs lits, ou de la poudre à gratter dans leurs caleçons. Ses actes
de vengeance rivalisaient toujours de cruauté et d'ingéniosité.

A force de se débattre pour échapper à son étreinte, Beth se
retrouva face à lui. Il sentit alors contre son torse nu ses seins
se dresser à travers le satin léger de sa nuisette.

Plusieurs fois, ses jambes se coincèrent à l'intérieur des
siennes, lui rappelant violemment à quel point elle était féminine et désirable.

Il cessa de la chatouiller, et elle arrêta brusquement de se
tortiller. Elle respirait de façon saccadée, le corps encore agité
des soubresauts de son fou rire, le visage dressé au-dessus du
sien. Ses yeux qui brillaient d'ordinaire de l'éclat du saphir
étaient soudain sombres tel l'océan au crépuscule. Il y lut une
vibrante passion et un désir inavoué, deux sentiments auxquels
il brûlait de répondre.

Il pensa à l'embrasser et inclina la tête pour atteindre ses lèvres, mais à cet instant elle lui assena un violent coup de poing en plein plexus. Cette femme avait une poigne d'enfer… et des lèvres tièdes et douces comme des pétales de rose. Nullement impressionné par son geste d'insoumission, il se jeta sur sa bouche. Son parfum envahit alors ses narines, remplissant chaque pore de son corps de ses fragrances épicées.

Il porta ses mains de chaque côté de son visage et appuya plus encore son baiser. Il voulait la savourer pleinement, l'absorber tout entière… Leurs langues entremêlées s'aventurèrent alors en une danse aussi sensuelle que frénétique.

Il plongea ses mains dans l'épaisse chevelure de Beth, tandis qu'elle promenait allègrement ses doigts le long de son torse, soulignant du bout des ongles la ligne de ses abdominaux. Et, lorsqu'elle fit le tour de son nombril avant de tracer une ligne en direction de l'élastique de son caleçon, il retint son souffle, le corps en proie à de multiples et exquises décharges électriques.

Elle lui adressa alors un sourire lascif, les yeux à demi clos, les lèvres gonflées de désir.

— Veux-tu que je m'arrête là? susurra-t-elle alors qu'il sentait ses ongles s'insinuer entre sa peau brûlante et le seul vêtement qu'il portait encore.

Il n'en croyait ni ses yeux, ni ses oreilles, ni aucun de ses autres sens. Titillé par l'audace dont elle faisait preuve, Connor sentait son sang pulser fiévreusement au creux de ses veines. Oh, comme il avait envie qu'elle garde ainsi les mains sur lui, qu'elle le touche encore et encore… Il avait envie de la supplier de continuer, et de répondre à sa question par un « je t'en prie, ne t'arrête jamais » désespéré.

Or il ne pouvait abuser d'elle une fois encore. Si jamais quelque chose devait se passer entre eux, alors il lui faudrait être certain qu'elle le désirait au moins aussi ardemment que lui. Que rien ne se dressait entre eux, que rien n'influençait sa décision.

Il rejeta une mèche derrière l'oreille de Beth tout en gardant une main au creux de sa nuque et demanda :

— Combien de bières as-tu bues ce soir?

Beth cligna des yeux puis écarquilla les paupières.

— Pourquoi cette question ? Tu me crois ivre ? répondit-elle à voix basse en articulant chaque mot, sans toutefois paraître offensée.

— C'est que… Je veux juste être sûr, reprit-il d'un ton mesuré.

Au moins, elle ne l'avait pas encore giflé, ni n'avait pris ses jambes à son cou.

— J'ai consommé trois bières légères sur une période de quatre heures. Je ne suis pas soûle, Connor. Je sais très bien ce que je fais, si c'est ce que tu cherches à savoir.

Au fur et à mesure qu'elle prononçait ces mots, Beth se rendit compte à quel point elle disait la vérité. Même si elle se retrouvait dans les bras de cet homme pour toutes les mauvaises raisons du monde, elle avait bel et bien envie de lui.

La vérité était qu'elle avait envie de lui depuis des années… Même durant cette période difficile au cours de laquelle elle s'était persuadée de le détester, elle n'avait jamais complètement réussi à faire taire son attirance pour lui. Et, ces derniers jours, le fait de se retrouver piégée à ses côtés dans la même maison, à s'efforcer en vain de garder ses distances, n'avait eu pour résultat qu'amplifier un peu plus son désir.

Et puis, quel mal y aurait-il à être avec lui juste une fois encore, juste une dernière fois ? Manifestement, vu l'état dans lequel était Connor, ils étaient tous deux prêts à franchir le pas une nouvelle fois. Après tout, ils étaient deux adultes consentants, et célibataires qui plus est.

D'autant que pour sa part elle n'avait pas eu de relation sérieuse depuis trois ou quatre ans. Pire encore, cela faisait dix-huit mois qu'elle n'était pas sortie avec un homme…

Il était temps de remédier à cela, lui murmurait une petite voix au fond d'elle. Mieux encore, faire l'amour avec Connor serait l'occasion de conjurer une fois pour toutes ses vieux démons, et de se prouver définitivement que la page de ses tumultueuses amours adolescentes était tournée. Cela la libérerait de ce désir croissant qui montait en elle depuis le début de la semaine, tout en mettant un point final à cette histoire restée en suspens depuis la première fois où il avaient fait l'amour, sept ans auparavant.

Un point final. Voilà exactement ce dont elle avait besoin. Une nuit dans les bras de Connor pour éteindre le feu qui brûlait au creux de ses veines, et exorciser tous les sentiments équivoques qui pouvaient encore subsister entre eux. Ensuite, elle pourrait reprendre l'avion, libérée à jamais des démons qui la hantaient depuis toutes ces années.

Elle croisa son regard, plongea un peu plus ses doigts au creux du caleçon bleu à pois blancs et le sentit se contracter.

— Je sais exactement ce que je fais, répéta-t-elle en articulant mieux encore chaque syllabe afin de ne laisser à Connor aucun doute possible quant à ses intentions. Est-ce bien clair ?

— Oui, m'dame ! répondit-il d'une voix saturée de désir. Je ne douterai plus jamais de vos intentions.

— Parfait ! rétorqua-t-elle avec un sourire amusé.

Les yeux de Connor se mirent à briller d'un air coquin, puis il se redressa sur ses coudes et recouvrit ses lèvres avec les siennes. Cette fois il l'embrassa jusqu'à lui couper le souffle, et lui arracher un petit ronronnement de plaisir. Animée d'une brûlante envie de se fondre en lui, Beth voulait à présent ne faire plus qu'un avec son corps.

Connor fleurait bon l'air frais et la pluie qui les avait détrempés en arrivant. Et elle adorait sentir sa chaleur virile tout contre elle. Il était large et robuste, chacun de ses muscles se densifiant au contact de ses doigts. Son torse était une œuvre d'art à lui tout seul, comme sculpté dans le marbre, dessiné à la perfection. Elle sentait avec ravissement ses jambes velues se mêler aux siennes, déclenchant en elle une série de frissons aussi exquis que sensuels.

Mais c'est son visage qui l'intriguait encore le plus ; son visage capable de la rendre folle de désir, même à distance, avec cette mâchoire large, parfois assombrie par un sourire ténébreux, ses sourcils foncés qu'il fronçait à la moindre contrariété et lorsqu'il réfléchissait, son petit nez bien droit barré de la cicatrice datant de l'époque où Nick et lui s'étaient retrouvés dans une bagarre avec l'équipe de football adverse, lors d'un match en déplacement. Et c'était sans parler de ces doux yeux noisette qui avaient le don de la faire chavirer en un seul regard.

Les mains de Connor allaient et venaient avec frénésie entre sa chevelure bouclée, la ligne de son dos et l'arrondi de ses hanches. Il dénoua la cordelette de sa robe de chambre, qui s'ouvrit, puis fit glisser l'habit le long de ses épaules, puis de ses bras pour le lui enlever. Elle dut avec réticence retirer un instant ses mains de l'intérieur chaud de son caleçon pour l'aider à ôter entièrement son vêtement en satin.

Elle se retrouva donc bras et jambes nus, en nuisette, le corps traversé d'une série d'ondes de chaleur qui n'avaient rien à voir avec le feu de cheminée qui brûlait près d'eux.

Leurs souffles se mélangèrent alors que les lèvres de Connor lui dévoraient les joues, le menton… Il lui caressa les jambes du bout de ses doigts calleux, intensifiant encore le désir qui vibrait au fond de chaque cellule de son corps. Petit à petit, il remonta au-dessus de ses genoux, de plus en plus haut à l'intérieur de ses cuisses… Jusqu'à lui empoigner les fesses avec un petit gémissement de satisfaction lorsqu'il découvrit qu'elle portait un string.

— Hmm, tu es si sensuelle, lui murmura-t-il contre la gorge. Tu me rends fou, Beth. Tu me donnes envie d'honorer chaque millimètre carré de ton corps voluptueux, de suçoter chacun de tes doigts, de tes orteils, tes seins, tes lèvres… J'ai envie de t'emmener dans mon lit et de ne plus jamais te laisser le quitter…

Ses mains posées sur ses fesses et sa langue arpentant sa colonne vertébrale continuèrent d'embraser tous les sens de Beth, mais elle fit de son mieux pour se concentrer sur ce qu'il lui disait. Mais ses paroles ne firent qu'attiser encore le feu qui brûlait en elle.

— Puisque le lit à l'étage n'est pas le tien, mais celui de mon frère, dit-elle, à bout de souffle, est-ce que le canapé te satisfera ?

— Oh, oui, ce canapé fera l'affaire !

A ces mots, il fit glisser les paumes rugueuses de ses mains sous l'élastique de son string. Avec une lenteur aussi sensuelle qu'insupportable, il abaissa le minuscule triangle de satin et lui écarta doucement les jambes pour le lui ôter.

Au même instant, il referma ses lèvres autour de ses seins, dont le pourtour s'humidifia très vite à travers le satin léger de sa nuisette. Beth sentit ses tétons se durcir encore à son contact, lui donnant une envie soudaine d'arracher la barrière de tissu qui la séparait de la langue chaude et humide de Connor. Elle se cambra pour inciter Connor à poursuivre et accentuer cette divine caresse.

Il jouait de son corps comme d'un instrument de musique, sachant exactement où et comment la toucher, ajustant ses gestes au gré de ses réactions. Beth avait le tournis, elle entendait son sang bourdonner au creux de ses oreilles et au cœur de son bas-ventre, là où son désir se faisait de plus en plus pressant.

Mais il manquait quelque chose. Connor était excité, c'était indéniable, mais pas encore assez à son goût. Elle voulait le pousser à bout et le voir se trémousser de plaisir devant elle. Elle avait envie de le toucher, de le caresser longuement, de le rendre fou de désir et de l'entendre la supplier de l'exaucer.

— Connor…

Il continua à la suçoter et elle sentit les petits muscles de son bas-ventre se contracter.

— Connor…

— Hmm… ?

Les vibrations de sa voix éraillée résonnèrent au plus profond de son être.

— Arrête…, dit-elle en constatant avec surprise qu'il obtempérait tout de suite à sa requête.

Contrairement à beaucoup d'hommes, Connor semblait prendre à la lettre le refus exprimé par une femme.

Il s'écarta d'elle et s'affala contre le dossier du canapé en levant les yeux vers elle. Il avait toujours les mains autour de sa taille, et respirait de façon saccadée. Vu à quel point il était excité, Beth fut admirative de la façon dont il parvenait à se contrôler.

Elle se pencha alors vers lui et lui donna un long et langoureux baiser. Lorsqu'elle se redressa, il la dévisagea d'un regard incrédule.

— Je ne voulais pas dire « arrête-arrête », expliqua-t-elle devant son air confus.

Il repassa les mains par-dessus sa nuisette, dessinant lentement la courbe de l'intérieur de ses bras avant d'entremêler ses mains aux siennes.

— Dans ce cas, que voulais-tu dire exactement ?

Pour toute réponse, elle s'installa à califourchon sur lui. Puis, s'appuyant contre ses mains, elle frotta son bas-ventre tout contre l'érection naissante de Connor, qui poussa un profond soupir, avant de se mordre les lèvres.

— Je voulais dire… que c'est mon tour à présent !

10

La dernière phrase de Beth ne fit qu'exalter encore la fièvre qui irradiait dans chaque cellule du corps de Connor, d'autant qu'elle se débarrassait à présent de sa petite nuisette en un geste aussi vif que lascif. Elle jeta négligemment son vêtement par-dessus son épaule et, entièrement dénudée, elle lui offrit un sourire des plus troublants.

Elle était splendide. Sa peau était claire, soyeuse… La pointe rosée de ses seins bien ronds se dressait vers lui, trahissant son excitation… Sa taille de guêpe accentuait divinement l'arrondi de ses hanches…

Beth était plus belle que n'importe quelle star des podiums de mode. Elle était la femme la plus sexy qu'il ait jamais vue. Et, au moins pour ce soir, elle était à lui.

Il tendit les bras vers elle, mais elle l'arrêta.

— Tss, tss…, fit-elle en lui emprisonnant les poignets pour les relever au-dessus de sa tête. C'est mon tour. Et c'est moi qui fixe les règles. Tu ne me touches plus… du moins pour l'instant.

A ces mots, il éclata de rire.

— Je ne suis pas certain de pouvoir respecter cette règle, Beth. Elle pourrait me tuer !

— Rassure-toi, susurra-t-elle en faisant descendre la paume de ses mains le long de ses aisselles, puis de ses bras avant d'atteindre son torse. Si c'est le cas, je te ferai un bouche-à-bouche pour te ressusciter.

Cette seule suggestion suffit à lui couper une nouvelle fois le souffle.

— Seulement pour faire de moi ce que tu veux, je n'en doute pas, dit-il dans un souffle.

— Les femmes aussi ont le droit de se faire plaisir..., rétorqua-t-elle avec un haussement d'épaules désinvolte.

Il se félicita de constater que Beth l'incluait, lui, dans son idée de plaisir. D'autant qu'à présent elle promenait ses ongles le long de son torse, agaçant délicatement la pointe de ses seins, dessinant sur son chemin des traînées de feu et de volupté. Puis elle posa ses mains sur son corps à elle, les faisant courir sur le haut de ses cuisses, autour de sa taille, le long de la vallée creusée par ses seins... Ses seins qu'elle empoignait à présent à pleines mains comme pour les exposer pleinement à son regard.

S'imaginait-elle vraiment qu'elle avait besoin de mettre ainsi en valeur ses attributs affriolants pour l'exciter ?

— Est-ce que tu aimes ce que tu vois ?

Pour répondre à sa question, il donna un coup de reins pour plaquer l'érection qui pointait à travers son caleçon contre la peau satinée de ses cuisses.

— A ton avis ?

Elle se pencha alors vers lui, collant son torse au sien. Il sentait à travers le tissu de son sous-vêtement toute la chaleur et la moiteur de son corps, ce qui ne fit qu'intensifier encore son excitation.

— On dirait...

Elle déposa un baiser goulu au creux de son cou. Tous les sens de Connor étaient dans un état d'éveil maximal.

— ... que oui.

Ses lèvres continuèrent à dessiner une ligne le long de ses épaules, puis de son torse, laissant derrière elles une trace humide qui chatouillait délicieusement sa peau brûlante.

— Pour ma part..., ajouta-t-elle, le souffle court.

Elle était à présent au niveau de ses pectoraux, mordillant la pointe de ses seins, avant de se diriger plus bas, vers ses abdominaux.

— ... j'aime aussi ce que je vois...

La pointe de sa langue plongea au creux de son nombril, et il eut soudain toutes les peines à respirer.

— Tant… mieux, parvint-il tant bien que mal à lâcher.

— Connor ?

L'air lui manquait soudain au point de ne plus pouvoir répondre. D'autant qu'à présent elle refermait ses lèvres autour de l'élastique de son caleçon et tentait de l'enlever.

Comme il ne répondait pas, elle lâcha l'élastique qui vint claquer sur sa peau brûlante de désir.

— J'ai envie de toi, Connor.

Oh, oui… Enfin…

— Accroche tes bras autour de mon cou, ordonna-t-il alors sans perdre une seconde.

Pour une fois, elle obtempéra sans protester. Affichant un sourire des plus sensuels, elle se redressa et l'étreignit comme si le sort du monde en dépendait.

Il plaça ses mains sous ses fesses, et de toutes ses forces il commença à se lever du fauteuil.

— Et maintenant passe tes jambes autour de ma taille.

— Oui, maître…

Il ne put s'empêcher de sourire devant son air mutin.

— Si tu n'obéis pas, tu seras punie !

— Pitié, maître, ne me faites pas de mal…, susurra-t-elle. Je vous promets d'être sage.

— D'accord… Mais pas trop sage, tout de même.

— Pas trop, c'est promis, souffla-t-elle alors qu'il se mettait à marcher.

Elle était à présent fermement accrochée à lui… Exactement comme il en avait envie.

— Où allons-nous ?

— A la cuisine… J'ai laissé mon pantalon dans l'évier.

— Je croyais plutôt qu'on en était à l'étape où on se déshabille ? demanda-t-elle, incrédule.

Arrivé dans la cuisine, Connor la posa sur le comptoir, libérant ses mains pour extirper son portefeuille de la poche

arrière de son pantalon qui séchait toujours dans l'évier. Il
fouilla à l'intérieur et en retira ce qu'il cherchait.

— Préservatif ! murmura-t-il en brandissant le sachet argenté
comme s'il s'agissait d'un trophée olympique.

Devant l'air surpris de Beth, il en déduisit que, emportée
dans le feu de l'action, elle n'avait pas une seconde pensé à ce
genre de nécessité. Il était vrai que les choses entre eux s'étaient
très vite emballées…

— Bien vu…, répondit-elle en lui caressant la nuque du
bout des doigts. Tu en gardes toujours à portée de main pour
les cas d'urgences érotiques ?

— Exact. Et, en plus, il y en a une boîte entière dans ma
chambre à l'étage. On ne sait jamais, une femme désirable peut
vous sauter dessus à tout moment !

Beth inclina la tête en arrière avant de le dévisager intensément.

— Vous les hommes, vous êtes vraiment d'incorrigibles
optimistes, n'est-ce pas ?

— Bien sûr, dit-il en lui offrant un sourire radieux. D'ailleurs,
tu vois, cela nous est utile parfois !

Elle lui répondit avec un sourire de défi :

— Eh bien, Connor, as-tu l'intention de continuer longtemps
à me parler de ce préservatif, ou comptes-tu plutôt t'en servir ?

Ces mots suffirent à donner un coup de fouet à sa libido.

— Rassure-toi, je prévois bien de l'utiliser, murmura-t-il en
se débarrassant en un geste de son caleçon, avant de déchirer
l'emballage du préservatif du bout des dents. Tu veux rester
ici ou retourner sur le canapé ?

Beth parcourut la cuisine du regard avant de plonger de
nouveau dans ses yeux.

— Ici, chuchota-t-elle, l'air mutin, en l'attirant à elle avec
ses jambes et ses bras. Maintenant, dépêche-toi…

— Méfie-toi de ce que tu dis, ma jolie…, susurra-t-il en
constatant que son désir pour elle était si fort qu'il en était
douloureux.

S'il continuait ainsi à jouer la montre pour la tester et la faire languir, il risquait de ne plus contrôler les ardeurs de son propre corps.

Sans perdre une seconde de plus, il déroula le préservatif autour de son sexe dur comme le roc, et enlaça Beth en l'embrassant tout son soûl. Il sentit ses ongles descendre le long de son dos, et ses chevilles s'enrouler autour de ses fesses.

Alors que leurs bouches s'entremêlaient, il la souleva du comptoir et la mena vers la table, sur laquelle il l'allongea langoureusement… Quel prometteur festin érotique !

Elle poussa un soupir, se cambra vers lui, et il en profita pour se réfugier au creux de sa gorge, puis de sa poitrine. Dessinant un cercle autour de chacun de ses seins, il évita délibérément de caresser ses tétons, pour l'exciter plus encore. Bien décidé à la rendre folle de désir pour lui, il plaqua son sexe raide et palpitant contre son bas-ventre brûlant. Beth se tortilla aussitôt en un mouvement lascif pour tenter de l'attirer en elle, et il sut qu'il ne pourrait continuer longtemps à jouer ainsi de son désir.

Il avait envie d'elle, besoin d'elle, là, tout de suite, maintenant.

Sans plus hésiter, il s'enfouit enfin d'un coup de reins dans la chaleur vibrante de Beth, qui l'accueillit avec un soupir de délectation.

Seigneur, que ce moment était bon… Qu'il était bon de goûter de nouveau à la douceur brûlante de cette femme… Il aurait pu rester des années ainsi, lové au creux de ses cuisses, mais Beth ondula des hanches pour mieux le recevoir en elle, et sa libido reprit le dessus.

Ils entamèrent alors à deux un exquis déhanché qui porta leurs corps très haut vers les cimes du plaisir, contractant chacun de leurs muscles, et faisant bouillir le sang au creux de leurs veines.

Beth dut se mordre les lèvres pour ne pas crier le plaisir qui la submergeait tout entière. Elle gardait obstinément les yeux ouverts pour regarder Connor aller et venir inlassablement au-dessus d'elle.

Elle s'agrippa encore à lui de toutes ses forces, refermant ses bras et ses jambes autour de lui pour l'attirer au plus profond d'elle, brûlant de ne faire plus qu'un avec lui. Son torse velu éraflait ses seins en rythme, ce qui ne faisait qu'électriser plus encore sa peau en plein émoi. A chaque nouveau coup de reins de Connor, elle sentait monter en elle une irrépressible onde de plaisir. Ivre de bonheur, elle se laissa ainsi envahir par sa chaleur virile.

— Plus vite, Connor... Plus fort...

— Oui, Beth...

Il passa ses bras sous les genoux de Beth pour accentuer la pression et accélérer la cadence. Il ne leur fallut que quelques secondes de plus à tous les deux pour atteindre les sommets de l'extase et jouir à l'unisson.

Une série de voluptueuses déferlantes assaillirent le corps de Beth, qui n'avait jamais ressenti une telle sensation de plénitude et de bien-être. Connor se figea, puis s'affaissa contre elle alors que son corps était encore agité des nombreux soubresauts de l'orgasme qu'il venait de lui offrir.

Connor pesait maintenant de tout son poids contre son torse, mais d'une manière douce et sécurisante. Elle promena alors ses mains le long de son dos couvert de sueur, et elle ne put réprimer un sourire qui lui donnait probablement l'air niais.

Connor leva la tête et la dévisagea d'un air satisfait.

— Tu souris..., murmura-t-il.

— Je sais.

Il caressa du bout des doigts les cheveux sur ses tempes.

— Tu es incroyablement belle.

— Je me sens incroyablement bien, dit-elle en contractant ses petits muscles autour du sexe de Connor qui ne s'était pas encore retiré et qui se raidit de nouveau.

— Encore ? chuchota-t-il en levant un sourcil interrogateur.

— Si tu te sens d'humeur, je suis toujours partante..., rétorqua-t-elle en se contractant de nouveau, juste au cas où il n'avait pas parfaitement compris.

— C'est bien ma veine...

A ces mots, il la souleva de la table, sans se détacher d'elle, et se dirigea hors de la cuisine.

— Tu es un as…, déclara-t-elle en se délectant de la sensation d'être ainsi accrochée à lui. Mais où m'emmènes-tu ?

— A l'étage, bien sûr, pour les préservatifs. Cette fois, on pourrait même trouver un lit sur notre chemin !

— Hmm… Faire l'amour dans un lit… Quelle idée novatrice !

Connor pouffa de rire et lui donna une petite tape sur les fesses.

— Ne sois pas si sarcastique. Si tu n'avais pas été si pressée pour le premier round, on aurait peut-être eu le temps d'arriver jusqu'à la chambre…

A cet instant, il heurta son tibia contre un meuble et proféra un juron.

Ce fut au tour de Beth d'éclater de rire.

— Tu ne t'es pas fait trop mal ?

— Je survivrai, rétorqua-t-il en desserrant à peine la mâchoire tout en se frottant machinalement l'endroit où il s'était cogné. A présent, si tu veux bien me laisser me concentrer, je vais essayer de nous emmener à l'étage sans me mutiler…

— Promis, je ne dirai plus un mot, lui susurra-t-elle à l'oreille, avant de descendre ses lèvres au niveau de son lobe, qu'elle mordilla doucement.

Connor poussa un gémissement et manqua de rater la marche suivante.

— Bon sang, tu veux ma mort ! grommela-t-il.

Elle sourit mais, conformément à sa promesse, elle ne dit plus rien.

Arrivé en haut de l'escalier, il trébucha de nouveau et ils tombèrent tous deux à terre. Il en profita pour l'embrasser goulûment.

— Maintenant ça suffit, murmura-t-il en désolidarisant leurs corps enchevêtrés.

Beth émit aussitôt un petit soupir de frustration, mais Connor se releva en la prenant dans ses bras, avant de se diriger tout droit vers la chambre principale.

Arrivé devant le grand lit, il déposa délicatement Beth au centre de celui-ci avant de disparaître dans le dressing. Il revint un instant après, débarrassé du préservatif usagé et tenant fièrement une boîte pleine entre ses mains. Il en extirpa sans tarder un petit sachet qu'il déchira en un clin d'œil. Il déroula le préservatif sur son sexe raide et brûlant avant de rejoindre Beth sur le lit.

— Où en étions-nous ? lui demanda-t-il alors à voix basse.

— A peu près là, rétorqua-t-elle en passant une jambe autour de ses hanches et en parcourant ses biceps du bout des doigts.

Elle sentit bientôt l'ardeur de son désir chercher à s'enfouir une nouvelle fois en elle, et elle était plus prête que jamais à l'accueillir. Elle le laissa donc la pénétrer avec ravissement en l'attirant de toutes ses forces contre lui. Soupirant de bonheur, elle se rendit compte qu'elle était en train d'obtenir tout ce dont elle rêvait : une nuit d'amour dans les bras de Connor Riordan.

Et même si tous ces moments se dissipaient dès l'aube demain matin, pour ce soir au moins, Connor était à elle.

Lorsque Beth rouvrit les yeux, plusieurs heures avaient dû s'écouler. La chambre était toujours plongée dans l'obscurité, mais un rai de lumière matinale filtrait à travers les stores. La pluie de la nuit s'était arrêtée, et Beth resta de longues minutes allongée, immobile, à écouter le chant des oiseaux.

Elle était lovée dans les bras de Connor, qui avait son torse plaqué contre son dos. Sous les draps, il avait placé son bras autour de sa taille, et Beth avait entremêlé ses mains aux siennes.

Elle était au chaud contre lui et se sentait en sécurité… Et avait envie de rester ainsi pour toujours. Mais une partie d'elle avait envie de se retourner et de couvrir Connor de baisers et de caresses.

Or elle se l'interdisait. Elle s'était promis une nuit dans ses bras pour se désintoxiquer de ce résidu d'amours adolescentes, pour se prouver qu'elle n'éprouvait plus rien pour lui ; et cette nuit était passée à présent.

Il était temps de reprendre ses distances, et le plus tôt elle y arriverait, le plus tôt les choses reviendraient à la normale.

Libérant doucement ses doigts de ceux de Connor, elle roula en silence sous les draps pour se détacher de lui, avant de poser le pied à terre. Elle traversa la pièce puis le hall sur la pointe des pieds afin de regagner sa chambre. Là, elle enfila les premiers vêtements qu'elle trouva, son jean taille basse et son débardeur en coton de chantier.

Elle alla se doucher dans la salle de bains du couloir, prévoyant de descendre ensuite préparer du café au rez-de-chaussée. Mais, alors qu'elle passait devant la porte ouverte de la future chambre de bébé, les rayons du soleil matinal passant par les fenêtres sans rideaux et éclairant pleins feux le parquet nouvellement verni la firent s'arrêter net.

Même si elle n'était pas encore meublée, cette pièce était magnifique. Nick et Karen allaient l'adorer. Le bébé qui allait y grandir aurait beaucoup de chance, surtout le jour où il apprendrait que sa tante et son « oncle » avaient mis autant d'énergie et d'amour à l'aménager pour lui.

Dans ce cas, pourquoi le fait de voir la peinture fraîche sur les murs et les rouleaux de tapisserie la rendait si triste ?

Beth laissa ses doigts courir le long de l'embrasure de bois de la porte, et entra à l'intérieur. Elle imagina la chambre une fois les travaux terminés, l'endroit où trônerait le berceau, la table à langer, le rocking-chair, et pourquoi pas un couffin pour les premiers mois du bébé.

Elle imagina son frère et sa femme qui ramenaient le bébé à la maison après la sortie de la maternité. Nick en train de le bercer pour l'aider à dormir ; Karen assise dans le rocking-chair, en train de lui donner le sein…

Et puis, soudain, ce ne fut plus Karen en train de cajoler sa petite nièce ou son neveu… C'était elle, en train de bercer son enfant à elle. Le bébé de Connor.

Elle l'avait perdu trop tôt dans la grossesse pour pouvoir voir son visage, mais elle n'avait soudain aucune peine à imaginer ses traits. Un petit nez tout rond, des joues bien rebondies, de fines lèvres entrouvertes pendant son sommeil…

Elle ne put retenir un sanglot et s'appuya contre le mur. Soudain, elle eut l'impression que tout cela était arrivé pas plus tard qu'hier… Ce fut comme si elle venait de recevoir une rafale de mitraillette en plein ventre. Portant une main à sa bouche, Beth s'écroula au sol et sentit un torrent de larmes dévaler son visage.

Malgré le ressentiment qu'elle nourrissait toujours envers Connor, elle pensait jusque-là sincèrement avoir dépassé de longue date le traumatisme occasionné par sa fausse couche. Or l'ironie du sort voulait qu'elle découvre, quelques jours seulement après avoir pardonné à Connor le rôle, même minime, qu'il avait joué dans cette histoire, qu'elle n'avait toujours pas accepté le deuil de cet enfant.

Il était si aisé d'imaginer à quoi ressemblerait sa vie aujourd'hui si elle n'avait pas perdu ce bébé. Si sa grossesse s'était bien déroulée, et si elle avait trouvé le courage d'annoncer à Connor qu'ils allaient devenir parents, elle savait exactement ce qui se serait passé. Ils se seraient mariés, auraient emménagé quelque part à Crystal Springs, à proximité de chez ses parents.

Et ils auraient vécu heureux. Elle aurait trouvé un moyen de finir ses études et de décrocher son diplôme d'avocate… ou peut-être se serait-elle découvert une vocation de mère au foyer. Ils auraient eu un ou deux enfants de plus, et ses journées auraient été rythmées par les comptines et les jeux, les repas à préparer, et par l'organisation de goûters d'anniversaire à faire pâlir d'envie toutes ses voisines.

Et, même si elle était très satisfaite de la vie qu'elle menait à Los Angeles, elle savait au fond d'elle qu'elle aurait été au moins aussi heureuse de rester dans sa petite ville d'origine en tant que mère et en tant qu'épouse.

A condition que ce soit avec Connor et leurs enfants.

Comment une vie pouvait-elle à ce point se déliter ? Elle nourrissait tant d'espoirs et de rêves, lorsqu'elle était lycéenne, puis étudiante. Tous s'étaient envolés les uns après les autres en quelques semaines. Il y avait eu cette tragique fausse couche, et puis le fait que Connor ne l'avait jamais rappelée après leur nuit d'amour, dans son pick-up. Pourtant, aujourd'hui, elle devait accepter que cela faisait partie des aléas de la vie.

Elle aussi avait commis des erreurs. La plus grave étant sans doute celle de ne pas dire dès le début la vérité à Connor. Lassée par le poids du remords, elle décida d'un coup de réparer cela avant de rentrer en Californie. Ce ne serait pas facile, elle en était consciente, mais ce serait un acte important. Connor méritait d'être au courant, et de son côté elle méritait de passer le reste de sa vie avec la conscience tranquille.

Ils ne pourraient jamais revenir en arrière et changer le cours des choses, mais il était peut-être encore possible d'aller de l'avant et d'être de nouveau amis, plutôt que de continuer à s'éviter par hypocrisie.

Bien sûr, après la nuit qu'ils venaient de passer, il serait peut-être incongru de parler encore d'amitié entre eux. Mais passer outre à la culpabilité d'une nuit de folie érotique serait sans doute moins difficile que passer outre à la culpabilité d'une grossesse dissimulée, et à sept années de mensonges.

Prenant une profonde inspiration, Beth s'essuya les yeux et se releva. A sa surprise, elle éprouvait soudain comme un sentiment de soulagement. Le fait d'avoir pleuré à chaudes larmes semblait non seulement lui avoir éclairci l'esprit, mais aussi l'avait aidée à décider d'avouer toute la vérité à Connor.

Elle hoquetait encore quand une planche du parquet craqua derrière elle. Elle se retourna pour découvrir Connor, appuyé contre l'embrasure de la porte. Il ne portait sur lui qu'un caleçon de rechange. La lumière du soleil, qui se faisait plus vive à présent, éclairait sa peau d'un lumineux éclat doré.

— Quelque chose ne va pas ? demanda-t-il en fronçant les sourcils d'un air concerné.

Elle s'essuya vigoureusement le visage d'un revers de bras, mais savait qu'il était inutile de dissimuler le fait qu'elle avait pleuré. Ses joues brûlaient, et elle sentait bien que son nez était tout gonflé et tout rouge.

— Rien, tout va bien, répondit-elle avant de hocher la tête. Euh… à vrai dire, ce n'est pas tout à fait vrai.

A ces mots, elle lui tendit la main et l'attira à l'intérieur de la pièce.

— Connor, il y a quelque chose que je dois te dire.

Comme elle serrait fort sa main dans la sienne, il sembla comprendre qu'il ne s'agissait pas d'une bonne nouvelle, et elle vit son visage pâlir.

— Je t'écoute…

Le moment était venu. Elle ne pouvait plus reculer à présent. Inspirant profondément, elle se jeta enfin à l'eau.

— Je ne te l'ai jamais dit, mais il y a sept ans, quand nous avons fait l'amour après ce match de football, je suis tombée enceinte.

Le visage de Connor resta impassible, mais elle vit son corps tout entier se figer. Etait-il en colère contre elle, ou tout simplement en train de digérer comme il le pouvait cette révélation ?

— Je ne t'en ai jamais parlé, et j'ai eu tort. Je crois cependant que je l'aurais fait, au début, si seulement tu m'avais téléphoné, ou si tu étais venu me rendre visite, poursuivit-elle en agitant sa main libre en l'air. Je ne t'en veux pas, je ne dis pas que c'est ta faute. Nous avons tous les deux commis des erreurs, il y a sept ans, et je suis sûr que, si c'était à refaire, nous agirions chacun différemment. Si je te dis tout ça aujourd'hui, c'est que…

Elle baissa les yeux et se mordit la lèvre.

— Tu mérites de savoir la vérité. Et puis, j'en ai assez de porter ce secret, j'en ai assez de t'en vouloir pour une chose dont tu n'étais même pas au courant…

— Je ne comprends pas…, finit-il par proférer d'une voix rocailleuse, cherchant visiblement ses mots. Si tu étais enceinte, où donc est le bébé ?

Prise de court par la question, Beth cligna des paupières. Elle s'était attendue à une crise de colère, à un furieux « Pourquoi ne m'as-tu rien dit ? ». Au lieu de cela, elle se rendait compte qu'elle ne lui avait pas encore fait part de la partie la plus importante de l'histoire.

— Je suis désolée, Connor, j'aurais dû commencer par cela…, reprit-elle d'une voix chevrotante. J'ai perdu le bébé.

Pendant plusieurs longues minutes, Connor ne la quitta pas des yeux, battant à peine des cils, respirant à peine.

— Je ne sais pas quoi dire…, finit-il par avouer.

— Ce n'est pas grave, tu n'es pas obligé de dire quoi que ce soit. Je voudrais juste… que tu ne me détestes pas. J'ai longtemps porté en moi cette blessure, et je pense que tu as le droit de savoir tout ce qui s'est passé à l'époque.

— Si seulement tu me l'avais dit… dès que tu l'as appris.

Elle ne put qu'acquiescer d'un signe de tête à ces mots.

— Je sais… Je le regrette moi aussi. Mais j'étais jeune et terrifiée, et je n'avais aucune nouvelle de toi depuis cette fameuse soirée.

Il serra un peu plus fort sa main dans la sienne.

— Si j'avais été au courant, j'aurais assumé mes responsabilités. Je ne t'aurais jamais laissée traverser une telle épreuve toute seule.

Un demi-sourire plein d'amertume se dessina au coin des lèvres de Beth.

— Je sais, Connor, je sais…

Ils restèrent encore un instant face à face, à court de mots. Beth espérait que son aveu apaiserait sa propre conscience, et que Connor n'allait pas ressasser trop longtemps ce qui était arrivé par le passé… Comme elle l'avait fait, elle.

— Je prends l'avion pour la Californie demain, finit-elle par déclarer après un long silence, tout en caressant sa barbe naissante. Merci pour la nuit dernière… et aussi pour celle d'il y a sept ans. Malgré tout ce qui est arrivé, je suis vraiment contente que tu aies été mon premier amant.

Et, une fois ces paroles prononcées, elle se dégagea de sa main, fit un pas en arrière, puis quitta la pièce sans se retourner.

- 11 -

Paralysé par le choc et l'émotion, Connor demeura figé dans son silence longtemps après que Beth eut tourné les talons. De longues minutes, peut-être même des heures s'étaient écoulées depuis, il n'en avait pas la moindre idée. Et, à dire vrai, il s'en moquait.

Il l'avait entendue traverser le couloir, puis aller et venir dans sa chambre, probablement en train de préparer ses valises. Il avait eu envie de la retenir. Oh, comme il en avait eu envie… Mais il avait l'impression que ses pieds restaient englués au sol, et que son cerveau était en miettes, comme pulvérisé par l'impact de la bombe que Beth venait de lâcher sur lui.

Ils avaient fait un bébé. Et il ne l'avait jamais su. Elle avait perdu ce bébé. Et il ne l'avait jamais su. L'immense portée de ces révélations le torturait au plus profond de son âme.

Même s'il avait toujours été conscient de s'être conduit en lâche sept ans plus tôt, lorsqu'il avait laissé les choses aller trop loin avec Beth, il mesurait seulement à présent à quel point il avait eu tort de ne jamais prendre de ses nouvelles par la suite. De ne pas se donner la peine de décrocher son téléphone pour vérifier qu'elle allait bien, tant physiquement qu'émotionnellement. De ne pas aller lui rendre visite à l'université pour s'assurer que le manque de discernement dont il avait fait preuve lorsqu'il s'était laissé aller dans ses bras n'avait pas eu de conséquences fâcheuses.

Certes, il était jeune à l'époque, mais déjà suffisamment mûr pour être responsable de ses actes, notamment pour tout ce qui avait trait à Beth. A ses yeux, elle avait toujours mérité plus de respect et de galanterie que les autres filles : ils avaient tous deux grandi côte à côte et il la considérait presque comme un membre de sa famille.

Un bébé... Avec elle...

Il n'arrivait pas à y croire. Il avait lutté contre l'attirance qu'il éprouvait pour elle pendant si longtemps... Or, la seule fois où il avait cédé à la tentation, il avait mis Beth enceinte. Pire encore, elle ne s'était pas sentie suffisamment en confiance pour venir lui faire part de la nouvelle lorsqu'elle s'en était rendu compte.

Et il ne pouvait s'en prendre qu'à lui-même. Car les signaux qu'il lui envoyait depuis l'époque où elle était devenue une jeune femme avaient dû la troubler au plus haut point. Un jour, il la traitait comme une petite sœur casse-pieds, le lendemain il lui lançait des regards langoureux en pensant qu'elle ne le voyait pas... Elle avait probablement fini par ne plus savoir sur quel pied danser avec lui. Et dire qu'il n'avait même pas eu la décence de lui téléphoner après lui avoir pris sa virginité...

Quel salaud il avait été. Quel égoïste imbécile... Il avait préféré faire comme si de rien n'était, espérant qu'ils finiraient par oublier tous les deux, et prétendre que cette nuit n'avait jamais existé.

A l'évidence, Beth s'était avérée incapable d'oublier ou de faire semblant. Elle était si jeune à l'époque, seule et enceinte d'un homme qui non seulement ne l'avait pas rappelée après avoir couché avec elle, mais faisait en plus tout son possible pour l'éviter les rares fois où elle venait rendre visite à ses parents.

Le pire, c'était de l'imaginer seule au moment de la fausse couche. Elle avait dû vivre un véritable calvaire. La peur, la douleur, le chagrin... Pas étonnant qu'elle l'ait traité comme un pestiféré. Il méritait amplement tout le mépris qu'elle affichait pour lui depuis plus de sept ans.

En tout cas, il n'avait pas la moindre idée de la façon dont il pouvait se racheter d'une telle infamie. Ni même si ce genre de comportement pouvait d'une façon ou d'une autre être pardonnable...

Il avait encore le tournis lorsque Beth passa la tête à travers l'ouverture de la porte. Elle avait revêtu ses habits de chantier.

— J'ai eu ma compagnie aérienne au téléphone, dit-elle à voix basse. Maintenant que la tempête est passée, le trafic est rétabli. J'ai un vol pour Los Angeles demain après-midi. Je me demandais si tu accepterais de me conduire chez mes parents demain matin afin que je puisse leur dire au revoir… Tu pourrais ensuite m'emmener à l'aéroport…

Toujours incapable d'émettre le moindre son, Connor acquiesça d'un signe de tête. Il avait la gorge encore nouée par toutes les émotions contradictoires qui l'assaillaient depuis qu'il avait appris la tragique nouvelle.

Beth murmura un merci du bout des lèvres et retourna aussitôt dans sa chambre.

Seigneur, comment allait-il surmonter cela ? Comment allait-il digérer ces révélations et, surtout, comment réparer ses erreurs ? Si Beth quittait Crystal Springs le lendemain, en aurait-il seulement le temps ?

Il ne voulait pas la voir prendre de nouveau la fuite, et s'en retourner à l'autre bout du pays, alors que la situation entre eux était encore si… trouble. D'autant que, cette fois, c'était peut-être pour toujours. Ils avaient tous deux passé les sept dernières années à se sentir gênés l'un envers l'autre et à se fuir, et il ne voulait pas retomber dans ce genre de travers juste parce qu'il était assez lâche pour la laisser remonter dans l'avion sans avoir éclairci les choses avec elle.

Il devait agir, mais n'avait pas la moindre idée de la façon dont il allait s'y prendre.

Garé sur le trottoir, Connor attendait dans son 4x4 tandis que Beth disait au revoir à ses parents. Il l'avait emmenée chez eux ce matin pour une brève visite avant de la conduire à l'aéroport, mais Helen et Patrick avaient été si enthousiastes de recevoir leur fille, et si peinés de la voir repartir, qu'ils avaient insisté pour que Beth et Connor partagent un déjeuner rapide avec eux.

Cela lui avait cruellement rappelé le bon vieux temps, lui qui se sentait si mal à l'aise aujourd'hui. Helen et Patrick Curtis l'avaient toujours traité comme un membre à part entière de leur famille, alors qu'il n'était qu'un rejeton turbulent de l'assistance publique. Malgré ses frasques de l'époque, ils avaient su voir en lui le petit garçon désespérant de trouver une famille, un foyer où se réfugier, et quelqu'un qui se souciait de lui. Les Curtis lui avaient offert tout cela, et bien plus encore, même à présent qu'il était devenu un homme.

Il leur devait beaucoup. Et il s'en voudrait à jamais d'avoir trahi leur confiance en abusant de leur fille unique comme il l'avait fait.

Malheureusement, ce qui était fait était fait… Il avait couché une deuxième fois avec Beth il y a deux jours, après lui avoir pris sa virginité sept ans plus tôt, la laissant alors seule et enceinte de lui. Heureusement, Helen et Patrick ne semblaient nullement au courant de ce qui était arrivé à leur fille. Le déjeuner se déroula dans une ambiance chaleureuse.

En tout cas, il n'avait toujours pas trouvé de moyen de remettre les choses à plat avec Beth. Elle était en train de serrer sa mère dans ses bras, puis son père, sur la pelouse familiale, et dans quelques heures à peine elle s'envolerait pour la Californie. Peut-être pour toujours…

Ou en tout cas pour un sacré bout de temps. Elle ne rentrait que rarement à Crystal Springs. Et si elle revenait un jour ce ne serait sûrement pas pour le voir, lui.

Bon sang, mais qu'allait-il faire ?

La portière du passager s'ouvrit alors, le tirant brutalement de ses pensées tourmentées. Beth s'installa sur le siège à côté de lui, et il crut déceler une pointe de mélancolie au fond de ses yeux.

— Quelque chose ne va pas ?

Elle leva les yeux vers lui, et renifla comme pour ravaler un sanglot.

— C'est juste que… je n'imaginais pas avoir autant de mal à partir, confia-t-elle avant de sortir un mouchoir de son sac à main. Ce n'est pourtant pas la première fois que je leur dis au revoir avant de retourner à Los Angeles, mais aujourd'hui cela me fend le cœur.

— C'est peut-être parce qu'en revenant à Crystal Springs, cette fois, tu as vraiment eu l'impression de rentrer à la maison.

Les joues de Beth se mirent à rougir à ces mots, et Connor comprit qu'il avait vu juste. Mais, plutôt que de lui répondre, elle regarda par la fenêtre et agita les bras en direction de ses parents, qui lui faisaient signe depuis leur jardin. Il démarra le moteur et fit à son tour un signe de la main à Helen et Patrick avant de quitter le trottoir et d'engager le véhicule sur la route.

Le trajet vers l'aéroport se fit dans le silence le plus total. Ce n'était pas un silence gêné, mais un silence obstiné… Connor essaya bien une douzaine de fois de lancer le sujet de leur relation — passée comme à venir. Mais les mots tournoyaient dans sa tête, allant et venant, s'évaporant dès qu'il s'agissait de franchir la barrière de ses lèvres.

Il se retint de frapper le volant de colère et de frustration. Pourquoi diable n'arrivait-il pas à trouver les mots pour lui parler ?

Une fois garé sur le parking de l'aéroport, il coupa le moteur et alla chercher les bagages de Beth dans le coffre du 4x4. Ils marchèrent en silence jusqu'au terminal. Elle enregistra ses valises au comptoir, puis il l'accompagna vers le périmètre de sécurité.

Peu avant d'arriver au niveau des détecteurs de métaux, Beth ralentit et pivota lentement sur ses escarpins noirs en levant les yeux vers lui.

Elle était vêtue d'un tailleur sombre qui lui donnait une allure sérieuse de parfaite avocate. Seule la chemise ocre sous son veston égayait un peu l'ensemble. Elle portait de sages anneaux dorés en guise de boucles d'oreilles, ainsi qu'une chaîne ras de cou en or. S'il ne l'avait pas mieux connue, il aurait sans doute pensé qu'elle était en transit pour négocier un contrat de plusieurs millions de dollars. En tout cas, à la voir ainsi, il ne doutait pas de sa capacité de persuasion face à un jury.

Beth plongea son regard bleu azur dans le sien, et il sentit sa gorge se nouer devant une si pure beauté. Une beauté tout aussi physique qu'intérieure… Beth représentait tout ce qu'il avait toujours attendu d'une femme. Et pourtant ils semblaient tous deux être destinés à se tourner autour, à se manquer de peu, à ne jamais prendre le temps de réfléchir sérieusement à la nature exacte de leur relation. Un peu comme deux asté-roïdes errant dans l'espace et dont les trajectoires se télescopent parfois, avant de repartir de plus belle, chacun en sens inverse.

— Tu n'es pas obligé de m'accompagner jusqu'au bout, dit-elle en repoussant une de ses mèches de cheveux derrière son oreille. Je vais me débrouiller, et puis je suppose que tu as mieux à faire que traîner dans un aéroport à attendre que mon avion décolle…

Il enfouit ses mains dans les poches de son jean, et se balança maladroitement sur les talons de ses bottes de chantier.

— Tu es sûre ?

Elle lui offrit un sourire apaisé.

— Certaine, affirma-t-elle en lui caressant doucement le bras.

Malgré le tissu de sa chemise, une décharge électrique le secoua au contact de sa main.

— Merci de m'avoir facilité mon séjour ici, Connor. Même si notre cohabitation a été chaotique au début, c'est gentil à toi d'avoir fait office de chauffeur quand j'en ai eu besoin.

— Il n'y a pas de quoi… Ça m'a fait plaisir de te revoir, bredouilla-t-il en s'efforçant de retrouver les mots auxquels il avait songé lorsqu'il avait mentalement préparé son discours.

Il eut beau chercher, il ne trouva rien de mieux à dire.

— Moi aussi, ça m'a fait plaisir.

— Je suis désolé pour tout, Beth Ann.

Ces mots lui avaient presque échappé.

Il aurait tellement aimé en dire plus, mais elle leva une main et posa deux de ses doigts aux ongles manucurés sur ses lèvres.

— Ne t'en fais pas, dit-elle en lui pressant doucement le bras. Je suis contente que nous soyons de nouveau amis. Tu m'as manqué.

A ces mots, il sentit sa gorge s'assécher brusquement, et dut même faire un effort surhumain pour contenir les larmes qui lui montaient aux yeux.

— Appelle-moi, un de ces jours…, ajouta-t-elle.

Et, sans même lui laisser le temps de s'éclaircir la voix pour répondre, elle rajusta la bandoulière de son sac à main sur son épaule et lui décocha un dernier sourire, un sourire d'ami, avant de tourner les talons et de s'éloigner.

Il la regarda franchir les portiques de sécurité, puis rejoindre la salle d'embarquement sans le moindre regard en arrière. Sans le moindre regard pour lui.

L'estomac noué, les paumes de ses mains moites, il comprit qu'il était trop tard. Elle était partie. Il avait raté sa chance.

Il resta encore quelques minutes à la chercher parmi les autres passagers, avec le fol espoir de la voir réapparaître une dernière fois, et pourquoi pas de retenter cette conversation qu'il n'avait pas su amener, histoire de libérer enfin son esprit et sa conscience…

Poussant un soupir las, il finit par baisser la tête. Cette fois, c'était bel et bien fini.

Il n'était même pas sûr de savoir ce qu'il aurait vraiment dit, hormis qu'il aurait voulu faire comprendre à Beth à quel point il était désolé de ne pas avoir été à ses côtés sept ans plus tôt, de ne pas l'avoir soutenue quand elle avait découvert sa grossesse, ni quand elle avait perdu le bébé.

Or, la seule pensée qui le tourmentait de façon lancinante en regagnant le parking de l'aérogare, ce n'était pas la lâcheté dont il avait fait preuve sept ans auparavant, après leur nuit d'amour, ni même le fait de n'avoir pas su qu'il avait failli devenir le père de son enfant… Non, la seule chose à laquelle il pensait, c'était qu'il avait perdu Beth. Définitivement perdu.

Une semaine plus tard, Connor se trouvait sur le pas de la porte de la chambre de bébé entièrement rénovée. Le dos appuyé au jambage, il contemplait les murs couleur d'écume océane, la frise de papier peint aux motifs aquatiques, et les rideaux aux volutes blanches. Il avait monté le berceau dans l'un des angles, et installé une table à langer contre le mur du fond, qu'il avait surmontée d'une petite étagère murale pour entreposer couches, talc, peluches ou tous autres accessoires de puériculture.

Il avait assuré seul toutes les finitions, privé des conseils avisés de Beth et de sa touche féminine. Sa bienveillance lui avait cruellement manqué. Elle lui avait manqué…

Par chance, la vendeuse du magasin de décoration l'avait aiguillé dans les rayons adéquats et l'avait aidé à choisir ces articles. Il avait tout de même conservé les tickets de caisse au cas où Nick et Karen souhaiteraient rapporter ou échanger certains d'entre eux.

Ils étaient rentrés de leur voyage de noces la veille, et il leur avait fait visiter la chambre de leur futur enfant. Il avait eu l'idée de faire ces travaux pour surprendre son meilleur ami et sa jeune épouse et leur faire plaisir. Manifestement, Nick et Karen étaient aussi surpris que ravis. Nick était resté un peu sonné devant la transformation radicale de sa vieille chambre d'adolescent, et Karen avait fondu en larmes, riant de bonheur en parcourant la pièce de long en large, caressant une à une chaque peluche, admirant chaque détail de décoration.

Connor était heureux d'avoir ainsi fait plaisir à ses amis, mais il aurait tant aimé que Beth soit là pour partager leur joie. Après tout, elle s'était impliquée autant que lui dans ce projet de rénovation. Si seulement elle avait pu voir la surprise sur le visage de son frère, et recevoir un des baisers affectueux et reconnaissants de Karen…

Il la revoyait encore, debout sur l'escabeau, en train de poser la frise de papier peint près du plafond, les cheveux pleins de colle, la frise se dépliant trop vite, lui échappant des mains. Il l'entendait encore rire aux éclats, manquant de perdre l'équilibre, et ne visualisait que trop la courbe de ses fesses moulées dans ce jean taille basse de chantier… Ce jean qui lui avait moult fois donné envie d'arriver derrière elle pour promener ses mains le long de ses jambes, puis de ses fesses, dans l'espoir de la faire lâcher ses outils et se retourner pour l'embrasser.

Remontant le cours du temps, il imagina aussi le genre de vie qu'ils mèneraient aujourd'hui s'ils devenaient enfin un véritable couple, s'ils se mariaient et fondaient une famille. Un jour prochain, ils auraient eux aussi une chambre de bébé comme celle-ci. Beth apporterait sa touche et son talent personnel pour la décoration, de sorte que leur enfant ait pour compagnons des motifs bien plus originaux que de simples oursons en peluche, ou clowns traditionnels.

Il la regarderait bercer leur bébé depuis la porte, puis ils le coucheraient ensemble dans son berceau, avant de rester un instant sur le côté, main dans la main, à contempler le miracle qu'ils auraient créé à deux.

Seigneur, comme il avait envie de cette vie-là…

Il se frotta le front, en proie à un début de migraine.

Pourquoi n'envisageait-il cette possibilité d'une vie à construire au côté de Beth que maintenant ? Maintenant qu'il était trop tard ?

Absorbé dans sa rêverie et sa tendance à l'autoflagellation, Connor n'avait pas entendu Nick arriver derrière lui, et sursauta quand celui-ci posa une main sur son épaule.

— Tu admires encore ton travail ?

— Oui, répondit-il en souriant à son ami alors que son esprit était totalement ailleurs.

— Je n'arrive toujours pas à croire que c'est toi et Beth qui avez fait ça. Dommage qu'elle ne soit pas restée plus longtemps à Crystal Springs, Karen et moi l'aurions remerciée de vive voix, dit-il en pressant l'épaule de Connor. En tout cas, merci à toi, mon vieux. Tu n'imagines pas à quel point Karen et moi sommes touchés.

Connor inclina légèrement la tête.

— Vous le méritez tous les deux. J'espère que ce bébé vous comblera de bonheur.

S'éloignant du mur contre lequel il était appuyé, Connor

plongea la main dans la poche de son jean et en retira une petite liasse de papiers.

— Tiens, ajouta-t-il. C'est au cas où vous auriez besoin d'échanger certains articles.

Nick accepta les tickets de caisse avant de rétorquer :

— Tu veux rire ! Après notre voyage de noces à Hawaii, je ne craignais qu'une chose, c'était que Karen me réclame de lui construire un bassin à dauphins dans le jardin. Mais, avec cette ravissante chambre dédiée aux créatures aquatiques, je suis presque assuré d'y échapper ! Elle aura l'occasion tous les jours de se remémorer les fabuleux moments que nous avons passés là-bas. On peut dire que côté déco tu as vraiment vu juste, mon pote !

Connor déglutit péniblement, et inspira avant d'avouer :

— Ce n'était pas mon idée, mais celle de ta sœur…

Etait-ce le ton qu'il avait employé, ou bien la tension qui agitait chaque cellule de son corps ? En tout cas, Nick se pencha pour mieux le dévisager et s'appuya de l'autre côté de l'embrasure de la porte en croisant les bras.

— Y aurait-il quelque chose entre ma sœur et toi dont tu souhaiterais me parler ?

A ces mots, Connor sentit sa colonne vertébrale se raidir. Il fit un pas en arrière et croisa le regard soudain sérieux de son ami. Sur la défensive, il n'avait d'autre choix que de nier en bloc.

— Non, bien sûr que non…, prétendit-il alors que son cœur battait soudain la chamade. Pourquoi une telle question ?

Nick eut un petit rire railleur.

— Allons…, dit-il. Tu crois que je n'ai pas remarqué la façon dont vous vous regardez tous les deux ? Dès que vous êtes dans la même pièce, on voit presque des étincelles ! Et ça ne date pas d'hier : ça dure depuis que l'on est gamins…

Connor eut un petit rire forcé.

— Je… Je ne vois pas ce dont tu veux parler.

— Allons bon, ce n'est pas non plus une affaire d'Etat ! insista son ami le plus naturellement du monde, en haussant les épaules. Vous vous plaisez, c'est évident. Vous feriez bien de tenter quelque chose pour voir où ça vous mène, non ? En tout cas, si ça marche, vous avez ma bénédiction. Vous êtes déjà presque comme deux membres d'une même famille. Et rien ne me ferait plus plaisir que de devenir un jour ton beau-frère, en plus de ton meilleur ami !

A cet instant, Connor sentit une vague d'émotions lui enserrer la poitrine au point de ne plus pouvoir respirer. S'efforçant de ne pas bloquer l'air au fond de ses poumons, il fit de son mieux pour ne pas laisser les larmes qui lui piquaient les yeux rouler sur son visage. Sa migraine sembla s'intensifier encore.

— Tu en es sûr ? finit-il par demander, la bouche sèche. Tu veux dire que ça ne te dérangerait pas si Beth et moi formions un couple ?

— Evidemment que non ! assura Nick en lui pinçant un biceps. Epouse-la même, si ça te fait plaisir ! Du moment que tu la rends heureuse... Mais, si ce n'est pas le cas, prends garde à toi, tu auras affaire à moi !

S'il n'avait pas eu l'impression que le sol se dérobait sous ses jambes, Connor aurait presque pu rire.

— Mais... que diraient tes parents ? se força-t-il à demander. Tu ne crois pas que voir leur fille traîner avec le gamin de l'assistance publique les gênerait ?

Nick reprit un air sérieux, fronça les sourcils et afficha un rictus concerné.

— Tu es bien le seul à t'être jamais considéré comme un enfant de l'assistance. Pour nous, tu as toujours été Connor... notre ami et membre du clan Curtis. Papa et maman seraient sans doute ravis de vous voir ensemble, Beth et toi, du moment que vous êtes heureux. Ils ne souhaitent que le bonheur de leurs enfants, voilà tout. Et, pour ta gouverne, sache qu'ils ne pensent pas que Beth soit heureuse avec la vie qu'elle mène en ce moment.

— Vraiment ?

Il hocha la tête.

— La Californie, c'est bien trop loin. Beth ne nous donne que rarement de ses nouvelles, elle travaille trop et avale des antiacides aussi facilement que des petits bonbons. Nous nous inquiétons beaucoup pour elle. Mes parents et moi n'attendons qu'une chose : qu'elle recouvre enfin la raison et revienne vivre à Crystal Springs.

Les poings de Connor se fermaient et s'ouvraient nerveusement le long de ses hanches, alors qu'il digérait doucement l'aveu que venait de lui faire son ami et luttait contre une envie subite de prendre le premier vol pour la ramener à la maison.

— Tu crois qu'elle pourrait en avoir envie ? demanda-t-il.

— Je ne sais pas, rétorqua Nick avec prudence. Cela dépendra de ce qui l'attend ici…

Connor croisa alors le regard compatissant de son ami, du même bleu azur que celui de sa sœur et, à l'agonie, décida de lui avouer le secret qu'il gardait pour lui depuis plus de dix ans.

— Je suis amoureux d'elle, Nick… Je suis amoureux de ta sœur.

Un large sourire vint aussitôt éclairer le visage de son ami.

— Ah oui ? Et c'est réciproque ?

— Je ne sais pas, concéda-t-il.

Cette seule idée le terrifiait plus encore que la possibilité que ses parents n'approuvent pas leur union.

— Dans ce cas, qu'est-ce que tu attends ? s'exclama Nick sur un ton de défi tout en lui assenant un coup de coude viril sur le thorax. Prends donc l'avion et va le lui demander !

Connor inspira profondément et redressa ses épaules en hochant la tête.

— Tu as raison, mon vieux. Il faut que j'y aille.

Soudain porté par une invincible détermination, il dévala le couloir à grandes enjambées.

— Appelle-moi si tu as besoin de quoi que ce soit ! cria Nick du haut de la cage d'escalier.

Connor lui dit au revoir d'un signe de la main sans toutefois ralentir son élan. A partir de maintenant il avait une mission : aller chercher la femme qu'il aimait.

Et lui faire avouer qu'elle l'aimait aussi.

Beth finit d'annoter le contrat d'un client, et se félicita de s'être débarrassée de cette tâche ardue avant son déjeuner d'affaires.

Depuis son retour de l'Ohio, elle s'efforçait de mettre ses dossiers à jour. Son absence prolongée lui avait déjà fait prendre du retard, et à présent elle était en plus contrainte d'honorer des soirées mondaines auprès d'un des clients les plus difficiles de Danny, pendant que ce dernier était rentré chez lui pour s'occuper de son fils malade. Elle avait promis à son associé d'assurer ses rendez-vous avec ses clients en attendant son retour.

Une douleur lancinante lui contracta soudain l'estomac, et elle saisit machinalement la boîte d'antiacides qu'elle gardait toujours près de son bloc-notes sur le bureau. Curieusement, elle n'avait à aucun moment eu recours à ces médicaments durant son séjour chez elle à Crystal Springs.

Chez elle. Même si elle s'appliquait de toutes ses forces à le nier, elle continuait à considérer Crystal Springs comme son véritable chez-soi. Sa famille entière vivait là-bas et, il fallait bien l'admettre, c'était bien là-bas que battait son cœur.

Chassant vite cette pensée, elle croqua un de ses comprimés en se disant qu'elle n'avait pas consommé le moindre médicament antimigraine ni antiulcère tant qu'elle était en Ohio. Certes, elle aurait probablement fait le même constat si elle avait passé une semaine en Jamaïque. Le seul fait de ne plus être au bureau suffisait à réduire son stress, et ce, quel que soit son lieu de vacances.

Elle mit le contrat de côté en attendant de discuter de ses annotations avec son client, puis se dirigea vers les toilettes où elle se recoiffa et ajusta son maquillage. Alors qu'elle récupérait son sac à main dans le tiroir de son bureau, l'Interphone sonna.

— Oui, Nina ?

— J'ai ici un monsieur qui demande à vous voir, mademoiselle Curtis.

Beth fronça les sourcils. Habituellement, Nina lui indiquait toujours l'identité des visiteurs et les motifs de leur demande. De toute façon, elle n'avait aujourd'hui le temps ni pour une visite impromptue ni même pour de nouveaux clients potentiels.

— De qui s'agit-il ? demanda-t-elle.

— C'est que… Il préfère garder l'anonymat pour l'instant.

Poussant un soupir agacé, elle consulta sa montre.

— D'accord, dit-elle sèchement, mais expliquez-lui que je suis le point de sortir pour déjeuner avec un client et que je ne pourrai lui consacrer que quelques minutes. S'il a besoin de plus de temps, alors il vaut mieux prendre rendez-vous.

— Je n'en aurai pas pour longtemps, assura une voix masculine dans le dos de Beth.

Au son de ce timbre, elle crut que son cœur s'arrêtait de battre. Mais celui-ci se relança aussitôt au rythme de pulsations aussi affolées qu'effrénées. Elle n'avait pas entendu la porte de son bureau s'ouvrir derrière elle, mais en l'entendant se refermer Beth se força à relever la tête.

Connor.

Leurs regards se croisèrent immédiatement. Seigneur, comme il était beau… Etait-il possible qu'il soit plus beau encore que la dernière fois où ils s'étaient vus, seulement une semaine et demie plus tôt ?

Même si cela défiait toute logique, Beth était formelle : il était plus beau que jamais dans son jean délavé, ses bottes de chantier et sa veste en denim ouverte sur une chemise à carreaux rouges. Son visage était rasé de près, et ses cheveux courts soigneusement peignés. La lueur qui dansait dans ses yeux noisette la terrassa.

— Connor ? bredouilla-t-elle, le souffle court. Que fais-tu là ?

— J'ai oublié de te dire quelque chose, l'autre jour, quand tu es partie.

Incrédule, elle plissa le front et écarquilla les yeux.

— Et tu as pris l'avion pour venir me dire cette chose ? Tu ne pouvais pas tout simplement décrocher ton téléphone ?

— Eh bien, non…

Il s'approcha d'elle et elle eut alors l'impression d'avoir les jambes en coton. Beth se redressa derrière son bureau, les mains posées à plat sur son sous-main afin de ne pas tomber à la renverse dans son gros fauteuil en cuir.

Connor avait vraiment fait tout ce voyage, il avait traversé le pays seulement pour lui dire quelque chose ?

Elle avait soudain du mal à avaler sa salive, mais parvint à reprendre la parole d'une voix étranglée :

— Bon… Je t'écoute…

Il avança encore d'un pas, les mains dans les poches, et l'estomac de Beth se noua encore un peu plus sous l'effet d'un étrange pressentiment.

— Je t'aime.

Certaine d'avoir mal entendu, elle cligna plusieurs fois des paupières. L'air se raréfia subitement dans ses poumons, et un drôle de bourdonnement résonna au fond de ses oreilles.

Posant une main contre son cœur palpitant, elle s'appuya de tout son poids contre le plateau de son bureau et s'humecta les lèvres.

— Euh… Est-ce que tu veux dire que…

— Je t'aime.

Cette fois, il contourna le bureau pour la rejoindre et poser ses mains sur le haut de ses bras pour la forcer à se redresser face à lui. N'en revenant toujours pas, elle leva le menton et chercha son regard.

— Et je le répéterai autant de fois qu'il le faut pour que tu le comprennes, reprit-il d'une voix aussi affirmative qu'émue. Je t'aime, Beth. J'ai été fou de te laisser partir, l'autre jour à l'aéroport, sans rien te dire. J'ai été fou de ne pas oser me l'avouer il y a sept ans… Enfin, je devrais même dire il y a dix ans, lorsque j'ai commencé à te voir plus comme une jolie jeune fille séduisante que simplement comme la sœur de mon meilleur ami.

Beth avait envie de pleurer, de se jeter à son cou et de l'embrasser de toutes ses forces, de toute la passion qui brûlait en elle depuis toutes ces années. Mais elle s'était déjà brûlé les ailes une fois à ce petit jeu. Elle avait vu tous ses espoirs exploser en vol et être réduits en miettes. Et elle savait bien qu'elle ne saurait supporter une deuxième déception de cette ampleur.

— Pourquoi…, bredouilla-t-elle d'une voix chevrotante après s'être raclé la gorge. Pourquoi me dis-tu ça maintenant ?

— Parce que ça fait trop longtemps que je me comporte comme un imbécile. Et j'ai enfin eu avec Nick la conversation que j'aurais dû avoir avec lui il y a dix ans. Je lui ai expliqué que j'étais amoureux de toi, même si je craignais fortement qu'il ne me casse la figure en l'apprenant… Ou pire, qu'il ne m'oblige à renoncer à mes sentiments, à l'amitié qui me lie à lui et à ta famille depuis si longtemps.

A ces mots, il ferma les yeux quelques secondes, avant de les rouvrir, le regard embué.

— Cela a toujours été ma plus grande crainte, tu sais. J'ai toujours eu peur de faire quelque chose qui remettrait en question mes relations avec Nick, toi et ta famille. Après tout, je ne suis qu'un gamin de l'assistance venu trouver refuge auprès de votre géniale famille. Vous m'avez traité comme l'un des vôtres, mais au fond de moi je sais que je viens d'ailleurs. Je sais que toi et Nick êtes liés par le sang, et que je ne suis finalement qu'un intrus dans le tableau familial. A la moindre erreur de ma part, je ne serais plus à vos yeux que la pièce rapportée de la famille.

— Oh, Connor…, murmura-t-elle alors que toutes les barrières de protection qu'elle avait érigées entre eux s'écroulaient une à une. Nous n'avons jamais pensé à toi en ces termes.

Elle ne put se retenir de poser une main rassurante sur ses tempes brunes.

Connor eut un demi-sourire à son contact.

— A présent, je le sais, poursuivit-il. Mais à l'époque, quand je n'étais encore qu'adolescent et que j'ai commencé à avoir des sentiments pour toi, j'étais persuadé que tes parents refuseraient toujours une éventuelle union entre nous.

— Est-ce pour cette raison que tu as commencé à t'éloigner de moi au lycée ? Et est-ce pour cela que tu ne m'as jamais rappelée après que nous avons fait l'amour ?

Il hocha la tête d'un air piteux.

— J'étais pétrifié à l'idée d'avoir laissé mes sentiments pour toi prendre le dessus. J'étais convaincu que, s'ils l'apprenaient, tes parents m'auraient fait bannir de la ville *illico presto*.

— Ils n'auraient jamais…

— Je sais, c'est aussi ce que ton frère m'a assuré l'autre jour. Quand je lui ai fait part de mes sentiments pour toi, dit-il en posant ses mains sur les bras de Beth, avant de les faire glisser autour de sa taille. Karen et lui ont adoré la chambre de bébé, au fait. Je me suis occupé des finitions du mieux que j'ai pu. Karen a fondu en larmes et Nick est resté bouche bée pendant au moins trois minutes… Ce qui est sans conteste un record pour lui !

Après quelques instants, il l'attira contre lui et pencha la tête pour coller son front contre le sien.

— Je regrette que tu n'aies pas été avec moi lorsqu'ils ont découvert la surprise, reprit-il. Je te veux à mes côtés, Beth. Pour toujours. J'ai été si bête, et pendant si longtemps… Je voudrais pouvoir me racheter des erreurs que j'ai commises avec toi. Si tu veux bien m'en donner la chance, je ferai tout ce qui est en mon pouvoir pour te rendre heureuse. Et si ta famille n'approuve pas…

Elle le vit déglutir péniblement, et sentit ses doigts s'enfoncer dans son dos.

— Enfin, ce que je veux dire, c'est que rien ne pourra altérer ce que j'éprouve pour toi depuis toutes ces années, et que je n'ai plus l'intention de cacher mes sentiments. Tant pis si tes parents me rejettent… De toute façon ils auront tout le mal du monde à se débarrasser de moi puisque j'espère bien d'ici peu être marié à leur fille…

A ces mots, Beth fit un bond en arrière, et le dévisagea, le cœur tambourinant plus que jamais dans sa poitrine. Etait-elle sûre de bien comprendre ce qu'il venait de déclarer ?

— Que veux-tu dire par là ? demanda-t-elle, la voix mêlée d'émotion et d'incrédulité.

Il lui lança un regard faussement indigné.

— Ce que je veux dire ? A ton avis ? La même chose que je m'évertue à te faire comprendre depuis dix minutes : je t'aime, Beth. Je t'ai toujours aimée, je n'ai aimé que toi. Je veux t'épouser, avoir des enfants avec toi et vieillir à tes côtés.

Beth secoua la tête, persuadée que ses oreilles lui jouaient des tours. Pourtant, elle brûlait d'envie de croire à ce qu'elle venait d'entendre. Mais son côté cartésien lui interdisait de croire que Connor avait pu changer d'attitude à son égard en si peu de temps…

Et, pourtant, il était allé jusqu'à prendre l'avion — elle savait à quel point il avait toujours appréhendé ce mode de transport — et à traverser le pays tout entier pour la voir, pour lui déclarer ses sentiments les yeux dans les yeux.

Pour la demander en mariage !

— Je suis tellement désolé pour le bébé, poursuivit-il, prenant manifestement son silence pour de l'indécision. Je suis désolé de la façon dont j'ai agi après cette première fois où nous avons fait l'amour. Je n'aurais pas pu me conduire en pire goujat. Et je suis désolé, plus que tu ne pourras jamais l'imaginer, de ne pas avoir été à tes côtés quand tu as perdu le bébé. J'aurais tant aimé élever un enfant avec toi. Même si j'aurais été pétrifié à l'idée que ton père ne me mette une balle dans la tête pour ne pas avoir respecté sa petite fille, j'aurais assumé mes responsabilités, tu sais. Quoi qu'il en soit, j'aurais voulu être à tes côtés.

Il posa ses mains rugueuses et chaudes sur son visage et lui caressa les joues, avant de plonger ses doigts dans les boucles qui descendaient le long de ses tempes.

— Je voudrais avoir d'autres enfants de toi, si tu le veux bien, murmura-t-il en s'enfouissant plus encore dans ses cheveux. Je comprendrais que tu ne souhaites pas quitter Los Angeles. Ta vie est ici à présent. Et je ne te demanderai jamais d'abandonner ton travail et ton associé. J'ai beaucoup réfléchi dans l'avion, en venant, et je voulais te dire que je suis prêt à revendre mes parts de l'entreprise à Nick. La société a pris assez de valeur pour qu'il ait les moyens de les racheter, ce qui me permettrait de venir m'installer ici avec toi. Je ne sais pas encore quelle activité professionnelle je pourrais exercer ici, mais je trouverai bien quelque chose dans le secteur du bâtiment, ou…

Persuadée qu'elle rêvait éveillée, Beth porta ses mains à sa bouche et sentit un sourire se dessiner sur ses lèvres.

— Connor, arrête…

Cette fois, elle laissa toute la joie qui montait en elle s'exprimer en un petit rire incrédule.

Evidemment qu'elle était folle amoureuse de cet homme : en plus d'être gentil et compatissant, il faisait passer son confort après celui des autres, *a fortiori* ceux qu'il aimait. Et Beth se savait infiniment chanceuse de se trouver sur la liste très restreinte des gens que Connor avait décidé d'aimer.

— Moi aussi, il y a quelque chose que j'ai oublié de te dire, l'autre jour, à l'aéroport.

Elle le vit se redresser légèrement, apparemment impatient d'entendre ce qu'elle avait à lui dire.

— Je t'écoute, murmura-t-il avec intérêt.

— Je t'aime, dit-elle à son tour en voyant toutes les tensions du corps de Connor se relâcher d'un coup.

Puis elle se hissa sur la pointe des pieds pour rapprocher ses lèvres des siennes.

— Je t'ai toujours aimé, tu le sais bien, poursuivit-elle avec un petit sourire. Et je n'ai pas été plus douée que toi en matière de dissimulation de sentiments… Je ne t'en veux pas pour ce qui est arrivé il y a sept ans ; je ne t'en veux plus. Il n'y a rien que je souhaite plus au monde que de devenir ta femme et avoir un autre enfant… ou deux… ou trois…

avec toi. Mais je ne veux pas que tu quittes l'entreprise que tu as créée avec Nick. Je veux revenir vivre à Crystal Springs, auprès de toi, et auprès de ma famille. Ce que je veux, Connor, c'est rentrer à la maison.

— Tu en es certaine ?

Elle n'avait même pas besoin d'y réfléchir plus longtemps. D'un signe de tête, elle acquiesça et déclara :

— Il se peut que cela prenne un peu de temps à organiser. Je devrai sans doute passer la main en douceur ici, et faire quelques allers-retours entre l'Ohio et Los Angeles. Danny sera compréhensif, et il ne devrait pas avoir de peine à trouver un autre associé pour me remplacer.

Les yeux de Connor luisaient d'un bonheur non dissimulé, et elle savait que son visage à elle exprimait au moins autant de joie et de soulagement.

— Tu sais, dit-il à voix basse en avançant d'un pas vers elle, nous avons tous les deux beaucoup de temps à rattraper. Des mois… Des années. Une décennie, même.

Beth recula légèrement et cogna sa hanche contre le rebord du bureau. Elle étouffa un petit cri lorsqu'il la souleva pour l'asseoir sur le plateau du bureau, avant de s'insinuer entre ses jambes. Il commença alors à lui chatouiller l'intérieur du cou, avant de titiller la zone sensible derrière son lobe d'oreille.

— Oh, Connor, tes arguments sont très convaincants, mais, vois-tu, j'ai un déjeuner d'affaires pour lequel je suis déjà en retard.

— Appelle ta secrétaire… Dis-lui de téléphoner à ton client pour annuler.

Avec la pointe de sa langue, il continua à dessiner un chemin de feu depuis sa nuque jusqu'à son décolleté, et Beth laissa échapper un petit gémissement de plaisir tout en se cambrant pour mieux recevoir cette divine caresse.

— Impossible…, fit-elle d'une voix haletante. Ce n'est même pas mon client, mais un de ceux de Danny, dont je couvre tous les rendez-vous aujourd'hui.

D'un geste impudique, Connor lui écarta un peu plus les

jambes, et vint se coller contre elle afin de lui faire sentir à quel point il la désirait. L'instant d'après il sortit son chemisier de sa jupe.

— Dans ce cas, accroche-toi bien à ton diplôme d'avocate, ma chérie. Car tu vas arriver en retard.

Comme il le lui avait suggéré, leurs ébats furent si passionnés qu'elle dut littéralement s'agripper au diplôme qu'elle avait encadré au-dessus de son bureau.

Et, en effet, elle arriva en retard à son rendez-vous...

Ce mois-ci dans la collection *Passions*

Deux romans de la star du roman féminin

NORA ROBERTS

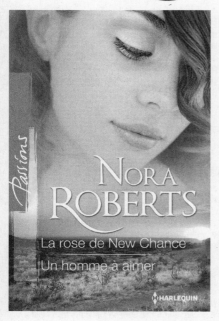

La rose de New Chance

suivi de

Un homme à aimer

NOUVELLE TRADUCTION
INTEGRALE

7,20 €
Le volume double

Rendez-vous dans vos points de vente habituels ou sur www.harlequin.fr

éditions **H** **HARLEQUIN**

Passions

— Le 1er avril —

Passions n°388

Retour en Louisiane - Ann Major

Depuis que Zach Torr est de retour à Bonne Terre, Louisiane, les choses vont de mal en pis pour Summer. Car cet homme qu'elle a éperdument aimé autrefois, non content de vouloir racheter les terres où elle a grandi pour se venger de la façon dont leur histoire s'est terminée, la soumet bientôt à un chantage impitoyable. Il jettera son frère en prison, si elle refuse de s'installer chez lui. Summer est d'autant plus bouleversée que les intentions de Zach sont claires : il veut la mettre dans son lit. Il veut sa reddition totale...

Un troublant ami - Gina Wilkins

Piégée. Jamais Kim n'aurait dû mentir à sa mère en affirmant qu'elle avait épousé le père de sa fille de neuf mois. Car aujourd'hui qu'elle doit se rendre à une réunion familiale dans le Missouri, elle n'a d'autre choix que d'accepter la proposition de Tate Price de se faire passer pour son époux. Or, si Tate la considère comme une amie et rien de plus, elle éprouve pour cet homme mystérieux et sexy des sentiments intenses. Et l'idée qu'ils puissent jouer les amoureux transis tout un week-end la trouble au plus haut point...

Passions n°389

Revanche pour un héritier - Yvonne Lindsay

Gracieuse, sensuelle, troublante... Judd Wilson tombe immédiatement sous le charme d'Anna Garrick. Jusqu'à ce qu'il découvre qu'elle a été envoyée par son père – cet homme cruel qui l'a abandonné enfant – pour lui apprendre qu'il est l'héritier de Wilson Wines. Dès lors, Judd voit se dessiner un plan. Il accompagnera Anna en Nouvelle-Zélande, sur les vignes familiales, et mettra à exécution la plus délectable des vengeances : démanteler l'empire de son père, puis voler à ce dernier celle qui ne peut être que sa maîtresse...

L'étreinte d'un rival - Yvonne Lindsay

Nicole Wilson n'en revient pas. Comment son père a-t-il pu la trahir en léguant Wilson Wines, l'entreprise à laquelle elle a consacré sa vie, à Judd, ce frère qu'elle vient tout juste de rencontrer ? Désemparée, elle s'offre une nuit de réconfort dans les bras d'un parfait inconnu. Mais hélas, au lendemain de leur étreinte passionnée, Nicole fait une terrible découverte. L'homme qui lui a fait perdre la raison n'est autre que Nate Hunter Jackson, le rival de sa famille. Un ennemi d'autant plus redoutable pour elle qu'il lui révèle vouloir utiliser leur liaison pour la faire chanter...

Une réputation sulfureuse - Janice Maynard

Quitter Wolff Mountain – son domaine où il vit en reclus – pour accompagner Ariel Dane lors d'un tournage sur l'île Antigua ? Pour le Dr Jacob Wolff, cela ressemble à une très mauvaise idée. Et d'autant plus que la belle actrice veut certes l'embaucher comme médecin personnel, mais surtout comme faux petit ami. Mais alors qu'il est sur le point de refuser, il perçoit de la détresse dans le regard d'Ariel. Se pourrait-il que la belle à la réputation sulfureuse ne soit pas celle que tout le monde croit ? Jacob a soudain très envie de le découvrir...

Le plus précieux des secrets - Tracy Madison

Nous nous marierons, que tu le veuilles ou non. Face à la colère de Seth Foster, Rebecca frémit. Certes, elle n'avait pas imaginé revoir celui à qui elle s'est offerte, quelques mois plus tôt, et encore moins, recevoir une telle injonction de sa part. Mais au fond, comment pourrait-elle en vouloir à Seth ? S'il s'est présenté chez elle aujourd'hui, c'est qu'elle a brutalement rompu tout contact avec lui. S'il lui en veut tant, c'est qu'elle lui a caché son précieux secret. Hélas, ce qu'elle redoutait vient d'arriver : Seth est venu revendiquer la paternité de l'enfant qu'elle attend de lui...

Pour un regard de toi - Christine Rimmer

Après s'être enfuie de l'église le jour de son mariage, Jocelyn se réfugie à Thunder Canyon, où elle compte bien se ressourcer - seule. Mais sa rencontre avec Jason Traub vient bientôt changer la donne. Avec lui, elle se sent immédiatement en confiance, même si elle s'interdit de tomber amoureuse. Aussi, lorsqu'il lui propose de l'épouser, Jocelyn est-elle plus désemparée que jamais. Car s'il ne s'agit pour Jason que d'un mariage de pure convenance, elle ne peut s'empêcher d'espérer qu'il la regarde comme la femme de sa vie ...

Délicieux souvenirs - Kathie DeNosky

« On rentre à la maison, ma chérie ? » Ainsi c'est donc vrai, songe Brianna avec effroi : Sam a perdu la mémoire pendant l'accident. Et il a oublié qu'elle n'est revenue à Sugar Creek que pour lui faire signer les papiers du divorce ! Brianna est d'autant plus affolée que les médecins lui ont demandé de ne pas brusquer son mari. Aussi décide-t-elle de jouer le jeu et de rentrer au ranch avec Sam. Même si l'idée de devoir vivre sous le même toit que celui qu'elle n'a jamais cessé d'aimer la bouleverse. Ainsi que la perspective de partager son lit...

Cette inoubliable liaison - Andrea Laurence

En matière de femmes, Alex Stanton s'est fixé une règle d'or : des histoires courtes, zéro engagement. Seulement voilà, cela fait huit mois qu'il est incapable d'oublier Gwen, avec qui il a vécu une liaison aussi passionnée qu'éphémère. Aussi, quand il apprend qu'elle séjournera dans les Hamptons en même temps que lui, voit-il l'occasion de renouer avec la jeune femme, pour mieux l'effacer de sa mémoire ensuite. Mais quand il retrouve enfin Gwen, il comprend qu'il va devoir revoir ses plans de séduction. Car elle est enceinte...

Soupirs interdits - Lynne Marshall

De retour dans la petite ville de Whispering Oaks, Anne laisse les souvenirs affluer doucement à son esprit... Elle a tant vécu, ici ! Son premier baiser, son premier chagrin d'amour... A sa grande surprise, rien n'a changé, pas même les sentiments troublants, intenses, bouleversants, qu'elle ressent pour Jackson. L'adolescent d'autrefois s'est transformé en un pompier des plus sexy, et à son contact, elle sent le désir renaître. Un désir qu'elle doit pourtant faire taire, car comme autrefois, aimer Jackson lui est interdit...

Plaisirs inattendus - Kate Hoffmann

C'est avec l'impression de vivre un rêve éveillé que Rachel accepte d'embaucher Dermot Quinn. Certes elle ne sait rien de lui, si ce n'est qu'il est l'homme le plus incroyablement sexy de la terre, mais comment pourrait-elle renoncer à une telle aubaine? Non seulement elle a désespérément besoin d'aide pour sauver son ranch, mais surtout, après des mois à travailler d'arrache-pied, elle meurt d'envie de succomber à l'affolant appel qu'elle voit briller dans ses yeux sombres. Alors même si elle se rend vite compte que Dermot n'a pas sa place ici et que, tôt ou tard, il devra retourner à sa vie de citadin, elle est bien décidée à profiter de ce cadeau tombé du ciel !

De si brûlantes retrouvailles - Cara Summers

Quand, au cours d'une réception, Nash Fortune aperçoit la personne que sa grand-mère a engagée pour écrire l'histoire de leur famille, il sent son cœur se figer. Car aucun doute n'est possible : la jeune femme blonde qui lui tourne le dos n'est autre que Bianca. Celle qui a fui loin de lui, des années auparavant, sans lui donner la moindre explication. Et qui, à son grand trouble, éveille toujours en lui un intense désir, irrépressible, presque sauvage... Sauf qu'il n'est plus le jeune homme d'autrefois. Et, il se le jure, il ne se laissera plus prendre au piège de ce qu'il ressent. Ou alors uniquement pour servir ses propres intérêts...

www.harlequin.fr

OFFRE DE BIENVENUE

2 romans Passions et 2 cadeaux surprise !

Vous êtes fan de la collection Passions ? Pour prolonger le plaisir, recevez gratuitement **2 romans Passions** (réunis en 1 volume) **et 2 cadeaux surprise !**

Une fois votre colis de bienvenue reçu, si vous souhaitez continuer à recevoir nos romans Passions, cela se fera automatiquement. Vous recevrez alors chaque mois 3 volumes doubles inédits de cette collection au prix avantageux de 6,84€ le volume (au lieu de 7,20€) auxquels viendront s'ajouter 2,95€* de participation aux frais d'envoi.

*5,00€ pour la Belgique

▶   **Vous n'avez aucune obligation d'achat et cette offre est sans engagement de durée !**

Les bonnes raisons de s'abonner :

- Aucun engagement de durée ni de minimum d'achat.
- Vos romans en avant-première.
- - 5% de réduction systématique sur vos romans.
- La livraison à domicile.

Et aussi des avantages exclusifs :

- Des cadeaux tout au long de l'année qui récompensent votre fidélité.
- Des réductions sur vos romans par le biais de nombreuses promotions.
- Des romans exclusivement réédités pour nos abonné(e)s notamment des sagas à succès.
- L'abonnement systématique à notre magazine d'actu ROMANCE.
- Des points cadeaux pouvant être échangés contre des livres ou des cadeaux.

Rejoignez-nous vite en complétant et en nous renvoyant le bulletin !

N° d'abonnée (si vous en avez un) ⎵⎵⎵⎵⎵⎵⎵⎵⎵⎵

RZ3F09
RZ3FB1

Nom : .... Prénom : ....

Adresse : ....

CP : ⎵⎵⎵⎵⎵⎵   Ville : ....

Pays : .... Téléphone : ⎵⎵⎵⎵⎵⎵⎵⎵⎵⎵

E-mail : ....

☐ Oui, je souhaite être tenue informée par e-mail de l'actualité des éditions Harlequin.
☐ Oui, je souhaite bénéficier par e-mail des offres promotionnelles des partenaires des éditions Harlequin.

Renvoyez cette page à : Service Lectrices Harlequin – BP 20008 – 59718 Lille Cedex 9 - France

Composé et édité par les

éditions ✦ **HARLEQUIN**

Achevé d'imprimer en France (Malesherbes)
par Maury-Imprimeur
en février 2013

Dépôt légal en mars 2013
N° d'imprimeur : 179191